Wolfgang und Heike Hohlbein
sind die erfolgreichsten und meistgelesenen Fantasy-Autoren im deutschsprachigen Raum. Seit ihrem Überraschungserfolg »Märchenmond« konnte sich die wachsende Fangemeinde über zahlreiche weitere Bestseller freuen. Ein besonderes Anliegen ist den Autoren die Nachwuchsförderung, wie z. B. die Verleihung des Hohlbein-Preises in Zusammenarbeit mit dem Verlag Carl Ueberreuter.

Von Wolfgang und Heike Hohlbein bereits erschienen (Auswahl):
Märchenmond
Märchenmonds Kinder
Märchenmonds Erben
Die Zauberin von Märchenmond
Elfentanz
Midgard
Drachenfeuer
Der Greif
Die Bedrohung
Dreizehn
Katzenwinter
Krieg der Engel
Schattenjagd
Spiegelzeit
Unterland
Die Prophezeiung
Das Märchen von Märchenmond
Die Legende von Camelot I – Gralszauber
Die Legende von Camelot II – Elbenschwert
Die Legende von Camelot III – Runenschild
Das Buch
Anders 1 – Die tote Stadt
Anders 2 – Im dunklen Land
Anders 3 – Der Thron von Tiernan
Anders 4 – Der Gott der Elder
Genesis 1 – Eis
Genesis 2 – Stein
Genesis 3 – Diamant
WASP

Wolfgang & Heike
Hohlbein

Silberhorn

Ueberreuter

Das säurefreie und alterungsbeständige Papier EOS liefert Salzer, St. Pölten
(hergestellt aus chlorfrei gebleichtem Zellstoff aus nachhaltiger Forstwirtschaft).

ISBN 978-3-8000-5448-0

Umschlaggestaltung von init, Büro für Gestaltung, Bielefeld,
unter Verwendung eines Fotos von © Mauritius Images

Gedruckt in Österreich
7 6 5 4 3 2 1

Ueberreuter im Internet: www.ueberreuter.at

Wolfgang Hohlbein im Internet: www.hohlbein.net

Der Schimmel stand zwischen einem braunen und einem kleinen, dafür aber umso stämmigeren Schecken, hatte einen seidig weißen, bis auf den Boden fallenden Schweif, eine ebensolche Mähne und ein fast armlanges gedrehtes Horn, das mitten aus seiner Stirn wuchs. Die Luft um ihn herum schien ganz leicht zu flimmern, wie sie es im Sommer über heißem Asphalt tat, oder man es von Bildern und Fernsehberichten aus der Wüste kannte, sodass seine Umrisse leicht verschwommen wirkten.

Samiha blinzelte, und als sie die Augen wieder aufmachte, war das Flimmern verschwunden.

Genauso wie das Horn.

»…nzer Stolz«, sagte eine Stimme neben ihr.

Obwohl sie nicht einmal die beiden letzten Worte richtig verstanden hatte, beeilte sie sich, ein angemessen beeindrucktes Gesicht zu machen und hektisch zu nicken. »Aha«, sagte sie. Immerhin.

Focks – um genau zu sein: Direktor Oliver Focks – runzelte leicht die Stirn und wiederholte sowohl seine deutende Geste als auch die dazu passenden Worte auf eine Art, die klarmachte, dass er es normalerweise nicht gewohnt war, irgendetwas zu wiederholen. Und es auch nicht schätzte.

»Das hier ist also unser Reitstall«, sagte er. »Unser erster Reitstall. Nicht unbedingt unser ganzer Stolz, aber damit hat es angefangen.« Er lächelte, doch es wirkte ein bisschen gequält, fand Samiha. »Morgen zeige ich dir den großen Stall, wenn du möchtest.«

»Aha«, erwiderte Samiha einsilbig, runzelte genau wie Focks gerade die Stirn und sah noch einmal dorthin, wo sie das Einhorn gesehen hatte. *Einhorn? Was für ein Quatsch!*

»Das hört sich jetzt aber nicht wirklich begeistert an«, sagte Focks. Er gab sich Mühe, enttäuscht zu klingen, aber man hörte ihm an, dass es ihn im Grunde nicht wirklich interessierte.

»Doch, doch«, beeilte sich Samiha zu versichern. »Es ist nur …«

»Vielleicht alles ein bisschen zu viel, ich verstehe«, sagte Focks. »Die anstrengende Reise, die neue Umgebung und das alles …« Er wiegte zustimmend den Kopf. »Das geht vielen so, am Anfang. Vielleicht lebst du dich erst einmal ein und danach sehen wir weiter. Den meisten gefällt es hier recht gut, du wirst sehen.«

Das Einzige, was Samiha gesehen hatte, seit sie hereingekommen war, waren Staub, Schmutz, Spinnweben, feuchtes Stroh, drei ziemlich heruntergekommene Klepper, ein geradezu unglaubliches Durcheinander und noch mehr Spinnweben. Das Licht kam von einer trüben Funzel, die noch dazu so mit Fliegendreck und Schmutz verkleistert war, dass sie eigentlich mehr Schatten als Helligkeit verströmte, und es stank erbärmlich.

»Ich weiß, es macht auf den ersten Blick nicht viel her«, fuhr Focks fort. »Außerdem renovieren wir gerade, und deshalb ist hier alles ein bisschen eng und durcheinander. Aber die meisten anderen mögen es.« Er zwinkerte ihr fast schon verschwörerisch zu. »Gib dir einen oder zwei Tage und es gefällt dir auch, du wirst sehen.«

»Du magst doch Pferde, oder?«, fügte er hinzu, fast schon ein bisschen erschrocken.

Fast hätte Samiha geantwortet: *Sicher. Am liebsten in dünnen Scheiben oder in einer schönen scharfen Sauce* – und sei es nur, um Focks zu schockieren. Stattdessen nickte sie rasch, sah noch einmal zu den drei nebeneinander angebundenen Pferden hin und bemühte sich, wenigstens so etwas wie Interesse zu heucheln. Sie hatte nichts gegen Pferde, aber sie hatte auch nicht besonders viel *für* sie übrig. Wie übrigens für nichts, was mehr als zwei Beine hatte und größer war als sie.

»Ja, ich verstehe schon«, seufzte Focks. »Ist wahrscheinlich meine Schuld, gleich am ersten Tag zu viel zu verlangen. Wir warten einfach ab, bis du alles kennengelernt und dich ein bisschen umgesehen hast, und danach versuchen wir es noch mal, einverstanden?«

Für Samihas Geschmack hörte sich das unangenehm nach einer Rede an, die der Direktor eines Hochsicherheitsgefängnisses einem neuen Insassen halten würde. Natürlich war das hier kein Gefängnis, ebenso wenig wie Focks ein Gefängnisdirektor war und sie eine Gefangene, aber das alles änderte nichts daran, dass sie sich ganz genauso vorkam. Und sie war noch nie eine besonders gute Schauspielerin gewesen.

»Einverstanden«, antwortete sie, kein bisschen weniger einsilbig als zuvor. Focks sah sie unverhohlen enttäuscht an, beließ es aber bei einem Schulterzucken und bedeutete ihr mit einer Geste, ihm zu folgen, während er sich abwandte, um den Stall wieder zu verlassen. Samiha folgte ihm auch gehorsam, machte aber nur einen einzigen Schritt und blieb dann sofort wieder stehen, um noch einmal zu den Pferden hinüberzusehen.

Sie konnte selbst nicht genau sagen, warum. Die Pferde mampften genüsslich an einer Portion Hafer, die Focks ihnen gebracht hatte, nachdem sie hereingekommen waren, schlugen ab und zu mit den Schwänzen, um eine Fliege zu verscheuchen, und schenkten den Menschen darüber hinaus nicht die geringste Beachtung, aber irgendetwas an alldem war … seltsam.

»Anscheinend gefallen sie dir doch«, sagte der Internatsdirektor, als sie sich – fast ohne ihr eigenes Zutun – in Bewegung setzte und über einen Stapel aus halb verrotteten Kisten stieg, um ganz zu den Pferden hinzugehen.

Samiha hörte gar nicht mehr hin, sondern blieb erst stehen, als sie nahe genug war, um die Pferde zu berühren, indem sie bloß den Arm ausstreckte. Was sie natürlich niemals tun würde. Pferde waren unhygienisch, groß und rochen schlecht, und außerdem hatten sie für Samihas Geschmack viel zu viele und viel zu große Zähne, um ihnen trauen zu können.

»Geh lieber nicht zu nahe ran«, sagte Focks hinter ihr. Sie konnte sich täuschen, aber es kam ihr wenigstens so vor, als ob er ein bisschen nervös klang.

»Sind sie gefährlich?«, fragte Samiha – und tat genau das, wovon Focks ihr abgeraten hatte. Der Schecke schnaubte leise, wie um auf ihre Frage zu reagieren, blickte kurz zu ihr hoch und fraß dann ungerührt weiter, aber der Schimmel (das Einhorn?) hob den Kopf und sah sie auf eine Art an, die … seltsam war. Und nicht unbedingt angenehm.

»Nein«, antwortete Focks fast hastig. »Dann hätte ich dich nicht hierhergebracht, oder?« Er schwieg einen winzigen Moment, nur um dann hinzuzufügen: »Nur bei Star solltest du vielleicht ein bisschen vorsichtig sein. Er ist manchmal ein bisschen … zickig.«

Star – der Schimmel, der weder ein Horn hatte noch auch nur annähernd so prachtvoll aussah, wie es ihr auf den allerersten Blick vorgekommen war – schnaubte leise, drehte den Kopf und blickte Focks vorwurfsvoll aus seinen großen, klugen Augen an, und Samiha war vollkommen sicher, dass er die Worte des Internatsleiters nicht nur verstanden hatte, sondern dass sie ihn auch verletzten. Etwas Sonderbares geschah: Der große Hengst war ihr nach wie vor ein wenig unheimlich – allein schon weil er sie jetzt, als sie direkt vor ihm stand, um ein gutes Stück überragte und sie, tief in sich, einfach Angst vor Pferden hatte, wenn sie ehrlich war – und trotzdem konnte sie sich gerade noch beherrschen, nicht die Hand zu heben und seine Nüstern zu streicheln. Star schnaubte erneut. Sein Blick ließ Focks los und richtete sich wieder auf Samiha, und eine noch viel seltsamere Woge von Wärme und Zuneigung durchströmte sie. Jetzt musste sie sich *wirklich* zusammenreißen, um den Hengst nicht zu streicheln. Oder gleich ganz zu ihm zu gehen und sich auf seinen Rücken zu schwingen.

Der Gedanke war so verrückt, dass sie fast davor erschrak und instinktiv ein Stück nach hinten wich. Star schnaubte noch einmal, sah sie nun eindeutig vorwurfsvoll an und senkte dann den Kopf, um weiterzufressen. Die Bewegung löste ein … *Flackern* in ihren Augenwinkeln aus, anders konnte sie das unheimliche Phänomen nicht beschreiben, als wäre da noch irgendetwas, das sich ihren Blicken auf fast magische Weise entzog.

Aber das war nun wirklich albern …

»Ich glaube, wir sollten jetzt gehen«, sagte Focks hinter ihr. Sie konnte hören, wie er den Ärmel hochschüttelte und auf die Armbanduhr sah, eine Angewohnheit, die sie schon ein paarmal bei ihm beobachtet hatte. »Ich habe in der Küche Bescheid gesagt, dass sie dir noch eine Kleinigkeit zu essen zubereiten sollen. Du musst Hunger haben nach so einem langen Tag.«

Tatsächlich knurrte Samiha seit einer geraumen Weile der Magen. Sie war an diesem Tag – selbst für ihre Verhältnisse – außergewöhnlich früh aufgestanden, hatte aus Protest das Frühstück ausfallen lassen und lediglich das Glas lauwarme Milch hinuntergewürgt, auf dem ihre Mutter bestanden hatte. Selbstverständlich hatte sich ihr Körper irgendwann zu Wort gemeldet und laut nach einer neuen

Ladung für seine Batterien verlangt, aber schon ein einziger Blick auf die Speisekarte im Zug (und die Preise darauf) hatte ausgereicht, um ihr den Appetit endgültig zu verhageln. Außerdem war sie beleidigt, eingeschnappt, stinkwütend auf ihre Eltern und die gesamte Welt und genoss auch ein bisschen das Gefühl, ungerecht behandelt worden zu sein. Tapfer hatte sie dem lauter werdenden Rumoren ihres Magens standgehalten und die ganze Welt (und vor allem sich selbst) für die Ungerechtigkeit bestraft, die ihr angetan worden war, und war für den gesamten Tag in einen stummen Hungerstreik getreten, den mangels Zuschauer allerdings niemand zu würdigen wusste. Stolz war eine schöne Sache, die jedoch in gleichem Maße ihren Reiz verlor, in dem das Knurren ihres Magens lauter wurde. Mittlerweile war ihr schon fast schlecht vor Hunger, und der Gedanke an einen kleinen Imbiss erschien ihr immer reizvoller.

»Hm«, machte sie – zurzeit so ziemlich das Maximum an Zustimmung, das ihr Gefängniswärter von ihr erwarten konnte. Ihr Magen rumpelte zustimmend.

Focks gab sich jedoch damit zufrieden. Seine Stimme klang sogar ein bisschen erleichtert, als er antwortete: »Dann lass uns gehen. Star ist morgen früh auch noch da, und wenn du willst, kannst du ihn nach dem Frühstück auf die Koppel führen. Du scheinst Pferde ja wirklich zu lieben.«

Samiha riss ihren Blick mit einiger Mühe von dem abgemagerten Schimmel los und sah den Internatsleiter irritiert an. Das genaue Gegenteil war der Fall, aber sie sparte es sich, Focks über seinen Irrtum aufzuklären. So wie sie sich benommen hatte, musste er tatsächlich genau diesen Eindruck gewinnen, und da war auch etwas an diesem Hengst, das …

Nein, sie konnte nicht genau sagen, was es war. Irgendetwas hatte ihre Neugier geweckt, aber sie wusste nicht, was.

Samiha hütete sich, dem Blick seiner Augen noch einmal zu begegnen, während sie sich herumdrehte und mit einem großen Schritt über den Kistenstapel hinwegtrat, über den sie vorhin schon einmal fast gefallen wäre. Diesmal blieb es nicht bei *fast*, denn gerade als sie den Fuß aufsetzen wollte, ertönte ein sonderbares Summen, und das Licht flackerte und ging nach einer weiteren halben Sekunde ganz aus. Focks fluchte lauthals (es kam ihr vor, als täte er es in einer unbekannten Sprache), Samiha streckte erschrocken die Arme aus und machte einen noch erschrockeneren Schritt, und eines von beiden erwies sich als nicht sonderlich klug, denn sie hörte ein Scheppern und Bersten und verlor im selben Atemzug endgültig das Gleichgewicht. Mit wild rudernden Armen kippte sie nach vorn, biss die Zähne zusammen und wartete auf den Schmerz, mit dem sie in den mit Splittern und rostigen Nägeln gespickten Kistenstapel stürzen musste.

Stattdessen fiel sie auf etwas, das ihren Aufprall wie eine mit Daunen gefüllte, weiche Decke auffing und sich warm und ein bisschen feucht anfühlte und in ihrer Nase kitzelte. Eine Sekunde lang blieb sie mit angehaltenem Atem liegen und wartete darauf, doch einen Schmerz oder irgendetwas anderes Unangenehmes zu spüren, dann stemmte sie sich halb in die Höhe und öffnete blinzelnd die Augen. Nachdem das Licht ausgegangen war, hatte sie vollkommene Dunkelheit erwartet, doch zu ihrer Überraschung konnte sie sehen.

Nur nicht das, was sie erwartet hatte.

Der Stall war nicht dunkel, sondern von einem sonderbaren türkisfarbenen Schein erhellt, der sich gar nicht wie Licht benahm und stattdessen wie leuchtende Flüssigkeit um die Dinge herumfloss, Dinge zudem, die vollkommen anders waren als das, was sie erwartet hatte.

Der Stall war immer noch ein Stall, aber damit hörte die Ähnlichkeit auch schon auf. Der Raum war größer und höher, als sie ihn in Erinnerung hatte, und nicht mehr mit ausrangiertem Werkzeug, Kisten und Säcken und alten Möbeln und Baumaterial vollgestopft, sondern sauber und aufgeräumt. Ledernes Geschirr, Sättel und mit blitzendem Metall beschlagenes Zaumzeug hingen an den Wänden, und die drei Pferde, die sie sah, waren nicht einfach nur mit Stricken angebunden, sondern standen in sauber gezimmerten hölzernen Boxen, die mit demselben frischen Stroh ausgelegt waren, das auch ihren Sturz aufgefangen hatte. Sie waren auch nicht mehr braun, weiß und gescheckt, sondern ausnahmslos schwarz, trugen schwere Sättel aus ebenfalls schwarzem Leder und dazu passendes Zaumzeug, und jedem einzelnen wuchs ein doppelt handlanges gedrehtes Horn aus der Stirn.

Focks sagte etwas, das sie so wenig verstand wie seine Worte von vorhin, das aber irgendwie alarmiert klang, und Samiha riss ihren Blick mit einiger Mühe von den drei unmöglichen schwarzen Einhörnern los, drehte sich halb herum und wurde mit dem Anblick eines noch viel unmöglicheren Direktor Focks belohnt.

Die Gestalt war ein gutes Stück größer und viel kräftiger gebaut, ein muskulöser Riese mit kantigem Gesicht, schulterlangem schwarzem Haar und spitzen Ohren, der eine schwere Rüstung aus schwarzem Leder und Eisen und einen gleichfarbigen Mantel trug, den er in kühnem Schwung über die Schultern geworfen hatte. Seine ebenfalls schwarzen Augen blickten mit einer Mischung aus Überraschung und Schrecken auf Samiha herab, aber dahinter spürte sie auch eine Härte und Gnadenlosigkeit, die sie erschauern ließen. Eine in einem mit eisernen Nieten besetzten schwarzen Lederhandschuh steckende Hand streckte sich nach ihr aus, und Samiha wusste einfach, dass etwas durch und durch Entsetzliches passieren würde, wenn diese Hand sie berührte.

Da stieß etwas Winziges, bunt Schillerndes wie ein zorniger Moskito auf den schwarz gekleideten Krieger herab, prallte mit einem leisen, glockenhellen *Ping* von seiner Schläfe ab und torkelte benommen davon. Der Riese ließ ein ärgerliches Knurren hören und schlug mit der anderen Hand nach dem Störenfried, und so winzig die Ablenkung auch sein mochte, reichte sie Samiha doch, um im allerletzten Moment vor der zupackenden Hand zurückzuprallen. Dann klickte etwas, und die Welt war wieder so, wie sie sein sollte. Focks war wieder Focks, statt eines schwarzen Stachelhandschuhs hielt er eine kleine Taschenlampe in den Fingern, die einen geradezu lächerlich dünnen, aber grellen Strahl staubigen Lichts produzierte, und auch das weiche Stroh, auf das sie gefallen war, hatte sich wieder in das nicht annähernd so weiche Durcheinander aus gesplittertem Holz und rostigen Nägeln verwandelt, das sie in ihrem ersten Schrecken erwartet hatte. Etwas lief warm und klebrig an ihrer Schläfe hinab und kitzelte in ihrem Augenwinkel.

»Bleib liegen!«, befahl Focks erschrocken. »Nicht bewegen, hörst du?« Der Lichtstrahl tastete über ihr Gesicht und richtete sich dann so zielsicher auf ihre Augen, dass sie gar nichts mehr sah und geblendet die Hand vor das Gesicht heben wollte. Focks ließ sich vor ihr in die Hocke sinken (sie konnte hören, wie seine Gelenke knackten, wie sie es eigentlich bei einem sehr viel älteren Mann erwartet hätte), drückte ihren Am hinunter und ließ den Strahl seiner Miniatur-Lampe langsam über ihr Gesicht wandern. Wenigstens versuchte er jetzt nicht mehr, ihr die Augen auszubrennen.

»Ist dir was passiert?«, fragte er besorgt.

»Nein«, behauptete Samiha. »Alles in Ordnung.«

»Du blutest.« Der Strahl der kaum kugelschreibergroßen MAG-LITE richtete sich genau dorthin, wo sie das Brennen und die Wärme spürte. Samiha tastete mit den Fingern danach und fühlte klebriges Blut, und aus dem leisen Brennen wurde ein stechender Schmerz. Sie sog hörbar die Luft zwischen den Zähnen ein.

»Das ist nichts«, behauptete sie trotzdem.

»Dafür, dass es nichts ist, blutet es ganz schön«, sagte Focks, zuckte mit den Schultern und zog ein ordentlich zusammengefaltetes weißes Taschentuch aus der Jacke. Sehr behutsam begann er ihre Schläfe damit abzutupfen. Es tat trotzdem ziemlich weh, aber Samiha ertrug die Prozedur mit zusammengebissenen Zähnen und ohne den geringsten Laut von sich zu geben.

»Das scheint wirklich nur ein Kratzer zu sein«, sagte er, nachdem er endlich seine Versuche eingestellt hatte, ihr bei lebendigem Leib die Haut vom Schädel zu scheuern. Sie hatte sich geirrt: Was er aus seiner Jacke gezogen hatte, das war kein Taschentuch gewesen, sondern ein Blatt weißes Schmirgelpapier, mit dem er sich genüsslich zu ihrem Stammhirn durchzuarbeiten versuchte.

»Trotzdem muss die Wunde desinfiziert werden«, fuhr er fort. »Ist dir sonst noch etwas passiert?«

»Nein«, antwortete Samiha rasch.

»Davon wird sich Frau Baum überzeugen«, antwortete Focks bestimmt und stand mit einem zweiten, noch lauteren Knacken seiner Gelenke auf. Sein Lichtstrahl huschte so schnell und nervös durch den Stall, dass ihr vermutlich sofort schwindelig geworden wäre, hätte sie versucht, ihm zu folgen, und blieb an der erloschenen Lampe hängen. »Da wird spätestens morgen früh ein ernsthaftes Gespräch zwischen mir und diesem sogenannten Handwerker fällig. Ich weiß nicht, wie oft ich ihm schon gesagt habe, dass er sich um die Stromleitungen kümmern soll!«

Samiha hatte Mühe, den Worten überhaupt zu folgen. Irgendetwas Winziges, Buntes summte in torkelnden Kreisen um die erloschene Lampe und verschwand immer wieder, sobald es in den Lichtkreis der MAG-LITE geriet, zu klein, um es wirklich erkennen zu können.

Focks schaltete seine Lampe aus, und Samihas Herz machte einen erschrockenen Sprung und schien dann hart und rasend schnell direkt unter ihrer Schädeldecke weiterzuhämmern. Eines der Pferde schnaubte unwillig, und die Dunkelheit bekam plötzlich etwas ungemein Bedrohliches und begann sich wie eine unsichtbare Faust um sie zusammenzuziehen. Sie hörte, wie Star nervös mit den Hufen scharrte, und fragte sich, woher sie eigentlich wusste, dass es der weiße Hengst war.

Das Licht ging wieder an, und Focks machte ein um Verzeihung bittendes Gesicht, als er ihr Erschrecken bemerkte. »Tut mir leid. Ich wollte nur sichergehen, dass es kein Funke ist. Nicht, dass am Ende noch der ganze Stall abbrennt.«

Das konnte Samiha verstehen, aber eine sonderbare Beunruhigung blieb. Da war etwas in dieser Dunkelheit gewesen, das ihr Angst machte. Und es war immer noch da …

Focks seufzte übertrieben erleichtert und machte erneut eine einladende Geste. »Ich denke, für den ersten Tag war das Abenteuer genug, oder?«

Samiha hatte nicht vor, ihm zu widersprechen. Mit einem übertrieben vorsichtigen Schritt trat sie über das hinweg, was von dem Kistenstapel übrig geblieben war, und konnte ein eisiges Frösteln nicht unterdrücken, als sie das Durcheinander aus dolchspitzen Holzsplittern und rostigen Nägeln sah, in dem sie gerade noch gelegen hatte. Wahrscheinlich konnte sie von Glück sagen, mit einer harmlosen Schramme davongekommen zu sein.

Als wäre dieser Gedanke ein Stichwort gewesen, begann die *Schramme* heftiger zu schmerzen und blutete jetzt auch wieder. Ganz automatisch wollte sie die Hand heben, aber Focks schüttelte rasch den Kopf und hielt ihr sein nicht mehr ganz so sauberes Schmirgelpapier-Taschentuch hin. Samiha griff dankbar danach, presste es gegen die Schramme an ihrer Schläfe, und der pochende Schmerz ließ wenigstens ein bisschen nach. Aber sie konnte selbst spüren, wie blass sie geworden war, und es hätte Focks besorgter Blicke gar nicht mehr bedurft, um ihr klarzumachen, wie deutlich man ihr das ansah.

Auf dem Weg zur Tür machte sie einen respektvollen Bogen um alles, was irgendwie spitz oder scharf sein könnte, und als Focks die Tür öffnete, blieb sie noch einmal stehen und blickte zu den Pferden zurück. Zwei von ihnen konzentrierten sich ausschließlich auf ihren Hafer, doch Star hatte den Kopf gehoben und sah sie mit aufmerksam aufgestellten Ohren an. Sein Schweif peitschte nervös, und in dem schwachen Streulicht, das durch die offen stehende Tür hereinfiel, wirkte er für einen ganz kurzen Moment noch einmal so verzaubert und prachtvoll wie vorhin: Seine Mähne und der Schweif glänzten wie Seide, und die wunden Stellen und die mageren Flanken waren verschwunden. Und im Blick seiner großen, sanftmütigen Augen lag etwas, das ihr schon wieder einen kalten Schauer über den Rücken laufen ließ, auch wenn es dieses Mal nichts mit Furcht oder gar Schmerz zu tun hatte, sondern im Gegenteil eher angenehm war.

»Samiha?«, fragte Focks.

Samiha riss sich mit einiger Mühe vom Anblick des weißen Nicht-Einhorns los und beeilte sich jetzt, an Focks Seite zu treten. Unwillkürlich schlang sie die Hände um die nackten Oberarme, als sie spürte, wie kalt es in den wenigen Minuten geworden war, die sie drinnen im Stall verbracht hatten. Sie trug noch immer die gleichen Kleider, in denen sie am Nachmittag angekommen war – Jeans, Nikes und ein ärmelloses T-Shirt –, und für einen Hochsommertag war das auch in Ordnung gewesen. Aber hier in den Bergen wurde es offenbar schnell kalt, sobald die Sonne untergegangen war.

Vielleicht saß ihr ja auch noch der Schreck in den Knochen.

»Ist auch wirklich alles in Ordnung?«, erkundigte sich Focks besorgt.

Samiha beeilte sich, zu nicken und in scharfem Tempo neben ihm herzugehen, nachdem er die Tür abgeschlossen hatte und das weitläufige Hauptgebäude auf der anderen Seite ansteuerte. Es schien mit jedem Schritt kälter zu werden, und auch die Dunkelheit hier draußen schien mit einem Mal etwas Bedrohliches, fast schon etwas Feindseliges zu beinhalten, und sie musste sich beherrschen, um sich nicht unentwegt angstvoll umzublicken. Die Kälte, die sie immer stärker spürte und die sie mittlerweile fast mit den Zähnen klappern ließ, war längst nicht der einzige Grund, aus dem sie es plötzlich sehr eilig hatte, das hell erleuchtete Hauptgebäude zu erreichen.

Dennoch drehte sie immer wieder den Kopf und blickte zu den dunkel daliegenden Stallungen zurück. Sie konnte einfach nicht vergessen, was sie gerade zu sehen geglaubt hatte. Gab es hier wirklich … *Einhörner?*

»Selbstverständlich«, sagte Focks. »Aber nicht dort drinnen. Wir bringen sie in einem anderen Stall unter, gleich neben dem Pegasus. Das ist ein bisschen aufwendig, aber es geht leider nicht anders. Sie vertragen sich nicht mit den Zentauren, die normalerweise in diesem Stall stehen.«

Samiha starrte ihn eine Sekunde lang einfach nur verstört an, bevor ihr klar wurde, dass sie ihren letzten Gedanken offenbar laut ausgesprochen hatte.

»Und erst die Wyvern«, fuhr Focks mit todernstem Gesicht fort. »Das ist vielleicht ein zänkisches kleines Volk, kann ich dir sagen. Mit denen kommt wirklich niemand klar.«

Samiha hatte es plötzlich wirklich *sehr* eilig, das lang gestreckte Haupthaus zu erreichen. Erst als Direktor Focks hinter ihr eintrat und die schwere Tür ins Schloss drückte, atmete sie vorsichtig erleichtert auf. Vor ein paar Stunden, als sie hierhergekommen war, waren ihr die schmiedeeisernen Gitter vor dem bunten Bleiglasfenster wie Teil eines Gefängnisses vorgekommen, aber jetzt begriff sie plötzlich, dass man jedes Ding von zwei Seiten betrachten konnte: Vielleicht beschützten diese Gitter die Bewohner dieses Hauses ja vor etwas, das verborgen draußen in der Dunkelheit lauerte.

»Ist auch wirklich alles in Ordnung mit dir?«, fragte Focks zum wiederholten Mal. Das Licht in der vornehm getäfelten Eingangshalle war bei ihrem Eintreten automatisch angegangen und vertrieb mit seinem warmen gelben Schein auch noch die letzten Gespenster, die mit ihnen hereingeschlüpft waren, doch das hinderte ihn nicht daran, ihr schon wieder mit seiner Mini-Laserkanone ins Gesicht zu leuchten und besorgt die Stirn zu runzeln. Erst als sie ihrerseits eine Grimasse zog und übertrieben mit den Augen blinzelte, schaltete er die MAG-LITE aus und ließ sie in der Jackentasche verschwinden. Der besorgte Ausdruck auf seinem Gesicht blieb.

»Es tut mir wirklich leid, dass dein erster Tag hier so enden muss«, sagte er. »Ich kaufe mir gleich morgen früh diese Handwerker und reiße ihnen höchstpersönlich die Köpfe ab. Und das da …«, fügte er mit einer Geste auf das mittlerweile fast durchgeblutete Taschentuch hinzu, das sie nach wie vor gegen ihre Schläfe presste, »… wird sich Frau Baum ansehen, am besten gleich jetzt.«

»Aber das ist wirklich nicht nötig«, sagte Samiha hastig. Sie hatte keine Ahnung, wer Frau Baum war, aber sie war auch ziemlich sicher, dass sie ihre Bekanntschaft gar nicht machen wollte, jedenfalls nicht jetzt und unter den gegebenen Umständen.

»Es ist wirklich nur ein Kratzer«, beteuerte sie. *Der wie Feuer brennt und einfach nicht aufhören will zu bluten.*

»Damit hast du wahrscheinlich sogar recht«, antwortete Focks, fast zu ihrer Überraschung. »Aber er könnte sich entzünden, wenn er nicht desinfiziert wird. Hast du zufällig Lust auf eine hübsche Narbe im Gesicht?«

Er wartete ihre Antwort gar nicht erst ab, sondern schüttelte heftig den Kopf und fuhr fort: »Siehst du? Und außerdem muss ich den Vorfall melden und dich versorgen lassen … einmal ganz davon abgesehen, dass mich deine Eltern einen Kopf kürzer machen würden, wenn dir irgendetwas passiert.«

Wenigstens im Moment war Samiha eher der Meinung, dass ihre Eltern Direktor Focks und dem *Unicorn Heights* eine großzügige Geldspende zukommen lassen würden, sollte ihrer einzigen Tochter ein bedauernswerter (und nach Möglichkeit tödlicher) Unfall zustoßen, aber diese Antwort behielt sie vorsichtshalber für sich. Nicht nur weil sie bei Focks vermutlich nicht besonders gut angekommen wäre, sondern weil sie nicht nur nicht stimmte, sondern auch ziemlich gemein war.

Aber bis vor ungefähr zehn Minuten war sie auch noch ganz in der Stimmung gewesen, gemein und unfair zu sein.

Sie wollte gerade eine besänftigende Bemerkung machen, als sie etwas zu hören glaubte, erschrocken herumfuhr und die geschlossene Tür hinter sich anstarrte.

Samiha lauschte so angestrengt und konzentriert, wie sie nur konnte, und etliche lange, schwere Herzschläge lang, die sie bis in die Fingerspitzen zu spüren glaubte. Aber da war nichts.

Und trotzdem: Hatte da gerade etwas an der Tür … gekratzt?

Focks wartete einige Sekunden lang vergeblich auf eine Antwort, hob dann die Schultern und zog ein ultraflaches Angeber-Handy aus derselben Tasche, in der er gerade die MAG-LITE hatte verschwinden lassen. So schnell und leise, dass sie die Worte nicht verstand, sprach er ein paar Sätze hinein, nachdem er die Kurzwahltaste gedrückt hatte, und klappte das Gerät dann wieder zu, ohne sich verabschiedet zu haben.

»Frau Baum ist auf dem Weg«, sagte er. »Ich schlage vor, wir gehen schon mal in die Krankenstation und warten dort auf sie.«

»Krankenstation?«, wiederholte Samiha.

Sie musste wohl ziemlich erschrocken geklungen haben, denn Focks beeilte sich, ein Lächeln auf sein Gesicht zu zaubern, und machte eine besänftigende Geste. »Keine Sorge«, sagte er. »Das klingt gewaltiger, als es ist. Nur ein Zimmer mit einer Liege und einem etwas größer geratenen Erste-Hilfe-Kasten. Nichts, was dir Kopfschmerzen bereiten muss.«

Wenn das ein Wortspiel sein sollte, dachte Samiha finster, dann war es gründlich danebengegangen. Sie *hatte* Kopfschmerzen, sogar mehr, als sie sich eingestehen wollte, und sie schoss auch einen entsprechend giftigen Blick in Focks' Richtung ab, den er allerdings nur damit quittierte, ihr das blutbefleckte Taschentuch zurückzugeben und breit zu grinsen.

Während sie Focks durch die hohen Flure des Hauptgebäudes folgte, die jetzt ganz anders als noch vor zwei Stunden von einer fast vornehmen Stille erfüllt waren, versuchte sie noch einmal logisch über das unheimliche Erlebnis nachzudenken, das sie gerade draußen im Stall gehabt hatte. Vielleicht bildete sie sich auch nur ein, es gehabt zu haben, sie war sich da mittlerweile nicht mehr ganz sicher. Ein Einhorn? Und dann noch ein kompletter Stall, der sich in etwas … anderes verwandelt hatte? An den spitzohrigen (!) Fantasy-Krieger, den sie statt des Direktors gesehen zu haben glaubte, wollte sie lieber gar nicht erst denken.

Nein – es war ziemlich unwahrscheinlich, dass sie das alles tatsächlich erlebt haben sollte. Sehr viel wahrscheinlicher war da schon, dass sie sich den Kopf doch kräftiger angestoßen hatte, als sie glaubte, und so etwas wie eine rückwirkende Halluzination erlebte. Vielleicht war es doch nicht so schlecht, wenn sich Frau Baum die kleine *Schramme* an ihrer Schläfe ansah.

Wer immer sie auch sein mochte.

Sie durchquerten fast den gesamten ihr schon bekannten Teil des Hauptgebäudes, gingen eine kurze Treppe hinauf, die erbärmlich genug unter ihren Schritten knarrte, um eine Hauptrolle in jedem Horrorfilm zu bekommen, und traten durch eine schmale Tür, die mit einem roten Kreuz auf weißem Grund gekennzeichnet war, in eine vollkommen andere Welt.

Hier gab es keine holzvertäfelten Wände und sorgsam geölten Eichendielen auf dem Boden, auch keine Stuckverzierungen an der Decke, keine verschnörkelten Kronleuchter oder goldgerahmte Ölgemälde von Leuten, die schon vor Jahrhunderten gestorben und zu Staub zerfallen waren. Das Licht kam von einer ganzen Batterie nackter Neonröhren unter der Decke und war kalt, die Wände waren weiß getüncht und in Hüfthöhe olivgrün abgesetzt, und auch die Einrichtung entsprach genau dem, was sie nach den Worten des Direktors erwartet hatte – oder doch wenigstens ungefähr. Eine mit schwarzem Leder bezogene verchromte Liege, ein einfacher Schreibtisch aus Metall samt dazu passendem Bürostuhl und eine Glasvitrine, die vor Pappkartons, Flaschen und Fläschchen und Paketen mit Verbandsmaterial, Heftpflastern und Einmalhandschuhen und allem anderen möglichen Krempel schier überquoll.

»Wie gesagt: kein Grund, sich Sorgen zu machen«, sagte Direktor Focks, der hinter ihr eintrat und die Tür sperrangelweit offen stehen ließ. »Nur eine bessere Erste-Hilfe-Station, weiter nichts.«

Ganz so hätte Samiha es dann doch nicht beschrieben. Auf dem Schreibtisch thronte ein moderner Flatscreen von wahrhaft Ehrfurcht gebietender Größe, von dem sich ein Kabel zu einem zweifellos ebenso beeindruckenden Computer ringelte, und über der Liege hing ein verchromtes Monstrum von Lampe, die jedem Operationssaal zur Ehre gereicht hätte. Und auf den zweiten Blick gewahrte sie noch ein paar technische Spielereien, deren genaue Bedeutung sie zwar nicht erkannte, die aber eindeutig … medizinisch wirkten. Sie warf Focks einen ebenso misstrauischen wie verwirrten Blick zu, auf den er mit erneutem Kopfschütteln reagierte.

»Was hast du erwartet?«, fragte er. »Eine mittelalterliche Folterkammer?«

»Jedenfalls keine Krankenstation wie an Bord der Enterprise«, antwortete Samiha.

Focks runzelte die Stirn und konnte mit diesem Begriff ganz eindeutig nichts anfangen, tat ihn dann aber mit einem Schulterzucken ab. »Wir sind hier ziemlich weit vom nächsten Krankenhaus entfernt«, sagte er. »Selbst von der nächsten Stadt, die diese Bezeichnung verdient und so etwas wie einen Arzt hat. Wenn einmal etwas passiert, dann ist es schon besser, wenigstens die allernotwendigsten Dinge dazuhaben.«

»Passiert hier denn viel?«, erkundigte sich Samiha.

Die Frage schien bei Focks nicht besonders gut anzukommen, denn sein Gesicht verdüsterte sich um etliche Grade, doch bevor er antworten konnte, erscholl draußen auf dem Flur ein helles Lachen, und eine amüsierte Frauenstimme sagte: »Bei fast dreihundert Schülerinnen und Schülern, die wir hier haben, bleibt die eine oder andere Schramme nun mal nicht aus, fürchte ich.«

Eine Frau, Mitte dreißig, mit langem blondem Haar und legerer Kleidung, kam herein, bedachte Samiha mit einem eher flüchtigen Nicken und wandte sich dann mit spöttisch funkelnden Augen an Focks. »Aber das ist noch lange kein Grund, jeder neuen Schülerin gleich ein Veilchen zu verpassen, nur um ihr unser Lazarett zu zeigen.«

Ihre Augen – es waren sehr freundliche und vor allem sehr *wache* Augen, fand Samiha – funkelten für einen Moment noch spöttischer, dann trat ein Ausdruck absoluter Aufmerksamkeit in ihren Blick, während sie sich zu ihr herumdrehte. »Was ist passiert?«, fragte sie übergangslos.

Focks wollte antworten, doch Samiha kam ihm zuvor. »Das ist wirklich nur ein Kratzer«, sagte sie. »Kaum der Rede wert. Ehrlich, ich weiß gar nicht, was ich hier soll.«

»Das zu beurteilen überlässt du vielleicht doch besser mir, junge Dame«, antwortete die Blonde, allerdings in einem so freundlichen Ton, dass ihren Worten dadurch alle Schärfe genommen wurde.

Trotzdem antwortete sie leicht beleidigt: »Samiha.«

»Samira?«, wiederholte die Frau.

»Sami*ha*«, verbesserte sie Samiha betont, erntete nichts

als einen verständnislosen Blick und fuhr mit einem kaum hörbaren Seufzen fort: »Aber Sie können mich Sam nennen. Das tut eigentlich jeder.«

»Weil du einen so außergewöhnlichen Namen trägst, mit dem die meisten Schwierigkeiten haben«, vermutete ihr blondhaariges Gegenüber. Dann lächelte die Frau wieder und streckte ihr die Hand entgegen. »Ich bin Sonya. Aber in den Klassenräumen und während der Unterrichtszeit würde ich es vorziehen, wenn du mich mit Frau Baum anreden würdest.«

Samiha griff ganz automatisch nach der ausgestreckten Hand und schüttelte sie. »Sie sind die Krankenschwester hier?«

»Krankenschwester?« Sonya erwiderte ihren Händedruck mit einer Kraft, die Sam angesichts ihrer schmalen Finger und der fast zerbrechlich anmutenden Gestalt überraschte, zog die Augenbrauen hoch und bedachte Focks mit einem schon beinahe drohenden Blick. »Hat er das gesagt?«

»Nein«, antwortete der Direktor, räusperte sich lautstark und unecht und begann nervös von einem Bein auf das andere zu treten. Dann wandte er sich mit einem Ruck zur Tür. »Ich habe noch eine Menge zu tun, Frau Baum. Bitte kümmern Sie sich um unsere neue Schülerin. Und legen Sie mir den Bericht auf den Tisch, wenn Sie fertig sind.« Er verließ das Zimmer, blieb aber mit der Hand auf der Klinke noch kurz stehen und drehte den Kopf. »Und wenn alles erledigt ist, dann kommst du bitte noch einmal zu mir, und ich bringe dich auf dein Zimmer, Sam.«

»Samiha«, verbesserte ihn Sam.

Focks linke Augenbraue rutschte ein Stück weit an seiner Stirn hinauf und blieb dort. »Samiha«, wiederholte er kühl. »Selbstverständlich. Bitte entschuldige.« Und damit ging er und zog die Tür mit einem Knall hinter sich zu.

»Dem hast du's sauber gegeben«, sagte Sonya, ließ ihre Hand endlich los und trat einen Schritt zurück, um sie aufmerksam und mit schräg gehaltenem Kopf zu mustern. Samiha tat ihrerseits dasselbe und korrigierte ihre Einschätzung ein wenig nach oben, was Sonyas Alter anging. Sie war eher Ende dreißig und so schlank, dass sie wahrscheinlich nur mit einigem guten Willen noch nicht als magersüchtig durchging. Ihr Haar hing glatt bis weit über ihren Rücken hinab, und sie hatte ein sehr hübsches Gesicht, trotz ihres (zumindest in Sams Augen) schon fortgeschrittenen Alters. Aber unter dieser sorgsam gepflegten Schönheit glaubte sie auch eine Härte und einen eisernen Willen zu spüren, die ganz und gar nicht zu ihrem so zerbrechlichen Äußeren passen wollten.

»Also, was ist geschehen?« Sonya trat an den Glasschrank und öffnete ihn mit einem winzigen Schlüssel, den sie an einer silbernen Kette am Handgelenk trug. Während Samiha ihr mit knappen Worten erzählte, was im Stall vorgefallen war (wobei sie sich hütete, irgendetwas von Einhörnern, verzauberten Ställen oder gar spitzohrigen Kriegern zu erwähnen), streifte Sonya sich ein Paar Einmalhandschuhe über, nahm einen Wattebausch und ein kleines, beunruhigend harmlos aussehendes Fläschchen aus dem Schrank und kam zurück. »Kein Wunder, dass der Direktor so aus dem Häuschen ist«, sagte sie. »Wenn herauskommt, dass er dich auf einer ungesicherten Baustelle herumstolpern lässt, dann bekommt er eine Menge Ärger.«

Behutsam drückte sie Samihas Hand hinunter, die noch immer das Taschentuch hielt, begutachtete die Wunde stirnrunzelnd und schraubte das Fläschchen auf, um einige Tropfen einer scharf riechenden Flüssigkeit auf den Wattebausch zu träufeln, den sie anschließend gegen den Schnitt in ihrer Schläfe presste. Aus dem unangenehmen Pochen wurde ein schmerzhaftes Brennen, das ihr die Tränen in die Augen trieb.

»Es hört sofort auf, keine Angst.« Sonya hielt mit der Linken ihr Gelenk fest, als sie ganz automatisch ihren Arm beiseiteschlagen wollte. »Das muss leider sein.«

Sam glaubte ihr ja, aber das änderte nichts daran, dass das Brennen immer schlimmer wurde und sie mittlerweile das Gefühl hatte, ihr ganzes Gesicht stünde in Flammen. »Also doch eine Folterkammer«, quetschte sie zwischen zusammengebissenen Zähnen hervor.

»Selbstverständlich«, antwortete Sonya todernst. »Jedes Internat, das etwas auf sich hält, hat eine eigene Folterkammer. Wir tarnen unsere nur besser als die anderen.«

»Und Sie sind der Folterknecht«, vermutete Sam. Sonya hatte die Wahrheit gesagt. Das Brennen ließ bereits nach, wenn auch nicht so rasch, wie es ihr lieb gewesen wäre.

»Du«, verbesserte sie Sonya. »Und Foltermagd.«

»Dieses Wort gibt es nicht«, antwortete Samiha. »Die weibliche Form von Folterknecht ist ebenfalls Folterknecht. Ich bin gut in Deutsch.«

»Und ich bin die Deutschlehrerin auf *Unicorn Heights*«, beharrte Sonya. »Und als solche gebe ich dir zwar recht, was den Folterknecht angeht, aber sonst nicht. Wenn es das Wort *Foltermagd* in unserem von Frauen verachtenden Männern verfassten Duden nicht gibt, dann wird es Zeit, dass frau es erfindet.«

»Aha«, sagte Samiha. *Was sollte denn dieser Unsinn?* »Sie sind Deutschlehrerin?«

»Deutsch und Geschichte«, antwortete sie. »Und im Nebenjob Krankenschwester, Beichtmutter und bei Bedarf auch Gärtnerin und Stallfrau. Letzteres selbstverständlich ohne Bezahlung.«

Und wahrscheinlich auch noch Frauenbeauftragte, vermutete Samiha, hütete sich aber, diesen Gedanken laut auszusprechen.

»Und du bist also Samiha«, fuhr Sonya fort. Das Brennen in ihrer Schläfe ließ jetzt rasch nach, und an seiner Stelle begann sich ein Gefühl wohltuender Taubheit in ihrer Stirn breitzumachen. Was war in dieser Flasche? Curare? »Sind deine Eltern aus dem Irak – ich darf doch *Du* sagen?«

»Ja«, antwortete Samiha. »Und wie kommen Sie darauf?«

»Weil Samiha ein uralter persischer Name ist«, antwortete die Lehrerin, nahm den Wattebausch herunter und zog die Augenbrauen zusammen, um den Schnitt in ihrer Schläfe zu begutachten. Was sie sah, schien ihr nicht sonderlich zu gefallen, dachte Sam beunruhigt. »Und wenn man genau hinsieht, dann hast du etwas ganz leicht … Babylonisches.«

»Weil ich so undeutlich spreche?«

Sonya lachte, machte ein anerkennendes Gesicht und stand auf, um noch einmal an die Glasvitrine zu treten. Sams Beunruhigung nahm zu, als sie sah, wie sie ein kleines Glasschälchen und eine verchromte Pinzette von einem der Glasböden nahm. »Das war gut gekontert. Aber jetzt mal im Ernst. Ich weiß gerne über unsere neuen Schülerinnen Bescheid, und über dich weiß ich so gut wie gar nichts. Focks sitzt wie eine Glucke auf deiner Akte und hat uns kein Wort verraten.«

»Wahrscheinlich gibt es noch gar keine«, sagte Samiha.

Sonya kam zurück, bugsierte sie mit sanfter Gewalt auf die Ledercouch und zog sich den Bürostuhl heran. Samiha wollte es nicht, aber ihr Blick hing wie hypnotisiert an der Pinzette, die ihre Lehrerin in der rechten Hand hielt. Ihr fiel erst jetzt auf, wie spitz und gefährlich das Ding aussah.

»Und wieso?«, fragte Sonya. »Ich meine: Bist du die uneheliche Tochter des irakischen Präsidenten oder etwas in der Art? Wir haben hier normalerweise keine Geheimnisse voreinander.«

»Es ging alles ein bisschen schnell«, antwortete sie. Die Pinzette näherte sich ihrem Gesicht, und Samihas Herz begann schneller zu schlagen. »Vor zwei Tagen wusste ich ja selbst noch nicht, dass ich hier …« Beinahe hätte sie gesagt: *eingeliefert werde.* Sie schluckte die Worte zwar im letzten Moment hinunter, aber Sonya sah ganz so aus, als hätte sie sie trotzdem gehört.

»Und jetzt hältst du das alles hier für so eine Art *Bootcamp* für Besserbetuchte«, vermutete Sonya.

Samiha schwieg. Dieser Vergleich war ihr noch gar nicht in den Sinn gekommen, aber so völlig falsch war er nicht.

»Ganz so falsch ist dieser Vergleich nicht einmal«, fuhr die Lehrerin fort, als Sam sich beharrlich weiter in Schweigen hüllte und beinahe, als hätte sie ihre Gedanken gelesen. »Jedenfalls sehen es einige unserer Schülerinnen so … wenigstens am Anfang. Aber hab keine Angst. Das Schlimmste, was einer Schülerin hier jemals passiert ist, waren ein paar ausgerissene Zehennägel, weil sie sich nicht an die Hausordnung gehalten hat.«

»Zehennägel?«, fragte Samiha nervös.

»Das fällt nicht so auf wie ausgerissene Fingernägel«, antwortete Sonya ernst. »Außerdem kann man schlecht in den Steinbrüchen arbeiten, wenn die Hände dick bandagiert sind. Halt still.«

Samiha blieb kaum genug Zeit, um über die Bedeutung ihrer letzten beiden Worte nachzudenken, da bohrte sich die Pinzette auch schon wie ein rot glühender Speer in ihren Schädel und begann sich in ihr Gehirn zu wühlen. Diesmal konnte sie einen ächzenden Schmerzlaut nicht ganz unterdrücken.

»Ich weiß, das ist unangenehm«, sagte Sonya, »aber es ist gleich vorbei. Und es muss sein, glaub mir.«

Samiha glaubte ihr auch jetzt, was aber leider rein gar nichts daran änderte, dass es ekelhaft *weh*tat. Sie biss weiter tapfer die Zähne zusammen und versuchte genauso tapfer, nicht laut zu wimmern, und beinahe gelang es ihr sogar.

Ungefähr zweieinhalb (gefühlte) Stunden später, in denen Sonya genüsslich im Inneren ihres Schädels herumgewerkelt hatte, ließ die preisgekrönte Foltermagd des *Unicorn Heights* endlich von ihr ab und richtete sich mit einem erleichterten Seufzen auf, das nach allem, was recht war, eigentlich *ihr* zugestanden hätte. »Da haben wir ja den Übeltäter«, sagte sie.

Irgendwie gelang es Sam, die Tränen wegzublinzeln und die Pinzette zu fixieren, die die Deutschlehrerin wie eine Trophäe schwenkte. Sie war ein bisschen erstaunt. So wie sie sich in den zurückliegenden Augenblicken gefühlt hatte, hätte sie erwartet, einen ausgewachsenen Hufnagel zu sehen, den Sonya aus ihrem Schädel gezogen hatte, oder auch ein rostiges Schwert, aber in der Pinzette glitzerte nur ein winziges silbriges … Etwas, kaum so groß wie ein abgebrochener Kakteenstachel.

»Direktor Focks hatte vollkommen recht, dich hierherzubringen«, sagte Sonya. »Das hätte eine hübsche Entzündung geben können.«

»Aha«, murmelte Samiha. Saurer Speichel sammelte sich unter ihrer Zunge, und sie musste immer heftiger schlucken, wodurch ihr natürlich nur noch mehr übel wurde. »Und was?«

Statt etwas zu erwidern, nahm Sonya den Deckel von der Glasschale, ließ den winzigen Silbersplitter hineinfallen, legte den Deckel fast behutsam wieder darauf, bevor sie das Schälchen zu der Vitrine trug und die Glastüren sorgsam abschloss. Die gebrauchten Plastikhandschuhe warf sie samt Pinzette in den Mülleimer und ließ sich wieder auf den Stuhl sinken.

»Nur ein Splitter«, antwortete sie mit einiger Verspätung. »Kein Grund zur Aufregung. Aber er hätte sich ganz bestimmt entzündet, wenn du nicht zu mir gekommen wärst.« Sie machte eine fragende Handbewegung. »Bestehst du auf einen Stirnverband samt Augenklappe oder gibst du dich mit einem Pflaster zufrieden?«

Natürlich träumte sie in dieser Nacht von Einhörnern, schwarzen Reitern mit spitzen Ohren und unsichtbaren Dingen, die in den Schatten lauerten und an Türen kratzten. Mindestens zweimal erwachte sie schweißgebadet und mit klopfendem Herzen und, dem Zustand ihrer zerwühlten Bettwäsche nach zu schließen, sogar öfter. Außerdem hatte sie rasende Kopfschmerzen.

Damit hörten die schlechten Nachrichten nicht auf. Sams persönlicher Einschätzung nach würden sie das für die nächsten knapp vier Jahre nicht tun, bis sie endlich achtzehn und somit alt genug war, sich nicht mehr von jedem herumschubsen zu lassen, dem gerade der Sinn danach stand, aber ihr unfreiwilliger Einzug auf *Unicorn Heights* stellte eindeutig den bisherigen Tiefpunkt in ihrem Leben dar.

Der Tiefpunkt dieses Tages – obwohl er gerade erst begonnen hatte – war das Frühstück, das alle Schülerinnen und Schüler dieses Nobel-Bootcamps gemeinsam in der Mensa einnahmen. Samiha war es nicht gewohnt, zu frühstücken, schon gar nicht in der Gesellschaft von dreihundert grölenden Teenagern, von denen die eine Hälfte sie ignorierte und die andere sie angaffte, als hätte sie ein drittes Auge mitten auf der Stirn. Sie nahm sich lediglich eine Tasse Tee und ein halbes Brötchen vom Büfett, erspähte einen freien Platz an einem der Tische und steuerte ihn an. Als sie sich setzen wollte, schob der dunkelhaarige Junge, der links neben dem freien Platz saß, den Stuhl mit einem Ruck heran, sodass die Lehne gegen den Tisch prallte.

»Man fragt normalerweise, bevor man sich an einen Tisch setzt«, sagte er.

Samiha maß ihn mit einem kühlen, abschätzenden Blick. Der Bursche war ungefähr so alt wie sie, aber ein gute Stück größer und gebaut wie ein Preisboxer, das konnte sie sogar unter seiner legeren Kleidung erkennen und im Sitzen. Er hatte kurz geschnittenes Haar, ein breites Gesicht und sah nicht besonders intelligent aus, dafür aber ziemlich tückisch. Wie gut sie Burschen wie diesen doch kannte! Auf jeder ihrer bisherigen Schulen war sie mindestens einem davon begegnet, und die Geschichte war immer dieselbe. Irgendwo in einem besonders finsteren Winkel der Welt, überlegte sie, musste es einen Ort geben, an dem Vollidioten wie diese am Fließband hergestellt wurden, um sie dann gleichmäßig auf alle Schulen des Planeten zu verteilen.

»Du kannst dich gerne zu uns setzen«, fuhr Blödi fort, »wenn du nett fragst.«

Er lächelte sie an, und der Junge, der neben ihm saß, fing dieses Lächeln auf und machte ein hämisches Grinsen daraus. Und nicht nur er. Dem Muskelprotz gegenüber saß ein dunkelhaariges, ziemlich hübsches Mädchen, ungefähr in Samihas Alter, das ebenso breit lächelte, aber auch ganz eindeutig misstrauisch – um nicht zu sagen, eifersüchtig. Sie wäre auch erstaunt gewesen, hätte ein Typ wie dieser nicht eine ganze Bande von Speichelleckern und Jasagern in seinem Gefolge gehabt – und natürlich das Schuldummchen, das genauso hübsch wie dämlich war.

Samiha überlegte eine Sekunde lang, es gleich hier und jetzt zu erledigen, entschied sich dann aber dagegen und beließ es bei einem kühlen Lächeln, mit dem sie sich herumdrehte und einen Tisch ganz am anderen Ende des großen Raums ansteuerte. Der Tisch stand nicht nur in der finstersten Ecke der Mensa, sondern auch so, dass die Schwingtür zur Küche jedes Mal dagegenschlug, wenn jemand hindurchging. Mit ein bisschen Glück war dieser

Platz also unbeliebt und sie hätte ihre Ruhe, weil niemand sich zu ihr gesellte.

Was natürlich nicht geschah.

Sie hatte sich ganz im Gegenteil kaum gesetzt, als ein ziemlich ungleiches Pärchen auf der anderen Seite des Tisches auftauchte: ein kleines, dickes Mädchen und ein hochgewachsener, schlaksiger Junge mit einer blonden Langhaarfrisur, die schon vor seiner Geburt aus der Mode gekommen sein musste. Beide trugen Tabletts mit ihrem Frühstück in den Händen. Von der Portion des Mädchens wäre Sam eine Woche lang satt geworden.

»Ist hier noch frei?«, fragte die Dicke.

Sam ließ ihren Blick demonstrativ über das halbe Dutzend freie Stühle schweifen, das den Tisch umgab. »Nein«, sagte sie.

»Prima.« Pummelchen lud ihr Tablett mit einem gewaltigen Scheppern auf dem Tisch ab, während der Langhaarige mit dem Fuß nach dem Stuhl angelte und ihn mit einem mindestens ebenso lauten Scharren zurückzog. Beide setzten sich.

»Ich bin Angie«, sagte Pummelchen und machte eine Kopfbewegung auf den Jungen. »Das ist Tom, mein Bruder.«

»Aha«, antwortete Samiha, versuchte ihr rothaariges Gegenüber eine geschlagene halbe Minute lang – vergeblich – niederzustarren und sagte schließlich: »Samiha.«

»Samiwas?«, wiederholte Angie.

»Samweis«, belehrte sie Tom. »Schon vergessen? *Samweis Gamdschie* aus ›Herr der Ringe‹.«

»Sam«, seufzte Samiha. »Einfach nur Sam.«

»Das spart auch Zeit«, sagte Pummelchen ernsthaft und streckte die Hand über den Tisch aus. Samiha ignorierte sie.

»Du bist neu hier?«, stellte Tom überflüssigerweise fest.

Eigentlich war es eine Frage, doch Sam zog es vor, das Fragezeichen hinter dem letzten Wort zu überhören.

Tom ließ sich davon allerdings nicht irritieren und plapperte fröhlich weiter, während seine Schwester begann, mit großer Begeisterung Unmengen von Rührei mit Speck in sich hineinzuschaufeln. »Angie und ich sind seit einem Jahr hier.«

»Ischeigenlischganschnett«, fügte Angie mit vollem Mund kauend hinzu, schluckte lautstark und sagte dann noch einmal: »Ist eigentlich ganz nett hier.«

Sam tat ihr Bestes, um sie mit Blicken aufzuspießen, aber so gut gepolstert, wie Pummelchen war, machte ihr das nicht besonders viel aus. Sie grinste nur und lud sich eine weitere Tagesration Rührei auf ihre Gabel.

»Wenn wir dir auf die Nerven gehen, dann sag es einfach«, meinte Tom.

»Tut ihr«, erwiderte Sam unfreundlich.

»Aber wahrscheinlich nicht mehr lange«, fuhr Tom vollkommen unbeeindruckt fort, nippte an seinem Tee und machte eine Geste, die die gesamte Mensa einschloss. Die Anzahl der Gesichter, die neugierig in ihre Richtung sahen, hatte deutlich zugenommen, seit Dick und Doof sich zu ihr gesetzt hatten. Der dunkelhaarige Junge starrte sie ganz besonders durchdringend an. »Man braucht hier Freunde, weißt du?«

Das mochte ja sein, aber Samiha hätte es trotzdem vorgezogen, sie sich selbst auszusuchen. Einen Moment lang erwog sie ernsthaft den Gedanken, das auch laut auszusprechen, um die beiden Störenfriede damit (hoffentlich) zu vergraulen, tat es aber dann doch nicht. Sie hatte immer noch Kopfschmerzen und ihr stand einfach nicht der Sinn nach Streit.

Sie begann lustlos an ihrem Brötchen zu knabbern und

starrte demonstrativ an Tom vorbei aus dem Fenster. Von hier konnte sie nur einen kleinen Teil des gepflasterten Hofes erkennen und eine Ecke des halb verfallenen Stallgebäudes, in dem sie gestern Abend gewesen war. Bei Tageslicht wirkte der Schuppen beinahe noch heruntergekommener, aber das war nicht der einzige Grund, aus dem ihr schon wieder ein eisiger Schauer über den Rücken lief. Die Schramme an ihrer Schläfe begann leicht zu schmerzen, und sie rieb unbewusst mit dem Zeigefinger über das Pflaster, mit dem Sonya sie verarztet hatte.

»Was ist mit deinem Kopf passiert?«, fragte Tom, der anscheinend mit aller Gewalt ein Gespräch beginnen wollte.

»Nichts«, antwortete Sam einsilbig. »Hab mich gestoßen, das ist alles.«

»Gestoßen?«, wiederholte Angie feixend. »An einer Faust?«

Samiha nahm die Hand herunter und runzelte schon fast drohend die Stirn. »Was meinst du damit?«

»Och, nichts«, behauptete Pummelchen und griente nur noch breiter. Ihre speckigen Wangen wackelten sichtbar, als sie übertrieben mit den Schultern zuckte. »Man hört eben das eine oder andere.«

»Und was wäre das?«, fragte Sam misstrauisch. Gestern Abend hatte Sonya doch noch behauptet, nicht einmal die Lehrer wüssten irgendetwas über sie?!

»Dass man gut beraten ist, dir aus dem Weg zu gehen, wenn du schlecht gelaunt bist«, antwortete Tom anstelle seiner Schwester.

»Du sollst schnell mal deine Fäuste fliegen lassen«, fügte Angie hinzu und mampfte genüsslich weiter. Etwas Winzigkleines und Buntes blitzte kurz hinter ihr in der Luft auf und war wieder verschwunden, bevor Sams Blick es wirklich erfassen konnte.

»Unsinn!«, widersprach sie. »Das stimmt nicht. Wer immer so etwas behauptet …«

»… dem haust du eins auf die Nase?«, fiel ihr Tom ins Wort. Samiha funkelte ihn an (oder wollte es wenigstens), aber dann bemerkte sie das spöttische Glitzern im seinen Augen, und plötzlich konnte sie einfach nicht mehr anders, als vor Lachen laut herauszuplatzen. Noch mehr Gesichter wandten sich in ihre Richtung, und eine Menge Stirnen wurden gerunzelt und Augenbrauen zusammengezogen.

»Nein«, sagte sie, nachdem sie sich wieder halbwegs beruhigt hatte. »Ich schlage nie ins Gesicht. Das hinterlässt zu viele Spuren.«

»Und was ist wirklich passiert?«, fragte Angie glucksend – und selbstverständlich weiter mit vollem Mund.

»Ich war ungeschickt«, antwortete Sam. »Direktor Focks hat mir den Stall gezeigt, und ich hab nicht aufgepasst und mir den Kopf gestoßen. Selber schuld.«

»Focks war mit dir im Stall?« Tom riss nicht nur erstaunt die Augen auf, sondern tauschte auch einen ungläubigen Blick mit seiner Schwester. »Wow!«

»Was ist daran so erstaunlich?«

»Normalerweise lässt er niemanden da rein«, antwortete Tom. »Angeblich weil der Stall baufällig ist – stimmt ja auch – und er das Risiko nicht vertreten kann. Du musst ihn schwer beeindruckt haben, wenn er es trotzdem getan hat.«

Sam konnte sich nicht vorstellen, womit, doch dann fiel ihr noch etwas anderes auf: »Angeblich?«

»Er will nicht, dass jemand die Pferde sieht«, meinte Angie. »Glaub ich.«

»Die Pferde?« Jetzt war sie vollends durcheinander. »Aber er hat mir erzählt, die Pferde wären der ganze Stolz der Schule!«

Wieder tauschten die beiden ungleichen Geschwister

einen langen Blick, der diesmal allerdings eher betreten wirkte.

»Diese nicht«, antwortete Tom schließlich.

Und was soll das jetzt wieder heißen? »Pferde sind so etwas wie das Markenzeichen dieser Schule, nicht wahr?«, fragte Samiha, statt ihren ersten Gedanken laut auszusprechen. Wieder tauchte etwas Kleines und Buntes direkt über Angies linker Schulter auf, und diesmal verschwand es nicht, sondern kam im Gegenteil näher und begann immer schneller in der Luft auf und ab zu hüpfen. »Ich meine: Immerhin habt ihr ja sogar ein Pferd in eurem Wappen.« Sie versuchte genauer hinzusehen, konzentrierte sich und riss dann ungläubig die Augen auf.

Das tanzende Etwas war kein Staubkorn oder ein Lichtreflex, sondern –

eine Elfe.

Oder wenigstens etwas, das wie eine Elfe aussah.

Vielleicht auch etwas, das sich nur einbildete, wie eine Elfe auszusehen.

»Ein Einhorn«, verbesserte sie Angie. »Die Schule heißt *Unicorn Heights*, nicht *Klepperhöhe*.«

Samiha riss die Augen noch weiter auf, presste sie dann kurz und so fest zusammen, dass ein buntes Lichtgewitter über ihre Netzhäute waberte, und öffnete sie wieder – und die Elfe war immer noch da. Sie war nicht ganz so groß wie Sams kleiner Finger, aber mindestens so pummelig wie Angie und hatte bunte, halb durchsichtige Libellenflügel, die sich so schnell bewegten, dass sie zu verschwommenen Schatten wurden. Sie taumelte auch nicht wie ein betrunkenes Insekt hin und her, sondern hüpfte so hektisch auf und ab, als wäre sie an einem unsichtbaren Gummiband aufgehängt, und gestikulierte wild mit den winzigen Ärmchen. Ihr noch viel winzigeres Gesicht war vor Aufregung rot angelaufen, und ihr Mund bewegte sich, als würde sie schreien, ohne dass auch nur der geringste Laut zu hören war.

Dann begriff Samiha, dass das nicht stimmte. Sie *hörte* etwas, nur war es so leise und undeutlich, dass sie nicht sagen konnte, was – wie eine Stimme, die weit entfernt und noch dazu unter Wasser rief.

»Eine … Elfe?«, murmelte Samiha fassungslos.

»Nein, ein Einhorn«, antwortete Angie, legte die Stirn in Falten und drehte dann mit einem Ruck den Kopf, um Sams Blick zu folgen. Eine oder zwei Sekunden lang war Samiha vollkommen sicher, dass sie die pummelige Elfe ebenfalls sah, doch Angie hob nur die Schultern und wandte sich wieder an sie.

»Ein Einhorn«, sagte sie noch einmal. »Das Wappentier von *Unicorn Heights* ist ein Einhorn, keine Elfe. Da besteht schon ein gewisser Unterschied, weißt du?«

Ein ausgewachsenes Einhorn, das über Angies linker Schulter in der Luft schwebte und ihr Grimassen schnitt, hätte auch ziemlich blöd ausgesehen, dachte Sam benommen. Sie blinzelte. Die Elfe blieb. Ihr Gestikulieren und Winken wurde sogar noch hektischer, und ihre Grimassen sahen schon beinahe entsetzt aus. Sie wirkte ganz so, als wollte sie ihr verzweifelt etwas sagen, aber Sam hörte immer noch nichts außer diesem sonderbar gedämpften, höhenlosen Murmeln.

Angie sah sie jetzt eindeutig besorgt an. »Ist alles in Ordnung mit dir?«

Die Elfe hüpfte immer wilder auf Angies Schulter auf und ab … und verschwand.

»Sam?«, fragte nun auch Tom. Er klang ebenfalls besorgt.

Samiha blinzelte, aber die Elfe tauchte nicht wieder auf. Natürlich nicht. Wie konnte auch etwas wieder auftauchen, das niemals da gewesen war? Zuerst ein Einhorn, dann ein schwarzer Ritter und jetzt eine (nun ja …) ausgewachsene Elfe? Sie musste sich den Kopf wohl doch stärker angeschlagen haben, als sie bisher angenommen hatte.

»Sam?«, fragte Angie noch einmal, und jetzt klang sie eindeutig alarmiert. Sie sah auch noch einmal in dieselbe Richtung wie Sam und nickte plötzlich. Ihr Blick wurde finster. »Ich verstehe.«

»Was?«, murmelte Samiha. Wenn Dickerchen ihr jetzt erzählte, dass sie die Elfe ebenfalls sah, dann würde sie wahrscheinlich einen Schreikrampf bekommen.

»Du hast schon Bekanntschaft mit unserem Lieblingsschüler gemacht«, sagte Angie.

Erst jetzt begriff Sam, dass Angie gar nicht die Stelle über ihrer eigenen Schulter ansah, an der die pummelige Elfe sich gezeigt hatte, sondern den dunkelhaarigen Jungen dahinter, mit dem sie vorhin aneinandergeraten war.

»Das ist Sven«, sagte Tom. »Mit dem solltest du dich besser nicht anlegen. Er ist hier so etwas wie …«, er schien einen Moment nach dem richtigen Wort zu suchen, und Samiha kam ihm mit einem angedeuteten Nicken zu Hilfe.

»Ich verstehe«, behauptete sie. »Aber das war es nicht. Ich war nur … ein bisschen erstaunt über das Einhorn. Wieso hat diese Schule überhaupt einen englischen Namen? Wir sind hier in den Alpen, nicht in den schottischen *Highlands.*«

»Aber der Gründer dieser Schule war ein schottischer Edelmann, der wohl ziemlich an seiner Heimat gehangen hat«, sagte eine Stimme hinter ihr.

Tom fuhr so heftig zusammen, dass sein Stuhl protestierend ächzte, und auch Angie sah unangenehm berührt aus. Samiha drehte sich eine Spur zu heftig auf ihrem Stuhl herum und erblickte Frau Baum, die hinter ihr stand und ein Frühstückstablett in den Händen balancierte.

»Frau Baum?«

»Sonya«, verbesserte sie die Lehrerin. »Frau Baum bin ich erst wieder in zwanzig Minuten, wenn der Unterricht anfängt. Darf ich mich zu euch setzen?« Anders als Tom und seine Schwester gab sie Sam gar keine Gelegenheit, Nein zu sagen, sondern schob den Stuhl zurück und ließ sich in einer perfekten Bewegung darauf nieder.

»Hat Sven dir irgendwelchen Ärger gemacht?«, fragte sie fast beiläufig.

»Nein«, antwortete Sam. »Wer ist Sven?«

Sonya bedachte sie mit einem Blick, der Samiha klarmachte, dass sie ihr kein Wort glaubte, ging aber nicht weiter auf das Thema ein. »Sir Alec Fox McMarsden«, begann sie ohne weitere Umschweife, »war ein schottischer Adeliger. Sehr wohlhabend, sehr gebildet und sehr exzentrisch, nach allem, was wir über ihn wissen.«

»Sie haben ihn nicht persönlich gekannt?«, vermutete Sam.

Sonya lachte. »Kaum. Er kam Anfang des achtzehnten Jahrhunderts hierher, nachdem er England aus politischen Gründen verlassen musste.«

»Aus politischen Gründen?«

Sonya hob die Schultern. »Damals war das eine beliebte Umschreibung für alles, worüber man lieber nicht reden wollte. Aber ich glaube nicht, dass er etwas wirklich Schlimmes angestellt hat. So oder so, er musste seine Heimat für immer verlassen. Es gelang ihm wohl, einen Großteil seines Vermögens in Sicherheit zu bringen, was ihm ein sorgenfreies und wohl auch sehr langes Leben ermöglichte. Aber er hat seine Heimat anscheinend niemals vergessen, und so ließ er dieses Gut nach den Plänen seines Elternhauses bauen.« Sie zuckte mit den Achseln und trank einen winzigen Schluck Kaffee. Abgesehen von der Tasse war ihr Tablett vollkommen leer. »Jedenfalls erzählt man sich das, und so, wie es hier aussieht, scheint das wohl auch zu stimmen.«

Sonya setzte ihre Tasse ab, und Samiha fiel auf, wie elegant und fließend diese Bewegung war, dass der Kaffee darin nicht einmal zitterte. Es war auch kein Kaffee. Die dunkle Farbe und der aufsteigende Dampf hatten sie das annehmen lassen, aber nun nahm sie einen intensiven Geruch nach Kräutern wahr.

»McMarsden war offensichtlich nicht nur ein Egozentriker und Sonderling«, fuhr Sonya fort, »sondern auch ein sehr großer Menschen- und Tierfreund. Er hinterließ ein ansehnliches Vermögen, und in seinem Testament verfügte er, dass dieses Gut zu einer Schule werden soll. Einer Schule für die Reichen und Mächtigen – das, was man heute eine Eliteschule nennen würde.«

»Ach?«, fragte Samiha. *Was tat sie dann hier?*

Sonya hob die Hand, um anzudeuten, dass sie noch nicht fertig war. »Wie gesagt: Er war ein Sonderling, aber wohl auch so etwas wie ein Menschenfreund. Er verfügte, dass für jedes Kind reicher Eltern – die damals wie heute einen exorbitanten Beitrag entrichten müssen – zugleich auch das einer ganz normalen Familie hier aufgenommen werden muss, und zwar kostenlos.«

»Na, dann haben wir ja den perfekten Durchschnitt hier am Tisch versammelt«, feixte Tom.

»Sind eure Eltern reich?«, fragte Sam.

»Wie die Kirchenmäuse«, sagte Tom ernsthaft.

Sonya lachte, sah auf die Uhr und trank noch einen Schluck von ihrem Kräuterkaffee, bevor sie aufstand. »Es wird Zeit. In ein paar Minuten mutiere ich wieder zu Frau Baum, und bis dahin muss ich noch ein paar Dinge erledigen. Aber das Wichtigste ist ja bereits erzählt. McMarsden hat noch eine Menge anderer Dinge in seinem Testament verfügt, und einige davon sind wirklich skurril, das kann ich dir sagen. Wenn du willst, erzähle ich dir später gerne mehr. Aber jetzt muss ich wirklich los. Sieh zu, dass du pünktlich bist, Samiha. Es macht sich nicht gut, wenn frau gleich am ersten Tag zu spät zum Unterricht erscheint.«

Sie nahm ihr Tablett auf und ging, und Sam sah ihr leicht verdattert hinterher. Musste Sonya sie schon zusammenstauchen, bevor sie überhaupt etwas getan hatte?

»Nimm's ihr nicht übel«, sagte Tom.

»Sie ist nun mal so«, fügte Angie hinzu.

»Aber eigentlich ganz in Ordnung«, schloss ihr Bruder.

Samiha stand auf. Vielleicht war es besser, wenn sie auf Sonyas Rat hörte und nicht auf sturen Konfrontationskurs ging. Wenigstens nicht gleich am ersten Tag, fügte sie in Gedanken hinzu, als sie Svens Blick begegnete.

Oder zumindest nicht am ersten *Vormittag*.

Sie hätte sowieso keine Gelegenheit dazu gehabt, denn der Unterricht auf *Unicorn Heights* hielt einige durch und durch angenehme Überraschungen bereit. Die erste war, dass sich niemand anderer als Sonya – Frau Baum, seit die Glocke zur ersten Stunde geläutet hatte – als ihre Klassenlehrerin herausstellte, die zweite betraf den Unterricht selbst, der sich radikal von allem unterschied, was Samiha bis dahin erlebt hatte. Die Klasse war klein – gerade einmal sechzehn Schülerinnen und Schüler, einer davon Tom – und der Unterricht erinnerte eher an eine lockere Diskussionsrunde als an jene Art von Schule, die sie gewohnt war. Anstelle einer Tafel gab es einen riesigen Flachbildschirm, der in der altehrwürdigen Umgebung eines schottischen Herrenhauses zwar reichlich altmodisch wirkte, nichtsdestoweniger aber äußerst praktisch war, und es gab auch keine Schulbücher, sondern kleine E-Books, auf denen gleich Hunderte von Büchern und Nachschlagewerken gespeichert waren, und das war beinahe noch praktischer.

Aber letzten Endes war Schule Schule, und so atmete Sam zumindest innerlich auf, als die Glocke die Schülerinnen und Schüler zu einem leicht verspäteten Mittagessen rief und damit zugleich das Ende des Schultages markierte – ein weiterer und durchaus willkommener Unterschied zu den insgesamt neun anderen Schulen, die sie bisher kennengelernt hatte. Der Unterricht dauerte hier nur fünf Stunden, und das an vier Tagen pro Woche, und zu essen gab es statt des erwarteten Kantinenfraßes ein einfaches, aber äußerst wohlschmeckendes Gericht. Sam hatte sich auf ihren Stammplatz vom Morgen gesetzt und erwartete halbwegs, dass sich Angie und ihr älterer Bruder wieder zu ihr gesellten, was zu ihrer Enttäuschung aber nicht geschah. Dafür starrten sie noch mehr neugierige Gesichter an und die allermeisten davon nicht besonders freundlich. Ihr *guter Freund* von heute Morgen, Sven, tat sich dabei besonders hervor, und Samiha entgingen weder seine bösen Blicke noch die gehässigen Bemerkungen, die er mit den anderen Jungen und Mädchen am Tisch austauschte, und zwar ganz bewusst so, dass sie schon blind hätte sein müssen, um es nicht zu bemerken. Vielleicht sollte sie ja jetzt aufstehen und hinübergehen, um die Sache ein für alle Mal zu klären ...

Sie dachte diesen Gedanken vorsichtshalber nicht zu Ende, sondern konzentrierte sich lieber auf eine viel spannendere Frage, nämlich die, was sie mit dem Rest dieses angebrochenen Tages anfangen sollte. Frau Baum hatte ihnen im Hinausgehen noch einen wirklich guten Rat mit auf den Weg gegeben, von dem wohl nur Lehrer glauben konnten, dass irgendjemand ihn befolgte: nämlich den, ihre Nasen am Nachmittag noch einmal in ihre Bücher zu stecken und den Unterrichtsstoff zu vertiefen.

Sam hatte nichts derart Unsinniges vor, und sie hatte auch keine Lust, in ihr Zimmer zu gehen und Löcher in die Wände zu starren.

Dazu hatte sie in den nächsten vier Jahren wahrscheinlich mehr als genug Zeit. Außerdem war da immer noch ihr unheimliches Erlebnis von gestern Abend. Natürlich hatte sie den Vormittag vielmehr damit zugebracht, über den Zwischenfall im Pferdestall nachzudenken, als dem Unterricht zu folgen, und war natürlich zu dem Schluss gekommen, sich das allermeiste nur eingebildet zu haben.

Aber eben nur das allermeiste. Ein winziger Rest war geblieben, den sie nicht mit schierer Logik erklären konnte, und sie kannte sich schließlich selbst gut genug, um zu wissen, dass sie sowieso keine Ruhe finden würde, bevor dieser allerletzte Zweifel nicht ausgeräumt war. Also konnte sie ebenso gut auch gleich in den Stall gehen und nach dem Rechten sehen.

Samiha wartete, bis das Essen zu Ende war, und reihte sich sogar geduldig in die Schlange ein, um das Tablett mit dem benutzten Geschirr zurückzubringen ... obwohl sie sich eigentlich vorgenommen hatte, ganz genau so etwas nicht zu tun, um diesen versammelten Spießern hier gleich von Anfang an zu zeigen, wo der Hammer hängt.

Aber damit konnte sie immer noch anfangen, sobald sie das Rätsel um diesen sonderbaren Stall gelöst hatte.

Auf dem Weg nach draußen ertappte sie sich nicht nur dabei, unnötig herumzutrödeln, sondern sich auch immer wieder umzublicken, als suche sie nach jemand ganz Bestimmtem. Vielleicht nach einem schlanken Jungen mit schulterlangem Haar?

Aber das war noch größerer Unsinn. Tom mochte ja ganz in Ordnung sein, doch sie kannte ihn gerade erst ein paar Stunden, und davon abgesehen hatte sie sich fest vorgenommen, an diesem Ort der Schande keine Freundschaften zu schließen.

Immer weniger Schüler begegneten ihr, und die meisten von ihnen würdigten Sam nicht einmal eines Blickes, sondern steckten ihre Nasen in ihre E-Books oder machten sich Notizen auf kleinen, ebenfalls elektronischen Notizblöcken. Angesichts der hohen, mit uraltem Holz getäfelten Räume und Korridore, der wuchtigen Kronleuchter und altmodischen Möbel kam ihr der Anblick besonders irritierend vor, aber dies war anscheinend ein Ort der Gegensätze.

Und anscheinend auch der einzige Ort auf der Welt, an

dem alle Schüler taten, was ihre Lehrer von ihnen erwarteten.

Alle minus einer selbstverständlich, dachte Samiha grimmig. Sie hatte keine Ahnung, was sie den Jungs und Mädels hier ins Essen taten oder welche Art von Gehirnwäsche hier ablief, aber an ihrem neuesten Logiergast würden sie sich die Zähne ausbeißen.

In der großen Halle angekommen, die ihr gestern Nacht Schutz vor den Schatten geboten hatte, wurde es vollends unheimlich. Sam war nun endgültig allein, und es war auch nicht mehr der geringste Laut zu hören. Und das Seltsamste überhaupt: Je weiter sie sich der Tür näherte, desto langsamer wurden ihre Schritte, und desto größer ihre Zweifel, ob es wirklich klug war, noch einmal in den Stall zu gehen. Schließlich hatte sie ja gestern Abend am eigenen Leib gespürt, wie gefährlich es dort werden konnte. Und wer weiß – vielleicht hatte Frau Baum ja recht, und es würde wirklich nicht schaden, wenn sie den Stoff von heute Morgen noch einmal durchging …

An diesem Punkt ihrer Überlegungen blieb Samiha endgültig stehen, blinzelte ein paarmal und entschied dann, dass sie gestern Abend wohl doch einen gewaltigen Schlag auf den Schädel abgekriegt haben musste. So etwas hätte sie unter normalen Umständen nicht einmal *gedacht*, geschweige denn ernsthaft in Erwägung gezogen!

Halb amüsiert, aber auch halb ärgerlich auf sich selbst ging sie weiter, kam allerdings nur ein paar Schritte weit, als ihr Blick an einem der goldgerahmten Ölbilder hängen blieb, die auch hier in großer Zahl die Wände zierten. Anders als der Rest zeigte es allerdings nicht das Porträt irgendeines längst verstorbenen Honoratioren, sondern eine in matten Farben dargestellte Landschaftsszene samt kitschigem Sonnenuntergang, ebenso kitschigem Wald und einem oberkitschigen weißen Pferd, das am Ufer eines kleinen Sees stand und trank.

Eigentlich hätte Sam ein solches Machwerk nicht einmal eines zweiten Blickes gewürdigt, aber irgendetwas war daran, das ihre Aufmerksamkeit regelrecht einzufordern schien. Statt weiter zur Tür zu gehen, trat sie dichter an die Wand und betrachtete das Bild genauer.

Es wurde auch aus der Nähe nicht hübscher, sondern kam ihr ganz im Gegenteil jetzt so kitschig vor, dass es sie immer größere Überwindung kostete, es auch nur anzusehen. Die Farben waren vom Alter verblichen und die Pinselstriche grob, zum Teil schon fast naiv, und das, was sie von Weitem für ein Pferd gehalten hatte, war gar kein Pferd, sondern ein weißes Einhorn.

Natürlich war es ein Einhorn. Was erwartete sie denn in der Eingangshalle eines Anwesens, das dieses Fabeltier im Wappen trug?

Samiha schüttelte den Kopf, lachte leise über ihre eigene Dummheit, und das Bild verschwamm und schlug dann Wellen, als wäre es nicht mehr als eine Spiegelung auf einem kristallklaren See, in dessen Mitte jemand einen Stein geworfen hatte.

Der unheimliche Moment verging so schnell, wie er gekommen war, doch danach war das Bild nicht mehr dasselbe. Zwar zeigte es noch immer dieselbe Szene, aber nun war rein gar nichts Kitschiges oder Unkünstlerisches mehr daran, sondern es wirkte ganz im Gegenteil so realistisch wie eine Fotografie, beinahe schon dreidimensional. Die Farben strahlten, wie von einem warmen inneren Licht erhellt, jedes noch so winzige Detail war zu erkennen, und wenn sie die Zügel ihrer Fantasie nur ein ganz kleines bisschen locker ließ, dann glaubte sie sogar das seidige Rascheln zu hören, mit dem der Wind durch die Bäume strich, und den

Duft des frischen Grases und der zahllosen Wildblumen zu riechen, die darin wuchsen.

Dann übertrieb es ihre Fantasie ganz eindeutig, denn die Oberfläche des gemalten Sees begann sich zu kräuseln, und das Einhorn hob den Kopf und sah sie an.

Samiha prallte mit einem erschrockenen Japsen zurück, und eine schmale, aber ungemein kräftige Hand legte sich auf ihre Schulter und hielt sie fest.

»Ich habe dir doch gesagt, dass Lord McMarsden ein wenig egozentrisch war.«

Samiha konnte sich gerade noch beherrschen, um nicht nach dem zu der Hand passenden Gelenk zu greifen und es mit einem so harten Ruck zu verdrehen, dass der Besitzer von beidem ziemlich unsanft auf dem Boden gelandet wäre. So drehte sie sich nur erschrocken herum und sah verdattert in Frau Baums Gesicht hinauf, und die Lehrerin war immerhin klug genug, die Hand herunterzunehmen und ihrerseits einen halben Schritt zurückzumachen.

»Frau … Baum?«, murmelte sie stockend.

»Sonya«, sagte Sonya. »Der Unterricht ist vorbei. Ich bin jetzt wieder Sonya.« Sie deutete auf das Bild. »Das ist albern, ich weiß. Unser Kunstlehrer bekommt jedes Mal Schüttelfrost, wenn er daran vorbeimuss. Aber der alte McMarsden hat in seinem Testament verfügt, dass dieses Bild für alle Zeiten hier hängen bleiben muss.«

»Das … das … das …«, stammelte Sam. »Das Einhorn!«

»Das Wappentier von *Unicorn Heights,* ich weiß«, sagte Sonya. »Das findest du hier überall. Auf mindestens einem Dutzend Bildern, wenn nicht mehr.« Sie seufzte tief. »Und jedes einzelne davon muss hängen bleiben, solange es diese Schule gibt.«

»Aber dieses Einhorn …«, begann Samiha, während sie sich zu dem auf so unheimliche Weise zum Leben erwachten Bild herumdrehte. Und verstummte dann mitten im Wort. Das Bild war wieder genauso kitschig, uralt und schlecht gemalt, wie sie es in Erinnerung hatte.

»Ist ganz besonders scheußlich, ich weiß«, seufzte Sonya. »Aber da müssen wir durch. Wir alle.« Sie seufzte noch einmal und noch tiefer, dann entstand eine schmale senkrechte Falte über ihrer Nasenwurzel, und sie fragte in verändertem Ton: »Was machst du eigentlich hier?«

Samiha antwortete nicht gleich, was aber einzig daran lag, dass sie große Mühe hatte, Sonyas Worten überhaupt zu folgen. Sie starrte das gemalte Einhorn an und irgendetwas daran war … falsch.

Und dann wusste sie auch, was.

»Unmöglich!«, entfuhr es ihr.

»Was ist unmöglich?«, fragte Sonya. Sam konnte ihr misstrauisches Stirnrunzeln regelrecht hören, aber sie reagierte auch darauf nicht. Das Einhorn war jetzt wieder ein so schlecht gemaltes Unikum wie vorhin, doch es stand nicht mehr am Ufer eines Sees, sondern hatte noch immer den Kopf gehoben und erwiderte den Blick des Betrachters aus seinen großen, beunruhigend klugen Augen.

»Hat sich dieses Bild … verändert?«, murmelte sie.

»Nein«, antwortete Sonya. »Es war immer schon so scheußlich. Und du hast meine Frage nicht beantwortet. Was tust du hier?«

Sam starrte das Einhorn noch zwei oder drei endlose, schwere Herzschläge lang an, bevor es ihr gelang, sich von dem unheimlichen Anblick loszureißen und wieder Sonya anzusehen. Frau Baum, verbesserte sie sich in Gedanken. Alles in ihr sträubte sich plötzlich dagegen, diese Frau beim Vornamen zu nennen, und sei es nur in Gedanken.

»Nichts«, murmelte sie. »Ich … wollte mir ein bisschen die Beine vertreten, das ist alles. Mich ein wenig umsehen.«

»Um diese Zeit?« Frau Baum sah demonstrativ auf die Uhr.

»Und warum nicht? Der Unterricht ist vorbei, oder? Und Hausaufgaben gibt es nicht. Wenigstens haben Sie uns keine aufgegeben.«

»Das stimmt«, antwortete Frau Baum. »Aber im Allgemeinen nutzen unsere Schüler hier diese Stunden, um den Stoff vom Vormittag noch einmal zu vertiefen.«

»Ach?«, fragte Sam patzig. Sie musste sich beherrschen, um nicht schon wieder nervös zu dem Einhorn zurückzusehen. »Tun sie das?«

»Ja«, antwortete Frau Baum. Ihre Augen verdunkelten sich vor Zorn, allerdings nur für einen Moment. Dann gab sie sich einen Ruck und zwang sich zu einem nicht wirklich überzeugenden Lächeln.

»Ich sehe schon, ich muss dir noch das eine oder andere erklären«, sagte sie. »Aber vielleicht nicht heute. Es bringt nichts, zu viel auf einmal zu verlangen. Du willst dich umsehen? Wenn du möchtest, dann führe ich dich herum und zeige dir alles. Ich habe gerade Zeit.«

Das sollte ihr wie ein freundliches Angebot vorkommen, doch das Gegenteil war der Fall. Eine lautlose, aber gleichzeitig unüberhörbare Alarmsirene begann hinter Sams Stirn zu schrillen. Außerdem meldeten sich ihre Kopfschmerzen zurück.

»Ich würde mich lieber … allein umsehen«, sagte sie.

»Ganz wie du willst«, antwortete Frau Baum, fast zu ihrer Überraschung. »Das hier ist kein Gefängnis, sondern eine Schule. Aber du solltest nicht vom Gelände gehen.«

»Warum?«, fragte Sam mit neu aufkeimendem Misstrauen.

»Wir sind hier mitten im Wald«, antwortete Frau Baum. »Das nächste Haus ist drei Kilometer entfernt und der nächste Ort sogar fünf. Das klingt vielleicht nicht nach viel für jemanden, der Autos und Schnellzüge gewohnt ist, aber glaub mir, es ist allemal genug, um sich hoffnungslos zu verirren, wenn frau sich nicht auskennt. Also sei ein bisschen vorsichtig, okay?«

»Bestimmt«, versprach Sam.

Sonya sah sie mit nun unverhohlenem Zweifel an, hob aber nur die Schultern und ging ohne ein weiteres Wort.

Samiha sah ihr fast erstaunt nach. Sie hatte nicht damit gerechnet, dass Sonya so schnell aufgeben würde, sondern sich innerlich schon auf die erste wirkliche Kraftprobe mit einem Mitglied des Lehrkörpers eingestellt. Dass sie jetzt einfach gegangen war, überraschte sie … aber dann hob sie nur die Schultern und entschied, sich später den Kopf über dieses sonderbare Verhalten zu zerbrechen. Falls er nicht schon vorher von selbst auseinanderplatzte, so schlimm, wie ihre Kopfschmerzen inzwischen geworden waren. Plötzlich hatte sie es sehr eilig, das Haus zu verlassen.

Mit schnellen Schritten überquerte sie den Hof und steuerte das lang gestreckte, niedrige Stall- und Wirtschaftsgebäude auf der anderen Seite an, nutzte zugleich aber die Gelegenheit, sich aufmerksam umzusehen. Direktor Focks hatte ihr gestern Abend zwar das gesamte Anwesen gezeigt, doch es war natürlich kaum mehr als ein Schnelldurchgang gewesen, bei dem sie nur das Allernotwendigste gesehen hatte, außerdem war sie viel zu aufgewühlt und zornig gewesen, um ihm wirklich zuzuhören, waren seit ihrer Verschleppung in diesen Luxus-Knast doch erst einige wenige Stunden vergangen.

Und so fiel ihr auch jetzt erst auf, dass Sonya ganz offensichtlich die Wahrheit gesagt hatte, was die isolierte Lage von *Unicorn Heights* anging: Das weitläufig angelegte Gut war tatsächlich an drei Seiten von dichten Wäldern umgeben, die Sam so undurchdringlich wie eine grün-braun gefleckte Mauer vorkamen. Nur auf der den Bergen zugewandten Seite gab es eine sacht ansteigende Wiese, die von einem einfachen Holzzaun in mehrere unterschiedlich große Koppeln unterteilt wurde, auf denen ein gutes Dutzend Pferde graste. Keines davon war weiß und keines hatte ein Horn auf der Stirn.

Ebenso wenig wie der abgemagerte Schimmel, den sie erblickte, als sie den Stall betrat.

Anders als gestern Abend war Star allein, aber genau wie gestern hob er bei ihrem Eintreten den Kopf und sah sie mit einer Mischung aus Neugier und aus schlechter Erfahrung geborenem Misstrauen an. Seine Ohren waren aufgestellt und bewegten sich wie kleine Radarantennen hin und her, und als sie näher kam, scharrte er mit dem Vorderhuf, wie um ihr entgegenzukommen, tat es aber dann doch nicht. Er konnte es nicht, denn sein linker Hinterlauf war mit einer Kette an einen rostigen Ring gefesselt, der in den Boden eingelassen war.

Der Anblick ließ eine Woge reiner heißer Wut in Sam aufsteigen, und sie wurde noch schlimmer, als sich ihre Augen an das schwache Licht hier drinnen gewöhnten, und sie sah, in welch erbärmlichem Zustand sich der weiße Hengst wirklich befand. Sein Fell war überall zerschunden und von zahllosen Narben und schlecht verheilten Verletzungen übersät, und er war so abgemagert, dass sie jede einzelne Rippe erkennen konnte. An seiner Flanke, fast schon an seinem Unterbauch, entdeckte sie eine lange, schlecht verheilte Narbe, als hätte jemand vor langer Zeit einmal versucht, ihm den gesamten Leib aufzuschlitzen. Die Kette an seiner Fessel hatte die Haut wund gescheuert, und die Stelle war entzündet und dick angeschwollen. Von seinen Nüstern tropfte etwas, das ziemlich ungesund aussah, und seine Augen blickten zwar hellwach und sehr interessiert, waren zugleich aber auch trüb, wie von einem Schmerz gezeichnet, den er niemals wieder ganz loswerden würde.

Dann, ebenso plötzlich, wie der Zorn gekommen war, verschwand er wieder und machte einem mindestens genauso tiefen Gefühl des Mitleids Platz, das ihr schier die Kehle zuschnürte.

»Wer hat dir das angetan?«, murmelte Samiha erschüttert.

Star schnaubte, wie um auf ihre Frage zu antworten, und hinter ihr sagte eine Stimme: »Hatten wir uns nicht geeinigt, dass du nicht allein hierherkommst?«

Sam fuhr so erschrocken und schnell herum, dass Star scheute und seine Kette leise klirrte. Im allerersten Moment war sie nicht sicher, ob es wirklich Direktor Focks war, den sie unter der Tür sah. Zwar hatte sie die Stimme erkannt, doch mit seiner Gestalt, die nur als scharf umrissener Schatten vor der hell erleuchteten Tür auszumachen war, schien irgendetwas … nicht zu stimmen. Samiha konnte das Falsche daran nicht wirklich in Worte fassen, und es ging auch viel zu schnell, um genauer hinzusehen, aber dieser winzige Moment war so erschreckend, dass sie ein zweites Mal und noch heftiger zusammenfuhr und die Augen aufriss. Er sah zu groß aus, zu … *kantig*, und mit seinen Ohren stimmte ebenfalls etwas nicht. Sie waren spitz.

Dann streckte die unheimliche Gestalt den Arm aus und schaltete das Licht an, und der schattenlose weiße Schein der Neonröhre vertrieb die Schreckensbilder, mit denen ihre eigene Fantasie sie malträtierte. Aus dem fuchsohrigen schwarzen Ritter wurde wieder Direktor Focks, und das einzig Finstere an ihm blieb sein Gesichtsausdruck, der sich sogar noch weiter verdüsterte, als er nicht sofort eine Antwort bekam.

»Also?«, fügte er ärgerlich hinzu.

Vielleicht war sein scharfer Ton nicht besonders hilfreich, denn nachdem sie ihren ersten Schrecken überwunden hatte, kehrte der Zorn zurück, schlimmer sogar als zuvor. »Keine Ahnung!«, fauchte sie. »Aber das ist mir auch egal! Was haben Sie Star angetan?«

»Star?«, wiederholte Focks verwirrt. »Angetan?«

Er sah sie mit so perfekt geschauspielerter Verständnislosigkeit an, dass Samihas Zorn regelrecht explodierte, hob dann die Schultern und trat schweigend an ihr vorbei. Samiha fuhr mit einer gereizten Bewegung auf dem Absatz herum –

und riss zum zweiten Mal und noch ungläubiger die Augen auf:

Auch der weiße Hengst hatte sich verändert. Sein Fell

wirkte immer noch ein bisschen struppig und nicht besonders gut gepflegt, aber da waren keine wunden Stellen. Die gezackte Narbe an seinem Bauch war zwar da, jetzt aber kaum noch zu erkennen, eine dünne, bleiche Linie, die man fast nur dann sah, wenn man wusste, wonach man zu suchen hatte. Der eiterige Schleim, der aus seinen Nüstern getropft war, war verschwunden, ebenso wie die entzündete Stelle an seiner Fessel und auch die Kette. Star war angebunden, jedoch nur mit einem schmalen Lederriemen, der locker um einen Pfosten geschlungen war und ihm mehr als genug Bewegungsfreiheit ließ.

»Angetan?«, fragte Focks noch einmal und maß sie mit einem sehr langen, fast schon besorgten Blick. »Ich fürchte, ich verstehe nicht ganz, wovon du sprichst, mein Kind.«

In diesem Punkt erging es Sam nicht anders. Sie starrte den Hengst noch immer aus aufgerissenen Augen an und versuchte ebenso verzweifelt wie vergebens zu verstehen, was gerade passiert war. Unsicher hob sie die Hand, ließ den Arm dann aber wieder sinken, so als hätte irgendetwas in ihr Angst vor dem, was passieren konnte, wenn sie den Hengst auch nur berührte. Stattdessen sah sie zu der nackten Leuchtstoffröhre hoch, die den Platz der verrotteten Lampe unter der Decke eingenommen hatte. Aber das … das konnte doch nicht nur am Licht gelegen haben!

»Ich kann dich ja verstehen«, sagte Direktor Focks, als sie immer noch nicht antwortete. »Ich fühle mich auch nicht so wohl dabei, ihn hier allein einzusperren. Aber Star verträgt sich leider nicht so gut mit den anderen Pferden, und solange der neue Stall noch nicht fertig ist, müssen wir ihn leider hier unterbringen. Es ist nicht hübsch, ich weiß, aber er hat alles, was er braucht.«

Und auch das, so musste Samiha zugeben, entsprach offensichtlich der Wahrheit. Star stand zwar in einer frei geräumten Ecke des Stalls, der sonst eher als Materiallager und Rumpelkammer zu dienen schien, doch er hatte mehr als genug Platz. Der Boden war mit sauberem Stroh bedeckt, und es gab zwei verchromte und pieksaubere Schüsseln mit frischem Wasser und Hafer. Focks musste den bedauernswerten Handwerkern wohl wirklich fast die Köpfe abgerissen haben, denn die Männer hatten seit gestern schiere Wunder vollbracht. Wahrscheinlich hatten sie die ganze Nacht durchgearbeitet.

»Aber ich … das ist …«, stammelte Sam, räusperte sich unecht und setzte noch einmal neu und in trotzigem Ton an: »Es gefällt ihm bestimmt nicht, hier ganz allein angebunden zu sein.«

Das war albern und es klang auch so. Focks zog nur die Augenbrauen hoch, trat an den Pfosten, um den Stars Leine geschlungen war, und schnippte sie mit einem Finger weg, um zu demonstrieren, dass der Hengst nicht einmal richtig festgebunden war.

»Und wenn es dich beruhigt«, fügte er noch hinzu, »er wird nachher auf die Koppel geführt, wo er bis zum Abend Auslauf hat.«

Focks seufzte leise und machte dann eine Geste zur Tür. »Wir sollten jetzt wirklich gehen. Das hier ist offiziell eine Baustelle, und ich dürfte gar nicht zulassen, dass du hier bist. Auch wenn ich es selbst albern finde … aber gegen Bürokratie und Vorschriften ist sogar ein ausgewachsener Internatsdirektor machtlos.«

»Ach?«, fragte sie böse. »Sonst haben Sie es doch offensichtlich auch nicht so damit.«

»Was soll das heißen?«, fragte Focks.

»Hier wird alles ganz geheim gehalten, wie?«, fragte sie spöttisch. »Und wie kommt es dann, dass so ziemlich jeder weiß, warum ich hier bin?«

»Ich verstehe nicht, was du meinst«, antwortete Focks. Es klang ehrlich.

»Also gut, nicht jeder«, sagte Samiha, wurde aber eher noch wütender. »Angie und ihr Bruder wussten es jedenfalls. Und wer weiß wie viele sonst noch.«

Es dauerte einen Moment, bis Focks antwortete, und als er es tat, klang seine Stimme sehr ernst. »Ich versichere dir, dass nicht einmal die Lehrer deine Akte kennen. Wenn jemand wirklich unerlaubt darin gelesen und noch dazu Unsinn herumerzählt hat, dann werde ich der Sache auf den Grund gehen und den Verantwortlichen zur Rede stellen, das verspreche ich dir. Wir nehmen es mit der Diskretion sehr genau.«

Samiha hütete sich zu widersprechen. Das alles hier wurde ihr mit jeder Sekunde unheimlicher. Sie wollte nur noch raus. Fast schon hastig ging sie zur Tür und wartete draußen, bis Focks ihr folgte und den Stall sorgsam hinter sich abschloss.

Während er es tat, sah sie noch einmal durch den Türspalt, und ihr Blick begegnete dem des Hengstes. Natürlich wusste sie, dass es unmöglich war – und auch durch und durch lächerlich –, und trotzdem hätte sie in diesem Moment jeden Eid darauf geschworen, dass der weiße Hengst sie anlächelte.

Anders als in allen anderen Internaten, die sie kannte (um ehrlich zu sein, stammte ihr Wissen allerdings ausschließlich aus Büchern, dem Fernsehen und Harry-Potter-Filmen), waren die Häftlinge auf *Unicorn Heights* nicht in Mehrbettzimmern oder gar großen Schlafsälen untergebracht, in denen man unter dem Wort *Privatsphäre* bestenfalls einen zerschlissenen Vorhang verstand, den man vor das Bett ziehen konnte. Sam hatte ein kleines, aber sehr behaglich eingerichtetes Zimmer für sich allein, an dem allenfalls die verschnörkelten Gitter vor dem Fenster störten. Schon weil sie im Moment ohnehin nichts mit sich anzufangen wusste (und vor allem, um das Durcheinander hinter ihrer Stirn zu sortieren), blieb sie für die nächste knappe Stunde in ihrem Zimmer und packte schließlich aus purem Frust sogar ihr elektronisches Schulbuch aus, schaltete es aber selbstverständlich nicht ein. Alle anderen hier mochten ja dem kollektiven Wahnsinn verfallen sein und den Stoff büffeln, mit dem sie sich schon den ganzen Vormittag gelangweilt hatten, aber sie konnte mit ihrer Zeit wirklich etwas Besseres anfangen.

Und sei es nur, gar nichts zu tun.

Letzten Endes erwies sich das allerdings auch als keine besonders gute Idee. Nichts von alle dem, was sie gestern Abend und heute hier erlebt hatte (oder erlebt zu haben glaubte), ergab irgendeinen Sinn, aber es war auch viel zu bizarr und unheimlich gewesen, um es einfach mit einem Schulterzucken abzutun. Hinzu kam, dass ihr ihre eigene Art, logisch zu denken, auf die sie normalerweise so stolz war, in diesem speziellen Fall eindeutig im Weg stand. Sie sagte ihr nämlich, dass es nur zwei Möglichkeiten gab: Entweder mit diesem angeblichen Eliteinternat stimmte etwas nicht oder mit ihr.

Vermutlich mit ihr, gestand Samiha sich niedergeschlagen ein. Ihr Kopf tat immer noch weh, wenn auch nicht mehr annähernd so schlimm wie am Morgen, und in ihrem Mund war ein schlechter Geschmack, der sich einfach nicht vertreiben ließ, ganz egal was sie aß oder trank.

Zu ihrem Zimmer gehörte auch ein winziges Bad mit eigener Toilette und einem Waschbecken, über dem ein verschnörkelter Spiegelschrank hing. Sam ging hin, betrachtete das kaum fingerlange Pflaster an ihrer Schläfe und zog es schließlich mit spitzen Fingern und zusammengebissenen Zähnen ab. Es tat ziemlich weh – mehr als es sollte –, aber darunter kam lediglich eine kaum noch sichtbare Schramme zum Vorschein, eigentlich nicht mehr als ein Kratzer.

Dennoch musste das die Erklärung sein. Sie hatte sich den Kopf angeschlagen und halluzinierte sich das alles zusammen. Pferde lächelten nicht, und gemalte Pferde hoben schon gar nicht den Kopf, um aus ihrer gemalten Welt hinauszusehen. Und dass diese Halluzinationen alle irgendwas mit Einhörnern, Elfen und anderen verzauberten Dingen zu tun hatten, war eigentlich kein Wunder in einer Umgebung wie dieser. Selbst in ihrem Zimmer hing ein kitschig (und schlecht) gemaltes Bild, das irgendeine Szene aus der schottischen (oder irischen oder keltischen, so ganz hatte sie diesen Unterschied noch nie begriffen) Mythologie zeigte. Gestern hatte sie diesem Schinken nur einen verächtlichen Blick geschenkt und ihn bloß deshalb zur Kenntnis genommen, weil Direktor Focks ihr nachdrücklich eingeschärft hatte, dass sie ihn weder entfernen noch zuhängen durfte. Jetzt nahm sie ihn genauer in Augenschein und fand ihre Vermutung beinahe auf den ersten Blick bestätigt: Das Bild musste vom selben Maler stammen wie das unten in der

Halle, und es zeigte eine nur auf den ersten Blick normale Waldlandschaft. Wenn man genauer hinsah, erkannte man auch hier einen – weit im Hintergrund liegenden – See, an dessen Ufer ein ameisengroßes weißes Pferd stand und seinen Durst stillte. Und noch weiter im Hintergrund war etwas Schattenhaftes und Vages zu erkennen, das Samiha fast an die gläsernen Türme einer verzauberten Feenburg erinnerte.

Vielleicht waren es auch nur ein paar misslungene Pinselstriche, die ihre Fantasie anregten.

Es klopfte. Wahrscheinlich Sonya oder Focks, die sich davon überzeugen wollten, dass sie auch brav lernte. Sam ignorierte es einfach und trat noch einen halben Schritt näher an das Ölgemälde heran. Abgesehen von dem unvermeidlichen Einhorn und der – vielleicht – Feenburg schien es nichts Außergewöhnliches zu zeigen, auch wenn sie weiterhin das Gefühl hatte, dass da noch etwas war, was eigentlich nicht da sein sollte.

Das Klopfen wiederholte sich und klang jetzt hartnäckiger.

»Herein«, sagte Sam missmutig und drehte sich absichtlich nicht zur Tür um. Sie konnte hören, wie aufgemacht wurde und Schritte hereinkamen. Leichte Schritte, von zwei Personen.

Es war nicht Sonya, die Verstärkung mitgebracht hatte, sondern Angie mit ihrem älteren Bruder. Beide trugen ziemlich komische Sachen: modische Windjacken und eng anliegende Hosen mit sonderbar aufgeplustert wirkenden Beinen, schwarze Stiefel und ebenfalls schwarze Kappen mit einem kleinen Schirmchen. Angie hatte eine Gerte in der Hand, während Tom seine unter den Gürtel geschoben hatte.

»Oh«, sagte Sam.

»Ja, freut uns auch, dich zu sehen«, sagte Angie. »Bist du so weit?«

»So weit?«, wiederholte Sam. »Wie weit?«

Angie verdrehte demonstrativ die Augen, doch Tom schob sie mit sanfter Gewalt zur Seite, trat an ihr vorbei ins Zimmer und sah sich unverhohlen neugierig um. »Direktor Focks hat uns geschickt, um dich abzuholen. Hat er dir nichts gesagt?«

»Gesagt?«, wiederholte Sam, und dann machte es *klick* hinter ihrer Stirn, und sie erkannte endlich die seltsamen Sachen, die Pat und Patachon trugen (auch wenn sie zugeben musste, dass sie zumindest Tom gar nicht schlecht standen). Es war Reitkleidung. »Die Koppel. Star.«

»Koppel?«, wiederholte Angie.

»Direktor Focks hat gesagt, dass Star auf die Weide geführt wird«, antwortete Sam. »Aber ich habe mich noch nicht ganz entschieden, ob ich …«

»Star?«, fiel ihr Tom ins Wort. Er sah überrascht aus.

»Er hat dir ausgerechnet diesen Klepper gezeigt?«, fragte Angie. »Er muss dich hassen.«

»Wieso? Ist er gefährlich?«, fragte Sam. Also doch! Sie hatte gewusst, dass sie Focks nicht trauen durfte!

»Nein«, antwortete Tom. »Jedenfalls nicht, solange du nicht versuchst ihn zu reiten. Das hat noch keiner geschafft.«

»Und das will auch keiner«, fuhr Angie fort. »He, wir haben hier zwei Dutzend wunderschöne Reitpferde! Wer will da einen zickigen Klepper, der schon ausflippt, wenn man nur an einen Sattel *denkt*?«

Sam hatte weder an einen Sattel gedacht und schon gar nicht daran, auf Star zu reiten, ob er nun ein *störrischer Klepper* war oder lammfromm. Sie hatte in den ersten vierzehn Jahren ihres Lebens noch nie auf einem Pferd gesessen, und daran würde sich auch in den nächsten hundert Jahren nichts ändern.

»Hm«, machte sie nur.

»Jetzt zieh dich um und komm mit«, sagte Angie. »Wir haben nur zwei Stunden.«

»Umziehen?« Sam hob fast verlegen die Schultern. »Ich fürchte, ich habe keine ...«

»Hast du doch«, unterbrach sie Angie mit einer Kopfbewegung zu dem schweren altmodischen Kleiderschrank mit den geschnitzten Türen hin, der zur genauso altmodischen Einrichtung ihres Zimmers gehörte. »Jeder von uns hat eine passende Ausrüstung. He, das hier ist ein Reiterhof! Was erwartest du denn?«

Samiha sah sie weiter nur verständnislos an, und Angie verdrehte noch übertriebener die Augen, ging an ihr vorbei und machte den Schrank auf. Die Böden dahinter waren leer. Sams Kleider befanden sich noch in der Reisetasche, die sie mitgebracht hatte, und wenn es nach ihr ging, dann würde das auch eine ganze Weile so bleiben. Ihre Kleider einzuräumen, würde ihren Einzug in diesen Ort der Verdammnis irgendwie endgültig machen.

Der Schrank war jedoch nicht vollkommen leer. Auf dem Boden standen ein Paar schwarze, sorgsam auf Hochglanz polierte Reitstiefel samt Kappe und Gerte; Hosen, Windjacke und der dazu passende Rollkragenpullover lagen penibel zusammengefaltet auf dem obersten Brett. Angie stellte sich ächzend auf die Zehenspitzen, um sie zu erreichen, nahm alles herunter und drückte Sam die Sachen in die Hand.

»Zieh dich um«, sagte sie. »Wir haben schon genug Zeit verloren ... Tom und ich gehen auch raus, wenn du dich genierst.«

Genierst? Sam bedachte zuerst die Kleidungsstücke in

ihren Händen und dann Angies pummelige Gestalt mit einem langen stirnrunzelnden Blick. Genieren würde sie sich allerhöchstens, wenn sie in diesem … *Kostüm* auf die Straße ging!

»Das ziehe ich nicht an«, sagte sie ruhig, aber sehr entschlossen. »Es sei denn, ich habe gar nicht gemerkt, dass wir schon Karneval haben.«

Angies Unterkiefer klappte herunter, während Tom breit grinste. »Wird vielleicht auch nicht nötig sein«, sagte er. »Wenigstens am ersten Tag. Focks wird dir schon nicht den Kopf abreißen.« Er bedeutete seiner Schwester mit einer Geste, die Kleider zurückzulegen, und sah mit unverhohlener Schadenfreude zu, wie sie sich ächzend abmühte, das oberste Brett hinter den offen stehenden Schranktüren zu erreichen.

»Hast du dich schon eingelebt?«, fragte er.

»Nach einem halben Tag?« Sam nickte heftig. »Aber sicher doch. Ich fühle mich wie zu Hause. Ist doch gemütlich hier.«

»So schlimm ist es gar nicht, wirst schon sehen«, sagte Tom. »Man gewöhnt sich daran.«

»Vor allem an die hübsche Dekoration.« Sam deutete auf das Bild hinter sich, erntete aber nur ein Kopfschütteln.

»Daran ist unser geliebter Direktor ausnahmsweise einmal nicht schuld«, sagte Tom. »Ich glaube, er mag diese Schinken genauso wenig wie wir, aber er kann nichts dagegen tun.«

»Das Testament«, vermutete Sam, die sich an ihr Gespräch mit Frau Baum erinnerte.

»Der alte McMarsden muss echt einen an der Klatsche gehabt haben«, ächzte Angie. Sie hatte mittlerweile begonnen, auf und ab zu hüpfen, um den Regalboden zu erreichen. Toms Grienen war nun so schadenfroh, dass es Sam immer schwerer fiel, nicht darin einzustimmen, aber er schien keinen Finger rühren zu wollen, um seiner Schwester zu helfen. Samiha überlegte einen Moment, es an seiner Stelle zu tun, ließ es aber dann doch bleiben. Sie hatte keine Ahnung, welche Art von Kleinkrieg zwischen den Geschwistern tobte, aber es war vermutlich besser, sich nicht einzumischen. »Du solltest mal das Machwerk sehen, das in meinem Zimmer hängt! Eine wunderschöne Blumenwiese voller Gartenzwerge!«

»Gartenzwerge?«

»Pixies«, sagte Tom lächelnd. »Es sind Pixies … aber eine gewisse Ähnlichkeit gibt es da schon.« Er trat dichter an das Bild heran und betrachtete es mit angestrengt gerunzelter Stirn, wobei er Sam so nahe kam, dass sie normalerweise ganz instinktiv einen Schritt zurückgewichen wäre. Jetzt tat sie es nicht. Sie kam nicht einmal auf die Idee.

»Suchst du was Bestimmtes?«, fragte Sam. Hinter ihr erklang ein Poltern und etwas, das sich nach einem gemurmelten Fluch anhörte, aber sie drehte sich nicht um.

»Der alte McMarsden hat diese Bilder selbst gemalt«, antwortete Tom. »Er war kein besonders guter Maler, glaube ich, aber konsequent. Auf jedem Bild ist irgendwo ein Einhorn zu sehen, und dazu noch mindestens ein weiteres Fabelwesen, die er sich aus allen möglichen Mythologien zusammengeklaubt hat.« Sein Gesicht hellte sich auf. »Hier, siehst du?«

Sams Blick folgte seinem ausgestreckten Zeigefinger. Zuerst fiel ihr nichts auf, dann entdeckte sie einen zerrupften Vogel, der halb verborgen im Blättergewirr eines Baumes saß. Jedenfalls hielt sie ihn im ersten Moment für einen Vogel. Dann sah sie, dass das nicht stimmte.

»Ist das ein … Drache?«, fragte sie. Er war viel zu klein.

»Ein Wyvern«, antwortete Tom.

»Wyvern?«

»So eine Art Miniaturdrache«, erklärte Tom. »Sieht ein bisschen aus wie eine Kreuzung zwischen einem Fetzengeier und einer durchgeknallten Fledermaus, die vor einem Monat gestorben ist und es selbst noch nicht gemerkt hat. Eigentlich sind sie harmlos … aber echt lästig.«

Sam erinnerte sich daran, dass sie dieses Wort schon einmal gehört hatte, allerdings nicht von ihm. »Du scheinst dich mit so was auszukennen«, sagte sie.

»Das bleibt nicht aus, wenn man erst einmal eine Weile hier ist«, antwortete Tom. »Diese Schinken hängen hier überall, und Mythologie steht sogar auf dem Lehrplan.«

»Echt?«, gab Samiha zurück und machte ein nachdenkliches Gesicht. »Mann, jetzt verstehe ich. Ich bin in den falschen Zug gestiegen und auf Hogwarts gelandet.«

»Hog*was*?«, fragte Tom. Sam sah ihm an, dass er wirklich nicht verstand, wovon sie sprach.

»Schon gut«, sagte sie rasch.

»Das war ernst gemeint«, versicherte Tom. »Und Mythologie ist wirklich ein spannendes Fach … wenn man dabei nicht so ausflippt wie gewisse Angehörige des Lehrpersonals.«

»Und wen meinst du damit?«

»Apropos ausflippen«, nörgelte Angie hinter ihnen. »Wenn mir nicht gleich einer von euch hilft, dann flippe ich aus, und glaubt mir, das will keiner von euch erleben!«

Tom grinste schon wieder, aber Sam fand, dass es jetzt genug war. Ohne Mühe streckte sie den Arm aus und legte die Kleider auf den Regalboden.

Angie funkelte sie an, als wäre das alles hier ganz allein ihre Schuld. »Danke«, sagte sie.

»Keine Ursache«, erwiderte ihr Bruder an Sams Stelle. »Ich dachte mir, dass frau sich lieber von ihr helfen lässt als von jemandem wie mir.«

Angie streckte ihm die Zunge heraus, woraufhin Tom nur noch breiter grinste. Sam sah irritiert von einem zum anderen.

»Nicht dass es mich etwas angeht … aber könnt ihr mir vielleicht verraten, was das soll?«

»Gar nichts«, behauptete Angie.

»Das gibt sich schon wieder«, versicherte Tom feixend. »Sie hat nur ein bisschen zu viel mit Sonya gesprochen, das ist alles.« Er hob rasch die Hand, als Angie auffahren wollte. »Und jetzt sollten wir wirklich gehen, bevor Focks selbst zum Wyvern mutiert oder etwas Schlimmerem.«

Sam lachte zwar, aber eigentlich fand sie die Bemerkung nicht komisch.

Ganz und gar nicht.

Noch vor Tagesanbruch hätte sie geglaubt, dass das völlig unmöglich war – aber es verging keine halbe Stunde, bis sie ihre Entscheidung zu bedauern begann, sich nicht in Stiefel, Käppi und Reiterhosen geworfen zu haben wie alle anderen.

Längst nicht jeder Schüler des Pferde-Internats hatte sich auf der großen Koppel hinter dem Stall eingefunden. Samiha schätzte, dass es nicht mehr als fünfzig oder sechzig waren, aber sie trugen ausnahmslos das, was hier anscheinend so etwas wie eine inoffizielle Schuluniform darstellte, und auch die Lehrer waren auf dieselbe Art gekleidet: Focks, Sonya und noch drei weitere junge Frauen, deren Namen der Direktor ihr gestern zwar genannt, die zu merken Sam sich jedoch nicht die Mühe gemacht hatte.

Auch die Zahl der Pferde war noch einmal gewachsen. Sam versuchte gar nicht erst, sie zu erfassen. Aber sie schätzte, dass für jeden zweiten Schüler ein Pferd bereitstand. Sie alle waren gesattelt, und die Jungen und Mädchen machten ausgiebig von der Gelegenheit Gebrauch, auf ihnen zu reiten, manche vorsichtig und in leicht verkrampfter Haltung, als wären sie diese Art der Fortbewegung noch nicht lange gewohnt, andere sicher und rasch, und einige galoppierten sogar.

»Reiten scheint ja hier nach Geisterbeschwörung das zweite Hauptfach zu sein«, sagte Samiha spöttisch, während sie Tom folgte, der gemächlich in Richtung einer der kleineren Koppeln schlenderte. Auch dort drängte sich eine Anzahl identisch gekleideter Schüler um etliche Pferde, wenn auch deutlich weniger als dort, wo sie Sonya und den Direktor gesehen hatte. Angie war bereits losgeeilt und erinnerte mit ihrer pummeligen Figur und den hüpfenden Schritten jetzt eigentlich eher an einen Gummiball mit Reitstiefeln.

»Die Reitstunden sind freiwillig«, antwortete Tom. »Aber die meisten sind ganz heiß drauf. Mir macht es auch Spaß, ehrlich gesagt. Konnt' ich mir früher gar nicht vorstellen, aber es ist so. Pferde sind … interessant.«

»Hm«, machte Sam. Ihr wäre ein anderes Wort eingefallen, aber sie ahnte, dass das bei Tom nicht besonders gut ankommen würde, und sie wollte ihn nicht verletzen. Außerdem fühlte sie sich mit jedem Moment weniger wohl in ihrer Haut – genauer gesagt in ihren Kleidern. Es war ein Fehler gewesen, sozusagen in Zivil zu kommen, und sie war darauf keineswegs stolz, wie sie erwartet hatte, sondern fühlte sich … ausgeschlossen.

Das war eine vollkommen neue Erfahrung für sie. Und keine besonders angenehme.

»Du magst keine Pferde?«, fragte Tom geradeheraus.

»Hm«, machte Sam.

»Hm«, wiederholte Tom. »Ist das dein Lieblingswort?«

»Ich hab noch nicht darüber nachgedacht«, sagte Sam ausweichend. »Über die Pferde, meine ich.«

»Und dann gehst du auf ein Pferde-Internat?«, wunderte sich Tom.

Sam starrte einen Moment lang an ihm vorbei ins Leere und überlegte, gar nicht zu antworten, nickte aber dann doch. »Wer sagt dir denn, dass ich hierher *wollte?*«

Tom blinzelte, machte ein nachdenkliches Gesicht und begriff dann endlich. »Ich verstehe«, sagte er.

»So?«, knurrte sie. »Das glaube ich eher weniger.«

»Ärger in der Schule, Krach mit deinen Alten oder ein paar Schwierigkeiten mit den Behörden?«, fragte Tom.

Hätte ihr irgendein anderer – vielleicht sogar Tom selbst – zu einem anderen Zeitpunkt und an einem anderen Ort dieselbe Frage gestellt, dann hätte er spätestens jetzt mit blutender Nase am Boden gelegen. Aber erstaunlicherweise nahm sie es ihm nicht einmal übel, sondern begann nur auf ihrer Unterlippe zu kauen und starrte weiter ins Leere.

»Du willst nicht darüber reden«, sagte Tom. Er kickte einen Stein davon, der durch das knöchelhohe Gras hüpfte und dabei so wild hin und her sprang, als ärgere er sich über die grobe Behandlung. »Das ist in Ordnung. Geht mich ja schließlich auch nichts an.«

»Von allem ein bisschen«, hörte sich Sam zu ihrer eigenen und nicht geringen Überraschung antworten. »Schule hat mir noch nie gelegen – und so eine wie diese hier schon gar nicht –, und mit meinen Eltern …«

»Kommst du nicht mehr besonders gut aus, weil denen eine Menge daran liegt, dass dir was an der Schule liegt«, vermutete Tom.

»Kannst du das noch mal sagen?«, fragte Sam.

»Nö«, erwiderte Tom. »Aber es war so – hab ich recht?«

»Ja«, antwortete Sam, widerwillig, aber zugleich auch nicht in der Lage, *nicht* zu antworten. Es war verrückt: Allmählich begann sie sich über Tom zu ärgern. Was bildete sich dieser Kerl eigentlich ein, solche Fragen zu stellen, die ihn nun wirklich nichts angingen? Und trotzdem hörte sie sich selbst weiterreden: »Unter anderem. Da waren noch ein paar … Kleinigkeiten.«

»Dein vierzehnter Geburtstag«, fragte Tom. Sie nickte, und er fuhr in einem Ton fort, der bewies, dass er sehr genau wusste, wovon er sprach: »Ja, ja, danach wird es ernst.«

»Hm«, machte Sam zum dritten Mal, und Tom pflichtete ihr bei und machte ebenfalls: »Hm.« Während sie nebeneinander hergingen, war er ihr näher gekommen, und ihre Hände berührten sich ganz zufällig. Sam fuhr zusammen und zog die Finger so rasch zurück, als hätte sie sich verbrannt, aber das war ein reiner Reflex. Sie hatte es nie gemocht, wenn ihr jemand zu nahe kam, und sie *hasste* es regelrecht, berührt zu werden.

Allerdings nicht jetzt. Ganz im Gegenteil war ihr Toms Berührung beinahe angenehm gewesen. Da war etwas … Vertrautes an ihm, so als kenne sie diesen Jungen schon zeit ihres Lebens und nicht erst seit ein paar Stunden.

Tom sagte zwar nichts, aber er nahm ihr ihre ruppige Reaktion auch nicht übel, sondern lächelte sogar, beinahe als hätte er ihre Gedanken gelesen, und noch bevor Sam irgendetwas sagen oder tun konnte, hatten sie die anderen erreicht, und der fast magische Moment war vorbei. Sam wusste nicht, ob sie enttäuscht oder erleichtert sein sollte. Vielleicht von beidem ein bisschen.

Umständlich kletterte Tom über den hüfthohen Holzzaun, der die Weide vor ihnen unterteilte, während Sam, ohne nachzudenken, nach einem der Pfähle griff und über den Zaun flankte. Tom kam nach ihr auf der anderen Seite an, obwohl er vor ihr losgeklettert war. Eine halbe Sekunde lang amüsierte sie sich ganz unverhohlen über sein verblüfftes Gesicht, bevor ihr aufging, dass diese kleine sportliche Einlage vielleicht nicht besonders clever gewesen war. Tom war nicht der Einzige, der große Augen machte, und ihre unpassende Kleidung war jetzt ganz bestimmt nicht mehr der alleinige Grund, aus dem sie angestarrt wurde.

Immerhin reagierte Sam jetzt wieder so, wie sie es von sich selbst erwartete: Sie warf trotzig den Kopf in den Nacken und steuerte mit forschen Schritten die kleine Gruppe einheitlich gekleideter Schüler an, die sich um eine Handvoll Pferde scharten und geduldig darauf warteten, an die Reihe zu kommen.

Im Augenblick waren sie allerdings hauptsächlich damit beschäftigt, sie anzugaffen und miteinander zu tuscheln.

Aber sie waren wenigstens klug genug, ihr unaufgefordert Platz zu machen, als sie näher kam – was möglicherweise an ihrem spielerischen Satz über den Zaun lag, vielleicht an ihrem grimmigen Gesichtsausdruck oder daran, dass sie die Hände zu Fäusten geballt hatte, ohne es selbst zu merken. Vielleicht auch an allem zusammen.

»Hallo!« Eine etwa dreißigjährige Frau (in Reitkleidung) trat auf sie zu und hielt ihr die Hand entgegen. »Ich bin Miss Hasbrog. Du musst Samira sein, unsere neue Schülerin.«

»Samiha«, verbesserte sie Sam automatisch. Sie ignorierte die ausgestreckte Hand, obwohl das Lächeln ihres dunkelhaarigen Gegenübers durchaus ehrlich wirkte und die Frau ein sehr offenes und sympathisches Gesicht hatte. Dennoch war etwas an ihr, was sie zur Vorsicht gemahnte. Vielleicht etwas in ihrem Blick, trotz aller Freundlichkeit. Miss Hasbrog wusste, wer sie war, und auch, warum sie hier war.

Nach ein paar Sekunden gab es die Lehrerin auf, ihr weiter die Hand entgegenzustrecken, und ihr Lächeln entgleiste für einen winzigen Moment. »Ich bin hier die Lehrerin für Englisch und keltische Mythologie«, sagte sie. »Während der Schulstunden Miss Hasbrog. Aber im Moment Petra.«

»Miss?«

»Ich komme aus Schottland«, antwortete sie.

Sam lauschte konzentriert auf irgendeinen Akzent in ihren Worten, konnte aber nichts feststellen, und die Lehrerin beantwortete ihre Frage, noch bevor sie sie überhaupt aussprechen konnte.

»Noch eine Bedingung, die McMarsden in seinem Testament verfügt hat.«

»Dass wir hier alle auf dicke Kumpel machen müssen, sobald die Schulstunden vorbei sind?«, fragte sie böse.

»Dass die Englischlehrer immer aus Schottland stammen müssen«, antwortete Miss Hasbrog, ohne auf die Spitze einzugehen und immer noch unerschütterlich weiterlächelnd. »Doch in meinem Fall hat Direktor Focks das Testament ausgetrickst, fürchte ich. Ich bin zwar in Schottland geboren, aber hier ganz in der Nähe aufgewachsen.« Sie trat einen halben Schritt zurück und maß sie mit einem langen Blick von Kopf bis Fuß. »Du siehst nicht so aus, als wärst du zum Reiten gekommen.«

»Ist das Vorschrift?«, fragte Sam spitz.

»Nein«, antwortete Petra. Ihr Lächeln gefror noch mehr und wirkte jetzt nur noch professionell. »Aber ich sehe schon, du brauchst wohl etwas Zeit, um dich an alles zu gewöhnen ... und ich habe ohnehin noch zu tun.«

Sie verschwand mit schnellen Schritten in die Richtung, aus der Tom und sie gerade gekommen waren, und Sam sah ihr schweigend und so finster nach, wie sie nur konnte.

»Das war nicht nett«, sagte Tom.

»Und?«, fragte Sam. »Glaubst du etwa, ich bin hier, weil ich so *nett* bin?«

»Das sind die wenigsten «, antwortete er ungerührt. »Aber Petra gehört zu den netten Lehrern. Sie gibt sich wirklich Mühe, weißt du?«

»Oh, und jetzt habe ich sie verletzt«, sagte Sam. »Das tut mir aber leid.«

Tom runzelte die Stirn und schien zu einer jetzt vielleicht nicht mehr ganz so geduldigen Antwort anzusetzen, hob aber dann nur die Schultern und wandte sich leicht beleidigt ab, und Sam spürte plötzlich etwas, das ihr bisher beinahe gänzlich unbekannt gewesen war: ihr schlechtes Gewissen. Diese seltsame schottische Tussi war ihr egal, aber sie hatte nicht grob zu Tom sein wollen.

Bevor sie jedoch eine entsprechende Bemerkung machen

konnte, kam Angie und wedelte aufgeregt mit den Armen. »Tom! Wir sind dran! Kommst du?«

Tom ließ sie einfach stehen und folgte seiner Schwester, die schon wieder zurück zu den Pferden gelaufen war. Obwohl jetzt keine Lehrerin die Schüler beaufsichtigte, funktionierte die Organisation ausgezeichnet. Die Schüler, deren Zeit abgelaufen war, stiegen ganz freiwillig aus dem Sattel und gaben die Zügel an den jeweils nächsten weiter, ohne dass es auch nur das leiseste Murren gegeben hätte. Sam war beeindruckt und gleichzeitig verwirrt. Sie hatte nicht erwartet, dass alle dreihundert Schüler hier so *charakterstark* waren wie sie, aber eine solche Disziplin war … unnormal.

So sonderbar (und fast ein bisschen unheimlich) dieser Anblick war, musste sie doch plötzlich schon wieder grinsen, als sie Angie dabei zusah, wie sie in den Sattel stieg – oder um genau zu sein: es versuchte. Das Pferd, dessen Zügel ein älterer Schüler hielt, war nicht besonders groß, ein stämmiger Schecke mit sorgsam gestriegeltem Fell, aber dasselbe (was die Größe anging) galt ja auch für sie, und so weit, ihr in die Steigbügel zu helfen, ging die allgemeine Kooperationsbereitschaft wohl doch nicht. Ganz im Gegenteil sahen die meisten ganz unverhohlen schadenfroh zu, wie sie sich vergebens abmühte. Es gelang ihr zwar, mit ausgestreckten Armen den Sattelknauf zu erreichen und sich daran festzuhalten, aber damit hörte es dann auch schon auf. Sosehr sie sich auch abmühte, es gelang ihr nicht, den Fuß in den Steigbügel zu setzen. Sie war einfach zu klein. Auch Sam sah ihr eine Weile amüsiert zu und fühlte sich schon wieder an einen hektisch auf und ab hüpfenden Ball erinnert, der an einem unsichtbaren Gummiband hing. Oder die winzige Libellen-Elfe, die sie heute Morgen über ihrer Schulter gesehen zu haben glaubte …

Schließlich wurde es Angies Bruder zu viel und er erbarmte sich ihrer, indem er hinter sie trat und die Hände um ihre Hüften legte.

»Wenn du das auch nur versuchst«, zischte Angie, »dann bist du …«

Tom spannte die Muskeln an, suchte mit leicht gespreizten Beinen nach sicherem Stand im feuchten Gras und hob sie ohne sichtbare Mühe in den Sattel.

»… tot«, schloss Angie leicht verwirrt.

»Immer wieder gerne, holde Maid«, sagte Tom, deutete eine spöttische Verbeugung an und ging dann zu einem zweiten Pferd hin, das ihn bereits mit einem freudigen Schnauben begrüßte. Angie strengte sich nach Kräften an, ihn mit Blicken aufzuspießen, sah die Sinnlosigkeit ihrer Bemühungen nach ein paar Augenblicken ein und konzentrierte ihre Feindseligkeit dann auf Sam, ohne dass dieser ganz klar wurde, womit sie das eigentlich verdient hatte.

Tom saß – deutlich eleganter – ebenfalls auf, und erst in diesem Augenblick wurde Sam klar, dass sie sowohl sein als auch Angies Pferd bereits kannte. Es waren der Schecke und die braune Stute, die sie gestern Abend zusammen mit Star im Stall gesehen hatte. Sie war nicht überrascht, Tom so selbstverständlich und elegant losreiten zu sehen, als wäre er nicht nur im Sattel geboren worden, sondern hätte sein Lebtag nichts anderes getan, aber Angies Anblick nötigte ihr schon wieder ein amüsiertes Lächeln ab. Angie stellte sich genauso ungeschickt an wie ihr Bruder souverän. Sie saß steif und mit ängstlich eingezogenem Kopf im Sattel, und die Hände hatte sie so fest um die Zügel gekrampft, dass es eigentlich schon wehtun musste. Zu sagen, dass man ihr ansah, wie unwohl sie sich auf dem Rücken des Pferdes fühlte, wäre hoffnungslos untertrieben gewesen. Sams Schadenfreude hielt sich allerdings in Grenzen, als sie sich selbst die Frage stellte, wie sie sich wohl an Angies Stelle fühlen würde.

Wahrscheinlich nicht viel besser, gestand sie sich ein. Sie hatte zwar nicht wirklich Angst vor Pferden, aber die Vorstellung, dort oben zu sitzen und nur darauf zu warten, dass sie herunterfiel und sich sämtliche Knochen im Leib brach, war auch nicht gerade verlockend.

»Kaum zu glauben, nicht wahr?«, sagte eine Stimme hinter ihr.

Samiha drehte sich herum und erkannte Sonya, die sich lautlos wie eine Katze angeschlichen hatte.

»Wenn man die beiden so sieht, dann fällt es einem beinahe schwer zu glauben, dass sie gleichzeitig mit dem Reitunterricht angefangen haben.«

Sam stimmte ihr mit einem wortlosen Nicken zu, es fiel ihr ja schon schwer genug zu glauben, dass sie überhaupt Geschwister sein sollten. Angie und ihr Bruder waren so unterschiedlich, wie sie nur sein konnten, und ihr Anblick hoch zu Ross machte das besonders deutlich. Angie führte ihr Tier mit behutsamen kleinen Schritten im Kreis, und man merkte ihr in jeder Sekunde an, welch große Angst sie davor hatte, aus dem Sattel zu fallen. Tom hingegen ritt so selbstverständlich und elegant, dass es eine reine Freude war, ihm zuzusehen. Nur ein paar Schritte weit ließ er das Pferd in einem langsamen Trab laufen, dann verfiel er in einen raschen Galopp, der erst von dem Zaun am anderen Ende der Wiese abgebremst wurde. Eine halbe Sekunde lang sah es sogar so aus, als würde er in einem eleganten Satz über das Hindernis hinwegspringen, und Sam zweifelte nicht im Geringsten daran, dass es ihm auch gelingen würde. Im buchstäblich letzten Moment hielt er die Stute zurück, indem er an den Zügeln zog und sein Gewicht entsprechend verlagerte. Das Tier scheute leicht, warf den Kopf zurück und versuchte auszubrechen, was Tom aber souverän unterband.

»Beeindruckend«, sagte Sonya. »Aber er sollte es trotzdem besser nicht übertreiben.«

Sam spürte, dass sie das hauptsächlich sagte, um ein Gespräch mit ihr in Gang zu bringen, hüllte sich aber weiter in beharrliches Schweigen. Um freundlich zu sein, hatte sie ja noch genug Zeit. Knappe vier Jahre, um genau zu sein.

So leicht gab Sonya jedoch nicht auf. Sam sah unverwandt zu Tom hin, der jetzt in so scharfem Galopp über die Wiese preschte, wie es der begrenzte Raum überhaupt zuließ. Einige Schüler applaudierten, die meisten aber sahen ihm einfach nur bewundernd – oder auch ein bisschen neidisch – zu, und Sonya sagte: »Der Junge ist ein echtes Naturtalent, so etwas erlebt man selten. Vielleicht zeigt er dir ja, wie es geht. Ihr beide scheint euch ja ganz gut zu verstehen.«

Sam sparte sich die Bemerkung, dass sie Tom gerade einmal seit ein paar Stunden kannte, sondern sah ihm weiter zu. Es machte einfach Spaß, ihn zu beobachten, so elegant und selbstsicher, wie er sich auf dem Rücken des Tieres hielt, und Sam fragte sich ganz automatisch, wie er wohl ohne diese alberne Reituniform aussehen würde und auf dem Rücken eines Pferdes, dessen Schritte nicht von einer Koppel oder dem strafenden Stirnrunzeln eines Lehrers schon nach ein paar Sekunden wieder gebremst wurden. Und für einen ganz kurzen Moment glaubte sie ihn regelrecht zu sehen: eine schlanke, in ein einfaches Gewand aus Wildleder gekleidete Gestalt, die ohne Sattel und Zaumzeug auf dem Rücken eines ebenso stolzen wie ungebrochenen Wildpferdes dahinjagte, von nichts anderem gebremst als ihrem eigenen Willen und der Weite der Unendlichkeit, die sich vor ihr erstreckte.

Sie blinzelte und das Bild war – natürlich – verschwunden, aber etwas davon schien noch für einen winzigen Moment in ihr nachzuhallen, ein Gefühl von Wärme, das sie fast erschrocken verscheuchte, nicht weil es ihr unangenehm gewesen wäre (im Gegenteil), sondern weil es so *fremd* war.

Sonya räusperte sich unecht, und Sam tat ihr widerwillig den Gefallen, sich ganz zu ihr herumzudrehen. Sie musste dabei wohl gegen irgendetwas getreten sein, das im Gras verborgen war, denn es gab ein flüchtiges Rascheln und Zittern zu ihren Füßen, und als sie hinsah, hatte sie das Gefühl, etwas davonhuschen zu sehen, aber es war zu schnell wieder verschwunden, um sicher zu sein. Vielleicht nur ein Stein. Oder eine Maus.

Eingebildet hatte sie es sich jedenfalls nicht, denn auch Sonya sah kurz und stirnrunzelnd zu Boden und dann wieder zu ihr hoch. »Du hältst nichts von Pferden?«, fragte sie geradeheraus und gab sich auch gleich selbst die Antwort. »Aber du wirst sehen, das gibt sich. Viele unserer Schülerinnen haben am Anfang Probleme mit ihnen. Aber die meisten gewöhnen sich rasch an sie. Pferde sind so wunderbare Tiere.«

Sam hüllte sich weiter in beharrliches Schweigen. Allmählich wurde ihr selbst klar, wie albern sie sich benahm, aber eigentlich war ihr das egal. Sie sah absichtlich nicht hin, aber sie konnte Sonyas Enttäuschung spüren, und erstaunlicherweise war ihr das nicht egal. Ganz im Gegenteil – und vollkommen anders, als sie es von sich selbst gewohnt war – musste sie sich fast auf die Zunge beißen, um sich nicht bei Sonya zu entschuldigen. *Was war eigentlich mit ihr los?*

Das Schweigen begann schon nach wenigen Augenblicken unangenehm zu werden, und Sam spürte, dass es Sonya nicht anders erging, aber sie waren offensichtlich beide zu stur, um den ersten Schritt zu machen. Und so war Samiha nicht die Einzige, die insgeheim erleichtert aufatmete, als

Miss Hasbrog – Petra – zurückkam, einen weißen Hengst am Zügel führend und ein halbes Dutzend meistenteils jüngerer Schülerinnen und Schüler im Schlepptau, die zwar ununterbrochen kicherten und dumme Bemerkungen zum Besten gaben, zugleich aber auch einen respektvollen Abstand zu ihr (und vor allem Star) einhielten.

»Kommst du mit?«, fragte Sonya.

Sam sah sie nachdenklich an. War da etwas … *Lauerndes* in ihrer Stimme gewesen?

»Komm schon, gib dir einen Ruck. Ich weiß ja, dass frau in deinem Alter nicht viel von Traditionen hält, aber Reiten gehört hier nun mal dazu, und du tust dir selbst keinen Gefallen, wenn du schon aus Prinzip gegen alles bist, was die anderen tun.« Sie wartete eine Sekunde lang auf irgendeine Reaktion und änderte dann ihre Taktik. »Außerdem braucht Star dringend ein bisschen Bewegung. Keiner von den anderen hier will sich mit ihm beschäftigen.«

»Ich kann nicht reiten«, erinnerte Sam. *Und selbst wenn sie es könnte, dann ganz bestimmt nicht auf diesem … Klepper!*

»Das hat auch niemand erwartet«, erwiderte Sonya. »Ich würde ja gar nicht zulassen, dass du es versuchst. Erstens hast du selbst gesagt, dass du noch nie auf einem Pferd gesessen hast, und zweitens lässt sich Star von niemandem reiten.«

»Hat es denn überhaupt schon jemand versucht?«

»Oft«, antwortete Sonya. »Aber irgendwann ist uns der Gips ausgegangen, um all die gebrochenen Beine und Handgelenke zu schienen, und seitdem probieren wir es gar nicht mehr.«

Samiha lachte nicht und sie rührte sich auch nicht, und Sonya beließ es bei einem Schulterzucken und ging los. Wieder raschelte es im Gras zu ihren Füßen. Sam hatte den flüchtigen Eindruck von zahllosen kleinen Dingen, die hektisch in alle Richtungen vor ihr flohen.

Schließlich fand sie es einfach zu blöd, weiter herumzustehen und sich von allen angaffen zu lassen, und ging ihr nach. Sie verzichtete dieses Mal darauf, kurzerhand über den Zaun zu flanken, und bückte sich genau wie Sonya unter der obersten Latte hindurch, obwohl ihr das fast mühsamer erschien. Etwas wie ein unsichtbarer Schatten schien über den Himmel zu huschen und war schon wieder verschwunden, als sie den Kopf hob. Aber es war keine Einbildung. Auch Sonya sah kurz und eindeutig besorgt in den Himmel, und etwas Neues erschien in ihrem Blick, das Samiha nicht gefiel.

»Stimmt etwas nicht?«, fragte sie.

»Alles in Ordnung«, behauptete Sonya. Sie war keine besonders gute Lügnerin, fand Sam. »Du bist im Flachland aufgewachsen, nicht wahr? Dann bist du das Wetter hier nicht gewohnt. Es kann manchmal extrem schnell umschlagen. Besser, man behält den Himmel immer mit einem Auge im Blick.«

Star schnaubte und stupste sie leicht mit der Nase an, und Sam hob ganz automatisch die Hand und streichelte seine Nüstern, fast ohne sich der Bewegung bewusst zu sein. Nach einem Augenblick ließ sie den Arm wieder sinken und sah verblüfft auf ihre Hand hinab. Star schnaubte noch einmal. Irgendwie hörte es sich amüsiert an, fand sie.

»Das war für den Anfang doch gar nicht einmal so schlecht«, sagte Sonya. »Ich glaube, du magst Pferde doch. Du weißt es nur noch nicht.«

Nebst jeder Menge unangenehmer hielt *Unicorn Heights* zumindest eine angenehme Überraschung für sie bereit: Unter dem altehrwürdigen Dach einer der zahlreichen verschachtelten Anbauten verbarg sich ein ultramodernes Schwimmbad samt einer Wellenanlage und einem Fünfmeterturm, dessen Anblick sie für wenigstens einige der Unannehmlichkeiten entschädigte, die sie bisher hier erlitten hatte.

Samiha lernte es am dritten Tag ihrer Gefangenschaft kennen, und obwohl sie schon geglaubt hatte, dass es hier nichts mehr gab, was sie noch überraschen konnte, war doch das genaue Gegenteil der Fall.

Sonya hatte sich beim Frühstück zu ihr gesellt und mit ihrer Anwesenheit nicht nur Tom und seine Schwester vergrault, sondern war schon geradezu widerlich gut gelaunt gewesen. Außerdem hatte sie sich – ganz gegen ihre sonstige Gewohnheit – nicht fünf Minuten vor Unterrichtsbeginn zurückgezogen, um wieder zu der (im Grunde gar nicht so) gestrengen Frau Baum zu mutieren, sondern war geblieben und hatte sie sogar aus der Mensa begleitet – allerdings nicht in die Klasse wie erwartet. Stattdessen waren sie in den besagten Anbau gegangen, und Sonya hatte sich ganz unverhohlen nicht nur über ihr nachdenkliches Stirnrunzeln amüsiert, als ihnen schon direkt nach der Tür der typische Chlorgeruch und die hallenden Echos eines Schwimmbades entgegenschlugen, sondern auch über ihr verblüfftes Gesicht, als sie die eigentliche Halle betraten und sich einem dreißig Meter langen Schwimmbecken samt künstlichem Wellengang und einem halben Hundert dazu passender grölender Schülerinnen und Schüler gegenübersahen.

»Na, überrascht?«, fragte Sonya in einem Ton, der ein Nein als Antwort weder erwartete noch akzeptieren würde.

Sam nickte, und obwohl das ihre einzige Reaktion in diesem Moment war, fuhr die Lehrerin fort: »Was hast du dir denn vorgestellt? Einen holzbefeuerten Badezuber, nur weil wir hier in den Bergen sind?«

Sam hatte sich genau genommen *gar nichts* vorgestellt, aber sie war dennoch überrascht; nicht nur vom bloßen Dasein dieses supermodernen Bades, sondern auch darüber, bislang noch nicht einmal gewusst zu haben, dass es so was überhaupt gab.

Natürlich konnte das daran liegen, dass sie immer noch abwechselnd schmollte oder mit dem Schicksal haderte (und oft genug beides) und ihr Zimmer außer zu den Mahlzeiten und Schulstunden praktisch nicht verlassen hatte.

»Kann das … jeder benutzen?«, fragte sie.

Die Lehrerin reagierte mit einer Mischung aus einem heftigen Nicken und einem noch heftigeren Kopfschütteln. »Theoretisch ja.«

»Und praktisch?«

»Wir legen hier eine Menge Wert auf Sport und körperliche Ertüchtigung«, antwortete Sonya. »Alle Schülerinnen können in ihrer Freizeit so oft herkommen, wie sie wollen. Aber einmal die Woche schwimmen ist Pflicht.«

»Mit oder ohne Pferde?«

»Mit«, antwortete Sonya mit einem todernsten Nicken. »Komm. Ich helfe dir, dein Seepferdchen zu satteln.« Sie lachte aufgeräumt und machte eine dazu passende auffordernde Geste.

Sam folgte ihr in einen Nebenraum, wo allerdings keine Seepferdchen in Unterwasserbecken auf sie warteten, sondern nur eine lange Doppelreihe grauer Spinde. Sonya deutete auf den vorletzten in der linken Reihe. »Das ist deiner.«

»Aber ich habe gar keinen …«, begann Samiha, registrierte Sonjas Gesichtsausdruck und sparte es sich gleich, den Satz zu Ende zu sprechen. Ganz wie sie erwartete, fand sie hinter der Tür ihres Spindes nicht nur einen Stapel sorgsam zusammengelegter weißer Handtücher, sondern auch einen Badeanzug samt Badekappe, Brille mit dicken Gummirändern und einer Nasenklemme.

»Die Umkleidekabinen sind da hinten«, sagte Sonya, während sie einen zweiten Spind öffnete und den eineiigen Zwilling ihres altmodischen Badeanzugs herausnahm. »Beeil dich. Die anderen kommen auch gleich, und ich will dir vorher noch das Wichtigste zeigen.« Was immer das sein mochte.

Sam sah ihr ein wenig verdutzt nach, nahm aber trotzdem ihren Badeanzug und verschwand für einen Moment in einer der winzigen Umkleidekabinen, die zwar nicht über den Luxus einer richtig schließenden Tür verfügten, dafür aber über einen Spiegel, der vom Boden fast bis zur Decke reichte. Sam beging den Fehler, einen kurzen Blick hineinzuwerfen, nachdem sie in dieses Monstrum von Badeanzug geschlüpft war. Angezogen sah das Ding noch viel scheußlicher aus als zuvor … aber daran war im Moment leider nichts zu ändern.

Obwohl sie sich beeilt hatte, war Sonya bereits umgezogen und damit beschäftigt, ihre langen Haare unter die Badekappe zu stopfen, als sie zurückkam. Als Letztes nahm sie die verchromte Kette mit dem Schlüssel zum Medikamentenschrank ab und verstaute sie in ihrem Spind. Sie schob die Tür zu, und erst als Samiha dasselbe tat, stellte sie fest, dass es keine Schlösser an den Spindtüren gab.

Was folgte, war ein kurzer, aber erstaunlicher Rundgang durch die Schwimmhalle, die sich immer schneller mit Schülerinnen und Schülern füllte, von denen die meisten so lautstark herumtobten und -lärmten, als würden sie dafür bezahlt. Es gab nicht nur dieses Schwimmbad, sondern auch eine Sauna, ein kleines Solarium und einen Fitnessraum, der so mancher Muckibude in einer Großstadt zur Ehre gereicht hätte.

»So«, sagte sie, nachdem sie wieder in die Schwimmhalle zurückgekehrt waren. Etliche Jungs und Mädchen waren bereits im Wasser und planschten so ausgelassen herum, dass das Wasser fast bis zur Decke spritzte. »Das wollte ich dir nur zeigen, bevor die anderen kommen und es unmöglich wird, sich zu unterhalten. Ich hoffe doch, du bist entsprechend beeindruckt.«

»Hm«, machte Samiha.

Sonya grinste wie ein Schulmädchen und warf einen Blick auf die große Uhr an der Wand. Ihre Armbanduhr hatte sie zusammen mit allem anderen im Spind zurückgelassen.

»Hm ist immer noch besser als gar nichts«, sagte sie, klang zugleich aber auch ein bisschen enttäuscht. »Ich dachte, du hättest dich schon ein bisschen eingelebt … aber egal. Die ersten fünfundvierzig Minuten sind zur freien Verfügung, danach kommt eine offizielle Schulstunde mit allen langweiligen Übungen. Also genieß die Zeit, die noch bleibt, und amüsier dich.« Sie drehte sich halb herum und spulte die Bewegung dann noch einmal rückwärts ab, als wäre ihr gerade noch etwas eingefallen, sie war wirklich keine gute Schauspielerin. »Und wenn du schon einmal hier bist, dann solltest du vielleicht die Gelegenheit nutzen, um dich ein bisschen mit den anderen Mädels und Jungen bekannt zu machen. Ich meine: Du bist jetzt allmählich lange genug bei uns, um das Ende deiner Trotzphase einzuläuten, oder?«

Sie ging so schnell, dass Sam gar keine Gelegenheit bekam (und das auch gar nicht wollte), irgendetwas darauf zu erwidern. Zeit genug? Nun ja, sie war jetzt seit drei Tagen hier. Dann blieben ja nur noch eintausendvierhundertsechsundsiebzig, bis sie es hinter sich hatte. So ungefähr.

Ein gewaltiges Platschen drang in ihre trübseligen Gedanken, und diesmal spritzte das Wasser tatsächlich fast bis zur Decke hoch und regnete in einem Umkreis von mindestens sieben oder acht Metern herab, bevor sie erkannte, dass es niemand anderes als Sonya gewesen war, die einen perfekten Kopfsprung vom Fünfmeterbrett vorgeführt hatte.

Samiha zollte ihr in Gedanken den dieser artistischen Leistung gebührenden Applaus, überlegte einen kleinen Moment, ebenfalls ins Wasser zu springen, und entschied sich dann dagegen, zumindest für den Augenblick. Stattdessen setzte sie sich mit angezogenen Knien auf die nassen Fliesen am Beckenrand und streckte vorsichtig die Hand zum Wasser hinab. Sie schwamm gern, aber im Moment war ihr einfach nicht danach, ins Wasser zu gehen. Lieber beobachtete sie die anderen, die ausgelassen rings um sie herum im Wasser planschten und tobten, dass sie eher das Gefühl hatte, sich in einem Kindergarten zu befinden.

Obwohl sie ihr Zimmer nur verließ, wenn es unbedingt nötig war, kam ihr das eine oder andere Gesicht inzwischen schon bekannt vor. Sie hatte sich bisher ganz bewusst geweigert, sich die Namen der anderen zu merken, schon aus dem absurden Gefühl heraus, ihre Gefangenschaft damit komplett zu machen, war bei einigen aber einfach nicht darum herumgekommen. Ihre komplette Klasse war da, einschließlich Tom, der zu ihrer Enttäuschung im Moment aber nicht einmal Notiz von ihr zu nehmen schien, sondern sich mit einem der anderen Jungen unterhielt. Darüber hinaus schienen im Großen und Ganzen dieselben Schüler zum Schwimmen eingeteilt zu sein, die sich auch nachmittags regelmäßig zum Reiten draußen auf der Koppel trafen.

Gemeinschaft wurde an dieser sonderbaren Schule ohnehin besonders groß geschrieben, das hatte sie bereits herausgefunden.

Noch ein Grund für Sam, nicht an diesen *freiwilligen* Gemeinschaftsveranstaltungen teilzunehmen. Sie fühlte sich am wohlsten, wenn sie allein war. Das Leben hatte sie gelehrt, dass der Rest der Menschheit vielleicht nicht ausschließlich aus Feinden bestand, es aber auf jeden Fall sicherer war, wenn man sich nur auf sich selbst verließ.

Zu ihrem Missvergnügen entdeckte sie auch Sven und seine Freunde am gegenüberliegenden Beckenrand. Die beiden Jungen planschten ganz in seiner Nähe im Wasser, und auch seine Freundin saß mit untergeschlagenen Beinen und im Badeanzug auf den Fliesen. Sie trug keine Badekappe, sondern ihr langes Haar offen bis weit in den Rücken hinab – was wirklich gut aussah, wie Sam widerwillig zugeben musste, und was zweifellos der Grund war, aus dem sie als Einzige hier keine Badekappe aufgesetzt hatte, sondern lieber darauf verzichtete, überhaupt ins Wasser zu gehen.

Als Einzige außer Sam und Sven. Der trug nicht einmal eine Badehose, sondern knielange Boxershorts, T-Shirt und ausgelatschte Turnschuhe, und er maß nicht nur sie, sondern alle hier mit feindseligen Blicken (seine Freundin eingeschlossen) und wirkte noch viel missmutiger als sonst. Sams Begegnungen mit ihm hatten sich bisher auf die Mensa beschränkt, aber sie wusste natürlich, dass es damit nicht ausgestanden war. Zwischen ihnen schwelte es.

Aber andererseits – wo konnte man einen Schwelbrand besser löschen als in einem Schwimmbad?

Beinahe selbst ein bisschen erstaunt darüber, was sie tat (und vor allem darüber, was sie noch vorhatte!), glitt sie ins Wasser und tauchte mit zwei kraftvollen Zügen nahezu durch das halbe Becken, bevor sie das erste Mal Luft holen musste. Zwei weitere tiefe Atemzüge brachten sie ans Ziel, und zumindest Svens Freunde waren total überrascht, als sie genau zwischen ihnen auftauchte. Erschrocken prallten sie zurück, und einer von ihnen verschluckte sich prompt und begann zu husten. Nur Sven selbst hatte sie anscheinend kommen sehen, denn er blieb vollkommen ruhig. Seine Miene wurde noch finsterer.

»Beeindruckend«, sagte er, als Sam wassertretend hochkam. Mehr nicht. Mit verächtlich verzogenen Lippen stand er auf, fuhr mit einem Ruck herum und trollte sich.

Sam sah ihm verblüfft nach, hielt sich mit der Linken am Beckenrand fest und wandte sich dann mit einem fragenden Blick an Svens Freundin. Das dunkelhaarige Mädchen – sein Name war Frederike, glaubte sie, oder irgendetwas anderes ähnlich Altmodisches – stand ebenfalls auf, schien aber noch unschlüssig zu sein, ob es seinem Freund folgen sollte oder nicht, und Sam nutzte die Gelegenheit, es genauer in Augenschein zu nehmen. Eines musste sie Sven lassen – er hatte guten Geschmack. Das Mädchen war groß, noch ein gutes Stück größer als Sam, die ihrerseits die meisten ihrer Altersgenossinnen um ein gutes Stück überragte, hatte eine fantastische Figur, der nicht einmal das altmodische Monster von Badeanzug etwas anzuhaben vermochte, in den es sich gezwängt hatte, und ein schmales, fast elfenhaftes Gesicht. Hätte sie weißes statt schwarzes Haar gehabt und spitze Ohren, dachte Samiha, dann wäre ihr wahrscheinlich eine Hauptrolle in der nächsten Herr-der-Ringe-Verfilmung sicher gewesen. Nur ihre Augen passten so gar nicht zu diesem Bild, denn sie funkelten schon beinahe hasserfüllt auf sie herab.

»Hab ich was falsch gemacht?«, fragte Sam.

»Wie kommst du denn darauf, Süße?«, erwiderte die Aushilfselfe feindselig. »Ich meine – außer dass du hier bist?«

Wofür sie selbst nun wirklich am allerwenigsten konnte. Sam sparte es sich, diese unwesentliche Kleinigkeit zu erwähnen. Sie hielt sich nun auch mit der anderen Hand am Beckenrand fest und registrierte aus den Augenwinkeln, dass Sven zwar verschwunden war, seine beiden Freunde aber keineswegs. Sie paddelten ganz im Gegenteil kaum auf Armeslänge von ihr entfernt, und Sam fragte sich ganz instinktiv, ob sie vielleicht Grund hatte, sich Sorgen zu machen. Wahrscheinlich nicht. Die beiden waren die typischen Mitläufer-Feiglinge, und hier gab es eindeutig zu viele Zeugen.

»Was soll das heißen?«, fragte sie.

»Spiel nicht noch die Dumme«, antwortete das dunkelhaarige Mädchen. »Wir mögen hier keine Petzen, weißt du?«

»Petzen?«, murmelte Sam.

Die Dunkelhaarige maß sie noch einmal mit einem noch verächtlicheren Blick, warf dann mit gekonntem Schwung das Haar in den Nacken und ging schnell (und mit perfekt eingeübtem Hüftschwung) davon.

»Was um alles in der Welt hab ich denn falsch gemacht?«, murmelte Sam.

Die Frage galt im Grunde nur ihr selbst, aber der größere von Svens Freunden beantwortete sie und kam zugleich ein ganz kleines Stück näher. »Ich weiß ja nicht, was da war, wo du herkommst, Schätzchen«, sagte er, »aber hier bei uns mögen wir's gar nicht, wenn eine zum Direktor rennt und die anderen anscheißt.«

»Schätzchen?«, wiederholte Sam nachdenklich. Sie sah nicht hin, aber sie hörte, wie auch der zweite Bursche hinter ihr näher kam. »Was hältst du von einem Crashkurs im Schatztauchen? Nur ein paar Minuten und auf zwei oder drei Meter?« Oder wie tief das Becken eben war.

Die Augen des Jungen wurden schmal, und ein gemeiner Ausdruck begann sich auf seinem Gesicht breitzumachen. Doch bevor mehr daraus werden konnte, spritzte das Wasser in die Höhe und Tom tauchte prustend zwischen ihnen auf.

»Gibt's hier irgendein Problem?«, fragte er, während er die linke Hand nach dem Beckenrand ausstreckte und sich dabei wie zufällig zwischen Sam und den dunkelhaarigen Jungen schob.

Er bekam keine Antwort. Der Bursche schürzte nur verächtlich die Lippen, drehte sich dann weg und verschwand mit schnellen Schwimmbewegungen. Sam hörte ein fast synchrones Platschen hinter sich und wusste, dass es der andere auch vorzog, sich zu verkrümeln.

»Ist alles in Ordnung?« Toms Miene drückte echte Sorge aus, als er sich wassertretend zu ihr umwandte, und sosehr sich ein Teil von ihr auch über seine ungefragte Einmischung ärgerte, so sehr freute sie dieser besorgte Blick.

»Die beiden wollten sich nur ein bisschen wichtigmachen«, antwortete sie. »Aber trotzdem vielen Dank.«

»Kein Problem«, antwortete Tom und grinste plötzlich. »Obwohl ich mich ehrlich gesagt frage, ob ich dir einen Gefallen getan habe oder den beiden.«

»Warum probierst du es nicht aus?«, fragte Sam lachend, stieß sich zugleich wuchtig vom Beckenrand ab und nutzte den Schwung dieser Bewegung, um ihn so kräftig mit Wasser vollzuspritzen, wie sie nur konnte.

»Na warte!« Tom machte ein übertrieben zorniges Gesicht und revanchierte sich, so gut er konnte, und sie tobten minutenlang lachend und so ausgelassen im Wasser herum, dass es die meisten anderen vorzogen, aus ihrer unmittelbaren Nähe zu verschwinden. Ihre Balgerei wurde immer heftiger und ging schon beinahe über die Grenzen eines rein spielerischen Kräftemessens hinaus, und schließlich kam es, wie es kommen musste: Tom tauchte sie ein wenig schneller – und eindeutig heftiger – unter, als sie erwartet hatte, und sie verschluckte sich und kam würgend und krampfhaft hustend und nach Luft japsend wieder an die Oberfläche. Sofort hörte er auf, an ihr herumzuzerren und sie zu schubsen, und stützte sie mit dem linken Arm, während er ihr mit der Rechten kräftig auf den Rücken klopfte.

»Alles in Ordnung?«, fragte er besorgt.

Sam hustete noch einmal zur Antwort und rang sich ein mühsames Nicken ab. »Ja«, keuchte sie: »Sobald du … aufhörst auf mich … einzuschlagen, sogar noch sehr viel mehr.«

Tom versetzte ihr noch einen – jetzt eher spielerischen – Klaps zwischen die Schulterblätter, aber sein anderer Arm ließ sie dennoch nicht los. Er lachte, doch ein leiser Ausdruck von Sorge blieb in seinem Blick.

Und was schon einmal geschehen war, das wiederholte sich: Sam hasste es normalerweise, angefasst zu werden, ganz gleich von wem und aus welchem Grund, aber seine Berührung war … angenehm.

Vielleicht angenehmer, als sie sollte.

Beinahe schon hastig machte sie sich los und brachte ihren gewohnten Sicherheitsabstand von einem guten Meter zwischen sich und ihn. Tom sah eine halbe Sekunde lang enttäuscht aus, lachte aber dann wieder und bespritzte sie noch einmal mit Wasser, jetzt sehr viel vorsichtiger. Sie schwammen langsam nebeneinander zum Beckenrand zurück.

»Was war eigentlich gerade zwischen dir und Fritzie?«, fragte er.

»Fritzie?«

»Frederike«, antwortete Tom. »Um genau zu sein: Frederike von und zu irgendwas. Aber jeder nennt sie hier nur

Fritzie, weil sie das nicht leiden kann.« Er zog sich mit einer kraftvollen Bewegung auf den Beckenrand hinauf, drehte sich um und grinste plötzlich wieder. »War meine Erfindung.«

»Dafür ist sie dir bestimmt bis heute dankbar«, vermutete Sam, während sie sich bemühte, genauso elegant wie er auf den Rand hinaufzukommen. Ganz gelang es ihr nicht.

»Und wie«, bestätigte Tom. Wie zufällig rutschte er ein kleines Stück näher an sie heran, sodass sich ihre Schultern fast berührten. »Und was war nun gerade zwischen dir und Baronin Fritzie von und zu Ich-bin-ja-so-wichtig?«

»Ich habe nicht die leiseste Ahnung«, antwortete Samiha wahrheitsgemäß. »Sie hat irgendwas von wegen Petze gebrabbelt. Ich weiß nicht, was sie damit meint.«

Tom sagte im ersten Moment nichts, aber die Art, wie er es tat, machte Sam klar, dass er mehr wusste als sie. Sam zog fragend die linke Augenbraue hoch.

»Ihr Freund hat im Moment ein bisschen Ärger mit Focks«, sagte er.

»Sven?«

»Genau genommen sogar mehr als nur ein bisschen«, bestätigte Tom. »Du hast dich doch gewundert, dass jeder hier über dich Bescheid weiß, oder?«

Sam wunderte sich vor allem, dass *er* das wusste. Mit Ausnahme von Focks selbst hatte sie mit niemandem über dieses Thema gesprochen. Sie nickte nur und Tom fuhr fort:

»Sieht so aus, als wäre es dein spezieller Freund Sven gewesen, der über dich gequatscht hat. Focks weiß zwar noch nicht, wie, aber irgendwie hat er es geschafft, an deine Akte zu kommen. Focks war nicht begeistert, das kann ich dir sagen. Und das lässt er Sven spüren.«

Und der gab natürlich ihr die Schuld, dachte Samiha. Was für eine Logik.

Andererseits passte sie aber auch zu jemandem wie Sven. »Und deshalb darf er nicht ins Wasser?«

»Unter anderem«, sagte Tom. »Focks hat ihm so ziemlich alle Privilegien entzogen … außer dem, zu den Schulstunden zu gehen.«

Er lachte zwar, aber irgendwie seltsam: Sam hatte nicht das Gefühl, dass das nur ein Scherz gewesen war. Der allgemeine Wahnsinn hier schien auch ihn schon angesteckt zu haben, sodass er es tatsächlich als Privileg ansah, zum Unterricht gehen zu dürfen. Vielleicht würde es ihr ja eines Tages auch so gehen, wenn sie lange genug hierblieb.

So in dreißig oder vierzig Jahren.

Oder auch in hundert.

»Aber wie soll er an meine Akte gekommen sein?«, wunderte sie sich. »Die sind doch bestimmt alle gut weggeschlossen, oder?«

»Hier ist alles elektronisch, hast du das noch nicht gemerkt?«, erwiderte Tom. »Hast du hier schon mal ein Blatt Papier gesehen außer auf dem Klo?« Er beantwortete seine eigene Frage mit einem heftigen Kopfschütteln. »Focks hat alles in seinem Computer gespeichert. Und Sven ist dafür bekannt, dass keine Festplatte und kein Passwort vor ihm sicher sind.«

»Sven?«

»Sven«, bestätigte Tom. »Ich weiß, man sieht es ihm nicht an, aber er ist ein begnadeter Hacker. Ich glaube, er ist sogar hier, weil er einmal zu oft Blödsinn mit einem Computer gemacht hat, der ihm nicht gehörte.«

Das überraschte Samiha nun wirklich, war für sich allein genommen aber immer noch kein Beweis, dass tatsächlich Sven hinter der kleinen Indiskretion steckte, die ihr am ersten Tag widerfahren war.

Nachdenklich sah sie zu Sven hin, der sich wieder zu

seiner Freundin gesellt hatte und neben ihr auf der anderen Seite des Schwimmbeckens saß. Seine beiden Kumpel planschten zu seinen Füßen im Wasser, und alle vier sahen zu Tom und Sam herüber. Man musste weder Gedanken lesen können noch über Luchsohren verfügen, um zu wissen, worüber sie sprachen.

»Ich glaube zwar, dass es nicht nötig ist«, fuhr Tom fort, »aber sei trotzdem für eine Weile vorsichtig, wenn ich nicht in der Nähe bin oder eine der Lehrerinnen. Sobald Sven nämlich nicht an einem Computer sitzt, sinkt sein Intelligenzquotient schlagartig auf den einer frisch formatierten Festplatte.«

Als hätte er die Worte gehört – und vielleicht hatte er das ja sogar, Tom hatte alles andere als leise gesprochen, und in der Halle herrschte die hervorragende Akustik eines Schwimmbades –, hob Sven in diesem Moment den Kopf und sah fasst hasserfüllt zu ihnen herüber.

Sam räusperte sich unbehaglich. »Apropos Nähe«, sagte sie. »Wo ist überhaupt deine Schwester?«

Tom sagte nichts darauf, und das war auch nicht nötig. Sam wünschte sich sogar fast, diese Frage nicht gestellt zu haben, denn genau in diesem Moment tauchte Angie hinter ihnen auf, nahm Anlauf und sprang mit angezogenen Beinen direkt vor ihnen ins Wasser.

Und Angie war eben Angie, was nichts anderes bedeutete, als dass ihre Arschbombe mit der Wucht eines taktischen Atomsprengkopfs im Schwimmbecken einschlug.

Tom sollte mit seiner Voraussage recht behalten, und das eher, als Samiha erwartet hatte.

Genau genommen hatte sie es überhaupt nicht erwartet. Trotz allem hatte sie Sven genug Grips zugetraut, es bei dem einen oder anderen bösen Blick und ein paar gehässigen Bemerkungen zu belassen, vor allem jetzt, wo Focks ihn sowieso auf dem Kieker hatte, aber da hatte sie ihn wohl überschätzt.

Gerade einmal zwei Tage nach ihrem kleinen Zusammenprall am Schwimmbeckenrand war sie wieder draußen auf der Koppel. Nicht unbedingt freiwillig. Sie mochte Pferde nach wie vor genauso wenig wie am ersten Tag, und an dem gemeinschaftlichen Händchenhalten und Wir-sind-ja-hier-alle-so-gute-Freunde-Veranstaltungen teilzunehmen, machte ihr noch sehr viel weniger Spaß.

Schuld daran, dass sie nun zum zweiten Mal auf einer Koppel voller unsympathischer Pferde und kaum weniger unsympathischer Mitschüler stand, waren keine anderen als Tom und seine Schwester, die pünktlich eine halbe Stunde nach dem Mittagessen wie ein Wirbelwind in ihr Zimmer hereingetobt waren und sie schon fast gewaltsam genötigt hatten, mit herauszukommen. Sam hatte sich anfangs ein bisschen geziert, im Grunde aber nur der Form halber. Zwei Dinge sprachen eindeutig dafür, der vehement vorgetragenen Einladung der beiden Folge zu leisten: Zum einen hatte sie sich (nicht zum ersten Mal) dabei ertappt, ihr elektronisches Schulbuch einzuschalten und sich das Hirn freiwillig noch einmal mit demselben Schmarrn vollzustopfen, mit dem Sonya sie schon den ganzen Vormittag über genervt hatte.

Der andere Grund bestand in der Aussicht, die nächsten anderthalb Stunden nicht nur in Toms Begleitung zu verbringen, sondern ihm auch beim Reiten zuzusehen. Sie hatte ihre erste *Reitstunde* zwar auf derselben Koppel wie Star zugebracht – wie Sonya es von ihr verlangt hatte –, dem Hengst aber kaum mehr als einen flüchtigen Blick gegönnt und auch sein aufforderndes Schnauben ignoriert, sondern praktisch nur Augen für Tom gehabt.

Er war wirklich ein ausgezeichneter Reiter, und das bewies er auch heute. Nachdem er sie wieder zur Koppel begleitet (und seiner Schwester auch jetzt wieder wenig charmant in den Sattel geholfen) hatte, schwang er sich auf den Rücken seiner braunen Stute und vollführte einige Kunststücke, die ihm die ungeteilte Aufmerksamkeit der meisten anderen Schüler sicherte, bevor er auf die größere Koppel hinausritt und sie in immer schneller werdendem Galopp ein paarmal durchmaß.

»Was für ein furchtbarer Angeber«, sagte Sonya hinter ihr.

Samiha tat ihr nicht den Gefallen, sich zu ihr herumzudrehen, obwohl der Tonfall der Lehrerin keinen Zweifel daran aufkommen ließ, dass sie nichts anderes als Zustimmung von ihr erwartete.

Nach einer kurzen Weile fuhr sie fort: »Aber auch ein fantastischer Reiter, das muss man ihm lassen.«

Jetzt drehte Sam sich doch zu ihr um und sah sie unverhohlen überrascht an.

»Was hast du geglaubt? Dass ich eine Leistung nicht anerkenne, nur weil sie von einem Mann stammt?« Sie hob die Schultern. »Also gut. Jemand, der vielleicht einmal etwas Ähnliches wie ein Mann wird … oder sich wenigstens einbildet, es zu werden.«

Samihas Miene blieb unbewegt. Sie hatte überhaupt

nichts gegen Frauen, die für Gleichberechtigung und gegen Diskriminierung eintraten, aber wenn Sonya so weitermachte wie in der zurückliegenden Woche, dann würde sie sie noch dazu bringen, zum ersten weiblichen Macho zu werden.

»Du magst ihn, habe ich recht?«, fragte Sonya.

Statt zu antworten, drehte Sam sich demonstrativ wieder um und sah Tom dabei zu, wie er das Pferd immer schneller über die Wiese jagte und in immer geringerem Abstand vor der Koppel haltmachte.

Sonya schien entschlossen, ihr nicht nur ein Gespräch aufzuzwingen, sondern auch über Tom zu reden, und dass Sam das eine noch sehr viel weniger wollte als das andere, konnte ihr zwar kaum entgehen, schien sie aber nicht im Geringsten zu stören. Sam nickte widerwillig.

»Er ist nett, nicht wahr?«, bohrte Sonya weiter.

Sam setzte gerade dazu an, ihr mit wenigen (und nach Möglichkeit nicht allzu unfreundlichen) Worten klarzumachen, dass sie gerade dabei war, eine Grenze zu überschreiten, jenseits derer sie nun wirklich nichts zu suchen hatte – weder als Quasi-Freundin Sonya und schon gar nicht als ihre Lehrerin Frau Ich-hasse-Männer-Baum –, als sie schon wieder jenes sonderbare Huschen im Gras zu ihren Füßen wahrzunehmen glaubte. Und diesmal war es nicht einfach nur ein Schatten, der lautlos davonhuschte, sie hörte tatsächlich ein leises Rascheln und ein noch leiseres, rasches Trippeln wie von winzigen Füßen.

Es war ganz eindeutig keine Sinnestäuschung, und wenn, dann eine, der nicht nur sie allein aufsaß. Auch Sonya runzelte die Stirn, sah einen Augenblick fast erschrocken auf das halb niedergetrampelte Gras zu ihren Füßen hinab und stocherte dann einen Moment lang mit ihrer Reitgerte darin herum, bis sie es mit einem Schulterzucken aufgab und ihre unterbrochene Rede fortsetzte, als wäre gar nichts geschehen. Die pummelige Elfe mit den schreiend bunten Libellenflügeln, die über ihrer linken Schulter schwebte und die albernsten Verrenkungen und Gesten in ihre Richtung machte, schien sie dabei gar nicht zu bemerken.

»Wenn dir wirklich etwas an ihm liegt, dann solltest du vielleicht zwei Fliegen mit einer Klappe schlagen und das Reiten lernen«, sagte sie.

Sam starrte die Elfe weiter mit offenem Mund an, und Sonya bekam diesen fassungslosen Blick natürlich in den falschen Hals.

»He, ich will dich nicht verkuppeln oder so was«, sagte sie, runzelte noch einmal und noch tiefer die Stirn und sah einen Moment lang konzentriert in dieselbe Richtung wie sie. Sam merkte ihr an, dass sie dort absolut nichts erblickte ... was zweifellos daran lag, dass dort auch nichts sein konnte. Diese vermeintliche Elfe war nichts als eine ... Halluzination.

Es gab keine andere Erklärung.

Die Einzige, die das offensichtlich nicht einsah, war die Elfe.

Sie war nicht nur immer noch da, sondern fuchtelte noch viel heftiger mit den winzigen Ärmchen in der Luft herum und schnitt die wildesten Grimassen – und jetzt hörte Sam auch wieder jenes sonderbare Geräusch, das sie an eine Stimme erinnerte, die weit entfernt und in einer ihr unbekannten Sprache unter Wasser redete.

»Wahrscheinlich geht mich das nichts an«, fuhr Sonya fort. »Aber wenn es dir nicht um Thomas geht, dann wäre es trotzdem eine gute Gelegenheit, dich ein wenig mit den anderen anzufreunden ... sag mal: Hörst du mir überhaupt zu?«

»Ja«, antwortete Sam. Sie konnte machen, was sie wollte:

Es gelang ihr einfach nicht, ihren Blick von der Elfe loszureißen. Dass sie nicht real war, wurde jetzt ganz deutlich. Wenn Sam genau hinsah, konnte sie das Sonnenlicht erkennen, das durch ihren Körper hindurchschimmerte.

Was immer sie ihr heute Morgen in den Tee getan hatten – sie wollte mehr davon.

»Es interessiert dich nicht, ich verstehe«, seufzte Sonya. »Also gut, niemand wird hier zu irgendetwas gezwungen, was er nicht will. Auch wenn es wirklich schade ist.«

Die Elfe gab ihren Platz über Sonyas Schulter endlich auf, schwirrte kaum auf Armeslänge entfernt am Sams Gesicht vorbei und schlug dabei die wildesten Kapriolen, und als Sam sich herumdrehte, um ihr nachzusehen, blickte sie dabei so direkt in die Sonne, dass ihr das grelle Licht die Tränen in die Augen trieb.

Als sie wieder klar sehen konnte, war die libellenflügelige Halluzination verschwunden, aber dafür Star vor ihr aufgetaucht. Eine der Lehrerinnen hatte den weißen Hengst gebracht, und er stand wieder in dem kleinen, eigens für ihn abgezäunten Bereich der Wiese. Sam fragte sich zwar – nicht zum ersten Mal –, warum sich alle eigentlich so viel Mühe mit diesem störrischen Vieh machten, wo es doch hier so viele andere Pferde hier gab, aber zugleich freute sie sich auch so sehr, den Schimmel wiederzusehen, dass sie diesen Gedanken nicht einmal ganz zu Ende dachte.

Das gedrehte Horn, das sie für den Bruchteil einer Sekunde direkt aus Stars Stirn wachsen zu sehen glaubte, ignorierte sie kurzerhand.

»Ich glaube, er freut sich, dich zu sehen«, sagte Sonya und machte zugleich eine aufmunternde Geste.

Sam schenkte ihr zwar einen schrägen Blick, wandte sich jedoch sofort wieder zu Star. Sie überwand sich, bückte sich zwischen den Zaunlatten hindurch und trat zögernd auf den

Hengst zu. Star schnaubte, und Samiha hob die Hand und streichelte erst seine Stirn, dann seinen Hals. Seine Mähne fühlte sich so fein und weich an wie Seide. Sein Vorderhuf scharrte im Gras, und er begann den Schweif hin und her zu bewegen, wie um unsichtbare Fliegen zu verscheuchen. Es waren keine Fliegen da, und Sam wusste auch nicht, was dieses Verhalten bei Pferden bedeutete, aber Star wirkte mit einem Mal … nervös.

»Willst du ein wenig mit ihm gehen?« Sonya hielt ihr den Zügel hin, und Sam konnte gerade noch den Impuls unterdrücken, den Kopf zu schütteln und ihr zu sagen, dass sie keine Leine brauchte, um mit dem weißen Einhorn irgendwo hinzugehen. Das wäre zwar nichts anderes als die Wahrheit gewesen, aber die Lehrerin hätte es ganz bestimmt nicht verstanden.

Als sie nach dem schmalen Lederriemen griff und sich herumdrehte, begegnete sie Sonyas Blick, und diesmal musste sie sich gar nicht fragen, ob sie sich das Misstrauen in ihren Augen nur einbildete oder ob es wirklich da war. Sonya sah sie nicht nur mit auf die Seite gelegtem Kopf und gerunzelter Stirn an, auf ihrem Gesicht lag auch ein leicht verstimmter Ausdruck.

»Entweder du bist ein echtes Naturtalent«, sagte sie, »oder du hast uns allen etwas vorgemacht. Star hat noch nie so schnell mit jemandem Freundschaft geschlossen.«

Schnell?, dachte Sam. Sie war seit einer Woche hier und hatte sich in dieser Zeit so gut wie gar nicht um Silberhorn gekümmert, und der Hengst hatte jedes Recht, beleidigt zu sein, und …

Silberhorn? Was war denn das schon wieder für ein Unsinn?

Einer der anderen Schüler sagte etwas. Samiha verstand nicht, was, aber es schien nichts sehr Nettes zu sein, denn

Sonya drehte mit einem Ruck den Kopf und erwiderte streng: »Wollt ihr euch nicht anstellen, damit jeder noch an die Reihe kommt, bevor die Stunde vorbei ist?«

Die meisten Schüler verkrümelten sich sofort. Nur zwei oder drei blieben, und Sam war nicht einmal besonders überrascht, in einem von ihnen Sven zu erkennen. Sie wartete darauf, dass Sonya ihre Aufforderung mit etwas mehr Nachdruck wiederholte, aber die machte nur ein ärgerliches Gesicht. »Beachte sie gar nicht«, sagte sie, noch immer leicht verschnupft. »Geh einfach ein bisschen mit ihm auf und ab und schließ Freundschaft mit ihm. Je schneller er sich an dich gewöhnt, desto besser.«

Sam wollte fragen: *Warum?*, aber sie kam nicht dazu, denn in diesem Moment rollte ein fernes Donnern von den Bergen herab, und Sonya legte den Kopf in den Nacken und suchte aus eng zusammengekniffenen Augen den Himmel ab. Sie sah jetzt wirklich besorgt aus. Das Rascheln und Huschen zu ihren Füßen nahm noch einmal zu, und ein kalter, böiger Wind kam auf.

»Anscheinend schlägt das Wetter um«, murmelte sie. »Vielleicht sollten wir für heute Schluss machen …« Sie dachte noch einen Moment lang angestrengt nach und kam dann zu einem Entschluss. »Lass uns die Mädels einsammeln. Wir holen die Stunde nach, wenn sich das Wetter wieder bessert.« Sie schlang Stars Zügel locker um einen Zaunpfahl. »Pass einen Moment auf ihn auf, ja?«, bat sie Samiha.

Sam wollte empört widersprechen – sie war doch nicht als Stallbursche hierhergekommen! –, aber Sonya gab ihr gar keine Gelegenheit dazu, sondern verschwand bereits auf die angrenzende Koppel. Sonya begann in die Hände zu klatschen und mit erhobener Stimme ihre Schäfchen zusammenzurufen, was zwar zu einem allgemeinen Murren und Protestieren führte, zu mehr aber auch nicht. Die meisten Schüler stiegen gehorsam ab oder machten sich bereits auf den Rückweg. Nur einige wenige protestierten laut oder leisteten zumindest passiven Widerstand, indem sie einfach stehen blieben und so taten, als hätten sie nichts gehört.

Drei davon standen hinter ihr und starrten sie an, als sie sich herumdrehte. Einer von ihnen war Sven. Samiha überlegte einen Moment, es hinter sich zu bringen – sie wusste schließlich aus langer leidvoller Erfahrung, dass Geschichten wie diese sowieso immer auf dieselbe Art endeten –, hob aber dann nur die Schultern und wollte sich wieder ganz Star widmen, nicht weil sie den Gaul plötzlich in ihr Herz geschlossen hätte, aber seine Gesellschaft war ihr immer noch lieber als die des Schulrüpels und seiner beiden Akolythen.

Allerdings hatte sie die Rechnung ohne Sven gemacht.

Sie hatte sich noch nicht einmal halb herumgedreht, da streckte er die Hand aus und hielt sie am Arm fest. »Wart doch mal«, sagte er.

Sam hielt tatsächlich mitten in der Bewegung inne, drehte sich aber nicht zu ihm um, sondern sah mit gerunzelter Stirn auf seine Hand hinab. »Nimmst du sie weg, oder soll ich das für dich tun?«, fragte sie kühl.

Sven riss die Augen auf, war für zwei oder drei Sekunden einfach nur sprachlos und zog die Hand beinahe hastig zurück, bevor er sich in ein leicht verunglücktes Grinsen rettete.

»Ist ja schon gut, Prinzessin Rührmichnichtan«, sagte er. »Ich wollte Eurer Hoheit nicht zu nahe treten, sondern einfach nur Hallo sagen.«

»Hallo«, sagte Samiha.

Sven blinzelte, starrte sie einen Moment lang noch verdatterter an, um dann breit zu grinsen, aber es wirkte nicht mehr ganz überzeugend, und in seinem Blick war jetzt ganz eindeutig etwas Lauerndes. »Eigentlich wollte ich unseren schlechten Start wieder wettmachen«, sagte er. »Hat ja irgendwie nicht wirklich gut angefangen. Das tut mir leid.«

Samiha tat so, als müsse sie einen Moment lang angestrengt nachdenken, um sich überhaupt an den kleinen Zwischenfall zu erinnern. »Ach das«, sagte sie. »Ist schon in Ordnung. Ich glaube, ohne dich läuft es sowieso besser für mich.«

Wenn das nicht deutlich genug war, dann wusste sie auch nicht weiter.

Es war deutlich genug. Svens Grinsen geriet endgültig zu einer Grimasse, und der etwas kleinere Junge neben ihm runzelte verblüfft die Stirn.

»Also, ich suche wirklich keinen Streit mit dir«, sagte Sven.

»Das freut mich«, erwiderte Samiha. »War das jetzt alles?«

Auch die allerletzte Spur des Lächelns verschwand jetzt aus seinem Gesicht, und er sah einfach nur noch gemein aus.

Und ziemlich kräftig, wie sich Samiha mit einem leisen Gefühl von Unbehagen eingestand. Er war gute zehn Zentimeter größer als sie, um etliches schwerer und so breitschultrig, dass nicht einmal die locker sitzende Windjacke seine durchtrainierte Gestalt ganz kaschieren konnte. Und er sah keinesfalls aus, als wäre er jene Art von Gentleman, wie man sie auf einem alten schottischen Landgut wie diesem erwarten mochte. Samiha fragte sich, ob sie vielleicht doch Grund hatte, sich Sorgen zu machen. Immerhin waren sie zu dritt.

Star schnaubte, wie um ihr Mut zu machen, aber selbst wenn es wirklich kein Zufall, sondern gut gemeint war, dann ging diese gute Absicht nach hinten los. Svens boshaft funkelnder Blick ließ den ihren endlich los und richtete sich auf den Schimmel.

»Ah ja, ich sehe, du hast schon einen Freund gefunden«, sagte er. »Gleich und gleich gesellt sich gern, wie?«

»Was soll das heißen?«, fragte Sam leise. Sie hatte es wirklich nicht vorgehabt, aber wenn dieser aufgeblasene Möchtegern-Arnie sie mit Gewalt provozieren wollte … bitte.

»Gar nichts«, feixte Sven. »Ich finde nur, ihr beiden passt irgendwie zusammen, das ist alles.«

Bevor Samiha antworten und die Katastrophe damit endgültig lostreten konnte, näherte sich ihnen rascher Hufschlag – und Tom kam auf seinem Braunen herangeprescht, und das so schnell, dass anscheinend nicht nur sie ernsthaft damit rechnete, ihn mit einem Sprung über den Zaun hinwegsetzen zu sehen, denn Svens Begleiter wichen instinktiv ein Stück zurück, und auch er selbst spannte sich ein bisschen.

Stattdessen brachte Tom das Pferd im letzten Moment zum Stehen und nutzte den nicht ganz aufgezehrten Schwung dieser Bewegung, um sich aus dem Sattel und gleich über den Zaun zu schwingen. Es sah wirklich beeindruckend aus, und es hätte vermutlich noch beeindruckender gewirkt, wäre er nicht im feuchten Gras ausgerutscht und nur deshalb nicht gestürzt, weil Samiha rasch die Hand ausstreckte und ihn festhielt.

Immerhin war es gut gemeint … auch wenn er damit alles natürlich nur noch schlimmer machte.

»Gibt es hier irgendein Problem?«, fragte er, nachdem er Sams Hand abgeschüttelt und ihr einen Blick zugeworfen hatte, bei dem sie sich nicht ganz entscheiden konnte, ob er dankbar oder zornig war.

»Bis jetzt nicht«, antwortete Sven. »Aber das kann ja noch kommen. Liegt ganz bei dir.«

»He, hört auf«, sagte Sam besänftigend. »Es ist alles in Ordnung!«

Star schnaubte zustimmend, und Samiha fragte sich verblüfft, warum sie das jetzt gesagt hatte. Streit zu *schlichten* gehörte nicht unbedingt zu ihren Angewohnheiten.

Es nutzte nichts. Tom und sein ungefähr doppelt so schweres Gegenüber schienen ihre Worte nicht gehört zu haben, sondern plusterten sich immer weiter auf, und ob sie wollte oder nicht, musste sie Toms Mut doch widerwillig bewundern. Er war beinahe so groß wie der andere und vermutlich auch nicht gerade ein Schwächling, aber Sven suchte nicht nur ganz eindeutig Streit, sondern sah auch ganz so aus, als könnte er jemanden wie ihn in zwei Stücke brechen.

Mit einer Hand und ohne sich dabei sonderlich anzustrengen.

»Lass sie gefälligst in Ruhe«, sagte Tom.

»In Ruhe?« Sven zog eine Grimasse. »Ich hatte nicht vor, deiner Prinzessin zu nahe zu treten, Sir Galahad. Aber wenn du darauf bestehst, dann …«

Tom schlug so schnell zu, dass Samiha den Hieb nicht einmal sah.

Sven offenbar schon, denn er duckte sich mit einer blitzschnellen Bewegung weg, hakte den Fuß hinter Toms Bein und schlug ihm so hart mit der Faust ins Gesicht, dass der zurückstolperte und der Länge nach auf den Rücken fiel. Samiha sprang ganz instinktiv vor, um ihn aufzufangen, und Sven musste die Bewegung wohl falsch gedeutet haben, denn er wirbelte auf dem Absatz herum und schlug mit dem Handrücken nach ihrem Gesicht, und das so schnell und hart, dass sie keine Chance hatte, ihm auszuweichen.

Er traf trotzdem nicht, denn plötzlich tauchte ein fahlweißer Schemen zwischen ihnen auf, stieß ihn mit solcher Wucht fort, dass er es jetzt war, der mit wild rudernden Armen zurückstolperte und vergebens um sein Gleichgewicht kämpfte. Deutlich unsanfter als Tom vor ihm fiel er auf den Rücken, rang japsend nach Luft und stieß dann ein fast komisch klingendes Quietschen aus, als Star es keineswegs dabei bewenden ließ, sondern mit zwei Schritten über ihm war. Und ganz plötzlich erinnerte nichts mehr an den abgemagerten, traurigen Schimmel, den sie im Stall gesehen hatte. Mit einem Mal kam er ihr riesig und beinahe schon bedrohlich vor, und sie meinte, seine Kraft und Wildheit regelrecht spüren zu können.

Sven schien es ganz ähnlich zu ergehen, denn er quietschte noch einmal und jetzt ganz eindeutig entsetzt, stemmte sich auf die Ellbogen hoch und versuchte rücklings vor dem Hengst wegzukriechen, und Star machte einen weiteren Schritt, rammte den rechten Vorderhuf nur Zentimeter neben seinem Gesicht ins Gras und senkte den Kopf, und für einen unendlich kurzen Moment glaubte Samiha ein fast unterarmlanges gedrehtes Horn zu sehen, das direkt aus seiner Stirn wuchs und dessen nadelspitzes Ende sich nun wie eine tödliche Waffe auf Svens Gesicht hinabsenkte.

Sven ächzte. Seine Augen quollen vor Entsetzen schier aus den Höhlen, und er erstarrte mitten in der Bewegung.

»Star – nicht!«, keuchte sie.

Das tödliche Horn senkte sich noch um eine Winzigkeit weiter, berührte fast Svens Stirn und löste sich dann in einem Schauer winziger Funken auf, als der Hengst den Kopf hob und mit einem letzten drohenden Schnauben zurücktrat. Wie zufällig schrammte sein Huf dabei an Svens Wange entlang und hinterließ nicht nur einen hässlichen grünbraunen Schmierer darauf, sondern auch einen tiefen Kratzer, der augenblicklich zu bluten begann.

Eine geschlagene Sekunde lang stand Samiha einfach nur da und starrte das unglaubliche Bild an, und erst dann gelang es ihr, sich wieder in die Wirklichkeit zurückzureißen und mit zwei schnellen Schritten neben Tom niederzuknien.

»Alles in Ordnung?«, stieß sie besorgt hervor.

Sie bekam keine Antwort, und ein einziger etwas aufmerksamerer Blick auf Tom hinab hätte ihr auch gesagt, was für eine dumme Frage das war. *Gar nichts* war in Ordnung. Tom hatte sich halb hochgestemmt und stützte sich mit einem Arm im nassen Gras ab. Die andere Hand presste er gegen sein Gesicht, das jegliche Farbe verloren hatte. Er reagierte auch nicht einmal auf ihre Worte, sondern starrte abwechselnd und aus weit aufgerissenen Augen Sven und Star an, und Samiha fragte sich, ob er vielleicht dasselbe gesehen hatte wie sie.

Was natürlich vollkommen unmöglich war, denn schließlich hatte auch sie das Horn nicht wirklich gesehen, sondern es sich nur eingebildet.

Genauso wie die Elfe.

»Was geht denn hier vor?!« Direktor Focks kam mit weit ausgreifenden Schritten und vor Anstrengung keuchend angerannt und flankte über den Zaun, ohne auch nur spürbar langsamer zu werden. »Was ist hier passiert? Ich will eine Antwort, und zwar auf der Stelle!«

Selbst wenn irgendjemand etwas gesagt hätte (was niemand tat), hätte er es vermutlich gar nicht gehört, denn er war mit zwei weiteren schnellen Schritten neben Sven, ließ sich neben ihm auf ein Knie fallen und streckte die Hände nach ihm aus. »Ist alles in Ordnung mit dir?«

Sven nickte benommen, setzte sich ungeschickt auf und machte eine ärgerliche Bewegung, um Focks Hände abzuschütteln. »Schon gut«, murmelte er. »Mir ist nichts passiert.«

Focks betrachtete skeptisch seine zerschrammte Wange, deutete aber schließlich nur ein Achselzucken an und stand wieder auf. Sein Blick tastete kurz und sehr aufmerksam über Tom und Samiha und blieb für einen etwas längeren Moment an Star hängen, und der Ausdruck auf seinem Gesicht verdüsterte sich mit jeder Sekunde mehr.

»Auf *die* Geschichte bin ich jetzt aber mal gespannt«, sagte er.

»Der Kerl da …«, begann Samiha mit einer Geste auf Sven, und Focks unterbrach sie scharf:

»In einer halben Stunde in meinem Büro. Alle drei!«

Es war weiß Gott nicht das erste Mal, dass sie eine Situation wie diese erlebte, und eigentlich hätte sie erwartet, dass sie sie relativ kaltließ. Was wollte Direktor Focks ihr schon groß antun? Sie der Schule verweisen? Prima!

Aber das Gegenteil war der Fall. Samiha fühlte sich mit jedem Moment unwohler, und sie musste sich mit immer mehr Mühe zusammenreißen, um nicht nervös auf ihrem Stuhl hin und her zu rutschen wie eine Erstklässlerin, die beim Schwatzen erwischt worden war und jetzt zum allerersten Mal in ihrem Leben beim Direktor antanzen durfte.

Vielleicht lag es an dieser Umgebung, dachte sie, und dabei speziell an diesem Büro, das zu keinem anderen Zweck entworfen und eingerichtet worden zu sein schien als dem, jeden Besucher einzuschüchtern und ihm vor Augen zu führen, wie unbedeutend und klein er doch war.

Der Raum war fast so groß wie ihr Klassenzimmer und hatte eine hohe, von schweren Balken getragene Decke und mit kostbarem Holz getäfelte Wände. Wie überall hier waren die Möbel sichtbar alt und zweifellos kostbar, und auch hier hingen in schwere Goldrahmen gefasste Bilder an den Wänden. Fast alle zeigten die üblichen schlecht gemalten Landschaften und Fabelwesen, aber es gab eine Ausnahme: Direkt hinter Focks' Schreibtisch blickte das überlebensgroße Porträt eines weißhaarigen Mannes mit Backenbart, Kilt und Schwert auf sie herab, und das so finster, als hinge dieses Bild (das vermutlich niemand anderen als den alten McMarsden höchstselbst zeigte) nur dort, um jeden einzuschüchtern, der auf dem Arme-Sünder-Stuhl vor dem Schreibtisch Platz nehmen musste.

Bei Tom jedenfalls schien es zu funktionieren. Ihr edler

Beschützer sah jetzt nicht mehr aus wie ein tapferer Ritter, der selbstlos einer Jungfrau in Not beigesprungen war, sondern saß zusammengesunken wie das sprichwörtliche Häufchen Elend da, presste den Eisbeutel gegen das Gesicht, den Sonya ihm gegeben hatte, und sah krampfhaft überall hin, nur nicht in ihre Richtung. Abgesehen von dem Käppi und der schmutzig gewordenen Windjacke trug er noch immer seine Reitkleidung, aber sein Anblick erinnerte jetzt gar nicht mehr an den stolzen Steppenreiter, den Samiha in einem Moment romantischer (und völlig untypischer) Verklärung in ihm gesehen hatte. Plötzlich war sie wieder froh, sich auch heute nicht in dieses alberne Kostüm geworfen zu haben.

Abgesehen von Sonya und einem dunkelhaarigen Mann um die vierzig, die beide mit steinernem Gesicht rechts und links der Tür standen und mit Argusaugen darüber wachten, dass keiner von ihnen einen Fluchtversuch (oder etwas noch Dümmeres) unternahm, gab es noch einen dritten unfreiwilligen Gast vor Focks' riesigem Schreibtisch. Svens Gesicht sah auch nicht wesentlich besser aus als das Toms. Seine Wange war geschwollen und rot angelaufen, und die Schrammen, die Stars Huf darin hinterlassen hatte, sahen alles andere als harmlos aus. Aber immerhin hatte er sich gut genug in der Gewalt, um mit vollkommen unbewegter Miene ins Leere zu starren. Nur seine Augen funkelten dann und wann boshaft, vor allem wenn er zu glauben schien, dass niemand in seine Richtung sah. Sam hätte in diesem Moment eine Menge darum gegeben, seine Gedanken zu lesen, auch wenn sie zugleich ziemlich sicher war, dass sie sie gar nicht so genau kennen wollte.

Die Tür ging auf, und Direktor Focks kam mit energischen Schritten um den Schreibtisch herum, ließ sich übertrieben schwer in den wuchtigen, fast an einen Thronsessel erinnernden Stuhl dahinter fallen und legte beide Hände auf die geschnitzten Armlehnen, bevor er seinen Blick der Reihe nach und mit zunehmender Finsternis über die Gesichter der drei Delinquenten auf der anderen Seite des Tisches tasten ließ. Auch das hatte Sam schon mehr als einmal erlebt, aber sie musste zugeben, dass Focks nicht schlecht in dem war, was er tat.

Allerdings auch nicht gut genug, um sie wirklich einzuschüchtern.

»Also gut«, seufzte er, nachdem er sie mindestens zwei oder drei Minuten lang schweigend und vorwurfsvoll angestarrt hatte. »Ich nehme an, ihr wisst, warum ihr hier seid.«

Keiner von ihnen antwortete – wozu auch? Samiha hatte so etwas schon oft genug mitgemacht, um zu wissen, dass sie kaum mehr als ein Ritual erlebte. Focks brachte sich in Stimmung für das, was er ihnen jetzt mitzuteilen hatte.

»Ihr zieht es vor, zu schweigen«, sagte Focks. »Also gut, das soll mir auch recht sein. Ich bin wirklich enttäuscht von euch. Ich weiß, ich sollte zornig sein – und ein Teil von mir ist es auch –, aber zum allergrößten Teil bin ich enttäuscht. Vor allem von dir, Thomas.« Er sah Tom an, und sein Gesicht nahm einen Ausdruck an, der seine Worte zu bestätigen schien. »Von Sven und seinen Freunden hätte ich nichts anderes erwartet, aber dir habe ich eigentlich ein bisschen mehr Vernunft zugetraut.«

»Er wollte mich nur beschützen«, sagte Sam.

»Wie edel«, sagte Focks ätzend, ohne dass sein Blick Tom losließ. »Aber wir sind hier nicht im Mittelalter, und du bist kein strahlender Ritter, der sein Burgfräulein verteidigen muss. Ich weiß nicht genau, was Sven getan oder gesagt hat …« Er schoss einen eindeutig drohenden Blick in Svens Richtung ab, der klarmachte, dass er es sich zumindest denken konnte. »… aber was immer es war, du hättest damit zu mir kommen müssen oder zu einer der Lehrerinnen. Wir mögen hier keine Gewalt, Thomas, und wir dulden sie auch nicht. Ich dachte, du wärst jetzt lange genug hier, um das zu wissen.«

Tom schwieg, doch Sonya löste sich von ihrem Platz an der Tür, kam näher und sagte: »Aber er hat recht, Herr Direktor. Er wollte Samiha nur verteidigen.«

Sven drehte den Kopf und funkelte sie an, und Sam hatte ebenfalls Mühe, sich ihre Überraschung nicht allzu deutlich anmerken zu lassen. Nicht dass sie auch nur das Schwarze unter ihren Fingernägeln dafür gegeben hätte, ausgerechnet Sven zu verteidigen – aber wenn man es genau nahm, dann hatte Tom mit der Prügelei angefangen. Und Sonya musste das entweder gesehen haben oder sie hatte gar nichts gesehen.

In beiden Fällen jedoch hatte sie gerade gelogen.

»Das mag sein«, antwortete Focks ungerührt, »aber es ändert nichts daran, dass wir ein solches Betragen keineswegs dulden können … und es auch nicht ungestraft durchgehen lassen.«

Er überlegte einen Moment. »Ihr werdet jetzt auf eure Zimmer gehen und dort bleiben. Ihr habt Stubenarrest für den Rest dieser und die gesamte kommende Woche. Eure Internetzugänge werden für diese Zeit gesperrt, und ihr dürft eure Zimmer nur zu den Mahlzeiten und für die Unterrichtsstunden verlassen. Außerdem ist es euch untersagt, Besuch zu empfangen … O ja, und eure Handys gebt ihr bitte ebenfalls ab. Ihr bekommt sie übernächsten Montag zurück – falls ihr euch bis dahin nichts zuschulden kommen lasst, heißt das.«

Tom und Sven standen praktisch gleichzeitig auf. Tom verschwand so schnell, dass er beinahe über seine eigenen Füße gestolpert wäre, während Sven sich nicht nur betont langsam herumdrehte, sondern Sam dabei mit einem Blick maß, in dem die pure Mordlust flackerte. Die Geschichte war noch nicht vorbei, das machte ihr dieser Blick klar. Noch lange nicht.

Sie wollte ebenfalls aufstehen, doch Focks hielt sie mit einem raschen Kopfschütteln zurück und wandte sich an den dunkelhaarigen Mann. »Friedrich, begleiten Sie die beiden jungen Herren doch zu ihren Zimmern und überzeugen Sie sich davon, dass sie meinen Anweisungen folgen.«

Auch die beiden gingen, und Focks wartete, bis Sonya sich auf den Platz gesetzt hatte, den Sven bisher innegehabt hatte, dann ließ er sich wieder in seinem hochlehnigen Stuhl zurücksinken und sah sie erneut für eine geraume Weile schweigend und auf eine immer unangenehmer werdende Art an. Noch unangenehmer war das Gefühl, gleichsam doppelt angestarrt zu werden. Denn das Bild des alten McMarsden, das hinter Focks' Schreibtisch hing, schien Samiha viel strafender anzustarren als bisher, und sie konnte sich drehen und wenden und auf dem Stuhl hin und her rutschen, wie sie wollte, der stechende Blick seiner Augen schien ihr überallhin zu folgen. Natürlich wusste sie, dass das nur ein Trick war, ein handwerklicher Kunstgriff, den Maler schon seit dem späten Mittelalter anwandten, um ihren Bildern den Anschein von Leben einzuhauchen. Aber dieses Wissen nutzte ihr leider gar nichts gegen die unheimliche Wirkung.

»Ich weiß wirklich nicht, was ich mit dir tun soll, Samiha«, seufzte Focks schließlich. »Ist dir eigentlich klar, was alles hätte passieren können? Ich werde ein ernstes Wort mit Miss Hasbrog reden müssen. Sie hätte dich niemals mit dem Tier allein lassen dürfen.«

»Er wollte mich nur verteidigen«, sagte Sam. Sie hörte selbst, wie albern das klang.

»Star ist ein Tier«, belehrte sie Focks. »Er hat wahrscheinlich nur einen Schrecken gekriegt und auf die hektische Bewegung reagiert. Nicht auszudenken, was passiert wäre, wenn er den Jungen ernsthaft verletzt hätte.«

»Wenigstens hätte es nicht den Falschen erwischt«, sagte Sam böse.

Statt irgendwie auf diese Bemerkung zu reagieren (die Samiha im gleichen Moment schon wieder bedauerte, in dem sie ihr herausgerutscht war), zog Focks ein verchromtes Handy aus der Tasche und legte es vor sich auf den Tisch. Samiha blickte fragend.

»Es ist ja nicht so, als hätte ich nicht gewusst, worauf ich mich einlasse«, sagte Focks. »Aber ich bin trotzdem überrascht, wie schnell es dir gelungen ist, dir hier Feinde zu machen.«

»Das ist bei Sven und seinen Freunden nun wirklich kein großes Problem«, sagte Sonya.

Focks sah ein bisschen verärgert aus, beließ es aber bei einem mahnenden Blick in ihre Richtung und fuhr fort: »Immerhin bist du gerade einmal seit einer Woche hier.«

»Dann werfen Sie mich doch raus«, schlug Samiha vor.

Focks machte sich nicht die Mühe, darauf zu antworten. »Dir ist anscheinend nicht ganz klar, was das hier ist«, sagte er mit einer deutenden Geste in die Runde.

»Ein möglichst teures Nobelinternat, das möglichst weit weg von zu Hause ist?«, fragte sie giftig. Immerhin kam das der Wahrheit ziemlich nahe.

»Vielleicht deine letzte Chance, Samiha«, antwortete er.

»Meine letzte Chance, wozu?«, fragte sie. »Versklavt zu werden? Mir eine Gehirnwäsche zu verpassen und mich glattzubügeln, damit ich wie ein perfekter kleiner Roboter funktioniere?«

Focks seufzte und warf Sonya einen fast schon Hilfe suchenden Blick zu. Auch Sam sah kurz zu Frau Baum hin, aber die moralische Rückendeckung, auf die sie insgeheim gehofft hatte, blieb aus. Sonya lächelte zwar, doch ihre Augen blickten dafür umso ernster.

»Fünf Schulverweise«, sagte Focks. »Und da sind die Schulen noch nicht mitgezählt, die du freiwillig verlassen hast, bevor sie dich rauswerfen konnten. Mehr als ein Dutzend Anzeigen allein in den letzten beiden Jahren, die meisten wegen Körperverletzung und Sachbeschädigung …«

»Wenn mir einer dumm kommt, dann wehre ich mich eben«, sagte Samiha patzig.

»… aber auch zwei wegen Diebstahl«, fuhr Focks ungerührt fort.

»Das ist nicht wahr«, sagte Samiha.

»Die Anzeigen?«

»Dass ich etwas gestohlen habe! Ich stehle nicht!«

»Wenn die Leute erst einmal wissen, dass jemand einen gewissen Ruf hat, dann sind sie schnell damit bei der Hand, sie für alles verantwortlich zu machen, was passiert«, sagte Sonya. »Der perfekte Sündenbock.«

Sam wunderte sich zwar fast, dass sie nicht Sünden*kuh* gesagt hatte, doch sie spürte auch die gute Absicht hinter diesen Worten und nickte dankbar.

»Das mag sein«, seufzte Focks. »Ich glaube sogar, dass es so ist. Die Leute sind schnell mit Vorurteilen bei der Hand, und nach all diesen Jahren habe ich auch gewisse Erfahrungen. Du machst mir nicht den Eindruck, als würdest du stehlen oder betrügen.«

»Wie nett«, sagte sie giftig.

»Aber du gehst gerne auf Konfrontationskurs und lässt dir nichts sagen, nicht wahr? Dagegen ist im Grunde nichts zu sagen, aber manchmal muss man auch Kompromisse machen, weißt du?«

»Nein«, sagte Sam. »Weiß ich nicht. Ein Kompromiss bedeutet doch nichts anderes, als dass keiner bekommt, was ihm eigentlich zusteht, oder nicht?« Sie warf einen Beifall heischenden Blick zu Sonya hin, aber erlebte eine Überraschung.

Sonya machte nur ein fast verächtliches Gesicht. »Bücher, in denen Sätze wie diese stehen, haben wir schon aus der Schulbibliothek entfernt, bevor sie überhaupt geschrieben wurden«, sagte sie.

»Weil sie wahr sind?«

»Weil sie dumm sind«, antwortete Sonya. »Blabla, das hochtrabend und ach so toll klingt, aber wenn man genauer hinsieht, dann stellt man sehr schnell fest, dass gar nichts dahintersteckt.«

»Bitte, Frau Baum.« Direktor Focks hob die Hand. »Diese Art von Gespräch … können Sie gern ein andermal führen. Im Moment haben wir wichtigere Probleme, fürchte ich.«

»Und welche?«, fragte Samiha spitz.

Focks deutete auf das Handy. »Zum Beispiel die Frage, ob ich deinen Vater anrufe und ihn bitte, dich abzuholen, oder ob wir es noch einmal miteinander versuchen.«

»Sie und ich?«, fragte Sam spöttisch. »Kaum.«

Für einen Moment blitzte es wütend in Focks' Augen auf, aber er hatte sich auch genauso schnell wieder unter Kontrolle. »Dieses Internat blickt voller Stolz auf eine fast dreihundertjährige Tradition zurück, Samiha«, sagte er. »Meinen Vorgängern und mir ist nie daran gelegen, möglichst viel Geld zu verdienen oder uns einen besonderen Ruf zu erwerben – auch wenn ich gestehe, dass wir unsere eigentliche Aufgabe schwerlich ohne diese beiden Voraussetzungen erfüllen können. Die Welt ist nun einmal so, wie sie ist. Aber unsere wirkliche Aufgabe besteht darin, jungen Menschen wie dir auf den rechten Weg zu helfen.«

»Den rechten Weg«, wiederholte Samiha. »Und wie sieht der aus, Ihrer Meinung nach?«

»Wenn ich eine allgemeine Anleitung zum Glücklichsein hätte, dann würde ich sie in einem Buch veröffentlichen und zum Multimilliardär werden«, sagte Focks vollkommen ernst. »Wir können dir keine Patentlösung anbieten oder dir eine Spritze geben, und du wachst am nächsten Morgen auf und bist ein vollkommen anderer Mensch.«

Das hätte sie sich auch nicht gefallen lassen, so wenig, wie sie an dem interessiert war, was Focks unter einer *Patentlösung* verstand. *Verdammt, warum konnte der Rest der Welt sie nicht einfach in Ruhe so leben lassen, wie sie es wollte?*

»Alles, was wir können, ist, dir ein paar Ratschläge zu geben«, fuhr Direktor Focks fort. Das gemalte Porträt von McMarsden schien ihm mit seinem dreihundert Jahre alten Stirnrunzeln beizupflichten. Er deutete noch einmal auf das Handy. »Ich habe eine Absprache mit deinem Vater. Ich kann ihn jederzeit anrufen und dich abholen lassen, und wenn du es wirklich willst, dann tue ich das, hier und jetzt.«

Samiha war überrascht, umso mehr, als sie spürte, dass Focks diese Worte wirklich ernst meinte. Konnte sie sich so in ihm getäuscht haben?

»Du bist hier keine Gefangene, Samiha, auch wenn dir das im Moment wahrscheinlich so vorkommt. Ich hätte mir gewünscht, dieses Gespräch zu einem späteren Zeitpunkt führen zu können, oder am besten gar nicht, aber dieser Wunsch war wohl naiv.«

»Ich kann gehen?«, vergewisserte sich Sam. »Dann rufen Sie mir ein Taxi.«

»Wenn du das wirklich willst«, sagte Focks. Er streckte tatsächlich die Hand nach dem Telefon aus, hielt aber dann noch einmal inne und sah sie jetzt beinahe schon flehend an.

»Ich kann dich nicht mit Gewalt hier festhalten«, sagte er.

»Und selbst wenn ich es könnte, wäre es sinnlos. Niemand kann dazu gezwungen werden, sich zu ändern. Wir könnten dich zwingen, gewisse Dinge zu tun, die du nicht willst, und andere nicht mehr, die deiner Umwelt nicht gefallen, aber das möchten wir nicht.«

»Kommt jetzt die Psychokiste?«, fragte Sam böse. »Das kenne ich schon, danke.«

»Möchtest du eines Tages so sein wie Sven und seine Freunde?«, fragte Sonya.

Samiha sah sie nur verächtlich an.

»Wir könnten es wahrscheinlich sogar«, fuhr Focks fort, ohne ihre oder Baums Worte auch nur zur Kenntnis zu nehmen. »Du wärst erstaunt, wenn du wüsstest, welche Möglichkeiten uns zur Verfügung stehen. Aber das wollen wir nicht, denn damit würden wir genau das tun, was du der ganzen Welt vorwirfst. Wir wollen keine gut funktionierenden Maschinen, die wir nach Belieben programmieren können.«

»Warum bin ich dann hier?«, fauchte Sam.

»Weil auch deine Eltern der Meinung sind, dass das vielleicht deine letzte Chance ist«, antwortete Focks. »Du bist jetzt kein Kind mehr, Samiha. Bisher hattest du mehr oder weniger Narrenfreiheit, aber das ist seit deinem letzten Geburtstag vorbei. Möchtest du dir wirklich deine Zukunft verbauen, nur weil du schon aus Prinzip gegen alles bist?« Er machte eine Kopfbewegung auf Sonya. »Frau Baum hat gerade Sven erwähnt. Er ist ein gutes Beispiel – oder ein sehr schlechtes, das kommt ganz auf den Standpunkt an. Bei ihm haben wir versagt, fürchte ich. Wir werden es weiter versuchen, schon weil es mir widerstrebt, so einfach aufzugeben, und weil ich nicht einfach tatenlos zusehen möchte, wie ein junger Mensch sein Leben wegwirft, bevor es richtig begonnen hat.«

»Immerhin respektieren ihn die anderen«, sagte Sam.

»Sie haben Angst vor ihm«, antwortete Focks. »Das solltest du nicht verwechseln. Ich glaube nicht, dass du so werden möchtest. Und du bist auch nicht wie er und seine Freunde. Sven ist … kein besonders intelligenter Mensch, um es vorsichtig auszudrücken. Er würde nicht einmal den Schulabschluss schaffen, wenn wir nicht mehr als ein Auge zudrücken würden.«

Focks schüttelte traurig den Kopf. »Du bist vollkommen anders, aber das muss ich dir nicht eigens sagen, oder? In einem sind sich die Lehrer sämtlicher Schulen, auf denen du bisher warst, nämlich einig. Es liegt nicht an deinen Leistungen. Du könntest den Lehrstoff mit links bewältigen, wenn du nur wolltest. Das ist ein Problem, das viele Hochbegabte haben … aber auch das muss ich dir nicht sagen, glaube ich.«

Samiha schwieg. Auch das hörte sie nicht zum ersten Mal. Glaubte Focks etwa wirklich, er wäre der Erste, der es auf die sanfte Tour versuchte?

Aber etwas war … anders. Sam versuchte sich gegen das Gefühl zu wehren, doch ein Teil von ihr begann Focks zu verstehen. Nicht dass sie ihm recht gab oder gar dieser Verräterin Sonya, aber da war plötzlich eine Stimme in ihr, die ihr zuflüsterte, ihm wenigstens zuzuhören.

Sie musste ihm ja nicht glauben. Oder gar tun, was er von ihr erwartete, ganz bestimmt nicht. Aber was verlor sie, wenn sie ihm einfach zuhörte?

Focks Hand lag noch immer neben dem Telefon. »Also?«

»Und was erwarten Sie jetzt von mir?«, fragte sie.

»Ich will dir nichts vormachen«, antwortete Focks. »Ich kann nicht so tun, als wäre nichts geschehen, und dich einfach weitermachen lassen … schon weil das für böses Blut unter den anderen sorgen würde, und du willst dir doch

Svens Feindschaft nicht endgültig zuziehen, oder?« Er beantwortete seine eigene Frage mit einem Kopfschütteln. »Du wirst dieselbe Strafe bekommen wie die beiden anderen.«

»Sie hat nichts getan«, gab Sonya zu bedenken. »Sven hat sie vom ersten Tag an provoziert, das habe ich gesehen.«

»Sven«, gab Direktor Focks müde zurück, »steht im Moment nicht zur Debatte, meine Liebe. Wir haben hier Regeln, an die sich jeder halten muss.«

Das Ölgemälde des vor dreihundert Jahren verstorbenen Internatsgründers an der Wand über dem Schreibtisch schien ihm lautlos beizupflichten, und für einen winzigen Moment glaubte Sam sogar eine vage Ähnlichkeit zwischen ihm und dem Direktor zu erkennen, sagte sich aber zugleich selbst, wie unsinnig dieser Gedanke war. Direktor Focks im Schottenrock und mit Dagobert-Duck-Bart? Lächerlich!

Focks wandte sich wieder an Sam. »Es ist deine Entscheidung. Aber wenn du hierbleibst, dann erwarte ich, dass du dich an gewisse Regeln hältst.«

»Vier Wochen«, schlug Sonya vor.

Sowohl Samiha als auch Focks blickten sie fragend an.

»Vielleicht kann ich einen Kompromiss vorschlagen«, sagte Sonya, wobei sie das Wort *Kompromiss* besonders betonte und Sam rasch und beinahe schon verschwörerisch zublinzelte.

»Wir setzen den Stubenarrest aus, und du erklärst dich im Gegenzug bereit, für vier Wochen hierzubleiben. Gib uns einfach eine Chance. Wenn du in einem Monat immer noch der Meinung bist, nicht hierherzugehören, dann sehen wir weiter.«

Und das war genau jene Art von faulem Kompromiss, von dem Sam gerade gesprochen hatte, dachte sie.

Aber warum eigentlich nicht?, flüsterte dieselbe unhörbare Stimme in ihren Gedanken. Sonya verlangte ja nichts Unanständiges von ihr. Vier Wochen waren eine lange Zeit, aber sie wusste wenigstens, woran sie war.

Und außerdem war sie hier auch in Toms Nähe …

Samiha verscheuchte den Gedanken fast erschrocken. Was sollte denn das? Sie kannte diesen Jungen seit einer knappen Woche, und er mochte ja ganz nett sein, aber auch ein ziemlicher Idiot, sich mit einem Gorilla wie Sven anzulegen.

Zugleich war das doch irgendwie auch tapfer gewesen …

Eindeutig zu ihrer eigenen Überraschung spürte sie, wie sie nickte. »Vier Wochen«, sagte sie. »Und keinen Tag mehr.«

Es vergingen noch nicht einmal vier *Stunden,* bevor ihr die ersten ernsthaften Zweifel kamen, sich richtig entschieden zu haben.

Sonya hatte sie größtenteils schweigend zu ihrem Zimmer begleitet und versprochen, in ein paar Minuten zurückzukommen, um in Ruhe mit ihr zu reden, dieses Versprechen aber bisher nicht eingelöst, und Sam war nicht einmal besonders böse darüber. Sie hatte es immer schon vorgezogen, allein zu sein – vor allem wenn sie Probleme hatte –, und darüber hinaus fühlte sie sich von der Lehrerin verraten, selbst wenn sie nicht genau sagen konnte, warum.

Draußen begann es allmählich dunkel zu werden, und das uralte Gebäude musste entweder über wirklich *sehr* dicke Mauern verfügen, oder sämtliche Schüler hier gingen tatsächlich mit den Hühnern zu Bett. Sie hörte jedenfalls nicht mehr den geringsten Laut, nachdem die Sonne untergegangen war, und nach einer Weile wurde die Stille so unheimlich, dass sie aufstand und ans Fenster trat, um sich davon zu überzeugen, dass die Welt draußen noch da war.

Ganz sicher war sie nicht.

Sie war auch nicht sicher, ob es wirklich eine gute Idee gewesen war, ans Fenster zu treten und hinauszusehen.

Der Anblick war auf den ersten Blick normal, hatte zugleich aber auch etwas Unheimliches, das sie nicht sofort in Worte fassen konnte. Vielleicht war es die Stille, die dort draußen so intensiv zu sein schien, dass man beinahe meinte, sie anfassen zu können.

Der Hof lag nahezu dunkel und wie ausgestorben unter ihr, nur von einer Handvoll blasser Lampen in trübes Dämmerlicht gehüllt, die weit mehr Schatten zum Leben erweckten, als ihr recht war, und das erinnerte sie daran, wie still und menschenleer es auch schon am ersten Abend dort draußen gewesen war, als Direktor Focks sie zum Stall gebracht hatte.

Das konnte doch nicht normal sein, dachte sie. Dies hier war ein Internat mit beinahe dreihundert Schülern und fünfzig Lehrern und Hilfspersonal, und die Uhr zeigte noch nicht einmal neun! Dort unten sollte es vielleicht nicht gerade vor Leben wimmeln, aber was sie jetzt sah, diese vollkommene Ruhe, das war … beunruhigend.

Hier und da sah sie ein matt erleuchtetes Fenster, aber selbst die schienen die unheimliche Wirkung des Anblicks noch zu unterstreichen, denn dahinter war keinerlei Bewegung zu erkennen, kein Schatten, kein Flackern, nichts. Es war, dachte sie schaudernd, als betrachte sie gar nicht die Wirklichkeit, sondern eine Fotografie, die jemand von außen gegen die Fensterscheibe geklebt hatte. Oder als wäre die Zeit dort draußen stehen geblieben.

Der Gedanke jagte ihr einen kalten Schauer über den Rücken.

Etwas scharrte, ganz leise nur; aber so angespannt, wie Samihas Nerven im Moment waren, fuhr sie trotzdem wie von der sprichwörtlichen Tarantel gestochen herum, und ihr Herz begann wie wild zu schlagen. Ihr Blick huschte unstet durch den Raum, tastete über Winkel und Ecken und versuchte jedes mögliche Versteck zu erkunden. Dass ihr Verstand ihr klarzumachen versuchte, wie närrisch sie sich benahm, änderte rein gar nichts an dem Gefühl der Panik, das immer mehr von ihr Besitz ergreifen wollte. Nur mit äußerster Willenskraft vermochte sie den Impuls niederzukämpfen, einfach aus dem Zimmer zu rennen und sich irgendwo zu verkriechen wie ein Kind, das sich vor einem Schatten erschreckt hatte.

Immerhin gelang es ihr nach einer Weile nicht nur, ihren

rasenden Herzschlag zu beruhigen, sondern sogar über ihre eigene Nervosität zu lachen, und kaum hatte sie es getan, da hörte sie eine Stimme, die ihr etwas zuflüsterte.

Diesmal konnte sie einen Schreckensschrei nicht mehr ganz unterdrücken.

Als er verklang, war auch die Stimme nicht mehr da … und wahrscheinlich war sie auch niemals da gewesen, versuchte Sam sich selbst zu beruhigen. Es war nur Einbildung gewesen, ein böser Streich, den ihr ihr überspanntes Nervenkostüm spielte, was nach einem Tag wie diesem ja schließlich auch kein Wunder war.

Samiha atmete ein paarmal hintereinander so tief ein und aus, dass ihr fast schwindelig wurde, schloss für ein paar Sekunden die Augen und versuchte das Problem mit Logik anzugehen. Sie war allein, das zumindest konnte sie mit Sicherheit sagen. Weder der Fernseher noch das Radio oder der Computer waren angeschlossen, geschweige denn eingeschaltet, und von draußen konnte die Stimme nicht gekommen sein. Rein logisch gab es also nur eine einzige Möglichkeit.

Sie ging zur Tür, drückte die Klinke herunter und rechnete halbwegs damit, dass Sonya sie eingeschlossen hatte, was aber nicht der Fall war. Die schwere Holztür schwang lautlos auf, und Lautlosigkeit war auch genau das, was sie zusammen mit einem trüben Dämmerlicht empfing, als sie einen Schritt weit auf den Korridor hinaustrat.

Das Gefühl war so unheimlich, dass sie für einen Moment sogar die flüsternde Stimme vergaß, derentwegen sie eigentlich herausgekommen war. Der Flur war schwach erleuchtet. Nur jede dritte Lampe brannte, wie die Notbeleuchtung mitten in der Nacht, und es war so vollkommen still, als hielte das ganze Haus den Atem an. Keine Musik, die aus einem der angrenzenden Zimmer drang, keine Stimmen, nicht einmal ein Knacken oder Knistern, wie man es in einem so großen – und vor allem so alten – Haus wie diesem eigentlich hören sollte, wenn es still war.

Dafür scharrte es wieder hinter ihr, nicht einmal lauter, aber irgendwie deutlicher als gerade, und Samiha fuhr zum zweiten Mal und noch erschrockener herum, und diesmal war sie schnell genug, um tatsächlich etwas zu sehen – etwas wie einen Schatten, der über das gerahmte Kitschgemälde an der Wand huschte und verschwand, bevor ihr Blick es vollkommen erfassen konnte. Aber es war da gewesen, sie war ganz sicher.

Erstaunlicherweise hatte sie plötzlich gar keine Angst mehr. Ihr Herz klopfte noch immer, aber jetzt nicht mehr vor Furcht. Ihr Jagdinstinkt war geweckt. Sie *hatte* etwas gesehen und vermutlich hatte sie auch tatsächlich etwas gehört, und jetzt würde sie herausfinden, was.

Behutsam zog sie die Tür wieder hinter sich ins Schloss und trat an das Bild. Der Schatten war weg, und auch an dem Bild hatte sich nichts verändert – wie auch? –, aber das machte sie nur noch sicherer, nicht bloß einer Täuschung aufgesessen zu sein. Irgendjemand trieb ein übles Spiel mit ihr, und sie würde schon herausfinden, wer es war.

Ihr Blick tastete aufmerksam über den aus Gips gegossenen Bilderrahmen, die groben Pinselstriche und selbst über die Holzvertäfelung der Wand daneben, ohne dass sie irgendetwas Außergewöhnliches entdeckte. Mit einem eher anerkennenden als enttäuschten Kopfnicken (gegen einen Gegner anzutreten, der es einem zu leicht machte, war auch kein Spaß) zog sie das Bild ein kleines Stück von der Wand weg und spähte dahinter, aber alles, was sie sah, war der Haken, an dem es hing. Keine Kabel oder irgendwelche Drähte. Aber schließlich gab es ja auch drahtlose Kameras. Und andere, noch viel gemeinere Spielzeuge.

Sie ließ den Rahmen wieder zurücksinken und betrachtete noch einmal das Bild. Irgendetwas daran störte sie, auch wenn sie im ersten Moment nicht sagen konnte, was.

Das Bild war so scheußlich wie eh und je. Das winzige Pferd stand nach wie vor am Ufer eines münzgroßen Sees und stillte seinen Durst, und der Wyvern –

war verschwunden.

Samiha blinzelte, rieb sich über die Augen, blinzelte noch einmal, aber es blieb dabei: Die Astgabel, in der das Fabelwesen gesessen hatte, war leer. Der Wyvern war nicht mehr da.

Für eine halbe Sekunde drohte sie nun endgültig in Panik zu geraten, aber der logische Teil ihres Denkens, einmal auf den Plan gerufen, lieferte ihr auch beinahe sofort eine Erklärung für diese scheinbare Unmöglichkeit: Jemand hatte das Bild gegen eine perfekte Kopie ausgetauscht, in der das geflügelte Fabelwesen fehlte. So einfach war das. Der Sinn dieser Scharade wollte ihr noch nicht ganz aufgehen, aber auch dahinter würde sie noch kommen, jetzt, wo sie wusste, in welcher Richtung sie nachzuforschen hatte. Wer immer dahintersteckte, gab sich zweifellos große Mühe, sie an der Nase herumzuführen, aber er hatte sie auch unterschätzt.

Das Scharren war schon wieder zu hören, und dieses Mal war es nicht nur abermals deutlicher, sondern wurde auch von einem hellen Ticken begleitet, wie das Trommeln von Fingernägeln auf einer Glasplatte.

Mit einer abrupten Bewegung fuhr sie zum Fenster herum und glaubte tatsächlich ein rasches Huschen auf der anderen Seite der Scheibe zu erkennen, das aber schon wieder verschwand, bevor sie sicher sein konnte. Ohne zu zögern, ging sie hin, streckte die Hände nach dem Fenster aus und zögerte dann doch, von einem vagen Gefühl gewarnt.

Und außerdem war die Stimme wieder da.

Warum auch nicht?, dachte sie spöttisch. Wer sich eine solche Mühe machte, der schrak bestimmt nicht davor zurück, ein paar versteckte Lautsprecher anzubringen, selbst wenn es an der Tonqualität noch haperte. Die Stimme klang zwar schon etwas klarer, im Großen und Ganzen aber noch immer so unterwassermäßig wie heute Nachmittag oder am ersten Morgen.

Aber auch wenn sie deutlicher gewesen wäre, hätte ihr das wohl wenig genutzt, denn sie redete in einer Sprache, die Sam nicht nur nicht verstand, sondern auch noch nie gehört hatte.

Samiha warf einen spöttischen Blick über die Schulter zurück und lächelte in die versteckte Kamera, die es bestimmt irgendwo gab, vielleicht sogar mehr als eine.

»Ihr gebt euch ja wirklich Mühe, Freunde«, sagte sie, »aber ihr hättet eine Sprache aussuchen sollen, die ich verstehe. Mein Orkisch ist ein bisschen eingerostet, wisst ihr?«

Die Stimme hörte nicht auf, sondern schien im Gegenteil noch drängender zu werden, und auch wenn sie die Worte immer noch nicht verstand, so hatten sie doch jetzt etwas eindeutig Aufgeregtes, dachte sie. Fast so etwas wie eine Warnung.

Sie verscheuchte den Gedanken mit einer bewussten Anstrengung. Wenn sie erst einmal anfing, so zu denken, dann hatten die Drahtzieher dieses albernen Mummenschanzes schon halb gewonnen.

Fast trotzig führte sie ihre einmal angefangene Bewegung zu Ende, langte nach dem altmodischen Fenstergriff – und erstarrte zum zweiten Mal mitten in der Bewegung. Etwas prallte von außen mit solcher Wucht gegen die Scheibe, dass das Fenster klirrte, wurde von der Wucht seines eigenen Anpralls zurückgeschleudert und verschwand wieder in der Dunkelheit, und Samiha hatte einen kurzen, aber durch und durch grauenhaften Eindruck von schlagenden Flügeln aus zerfetztem Leder, grässlichen Klauen und einem mit nadelspitzen Zähnen besetzten Krokodilschnabel unter einem Paar tückisch funkelnder Augen.

Sam prallte mit einer Verzögerung von einer guten Sekunde zurück und schlug die Hand vor den Mund, um einen neuerlichen Schrei zu unterdrücken. Ihr Herz und ihre Gedanken rasten um die Wette, und ihr Verstand suchte nichts anderes als verzweifelt nach einer rationalen Erklärung. Wenn es ein weiterer Trick war, dann war er genial. Das Fenster zitterte immer noch unter dem Anprall der geflügelten Kreatur, und sie konnte die frischen Kratzer auf dem Glas erkennen.

Es war kein Trick. Ihr Verstand gab seine vergeblichen Versuche, eine Erklärung für etwas zu finden, das einfach nicht zu erklären war, in dem Bruchteil einer Sekunde auf, bevor die Nacht den geflügelten Albtraum zum zweiten Mal aus- und mit solcher Wucht gegen das Fenster spie, dass das Glas einen Sprung bekam. Riesige zerrissene Flügel aus narbigem Leder peitschten zornig, dolchscharfe Klauen hämmerten gegen das Glas, und Samiha meinte, ein unvorstellbar wütendes Kreischen zu hören, viel zu hoch, um vom Gehör eines Menschen noch wahrgenommen zu werden, aber schrill und laut genug, um jeden einzelnen Nerv in ihrem Körper vibrieren zu lassen.

Dennoch war es ein anderer Laut, der sie aus der Lähmung riss, in der sie erstarrt war und aus hervorquellenden Augen das tobende Ungeheuer vor dem Fenster anstarrte. Es war das Geräusch, mit dem ein zweiter, noch längerer Sprung in der Fensterscheibe entstand. Vielleicht auch das Klirren, mit dem das Glas endgültig zerbrach.

Mit einem keuchenden Schrei fuhr Samiha herum,

stürzte zur Tür und drückte mit beiden Händen zugleich die Klinke hinunter. In einem Anfall von Panik versuchte sie die Tür nach außen und damit in die falsche Richtung aufzudrücken, sah ihren Fehler dann ein und warf sich mit aller Gewalt zurück.

Die Tür rührte sich nicht.

Jetzt gewann die Panik endgültig die Oberhand. Samiha riss und zerrte mit verzweifelter Kraft an der Klinke, ohne dass sich die Tür auch nur millimeterweit bewegte, und hinter ihr erscholl ein weiteres Klirren und Bersten.

Sie glaubte ihren Augen nicht zu trauen, als sie zum Fenster zurücksah. Die Scheibe war endgültig zerborsten, und das geflügelte Ungeheuer arbeitete sich mit zornigen, ruckhaften Bewegungen herein. Die scharfkantigen Glassplitter, die in den Resten des zerbrochenen Rahmens steckten und seine Flügel weiter zerfetzten, schien es gar nicht zur Kenntnis zu nehmen, und wenn doch, dann stachelte dies seine Wut eher noch weiter an. Seine lautlosen Schreie ließen Sams Nerven mittlerweile schwingen wie Harfensaiten und begannen regelrecht *weh*zutun.

Mit einem letzten, lautlosen Triumphschrei zwängte sich der Wyvern endgültig herein, breitete die gewaltigen Schwingen aus und stürzte sich auf sie, und Samiha ließ im letzten Moment die Türklinke los, duckte sich und fuhr herum, und nur einen Sekundenbruchteil später gruben sich die Krallen des geflügelten Ungeheuers genau dort in das steinharte Holz der Tür, wo sie gerade noch gestanden hatte. Eine der peitschenden Schwingen traf sie mit solcher Gewalt, dass sie stolperte und nur deshalb nicht fiel, weil ihre Hände im letzten Moment irgendwo Halt fanden, und etwas wie eine mit spitzen Dornen besetzte Peitsche züngelte nach ihr, schnitt mit einem ekelhaften Geräusch nur Zentimeter vor ihrem Gesicht durch die Luft und riss Holzsplitter und Putz aus der Wand, wo es mit einem dumpfen Geräusch aufprallte.

Samiha verschwendete keine Zeit damit, sich noch einmal selbst zu sagen, dass das, was sie gerade zu erleben glaubte, ganz und gar unmöglich war, sondern stieß sich von ihrem unsichtbaren Halt ab und stolperte verzweifelt los. Allzu viel gab es nur leider nicht, wohin sie fliehen konnte. Das Zimmer war zwar groß, aber Größe war etwas höchst Relatives, wenn man zusammen mit einem Ungeheuer von den Abmessungen eines Jumbojets eingesperrt war, das nur aus Zähnen, Krallen und geballter Wut zu bestehen schien. Schon nach zwei Schritten prallte sie schmerzhaft gegen die Kante ihres Schreibtisches und zog instinktiv den Kopf ein, als sie eine Bewegung über sich spürte.

Die Schwinge des Wyvern erwischte sie trotzdem, hob sie komplett von den Füßen und schleuderte sie auf das zwei Meter entfernte Bett, das unter dem Aufprall fast zu zerbrechen drohte. Wieder gellte der lautlose Schrei des Wyvern in ihren Ohren und jeder einzelnen Zelle ihres Körpers, und ihr Kissen musste geplatzt sein, denn für eine oder zwei Sekunden sah sie nichts außer wirbelnden weißen Daunen.

Dann stürzte ein Schatten aus dieser weißen Wolke auf sie herab. Samiha riss schützend die Arme vor das Gesicht, rollte zur Seite und schlug im gleichen Sekundenbruchteil auf dem Boden auf, in dem die Klauen des Ungeheuers ihre Bettwäsche und die Matratze darunter zerfetzten. Sein mit Dornen gespickter Schwanz zischte so dicht über sie hinweg, dass sie den Luftzug spüren konnte, und das lautlose Kreischen in ihren Ohren wurde noch einmal lauter. Sie fühlte, wie ihre Nase zu bluten begann, und irgendetwas Warmes und Klebriges lief auch aus ihren Ohren, die mittlerweile höllisch schmerzten. Trotzdem federte sie auf

Hände und Knie hoch und kroch hastig ein Stück weit davon, bevor sie es auch nur wagte, hinter sich zu sehen.

Das Ungeheuer hatte ihr Bett mittlerweile erfolgreich zu Ende geschlachtet und hielt jetzt schmatzend und aus tückisch funkelnden Augen nach etwas anderem Ausschau, das es kaputt machen konnte – vorzugsweise sie, dachte Samiha fröstelnd. Und es sah nicht so aus, als gäbe es viel, was sie dagegen tun konnte. Die Tür war verschlossen, und das Zimmer kam ihr mit einem Mal so winzig vor wie ein Schuhkarton und der Wyvern dafür umso größer.

Vielleicht war die Größe dieses unglaublichen ... *Dings* sogar der einzige Grund, warum sie überhaupt noch lebte. Das Ungetüm war nicht ganz so riesig, wie es ihr in ihrer Panik vorgekommen war, aber immer noch groß genug. Seine Spannweite betrug vielleicht so viel wie die eines außergewöhnlich großen Falken, und die mit nadelspitzen Zähnen gespickte Schnauze, die tatsächlich ein bisschen an die eines Alligators erinnerte, war gerade einmal so lang wie ihre Hand.

Was den Wyvern nicht daran hindern würde, dachte sie schaudernd, ihr selbige damit abzubeißen. Und wenn nicht damit, dann mit den dolchspitzen Klauen oder dem mehr als meterlangen Schwanz, der mit Dutzenden rasierklingenscharfen Knochenkämmen gespickt war.

Als hätte das Ungetüm ihre Gedanken gelesen und wollte ihr zeigen, wie recht sie doch hatte, verwandelte es mit einem einzigen beiläufigen Zucken des Schwanzes den Schreibtisch in Kleinholz, breitete die Schwingen aus und stieß sich in einer stiebenden Daunenwolke von der Bettkante ab, wobei es dem Möbelstück endgültig den Rest gab.

Hätte Sam versucht, sich zur Seite zu rollen oder nach ihm zu schlagen, dann hätten sie entweder die dolchspitzen Krallen oder der schnappende Kiefer erwischt.

Stattdessen zog sie die Knie an, legte alle Kraft in diese eine Bewegung und stieß dem Wyvern die Füße in den Leib.

Die Wirkung war spektakulär. Der Wyvern war riesig und zweifellos unglaublich stark, aber wie jede fliegende Kreatur auch leicht im Verhältnis zu seiner Körpergröße. Sam konnte nicht sagen, ob es ihr gelungen war, ihm wehzutun oder ihn gar zu verletzen, aber die reine Wucht ihres Trittes reichte aus, um ihn zurück- und mit weit ausgebreiteten Schwingen gegen die Wand über dem zusammengebrochenen Bett zu schleudern. Der Bilderrahmen zerbarst und gesellte sich in Stücke gebrochen zu den Trümmern des Bettes, und selbst die massive Wandvertäfelung bekam einen Riss, der vom Boden bis fast zur Decke hinaufreichte.

Samiha wartete nicht ab, bis sich das Ungeheuer wieder aufgerappelt hatte, sondern sprang hoch, war mit einem einzigen Satz bei der Tür und rüttelte mit verzweifelter Kraft an der Klinke, doch die rührte sich auch dieses Mal nicht. Die Tür war abgeschlossen, begriff sie. Jemand hatte sie zusammen mit diesem Ungeheuer hier drinnen eingesperrt!

Ein Scheppern und Bersten hinter ihrem Rücken machte ihr klar, dass sich der geflügelte Dämon genau in diesem Moment aus den Trümmern des Bettes herausarbeitete, und ihre Logik fügte die Erkenntnis hinzu, dass er vermutlich nicht besonders erbaut von dem war, was sie gerade getan hatte. Sie hörte endgültig damit auf, sinnlos an der Türklinke herumzuzerren, lief zum Fenster und hob auf dem Weg dorthin eines der abgebrochenen Schreibtischbeine auf, das eine ganz handliche Keule ergab. Der Wyvern hatte sich schon fast aus dem Trümmerberg befreit, den er gerade produziert hatte, und Sam war nun beim Fenster, lehnte sich hinaus und erlebte einen Anfall akuter Verzweiflung, als sie an der Wand hinuntersah. Ihr Zimmer lag im ersten Stock des Herrenhauses, vielleicht vier oder fünf Meter über dem Boden, und die Wand war aus groben Natursteinen gemauert und wahrscheinlich nicht sehr viel schwieriger hinunterzuklettern als eine Leiter. Sie traute sich zu, es in wenigen Augenblicken zu schaffen … aber erstens würde ihr der Wyvern diese wenigen Sekunden nicht lassen und zweitens wäre sie seinen Angriffen dort unten schutzlos ausgeliefert. Der Hof war vollkommen leer, und die nächste Tür, die sie von hier aus sehen konnte, war mindestens fünfundzwanzig oder dreißig Meter entfernt. Viel zu weit, um sich auf ein Wettrennen mit diesem fliegenden Gartenhäcksler einzulassen. Sie brauchte ein Versteck!

Der Verzweiflung näher, als sie zugeben wollte, aber ganz und gar nicht bereit, so einfach aufzugeben, sah sie sich um. Einen Moment lang erwog sie sogar den verrückten Gedanken, sich im Schrank zu verstecken – schließlich hatte sie ja gesehen, wie massiv die schweren Türen waren –, verwarf die Idee aber sofort wieder als zu albern. Aber sie brachte sie auf eine andere. Als nahezu ebenso massiv wie die Zimmertür, die plötzlich zu einem unüberwindlichen Hindernis geworden war, erinnerte sie sich an die zu dem winzigen Bad führende – eine Platte aus gut zwei Zentimeter dickem Holz, die selbst den Klauen des Wyvern widerstehen würde. Und selbst wenn nicht, konnte sie sich dort drinnen immer noch besser verteidigen als hier.

Ohne lange darüber nachzudenken, ob das eine kluge oder ganz besonders dumme Idee war, stürmte sie los, sah aus den Augenwinkeln, wie sich der Wyvern mit ausgebreiteten Schwingen und weit aufgerissenem Maul aufbäumte, und bereitete der Bewegung ein abruptes Ende, indem sie die Schranktür aufriss, und das mit solcher Wucht, dass sie halb aus den Angeln gerissen wurde und der Wyvern zum zweiten Mal und noch unsanfter zu Boden ging. Möglicherweise reichte das ja schon, um ihn endgültig außer Gefecht zu setzen, aber darauf wollte Sam sich lieber nicht verlassen.

Sie stürmte weiter, warf die Badezimmertür hinter sich zu und tastete umsonst nach einem Schlüssel oder irgendeiner anderen Möglichkeit, sie zu verriegeln. Außerdem war sie wohl etwas zu optimistisch gewesen, was die Widerstandskraft dieser Tür anging. Was wie fingerdickes massives Holz aussah, war zu leicht, und eine knappe Sekunde später sah sie auch, warum das so war – genauer gesagt in dem Moment, als sich ein halbes Dutzend gebogener Raubvogelkrallen in einem Sprühregen aus Holzspänen und papierdünnem Furnier durch die Tür bohrten und sie mit einer einzigen Bewegung aus den Angeln rissen.

Vielleicht funktionierte ja wenigstens Plan B.

Samiha wich mit zwei schnellen Schritten bis zum anderen Ende des winzigen Raums zurück, wartete, bis der Wyvern sich durch die schmale Tür gezwängt hatte und ungefähr so elegant wie ein Albatros mit gebrochenen Flügeln auf sie zugewatschelt kam, und schlug dann mit ihrem Tischbein zu. Der Hieb schleuderte den Wyvern zurück und entlockte ihm einen schrillen Schrei, der Sams Nase noch heftiger bluten ließ und sogar in ihren *Augen* schmerzte, schien ihn zugleich aber nur noch wütender zu machen. Sein Krokodilschnabel schnappte nach ihr, und irgendwie brachte er das Kunststück fertig, seinen Schwanz über den Kopf zu heben und wie ein Skorpion damit nach ihr zu stechen. Samiha wich der knöchernen Klinge an seinem Ende aus, schlug dem Wyvern das Stuhlbein über die Schnauze, dass die Zähne flogen, und starrte dann verblüfft auf ihre plötzlich leeren Hände, als der Schwanz des Ungeheuers zuckte und ihre improvisierte Waffe davonflog, einen halben Atemzug später gefolgt von ihr selbst, niedergestreckt von einem machtvollen Flügelschlag des Fabelwesens.

Dem ersten Hieb des Knochendolches am Ende des peitschenden Schwanzes entging sie mit Mühe und Not, dem zweiten nur noch um Haaresbreite, und der dritte hätte sie vermutlich erwischt, hätte der geflügelte Angreifer nicht plötzlich einen vollkommen sinnlos erscheinenden Satz nach hinten gemacht. Gleichzeitig begann er wie wild in die leere Luft zu beißen, fast als versuche er nach unsichtbaren Fliegen zu schnappen.

Aber vielleicht waren sie gar nicht so unsichtbar.

Und genau genommen waren es auch keine Fliegen.

Es war nur eine und sie hatte Flügel – immerhin –, aber damit hörte die Ähnlichkeit auch schon beinahe auf, denn nicht einmal diese ähnelten denen von Fliegen, sondern eher denen einer Libelle, und ihr Körper hatte nun gar keine Ähnlichkeit mit dem eines Insekts. Er sah vielmehr aus wie der von …

Nein. Das war vollkommen unmöglich.

Unmöglich oder nicht, mit einem Mal war da ein winziger bunt schillernder Punkt, der den Wyvern in rasend schnellen Spiralen und Ellipsen umkreiste, immer wieder auf ihn herabstieß und den schnappenden Kiefern mit geradezu spöttischer Leichtigkeit auswich, aber das war offensichtlich nicht alles, was er tat. Samiha konnte nicht erkennen, was es war, doch es musste dem Wyvern äußerst unangenehm sein, denn seine Bewegungen wurden immer gehetzter und fahriger, und sein lautloses Kreischen klang jetzt eindeutig panisch. Samihas Kopf schmerzte jetzt so sehr, dass alles vor ihren Augen zu verschwimmen begann, und ihre Nase blutete immer heftiger. Der Spiegel über dem Waschbecken barst mit einem reißenden Laut, eine Sekunde später zersplitterte das Zahnputzglas auf dem Beckenrand wie von einem unsichtbaren Fausthieb getroffen. Ihr wurde übel.

Das lautlose Kreischen des Wyvern klang jetzt eigentlich nur noch jämmerlich. Er schnappte immer wilder und verzweifelter nach dem winzigen Quälgeist, der ihn umkreiste, drehte sich schließlich schwerfällig herum und watschelte aus der Tür. Zuerst hörte sie das Scheppern und Krachen zerbrechender Möbel, dann ein Geräusch wie von riesigen ledernen Schwingen, die sich ausbreiteten, und noch einmal das Klirren von Glas.

Dann kehrte Ruhe ein, wenigstens äußerlich. Das Rauschen von Blut und das Kreischen von reinem Schmerz in Sams Schädel hörten nicht auf, sondern wurden im Gegenteil immer schlimmer. Alles drehte sich um sie und sie konnte kaum noch etwas sehen.

Also war sie auch nicht sicher, ob sie das libellenflügelige, strubbelhaarige, pummelige … *Etwas*, das plötzlich vor ihrem Gesicht erschien und wie an einem unsichtbaren Gummiband hängend auf und ab hüpfte, tatsächlich sah oder es sich nur einbildete.

»Also, das reicht mir jetzt langsam!«, piepste ein helles, lächerlich dünnes Stimmchen. »Was muss ich denn noch tun, damit du mir endlich zuhörst? Glaubst du eigentlich, ich wäre dein persönlicher Leibwächter, oder was?«

Okay, das war genug. Samiha beschloss, das Einzige zu tun, was in diesem Moment noch irgendeinen Sinn ergab, und fiel in Ohnmacht.

Das ist eine wirklich, wirklich schlimme Geschichte.« Direktor Focks seufzte so tief, dass es sich fast wie ein kleines Stöhnen anhörte, schüttelte zum mindestens zwanzigsten Mal innerhalb der letzten fünf Minuten den Kopf und sah sich mit einer Mischung aus Schrecken, Unglauben und immer mühsamer unterdrücktem Zorn in dem um, was noch vor wenigen Stunden ein wenn auch vielleicht etwas altbacken, aber trotzdem behaglich eingerichtetes Zimmer gewesen war.

Zu sagen, dass es jetzt einem Schlachtfeld glich, wäre geschmeichelt gewesen. Die Sonne war aufgegangen, und im klaren Licht des Morgens, das durch das zerborstene Fenster hereinströmte, kam selbst Samiha die Zerstörung zehnmal schlimmer vor als in der vergangenen Nacht. Buchstäblich nichts schien dem Toben des Wyvern entgangen zu sein. Was seine Krallen und Zähne nicht zerfetzt hatten, das hatten seine schlagenden Flügel zertrümmert, und was denen entgangen war, das war dem peitschenden Schwanz des Fabelwesens zum Opfer gefallen. Sämtliche Möbel waren zertrümmert, die kostbaren Holzvertäfelungen der Wände geborsten, als hätte jemand mit Hämmern darauf eingeschlagen, und selbst in der Stuckdecke gähnte ein Dutzend hässlicher Löcher, als hätte jemand mit einer Maschinenpistole hier drinnen Schießübungen abgehalten, allerdings erst, nachdem ihm die Handgranaten ausgegangen waren … Bei der kleinsten Bewegung, die irgendjemand hier drinnen machte, knirschte zerborstenes Fensterglas unter seinen Füßen, und über all der Verheerung lag eine flockige weiße Decke aus Daunen, die aus der zerfetzten Bettwäsche stammten. Dann und wann entstanden kleine

Wirbel und winzige weiße Schneestürme, wenn ein Windzug durch das offene Fenster kam, und erzeugten Bewegung und tanzende Schatten, die Sam mit einem immer größer werdenden Unbehagen erfüllten.

»Das ist wirklich eine schlimme Geschichte, Samiha«, sagte der Internatsdirektor zum wiederholten Mal. Und natürlich sagte er das nicht nur, um seiner Betroffenheit Ausdruck zu verleihen, sondern weil er sich eine Antwort von ihr erhoffte – die sie ihm weder geben konnte noch wollte. Sam wünschte sich im Moment nichts mehr, als dieses Zimmer wieder verlassen zu können, aber sie sparte es sich, danach zu fragen. Das hochnotpeinliche Verhör, auf das sie wartete, seit sie aufgewacht war und Direktor Focks – verschlafen, mit verstrubbeltem Haar und in Schlafanzug, Filzpantinen und einem ziemlich lächerlichen Frottee-Bademantel – über sich gebeugt dastehen gesehen hatte, war bisher ausgeblieben. Aber sie wusste natürlich, dass es unweigerlich kommen würde, und vielleicht war es jetzt so weit. So wie sie Focks einschätzte, würde er den Moment sorgsam inszenieren, im dem er ihr die Daumenschrauben ansetzte.

»Deine Eltern werden nicht begeistert sein, wenn sie hiervon erfahren«, fuhr er fort, nachdem er wohl endlich begriffen hatte, dass sie nicht antworten würde, ganz egal wie lange er wartete.

»Meine Eltern?«

Der Ausdruck von Kummer auf seinem von Müdigkeit gezeichneten Gesicht nahm noch einmal zu. Samiha war nicht die Einzige, die in dieser Nacht keinen Schlaf gefunden hatte. Wahrscheinlich galt das mehr oder weniger für das ganze Internat, aber ihm sah man es besonders deutlich an.

»Ich kann diesen Vorfall nicht einfach verschweigen, Samiha«, antwortete er. »Auch wenn dir gottlob nichts passiert zu sein scheint – es ist eine ernste Sache.« Er machte eine ausholende Geste, die die gesamte Verheerung einschloss, die sie umgab. »Von Rechts wegen müsste ich die Polizei einschalten und das hier zur Anzeige bringen, aber ich glaube, es ist in unser aller Interesse, wenn wir die Sache nicht an die große Glocke hängen. Allerdings ist ein erheblicher Schaden entstanden, und irgendjemand wird dafür aufkommen müssen.«

Es dauerte eine Sekunde, bis Sam überhaupt verstand. »Ich?«, ächzte sie. »Aber Sie glauben doch nicht im Ernst, dass ich das war?!«

»Dann sag uns, wer es war«, antwortete Focks.

Es war nicht das erste Mal, dass er diese Frage stellte. Und nicht das erste Mal, dass Samiha sie nicht beantwortete. Wie auch? Seit dem Moment, in dem sie in Sonyas Armen aufgewacht war und in Focks ebenso erschrockenes wie griesgrämiges Gesicht hinaufgeblickt hatte, war nicht eine Sekunde vergangen, in der sie nicht über das nachgedacht hatte, was passiert war – ohne einer befriedigenden Antwort auch nur nahezukommen. Das Einzige, was sie mit Sicherheit wusste, war, dass es bestimmt kein mythisches Ungeheuer gewesen sein konnte, das aus dem Bild an der Wand herausgesprungen war, um ihr Zimmer zu verwüsten.

Aber was dann?

Wieder vergingen etliche lange Sekunden, in denen Focks sie nur ebenso schweigend wie erwartungsvoll fixierte, bevor er die Sinnlosigkeit seiner Bemühungen schließlich einsah und sein ruheloses Auf und Ab in dem verwüsteten Zimmer fortsetzte. Samiha wünschte sich fast, er hätte das nicht getan, denn seine Schritte verursachten nicht nur ein beständiges Knirschen und Knistern, sondern ließen auch kleine Wolken aus wirbelnden Daunenfedern aufsteigen, und manchmal schien etwas im Schutze dieser Bewegung davonzuhuschen.

Hastig verscheuchte sie den Gedanken. Ihre Lage war unangenehm genug, auch ohne dass sie ihrer durchgeknallten Fantasie erlaubte, sie auch noch selbst fertigzumachen.

Die Tür ging auf, und der dunkelhaarige Mann, den sie gestern in Focks' Büro kennengelernt hatte, streckte den Kopf herein. Friedrich. Sie hatte ihn für einen Lehrer gehalten, inzwischen aber erfahren, dass er der Hausmeister von *Unicorn Heights* war, und sie war auch ziemlich sicher, dass sie auf seiner persönlichen Hassliste mittlerweile einen Ehrenplatz ganz oben einnahm. Auch jetzt streifte er zuerst sie mit einem kurzen, aber alles andere als freundlichen Blick, bevor er sich mit fragendem Gesichtsausdruck an Focks wandte. In der linken Hand hielt er eine Rolle mit blauen Müllsäcken aus Plastik, in der rechten Handfeger und Kehrschaufel, und hinter ihm drängte sich eine wahre Mauer aus Gesichtern, die versuchten, einen Blick über seine Schulter hinweg zu erhaschen. Eigentlich sollten sämtliche Schüler des Internats jetzt unten in der Mensa sein und brav am Frühstücksbüfett anstehen, aber Sam mutmaßte, dass sie sich ausnahmslos auf dem Flur vor ihrem Zimmer drängten, das mittlerweile einer belagerten Festung ähnelte. Sie konnte es ihnen nicht einmal verdenken.

»Gleich, Friedrich«, seufzte Focks. »Sie können gleich anfangen. Wir haben hier nur noch eine Kleinigkeit zu … klären.«

Der Hausmeister zog sich gehorsam zurück, allerdings nicht, ohne Sam eines zweiten und diesmal schon fast hasserfüllten Blickes zu bedenken, und jetzt war es Sam, die versuchte, einen Blick an ihm vorbei in die zahllosen Gesichter draußen auf dem Flur zu erhaschen. Zu ihrer Enttäuschung konnte sie weder Angie noch deren Bruder unter ihnen entdecken.

Focks wartete, bis der Hausmeister die Tür hinter sich ins Schloss gezogen hatte, dann versuchte er es noch einmal. »Ich verstehe dich nicht«, sagte er. »Warum nimmst du diejenigen in Schutz, die das getan haben? Wenn du glaubst, dass sie es dir danken, dann irrst du dich.«

»Vielleicht war ich es ja selbst«, murmelte Sam.

Focks Blick wurde ... nein, sie wollte gar nicht so genau wissen, was sie darin las. Mit einem leisen Seufzen wandte er sich ab und nahm sein ruheloses Hin und Her durch das Zimmer wieder auf.

Frau Baum hingegen gab ein kurzes, bellendes und durch und durch humorloses Lachen von sich. »Sicher«, sagte sie. »Du bist außen an der Wand heraufgeklettert, hast das Fenster eingeschlagen, um hier hereinzukommen, hast dann alles kurz und klein geschlagen und dich anschließend im Bad versteckt, um dich selbst auszuknocken. Das klingt wirklich logisch.« Sie schnaubte. »Warum sind wir nicht gleich von selbst darauf gekommen? Verdammt, Sam, warum deckst du Sven und seine Freunde?«

Sie machte eine ärgerliche Bewegung mit beiden Händen. Seit sie hereingekommen waren, hatte sie schweigend und mit vor der Brust verschränkten Armen an eine der wenigen Wandvertäfelungen gelehnt dagestanden, die nicht zerstört waren, sodass Sam ihre Anwesenheit beinahe schon vergessen hatte. Jetzt schien es ihr, als hätte sie in der Zeit nur Energie für diesen Ausbruch gesammelt.

»Wer sagt Ihnen denn, dass es Sven war?«

Sonya machte ein abfälliges Geräusch und eine dazu passende Geste. »Wer soll es denn sonst gewesen sein? Oder kennst du hier noch mehr, die deinetwegen Ärger bekommen und dir Rache geschworen haben?«

Samiha konnte sich nicht an irgendwelche Racheschwüre erinnern, und den Ärger, den Sven zweifellos am Hals hatte, hatte er streng genommen sich selbst zu verdanken oder allenfalls Tom. Auch wenn sie nicht glaubte, dass er jemand war, der solche feinen Unterschiede machte.

»Mit solchen Anschuldigungen sollten wir äußerst vorsichtig sein, liebe Kollegin«, sagte Focks. Er blieb stehen, ließ sich in die Hocke sinken und streckte die Hand nach etwas aus, das er in den Trümmern entdeckt hatte.

»Wer soll es denn sonst gewesen sein?«, schnaubte Sonya. »Das hier ist doch genau seine Handschrift, oder?«

»Ich sage ja nicht, dass ich Ihnen nicht zustimme«, antwortete Focks. »Sondern nur, dass wir mit solchen Behauptungen vorsichtig sein sollten, solange wir sie nicht beweisen können ... oder es jemanden gibt, der sie uns bestätigt.« Bei den letzten Worten sah er auffordernd zu Sam hoch, erntete aber auch diesmal nur einen stummen Blick und setzte seine angefangene Bewegung mit einem Achselzucken fort. Dann erschien ein verblüffter Ausdruck auf seinem Gesicht, und auch Sam verspürte ein eisiges Frösteln, als sie sah, was er mit spitzen Fingern aus dem Chaos zog: das E-Book, auf dem all ihre Schulbücher und Unterlagen gespeichert waren. Es war zerstört wie beinahe alles hier, aber auf eine ganz bestimmte Art. Der Monitor war gesprungen und eine ganze Ecke des Gerätes fehlte, jedoch sah es nicht wirklich aus, als wäre sie abgebrochen. Wenn man genau hinsah, dann gehörte nicht besonders viel Fantasie dazu, den Umriss einer kinderhandgroßen Krokodilschnauze zu erkennen, und die Spuren winziger, aber mörderisch scharfer Zähne, die das fehlende Stück herausgebissen hatten ...

Focks ließ das ruinierte E-Book fallen und richtete sich ächzend auf. »Seis drum«, fuhr er in verändertem Ton fort und nun wieder an Sonya gewandt. »Friedrich soll eine genaue Aufstellung der Schäden machen und dann hier aufräumen, und wenn er damit fertig ist, ein paar Handwerker besorgen, die mit den Reparaturen beginnen.« Er sah noch einmal auf das in Stücke gebissene E-Book hinab und drehte sich dann zu Sam um.

»Frau Baum wird dir dein neues Zimmer zeigen. Such bitte deinen persönlichen Besitz zusammen, aber rühr nichts an, was nicht dir gehört. Es sollte schnell gehen. So wie ich das sehe, hast du ja noch nicht einmal ausgepackt.«

Da war eine mehr als nur sachte Spur von Misstrauen in seiner Stimme, aber Sam zog es vor, auch darauf dasselbe zu antworten wie auf das meiste, was er bisher gesagt hatte – nämlich nichts –, und Focks seufzte nur noch einmal und trat an das zerbrochene Fenster. Sonnenlicht glitzerte auf den verbliebenen Glassplittern, die in dem zerstörten Rahmen steckten, und Sam ertappte sich bei einem (unangenehm) überraschten Stirnrunzeln, als sie etwas Winziges, Dunkles sah, das an einem der gläsernen Dolche aufgespießt war. Sie konnte nicht genau sagen, was, aber der Anblick erinnerte an ein Stück altes Leder …

Focks hatte es wohl im gleichen Moment entdeckt wie sie, denn er streckte die Hand aus, nahm den Fetzen und betrachtete ihn einen Moment lang, ließ ihn dann aber achtlos fallen und beugte sich vor, um aus dem Fenster und nach unten zu sehen.

»Dort unten liegt nicht eine einzige Scherbe«, sagte er. »Das Fenster ist ganz eindeutig von außen eingeschlagen worden. Vielleicht sollten wir doch die Polizei rufen.«

Niemand antwortete – wenigstens nicht gleich –, aber als Focks sich wieder aufrichtete, geschah etwas Unheimliches: Für die Dauer eines einzelnen Lidschlags zeichnete sich seine Gestalt als flacher schwarzer Umriss vor dem hell erleuchteten Fenster ab, und zum zweiten Mal glaubte Sam zu sehen, wie er sich … veränderte. Er schien zu wachsen, breiter und massiger zu werden, zugleich auch irgendwie kantiger, als trüge der Schatten, den sie sah, eine Rüstung aus starrem Eisen. Und auch seine Ohren waren jetzt wieder spitz, wie die eines Fuchses.

Samiha blinzelte, und der unheimliche Schatten war wieder verschwunden. Natürlich war er das, schalt sie sich in Gedanken. Oder auch nicht, denn es hatte ihn nie gegeben. Die Einzige, mit der hier irgendetwas nicht stimmte, war sie selbst. Allmählich entwickelte sich ihre eigene Fantasie zu ihrem größten Feind. Vielleicht war es doch an der Zeit, sich wenigstens Sonya anzuvertrauen.

Als hätte sie den Gedanken laut ausgesprochen, sah die Deutschlehrerin sie einen Moment lang fast erwartungsvoll an, hob aber dann nur die Schultern und antwortete mit einiger Verspätung auf Focks' Worte. »Dann käme es zu einer offiziellen Untersuchung und möglicherweise zu einer Anzeige. Und wahrscheinlich zu einem Schulverweis, einer Schadensersatzklage und juristischen Konsequenzen …«

Focks drehte sich um. Irgendetwas bewegte sich hinter ihm – wie der Schatten von etwas, das gar nicht da war. »Und wenn sich herausstellt, dass es wirklich Sven und seine Spießgesellen waren, dann wäre ihre Zukunft damit endgültig verbaut.«

»Ganz davon abgesehen, dass sich die Medien auf die Geschichte stürzen und sie wahrscheinlich hoffnungslos aufbauschen würden«, fügte Sonya hinzu. »Und wer will das schon?«

»Niemand«, antwortete Focks. »Trotzdem … wir können die Sache nicht einfach auf sich beruhen lassen, ganz unabhängig vom finanziellen Schaden. Du willst uns wirklich nicht sagen, was passiert ist, Samiha?«

»Ich dachte, Sie wollten Sven nicht anzeigen?«, sagte Sam.

»Er war es also doch?«

Sam schwieg, und Focks fuhr nach einem kurzen enttäuschten Schweigen fort: »Nein, das will ich nicht. Aber das bedeutet nicht, dass wir einen solchen Vorfall einfach hinnehmen und so tun können, als wäre gar nichts passiert. Überleg es dir einfach. Sagen wir, bis morgen. Und jetzt such deine Sachen zusammen. Aber sei vorsichtig. Nicht dass du dich am Ende noch an den Scherben verletzt.«

Er ging. Sam wartete darauf, dass Sonya ihm folgte, und das tat sie auch, aber nicht, ohne ihr noch einen langen, in gleichem Maße auffordernden wie traurigen Blick zuzuwerfen, und einen Moment lang war Sam tatsächlich drauf und dran, ihr die ganze Geschichte zu erzählen. Natürlich würde sie ihr kein Wort glauben, sondern sie für ein ganz kleines bisschen übergeschnappt halten, aber Sam brauchte einfach jemanden, dem sie sich anvertrauen konnte. Wäre Sonya auch nur zwei oder drei Sekunden länger geblieben, dann hätte sie es vielleicht sogar getan. Doch stattdessen wandte sie sich mit einem enttäuschten Seufzen um und verließ das Zimmer, und der magische Moment war vorbei.

Wahrscheinlich war es auch gut so, dachte Sam. Von allen, die sie hier kannte (von Tom und seiner Schwester einmal abgesehen), war Sonya zweifellos der Mensch, dem sie am meisten vertraute, aber sie wollte nicht, dass sie sie für verrückt hielt. Wahrscheinlich tat sie das ohnehin schon.

Und wenn es stimmte?, dachte Sam schaudernd. Irgendetwas war hier ganz und gar nicht so, wie es sein sollte, und möglicherweise machte sie es sich ja ein bisschen zu leicht, alles nur auf diese seltsame Umgebung und die unangenehmen Ereignisse der letzten Tage zu schieben – auch die vor ihrer Verschleppung hierher. Was, wenn es tatsächlich an ihr lag und sie schlicht und einfach den Verstand verlor?

Sie maß ihre Reisetasche, die wie ein Fels aus einem Meer

aus Trümmern inmitten des Chaos ragte, mit einem schrägen Blick, bückte sich aber nicht danach, sondern trat ans Fenster, um auf den Hof hinauszusehen. Er war jetzt nicht mehr leer. Einige Schüler standen in kleinen Gruppen beieinander und schwatzten, von irgendwoher drang ein helles Lachen an ihr Ohr, und natürlich starrten alle ausnahmslos zu ihr hoch, und worüber sie gerade sprachen, das war nicht besonders schwer zu erraten. Ein weißer Kombi parkte vor dem Stallgebäude. Seine Hecktüren standen offen, und zwei Männer in blauen Overalls waren damit beschäftigt, Werkzeug und große Kübel mit Baumaterial auszuladen. Der Anblick kam ihr seltsam … unpassend vor, was nicht nur an der unübersehbaren Diskrepanz zwischen dem Automobil und dem dreihundert Jahre alten Gebäude lag, vor dem es stand. Ein wirklich bizarres Gefühl, verstörend und nahezu unmöglich in Worte zu kleiden, aber es lief darauf hinaus: Sie erblickte Dinge aus zwei verschiedenen Welten, die einfach nicht zusammenpassten.

Ihr Blick löste sich von dem so sonderbaren Anblick und suchte den Himmel über dem nahe gelegenen Wald ab. Irgendetwas bewegte sich in der Luft darüber, und ihr Herz begann schon wieder schnell und hart zu klopfen, bis sie erkannte, dass es nur ein Vogelschwarm war, den etwas aus seinem Versteck in den Baumwipfeln gescheucht hatte.

Was mochte es wohl gewesen sein? Eigentlich gab es in diesen Wäldern nichts, was auch nur einem Vogel gefährlich werden konnte – schließlich war sie hier in den heimischen Alpen, nicht in Phantásien oder auf Mittelerde – oder sollte es zumindest nicht sein. Aber was, wenn –?

Samiha spürte, dass ihre Gedanken schon wieder auf Pfaden zu wandeln begannen, die ihr nicht behagten, und brach ihre Überlegungen mit einer bewussten Anstrengung ab. Es war nicht das erste Mal, dass sie Probleme hatte, und bisher war es ihr stets gelungen, sie mit ein bisschen angestrengtem Überlegen und einer gehörigen Portion Logik zu lösen. Und wenn das nicht half, dann mit einem wohlgezielten Faustschlag auf irgendjemandes Nase.

Diesmal musste sie über ihre eigenen Gedanken lächeln. Sie wandte sich vom Fenster ab und ging in die Hocke, doch statt die Hand nach der Reisetasche auszustrecken, griff sie nach dem zerknüllten Etwas, das von McMarsdens Waldstillleben übrig geblieben war. Der zerborstene Rahmen fiel endgültig in Stücke, die sich zu dem Trümmerozean am Boden gesellten, als sie die zerknitterte Leinwand aufhob und mit dem Handrücken glatt strich. Federn stoben fast brusthoch, als wäre ein lautloser Daunenvulkan zu ihren Füßen ausgebrochen, und sie musste ein Niesen unterdrücken, während sie das Bild zum Fenster trug, um es genauer zu betrachten.

Die Leinwand war an mehreren Stellen eingerissen, und hier und da begann die Ölfarbe abzublättern, sodass eigentlich die darunterliegende Leinwand zum Vorschein kommen sollte. Stattdessen sah sie eine zweite Farbschicht, die ihr im Grunde nur deshalb auffiel, weil das Licht in einem ganz bestimmten Winkel auf die Leinwand traf, denn das Bild, das unter McMarsdens Attacke auf jedes gesunde Kunstempfinden zum Vorschein kam, zeigte ganz genau dasselbe Motiv. Zugleich war es auch vollkommen anders, aber sie konnte den Unterschied nicht in Worte kleiden.

Samiha zerbrach sich ein paar Sekunden lang vergeblich den Kopf über die Frage, was es eigentlich war, das sie an dem Anblick so störte, sagte sich dann selbst, dass sie im Moment wahrscheinlich viel zu aufgeregt war, um daraufzukommen, und betrachtete auch den Rest des Bildes. Ihr Blick suchte eine ganz bestimmte Stelle, doch irgendwie hatte sie zugleich beinahe Angst, sie anzusehen.

Wie sich zeigte, möglicherweise zu Recht.

Sam brauchte nur einen kurzen Moment, um einen bestimmten Baum im Vordergrund des Bildes wiederzufinden, genauer gesagt eine bestimmte Astgabel, dann stand sie nahezu eine Minute lang wie gelähmt da und starrte ihn an, ohne auch nur einen klaren Gedanken fassen zu können. Oder um genauer zu sein: die Astgabel dicht unter der Baumkrone. Sie war leer. Der gemalte Miniatur-Drache, den sie gestern darauf gesehen hatte, war nicht mehr da.

»Wo zum Teufel ... bist du?«, murmelte sie stockend.

»Genau hinter dir.«

Sam war nicht ganz sicher, ob sie den erschrockenen Ruf, der über ihre Lippen kommen wollte, noch ganz unterdrückt hatte, und zumindest Toms fragendem Blick nach zu schließen, musste sie ein ziemlich verwirrtes Gesicht gemacht haben. Aber er war Gentleman genug, um nicht weiter darauf einzugehen, sondern nötigte sich ein – wenn auch leicht verunglücktes – Lächeln ab.

»Bist du jetzt unter die Kunstdiebe gegangen?« Seine Schwester schob die Tür mit dem Fuß hinter sich zu und machte gleichzeitig eine Kopfbewegung auf das Bild. Samiha hatte angefangen, es säuberlich aufzurollen, ohne es überhaupt zu merken. Sie antwortete auch nicht darauf, sondern machte weiter und fragte zugleich ziemlich ruppig: »Was sucht ihr hier?«

»Zu freundlich«, sagte Angie. »Was ist jetzt mit dem Bild? Hast du vor, es zu klauen?«

Sam würdigte sie nicht einmal einer Antwort, sondern rollte das Bild in Ruhe weiter auf, knickte die etwas schief geratene Rolle dann in der Mitte zusammen und verstaute sie in ihrer Reisetasche, bevor sie sich zum zweiten Mal mit einem fragenden Blick an Tom wandte.

»Frau Baum hat gesagt, wir sollen dir beim Packen helfen«, antwortete er. »Der Unterricht geht gleich los, und du willst doch nicht zu spät kommen, oder?« Er sah sich demonstrativ um und versuchte eine anerkennende Miene zu machen, aber sein geschwollenes Gesicht ließ eher eine Grimasse daraus werden. Sven hatte ihm das prachtvollste Veilchen verpasst, das sie jemals gesehen hatte. »Starke Leistung. Willst du später mal Innenarchitektin werden?«

»Nein«, antwortete sie knapp.

»Das beruhigt mich«, sagte Tom. »Sonst müsste ich mir ernsthafte Sorgen um deine Zukunft machen.«

»Und warum solltest ausgerechnet *du* dir Sorgen um *meine* Zukunft machen?«, fragte Samiha giftig. Tom blinzelte verstört, und auch sie selbst bedauerte ihren scharfen Ton, noch bevor sie die Worte ganz ausgesprochen hatte. Eigentlich war ihr scharfer Ton ein reiner Reflex gewesen.

»Ich wollte nur höflich sein«, antwortete Tom spröde. »Entschuldige bitte.«

»He, ihr zwei!« Angie trat mit einem raschen Schritt zwischen Tom und sie, um den Blickkontakt zwischen ihnen zu unterbrechen. Allerdings blieb es bei dem Versuch, schon weil sie Samiha lediglich bis zur Nasenspitze und ihrem Bruder nur bis zum Kinn reichte. »Soll ich euch zwei die Duellpistolen bringen?«

»Ist ja schon gut«, sagte Sam. »Entschuldige.« Das letzte Wort kam ihr sehr schwer über die Lippen.

Tom schien diese Entschuldigung jedoch vollkommen zu genügen. Der ohnehin kaum überzeugende Ausdruck von Verärgerung in seinen Augen erlosch, und er sah sich noch einmal und mit übertriebener Mimik um. »Ich nehme nicht an, dass du uns erzählen willst, was hier passiert ist?«

»Doch«, antwortete sie. »Du bist der Zweite, der es erfährt, mein Wort drauf. Sobald ich es selbst weiß.«

Toms Kommentar beschränkte sich auf einen zweifelnden Blick, aber seine Schwester machte keinen so großen Hehl aus ihren Gefühlen. »Du redest Quatsch«, sagte sie geradeheraus. »Du willst uns wirklich weismachen, dass du nicht weißt, wer das hier angerichtet hat? Das kannst du Sonya oder Focks erzählen, aber bestimmt nicht uns!«

Sam hob nur die Schultern und sah wieder Tom an. Alle ihre Instinkte warnten sie davor, diesen beiden zu trauen, schon weil sie zeit ihres Lebens gelernt hatte, absolut *niemandem* zu vertrauen, aber andererseits … war Tom Tom und nicht irgendwer. Außerdem brauchte sie einfach jemanden, mit dem sie über den unheimlichen Zwischenfall von vergangener Nacht reden konnte.

»Nein«, antwortete sie widerstrebend. »Will ich nicht. Aber die Geschichte ist … kompliziert.«

»Versuch's einfach«, sagte Angie. »Wir sind nicht so dumm, wie einer von uns aussieht.«

»Ich weiß«, antwortete Samiha. »Aber was ist mit dir?«

»He!«

»Und außerdem werdet ihr mir wahrscheinlich kein Wort glauben«, fuhr sie fort. »Es klingt … ziemlich verrückt. Ich glaube es selbst kaum, wisst ihr?«

»Das klingt spannend«, sagte Tom, während er sich ihre Reisetasche schnappte und so lässig über die Schulter warf, als wöge sie gar nichts. Samiha selbst hatte beide Arme und ungefähr einen halben Liter Schweiß gebraucht, um das aus allen Nähten platzende Monstrum hier heraufzuschaffen. »Dann hast du uns ja eine Menge zu erzählen, wenn wir dich nach dem Unterricht besuchen.«

»Besuchen?«, Samiha seufzte tief. »Ich fürchte, daraus wird nichts. Ich habe Stubenarrest bis zum Sankt-Nimmerleins-Tag, schätze ich. Einzelhaft.«

»Wie praktisch«, grinste Tom. »Dann stört uns wenigstens niemand.«

»Du hattest vollkommen recht, Schätzchen«, sagte Angie zwischen zwei Bissen, mit denen sie einen kompletten Schokoriegel vertilgte, ohne dabei nennenswert gekaut zu haben. »Das ist die verrückteste Geschichte, die ich jemals gehört habe.«

»Aber genau so war es.«

Angie hob nur die Schultern, und auch ihr Bruder sagte im ersten Moment nichts, sondern griff in die Jackentasche und grub einen weiteren Schokoriegel aus, den er seiner Schwester reichte. Angies Augen leuchteten auf, während sie das Papier herunterfetzte und dann so ausgehungert die Zähne in den Schokoriegel grub, als hätte sie seit einer Woche nichts mehr zu essen bekommen, oder auch zwei.

»Ich habe euch doch gesagt, dass ihr mir nicht glauben werdet«, antwortete Sam.

Angie nickte, mit vollem Mund und sehr heftig, und Tom sah sie einen Moment lang schweigend an und nickte dann ebenfalls. »Ja. Das hast du.«

Samiha machte ein ärgerliches Gesicht. Das war nicht die Antwort, auf die sie gehofft hatte.

»Andererseits«, fuhr Tom in nachdenklichem Ton fort, »wer sollte sich schon eine so verrückte Geschichte ausdenken?«

»Sie?«, fragte seine Schwester und deutete mit dem kümmerlichen Rest des Schokoriegels auf Samiha. Einen Moment später verschwand auch der zwischen ihren Zähnen, und sie linste gierig auf die Jackentasche, aus der ihr Bruder den Leckerbissen gezogen hatte.

»He!«, sagte Samiha. »Ich dachte, wir sind Freundinnen!«

»Sind wir ja auch«, sagte Angie.

»Und Freundinnen belügen sich nicht!«

»Nur in Büchern und schlechten Filmen«, behauptete Angie. »Im richtigen Leben schon. Außerdem habe ich nicht behauptet, dass du uns belogen hast. Ich habe nur gesagt, du *könntest* dir diese Geschichte ausgedacht haben.«

»Haarspalterei«, sagte Sam.

»Mag sein«, antwortete Angie ungerührt. »Aber es *ist* eine verrückte Geschichte, das musst du zugeben.«

Nicht nur das. Sam hatte bis zum letzten Moment gezögert, Angie und ihrem Bruder die Geschichte zu erzählen, schon weil sie ihr mit jedem Mal fantastischer und unglaubhafter vorkam, wenn sie selbst darüber nachdachte. Und sie hatte eine Menge Zeit zum Nachdenken gehabt.

Mittlerweile war es fast zehn, und somit beinahe vierundzwanzig Stunden her seit ihrer unheimlichen Begegnung mit dem Wyvern, und zumindest im Augenblick kam es ihr so vor, als wären dies die längsten vierundzwanzig Stunden ihres Lebens gewesen. Sie war so müde, als wären es eher *zweihundertvierzig* Stunden, denn sie hatte während des restlichen Tages nicht eine Sekunde Schlaf gefunden. Tom und seine Schwester hatten ihr geholfen, ihre Sachen in ihr neues Zimmer zu bringen – das ihrem alten glich wie ein Ei dem anderen, mit dem einzigen Unterschied, dass es im Erdgeschoss lag und somit wie alle ebenerdig liegenden Zimmer ein Gitter vor dem Fenster hatte (was sie im Moment allerdings eher beruhigte) –, und Tom und sie hatten es sogar geschafft, noch einigermaßen pünktlich zum Unterricht zu kommen. Weder Sonya noch einer ihrer Mitschüler hatten ein einziges Wort über den vergangenen Abend verloren, aber natürlich war es Gesprächsthema Nummer eins auf dem gesamten Hof, das hatten ihr Tom und Angie bestätigt.

Es gab auch schon eine allgemein favorisierte Idee, wer

hinter dem nächtlichen Überfall auf sie steckte, und es war dieselbe, die auch Sonya und der Direktor bevorzugten. Für die allermeisten Schüler (Angie eingeschlossen, bei Tom war sie da nicht ganz sicher) war klar, dass Sven und seine beiden Freunde hinter der Sache steckten, und sogar Samiha hatte im Laufe des Tages ein paarmal über diese Möglichkeit nachgedacht: Vielleicht war es ja wirklich ihr neuer *Verehrer* gewesen, der in ihr Zimmer eingedrungen war, und sie war bei der anschließenden Rangelei unglücklich gestürzt und hatte sich den Kopf angeschlagen.

Hätte es das Bild nicht gegeben, das sich auf so unheimliche Weise verändert hatte, dann wäre es ihr vielleicht sogar gelungen, sich selbst davon zu überzeugen.

»Und du bist sicher, dass es nichts anderes gewesen ist?«, fragte Tom.

»Was soll es denn gewesen sein?«, fragte Samiha böse. »Ein Babydrache, der sich verflogen hat vielleicht, oder eine Fledermaus, die zu wachsen aufzuhören vergessen hat?«

»Ein Vogel«, bestätigte Tom ungerührt. »Wir sind hier mitten im Wald. Es gibt Falken hier und manche von denen werden ganz schön groß.«

Ein Falke mit Krokodilgebiss, Fledermausschwingen und einem stacheligen Schwanz? »Das war kein Falke«, sagte sie nur.

Tom machte eine besänftigende Geste, obwohl sie gar nicht hatte auffahren wollen. »Man muss alle Möglichkeiten in Betracht ziehen, oder?«

Sam war ihm nicht einmal böse und setzte gerade dazu an, ihm das auch zu sagen, als Angie hastig die Hand hob und auf Zehenspitzen zur Tür eilte. Sam wartete mit angehaltenem Atem (wenigstens so lange, bis ihr die Luft ausging), während Angie das Ohr gegen die Tür presste und angespannt lauschte. Schließlich aber kam sie zurück und machte eine besänftigende Handbewegung, die in einem wie zufälligen Griff nach Toms Jackentasche mündete. Tom schlug ihr spielerisch auf die Finger, und Angie schnitt ihm eine ärgerliche Grimasse, ging aber mit keinem Wort darauf ein.

»Schmidtchen Schleicher«, sagte sie.

Samiha blickte fragend, und Angie machte eine Kopfbewegung zur Tür. »Friedrich«, sagte sie. »Der Hausmeister. Eigentlich heißt er Friedrich Schmidt, aber alle nennen ihn nur Schmidtchen Schleicher, weil er ständig überall herumschleicht, wo man ihn ganz und gar nicht gebrauchen kann.«

»Meinst du, dass er hereinkommt?«, fragte Sam erschrocken.

»Niemand kommt unaufgefordert in unsere Zimmer«, sagte Tom. »Außer man ruft ihn herein.«

»Oder er ist ein Wyvern«, fügte seine Schwester hinzu.

Das war lustig.

Samiha und ihr Bruder starrten sie gleichermaßen zornig an, aber Angie zeigte sich davon nicht im Geringsten beeindruckt, sondern ging zum Fenster, machte es auf und suchte einen Moment lang den Himmel mit Blicken ab.

»Nichts zu sehen«, sagte sie nach ein paar Augenblicken. »Weder mit noch ohne Zähne.«

»Das reicht, Angie«, sagte Tom streng. Mit einer ruppigen Geste rief er sie zu sich, griff aber zugleich mit der anderen Hand in die Jackentasche und zog einen weiteren Schokoriegel hervor. Angie riss ihn ihm regelrecht aus der Hand und fetzte das Papier herunter, während sie mit untergeschlagenen Beinen auf dem Bett Platz nahm.

»Das darfst du ihr nicht übel nehmen«, sagte Tom. »Sie kriegt immer schlechte Laune, wenn sie Hunger hat.«

»Und sie hat immer Hunger«, vermutete Samiha.

»Nicht immer«, sagte Angie mit vollem Mund. »Nicht, wenn ich esse.«

Irgendwie gelang es Sam, nicht zu lachen, aber Angie erreichte trotzdem ihr Ziel: Ihr Zorn verrauchte und sie drehte sich wieder zu Tom herum.

»Du glaubst also wirklich, dass es ein Wyvern war«, sagte Tom und hob rasch die Hand, als sie nun doch auffahren wollte. »Okay, okay, es *war* ein Wyvern.«

»*Der* Wyvern«, verbesserte ihn Samiha.

»Meinetwegen auch *der* Wyvern«, seufzte Tom. »He, ich glaube dir ja!«

»Ach?«

»Ja!«, versicherte Tom hastig. Dann machte er ein verlegenes Gesicht. »Das Problem dabei ist nur, dass … ähm … es Wyvern nicht gibt. Nicht wirklich, meine ich.«

Ja, so wenig wie Elfen, dachte Sam. Von ihrem geflügelten Lebensretter hatte sie den beiden vorsichtshalber nichts erzählt. Sie war ziemlich sicher, dass sie ihr *das* nicht mehr geglaubt hätten.

Falls sie ihr überhaupt ein Wort glaubten.

»Deswegen kennst du dich auch so gut damit aus«, grollte Sam. »Und das Wissen über Wyvern, Einhörner, Elfen und andere Fabelwesen steht hier auf dem Stundenplan.«

»Nur das ethnologische Wissen«, erwiderte Tom ernst.

»Das was?«

»Die wissenschaftliche Seite«, sagte Angie genüsslich schmatzend vom Bett aus. »Volkstum, Legenden, Mythologien, der Ursprung von Sagen und Märchen, angeborene Erinnerungen und lauter solche hochinteressanten Sachen.« Sie gähnte demonstrativ. »Ja, so etwas bringen sie uns hier bei, das stimmt.«

»Aber nicht viel über richtige Wyvern.« Beinahe hätte Sam hinzugefügt: und kleine fette Elfen, schluckte die Bemerkung aber im letzten Moment hinunter, nicht nur weil Angie die Worte vielleicht falsch verstehen und ihr übel nehmen könnte. Oder auch richtig und übel nehmen.

Tom suchte einen Moment sichtbar nach Worten und hob dann die Schultern. »Zeig mir noch einmal das Bild«, bat er.

Sam ging zum Schrank und nahm die zusammengerollte Leinwand vom obersten Brett. Irgendetwas huschte davon, als sie die Rolle herauszog, vielleicht nur ein Schatten oder ein Teil ihrer Kleidung. Sonya hatte darauf bestanden, dass sie ihre Tasche diesmal sofort auspackte.

Tom rollte das Bild auf dem Schreibtisch aus, beschwerte die Kanten mit allem, was ihm gerade in die Hände fiel, und betrachtete es eine ganze Weile schweigend und mit angestrengt gerunzelter Stirn. »Das kenne ich«, sagte er dann.

»Ja, aus meinem Zimmer«, antwortete Samiha, doch Tom schüttelte den Kopf.

»Nicht das Bild. Diesen See.« Er deutete auf den winzigen See mit dem noch viel winzigeren Einhorn am Ufer. »Ist derselbe wie auf dem großen Bild unten in der Halle. Angie und ich waren schon da.«

»In der Halle?«, witzelte Sam.

»An diesem See, Dummerchen«, sagte Angie. »Ist gar nicht weit von hier, aber eigentlich nur eine bessere Pfütze.«

Samiha schenkte ihr ein zuckersüßes Lächeln – was aber nichts daran änderte, dass sie über das *Dummerchen* noch einmal reden würden.

Toms Fingerspitzen näherten sich in kleiner werdenden Kreisen der jetzt leeren Astgabel im Vordergrund und verharrten schließlich darauf. »Tatsächlich«, murmelte er.

Sam musste sich beherrschen, um ihren abermals aufkeimenden Ärger zu unterdrücken. Jedenfalls versuchte sie es. »Tatsächlich – *was?*«, fauchte sie. »Hast du geglaubt, ich hätte mir das alles nur ausgedacht, um mich wichtigzumachen?«

Tom blieb ruhig – deutlich ruhiger, als sie geblieben wäre, wäre sie an seiner Stelle gewesen – und sah sie mit einem Lächeln an, das sie aus irgendeinem Grund nur noch wütender machte. »Es ist eindeutig dasselbe Bild.«

»Wie?«, machte Samiha verdutzt. Dann wurde sie noch zorniger. »Was soll das heißen?«

»Ich erkenne es wieder«, antwortete Tom. Er deutete auf eine Stelle am Bildrand. »Hier ist ein Schmutzfleck, siehst du? Ist mir aufgefallen, als ich mir den Schinken gestern angesehen habe. Es ist eindeutig dasselbe Bild. Ich wollte nur sichergehen, dass niemand das Bild gegen eine Kopie ausgetauscht hat, auf der der Wyvern fehlt, nur um dir eins auszuwischen.«

»Blödsinn«, sagte Angie vom Bett aus. Sam nickte zustimmend, obwohl sie sich selbst eingestehen musste, dass ihr dieser Gedanke ja auch schon gekommen war und sie ihn als abwegig verworfen hatte. Wer sollte sich schon eine solche Mühe machen und vor allem: wie? Sie konnte sich eine Menge verrückter Sachen vorstellen, aber nicht, dass der alte McMarsden zwei nahezu identische Kopien ein und desselben Bildes gemalt haben sollte, die sich nur in diesem einen winzigen Detail unterschieden.

»Und selbst wenn«, fügte Angie mit vollem Mund und lautstark schmatzend hinzu, »was bringt uns das?«

Sam hob nur die Schultern, und Tom machte ein noch nachdenklicheres Gesicht, beugte sich plötzlich vor und begann mit dem Fingernagel an der groben Farbschicht zu kratzen. »He!«, sagte er. »Da ist noch ein zweites Bild drunter!«

»Das ist mir auch schon aufgefallen«, sagte Sam. »Wahrscheinlich hat er erst einmal eine Skizze gemacht, bevor er das endgültige Bild gemalt hat.«

Tom warf ihr einen sonderbaren Blick zu, dessen Grund ihr nicht ganz klar war, griff in die Hosentasche und zog ein zusammengeklapptes Schweizer Taschenmesser heraus.

»Was hast du vor?«, fragte Samiha misstrauisch.

»Keine Angst«, antwortete Tom. »Ich mache dieses unersetzliche Kunstwerk schon nicht kaputt.« Dann klappte er die Klinge heraus und begann ganz genau das zu tun, indem er an der beschädigten Stelle ansetzte, die Sam schon kannte, und die dicke Farbschicht vorsichtig abzukratzen begann. Angie hüpfte vom Bett und kam näher, und auch Sam trat fast widerstrebend einen Schritt näher. Natürlich wusste sie selbst, wie albern das war, aber ihr war einfach nicht wohl dabei, dieses Bild zu beschädigen, ob es nun schon ruiniert war oder nicht. Sie musste sich zusammenreißen, um Tom nicht das Messer wegzunehmen und sich schützend über das Bild zu werfen.

Gottlob stellte Tom seine Messerattacke auf McMarsdens Beleidigung der Kunstwelt schon nach wenigen Augenblicken wieder ein, auch wenn er das Messer nicht wieder einsteckte, sondern gedankenverloren damit zu spielen begann, während er das Bild betrachtete. Schließlich war es seine Schwester, die sich noch weiter vorbeugte, bis ihre Nasenspitze fast das Bild berührte, und dann heftig nickte. »Sam hat recht«, sagte sie. »Ist dasselbe Bild. Er hat es vorgemalt. So was tun Künstler manchmal, hab ich gehört.«

Tom warf seiner Schwester jetzt auch einen schrägen Blick zu, sagte aber erst einmal nichts, sondern setzte sein Messer wieder an, und zu Sams Entsetzen diesmal an einer Stelle, die noch nicht beschädigt war, nämlich der Astgabel, die dem Wyvern als Startbahn in die Wirklichkeit gedient hatte. Behutsam entfernte er die ungelenken Farbkleckse mit der Messerspitze und fegte die bunten Krümel mit dem Handrücken beiseite. Was darunter zum Vorschein kam, unterschied sich allerdings kaum von der gemalten Astgabel, die er gerade zerstört hatte. Auch darin saß kein geflügeltes Fabeltier.

»Wie ich gesagt habe!«, sagte Angie in fast triumphierendem Ton. »Er hat erst eine Skizze gemacht.«

»Eine Skizze?«, wiederholte Tom auf sonderbare Weise, schüttelte den Kopf und kratzte fröhlich weiter. Sam sah ihm noch einen Moment mit wachsendem Unbehagen zu, bis sie es nicht mehr aushielt und sich mit einem Ruck abwandte.

Natürlich fiel ihr Blick sofort auf den hässlichen Bruder des Bildes, der in verschnörkeltes Gold gerahmt über ihrem Bett hing. Sie hatte es bisher vermieden, sich dieses Gemälde zu genau anzusehen, und allzu viel hatte sie nicht versäumt: Auch dieses Gemälde zeigte eine naiv gemalte Landschaft inklusive irgendwelcher Fabelwesen, die hinter Sträuchern und Bäumen hervorlugten. Samiha zog es auch jetzt vor, nicht zu genau hinzusehen. Das Bild beleidigte nicht nur ihr ästhetisches Empfinden, es beunruhigte sie allein durch seine Anwesenheit.

Ein Schatten bewegte sich in ihrem Augenwinkel. Sam fuhr so erschrocken herum, dass auch Angie und Tom die Köpfe hoben und stirnrunzelnd in ihre Richtung sahen.

Natürlich war da nichts. Samiha belegte sich in Gedanken mit ein paar Bezeichnungen, von denen *Feigling* noch die schmeichelhafteste war. Sie hatte die Schranktür nicht richtig zugemacht, das war alles.

Gute zehn Minuten lang kratzte und schrubbte Tom weiter an der zerknitterten Leinwand herum, bevor er sich mit einem fast triumphierend klingenden Seufzen aufrichtete und Samiha einen Blick auf das Chaos gewährte, das er auf dem Schreibtisch angerichtet hatte. Tausende bunte Farbkrümel bedeckten nicht nur das Bild, sondern auch den

Fußboden und die Tischplatte, als hätte es Konfetti geregnet. Unter ihren Füßen knirschte es hörbar, als sie näher herantrat.

»Und?«, fragte Angie.

»Jetzt sagt nicht, dass euch nichts auffällt«, antwortete Tom. Er klang ein bisschen beleidigt, dass Sam und seine Schwester seine Leistung anscheinend nicht zu würdigen wussten. Sam tat ihm den Gefallen, noch einmal genauer hinzusehen. Es dauerte trotzdem noch einen Moment, bis ihr endlich auffiel, was Tom anscheinend sofort gesehen hatte.

»Eine … *Skizze?*«, murmelte sie verblüfft.

»Sag ich doch die ganze Zeit!«, sagte Angie. »Und was ist daran jetzt so besonders?«

»Sieh doch einfach mal genau hin, Schwesterchen.« Tom verdrehte in übertrieben gespieltem Entsetzen die Augen, was seiner Schwester natürlich keineswegs entging. Sie schoss einen giftigen Blick in seine Richtung ab.

Immerhin hatte Samiha endlich begriffen, was Tom meinte, und kam aus dem Staunen nicht mehr heraus. Jetzt, wo ihr der Unterschied aufgefallen war, war er so deutlich, dass sie sich verblüfft fragte, wie sie ihn überhaupt jemals hatte übersehen können: Tatsächlich zeigten die beiden Bilder dasselbe, als handele es sich wirklich um eine erste Skizze und das endgültige Bild.

Nur dass die Reihenfolge nicht stimmte.

Dort, wo Tom die dicke Farbschicht weggekratzt hatte, kam ein so präzise und lebensecht gemaltes Bild zum Vorschein, das beinahe an eine Fotografie erinnerte. Es *war* ein in Öl gemaltes Bild, daran bestand kein Zweifel, aber die Pinselstriche und Linien waren so filigran und meisterhaft ausgeführt, dass sie fast realistischer wirkten als die Wirklichkeit. Unter den groben Pinselstrichen und Klecksen, die aussahen, als hätte ein wenig talentiertes Kind seinen ersten

Farbkasten ausprobiert, kam ein wahres Meisterwerk zum Vorschein.

»Unglaublich«, murmelte Sam. »Warum hat er das gemacht?«

Tom hob nur die Schultern, aber Angie fragte: »Warum hat wer *was* gemacht?«

»Vielleicht hat er …«, Tom suchte sichtbar angestrengt nach einer Erklärung, drehte sich plötzlich herum und trat an den Bilderrahmen über dem Bett heran. Behutsam kratzte er ein bisschen Farbe ab, und Samiha war kein bisschen überrascht, als auch darunter eine hundertmal bessere Version desselben Bildes sichtbar wurde.

Auch hinter ihr … *kratzte* etwas, doch Sam gestattete sich nicht, auch nur den Kopf zu drehen. Sie würde ihrer außer Rand und Band geratenen Fantasie nicht noch einmal auf den Leim gehen. »Vielleicht haben wir gerade einen Schatz gefunden«, murmelte Tom.

»Farbkrümel auf dem Bett?«, fragte Angie. Niemand beachtete sie.

»Du meinst, diese Bilder wären wertvoll, und jemand hätte sie übermalt, um sie zu verstecken?«, vermutete Sam. »Genial. Ein besseres Versteck gibt es gar nicht. Genial!«

Und vollkommen falsch. Diese Erklärung klang einleuchtend, aber sie spürte auch, dass es nicht die Wahrheit war. Wenn es ein Geheimnis um diese Bilder gab, dann war es viel größer. Und viel gefährlicher.

Wieder glaubte sie ein Kratzen zu hören und war plötzlich noch beunruhigter, als auch Tom und seine Schwester die Köpfe hoben und zu lauschen schienen.

»Was?«, fragte sie unfreundlich.

Angie sah hastig weg, während Toms Blick für einen Moment eindeutig besorgt wurde. Sie merkte, dass er dazu ansetzte, etwas zu sagen, doch dann zuckte er nur abermals mit den Achseln und fuhr fort, mit der Messerspitze an der Leinwand zu schaben. Sams ungutes Gefühl nahm zu, und auch das eingebildete Kratzen und Rumoren schien noch einmal deutlicher zu werden.

»Ich glaube nicht, dass Direktor Focks sehr glücklich ist, wenn er sieht, was wir hier tun«, sagte sie unbehaglich.

»Ich auch nicht«, sagte Tom und schabte unverdrossen weiter. »Aber ich habe auch nicht vor, es ihm zu sagen … He! Schaut euch das an!«

Zögernd trat Sam dichter an das Bild heran. Sie wollte vor Angie (und vor allem Tom!) nicht als Feigling dastehen, aber eigentlich wollte sie auch gar nicht wissen, was Tom da entdeckt hatte. Natürlich ging sie trotzdem weiter.

Auf den ersten Blick schien es mit diesem Bild dasselbe auf sich zu haben wie mit dem anderen. Tom hatte ein paar ungelenke Farbkleckse weggekratzt, die wohl einen Busch darstellen sollten, der halb mit den Schatten des Waldrands verschmolz, und darunter kam derselbe Busch zum Vorschein, nur ungleich besser gemalt. Und noch etwas, das auf der oberen Farbschicht nicht zu sehen war.

»Unheimlich«, flüsterte Angie.

Besser hätte Sam es auch nicht ausdrücken können. Sie konnte – ebenso wenig wie Angie oder deren Bruder – sagen, was sie wirklich sah, dennoch machte es ihr Angst. Es war ein Schatten, vielleicht noch nicht einmal das, sondern nur die Ahnung eines Schattens, als lauere irgendetwas im Hintergrund dieser Szene, zu weit entfernt, um wirklich sichtbar zu sein, aber schon zu nahe, um seine Anwesenheit nicht zu spüren. Da war etwas wie zwei winzige düstere Punkte, verschwommenen Irrlichtern gleich, die ebenso gut einen verirrten Farbspritzer darstellen mochten wie ein glühendes Augenpaar, das sie aus den Tiefen der Schatten heraus anstarrte …

Tom hob sein Messer, um noch mehr Farbe abzukratzen, aber die Bewegung wirkte sonderbar zögerlich, und Samiha sah ihm an, dass er sich mindestens so unwohl fühlte wie sie. Auch wenn er das wahrscheinlich niemals zugeben würde.

»Das solltest du … vielleicht besser nicht tun«, sagte sie stockend.

Tom ließ das Messer gehorsam sinken und sah sie gespielt überrascht an: »Warum nicht?«

Sam hob zur Antwort nur die Schultern: Es war ihr unmöglich, das Gefühl in Worte zu fassen, das jetzt immer schlimmer wurde. Sie sahen etwas, was sie nicht sehen sollten, und viel beunruhigender noch: Etwas, das *sie* nicht sehen sollte, *hatte* sie gesehen.

»Sie hat recht, Tom«, sagte Angie nervös. »Mach das weg. Es macht mir Angst.«

»Blödsinn!«, antwortete Tom großspurig. »Das ist ein Bild, Schwesterchen, sonst nichts! Hast du etwa Angst vor ein bisschen Farbe?«

»Ja.«

Und ihrem Bruder erging es nicht anders, das konnte Samiha deutlich in seinen Augen lesen. Trotzdem (oder vielleicht gerade deshalb) schürzte er nur abfällig die Lippen und hob sein Messer, um mit seinem Zerstörungswerk fortzufahren. Samiha setzte dazu an, ihn nötigenfalls auch mit Gewalt davon abzuhalten, und aus dem halblauten Kratzen und Schaben hinter ihr wurde ein fast verzweifeltes Hämmern. Und plötzlich war auch die Stimme wieder da, fast genauso dumpf und unverständlich wie gestern, aber ohne den unheimlichen Unterwassereffekt.

»Was … ist das?«, fragte Angie. Ihre Stimme zitterte sacht, und ihr nervöses Grinsen vermochte ihre Angst keineswegs zu überspielen. Sie hatte es also auch gehört.

Mit klopfendem Herzen wandte Samiha sich in die

Richtung, aus der das Geräusch kam. Dann machte ihr Herz einen regelrechten Satz, als sie dessen genauen Ursprung erkannte.

Es kam aus dem Schrank.

»Gibt es hier … Ratten?«, fragte sie stockend.

»Draußen im Stall vielleicht«, antwortete Tom. »Aber hier drinnen?«, er schüttelte den Kopf. »Allerhöchstens solche mit zwei Beinen.«

Er trat mit einem raschen Schritt an ihre Seite, hielt sie mit der linken Hand zurück, als sie weitergehen wollte, und umfasste mit der anderen sein Taschenmesser fester, bevor er seinen Weg fortsetzte. Angesichts des anhaltenden Kratzens und Schabens aus dem Schrank wirkte das Messerchen geradezu rührend (zumal sie plötzlich wieder an den Schatten denken musste, den sie vorhin gesehen hatte), aber Sam empfand dennoch ein warmes Gefühl von Dankbarkeit. Sie war es nicht gewohnt, dass sich jemand für sie einsetzte. Und Tom tat es jetzt schon zum dritten Mal.

»Sei bloß vorsichtig«, sagte sie trotzdem.

»Wegen einer harmlosen Maus?«, fragte Tom und lachte, ein bisschen zu laut, wie Samiha fand. Er legte die letzten beiden Schritte nun deutlich langsamer zurück, und Sam war ziemlich sicher, dass er die Schranktür ganz gewiss nicht aufgemacht hätte, wären Angie und vor allem sie nicht dabei gewesen. Das Kratzen wurde lauter, wie um ihre Beunruhigung noch zu schüren, und wenn man es genau nahm, dann hörte es sich jetzt eigentlich mehr nach einem Hämmern und Klopfen an, so als trommelten winzige Fäuste von innen gegen die Schranktür. Und war da nicht ein dünnes, fast verzweifelt klingendes Stimmchen, das irgendetwas schrie?

Unsinn! Samiha rief sich in Gedanken zum wiederholten Mal zur Ordnung, trat mit einem entschlossenen Schritt direkt an Toms Seite, um sich selbst (und vor allem ihm) zu beweisen, wie wenig Angst sie doch hatte, und glaubte dann beinahe zu hören, wie ihr Unterkiefer herunterklappte, als die Tür aufging.

Was sie gehört hatte, das war tatsächlich das Trommeln (allerdings wirklich winziger) Fäuste gegen die Schranktür gewesen, und auch das kreischende Stimmchen war echt und brach genau in diesem Moment mit einem überraschten Piepsen ab, indem die nicht einmal zehn Zentimeter große Besitzerin von beidem haltlos nach vorne kippte, mit wild rudernden Armen und genauso erfolglos wirbelnden Flügeln um ihr Gleichgewicht kämpfte und dann vom obersten Regalboden fiel.

Samiha und Tom griffen im gleichen Moment zu und behinderten sich nicht nur gegenseitig genug, um beide ihr Ziel zu verfehlen, Tom war auch noch so ungeschickt, ihr mit seinem Taschenmesser eine kräftige Schramme entlang der Handfläche zu verpassen. Nur Angie war mit einem blitzschnellen Schritt sowohl zwischen ihnen als auch auf die Knie gefallen und streckte die Hände aus.

Dann kehrte vollkommene Stille ein, für mindestens eine Minute.

»Das ist … eine Elfe«, murmelte Angie schließlich.

»Ja, das sehe ich auch so«, sagte ihr Bruder. Nach einer weiteren Minute.

»Aber Elfen gibt es nicht«, sagte Samiha, nachdem noch eine Minute verstrichen war.

»Ich weiß«, flüsterte Angie, diesmal schon nach kaum dreißig Sekunden, und es vergingen nicht einmal mehr zwanzig Sekunden, bis ihr Bruder hinzufügte: »Aber ich sehe sie trotzdem.«

»Und ich kenne sie«, schloss Sam. Eine weitere Minute danach.

Und dann verging noch einmal eine schiere Ewigkeit, in der überhaupt niemand etwas sagte, sondern Angie und ihr Bruder sie einfach nur aus aufgerissenen Augen anstarrten.

»Wie?«, murmelte Tom und Angie glotzte.

»Ich … habe sie schon einmal gesehen«, antwortete Sam. Sie musste sich ein paarmal mit der Zungenspitze über die Lippen fahren, um überhaupt sprechen zu können, weil ihr Mund mit einem Mal so trocken war, als wäre sie eine Woche lang durch die Wüste geirrt. »Vergangene Nacht. Sie … sie hat mich vor dem Wyvern gerettet.«

Angies Augen wurden noch größer, während ihr Bruder einen Moment lang sehr nachdenklich aussah. Und dann sehr ärgerlich. »Und du hast es nicht für nötig gehalten, uns über diese unwesentliche Kleinigkeit zu informieren?«

»Hättet ihr mir denn geglaubt?«

Dieses Mal vergingen nur einige wenige Sekunden, in denen Tom sie einfach nur weiter durchdringend anstarrte, aber sie waren unangenehmer als die ganzen Minuten davor. »Nein«, gestand er schließlich. »Um ehrlich zu sein, fällt es mir sogar jetzt noch schwer, es zu glauben … obwohl ich es sehe.«

Er blickte wieder auf die winzige Gestalt hinab, die vollkommen reglos und mit geschlossenen Augen in Angies zusammengelegten Händen lag. Es war nicht nur ganz zweifellos eine Elfe – keine zehn Zentimeter groß, mit strubbeligem rotem Haar, das wirr in alle Richtungen von ihrem Kopf abstand, und einem doppelten Paar bunt schillernder Libellenflügel, die im Moment allerdings arg zerknittert waren –, es war auch ganz zweifellos dieselbe Elfe, die Sam gestern Abend gerettet hatte.

»Vielleicht … vielleicht ist es ja nur eine … eine Puppe«, murmelte Angie stockend.

Doch ihr Bruder schüttelte den Kopf. Sie hatte das Piepsen der Elfe ebenso gehört wie Sam und er, und sie hatten auch alle drei gesehen, wie die Elfe wild zappelnd aus dem Schrank gefallen war.

»Ich finde, sie sieht ein bisschen so aus wie du«, sagte Tom nach einer Weile.

»Sie ist fett«, antwortete Angie.

Tom nickte. »Eben.«

»He!«, protestierte Angie, und die Elfe stemmte sich benommen auf die winzigen Ellbogen hoch, blinzelte ein paarmal und funkelte Angie und Tom dann abwechselnd an.

»Das habe ich gehört!«, fauchte sie.

Angie fuhr so heftig zusammen, dass sie den Winzling um ein Haar fallen gelassen hätte, und die Elfe sprang mit einem überhasteten Satz hoch und schwebte dann mit wild schlagenden Flügeln wie ein Miniatur-Hubschrauber zwanzig Zentimeter über ihren Händen in der Luft. »Und ich bin keine Elfe!«, fauchte sie. »Vergleich mich noch einmal mit diesem arroganten Pack und du lernst mich kennen, Dickerchen!«

»Dickerchen?«, fragte Angie benommen. »Wen meinst du mit Dickerchen?«

»Und was bist du dann, wenn du keine Elfe bist?«, fragte Sam hastig. »Ich meine: So etwas … so *jemanden* wie dich habe ich noch nie gesehen.«

Der summende Winzling schien einen Moment lang über das *etwas* nachzudenken, warf dann stolz den Kopf in den Nacken und antwortete: »Ich bin eine Waldfee. Und es ist kein Wunder, dass ihr nicht wisst, was ich bin. Oder glaubt ihr wirklich, dass wir uns solchen wie euch normalerweise zeigen?«

»Wen, bitte schön, hast du mit *Dickerchen* gemeint?«, fragte Angie lauernd. Sie stand auf und hob dabei ganz zufällig die Hände, wie sie es vielleicht getan hätte, um nach einer Fliege zu klatschen, und die Elfe – Pardon: Waldfee – stieg rasch auf wirbelnden Flügeln um die entsprechende Distanz weiter in die Höhe und schnitt ihr eine Grimasse.

»Na dich, Dickerchen«, sagte sie. »Oder sollte ich dich vielleicht lieber Fättie nennen? Das würde sowieso besser passen. Aber ich wollte nur höflich sein.«

Angie japste, und Samiha sagte hastig: »Eine Waldfee? Davon habe ich noch nie gehört!«

»Und das ist auch gut so«, piepste der Winzling und flatterte wie zufällig noch ein kleines Stück weiter zur Seite, und damit gerade aus Angies Reichweite. »Eigentlich sollte das auch so bleiben, Lange! Keiner von euch sollte uns sehen, und ich schätze, ich werde jede Menge Ärger kriegen, weil ich zugelassen habe, dass du mich siehst, nur damit du Bescheid weißt! Ich hoffe, dein schlechtes Gewissen zwickt dich anständig in den Hintern!«

»Fättie?«, murmelte Angie. »Hat sie gerade Fättie gesagt?«

Niemand beachtete sie.

»Warum hast du dich mir dann gezeigt?«, fragte Samiha.

»Na, du machst mir Spaß!«, fauchte die Waldfee – was immer das auch sein mochte. »Hätte ich vielleicht zusehen sollen, wie dich diese größenwahnsinnige Fledermaus einen Kopf kürzer macht, ja? Wäre dir das lieber gewesen, Lange?«

»Ich bin sicher, sie *hat* Fättie gesagt«, flüsterte Angie.

»Hab ich nicht«, antwortete die Waldfee, wandte sich halb zu ihr um und machte ein versöhnliches Gesicht. »Und wenn, dann habe ich es nicht so gemeint … Dickerchen.«

Angies Augen quollen ein Stück weit aus den Höhlen. Sie schnappte nach Luft, als hätte sie einen plötzlichen Asthma-Anfall erlitten, und sah ganz so aus, als hätte sie sich noch nicht völlig entschieden, ob sie als Nächstes einen Herzinfarkt oder vielleicht doch lieber einen Schlaganfall bekommen sollte.

»Wie heißt du?«, fragte Tom hastig.

»Heißen?« Die Waldfee blinzelte. »Was soll das heißen: heißen?«

»Dein Name«, antwortete Tom. »Ich meine: Irgendwie müssen wir dich doch ansprechen, oder? Wie ist dein Name? Wie sollen wir dich nennen?«

»Waldfee?«, schlug die Waldfee vor.

»Dickerchen?!«, knurrte Angie.

»Du hast keinen Namen?«, fragte Sam zweifelnd.

»Wozu sollte der gut sein?«, gab die Waldfee zurück. »Ihr Großen und euer Knall, alles und jedem einen Namen zu geben! Würde irgendetwas besser, nur weil es einen Namen hat?«

»Es macht es leichter, genau zu wissen, mit wem man spricht«, sagte Tom geduldig.

»*Dickerchen?!*«, keuchte Angie.

»Mit wem man spricht?«, wiederholte die Waldfee. Sie klang ein bisschen verwirrt. »Aber du sprichst doch mit mir.«

»Das stimmt«, sagte Tom geduldig. »Aber was, wenn ich zum Beispiel mit jemand anderem über dich sprechen will? Woher soll er wissen, über welche Waldfee ich …«

Er brach erschrocken ab, als die Waldfee mit einer einzigen schnellen Bewegung auf ihn zuraste und nur Millimeter vor seinem Gesicht haltmachte.

»Wenn du jemals und zu irgendeinem Zeitpunkt und ganz egal aus welchem Grund auch nur ein einziges klitzekleines Sterbenswörtchen über mich verlieren solltest, Großer«, säuselte sie, »dann bist du tot, töter, am tötesten, habe ich mich klar ausgedrückt?«

»Öh … ja«, murmelte Tom verdutzt. Angie stand auf und schlenderte wie zufällig in seine Richtung.

»So hat Tom das ja auch gar nicht gemeint«, sagte Sam hastig. »Es war nur eine theoretische Frage. Jeder von uns hat einen Namen, weißt du?«

»Von euch gibt es ja auch viele«, antwortete die Waldfee. Sie flatterte ein kleines Stück zur Seite, warf einen schrägen Blick auf Angie hinab und fügte hinzu: »Massig viele.«

Es dauerte einen Moment, bis Samiha wirklich verstand. »Und von dir nicht«, vermutete sie. »Ich meine, du bist … die Einzige?«

»Ich bin einmalig, ja«, bestätigte die Waldfee. »Und das ist auch dein Glück.«

»Dann gehörst du sozusagen auf die Liste der bedrohten Arten«, sinnierte Angie.

»Wieso?«, fragte Sam.

»Weil du jetzt ziemlich tot wärst, wenn es mich nicht gäbe, Lange«, sagte die Waldfee. »Mit den Wyvern ist nicht zu spaßen. Sie sind zwar fast genau so dumm wie ihr, aber sogar noch bösartiger – wenn auch schlanker –, und wenn sie es erst mal auf einen abgesehen haben, dann geben sie nicht auf, bevor sie ihn nicht geschnappt haben.«

»Und du hast mich gerettet«, sagte Sam.

»Toll!«, piepste die Waldfee. »Du hast es auch schon gemerkt!«

»Ich glaube, Sam wollte eher fragen, warum du das getan hast«, sagte Tom hastig. Gleichzeitig machte er eine Bewegung, die ihn wie zufällig zwischen seine Schwester und den flatternden Winzling brachte. »Sie ist dir ganz bestimmt dankbar für das, was du getan hast, aber vielleicht wundert sie sich einfach, *warum* du es getan hast. Das war doch bestimmt nicht ganz ungefährlich für dich, oder?«

»Worauf du einen lassen kannst!«, versicherte die Waldfee. »Andererseits«, fügte sie in verändertem Tonfall hinzu, »gehört schon ein bisschen mehr dazu als so ein dahergelaufener Flattermann, um eine Kriegerin aus dem Volk der Waldfeen in Gefahr zu bringen!«

»Ich dachte, es gibt nur dich?«, fragte Sam.

»Und?«, schnappte die Waldfee. »Heißt das etwa, dass ich *keine* Kriegerin sein kann?«

Nein, eigentlich nicht.

»Das hast du jetzt falsch verstanden«, warf Tom rasch ein. »Sam ist dir wirklich dankbar – *wir alle* sind dir wirklich dankbar –, aber wir verstehen nicht so ganz, was überhaupt passiert ist.«

»Der Wyvern wollte sie abmurksen«, erklärte die Waldfee, »was denn sonst?«

»Aber warum?«, fragte Tom. Ungefähr eine Millionstelsekunde, bevor Samiha dieselbe Frage aussprechen konnte.

»Warum was?«

»Der Wyvern«, erklärte Tom geduldig. »Warum wollte er Samiha etwas antun?«

»Na, weil es ihm jemand aufgetragen hat«, antwortete die Waldfee. »Warum denn sonst?«

Samiha und Tom tauschten einen raschen, aber sehr beunruhigten Blick.

»Wer hätte denn je davon gehört, dass ein Wyvern etwas von sich aus tut, außer fressen und sch…«

»Aber wer hat ihn dann beauftragt, sie zu überfallen?«, fiel ihr Tom ins Wort. »Und warum?«

»Na, weil …« Die Waldfee unterbrach sich mitten im Satz, sah einen Moment lang nachdenklich auf Samiha hinab und schüttelte dann den Kopf. »Nein«, sagte sie. »Ist wahrscheinlich besser, wenn du es gar nicht weißt.«

»Für wen?«, erkundigte sich Sam misstrauisch.

»Für … ähm … uns alle«, antwortete die Waldfee gedehnt. »Und überhaupt wird es jetzt allmählich Zeit, mich wieder auf den Heimweg zu machen. Ich bin schon viel zu lange hier. Wenn man's genau nimmt, dann dürfte ich gar nicht hier sein.«

»Moment!«, sagte Tom rasch. »Du kannst nicht einfach verschwinden und uns dumm zurücklassen!«

»Genauso, wie ich euch angetroffen habe?«, piepste die Waldfee. »Warum nicht?«

»Aber was ist, wenn er wiederkommt?«

»Der Wyvern? Wird er nicht. Macht euch keine Sorgen. Es ist alles in Ordnung. Und selbst wenn nicht, müsst ihr keine Angst haben. Ich passe schon auf euch auf! Und nun, gehabt euch wohl!« Und damit stieg sie summend in die Höhe.

Aber auch Tom wurde plötzlich lebendig. Mit einer raschen Bewegung ging er zum Schrank, schloss die Türen und lehnte sich mit trotzig vor der Brust verschränkten Armen davor, grimmig entschlossen, niemanden vorbeizulassen.

Es wollte auch niemand vorbei. Die Waldfee grinste ihn nur fröhlich an, sauste im Sturzflug so dicht über Angie hinweg, dass diese mit einem erschrockenen Keuchen den Kopf einzog, und landete dann mit ausgebreiteten Armen auf dem Tisch wie ein Reckturner am Ende seiner Kür. Mit einem zierlichen Schritt trat sie auf das ausgerollte Bild und steuerte eine bestimmte Stelle an, wobei sie scheinbar willkürlich hin und her trippelte, als folge sie einem nur für sie sichtbaren Pfad zwischen den gemalten Blumen und Büschen hindurch. Dann blieb sie abrupt stehen und gab einen erstaunten Laut von sich.

»Probleme?«, fragte Angie gehässig.

»Wo ... wo ist ... ?«, murmelte die Waldfee, ließ sich halb in die Knie sinken und fuhr dann mit einem wütenden Zischen zu Tom und Samiha herum. In ihren Augen blitzte es auf. »Wer war das?«, fauchte sie. »Wer hat das getan? Welcher Unglücksrabe hat das getan?«

»Probleme«, sagte Angie zufrieden.

»Was?«, fragte Samiha. Sie trat näher, und auch Tom gab seine einsame Wacht vor den Schranktüren auf und kam an den Schreibtisch heran. Die Waldfee hatte unweit der Stelle haltgemacht, an der Tom die meiste Farbe abgekratzt hatte, und Sam hatte plötzlich ein sehr ungutes Gefühl.

»Wer war das?«, fauchte die Waldfee. Ihre Hand deutete anklagend auf den freigelegten Bereich des Originalgemäldes, und sie begann immer rascher und unwilliger mit dem Fuß aufzustampfen. »Wer? War? Das?«

»Ich verstehe nicht, was du meinst«, sagte Sam.

»Das da!« Die Stimme des geflügelten Winzlings schnappte fast über, und ihre Hand deutete nach wie vor anklagend auf die freigekratzte Stelle. Dann ließ sie sich in die Hocke sinken, hob eine Handvoll Farbkrümel auf – in ihren winzigen Händchen sahen sie aus wie große Kieselsteine – und fuhr wieder hoch. »Und das da, und das da, und das da!« Und bei jedem *das da!* warf sie mit einem Farbkrümel nach Sam, ohne dass ihr eines der winzigen Wurfgeschosse auch nur nahe gekommen wäre. Angies schadenfrohes Grinsen hatte sich mittlerweile über ihr ganzes Gesicht ausgebreitet und erreichte fast schon ihre Ohrläppchen.

»Das war ich.« Tom blinzelte. »Warum?«

»Du?«, keifte die Waldfee. Sie raffte zwei weitere Handvoll Farbkrümel auf und begann nun ebenso erfolglos nach ihm zu werfen wie gerade nach Sam. »O du Unglücksrabe!«, schrie sie. »Du riesiger, großer, tölpelhafter grober Klotz! Weißt du überhaupt, was du getan hast?«

»Probleme«, sagte Angie glücklich. »Ganz eindeutig.«

»Nein«, antwortete Tom, mindestens ebenso verwirrt wie die Waldfee wütend. »Aber ich habe doch nur …«

»Du hast es ruiniert!«, unterbrach ihn die Waldfee. Ihr letztes Wurfgeschoss traf nun doch sein Ziel und prallte von Toms Wange ab, ohne dass er es auch nur merkte. »Du hast alles zerstört, du Dummkopf, das hast du getan!«

»Es ist doch nur ein Kratzer«, sagte Tom. »Kaum der Rede wert. Der Schinken wird dadurch höchstens schöner.«

»Es ist zerstört!«, schrie die Waldfee. »Ich kann nie wieder nach Hause, und das wegen deinem kleinen Kratzer! Nie mehr!«

Für einen Moment wurde es sehr still. Tom sah betroffen aus, aber auch nach wie vor verwirrt, und Sam trat einen Schritt näher und nahm den angerichteten Schaden genauer in Augenschein.

Es sah tatsächlich nicht besonders schlimm aus. Im Gegenteil: Jetzt, wo ihr der Unterschied aufgefallen war, sah sie erst richtig, wie perfekt das Originalgemälde war, das sich unter McMarsdens künstlerischen Entgleisungen verbarg.

»Was hast du gesagt?«, fragte Tom schließlich.

Samiha rechnete fest mit einem weiteren hysterischen Anfall, und die Waldfee plusterte sich auch entsprechend auf. Dann aber sanken ihre Schultern traurig nach vorne, und ihre durchsichtigen Libellenflügel verloren das meiste von ihrem Glanz.

»Es ist vorbei«, schniefte sie. »Ich kann nie wieder zurück.«

»Aber es ist doch nur ein bisschen Farbe«, sagte Tom.

»Es war der Weg in meine Heimat«, antwortete die Waldfee. »Das einzige Tor in meine Welt. Und du hast es zerstört!«

»Aber ich …«, begann Tom, und die Waldfee unterbrach ihn, indem sie noch einmal traurig den Kopf schüttelte, mit einem tiefen Seufzen die Flügel spreizte und sich in die Luft schwang. Ein bisschen taumelnd flog sie zum Schrank und zog zu Sams nicht geringem Erstaunen die schwere Tür ohne sichtbare Anstrengung auf. Sie verschwand in den Schatten, als sie sich auf dem obersten Regalbrett niederließ.

»Nie wieder«, schniefte sie.

Es folgte die zweite Nacht beinahe ohne Schlaf für Samiha, und entsprechend müde und schlecht gelaunt saß sie am nächsten Morgen in der Klasse und hatte Mühe, dem Unterricht auch nur zu folgen, von irgendwelchen schulischen Höchstleistungen ganz zu schweigen. Weder ihren Mitschülern noch Frau Baum entging ihr verkaterter Zustand – außerdem fiel der Lehrerin auf, dass Tom auch nicht gerade vor Energie aus den Nähten platzte, sondern ebenso große Mühe zu haben schien wie sie, die Augen offen zu halten. Ein paarmal ertappte Sam Frau Baum dabei, abwechselnd Tom und sie stirnrunzelnd anzusehen, und was sie sich dabei dachte, das wollte sie lieber gar nicht so genau wissen.

Mit dem Schrillen der Glocke war nicht nur der Unterricht an diesem Tag zu Ende, sondern die Klasse stürmte auch geschlossen und ebenso lautstark und ausgelassen zur Mensa, wie sie während der Schulstunden diszipliniert gewesen war. Samiha war weder hungrig noch stand ihr der Sinn nach dieser grölenden Bagage, darüber hinaus gab es da etwas in ihrem Zimmer, das ihrer Aufmerksamkeit bedurfte, also schlug sie einen anderen Weg ein – oder versuchte es zumindest.

Sonya hatte andere Pläne. Tom und Sam hatten gerade ein paar Schritte gemacht, als sie ihnen den Weg vertrat und sie streng ansah. »Willst du nicht zum Mittagessen gehen?«

»Ich habe keinen Hunger«, antwortete Samiha.

»Keinen Hunger, so.« Sonya schien einen Moment über diese Antwort nachdenken zu müssen. »Ich habe dich beim Frühstück vermisst«, sagte sie dann, schwieg wieder einen Moment und sah jetzt Tom an, deutlich unfreundlicher.

»Wenn ich genau darüber nachdenke, habe ich euch beide beim Frühstück vermisst.«

Ein paar der anderen Schüler gingen langsamer oder blieben ganz stehen, und Samiha identifizierte zu ihrem nicht geringen Missvergnügen ein gewisses dunkelhaariges Mädchen unter ihnen – Fritzie. Sie starrte sie nicht nur an, sondern gab sich auch nicht die geringste Mühe, das schadenfrohe Glitzern aus ihren Augen zu verbannen.

Tom hütete sich, irgendetwas zu sagen, warf Sam aber einen fast schon verzweifelten Blick zu, ebenfalls die Klappe zu halten – der Sonya natürlich ebenfalls nicht entging.

»Ihr werdet jetzt etwas essen«, sagte sie streng. »Auch wenn ihr glaubt nicht hungrig zu sein. Schließlich kann frau nicht von Luft und Liebe allein leben. Ab mit euch.« Sie wedelte ungeduldig mit der Hand. »Ich komme gleich nach. Wir müssen über ein paar Dinge reden.«

Tom blickte ihr finster nach. »Wie hat sie das gemeint, nicht von Luft und …«

»Na, rat doch mal«, unterbrach ihn Sam.

Tom riet, riss dann die Augen auf und sah schon fast entsetzt aus. »Du meinst, sie glaubt vielleicht, dass … ich meine, du und ich, wir …«

»Immer noch besser, als wenn sie die Wahrheit wüsste«, fiel ihm Sam ins Wort, fast ein bisschen beleidigt. Was fand Tom an der Vorstellung eigentlich so schlimm?

»Sicher«, antwortete Tom. »Es ist … ähm … also, ich meine, wenn sie einmal misstrauisch geworden ist, also dann könnte sie … ähm …« Er verhaspelte sich endgültig, begann verlegen von einem Fuß auf den anderen zu treten, und Samiha schenkte ihm noch einen vernichtenden Blick, bevor sie sich auf dem Absatz herumdrehte, um Sonya und den anderen zu folgen.

Tom holte sie erst ein, als sie schon mit dem Tablett in

der Hand am Büfett anstand, hütete sich aber, auch nur ein einziges Wort zu sagen oder ihr näher als auf Armeslänge zu kommen. Nachdem sie ihre Mahlzeit bekommen hatte, hielt sie nach einem freien Platz Ausschau und entdeckte Angie am gleichen Tisch in der Ecke, an dem sie immer zusammen frühstückten. Sonya saß bei ihr, was Sam nicht unbedingt glücklich machte – aber daran war nichts zu ändern. Wenn Tom und sie demonstrativ an einen anderen Tisch gingen, würden sie ihr Misstrauen nur noch zusätzlich schüren.

Um zu ihrem Platz zu gelangen, musste sie an dem Tisch vorbei, an dem Sven und seine beiden Freunde saßen. Fritzie war auch bei ihnen und flüsterte ihm gerade etwas ins Ohr. Sam hätte einen riesigen Bogen durch den halben Raum schlagen können, aber das wäre sogar ihr selbst albern vorgekommen. Also, Augen zu und durch.

Oder auch nicht, denn als sie sich dem Tisch näherte, rückte Sven mit seinem Stuhl ein kleines Stück nach hinten und streckte den Arm aus.

»Hi, Sammieschätzchen«, sagte er.

»Samiha«, verbesserte ihn Sam. »Oder Sam, wie du willst … Svennielein. Lässt du mich durch?«

Einen halben Atemzug lang blitzte reiner Zorn in Svens Augen auf, aber dann beherrschte er sich nicht nur, sondern zwang sich sogar zu einem – beinahe – überzeugenden Lächeln. »Ist ja schon gut«, sagte er versöhnlich. »Ich wollte nur höflich sein, das ist alles.« Er sah zu einem Punkt hinter ihr hoch. »Hi, Tom. Was macht dein Auge? Tut's noch weh?«

Tom antwortete auf die einzige Art, die Sinn machte – nämlich gar nicht –, und Samiha sah nachdenklich auf das Tablett hinab, das sie in den Händen hielt. Spaghetti, heiße Soße und in kleine Stücke geschnittene Bratwurst. Würde sich bestimmt gut in Svens Gesicht machen. Die beiden Burschen rechts und links von Sven grinsten sie an, wirkten aber zugleich auch irgendwie erwartungsvoll, und plötzlich fiel ihr auf, dass sich die Stille über die benachbarten Tische auszubreiten begann. Selbst Sonya hatte die Gabel sinken lassen und sah aufmerksam in ihre Richtung.

»Was willst du?«, fragte sie knapp.

»Ich?« Sven spielte perfekt den Ahnungslosen. »Gar nichts. Ich wollte nur Guten Morgen sagen, das ist alles. Und das mit deinem Auge tut mir wirklich leid, Tom. Ehrlich, das wollte ich nicht. Eigentlich habe ich auf deine Nase gezielt.«

Tom sog scharf die Luft zwischen den Zähnen ein, und Sam bedachte Sven mit einem eisigen Blick und wollte dann weitergehen. Doch Sven streckte noch einmal den Arm aus und hielt sie fest. Aus dem Lächeln auf seinem Gesicht wurde etwas anderes, Hässliches.

»Glaub nicht, dass die Sache damit vorbei ist, Süße«, grollte er. »Mit euch bin ich noch lange nicht fertig. Und mit diesem verdammten Klepper rechne ich auch noch ab.«

»Lass sie los«, sagte Tom.

»Oh, der tapfere Ritter ist schon wieder da, um seiner holden Jungfrau beizustehen!« Sven zog hastig die Hand zurück und machte ein übertrieben erschrockenes Gesicht. »Jetzt hab ich aber Angst.«

Immerhin versuchte er nicht noch einmal, Sam oder ihn aufzuhalten, aber Sam glaubte seine hasserfüllten Blicke geradezu körperlich im Rücken zu spüren, während sie im Slalom zwischen den Tischen hindurchging und ihren Platz ansteuerte. Sven hatte vollkommen recht, dachte sie besorgt. Die Sache war noch nicht vorbei.

»Das war sehr umsichtig von euch«, sagte Sonya, nachdem sie sich gesetzt hatten. Samiha blickte fragend, und

Sonya fuhr mit einem Kopfnicken in Svens Richtung fort: »Euch nicht provozieren zu lassen.«

»Da muss schon ein anderer kommen, um mich aus der Ruhe zu bringen«, sagte Tom großspurig.

Sonya unterdrückte mit Mühe ein Lächeln, aber ihr Blick blieb trotzdem sonderbar ernst. »Geht ihm trotzdem besser aus dem Weg«, sagte sie. »Wenigstens noch für ein paar Tage. Bis Samstag, um genau zu sein.«

»Samstag?«

Sonya zögerte, nahm einen Bissen Spaghetti und sah sie dann alle drei der Reihe nach beinahe verschwörerisch an. »Das muss jetzt unter uns bleiben«, sagte sie. »Einverstanden, Tom?«

»Klar«, sagte Tom.

»Sicher«, pflichtete ihm seine Schwester bei, und Samiha fragte:

»Was denn?«

»Ich dürfte es euch gar nicht sagen, aber ich tue es trotzdem, damit ihr Bescheid wisst und nicht noch etwas Unüberlegtes tut. Sven wird uns verlassen.«

»Sven fliegt?«, fragte Angie und riss nicht nur ungläubig die Augen auf, sondern sah auch so hastig hoch und zu Sven und seinen beiden Prügelknaben hin, dass Sonya eine erschrockene Geste machte und die Augen verdrehte.

Fritzie machte ein nachdenkliches, aber ein ganz kleines bisschen erschrockenes Gesicht. Hatte sie die Worte verstanden?

»Ja«, sagte Sonya. »Er weiß es noch nicht, aber Direktor Focks hat heute Morgen mit seinem Vater telefoniert. Er holt ihn am Samstagmorgen ab. Sein kleiner Scherz von vorletzter Nacht war einfach zu viel.«

»Aber Sie wissen doch gar nicht, ob er es war«, sagte Sam.

»Die Auswahl möglicher Kandidaten ist nicht allzu

groß«, antwortete sie. »Dass du nichts gesagt hast, ehrt dich zwar, Samiha, aber es ändert auch nichts. Schon die Prügelei auf der Koppel reicht für einen Schulverweis aus. Es war weiß Gott nicht das erste Mal.«

»Sie glauben also, dass Sven und seine Freunde mein Zimmer verwüstet haben?«, fragte Sam.

»Der Schaden ist immerhin fünfstellig.«

»Und trotzdem sollen meine Eltern dafür aufkommen?«

»Dann sag uns, wer wirklich dafür verantwortlich ist«, sagte Sonya.

Einen Moment lang war Sam tatsächlich in Versuchung, ganz genau das zu tun. Sie war Sven rein gar nichts schuldig, und auf die eine oder andere Weise hatte er sich den Rauswurf ganz bestimmt verdient. Aber mit dem, was vorgestern Nacht in ihrem Zimmer passiert war, hatte er nichts zu tun. Sie schwieg.

»Ganz wie du willst«, seufzte Sonya. Sie klang enttäuscht. »Geht ihm jedenfalls aus dem Weg und lasst euch nicht provozieren. Es sind nur noch vier Tage.« Sie aß weiter, ließ aber nach einem Moment ihre Gabel schon wieder sinken und deutete auf Samihas Teller. Die hatte ihr Essen bisher noch nicht einmal angerührt. »Schmeckt es dir nicht?«

»Ich habe keinen Hunger«, antwortete Sam.

»Du musst trotzdem etwas essen«, beharrte Sonya. »Schlimm genug, dass du das Frühstück versäumt hast. Stimmt irgendwas nicht mit dir? Du siehst schlecht aus.«

»Ich habe schlecht geschlafen«, antwortete Samiha. »Die ungewohnte Umgebung vermutlich.«

»Vermutlich«, sagte Sonya. Ihr Blick sagte etwas anderes. »Aber du musst trotzdem essen. Außerdem wäre es besser, wenn du dich heute nicht den ganzen Tag in deinem Zimmer verbarrikadierst …«

Jetzt sah Tom regelrecht entsetzt aus.

»Warum?«, fragte Sam hastig.

Sonyas Blick ließ Toms Gesicht erst nach einigen endlosen Sekunden los. »Du hattest keinen besonders guten Start hier bei uns, Sam«, sagte sie. »Das meiste davon war nicht deine Schuld, das weiß ich, aber solche Sachen passieren nun mal. Umso mehr sollten wir versuchen, es in Zukunft besser zu machen.«

»Und was genau soll das heißen?«, fragte Sam misstrauisch.

Sonya antwortete nicht sofort, sondern sah sie nur an, und Angie ließ plötzlich ihre Gabel sinken und stand auf. »Da fällt mir ein, dass ich noch eine Menge zu tun habe«, sagte sie. »Die Lektion von heute Morgen nachholen und mir schon mal die von morgen ansehen. Wollten wir das nicht zusammen machen, Brüderchen?«

»Wir gehen nicht in dieselbe Klasse«, erinnerte Tom.

»Tom!«

Tom blinzelte, dann aber hellte sich sein Gesicht auf, und er sprang schon fast hastig in die Höhe, obwohl er seine Portion noch nicht einmal zur Hälfte aufgegessen hatte. »Sicher«, sagte er. »Hatte ich ganz vergessen. Wir wollten ja noch … ähm … Mathe üben.«

Sonya sah den beiden kopfschüttelnd nach, und ein flüchtiges Lächeln erschien auf ihrem Gesicht. Es blieb auch dort, als sie sich wieder zu Sam umwandte. »Die beiden sind ganz nett, nicht wahr?«

Sam nickte.

»Vor allem Tom.«

Sam nickte noch einmal und schwieg weiter.

»Andererseits gibt es hier gewisse Spielregeln, nach denen wir uns alle richten müssen«, fuhr Sonya fort. »Du weißt, was ich meine? Normalerweise respektieren wir hier die Privatsphäre unserer Schülerinnen und Schüler. Wir würden niemals unangemeldet in ihre Zimmer kommen. Aber natürlich gibt es von jeder Regel Ausnahmen, wenn die Umstände es erfordern. Wenn du verstehst, was ich meine.«

»Das wird nicht nötig sein«, antwortete Samiha. »Ich war nur ein bisschen durcheinander, das ist alles.«

»Kein Wunder nach der vorletzten Nacht«, sagte Sonya. »Trotzdem wäre es besser, wenn du nicht jeden Morgen vollkommen übermüdet zum Unterricht erscheinst … genauso wie Tom. Du willst doch kein dummes Gerede hören, oder?«

»Tom hat mir nur Gesellschaft geleistet«, sagte Samiha. »Zusammen mit seiner Schwester. Wir haben geredet. Sonst nichts.«

»Ja, das haben meine Freunde und ich auch oft getan, als wir in deinem Alter waren«, sagte Sonya lächelnd. »Ganze Nächte haben wir zusammengesessen und geredet, manchmal, bis die Sonne wieder aufgegangen ist. Und ich hatte mehr als einmal Mühe, nicht in der Schule einzuschlafen.« Sie lachte leise. »Ich glaube, einmal ist es mir sogar passiert … aber das heißt jetzt nicht, dass du mir das unbedingt nachmachen sollst.«

»Das hatte ich auch nicht vor«, versicherte Sam hastig. »Und so schlimm ist es auch gar nicht.« Dass sie dabei Mühe hatte, ein Gähnen zu unterdrücken, machte ihre Behauptung nicht unbedingt glaubhafter.

Trotzdem wirkte Sonya zufrieden. »Dann verlasse ich mich darauf, dich morgen früh ausgeruht und topfit beim Unterricht zu sehen«, sagte sie. »Oder vielleicht schon in zwei Stunden, draußen auf der Koppel?«

»Ich glaube nicht.« Samiha gähnte demonstrativ. »Ich bin müde. Vielleicht hole ich lieber ein bisschen Schlaf nach.«

»Eine ausgezeichnete Idee«, lobte Sonya. Sie blinzelte ihr

zu. »Und vielleicht schaue ich ja im Laufe des Nachmittags mal bei dir vorbei, nur um mich zu überzeugen, dass alles in Ordnung ist.«

»Ohne anzuklopfen?«, vermutete Samiha.

Sonya lächelte nur.

Eingedenk Sonyas Drohung, später noch einmal *vorbeizuschauen*, war das Erste, wonach sie suchte, nachdem sie wieder in ihrem Zimmer war, der Schlüssel für die antike Tür, die massiv genug aussah, um einem ausgewachsenen (und schlecht gelaunten) Rhinozeros standzuhalten. Das dazugehörige Schloss sah kaum weniger stabil aus, aber es gab keinen Schlüssel. Bisher hatte sie nicht darauf geachtet, ob es an den Zimmertüren überhaupt Schlüssel gab, aber welchen Unterschied machte das schon? Die Antwort, die sie bekommen würde, wenn sie den Hausmeister (oder gar Sonya) nach einem solchen fragte, konnte sie sich lebhaft vorstellen.

Sie verbarrikadierte die Tür, so gut sie konnte, mit einem Stuhl, den sie unter die Klinke schob, und warf auch noch einen sichernden Blick aus dem Fenster, bevor sie zum Schrank ging und ihn aufmachte. Sie musste sich einen zweiten Stuhl nehmen und hinaufklettern, um auf den obersten Schrankboden sehen zu können (Angie hätte ihre helle Freude an dem Anblick gehabt), und selbst dann dauerte es noch einen Moment, bis sie ihren geflügelten Besucher von vergangener Nacht sah.

Die Waldfee hatte sich nicht nur in den hintersten Winkel des Schrankes verkrochen, sondern sich auch aus einem Gutteil ihrer Wäsche so etwas wie ein Nest gebaut, in dem sie zusammengerollt schlief. Die durchsichtigen Flügel hatte sie dabei wie einen Mantel um sich geschlungen. Der Anblick ließ ein warmes Lächeln auf Sams Gesicht erscheinen, doch sie spürte auch noch immer eine sachte Verwirrung, und da war eine leise, aber penetrante Stimme in ihr, die darauf beharrte, dass das, was sie sah, vollkommen unmöglich war, *ob* sie es nun sah oder nicht. Und natürlich hatte diese Stimme recht. Es gab keine Feen, das wusste schließlich jeder.

Aber es gab auch keine Wyvern, und trotzdem hatte sie die Zähne und Klauen des Monstrums am eigenen Leib zu spüren bekommen.

Samiha räusperte sich unecht. Die Waldfee rührte sich nicht, aber Sam spürte, dass sie wach war. Überhaupt war es seltsam mit diesem eigentlich unmöglichen Wesen: Sie spürte nicht nur, dass es ihr etwas vormachte und sich nur schlafend stellte, sondern auch seine bloße Gegenwart.

»Ich weiß, dass du wach bist«, sagte sie. »Also hör mit dem Unsinn auf. Das muss doch unbequem sein.«

Die Waldfee stellte sich noch einige weitere Sekunden schlafend, gab schließlich auf und öffnete blinzelnd die Augen. Dann reckte sie sich ausgiebig, setzte sich auf und gähnte ungeniert.

»Ist schon Morgen?«, fragte sie.

»Es ist schon beinahe wieder Abend«, antwortete Sam. »Habt ihr alle einen so kräftigen Schlaf?«

»Was meinst du mit alle?«, fragte die Waldfee und gähnte noch einmal.

Samiha wechselte das Thema. »Ist alles in Ordnung mit dir?«, fragte sie.

»Du meinst, außer dass ich heimatlos bin, mir jeder Knochen im Leib wehtut, ich Hunger bis unter die Flügelspitzen habe und mich in einem Schrank verstecken muss? Ja, ganz prima.«

»Dagegen kann ich nichts machen«, antwortete Sam. »Außer vielleicht gegen deinen Hunger. Ich könnte dir was zu essen besorgen … Was esst ihr denn? Ich meine: Was isst *du* denn?«

»Nektar«, antwortete sie.

»Nektar? So wie Bienen?«

Die Augen der Waldfee wurden schmal, und Samiha beeilte sich, hinzuzufügen: »Den Nektar von … von Blumen, meine ich?«

»Ja, aber nur den von Silberlilien«, antwortete die Waldfee.

»Aha«, sagte Sam. »Und wo finde ich diese Silberlilien?«

»Im Feenwald.«

»Das ist da, wo die Waldfeen leben, vermute ich.«

Die Waldfee nickte.

»Und sonst nirgendwo?«

Diesmal schüttelte das winzige Wesen stumm den Kopf.

»Dann haben wir wirklich ein Problem«, seufzte Samiha.

»Nö«, sagte die Waldfee. »Nur ich.«

»Aber keine Sorge. Du hast mir geholfen, und jetzt bin ich es dir wohl schuldig, dir zu helfen.« Sie lachte aufmunternd. »Ein paar Tage Hunger bringen dich schon nicht um.«

Die Waldfee zog die linke Augenbraue hoch und sah dann lange und stirnrunzelnd an ihrer leicht mopsigen Figur hinab, und Sam hob hastig die Hand. »He, so war das nicht gemeint«, sagte sie rasch. »Ich wollte nur sagen, dass …«

Jemand beobachtete sie. Das Gefühl war so intensiv, als hätte sie eine warme, unangenehm trockene Hand direkt zwischen den Schulterblättern berührt, und Sam fuhr so erschrocken auf ihrem Stuhl herum, dass sie beinahe das Gleichgewicht verloren hätte und heruntergefallen wäre. Die Waldfee verschwand mit einem Satz wieder in den Tiefen des Schranks, und Sam fand mit einer alles anderen als eleganten Bewegung ihr Gleichgewicht wenigstens weit genug wieder, um nicht vom Stuhl zu fallen, sondern hinunterzuspringen. Ihr Blick irrte fast panisch durch den Raum, tastete jeden Schatten und jeden Winkel ab und blieb gerade lange genug an dem gerahmten Bild über dem Bett hängen, um die eine oder andere unangenehme Erinnerung zu wecken. Schließlich ließ sie sich sogar auf Hände und Knie sinken, um unter das Bett, den Schreibtisch und den Schrank zu spähen. Aber das Ergebnis war jedes Mal dasselbe. Sie war allein.

»Ist er weg?«, drang ein piepsendes Stimmchen aus dem Schrank.

Samiha wusste nicht, wen sie mit *er* meinte, und antwortete: »Hier ist jedenfalls niemand.« Aber das Gefühl, beobachtet zu werden, und das auf eine unangenehme, lauernde Art, war noch immer da.

Sie stand auf, ging zum Bad und durchsuchte es ebenfalls, und als sie wieder ins Zimmer zurückkam, hatte das Gefühl des Belauertwerdens sogar noch einmal zugenommen. Und nicht nur das. Etwas kam näher. Lautlos, schnell und tödlich.

Sie versuchte den Gedanken mit reiner Logik zu vertreiben: Aber sie war doch allein! Niemand konnte hier drinnen sein!

Es sei denn …

Samiha fuhr auf dem Absatz herum und sah aus dem Fenster. Ihr neues Zimmer lag im Erdgeschoss, sodass sie keinen ganz so guten Blick über den Hof mehr hatte, aber immerhin konnte sie den Stall auf der anderen Seite erkennen. Die Tür stand offen, und genau wie gestern parkte auch jetzt wieder ein weißer Lieferwagen davor. Davon abgesehen sollte der Hof leer und alle braven Schüler des Internats damit beschäftigt sein, über ihren Computern zu sitzen und zu büffeln.

Waren sie aber nicht. Mindestens drei von ihnen schwänzten den freiwilligen Nachmittagsunterricht, indem sie auf der anderen Seite des Hofs herumlungerten und sich nicht einmal besondere Mühe gaben, dabei unauffällig zu bleiben. Sie versuchten ganz offensichtlich in den Stall zu gelangen, denn sie spähten immer wieder durch die Tür oder pressten die Nasen gegen die schmalen Fenster.

Wenigstens zwei von ihnen. Der Dritte drehte sich genau in diesem Moment in Sams Richtung, als hätte er ihren Blick gespürt.

Es war Sven. Eigentlich war sie viel zu weit entfernt, um sein Gesicht zu erkennen, aber Sam wusste trotzdem mit völliger Sicherheit, dass er es war, und genauso klar war ihr, dass Sven umgekehrt auch sie erkannte.

Rasch zog sie die Gardinen zu und atmete erleichtert auf, doch das Gefühl, aus unsichtbaren Augen gierig angestarrt zu werden, dachte gar nicht daran, wieder zu verschwinden, sondern nahm im Gegenteil noch einmal zu – und wurde jetzt so intensiv, dass sie kaum noch atmen konnte.

»Ist er weg?«, piepste die Waldfee noch einmal, ohne sich aus ihrer Deckung hervorzuwagen.

Samiha wusste immer noch nicht, von wem sie eigentlich sprach, aber die Worte der Waldfee lösten etwas durch und durch Unheimliches in ihr aus, wie eine Erinnerung an etwas, das sie niemals wirklich erlebt hatte. Sie glaubte Schritte zu hören, etwas wie ein Schleichen und Tappen, begleitet von einem anderen, leiseren Geräusch, wie dem Brechen dünner Zweige oder dem Knistern von Laub unter harten Stiefelsohlen …

Samiha fuhr zum zweiten Mal und noch erschrockener herum, und dann machte ihr Herz einen erschrockenen Sprung bis in ihren Hals hinauf und schnürte ihr mit seinem rasenden Hämmern schier den Atem ab, als ihr klar wurde, dass sie offensichtlich auf einen ganz billigen Trick hereingefallen war, denn plötzlich erscholl das verräterische Geräusch genau *hinter* ihr, und es war jetzt auch kein verstohlenes Huschen und Schleichen mehr, sondern ein lautstarkes Scheppern und Scharren. Samiha hätte beinahe aufgeschrien, als sie sah, wie sich die Klinke bewegte und dabei immer heftiger gegen den Stuhl stieß, den sie darunter verkeilt hatte, die Ursache des immer fordernder werdenden Scharrens, das sie hörte.

Samiha hielt sich selbst für alles andere als feige, aber auch nicht für so mutig, in einer Situation wie dieser zur Tür zu gehen, den Stuhl wegzunehmen und mit der anderen Hand die Klinke hinunterzudrücken, statt sich in das nächstbeste Mauseloch zu verkriechen und mit angehaltenem Atem darauf zu warten, dass sie aus diesem Albtraum erwachte.

Aber ganz genau das war es, was sie tat.

Es war schwer zu sagen, wer verblüffter war, als sie die Tür aufriss – sie selbst oder Tom, der gerade in diesem Moment nicht nur dazu angesetzt hatte, noch einmal und jetzt mit beiden Händen an der Klinke zu rütteln, sondern auch ganz so aussah, als wollte er sich mit der Schulter gegen die Tür werfen, um sie nötigenfalls mit Gewalt aufzubrechen. Angie stand zwei Schritte hinter ihm und gab sich alle Mühe, möglichst gelangweilt dreinzublicken.

»Was ist los?«, fragte er. »Wieso schließt du die Tür ab?«

»Tu ich gar nicht«, behauptete Sam. »Kommt rein.« Sie trat zurück, zog die Tür dabei ganz auf und wäre um ein Haar über den Stuhl gestolpert, den sie in ihrer Hast umgeworfen hatte. Tom runzelte vielsagend die Stirn und hob ihn auf, während Angie so gemächlich an ihr vorbei ins Zimmer schlenderte, als hätte sie alle Zeit der Welt oder wollte sie provozieren. Die Hände hatte sie hinter dem Rücken verschränkt.

»Was ist los?«, fragte Tom geradeheraus, sah sich rasch im Zimmer um und runzelte noch tiefer die Stirn, als er die zugezogenen Gardinen bemerkte.

»Nichts«, antwortete sie. »Wo wart ihr so lange?«

Tom ignorierte die Frage, ging zum Fenster und zog die Gardinen einen Spaltbreit auf, um hinauszuspähen. »Focks' Stubenarrest scheint bei unseren Freunden nicht besonders gut anzukommen«, murmelte er. »Das ist doch Sven, oder?«

»Er hat ihn aufgehoben«, sagte Angie. »Hat mir Jenny aus der Vierten erzählt. Die drei sind wieder von der Kette.« Sie zuckte mit den Schultern, ohne die Hände vom Rücken zu nehmen. »Hatte wahrscheinlich keine Lust, sich die letzten Tage noch großartig mit ihnen rumzuärgern.«

Sie machte ein nachdenkliches Gesicht und sah sich dann genauso aufmerksam um wie ihr Bruder gerade. »Ist hier noch jemand?«

Sowohl Sam als auch Tom sahen sie stirnrunzelnd an (und vor allem Sam eindeutig alarmiert. *Spürte Angie es auch?*), dann wandten beide wie auf ein geheimes Kommando hin ihre Blicke hin zum Schrank. Von der Waldfee war weder etwas zu sehen noch zu hören, aber Sam war klar, dass sie sie aufmerksam beobachtete.

»Du kannst rauskommen«, sagte sie. »Es sind nur Tom und seine Schwester.«

Trippelnde Schritte wurden laut, dann schwang die Schranktür einen fingerbreiten Spalt auf, und ein winziges Gesichtchen lugte zu ihnen heraus. Samiha lächelte ganz automatisch, und auch Tom deutete ein freundliches Nicken an.

»Guten Morgen«, sagte Angie. »Ich hoffe, du hast gut geschlafen.«

Sam hätte nicht sagen können, wer verdutzter war – Tom oder sie, oder die Waldfee. Aber nach ein paar Augenblicken nickte sie zur Antwort, schob die Tür weiter auf und setzte sich auf die Kante des obersten Bodens. Sie begann mit den Beinen zu baumeln. »Einigermaßen«, antwortete sie mit Verspätung und einem demonstrativen Gähnen. »Auch wenn es noch ein bisschen früh zum Aufstehen ist.«

»Es ist fast zwei«, sagte Tom.

»Wir Waldfeen schlafen normalerweise tagsüber und sind nachts wach«, belehrte ihn die Waldfee.

»Wir?«, fragte Tom. »Ich dachte, es gibt nur dich.«

»Plural Majestätix«, antwortete die Waldfee. »Schon mal davon gehört?«

»He, nicht streiten«, sagte Angie besänftigend. »Wir haben doch im Moment andere Probleme, oder?«

Selbst zwischen den Augen der Waldfee entstand jetzt eine winzige misstrauische Falte.

»He, ist ja gut«, flötete Angie. »Ich weiß, wir hatten einen schlechten Start, aber das muss doch nicht für alle Zeiten zwischen uns stehen, oder?«

Die Waldfee legte den Kopf schräg. Ihre winzigen Augen wurden noch schmaler, und sie hörte auf, mit den Beinen zu wippen. Dafür spreizte sie die Flügel.

»Wir müssen allmählich mal darüber nachdenken, was wir mit dir machen«, fuhr Angie fort, während sie gemächlich näher kam.

»Machen?«, wiederholte die Waldfee misstrauisch.

»Irgendwie müssen wir dich ja wieder nach Hause kriegen, oder?«, fragte Angie, schlenderte weiter heran, und Tom riss überrascht die Augen auf und nahm ihr mit einer raschen Bewegung die Fliegenklatsche weg, die sie hinter dem Rücken verborgen hatte.

»He!«, protestierte Angie.

In den Augen der Waldfee loderte schon wieder die blanke Mordlust, und Sam seufzte. Das konnte ja noch heiter werden.

»Schon gut«, sagte sie rasch. »Für diesen Blödsinn haben wir jetzt wirklich keine Zeit.«

Sie trat mit einem wie zufällig wirkenden Schritt zwischen Angie und den Schrank, was aber nicht besonders viel brachte, außer dass sie jetzt wie ein Prellbock zwischen den beiden stand und sowohl Angies als auch die Feindseligkeit der Waldfee wie ein elektrisches Knistern in der Luft spürte. Beiläufig fragte sie sich, ob sie vielleicht gleich herausfinden würde, wie sich ein Blitzableiter nach seinem ersten Einsatz fühlte, und verscheuchte diesen albernen Gedanken sofort wieder. Was sie nicht abschütteln konnte, das war das Gefühl, beobachtet zu werden. Es war nach wie vor da.

Tom betrachtete nachdenklich die Fliegenklatsche, die er seiner Schwester abgenommen hatte, schüttelte den Kopf und warf sie dann achtlos auf den Schreibtisch. »In einem hat Angie recht«, sagte er. »Wir müssen miteinander reden.«

»Reden?«, grollte die Waldfee. »Ja, vielleicht. Unter anderem.«

Tom seufzte. Aber er war klug genug, das Thema nicht zu vertiefen. »Ich habe ein bisschen nachgedacht«, sagte er.

»So?«, flötete die Waldfee und gähnte wieder. »Tut's noch weh?«

»Gestern Nacht war alles sehr aufregend und ging viel zu schnell«, fuhr Tom unbeeindruckt fort. »Wir sind noch gar nicht dazu gekommen, uns richtig bei dir zu bedanken. Immerhin hast du Sam das Leben gerettet.«

»Stimmt«, sagte die Waldfee großmütig. »Aber das ist nicht der Rede wert. So was mach ich jeden Tag, wenn's sein muss.«

»Du meinst, jede Nacht«, vermutete Tom. »Warum?«

»Warum?«, wiederholte die Waldfee.

»Warum«, bestätigte Tom. »Versteh mich nicht falsch. Wir sind dir wirklich dankbar, aber ich frage mich trotzdem, warum du das getan hast. Immerhin hast du dein eigenes Leben riskiert, um sie zu beschützen.«

»Wär's dir lieber gewesen, wenn ich es nicht getan hätte?«, fragte die Waldfee. An Sam gewandt fügte sie hinzu: »Nette Freunde hast du.«

»Natürlich nicht«, antwortete Tom. »Aber das ist keine Antwort auf meine Frage.«

Angie drehte sich herum und schlenderte wie zufällig zum Schreibtisch, und Tom griff in einer genauso beiläufigen Geste nach der Fliegenklatsche und schob sie unter seinen Gürtel.

»Da hört sich doch alles auf!«, piepste die Waldfee. »Da riskiert man Kopf und Flügel, um jemandem zu helfen, und das ist der Dank?«

»Jeder kriegt eben das, was er verdient«, sagte Angie.

»Angela, bitte«, seufzte Tom. Dann wandte er sich wieder an die Waldfee. »Also? Warum?«

»Weil mir gerade danach war«, antwortete die Waldfee patzig. Samiha drehte sich ganz zu ihr um und sah sie vorwurfsvoll an, und es war genau wie vorhin: Sie sah den geflügelten Winzling nicht nur, sie spürte seine Gegenwart mit fast körperlicher Intensität und sie spürte auch, dass er ihr etwas verschwieg.

»Bitte«, sagte sie.

Die Waldfee trotzte noch einen Moment lang, aber dann sanken ihre Schultern nach vorne und sie machte ein niedergeschlagenes Gesicht. »Weil es meine Schuld war«, sagte sie.

»Was war deine Schuld?«, fragte Tom.

»Der Wyvern«, sagte die Waldfee kleinlaut. »Ich bin schuld daran, dass er hier war.«

Samiha starrte sie an. Sie spürte, dass es die Wahrheit war, aber es fiel ihr schwer, es zu glauben.

»Wieso?«, fragte Tom.

»Na ja, weil ich … also wegen … weil … weil ich ihn hergebracht habe«, antwortete die Waldfee verlegen. »Aber das war keine Absicht! Wirklich nicht! Ich habe es nicht gewusst! Ich wollte nur … also ich …«

»Ja?«, fragte Angie lauernd.

Die Waldfee rutschte immer unbehaglicher auf der Kante des Regalbodens herum. »Es war immerhin nicht ganz allein meine Schuld«, sagte sie. »Ich habe ja versucht, dich zu warnen, aber du hast mir nicht zugehört!«

Sam setzte ganz automatisch zu einem empörten Protest an … doch dann erinnerte sie sich wieder an ihren ersten Morgen hier auf *Unicorn Heights*, und es fiel ihr wie Schuppen von den Augen. Sie hatte den Winzling schon einmal gesehen, mehr oder weniger. Die Waldfee war während ihres ersten gemeinsamen Frühstücks über Angies Schulter herumgeflattert, und jetzt, im Nachhinein, wurde ihr auch klar, dass ihr scheinbar sinnloses Herumgehampel in Wahrheit nichts als ein verzweifelter Versuch gewesen war, ihr irgendetwas mitzuteilen.

»Vielleicht hättest du etwas deutlicher reden sollen«, sagte sie.

»Das habe ich«, antwortete die Waldfee patzig. »Aber du hast ja nicht zugehört! Obwohl ich meinen Pfeil für dich geopfert habe. Meinen allerletzten Pfeil, wohlgemerkt!«

Das verstand Samiha noch viel weniger als das meiste von dem, was sie zuvor gesagt hatte, aber es spielte im Moment auch keine Rolle. »*Was* wolltest du mir so dringend sagen?«, fragte sie.

»Na, dass du …«, die Waldfee biss sich auf die Unterlippe und wich ihrem Blick aus.

»Ja?«, fragte Tom.

»Nicht hier«, erwiderte sie mit einem nervösen Blick in die Runde. »Das ist kein guter Ort.«

»Was stört dich denn?«, fragte Angie. »Entspricht die Einrichtung nicht deinem erlesenen Geschmack?«

»Sie hat recht«, sagte Tom rasch. »Sonya und Focks sind sowieso schon misstrauisch. Ich will lieber nicht wissen, was Sonya sich denkt, wenn sie zufällig draußen vorbeikommt und sieht, dass hier am helllichten Tag die Gardinen zugezogen sind …«

Daran hatte Sam noch nicht gedacht. Sie fuhr unwillkürlich zusammen und sah zum Fenster hin, dann zur Tür, und Tom hob beruhigend die Hand. »Treffen wir uns heute Abend, wenn alle schlafen«, sagte er. Fragend und in Richtung der Waldfee fügte er hinzu: »Wo?«

»Bei Silberhorn«, sagte sie. »Heute Nacht.«

»Silberhorn?«, fragte Tom.

»Ihr nennt ihn Star, antwortete die Waldfee. »Wir treffen uns bei ihm. Um Mitternacht, wenn der Mond am höchsten steht.«

Um ein Haar hätte sie das Treffen verschlafen, und das im wortwörtlichen Sinn. Angie und ihr Bruder hatten sie kaum allein gelassen, da forderten die zwei schlaflosen Nächte hintereinander ihren Preis. Eine bleierne Müdigkeit senkte sich über ihre Glieder, und sie hatte plötzlich alle Mühe, auch nur die Augen offen zu halten. Als die Waldfee mit einem demonstrativen Gähnen aufstand und mit der Bemerkung in den Schrank zurückschlurfte, dass es schließlich tiefster Tag sei und jeder seinen Schlaf brauche, war ihr Samiha keineswegs böse, sondern ließ sich ganz im Gegenteil auf die Bettkante sinken, nur um ein bisschen auszuruhen. Ein paar Sekunden später streckte sie sich dann auf dem Bett aus – natürlich nicht, um zu schlafen, sie hütete sich sogar, auch nur die Augen zuzumachen –, um ein bisschen zu entspannen, und einen Moment später war sie eingeschlafen und wachte erst lange nach Dunkelwerden wieder auf.

Nicht von selbst. Sie hatte zwar geschlafen wie ein Stein und fühlte sich zum ersten Mal seit einer kleinen Ewigkeit wieder einigermaßen ausgeruht, meinte sich aber trotzdem vage an einen wirren Traum zu erinnern. Ihr Herz klopfte, und sie fühlte sich so klebrig und zerknittert, als hätte sie im Schlaf geschwitzt und um sich geschlagen. Aber es war nicht der vermeintliche Albtraum, der sie geweckt hatte. Jemand war hier gewesen, in ihrem Zimmer.

Mit klopfendem Herzen richtete Samiha sich auf und zog überrascht die Brauen zusammen, als die Bettdecke von ihr herunterrutschte und zu Boden fiel. Sie lag komplett angezogen auf dem Bett, so wie sie am Nachmittag eingeschlafen war, und sie konnte sich beim besten Willen nicht daran erinnern, sich zugedeckt zu haben.

Und das war nicht alles. Die Schreibtischlampe brannte, und die Vorhänge waren zwar noch zugezogen, aber sie spürte, dass das Fenster gekippt war und frische Luft hereinwehte. Jemand *war* hier gewesen. Er hatte sogar etwas zurückgelassen. Auf dem Schreibtisch stand ein mit einem verchromten Deckel abgedeckter Teller, und daneben lag ein kleiner Zettel. Samiha ging hin, nahm den Deckel ab und fand ein halbes Dutzend liebevoll geviertelter Sandwiches und ein Glas Milch, und auf dem Zettel stand in präziser, aber schon fast mikroskopisch kleiner Handschrift:

Wenn du nicht zum Essen kommst, dann kommt das Essen eben zu dir! Morgen früh um halb acht pünktlich beim Frühstück!

Sonya

Darunter war ein grinsendes Smiley gemalt, und unter diesem wiederum stand:

PS: Über das Bild reden wir noch!

Samiha erschrak. Sie hatte das ruinierte Bild doch zusammengerollt und sorgsam versteckt. Hatte Sonya etwa ...?

Sonya hatte nicht. Als sie zum Schrank ging und unter ihre Kleider sah, lag es unangetastet da. Aber was hatte sie dann gemeint?

Behutsam (und nachdem sie sich davon überzeugt hatte, dass das Nest der Waldfee verwaist war) schloss sie die Schranktüren wieder und sah sich ratlos um. Dann riss sie erstaunt die Augen auf. Sonya *hatte* das Bild gemeint, aber nicht das in ihrem Schrank, sondern das, das über ihrem Bett an der Wand hing. Jemand hatte zwei Streifen Heftpflaster genommen und in einem unordentlichen „X“ in die untere rechte Ecke geklebt. Falls es die Waldfee gewesen war, die auf diese Weise die Stelle kaschieren wollte, an der Tom die Farbe abgekratzt hatte, dann hatte sie natürlich das genaue Gegenteil erreicht ... wer sonst sollte wohl auf eine so haarsträubende Idee kommen?

Sie streckte die Hand nach dem Pflaster aus und ließ den Arm dann wieder sinken. Sonya hatte das Malheur ohnehin schon gesehen, also war es besser, wenn sie die Pflasterstreifen morgen entfernte, in aller Ruhe und bei Tageslicht, um den Schaden nicht noch größer zu machen.

Wenigstens redete sie sich das ein.

Sie sah auf die Uhr und erschrak abermals – es war fast Mitternacht –, huschte trotzdem zuerst ins Bad und duschte rasch, bevor sie in die erstbesten sauberen Kleider schlüpfte, die ihr in die Hände fielen. Sie gewann nichts, wenn sie versuchte, ungesehen zum Stall zu kommen und man sie dabei schon zwanzig Meter gegen den Wind roch.

Samiha löschte das Licht, ging zur Tür und erlebte eine unangenehme Überraschung. Sie war abgeschlossen. Die Klinke ließ sich gerade einmal bis zur Hälfte hinunterdrücken, bevor sie auf einen ebenso unsichtbaren wie unüberwindlichen Widerstand traf.

Panik durchfuhr sie wie ein Blitz und brachte sie dazu, einen Moment lang mit aller Kraft an der Klinke zu rütteln, erlosch dann aber genauso schnell wieder, wie sie gekommen war, und Samiha zwang sich, das Problem mit reiner Logik anzugehen. Wie es aussah, gab es doch einen Schlüssel für diese Tür, und jemand, der nicht wollte, dass sie das Zimmer verließ, hatte ihn benutzt. So einfach war das.

Aber dieser Jemand kannte sie offensichtlich schlecht, wenn er sich tatsächlich einbildete, dass sie so schnell aufgab.

Sie drückte die Klinke noch einmal – langsamer – hinunter, kam zu dem Schluss, dass es ihr niemals gelingen würde, die Tür mit irgendetwas gewaltsam zu öffnen, das deutlich kleiner war als ein Vorschlaghammer, und trat mit einer Mischung aus Frustration und grimmiger Entschlossenheit ans Fenster. Kalte Luft und eine schon fast unheimliche Stille schlugen ihr entgegen, als sie es öffnete, und ihr erster Blick galt dem Himmel und dem Mond, der dort oben stand.

Ganz im Zenit stand er eigentlich nicht. Es musste jetzt ziemlich genau Mitternacht sein, und das bedeutete, dass der Mond den größten Teil seiner Wanderung über den Himmel schon hinter sich gebracht hatte. Was genau hatte die Waldfee nun eigentlich gemeint? Schlag Mitternacht oder wenn der Mond am höchsten stand? Denn das war ganz und gar nicht dasselbe.

Aber wenn sie hier nicht bald hinauskam, dann spielte das sowieso keine Rolle mehr.

Samiha rüttelte prüfend an den verschnörkelten Gitterstäben vor dem Fenster und kam genau zu dem Ergebnis, das sie erwartet hatte: Das Gitter war mindestens so stabil wie das Schloss an der Tür. Ohne Werkzeug hatte sie keine Chance, hier hinauszukommen.

Als Nächstes versuchte sie sich zwischen den Gitterstäben hindurchzuquetschen, was ihr nichts als ein bedrohliches Krachen in den Nähten der Jacke einbrachte, die sie gerade erst frisch angezogen hatte, und einen neuen, heftig brennenden Kratzer auf dem Handrücken.

Allmählich begann sich so etwas wie Verzweiflung in Samiha breitzumachen. Sie war in diesem Zimmer gefangen.

Aber sie musste zu Star! Es ging nicht nur um Tom und Angie und das, was die Waldfee ihnen vielleicht zu sagen hatte. Es ging um Star. Das weiße Einhorn war in Gefahr, das wusste sie einfach.

Aus ihrer Verzweiflung wurde etwas anderes, ein Gefühl reiner Angst, schon nach einer einzigen weiteren Sekunde schlimm genug, um ihr einen eisigen Schauer über den Rücken zu jagen. Dann war da ein Gefühl, als berühre sie eine eiskalte, körperlose Hand im Nacken.

Und wenn man es genau nahm, war es nicht nur ein bloßes Gefühl, das nichts anderem als ihrer Furcht entsprang …

Samiha hob die Hand und fühlte ihr nasses Haar, das unangenehm kalt in ihrem Nacken klebte, denn natürlich hatte sie sich nicht die Zeit genommen, es nach dem Duschen trocken zu föhnen. Es fühlte sich kälter an, als es sollte, und als sie überrascht den Kopf drehte, da spürte sie einen sachten Hauch, der auch ihre Wange streifte. Von irgendwoher kam kalte Zugluft, was in einem dreihundert Jahre alten Gemäuer wie diesem eigentlich nichts Besonderes darstellte. Aber bisher war es ihr noch nicht aufgefallen.

Etliche Sekunden lang versuchte sie die genaue Richtung herauszufinden, aus der der Luftzug kam, doch es wollte ihr nicht gelingen. Schließlich ging sie zum Schrank, nahm ihre Reisetasche heraus und grub so lange darin, bis sie den Boden erreicht hatte. Nebst einigen anderen Dingen, die Direktor Focks und der Rest des Lehrpersonals besser nicht zu Gesicht bekamen, befand sich auch ein kleines Einwegfeuerzeug darin. Sie schnippte es an und sah, wie sich die winzige gelbe Flamme nach links neigte, sodass sie wie ein winziger leuchtender Finger auf ihr Bett deutete.

Verwirrt stand sie auf, drehte sich einmal im Kreis und folgte dem flackernden Wegweiser, bis ihre Schienbeine gegen das Bett stießen. Sie sah jetzt, dass die Flamme nicht direkt auf das Bett deutete, sondern auf das Bild, das darüber hing.

Das Feuerzeug wurde allmählich heiß. Sie ließ den Clip los, nahm es in die andere Hand und streckte die frei gewordenen Finger nach dem Bild aus.

Sie stießen auf keinen Widerstand. Wo die raue Oberfläche des dreihundert Jahre alten Ölgemäldes sein sollte, war … nichts.

Samiha schnippte das Feuerzeug wieder an und erkannte ihren Irrtum. Was sie bisher für ein Bild gehalten hatte, war in Wahrheit ein Fenster, das direkt auf den Waldrand hinausführte. Aus irgendeinem Grund war ihr das bisher gar nicht aufgefallen, aber jetzt war auch nicht der Moment, sich darüber den Kopf zu zerbrechen. Lieber nahm sie dieses unerwartete Geschenk des Schicksals an und machte, dass sie hier hinaus- und an den See kam.

Sie nahm das Feuerzeug, das schon wieder unangenehm heiß zu werden begann, noch einmal in die andere Hand, stieg auf das Bett und dann mit einem entschlossenen Schritt ganz durch das niedrige Fenster. Der Boden auf der anderen Seite lag ein gutes Stück tiefer, als sie es erwartet hatte, sodass sie einen Moment lang fast albern herumhampeln musste, um nicht zu stürzen. Das Feuerzeug ging aus, und diesmal hütete sich Samiha, es sofort wieder anzuschnippen, denn es war mittlerweile glühend heiß geworden, und sie hatte wenig Lust, sich die Finger zu verbrennen oder gar herauszufinden, wie es sich anfühlte, wenn einem so ein Ding in der Hand explodierte.

Es war auch so hell genug. Sie musste sich geirrt haben, als sie gerade aus dem Fenster gesehen hatte, denn der Mond stand nicht nur genau im Zenit, sondern war auch zu einer perfekten Scheibe gerundet, sodass sie beinahe so gut sehen konnte wie an einem trüben Herbsttag. Der Waldrand war bloß ein paar Schritte entfernt, und sie konnte das Zirpen von Grillen und die Geräusche der zahllosen anderen Tiere hören, die im Schutze des Unterholzes kreuchten und fleuchten, und eine verwirrende Vielzahl von Gerüchen schlug ihr entgegen. Die allermeisten davon waren ihr unbekannt, was aber nichts daran änderte, dass sie ausnahmslos angenehm waren. Der Wald schien nicht so dunkel, wie er sein sollte. Zwar ragte er wie eine schwarze Mauer kaum einen Steinwurf von ihr entfernt auf, aber zwischen den Stämmen und dem dichten Unterholz tanzten Tausende und Abertausende winziger leuchtender Punkte, Glühwürmchen, Irrlichter oder andere, vielleicht noch viel fantastischere Dinge.

Während sie das immer noch heiße Feuerzeug einsteckte und die ersten Schritte auf den Wald zutat, fragte sie sich flüchtig, woher sie das alles eigentlich wusste, aber der Gedanke entglitt ihr, und dann hatte sie den Wald auch schon erreicht und brauchte ihre ganze Konzentration, um ihren Weg zwischen den dicht beieinanderstehenden, uralten Bäumen und dem verfilzten Unterholz hindurchzufinden. Das Zirpen der Grillen und das Trippeln und Rascheln unzähliger winziger Füßchen und Klauen auf trockenem Laub nahmen weiter zu, und das sanfte Leuchten der Irrlichter wies ihr zusammen mit dem silbernen Schein des Vollmonds den Weg.

Sam hütete sich, den tanzenden Lichtern zu vertrauen, denn sie wusste, dass sie nur zu dem einzigen Zweck existierten, jeden in die Irre zu führen, der leichtsinnig genug war, ihrem verlockenden Schein zu folgen, sondern nutzte ihren Schein nur, um sich zu orientieren. Sobald die Irrlichter merkten, dass sie nicht auf ihren sanften Betrug hereinfiel, würden sie zornig werden und verschwinden, um sie in vollkommener Dunkelheit zurückzulassen, das wusste sie, aber bis es so weit war, war sie dankbar für jeden Schritt, den sie auf ihrem Weg vorankam. Der See lag nicht allzu weit, und sie traute sich durchaus zu, auch in völliger Dunkelheit hinzufinden. Dennoch wusste sie, wie gefährlich der Feenwald trotz seiner Schönheit war. Schon so mancher, der ihn leichtsinnig betreten hatte, war nie wieder herausgekommen.

Trotz des Lichts wurde es jetzt schwieriger, einen Weg durch das dichter werdende Unterholz zu finden. Immer wieder verfingen sich ihr Kleid und ihr langes Haar in dornigem Gestrüpp, und bald waren ihre Hände und die nackten Unterarme von Kratzern und blutigen Schrammen nur so übersät, und auch die dünnen Schnürsandalen, die sie trug, boten kaum noch Schutz vor den eisenharten Dornen, mit denen das Unterholz gespickt war.

Samiha wurde dennoch nicht langsamer, sondern versuchte ihre Schritte ganz im Gegenteil noch einmal zu beschleunigen. Sie war dem See jetzt nahe, aber damit auch jenem Teil des Feenwaldes, der vollkommen zu Recht als gefährlich galt und vor dem man sie mehr als einmal gewarnt hatte.

Außerdem war sie nicht allein.

Schon seit einer geraumen Weile spürte sie, dass jemand ihr folgte – was an sich nichts Außergewöhnliches war. Im Feenwald war man niemals allein, sosehr es auch für einen Nichteingeweihten den Anschein haben mochte. Es gab unzählige Augen, die einen beobachteten, zahllose winzige Füße, Krallen und Flügel, die einem folgten, und nicht alle davon waren ungebetenen Besuchern wohlgesinnt. Natürlich wusste sie, dass kein Bewohner des Feenwaldes es wagen würde, ihr etwas anzutun, aber dieses Wissen half ihr nicht, mit der nagenden Sorge fertig zu werden, die immer stärker von ihr Besitz ergriff. Es ging nicht nur um sie. Silberhorn war in Gefahr.

Solcherart noch mehr beunruhigt schritt Samiha schneller aus, brach schließlich rücksichtslos durch das dornige Unterholz und –

blieb abrupt stehen, als das Licht rings um sie herum erlosch. Etwas wie ein zorniges Summen erklang, dann senkte sich vollkommene Dunkelheit wie eine erstickende Decke auf sie herab, als die Irrlichter endlich die Sinnlosigkeit ihres Tuns einsahen und verschwanden.

Samihas Herz begann vor Furcht zu klopfen. Sie hatte keine Angst vor der Dunkelheit, aber an dieser Schwärze war etwas … Unheimliches. Über ihr drang der Silberschein des Mondes zwar noch durch die Baumwipfel, aber seine Kraft reichte nicht, um den Boden zu erreichen.

Und es war jetzt nicht nur dunkel, sondern auch vollkommen still. Kein Laut war zu hören. Das Zirpen, Trippeln und Huschen und Flügelschlagen war verstummt, und selbst das seidige Rascheln des Windes in den Baumwipfeln war erloschen, als hielte der gesamte Feenwald den Atem an.

Dann hörte sie doch etwas: Hinter ihr (nicht sehr weit hinter ihr!) zerbrach ein Ast, nicht einfach nur mit einem Knacken, sondern mit einem peitschenden Knall, der als mehrfach gebrochenes Echo in der Nacht widerhallte. Ihr Herz begann schneller zu schlagen, aber sie wagte es nicht, sich umzudrehen, schon aus Angst, in der stygischen Finsternis die Orientierung zu verlieren und die Richtung zum See nicht wiederzufinden. Mit tastend ausgestreckten Armen und nur auf ihr Gespür vertrauend ging sie weiter, rannte prompt nach kaum drei Schritten gegen einen Baum und sah nun doch etwas, auch wenn es nur bunte Blitze aus reinem Schmerz waren.

Samiha blieb für einen Moment stehen und wartete darauf, dass die tanzenden Punkte verschwanden, dann tastete sie sich vorsichtiger weiter. Wieder knackte es hinter ihr (näher?), und jetzt glaubte sie auch noch andere Laute zu hören, ein unheimliches Knurren und Hecheln, beinahe wie die Atemzüge eines riesigen Wolfs.

Dann gewahrte sie das Licht.

Es war nur ein blasser Schein, kaum mehr als die Ahnung

von wirklicher Helligkeit, aber es war da und schimmerte nicht nur vor ihr durch die Bäume, sondern zeigte ihr auch, dass sie tatsächlich die Richtung verloren hatte. Der Schein war ein gutes Stück links von ihr und auch noch viel weiter entfernt, als sie gehofft hatte. Samiha korrigierte nicht nur ihren Kurs, sondern wagte es nun auch, einen Blick über die Schulter zurückzuwerfen.

Fast wünschte sie sich, es nicht getan zu haben. Die Dunkelheit hinter ihr war vollkommen, und eigentlich sollte es selbst für ihre scharfen Augen unmöglich sein, irgendetwas zu erkennen. Aber da *war* etwas, und dass sie nicht genau sagen konnte, was, machte es eher noch schlimmer: ein gedrungener Schatten, der rücksichtslos durch Gebüsch und Unterholz brach und sie aus unheimlichen rot glühenden Augen anstarrte. Das Hecheln und Geifern wurde lauter, und sie glaubte die Gefahr, die von dem unsichtbaren Verfolger ausging, fast körperlich zu spüren. Samiha rannte. Zwei- oder dreimal prallte sie gegen ein Hindernis, das zu schnell aus der Dunkelheit auftauchte, um ihm auszuweichen, und einmal wäre sie beinahe gestürzt und fand nur durch einen verzweifelten Satz in die Dunkelheit hinein ihr Gleichgewicht wieder.

Nichts davon hinderte den unheimlichen Verfolger daran, mit jedem Schritt weiter aufzuholen. Samiha konnte seinen hechelnden Atem jetzt schon fast im Nacken spüren, und da war ein Gefühl wie von tödlichen Klauen, die sich zum Zuschlagen bereit machten.

Das Schlimmste aber war: Sie spürte, dass diese Gefahr nicht einmal ihr galt.

Oh, das Ungeheuer würde sie zermalmen, wenn es sie einholte, daran zweifelte sie keine Sekunde – ganz einfach, weil es alles Lebendige und Fühlende hasste und nichts anderes in seiner Umgebung duldete –, aber diese mörderische

Feindseligkeit galt nicht wirklich ihr, sondern etwas anderem, das unendlich viel wichtiger war als sie.

Mutlosigkeit begann sich in ihr breitzumachen, als sie fühlte, dass sie das verzweifelte Rennen verlieren würde. Es war egal, wie schnell sie auch lief, der unsichtbare Verfolger schien stets eine Winzigkeit schneller zu sein, als zöge er Kraft aus ihren eigenen Schritten. Noch ein oder zwei Atemzüge und er würde sie eingeholt haben. Sein Knurren und Hecheln waren jetzt unmittelbar hinter ihr.

Und dann stolperte sie zwischen den letzten Bäumen hindurch auf die mondbeschienene Lichtung hinaus, in der der See lag, und ein mildes silberfarbenes Licht hüllte sie ein. Aus dem Knurren wurde ein Heulen voller Wut und maßloser Enttäuschung, und Samiha stolperte noch ein paar Schritte weiter, bevor sie erschöpft in die Knie brach und ihren Sturz gerade noch mit ausgestreckten Armen auffangen konnte. Ihr Herz jagte, ihr Atem schnitt wie mit Messern in ihre Kehle, und ihre Angst war noch immer so groß, dass es sie all ihre Kraft kostete, sich zu ihrem Verfolger umzuwenden.

Aber sie war nicht mehr notwendig.

Der Verfolger war zwar noch immer da, aber er hatte zwischen den letzten Baumstümpfen haltgemacht und wagte es nicht, in das silberne Licht herauszutreten. Zum ersten Mal konnte Samiha wirklich sehen, was sie da gejagt hatte, auch wenn es nach wie vor ein schwarzer, tiefenloser Umriss blieb. Es war kein Ungeheuer, kein Wolf, sondern der Schatten eines Mannes, groß und massig und kantig und mit fürchterlichen Krallen und spitzen Ohren. Das Einzige, was nicht schwarz an ihm war, waren die Augen – bodenlose Löcher, die bis auf den Grund seiner von brodelndem rotem Hass erfüllten Seele hinabreichten.

Du brauchst ihn nicht zu fürchten.

Sie hörte die Stimme nicht wirklich, denn sie war einfach in ihr, wie ein Gefühl von Wärme und Sicherheit, das ihren Körper erfüllte. Fast erschrocken wandte sie den Kopf und erblickte Silberhorn, der am anderen Ufer des kleinen Sees stand, den Kopf gehoben, und zu ihr herübersah.

Er wird dir nichts antun. Er fürchtet das Licht.

Tatsächlich wagte es der Verfolger noch immer nicht, aus den Schatten des Waldes herauszutreten. Die tödlichen Klingen, die er anstelle von Fingern an seinen Händen trug, bewegten sich in stummer Gier. Aber nur noch für einen kurzen Moment, dann zog er sich lautlos in die Dunkelheit des Waldes zurück und war verschwunden, und keinen halben Atemzug später wich auch das Gefühl von Beklemmung, das ihr bisher fast den Atem abgeschnürt hatte. Trotzdem blieb Samiha noch einige weitere endlose Augenblicke reglos sitzen und starrte den Waldrand an, bevor sie es wagte, ganz aufzustehen und sich zu dem weißen Einhorn herumzudrehen.

Silberhorn hatte den Kopf wieder zum Wasser gesenkt und stillte seinen Durst, und sie sah jetzt, dass sein Name mehr war als nur ein Name. Alles an dem gewaltigen Einhorn war weiß, von einer so strahlenden hellen Farbe, dass es beinahe in den Augen schmerzte, es auch nur anzusehen, nur das gedrehte Horn, das aus seiner Stirn wuchs, blitzte wie reines Silber.

Ihr hättet nicht hierherkommen sollen, Prinzessin.

Prinzessin? Samiha dachte einen Moment lang über dieses Wort nach und erwartete, irgendetwas Falsches oder gar Lächerliches darin zu hören, doch das war nicht der Fall. Hier und jetzt erschien es ihr passend.

»Weil ich … ihn hierhergeführt habe?«, fragte sie stockend. Das Letzte, was sie wollte, war, dieses wunderschöne Geschöpf in Gefahr zu bringen.

Er kann mir nichts zuleide tun. Niemand vermag diesen Ort zu betreten, der das Licht fürchtet.

Und es musste wohl tatsächlich so etwas wie magisches Licht sein, denn als sie begann, um den See herumzugehen, um neben das Einhorn zu treten, da hörten nicht nur all die Kratzer und Schrammen auf zu schmerzen, die sie sich auf ihrer verzweifelten Flucht durch den Wald zugezogen hatte. Schon nach wenigen Schritten verschwanden sie vollkommen, und noch bevor sie Silberhorn ganz erreicht hatte, waren auch all die Risse und Beschädigungen in ihrem Kleid nicht mehr da.

Nicht ich bin es, den Ihr mit Eurem Kommen in Gefahr bringt, Prinzessin, sondern Euch selbst und Eure Freunde.

»Meine … Freunde?« Samiha verstand nicht genau, wovon Silberhorn sprach, doch noch bevor sie eine entsprechende Frage stellen konnte, teilte sich der Waldrand hinter ihr, und zwei ganz in Silber und Weiß gehüllte Gestalten traten heraus. Beide waren von einem milden, hellen Schein wie von einem Mantel aus reinem Licht umgeben und beide machten einen leicht verwirrten Eindruck, als wäre ihnen dieser Ort zwar nicht fremd, aber als fragten sie sich vergeblich, wie sie eigentlich hierherkamen.

Abgesehen davon allerdings waren sie so unterschiedlich, wie sie nur sein konnten. Der Mann – er war fast noch ein Junge, aber ganz gewiss kein Kind mehr – trug ein schlichtes Kleid aus gegerbtem weichem Leder und gleichfarbige Stiefel, dazu einen Gürtel aus blitzendem Silber, in dem ein beidseitig geschliffenes, schlankes Schwert steckte. Sein Haar fiel in fast goldfarbenen Locken bis weit über die Schultern, und sein Gesicht hätte das eines etwas älteren und abgeklärteren Tom sein können, war aber zugleich auch vollkommen anders, ohne dass sie den Unterschied wirklich in Worte kleiden konnte.

Seine Begleiterin war beinahe ebenso groß wie er und so gertenschlank und zerbrechlich, wie man es von einer Märchenprinzessin erwartete, und auch ganz wie eine solche gekleidet, von dem blitzenden Goldkrönchen auf ihrem glatten silberfarbenen Haar über das golden und silbern schimmernde Kleid bis hin zu ihren Schuhen, die tatsächlich aus Glas zu bestehen schienen und aussahen, als wären sie für alles gut – nur nicht zum Laufen.

»Prinzessin«, begrüßte sie der junge Reiter mit einem angedeuteten Kopfnicken. Seine Begleiterin lächelte sie nur an, dann drehten sich beide zu Silberhorn um und beugten demütig die Häupter.

Ihr hättet nicht kommen sollen.

Auch jetzt war die Stimme des Einhorns vollkommen lautlos, aber Samiha wusste, dass die beiden anderen sie genauso deutlich hörten wie sie.

Doch ich weiß, warum Ihr gekommen seid, und diese Absicht ehrt Euch. Es ist ein weiter Weg von den gläsernen Mauern Gorywynns hierher und ein noch weiterer von den endlosen Steppen Caivallons. Ich danke Euch.

Samiha dachte über diese fremden Namen nach. Sie war sicher, sie noch nie zuvor gehört zu haben, und dennoch brachten sie eine verborgene Saite in ihr zum Klingen, wie etwas Vertrautes und ungemein Schönes. Fragend sah sie die beiden anderen an, erntete auch jetzt wieder nur ein Lächeln und ein zweites, noch freundlicheres Nicken, in dem aber eine gehörige Portion Ehrerbietung mitschwang.

Zumindest das letzte Gefühl war ihr eindeutig unangenehm.

»Warum … sind wir hier?«, fragte sie, nachdem sich die Stille eine Weile hingezogen hatte. Die beiden anderen sahen sie an und wirkten nun vollkommen ratlos, und Silberhorn hob den Kopf und musterte sie aus seinen großen, beunruhigend klugen Augen. Dann hörte sie ein Summen, und etwas Winziges und sehr Buntes erschien wie aus dem Nichts über dem See. Samiha hätte eigentlich nicht überrascht sein dürfen, denn die Waldfee war die Einzige, die noch genauso aussah, wie sie sie in Erinnerung hatte, aber vielleicht war sie es gerade deshalb. Alles war hier so anders, so … verzaubert, dass ihr selbst der Anblick dieses Zauberwesens auf unangenehme Weise … *normal* erschien, auch wenn ihr allein der Gedanke schon fast ein bisschen verrückt vorkam.

»Weil das der einzige Ort ist, an dem sie uns nicht belauschen können«, sagte sie. Wenigstens ihre Stimme hatte sich verändert und war jetzt kein lächerliches Piepsen mehr, sondern hörte sich eher wie Musik an, wenn auch keine Art von Musik, wie sie jemals ein Mensch zuvor gehört haben mochte. Und wenn man ganz genau hinsah, dann sah sie doch ein ganz kleines bisschen anders aus, als Samiha sie in Erinnerung hatte.

Vielleicht nicht ganz so pummelig.

»Ihr seid in Gefahr, Prinzessin. Aber wenn sie wüssten, dass wir Euch davor gewarnt haben, dann wäre diese Gefahr nur noch viel größer.«

»Welche Gefahr?«, fragte Samiha, obwohl sie die Antwort bereits zu kennen glaubte. Sie hatte den unheimlichen Schatten nicht vergessen, der ihr durch den Wald gefolgt war. »Und wieso nennt mich hier jeder *Prinzessin?*«

»Weil Ihr es seid, Prinzessin«, sagte der in Leder gehüllte Reiter und verbeugte sich abermals, wenn auch nicht mehr ganz so tief wie beim ersten Mal. Seine silberhaarige Begleiterin sah sie aus wachen und sehr freundlichen Augen an, und genau wie bei ihrem Begleiter glaubte Samiha plötzlich eine vage Ähnlichkeit mit jemandem zu entdecken, den sie kannte, auch wenn sie nicht sagen konnte, mit wem …

Ja, ich hätte eigentlich wissen müssen, dass du dahintersteckst, kleine Freundin.

Was war das, was sie da in der lautlosen Stimme des Einhorns hörte? Ein amüsierter Unterton oder ein sachter Tadel? Vielleicht beides.

Aber du weißt, was du getan und in welche Gefahr du sie und ihre Freunde damit gebracht hast? Und vor allem dich selbst?

»Du und ich wissen, wer hier in der größten Gefahr ist.« Die Waldfee begann in kleinen, so schnellen Kreisen um den Kopf des Einhorns herumzusummen, dass es Samihas Blick beinahe schwerfiel, ihr überhaupt noch zu folgen. »Und sie waren schon auf sie aufmerksam geworden. Hast du den Wyvern vergessen?«

Ich vergesse nie etwas, wie du weißt. Jetzt klang die Stimme des mächtigen Einhorns eindeutig strafend. Aber auch genauso eindeutig amüsiert. *Und es geschieht auch nicht viel, von dem ich nichts erfahre. Ich weiß, warum er geschickt wurde.*

»Na fein, dann weißt du ja auch, dass wir gar keine andere Wahl hatten, als ihr zu helfen. Und du weißt, was auf dem Spiel steht!«

Die Dinge werden sich ändern. Vielleicht zum Guten, vielleicht zum Schlechten. Das haben sie immer getan und werden es immer tun.

»Und Ihr seid ganz sicher, dass Ihr ein Einhorn seid und nicht ein verkleideter Löwe mit einem Frauenkopf und einer komischen Frisur, dem jemand die Nase weggeschossen hat?«, fragte die Waldfee respektlos.

Das Einhorn senkte das Haupt wieder zum Wasser, um zu trinken, aber in Samihas Gedanken erklang ein leises, gutmütiges Lachen. *Die Menschen sehen stets das in mir, was sie in mir sehen wollen.*

»Also doch«, zwitscherte die Waldfee. Sie kam zu ihr und den beiden anderen zurückgeflogen. »Ihr müsst auf ihn achtgeben, Prinzessin«, sagte sie. »Er ist in großer Gefahr, auch wenn er viel zu stur ist, um das zuzugeben. Deshalb müsst Ihr ihn beschützen, Prinzessin. Ihr und eure Freunde. Ihr seid die Einzigen, die das können.«

»Beschützen?«, fragte Samiha. »Vor wem?«

Der flatternde Winzling stieg ein kleines Stück weit in die Höhe, schwenkte dann nach links und kam wieder zurück, nur um dasselbe Manöver noch zwei- oder dreimal zu vollführen. Erst danach kam Samiha auf die Idee, ihren Blick ein Stück weiter in die Richtung wandern zu lassen, die ihr die Waldfee auf diese Weise gewiesen hatte.

Der Mond stand so tief über der Waldlichtung, dass sein schimmerndes Licht mit dem milden Glanz des Sees zu verschmelzen schien, und er kam ihr riesig und unnatürlich groß vor, und genau wie die beiden in Silber und Weiß gekleideten Gestalten neben ihr erschien er ihr zugleich ebenso vertraut wie unsagbar fremd. Er stand zu tief, und sie sah jetzt, dass er noch nicht ganz zum Vollmond geworden war, sondern ihm noch ein fingerbreiter Streifen dazu fehlte. Drei oder vier Tage, vermutete sie. Aber das allein war es nicht, was die Waldfee ihr hatte zeigen wollen.

Zwischen dem Wald und der gewaltigen Silberscheibe am Himmel erhob sich die sanft gewellte Linie eines Hügelkamms, über dem sich die scharf umrissenen Silhouetten dreier Reiter abzeichneten. Sie waren zu weit entfernt, um Einzelheiten zu erkennen, sondern blieben tiefenlose schwarze Schatten ohne Gesichter, und dennoch wusste sie, dass sie grobe Rüstungen aus schwerem schwarzem Eisen und Leder trugen, ebenso wie die Tiere, auf denen sie saßen, und sie wusste auch, dass es keine Pferde waren, sondern mächtige Einhörner, majestätisch und groß wie das Geschöpf, das neben ihnen stand, aber von der Farbe der Nacht.

»Wer ist das?«, fragte sie. Niemand antwortete, doch Samiha sah aus den Augenwinkeln, wie sich die Hand des jungen Reiters neben ihr auf den Schwertgriff senkte, und auch die Gestalt seiner Begleiterin spannte sich für einen ganz kurzen Moment.

Habt keine Furcht, Prinz der Steppenreiter. Und auch Ihr nicht, Königin der Gläsernen Stadt. Sie können Euch hier nichts antun. So wenig wie mir, meine kleine Freundin.

»Ja!«, antwortete die Waldfee aufgebracht. »Hier nicht! Aber Ihr wisst genau, dass …«

Alles wird so kommen, wie es vorherbestimmt ist, meine kleine Freundin. Es steht uns nicht zu, den Lauf der Dinge beeinflussen zu wollen.

»Da hört sich doch alles auf!«, beschwerte sich die Waldfee. »Wir versuchen nur, Euch zu schützen, und …« Sie brach mitten im Satz ab, knabberte einen Moment lang angestrengt auf ihrer Unterlippe herum und sah dann plötzlich sehr betroffen aus. »Verzeiht mir, edler Silberhorn«, sagte sie. »Es steht mir nicht zu, so mit Euch zu reden. Es ist nur die Sorge um …«

Ich weiß, aus welchem Grund du sie hierhergebracht hast, kleine Freundin. Es war falsch, aber ich verstehe dich. Doch nun bring sie zurück in ihre Welt. Dort warten wichtige Aufgaben auf sie. Vielleicht geschieht gerade in diesem Moment ein großes Unglück, weil sie nicht dort sind, wo sie eigentlich sein sollten.

Die Waldfee gab ein Geräusch von sich, das Samiha unmöglich deuten konnte, aber es hörte sich weder besonders respektvoll noch irgendwie überzeugt an.

»Ganz wie es Euer Wunsch ist, edler Silberhorn«, fauchte sie zum Abschluss, fuhr abermals auf der Stelle herum und schoss wie im Sturzflug auf den Prinzen der Steppenreiter und seine Begleiterin herab. Im allerletzten Moment brach sie ihren vermeintlichen Angriff ab und schwenkte zur Seite, und ein Funkenschauer aus goldenem, weißem und silbernem Sternenstaub rieselte auf die beiden herab.

Als er erlosch, waren die zwei Gestalten verschwunden, und Samiha wartete darauf, dass nun auch sie an die Reihe kam, aus dieser verzauberten Welt jenseits der Träume zurückgeschickt zu werden.

Nichts geschah. Stattdessen hob das weiße Einhorn den Kopf und sah sie an, auf eine vollkommen andere Art als bisher, die sie ebenso wenig benennen konnte, die ihr aber auch einen eisigen Schauer über den Rücken jagte.

Wartet noch einen Moment, Prinzessin.

»Ich hatte nicht vor, zu gehen.«

Wohin denn auch? Etwa zurück in den Feenwald, in dem dieser unheimliche flammenäugige Schatten auf sie lauerte? Ganz bestimmt nicht!

Das alles muss sehr verwirrend für Euch sein, Prinzessin. Ihr müsst Fragen haben. Also fragt.

»Warum nennst du mich immer so?«, fragte Samiha. »Ich bin keine Prinzessin.«

Hier in unserer Welt schon. Ihr wisst es nur nicht.

»Eurer Welt? Wo ist das?«

Sie existiert neben der Euren und unzähligen anderen. Nur manchmal berühren sie sich, und nur ganz wenige von euch wissen, dass es uns gibt.

»Ja, sicher«, antwortete Samiha. Sie sah an sich hinab und stellte abermals fest, dass sie nicht nur Kleider trug, die sie normalerweise unter gar keinen Umständen angezogen hätte – ein halb durchsichtiges weißes Kleid, das aussah und sich so anfühlte, als wäre es aus der kostbarsten Seide der Welt gemacht worden, und bis weit über die Waden reichende Schnürsandalen aus einem filigranen Silbergeflecht –, sondern irgendwie … auch nicht mehr in ihrem Körper zu stecken schien. Natürlich konnte sie ihr eigenes

Gesicht nicht sehen, doch was sie von sich sah, das kam ihr auf dieselbe unheimliche Art gleichzeitig bekannt wie vollkommen fremd vor wie gerade bei Angie and ihrem Bruder.

Ihr beginnt zu verstehen, Prinzessin. Unsere Welten sind auf ewig getrennt und doch eins. Jeden, den es bei Euch gibt, den gibt es auch bei uns. Nur wissen die wenigsten von euch von unserer Existenz.

»Aber einige doch«, vermutete Samiha.

In ihren Träumen, ja. Niemals in Wirklichkeit. Oder was Ihr dafür haltet.

»Was wir dafür halten?« Vielleicht, überlegte sie, hatte die Waldfee ja gar nicht so falschgelegen, als sie Silberhorn mit der Sphinx verglichen hatte.

Vielleicht sind wir ja nur Euer Traum, antwortete das Einhorn. *Oder Ihr seid der unsere.*

»Und was«, fragte Samiha und deutete zu den drei schwarzen Scherenschnitt-Silhouetten hinauf, die noch immer vor der silbernen Scheibe des viel zu nahen Mondes standen und sie beobachteten, »sind dann die da? Unsere Albträume?«

Ja, antwortete Silberhorn. *Aber mehr darf ich Euch nicht sagen. Macht Euch keine Sorgen, Prinzessin. Alles wird so kommen, wie es kommen muss. Und nun wacht auf.*

Das tat Samiha.

Sam, um genau zu sein. Den Namen, auf den ihre durchgeknallten Eltern sie entweder im Drogenrausch oder einem kaum weniger schlimmen Anfall von pseudointellektuellem Größenwahn getauft hatten, würde sie in ihrem ganzen Leben ganz bestimmt nie wieder benutzen – nicht nach diesem vollkommen abgedrehten Traum, an dem sie vermutlich noch eine Woche zu knabbern hatte, wenn nicht länger.

Sam jedenfalls schlug die Augen auf, blickte die von schweren Balken getragene Stuckdecke drei Meter über sich an und ertappte sich dabei, nichts als Erleichterung bei einem Anblick zu empfinden, der ihr noch vor wenigen Stunden ungefähr so willkommen gewesen war wie der eines Sargdeckels, den man gerade über ihr zunagelte …

Immerhin bewies ihr der Anblick, dass sie wieder wach und diesem durch und durch verrückten Traum entkommen war.

Trotzdem zitterten ihre Hände leicht, als sie sich hochstemmte, den letzten Schlaf wegblinzelte und dann mit einem Ruck die Decke zurückschlug, und sie ertappte sich bei einem Gefühl absurder Erleichterung, darunter ihre ganz normalen Kleider zu erblicken, statt ein halb durchsichtiges Feengewand und silberne Schnürsandalen. Und hing da nicht noch immer ein seltsamer Geruch in der Luft, wie nach Wald und kristallklarem Wasser, fremd und auf unheimliche Weise vertraut zugleich?

Sam schüttelte den Gedanken mit deutlich mehr Mühe ab, als es sie eigentlich kosten sollte, schwang die Beine aus dem Bett und erkannte, dass der Traum auch ganz reale

Spuren in der Wirklichkeit zurückgelassen hatte: Auf dem Schreibtisch stand noch immer der Teller mit den Sandwiches, den Sonya ihr hingestellt hatte, und daneben lag auch immer noch der kleine Zettel mit der kryptischen Botschaft. Unnötig zu sagen, dass sie auch das Heftpflaster-X gewahrte, als sie sich zu dem Bild über ihrem Bett herumdrehte. Anscheinend erinnerte sie sich nicht *nur* an einen Traum.

Sie sah auf die Uhr, stellte fest, dass sie ganz untypisch eine gute Stunde vor der Zeit aufgewacht war, und bekam von ihrem Magen den passenden Kommentar dazu, denn er knurrte so lautstark, dass es ihr peinlich gewesen wäre, hätte sie sich nicht allein im Zimmer befunden. Ein Blick unter die silberne Abdeckhaube über dem Teller ließ sie dic Idee allerdings wieder vergessen, ihren Hunger mit den restlichen Sandwiches von gestern zu stillen. Sie waren trocken und begannen sich an den Rändern bereits zu wellen, als lägen sie schon seit Tagen hier, nicht erst seit ein paar Stunden. Also blieb ihr nichts anderes übrig, als abzuwarten, bis die Mensa aufmachte und sie frühstücken konnte.

Sie vertrieb sich die Zeit, indem sie ausgiebig duschte, sich noch ausgiebiger das Haar trocken föhnte und dann auf nackten Füßen zum Fenster tappte, um die Gardinen zurückzuziehen und den neuen Tag hereinzulassen. Erst im letzten Moment wurde ihr klar, dass das vielleicht doch keine ganz so gute Idee war, denn sie hatte sich nicht einmal die Mühe gemacht, sich ein Handtuch umzubinden, nachdem sie aus der Dusche gekommen war (wozu auch?), und das Zimmer lag nicht nur ebenerdig, sondern ging auch direkt auf den Hof hinaus.

Kopfschüttelnd ging sie zum Schrank, öffnete beide Türen und ließ ihren Blick unschlüssig über die bescheidene Auswahl von Kleidern streifen, die sie darin fand. Ihr Aufbruch vor ein paar Tagen zu Hause war alles andere als harmonisch gewesen, und Sam begann allmählich zu bedauern, sich nicht doch ein bisschen mehr Zeit dafür genommen zu haben, statt ebenso wahllos wie wütend die erstbesten Klamotten in ihre Tasche zu stopfen, die ihr in die Hände fielen.

»Nicht dass es mir zustünde, so etwas auch nur zu denken, edle Prinzessin«, piepste ein dünnes Stimmchen über ihr, »aber gestattet mir trotzdem die Bemerkung, dass es sich nicht geziemt, so herumzulaufen.«

Sam warf mit einem Ruck den Kopf in den Nacken und konnte spüren, wie ihr nicht nur die Augen aus dem Schädel quollen, sondern auch ihr Unterkiefer hinunterklappte. Die Waldfee saß auf der Kante des obersten Schrankbodens, glättete mit den Fingern ihre zerknitterten Libellenflügel und sah ziemlich müde aus.

»Wie?«, murmelte Sam. Aber das ... konnte doch nicht sein! Es war doch nur ein Traum gewesen!

»Ihr habt ... ähm ... nichts an, Prinzessin«, antwortete die Waldfee, wobei sie es sorgsam vermied, auch nur in ihre Richtung zu blicken, sondern so tat, als wäre sie voll und ganz damit beschäftigt, ihre Flügel zu entknittern. »Nicht dass es mich stört oder gar etwas anginge, aber so solltet Ihr Euch vielleicht nicht unbedingt dem gemeinen Volk zeigen.«

Sam blinzelte. Die Waldfee blieb. »Du ... du bist echt«, ächzte sie.

»Natürlich bin ich echt«, seufzte die Waldfee. »Ich dachte, diesen Teil hätten wir hinter uns, Dummerchen.«

»*Prinzessin* Dummerchen, wenn schon«, antwortete Sam. Sie starrte das winzige Geschöpf immer noch aus großen Augen an. »Dann ... dann ist ... dann ist alles andere auch ... auch passiert? Der Traum?«

»War kein Traum.« Die Waldfee nahm sich den zweiten ihrer Flügel vor. »Oder doch. Wie man's nimmt.«

»Was soll das heißen?«

»Nur weil man etwas nur träumt, heißt das noch lange nicht, dass es nicht wahr ist.«

Ja, genau diese Art von präziser Antwort war es, die sie jetzt brauchte. Sam funkelte die Waldfee noch einen Moment lang zornig an, sagte sich dann aber, dass sie zumindest in einem Punkt recht hatte, und zog sich rasch an.

»Besser?«

»Viel besser«, antwortete die Waldfee, noch immer ohne sie dabei anzusehen. Ihr Tonfall sagte auch etwas anderes.

»Also war das vergangene Nacht kein Traum?«, vergewisserte sich Sam. Die Waldfee nahm sich in aller Gemütlichkeit ihren dritten Flügel vor.

»Doch«, sagte sie. »Nur sind Träume nicht immer das, wofür Ihr sie haltet.«

Und auf *diese* Art von Unterhaltung hatte sie schon gar keine Lust. »Ungefähr so wie deine Versprechungen?«, fragte sie bissig.

Die Waldfee ließ sich davon nicht aus der Ruhe bringen, sondern glättete gemächlich und scheinbar völlig auf ihr Tun konzentriert weiter ihren Flügel. »Wie genau meint Ihr das, Prinzessin?«

»Ich meine zuerst einmal, dass du endlich damit aufhörst, mich mit Prinzessin oder sonst irgendeinem Blödsinn in der Art anzureden«, antwortete sie gereizt.

»Ganz wie Ihr es befehlt, Hochwohlge…«

»Du«, unterbrach sie Sam, der es mittlerweile wirklich schwerfiel, sich noch zu beherrschen. »Und Sam. Wolltest du uns nicht gestern Nacht erzählen, was hier eigentlich los ist? Und sag jetzt nicht«, fügte sie mit leicht erhobener Stimme und schärfer hinzu, als die Waldfee zu einer Antwort ansetzte, ohne mit ihren Bügelarbeiten innezuhalten oder sie etwa anzusehen, »dass ich schon alles erfahren habe und mir den Rest selbst zusammenreimen muss oder so was!«

»So ist es aber«, antwortete die Waldfee, seufzte leise und nahm sich ihren vierten und letzten Flügel vor. »Na ja, oder auch nicht. Es war wohl meine Schuld. Ich hätte mir denken müssen, wie es ausgeht. Immerhin ist Silberhorn bekannt dafür, dass er es liebt, in Rätseln zu sprechen.«

Das musste ansteckend sein, dachte Sam und schaffte es gerade noch, die Worte hinunterzuschlucken, statt sie laut auszusprechen. »Dieser Silberhorn«, sagte sie mühsam beherrscht. »Ist das so etwas wie euer Anführer?«

»Anführer?« Die Waldfee schüttelte heftig den Kopf und sah sie an, als hätte sie die dümmste Frage gestellt, die man sich nur denken konnte. »So etwas wie einen Anführer haben wir nicht. Aber alle bewundern und verehren ihn, und ein jeder legt Wert auf seinen Rat.«

»Soweit ihr ihn versteht«, vermutete Sam, was die Waldfee allerdings geflissentlich überhörte.

»Er ist sehr wichtig für uns.«

»Weil er ein ganz besonderes Einhorn ist?«

»Er ist *das* Einhorn«, antwortete die Waldfee in einem überheblich-herablassenden Ton, den Sam bisher nur von Lehrern kannte, die glaubten, es mit einem besonders dämlichen Schüler zu tun zu haben. »Und bevor du fragst, er ist das letzte Einhorn, aber auch das erste.«

»Du meinst das einzige.«

»Sag ich doch«, antwortete die Waldfee.

»Und Star?«

»Er ist sein Spiegelbild in eurer Welt. Auch wenn die Schicksalsfäden niemals gleich verlaufen, so hat doch jeder von euch seinen Gegenpart in unserer Welt. Hat Silberhorn dir das nicht gesagt?«

»Nur weiß niemand etwas davon«, vermutete Sam.

»Manche ahnen etwas, und ganz selten besucht uns auch einmal einer von euch. Fast immer sind es die Jungen.« Die Waldfee seufzte. »Aber es ist lange her, dass das letzte Mal einer von euch den Weg zu uns gefunden hat.«

»Zwei oder drei Stunden?«, fragte Sam.

»Du warst nicht wirklich dort. He – du hast es doch selbst gesagt: Es war nur ein Traum.«

»Und du hast gesagt, dass das eigentlich gar keinen Unterschied macht«, konterte Sam.

»Eigentlich nicht, aber es ist auch nicht so leicht, wie es sich anhört.«

»Es hört sich nicht leicht an«, sagte Sam.

»Und das ist es auch nicht. Wir ... na ja, wir waren schon da, aber eigentlich auch wieder nicht. Nicht wirklich, meine ich.«

»Aha.«

»Willst du es nun wissen oder nicht?«, fauchte die Waldfee.

Sam zog es vor, gar nichts mehr zu sagen, und der Winzling fuhr nach einer Pause und wieder halbwegs beruhigt fort: »Ich dachte, er erklärt dir alles. Sagt dir, was deine Aufgabe ist und wie du sie lösen kannst.«

»Aufgabe?«, fragte Sam alarmiert. »Was für eine Aufgabe?«

»Wir müssen Star beschützen. Ihr ... *du* musst Star beschützen! Du bist die einzige Kriegerin, die es hier gibt! Wenn sie ihn kriegen, dann bricht ein großes Unheil über unsere Welt und alle ihre Bewohner herein. Ach was, Unglück! Eine Katastrophe! Nichts wird mehr so sein, wie es war, und Dunkelheit wird sich für lange Zeit über unsere Welt und alle ihre Bewohner senken!«

»Das klingt ein bisschen ... schwülstig, meinst du nicht?«,

fragte Sam. Genau genommen klang es nach etwas, dachte sie, das auch gut von Silberhorn hätte stammen können.

Oder aus einem ziemlich konfusen Traum.

»Ist aber so«, versetzte die Waldfee. »Hab ich schon gesagt, dass es schwer zu erklären ist?«

Sam schwieg, einerseits, weil sie das ungute Gefühl hatte, auf jede Frage, die sie stellte, deutlich mehr neue Fragen als Antworten zu bekommen, aber auch, weil sie das Gefühl hatte, die Antwort tief in sich schon zu kennen. Sie erinnerte sich gut an den Traum aus der zurückliegenden Nacht (der ja angeblich kein Traum gewesen war), den See, den verzauberten Wald und das anmutige Einhorn, dessen Stimme in ihren Gedanken geflüstert hatte, und sie hatte auch die drei unheimlichen Gestalten nicht vergessen, die sie von der Höhe der Hügelkuppe aus beobachtet hatten.

»Auch bei uns gibt es böse Mächte«, fuhr die Waldfee fort. »Nicht alle sind so perfekt und schlau und herzensgut wie ich, und …« Sam räusperte sich übertrieben und die Waldfee setzte neu an: »Um es kurz zu machen: Es gibt schon seit Langem dunkle Mächte im unserem Land, die nach der Macht streben. Unsere Welt ist nicht wie die eure, weißt du? Unsere Magie ist vollkommen anders.«

»Das sehe ich auch so«, sagte Sam lächelnd. »Bei uns gibt es nämlich keine.«

»Ach, glaubst du?«, fragte die Waldfee. »Also, das sehe ich ein bisschen anders, aber sei's drum.« Sie machte eine wegwerfende Geste. »Vor langer Zeit verwüstete ein schrecklicher Krieg unser Land. Viele starben, und noch viel mehr verloren alles, was sie besaßen, sogar ihre Hoffnung. Es dauerte lange, bis unsere Völker sich von diesem Krieg erholten. Viele Generationen lang.«

»Und jetzt droht euch ein neuer Krieg?«, fragte Sam. Die Worte der Waldfee klangen so sehr nach etwas, das sie schon in tausend unterschiedlichen Fantasy-Romanen gelesen hatte, dass sie eigentlich nichts anderes als lächerlich klingen sollten. Aber das taten sie nicht. Sie erfüllten sie im Gegenteil mit einer Eiseskälte, die sie nicht unterdrücken konnte.

Vielleicht weil sie tief in sich spürte, dass sie wahr waren.

»Nein«, antwortete die Waldfee.

Sam blinzelte. »Nein?«

»Nicht die Art von Krieg, die du dir jetzt vielleicht vorstellst – gewaltige Heerscharen, die in einer welterschütternden Schlacht aufeinanderprallen, Feuer speiende Drachen am Himmel und bärtige Zauberer, die Blitze aufeinander schleudern, und all der Kram ... wenn es nur so einfach wäre.«

»Einfach?«, ächzte Sam.

»Das alles hatten wir schon«, bestätigte die Waldfee. »Oh, mehr als nur einmal. Es gibt mächtige Magier in unserem Volk, furchtbare Drachen und gewaltige Krieger, und eine Menge Dinge, von denen du wahrscheinlich gar nichts hören willst. All das hätte unsere Welt mehr als einmal fast zerstört, und so kamen unsere mächtigsten Magier überein, dafür Sorge zu tragen, dass so etwas nie wieder geschieht. Sie woben einen Zauber, der verhindert, dass jemals wieder die eine Seite die Oberhand über die andere gewinnt, weder das Licht über die Dunkelheit noch die Nacht über den Tag.«

»Silberhorn«, sagte Sam.

»Das Einhorn ist der Hüter dieser Magie«, bestätigte die Waldfee. »Seit unendlich langer Zeit ist es Silberhorn, der für die Balance zwischen den Mächten des Lichts und denen der Dunkelheit garantiert. Und in unserer Welt ist es der See im Herzen des Feenwaldes, an dem er sicher ist und vor jedem Zugriff geschützt. Niemand kann ihm etwas antun, solange er dortbleibt.«

»Die drei Schwarzen Reiter«, sagte Sam. »Ich habe sie gesehen. Aber wenn sie Silberhorn dort nichts anhaben können …«

»Dann werden sie es vielleicht hier versuchen«, fiel ihr die Waldfee ins Wort.

»Hier?«

»Hast du mir nicht zugehört?«, fragte die Waldfee. »Eure Welt ist nichts als ein Spiegelbild der unseren … oder umgekehrt, ganz wie du willst. Was bei uns geschieht, das geschieht auch bei euch. Silberhorn ist in Sicherheit, solange er den Feenwald nicht verlässt, und Star wird nichts geschehen, solange er hier auf *Unicorn Heights* bleibt. Das ist Eure Aufgabe, Prinzessin Samiha. Ihr müsst ihn beschützen. Ihr seid die Einzige, die das kann.«

»Das ist … albern«, sagte Sam stockend. »Du solltest dich einmal selbst hören! Weißt du eigentlich, wie das klingt?«

»Wie die Wahrheit?«, fragte die Waldfee.

Sam setzte zu einer noch spöttischeren Antwort an, aber irgendwie wollten ihr die Worte nicht über die Lippen kommen, sosehr sie es auch versuchte.

»Und was genau soll ich jetzt tun?«, fragte sie stattdessen.

»Wenn ich das wüsste, dann wäre ich nicht hier, Prinzessin«, antwortete die Waldfee. »Es ist Eure Aufgabe, das herauszufinden. Ich weiß nur, dass Ihr eine wichtige Rolle bei den Ereignissen spielt, die kommen werden. Aber die anderen wissen es auch.«

»Sie haben den Wyvern geschickt«, sagte Sam.

»Ja«, antwortete die Waldfee. Doch sie wich ihrem Blick jetzt wieder aus, und es hätte Sams sonderbarer Verbindung zu dem kleinen Geschöpf in diesem Moment nicht einmal bedurft, um sie erkennen zu lassen, dass irgendetwas mit ihr nicht stimmte.

»Aber?«, fragte sie scharf.

»Nun, wie soll ich sagen, ich habe erfahren, dass sie etwas planen. Etwas gegen Silberhorn und seine Wächterin, und ich wollte dich warnen, das ist alles!«

»Und dadurch haben sie überhaupt erst begriffen, wer ich bin.« Sam wollte aufbrausen, doch ihr Zorn verrauchte so schnell, wie er gekommen war.

Die Waldfee hingegen zog eine beleidigte Schnute. »Das alles wäre gar nicht erst passiert, wenn Ihr meinen Pfeil nicht weggeworfen hättet!«, schimpfte sie. »Es war mein letzter Pfeil, und ein besonders kostbarer dazu! Ich hatte nur einen einzigen Schuss, aber ich habe getroffen! Und was habe ich nun davon? Nichts als Undank! Ja, ich weiß, Ihr seid eine Prinzessin und Kriegerin und was weiß ich noch, und ich nur eine kleine unbedeutende Waldfee, die es nicht einmal wert ist, den Schmutz zu berühren, über den Ihr gelaufen seid, aber ein ganz klitzekleines bisschen Dankbarkeit kann man doch wohl …«

»Moment mal«, unterbrach sie Sam, schon damit dieses Gespräch nicht noch den ganzen Tag andauerte. Aber längst nicht nur deshalb. Ihre Augen wurden schmal. »Soll das heißen, du … du hast auf mich *geschossen?«,* fragte sie.

»Und wie«, bestätigte die Waldfee. »Das war ein meisterlicher Schuss, das müsst Ihr doch zugeben! Darüber wird man noch in Generationen sprechen … oder würde es, wenn ich jemals wieder nach Hause käme, um jemandem davon erzählen zu können, was aber wohl nicht passieren wird, weil ja ein gewisser Jemand so schlau war –«

»Warum?«, unterbrach sie Sam.

»Na, damit Ihr mich versteht. Versteht Ihr?«

»Nein«, sagte Sam.

»Doch«, behauptete die Waldfee. »Weil ich jetzt hier bin. Ich bin hierhergekommen, weil ich hier Eure Sprache spreche. Ich wollte das nicht. Ich kann mir bestimmt was Schöneres vorstellen, als bei Euch in Eurer komischen Welt zu sein. Ich habe versucht Euch zu warnen, aber Ihr habt mich ja nicht verstanden.«

Das tat Sam auch jetzt noch nicht … wenigstens nicht sofort. Aber dann erinnerte sie sich an den Morgen, an dem sie die Waldfee das erste Mal über Angies Schulter gesehen hatte. Sie hatte zwar ihre Stimme gehört, aber nur ganz schwach, und die Worte überhaupt nicht verstanden.

»Das warst du?«

»An Eurem ersten Abend im Stall«, bestätigte die Waldfee. »Mit meinem verzauberten Pfeil. Wer von ihm getroffen wird, der versteht die Stimmen der Anderswelt.«

»Ich nicht.«

»Weil Ihr ihn rausgezogen habt, Dummchen«, antwortete die Waldfee, machte ein verlegenes Gesicht und verbesserte sich dann hastig: »Verzeiht, erhabene *Prinzessin* Dummchen, meine ich natürlich.«

Sam musste beinahe gegen ihren Willen lächeln, wurde aber auch wieder ernst, als sie sich an den stechenden Schmerz erinnerte, den sie im Stall verspürt hatte. »Das war kein Holzsplitter.«

»Es war der Pfeil der Erkenntnis«, sagte die Waldfee noch einmal. »Und du hast ihn rausgezogen, bevor sein Zauber richtig wirken konnte. Hättest du es nicht getan …«

Genau genommen hatte nicht sie es getan, sondern Sonya, dachte Sam. Aber welchen Unterschied machte das schon? »… dann hättest du nicht herkommen müssen, um mich zu warnen«, sagte sie schuldbewusst. »Und wärst jetzt nicht hier gefangen.«

Die Waldfee sagte zwar nichts dazu, aber vielleicht war gerade das das Schlimmste, was sie überhaupt antworten konnte.

Sam räusperte sich unbehaglich. »Was genau haben diese Schwarzen Reiter vor?«, fragte sie, hauptsächlich um von dem unangenehmen Thema abzulenken. »Sie wollen Silberhorns Kraft an sich reißen? Und wie soll das gehen, wenn der Feenwald ihn schützt?«

»Nur das Licht des vollen Mondes vermag den Schutz zu durchbrechen, den der Zauber des Feenwaldes bietet«, antwortete die Waldfee. »Und auch das nur, wenn sich der Mond in beiden Welten gleichzeitig rundet.«

»Und wie oft passiert das?«, fragte Sam.

»Nur ganz selten!«, versicherte die Waldfee hastig. »Glaubt mir, Prinzessin, das passiert so gut wie nie. Vielleicht alle hundert Jahre einmal oder sogar noch seltener!«

Sam wollte gerade erleichtert aufatmen, aber dann zog sie stattdessen die Stirn kraus und fragte: »Und wann tritt dieses ach so seltene Ereignis das nächste Mal ein?«

Sie bekam keine Antwort (was im Grunde schon sehr viel mehr an Antwort war, als sie überhaupt hören wollte), seufzte noch einmal und noch tiefer und fuhr dann fort: »Lass mich raten. In vier Tagen?«

»Nein«, sagte die Waldfee. »In drei.«

Also gut«, flüsterte Toms Stimme, so dicht neben ihr, dass Sam seinen Atem warm an ihrer Wange spüren konnte. »Ich nehme alles zurück, was ich gestern gesagt habe. *Das hier* ist die zweitverrückteste Geschichte, von der ich jemals gehört habe.«

»Und was ist die allerverrückteste?«, fragte seine Schwester, mindestens genauso übermäßig laut wie er übertrieben leise. Und als wäre das noch nicht genug, nieste sie zweimal hintereinander, heftig und so laut, dass Sam zumindest das Gefühl hatte, es müsste noch im Klassenzimmer auf der anderen Seite des Hofs zu hören sein.

Sam verdrehte in übertrieben gespieltem Entsetzen die Augen, während Tom Grimassen schneidend heftig zu gestikulieren begann. Dann zuckte er mit den Achseln und antwortete doch, wenn auch deutlich leiser als seine Schwester. »Dass ich bei diesem Irrsinn mitmache.«

Sam bedachte ihn zwar mit genau dem strafenden Blick, den er ihrer Meinung nach für diese Bemerkung verdiente, aber sie hatte zugleich auch Mühe, sich ein Lächeln zu verkneifen. Wenn Tom ihren Vorschlag so verrückt fand, warum war es ihr dann so leichtgefallen, ihn zum Mitmachen zu überreden?

Sie gab sich die Antwort auf ihre eigene Frage gleich selbst: Weil er normalerweise mindestens drei Monate gebraucht hätte, um neben ihr im Heu liegen zu dürfen, und noch dazu so nahe. Wenn überhaupt.

Dass seine Schwester dabei war, stellte zwar den einzigen Grund dar, aus dem Sam es überhaupt zuließ, war in seinen Augen vermutlich aber nur ein kleiner Kunstfehler, an dem er noch arbeiten musste. Sam ertappte sich jedoch auch bei dem Gedanken, dass ihr seine Nähe nicht einmal unangenehm war, was sie selbst ein bisschen überraschte. Sonst ließ sie niemanden näher als einen Meter an sich heran, ohne sofort die Krallen auszufahren.

»Also gut, mit dieser Antwort kann ich leben.« Angie nieste erneut, sprach aber wenigstens leiser weiter.

»Aber ich frage mich trotzdem, was wir hier eigentlich machen. Wenn Focks oder Sonya rauskriegen, dass wir schon wieder nicht in unseren Zimmern sind und lernen, dann ist hier der Teufel los!«

Sie stemmte sich auf beide Ellbogen hoch, zupfte eine ganze Handvoll trockenes Heu aus ihrem Haar, das unter ihrer Berührung zu schmierigem braunem Staub zerfiel, und maß Sam und ihren Bruder mit einem ebenso spöttischen wie fragenden Blick, der sich nicht nur auf diese sonderbare Umgebung und das bezog, was sie gerade gesagt hatte. Warum *sie* hier war, danach musste Sam gar nicht erst fragen:

Weil sie eine ganz normale zwölfjährige Göre war, die gemerkt hatte, dass Sam für ihren Bruder möglicherweise ein bisschen mehr war als nur eine neue Mitschülerin (oder es wenigstens werden konnte), und ihre Nase *selbstverständlich* in Dinge stecken musste, die es a) gar nicht gab und die sie b) gar nichts angingen …

»Von hier aus haben wir den ganzen Stall im Blick«, antwortete sie mit einiger Verspätung. Das entsprach nur zum Teil der Wahrheit. Sie waren auf den niedrigen Heuboden hinaufgestiegen, der zu dem alten Stall gehörte und der vermutlich schon seit Jahren nicht mehr benutzt wurde, wenn nicht seit Jahrzehnten, und durch die schmale Klappe im Boden zwischen ihnen konnten sie zwar längst nicht den gesamten Stall überblicken, wohl aber die finstere Nische, in der sie Star angekettet hatten.

Und darauf kam es ja schließlich an.

»Ach?«, sagte Angie, zupfte sich noch mehr uraltes Heu aus Haar und Kleidern und machte ein angeekeltes Gesicht, als sie die braune Schmiere sah. »Und dann?«

»Es sind nur noch drei Tage, Schwesterchen«, sagte Tom, als Sam ihr die Antwort auf ihren fragenden Blick schuldig blieb.

»Drei Tage?« Angie blinzelte, beugte sich behutsam vor und sah durch die schmale Klappe nach unten. Star schnaubte leise, hob den Kopf und scharrte zweimal mit dem Vorderhuf, als hätte er Toms Antwort verstanden und wollte sie bestätigen, bevor er in Ruhe weiterfraß.

»Und was genau tun wir in diesen drei Tagen?«

Ganz genau das war die Frage, vor der sich Sam insgeheim gefürchtet hatte. Sie hatte sie – nahezu wörtlich – auch der Waldfee gestellt und lediglich ein hilfloses Schulter- und Flügelzucken zur Antwort bekommen. Drei Tage, das klang nach wenig Zeit und gleichzeitig nach einer schieren Ewigkeit, in der so viel passieren konnte. Oder auch gar nichts.

Angie legte den Kopf schräg und setzte dazu an, eine weitere Frage zu stellen, die Sam vermutlich noch viel weniger gefallen würde, und in diesem Moment ging die Tür unter ihnen auf, und Star hob abermals den Kopf und schnaubte. Es klang beunruhigt, fand Sam. Fast schon ein bisschen ängstlich.

Vielleicht bildete sie es sich auch nur ein.

Vielleicht aber auch nicht. Tom jedenfalls schien es ganz ähnlich zu ergehen, denn er bedeutete seiner Schwester, still zu sein und sich zurückzuziehen, schob sich aber zugleich selbst ein kleines Stück weiter nach vorne, um nach unten zu sehen, und Sam tat – behutsam – dasselbe. Schritte näherten sich, und sie konnten die gedämpften Stimmen zweier Menschen hören, ohne im ersten Moment die Worte zu verstehen. Sam erkannte zumindest eine davon und sie war nicht unbedingt erfreut darüber. Was suchte denn der Direktor hier, und das ausgerechnet jetzt?

»… auf jeden Fall Vorrang«, verstand sie jetzt seine Stimme. »Vor einer Woche hat sich eine unserer Schülerinnen hier verletzt. Gottlob nicht schlimm, aber es hätte schlimm kommen können. So etwas darf sich auf keinen Fall wiederholen. Dieser ganze Kram hier muss raus, und zwar schnell.«

Sam schob sich ein weiteres Stück nach vorne, um einen größeren Teil des Raumes unter sich überblicken zu können, und erstarrte mitten in der Bewegung, als das morsche Holz unter ihrem Gewicht knackte. Tom warf ihr einen erschrockenen Blick zu, und Angie sah regelrecht entsetzt aus, aber auch ein ganz kleines bisschen zufrieden, offenbar nicht die Einzige zu sein, die unangenehm auffiel.

»Das alles hier würde schneller gehen, wenn wir richtig arbeiten könnten.« Sam erkannte weder die zweite Stimme noch die dunkelhaarige Gestalt, die neben Focks auftauchte, wohl aber den blauen Arbeitsoverall, den der Mann trug. Es war einer der beiden Handwerker, die sie in dem weißen Kombi gesehen hatte.

»Was hält Sie davon ab?«, erkundigte sich Focks.

»Dieses …«, der Monteur hob die Hand und deutete auf Star, »… *Tier*, zum Beispiel. Ich kann meinen Leuten nicht zumuten, hier zu arbeiten, solange es da ist.«

Star legte den Kopf schräg. Seine Ohren zuckten und sein Schweif begann nervös zu schlagen, als hätte er die Worte ganz genau verstanden.

»Dieses *Tier*«, antwortete Focks, genauso betont wie der Dunkelhaarige, wenn auch auf vollkommen andere Art, »nennt man ein Pferd. Und es ist vollkommen harmlos.«

Star schnaubte erneut. Es klang, als wollte er Focks widersprechen.

»Das mag sein, aber es macht mich nervös«, antwortete der Monteur. »Und meine Leute auch. Außerdem stört es. Niemand kann hier in Ruhe arbeiten, wenn man Rücksicht darauf nehmen muss. Könnten Sie unterrichten, wenn dieses Tier in Ihrer Klasse steht?«

»Das ist ja wohl ein kleiner Unterschied«, antwortete Focks verärgert, machte aber auch gleich eine entsprechende Handbewegung, um seinem Gegenüber das Wort abzuschneiden. »Gut, ich werde sehen, was ich tun kann, aber die Arbeit muss trotzdem weitergehen. In vier Tagen muss hier alles fertig sein.«

Der Mann lachte, aber es klang nicht sehr amüsiert. »Das Einzige, was in vier Tagen fertig ist, sind meine Leute und ich, und zwar mit den Nerven, Herr Direktor. Ob mit oder ohne dieses … Pferd, das ist völlig unmöglich.«

»Dann besorgen Sie mehr Leute«, sagte Focks unwirsch. »Die Kosten spielen keine Rolle. Ich erwarte, dass am Montag hier alles fertig ist.«

»Wenn Sie mich fragen, dann sollten Sie die Bude sprengen und neu bauen«, antwortete der Monteur. »Das geht wahrscheinlich schneller und ist garantiert preiswerter.«

»Gottlob fragt Sie ja niemand«, antwortete Focks. »Das ganze Anwesen steht unter Denkmalschutz, und das bedeutet, dass an der historischen Bausubstanz nichts geändert werden darf. Hat Ihnen das niemand gesagt?«

»Doch«, antwortete der Monteur. »Aber der schönste Denkmalschutz nutzt Ihnen nichts, wenn Ihnen das Dach auf den Kopf fällt.« Er schlug mit der Faust gegen einen der Balken, die den Heuboden (und damit auch Sam und die beiden anderen) trugen, und das so hart, dass der gesamte Stall zu wanken schien und Sam schon ernsthaft damit rechnete, in einem Regen von Trümmern auf Focks und seinem überraschten Begleiter zu landen.

Das Einzige, was herunterfiel, war hundert Jahre alter Staub, der beide Männer zum Husten brachte und Focks' Gesichtsausdruck noch einmal um mehrere Abstufungen finsterer werden ließ, aber Sams Herz klopfte dennoch so laut, dass Focks schon taub sein musste, um es nicht zu hören. Und dann noch lauter, als Focks den Kopf in den Nacken legte und stirnrunzelnd zu ihnen heraufsah.

Eigentlich hatte Sam dieses Versteck vor allem deshalb ausgesucht, weil hier die Lichtverhältnisse auf ihrer Seite waren. Focks konnte gar nichts anderes sehen als ein schwarzes Loch in der Decke.

Trotzdem war sie für einen Moment felsenfest davon überzeugt, dass sich der Blick seiner dunklen Augen direkt in den ihren bohrte.

Aber dann schüttelte er nur den Kopf, wischte sich mit einer ärgerlichen Bewegung den Staub von den Schultern und wandte sich wieder an den Monteur. »Das mag alles sein, aber es bringt uns nicht weiter«, sagte er. »Ich werde mir etwas für das Pferd überlegen, aber Sie müssen den Termin halten. Legen Sie meinetwegen eine Nachtschicht ein oder zwei, aber das hier muss am Montagmorgen fertig sein.«

»Ich kann nicht zaubern«, sagte der Mann missmutig.

»Aber Sie möchten für die Arbeit bezahlt werden, die Sie bisher geleistet haben, und uns auch in Zukunft als Kunden behalten, nehme ich an?« Focks machte ein betrübtes Gesicht. »Beides könnte schwierig werden, wenn unsere Investoren uns den Geldhahn abdrehen und wir schließen müssen.«

Der Blick seines Gegenübers verfinsterte sich, aber der Mann schluckte alles hinunter, was ihm so sichtbar auf der Zunge lag, und zuckte ruppig die Achseln. »Ich werde es versuchen«, sagte er noch einmal. »Aber ich verspreche nichts. Ich kann nicht zaubern.«

»Das verlangt auch niemand«, seufzte Focks. »Auch wenn es wahrscheinlich der einzige Weg wäre, es noch zu schaffen.«

»Dann fahre ich jetzt zurück in die Firma und versuche noch ein paar Leute aufzutreiben«, antwortete der Monteur. »Mit ein bisschen Glück können wir heute Abend noch loslegen ... aber das verwüstete Zimmer wird wohl erst einmal warten müssen.«

»Das hier hat Vorrang«, sagte Focks. »Tun Sie, was Sie können.«

Der Mann schien noch etwas sagen zu wollen, beließ es aber bei einem trotzigen Schürzen der Lippen und drehte sich auf dem Absatz herum, um mit raschen Schritten zu verschwinden.

Focks sah ihm kopfschüttelnd nach, und Sam schickte ein Stoßgebet zum Himmel, dass er endlich auch gehen möge und sie nicht etwa doch noch entdeckte. Genau wie Tom war sie mitten in der Bewegung erstarrt, als Focks und sein Begleiter unter ihnen aufgetaucht waren, und genau wie er wagte sie es kaum, zu atmen, geschweige denn auch nur einen Muskel zu rühren. Focks dachte jedoch gar nicht daran, zu verschwinden, sondern trat im Gegenteil näher an Star heran und hob die Hand, wie um ihn zu streicheln, ließ den Arm aber dann wieder sinken, als der Hengst unwillig schnaubte und sogar so tat, als wollte er nach ihm schnappen.

»Du machst uns nichts als Ärger, mein alter Freund«, seufzte er. »Manchmal frage ich mich wirklich, ob es das alles wert ist.«

Er hob nun doch die Hand, tätschelte Stars Flanke und wandte sich endgültig zum Gehen. Sam hielt trotzdem noch mit zusammengebissenen Zähnen aus, bis er nicht nur aus ihrem Sichtfeld verschwunden war, sondern sie auch das Geräusch der Tür hörte, dann sank sie mit einem erleichterten Seufzen nach vorne. Ihre Muskeln schmerzten höllisch, und ihre Arme fühlten sich an, als würden sie einfach durchbrechen, wenn sie auch nur versuchte, sie zu bewegen.

»Das war knapp«, seufzte Angie. Sie hatte zwar die ganze Zeit über einfach nur dagesessen, gab sich aber redliche Mühe, mindestens genauso erschöpft auszusehen wie sie. »Und was hat das jetzt zu bedeuten?«

»Das wir nicht hierbleiben können«, antwortete Tom. Er klang ein bisschen erleichtert. Sam nickte zwar zustimmend, aber sie war nicht sicher, ob Angie das mit ihrer Frage tatsächlich gemeint hatte. Irgendetwas an dem, was Focks gesagt hatte, war … seltsam. Nicht zu dem Handwerker. Zu Star. Konnte es sein, dachte sie, dass auch er …?

Aber nein, das war unmöglich. Sam schüttelte so heftig den Kopf, dass Tom ihr einen stirnrunzelnden Blick zuwarf und plötzlich wieder besorgt aussah.

»Wenn sie Star hier wegbringen, dann haben wir ein Problem«, sagte er jedoch nur. »Wahrscheinlich schaffen sie ihn in den großen Stall zu den anderen Pferden.«

»Und wo ist das Problem?«, fragte Angie schnippisch. »Ist es dir dort zu sauber? Kein …«, Angie sah sich demonstrativ Grimassen schneidend um und schauderte übertrieben, »na ja: *Heuboden*.«

»Kein Versteck«, bestätigte ihr Bruder ungerührt, »genau.«

»Aber der Stall ist doch viel größer«, wunderte sich Sam.

»Ja, und so sauber wie der Operationssaal der Uniklinik«, fügte Tom hinzu. »Und außerdem geht es da zu wie im Taubenschlag. Wenigstens tagsüber. Und nachts ist er abgeschlossen, und es gibt sogar eine Videoüberwachung, seit vergangenes Jahr dort eingebrochen wurde.«

»Eingebrochen?«, fragte Sam erstaunt. »Erzähl mir nicht, dass es heutzutage noch Pferdediebe gibt!«

»Keine Ahnung«, antwortete Tom. »Jedenfalls gibt es eine Kamera. Keine Chance, da ungesehen reinzukommen.«

»Und was ist daran so schlimm?« Angie stand auf und gab ihrer ohnehin ramponierten Kleidung den Rest, indem sie versuchte, sie sauber zu klopfen, was ihr die uralten Strohhalme dankten, indem sie sich in eine graubraune Schmiere verwandelten, die ganz so aussah, als würde auch das tapferste Waschmittel davor kapitulieren. »Ich meine: Wenn wir nicht an Star rankommen, dann gilt das doch auch für alle anderen, oder?«

Das hätte sie beruhigen sollen, aber Angies Worte bewirkten eher das Gegenteil. Welche Gefahr Silberhorn auch immer drohen mochte, es war ganz gewiss keine, der sie mit Videokameras und Vorhängeschlössern begegnen konnten.

Plötzlich wurde Sam klar, was sie gerade gedacht hatte, und sie verbesserte sich hastig im Stillen: Star. Nicht Silberhorn. Sie nickte trotzdem und stand auf, um sich nach der morschen Leiter zu bücken, die sie vorsichtshalber mit nach oben gezogen hatten, aber Tom legte ihr rasch die Hand auf den Unterarm und schüttelte den Kopf. Er zog die Hand auch – beinahe – sofort wieder zurück, aber eben nur beinahe. Und er sah sie dabei auf eine seltsame Art fast ... *prüfend* an.

Dann hörten sie das Geräusch eines startenden Motors, das ein paar Augenblicke brauchte, ehe es stotternd in Fahrt kam und sich dann rasch entfernte, und erst danach stand Tom seinerseits auf, bückte sich nach der Leiter und bugsierte sie mit nur einer Hand und ohne sichtbare Anstrengung durch die Öffnung im Boden.

Sam war angemessen beeindruckt. Dass Tom kein Schwächling war, hatte sie geahnt, aber das Ding war gute vier Meter lang und nicht aus Aluminium oder einem anderen leichten Material, sondern wie alles hier uralt und äußerst massiv.

Er selbst stieg auch als Erster mit raschen Bewegungen nach unten, nahm neben der Leiter Aufstellung und hielt sie mit beiden Händen fest, und obwohl das ganz und gar nicht notwendig war, empfand Sam ein Gefühl von Dankbarkeit, das sie in seiner Intensität selbst überraschte. Vielleicht war das auch der Grund, aus dem sie ein gutes Stück weiter von der Leiter zurück- und zur Seite trat, als eigentlich notwendig war.

Vielleicht gab es auch einen anderen Grund.

Sie hatte schon wieder das Gefühl, beobachtet zu werden, und es war genauso unangenehm wie in ihrem Traum von vergangener Nacht.

Schaudernd (aber möglichst unauffällig) drehte sie sich einmal im Kreis und versuchte möglichst jeden Schatten und jeden Winkel mit Blicken zu durchdringen – was sich als gar nicht so einfach herausstellte, denn es war nicht nur ziemlich dunkel hier drinnen, die Menge an Baumaterial und Werkzeug war praktisch explodiert. Der übrig gebliebene Platz reichte gerade mal aus, um zur Tür zu kommen, und kaum noch für Star. Die beiden anderen Pferde, die sie am ersten Tag hier gesehen hatte, hätten sich schon auf Maurerkübeln und Zementsäcken zusammenrollen müssen.

»So ganz genau verstehe ich ja immer noch nicht, was wir hier überhaupt tun«, sagte Angie, die sich hinter ihnen schnaufend die Leiter hinuntermühte. Sam wollte antworten, doch eine Stimme aus den Schatten neben der Tür kam ihr zuvor.

»Ja, das würde mich allerdings auch interessieren. Brennend sogar.«

Sam riss ungläubig die Augen auf, und zwei Leitersprossen über ihr japste Angie so lautstark und verzweifelt nach Luft wie der berühmte Fisch auf dem Trockenen.

»Aber ich bin ziemlich sicher, dass ihr mir alles erklären werdet«, sagte Frau Baum.

Zum zweiten Mal binnen zweier Tage saß sie auf dem Arme-Sünder-Stuhl vor dem gewaltigen Schreibtisch des Direktors, und das nach einer Woche hier auf dem Internat. Sam vermutete (zu Recht) dass sie damit nicht nur ihren persönlichen, sondern auch so etwas wie den Schulrekord gebrochen hatte, und grübelte schon seit einer ganzen Weile darüber nach, ob die zu erwartende Strafe wohl auch entsprechend dramatisch ausfallen würde.

Was sie zu der Frage brachte: Wofür eigentlich?

Sie hatte diese Frage auch schon zwei- oder dreimal laut gestellt, aber weder von Sonya noch von den beiden Geschwistern eine Antwort bekommen – falls sie die tadelnden Blicke, mit denen die Lehrerin Tom und sie immer wieder und abwechselnd bedachte, nicht als Antwort werten wollte, hieß das. Inzwischen war eine gute halbe Stunde vergangen, Frau Baum hatte mehrmals mit ihrem Handy und einmal mit den großen Apparat auf dem Schreibtisch telefoniert, wobei sich ihre Anteile an den Gesprächen stets auf ein knappes Ja oder Nein beschränkten, und sie warteten immer noch. Sie wusste nicht einmal genau, worauf eigentlich. Aber mit jeder Minute, die verging, wuchs ihre grimmige Entschlossenheit, diesen Unsinn nicht mehr allzu lange mitzumachen. Sie war schließlich kein Sklave, mit dem jeder tun und lassen konnte, wonach ihm gerade der Sinn stand.

Erstaunlicherweise schien sie die Einzige zu sein, die so dachte. Tom bemühte sich zwar, ein möglichst stoisches Gesicht zu machen (was ihm sein angeschwollenes Auge, das mittlerweile in sämtlichen Farben des Regenbogens schillerte, allerdings fast unmöglich machte), und auch seine Schwester tat (mit ebenso wenig Erfolg) so, als ginge sie das alles hier nichts an. Aber beiden gelang es nicht, ihre Nervosität zu verhehlen.

Genau in dem Augenblick, in dem sie den Entschluss gefasst hatte, lange genug gute Miene zum bösen Spiel gemacht zu haben und jetzt aufzustehen und zu gehen – ging die Tür auf und Direktor Focks kam herein. Seine Kleider waren staubig, und der verärgerte oder auch strafende Ausdruck auf seinem Gesicht, den Sam erwartete, fehlte vollkommen. Er sah ein bisschen erschöpft aus, möglicherweise besorgt, maß sie und die beiden anderen aber lediglich mit einem Blick, als wundere er sich ein bisschen, warum sie überhaupt hier waren, während er um den Schreibtisch herumeilte und sich dann in den großen Lehnstuhl dahinter fallen ließ. Sam bemerkte, dass seine Kleider nicht nur schmutzig waren, hier und da klebte trockenes Stroh daran oder auch ein graubrauner Schmierfleck. Jetzt wusste sie, wo er gewesen war.

»Ich frage mich«, seufzte er, »ob ich nicht einen Fehler gemacht habe.«

Zum Beispiel, geboren zu werden?, dachte Sam. *Zweifellos.* Aber das war schließlich nicht seine Schuld.

Focks zog die Stirn kraus, als hätte sie diesen Gedanken laut ausgesprochen, griff nach dem teuren Füllfederhalter, der vor ihm lag, und begann scheinbar gedankenverloren damit zu spielen, während er weitersprach. »Ich rede von Sven und seinen Freunden, Samiha. Vielleicht habe ich dem Falschen einen Schulverweis ausgesprochen.«

Sam sagte auch dazu nichts. Focks hatte anscheinend keine Ahnung, wie viele Gespräche in dieser Art sie schon hinter sich hatte, und ganz bestimmt keine davon, wie überlegen sie ihm in solchen Spielchen war.

»Aber damit würde ich dir allerhöchstens einen Gefallen tun, nicht wahr?«, fragte er.

Sam schwieg auch dazu.

»Möchtest du das?«, fragte Focks schließlich geradeheraus. »Ich meine: Ist das vielleicht der Grund, warum du dich so benimmst? Wenn ja …«, er deutete auf Tom und seine Schwester, die rechts und links von ihr saßen, »… dann solltest du vielleicht wenigstens an deine Freunde denken. Du tust ihnen keinen Gefallen damit, wenn du sie auch noch mit ins Unglück reißt.«

Auch noch mit ins Unglück reißt … Sam musste sich beherrschen, um nicht verächtlich die Lippen zu verziehen. Anscheinend war Focks jetzt endgültig der Meinung, der Patriarch eines englischen Eliteinternats aus dem späten Mittelalter zu sein, und bemühte sich nach Kräften um eine angemessen geschwollene Ausdrucksweise. Sie wusste aus langer Erfahrung im Guerillakampf gegen den Rest der Welt, dass sie ihr Gegenüber in einer Situation wie dieser am besten damit aus der Ruhe brachte, gar nichts zu sagen. Aber sie zuckte trotzig mit den Schultern und fragte: »Was habe ich denn so Schlimmes getan?«

»Wann genau, meinst du?«, gab Focks zurück. »Vorgestern Nacht, in deinem Zimmer, oder gerade, zusammen mit Tom auf dem Heuboden?« Bei diesen Worten trat Sonya langsam um den Schreibtisch herum und nahm mit vor der Brust verschränkten Armen schräg hinter dem Direktor Aufstellung. Allmählich wurde es lächerlich, dachte Sam. Allerdings verlor der Anblick auch noch den allerletzten Rest unfreiwilliger Komik, als sie den Ausdruck auf dem Gesicht der Lehrerin gewahrte – und ihrem Blick folgte, der auf eine ganz bestimmte Art zwischen ihr, Tom und (leicht verwundert) Angie hin und her ging.

»Nichts«, antwortete sie, auch jetzt beinahe gegen ihren Willen. Sam begann sich über sich selbst zu ärgern. Schließlich wusste sie, dass beharrliches Schweigen nicht nur der sicherste Weg war, Focks innerlich zum Kochen zu bringen, sondern auch das einzig Vernünftige, was sie überhaupt tun konnte. Was immer sie sagte, würde gegen sie ausgelegt werden, ganz egal ob sie recht hatte oder nicht. Aber es gelang ihr nicht, so cool und überlegen zu bleiben, wie sie es von sich selbst erwartete.

»Wenn das *nichts* war«, fuhr der Direktor fort und befleißigte sich einer dazu passenden betrübten Miene, »dann möchte ich nicht erleben, was passiert, *wenn* du etwas tust. Wir haben hier Regeln, junge Dame. Ich dachte, ich hätte das klar genug zum Ausdruck gebracht. Aber vielleicht ist es ja meine Schuld, und ich hätte von Anfang an deutlicher sein sollen.«

Sonyas Blick wurde noch finsterer, aber irgendwie hatte Sam das Gefühl, dass ihr Unmut nichts mit dem zu tun hatte, worüber Focks sprach.

»Was hattet ihr dort oben auf dem Heuboden verloren?«, fragte Focks.

Vielmehr interessierte Sam allerdings die Antwort auf die Frage, wie es Sonya eigentlich gelungen war, sie aufzuspüren. Sie waren nicht einfach in den Stall marschiert und hatten blauäugig darauf vertraut, dass schon nichts passieren würde, sondern hatten sorgsam darauf geachtet, von niemandem gesehen zu werden.

»Vielleicht sollten wir in diesem einen Fall noch einmal Gnade vor Recht ergehen lassen«, sagte Sonya nicht nur zu Sams Überraschung. »Möglicherweise ist es ja tatsächlich ein wenig unsere Schuld. Wir hätten von Anfang an deutlicher sein sollen.«

Das gefiel Focks nicht, wie man ihm deutlich ansah. Trotzdem nickte er nach einem Moment abgehackt und murrte: »Meinetwegen.« Seine Finger schlossen sich so fest um den Füller, als wollte er ihn in Stücke brechen. »Aber damit ist die Sache nicht erledigt. Auch nicht für euch beide.«

Die Worte galten Tom und seiner Schwester. Tom hielt seinem Blick wortlos stand, aber Angie begehrte dafür umso lauter auf. »Aber wir haben doch gar nichts …«

»… getan?«, fiel ihr Focks ins Wort und sah demonstrativ auf die Uhr. »Ja, das scheint mir auch so. Jedenfalls im Vergleich zu euren Mitschülern. Die sitzen nämlich im Augenblick an ihrer Arbeit und bereiten sich auf morgen vor.«

»Morgen?«

»Man weiß nie, ob nicht plötzlich eine nicht angekündigte Arbeit auf dem Stundenplan steht oder eine Zwischenprüfung«, antwortete Focks.

»Mit der Schule ist es manchmal wie mit dem richtigen Leben, weißt du?«, fügte Sonya mit einem zuckersüßen Lächeln hinzu. »Frau sollte immer auf das Schlimmste vorbereitet sein.«

Angie schluckte so laut, dass man es hören konnte, stand dann auf und wandte sich zur Tür, als Focks keine Einwände dagegen erhob. Tom folgte ihr nach kurzem Zögern, und auch Sam wollte aufstehen, doch der Direktor hielt sie mit einer knappen Geste zurück.

Sie war nicht überrascht. Auch nicht, dass er beharrlich weiterschwieg, bis Tom die Tür hinter sich zugezogen hatte. Anscheinend kam jetzt der lustige Teil. Sie starrte Focks so herausfordernd-trotzig an, wie es ihr nur möglich war, was ihn aber nicht im Geringsten zu beeindrucken schien.

»Willst du mir jetzt vielleicht sagen, was ihr dort oben auf dem Heuboden gesucht habt?«, fragte er.

»Wir wollten nur …« Sam brach wieder ab, fühlte sich einen Moment lang hilflos und bemühte sich dann um einen einigermaßen glaubhaft verlegenen Gesichtsausdruck. »Wir wollten auf Star aufpassen. Ihn bewachen.«

»Warum? Hast du das Gefühl, dass wir uns nicht gut genug um ihn kümmern?«

»Sven?«, fragte Sonya.

Sam sah sie ziemlich überrascht an. Weder sie noch die beiden anderen hatten auch nur ein einziges Wort gesagt, während Sonya sie wie drei Delinquenten auf dem Weg zum Schafott hier heraufgeführt hatte.

»Wie kommen Sie darauf, Frau Baum?«, erkundigte sich Focks.

»Das ist nicht sonderlich schwer zu erraten«, antwortete sie. »Nicht nach dem, was vorgestern auf der Koppel passiert ist. Außerdem hat mir eine der anderen Schülerinnen erzählt, dass sie gehört hat, wie Sven Samiha gedroht hat. Er hat auch gesagt, dass er sich an Star rächen wird.« Sie blinzelte Sam fast verschwörerisch zu. »Hier bleibt nichts geheim, wusstest du das nicht?«

»Das hätten Sie mir sagen müssen, meine Liebe«, sagte Focks.

»Ich hielt es nicht mehr für notwendig, nachdem ich mit Sven gesprochen habe«, antwortete Sonya, ohne Sam dabei auch nur für einen Wimpernschlag aus den Augen zu lassen. »Er hat mir versprochen, dem Hengst nicht einmal nahe zu kommen.«

»Ach, und das glauben Sie ihm selbstverständlich auch?«, schnaubte Sam.

»Natürlich tue ich das.« Sonya lachte. »Ich hätte gedacht, dass du Typen wie Sven und seine Freunde kennst. Im Grunde ist er ein Feigling. Nur solange er sich hinter seinen Freunden verstecken kann oder es nur mit Schwächeren zu tun hat, riskiert er eine große Klappe.«

Sam war keineswegs sicher, dass Sonyas Einschätzung so zutraf – aber ihre Worte brachten die Lehrerin (und vor allem Focks) auf die falsche Fährte, und das war ihr im

Moment allemal lieber, als wenn sie die Wahrheit auch nur ahnten. Sie schwieg.

»Und da haben deine beiden neuen Freunde und du beschlossen, die einsamen Helden zu spielen und Star zu bewachen«, seufzte Focks. »Samiha, was soll das? Du hättest zu mir kommen oder dich einem der Lehrer anvertrauen müssen. Du bist doch kein kleines Kind mehr, sondern schon fast erwachsen … oder behauptest jedenfalls, es zu sein. Aber du benimmst dich wie eine Figur aus einem Enid-Blyton-Roman! Und dann wundert ihr euch, wenn man euch nicht ernst nimmt?«

Sam schwieg auch dazu. Der Vergleich war ja nicht einmal falsch und ging trotzdem so weit an der Wahrheit vorbei, wie es überhaupt nur möglich war. Aber irgendwie schien das ja auf alles zuzutreffen, was sie bisher hier erlebt hatte.

»Ich fürchte, Kollegin Baum hat recht«, seufzte Focks schließlich, »und es ist zum größten Teil meine Schuld. Wir hätten dieses Gespräch gleich am ersten Tag führen sollen und nicht jetzt, wo das Kind gewissermaßen schon in den Brunnen gefallen ist. Du bist erst einige Tage bei uns, Samiha, und trotzdem hast du bereits eine Erfolgsgeschichte aufzuweisen, der sich nur wenige unserer Schülerinnen und Schüler rühmen können.«

Sam hüllte sich weiter in verstocktes Schweigen.

»Eine Prügelei mit einem anderen Schüler«, fuhr Focks fort, »ein total verwüstetes Zimmer, du kommst zu spät und vollkommen übermüdet zum Unterrichtet, leistest den Anweisungen des Lehrpersonals keine Folge und treibst dich herum … habe ich etwas vergessen?« Er schüttelte den Kopf, nickte praktisch in der gleichen Bewegung und stand auf. »Ach ja, beinahe.«

»Das ist jetzt nicht …«, begann Sonya.

»Ich denke, doch, Frau Kollegin«, sagte Focks, während er die Schranktüren öffnete und etwas herausnahm. Sams Herz macht einen erschrockenen Satz in ihrer Brust, als sie die zusammengerollte Leinwand erkannte, die er zum Schreibtisch trug und mit einer unnötig heftigen Bewegung auf die Platte fallen ließ.

»Vorsätzliche Sachbeschädigung, nicht zu vergessen«, fuhr er fort. »Das Einzige, was man zu deiner Ehrenrettung vielleicht ins Feld führen könnte, ist die Tatsache, dass du nicht gewusst hast, was du da anrichtest.«

Während er das sagte, rollte er die Leinwand auseinander, und Sam sah, dass es sich dabei um genau das handelte, was sie befürchtet hatte. Ihr Herz klopfte noch schneller.

»Sie … Sie haben mein Zimmer durchsucht?«, murmelte sie. Sie hatte empört klingen wollen, aber es gelang ihr nicht. Der Direktor hatte sichtlich ihren Schrank durchwühlt und dabei das ruinierte Bild gefunden, und das bedeutete, dass er unter Umständen auch …

Nein!, rief sich Sam in Gedanken zur Ordnung. Wenn er auch die Waldfee entdeckt hätte, dann würden sie jetzt bestimmt nicht so ruhig beieinandersitzen und reden. Der Schatten hinter Focks begann sich zu bewegen, und sie glaubte seinen Ärger zu spüren.

»Stell dir vor, ja«, antwortete Focks.

»Aber das dürfen Sie nicht«, murmelte Sam lahm.

»Ach nein, darf ich nicht?«, fragte Focks. Der Schatten hinter ihm machte eine heftige nickende Bewegung, und das kurze und fast triumphierende Aufblitzen in Focks' Augen zeigte Sam, dass er offenbar auf ganz genau diese Antwort gewartet hatte.

»Damit hast du möglicherweise sogar recht, und es überrascht mich auch kein bisschen, dass du das weißt«, sagte er. »Mit euren eigenen Rechten kennt ihr euch ja immer bestens aus, nicht wahr? Mit den Rechten anderer nehmt ihr es allerdings nicht so genau, oder?«

Sam schwieg.

»Ist dir eigentlich klar, was du da angerichtet hast?«, fuhr Focks aufgebracht fort. Seine Hand klatschte mit gespreizten Fingern auf die Stelle, an der Tom die meiste Farbe abgekratzt hatte, während er mit der anderen versuchte, die Leinwand niederzuhalten, die sich immer wieder aufrollen wollte. »Ich erwarte nicht, dass du so etwas wie Kunstverständnis aufbringst, aber zumindest ein bisschen Respekt!«

»Vor diesem Schinken?«, fragte Sam. »Das male ich ja mit verbundenen Augen besser!«

»Dieser *Schinken*, wie du ihn nennst, ist beinahe dreihundert Jahre alt!«, schnaubte Focks. »Es spielt keine Rolle, ob er dir gefällt oder mir oder sonst wem! Jemand hat sich etwas dabei gedacht, als er dieses Bild gemalt hat, und es hängt seit sechs Generationen in diesem Haus. Und du ruinierst es, aus reiner Zerstörungswut?«

»Aber ich war …« *das doch gar nicht,* hätte sie beinahe gesagt. Wahrscheinlich hätte Focks (oder wenigstens Sonya) ihr sogar geglaubt, aber dann hätte sie auch sagen müssen, *wer* es gewesen war, und das kam natürlich nicht infrage. »… doch nur neugierig«, schloss sie stattdessen, nach einer Pause und in einem alles andere als überzeugenden Ton.

»Worauf?«, fragte Focks. Sonya legte den Kopf schräg und sah plötzlich irgendwie lauernd aus, fand Sam.

»Weil das Bild darunter viel besser ist«, antwortete sie. »Ich verstehe nicht, warum jemand so etwas tut. Eigentlich habe ich Ihnen einen Gefallen getan. Sie sollten sich auch die anderen Bilder anschauen. Vielleicht sind es ja alles verborgene Kunstwerke.«

»Hast du deshalb auch das zweite Bild beschädigt?«, fragte Focks kühl.

»Ich habe nichts …«

»Der Schaden daran ist gottlob nicht so groß wie hier«, fuhr Focks ungerührt fort. Seine Finger stießen noch einmal und jetzt eindeutig anklagend auf die beschädigte Stelle hinab, und wieder schienen die Schatten zwischen den gemalten Bäumen und Dornenbüschen zu unheimlichem Leben zu erwachen und sich von ihrem angestammten Platz zu lösen, um lautlos auf seine Finger zuzuhuschen.

»Nicht!«, sagte Sam erschrocken.

Focks runzelte die Stirn und sah eine halbe Sekunde lang nachdenklich auf das Bild hinab, aber dann nahm er die Hand weg, gerade als die Schatten seine Finger endgültig zu berühren drohten, und sie zogen sich ebenso rasch zurück, wie sie aufgetaucht waren – wie kleine, huschende Tierchen, die spurlos wieder mit dem gemalten Hintergrund verschmolzen. Sam atmete erleichtert auf.

»Ist alles in Ordnung mit dir?«, fragte Sonya.

»Ja«, antwortete Sam hastig. »Ich war nur … Es tut mir leid, wirklich. Ich weiß auch nicht, was in mich gefahren ist.«

Sonya sah nicht überzeugt aus, und auch Focks blickte plötzlich eher misstrauisch als zornig. Wenigstens versuchte er nicht mehr, das Bild anzufassen.

»Wir werden versuchen den Schaden wiedergutzumachen«, fuhr er fort. »Aber ich erwarte natürlich von dir, dass sich so etwas nicht wiederholt.« Er rollte die Leinwand zusammen und trug sie zum Schrank zurück, bevor er weitersprechen wollte.

Doch Sam unterbrach ihn: »Ich würde jetzt gerne gehen. Da ist eine Menge, worüber ich nachdenken muss.«

Focks wirkte unentschlossen. »Meinetwegen. Vielleicht sollten wir uns alle eine kleine Auszeit gönnen und dieses Gespräch später fortsetzen. Aber du solltest wirklich über das nachdenken, was ich dir gesagt habe. Und über die vier Wochen, die wir vereinbart hatten.«

»Das werde ich«, versprach Sam, sprang regelrecht auf und konnte sich gerade noch beherrschen, nicht zur Tür zu rennen, sondern zu gehen.

Sie konnte die Blicke fast körperlich spüren, mit denen Focks und Sonya ihr nachsahen, und es kostete sie tatsächlich all ihre Selbstbeherrschung, wenigstens halbwegs würdevoll zur Tür zu kommen.

Dann aber begann sie zu rennen, flog regelrecht die Treppe hinab und hielt erst im Erdgeschoss wieder an.

Die Halle war so still und menschenleer wie immer um diese Tageszeit, aber plötzlich meinte sie überall lautlose, huschende Bewegungen zu erkennen, die immer dann verschwanden, wenn sie genauer hinzusehen versuchte, und –

Etwas klapperte, und Sam fuhr wie von der Tarantel gestochen herum und konnte einen halblauten Schrei nicht mehr ganz unterdrücken, als sie sah, dass sie nicht mehr allein war und den Neuankömmling auch noch erkannte.

Es war Sven. Er trat aus einem Schatten unter der Treppe hervor und wirkte im ersten Moment kaum weniger überrascht, sie zu sehen, wie umgekehrt Sam. Außerdem sah er ein bisschen ertappt aus.

Das aber nur für einen ganz kurzen Moment, dann hatte er sich auch schon wieder in der Gewalt und wirkte jetzt eher … verschlagen?

»Was suchst du denn hier?«, fragte er, statt sich mit etwas so Überflüssigem wie einer Begrüßung aufzuhalten. Sam sah, dass er etwas in den Händen hielt, aber sie konnte es nicht genau erkennen. War das … ein Messer? Nein. Irgendwie war es dafür zu groß, und auch die Form war nicht richtig.

Bevor sie jedoch eine entsprechende Frage stellen konnte,

legte Sven den Kopf in den Nacken und sah stirnrunzelnd die Treppe hinauf, die sie gerade heruntergekommen war. Er nickte grimmig. »Ich verstehe. Du warst beim Direktor? Wenn du mich anschwärzen wolltest, dann hast du dir die Mühe umsonst gemacht. Ich bin schon gefeuert.«

»Ich weiß«, sagte Sam. »Und es tut mir auch leid. Das wollte ich nicht.«

»Warum hast du es dann getan?«, fragte Sven böse.

»Ich habe *gar nichts* getan«, antwortete Sam betont. Ihr plötzlicher Anfall von Freundlichkeit war offensichtlich ein Fehler gewesen. Hatte sie wirklich geglaubt, bei Sven irgendetwas damit zu erreichen?

»Ja, und deswegen darf ich am Wochenende nach Hause. Aber glaub bloß nicht, dass die Sache damit erledigt ist.«

»Und was genau soll das heißen?«, fragte Sam. Eine innere Stimme riet ihr, lieber die Klappe zu halten und Sven einfach mit genau der Verachtung zu strafen, die er verdiente. Er hatte die Hand jetzt hinter dem Rücken, doch sie war inzwischen ziemlich sicher, dass er so etwas wie ein Messer gehalten hatte … auf jeden Fall etwas sehr Spitzes.

Aber es war schon zu spät. »Vielleicht, dass ich es nicht leiden kann, jemandem etwas schuldig zu bleiben«, antwortete er. »Und dir bin ich noch eine Menge schuldig.«

»Und was genau sollte das sein?«

Sie hatte nicht einmal gehört, dass Tom die Halle betreten hatte. Er tauchte buchstäblich wie aus dem Nichts neben ihr auf, und auch Sven schien es nicht anders zu ergehen, seinem verblüfften Gesicht nach zu schließen.

Aber natürlich war Sven Sven, und er erholte sich genauso schnell von seiner Überraschung, wie sie gekommen war. »Schau an, der edle Ritter ist wieder da«, sagte er. »Was für ein Zufall, dass du immer genau im richtigen Moment auftauchst, um einer Dame in Not beizustehen.«

»Ich bin keine Dame«, sagte Sam ruhig. »Soll ich es dir beweisen?«

Sven ignorierte sie vollkommen und trat wie zufällig einen Schritt auf sie zu. Die linke Hand hatte er immer noch auf dem Rücken, und Sam sah jetzt, dass er nicht einfach bloß aus dem Schatten der Treppe herausgetreten war. Hinter ihm befand sich eine schmale Tür, so geschickt in die Holzvertäfelung der Wand eingepasst, dass man sie nur sah, wenn man wusste, dass es sie gab.

»Hat dir ein Veilchen nicht gereicht, Kleiner?«, fragte er lächelnd. »An mir soll es nicht scheitern, wenn du noch einen Nachschlag willst. Ich kann dich ja sogar verstehen ... sieht echt scheiße aus, zwei so ungleiche Augen.«

»Du kannst es gerne versuchen«, sagte Tom, während er mit einem Schritt zwischen Sam und ihn trat.

Sven riss in gespieltem Erstaunen die Augen auf. »Du scheinst ja wirklich Mumm zu haben«, sagte er. »Hätte ich dir gar nicht zugetraut ... aber bist du auch ganz sicher, dass du das willst? Ich meine: Diesmal ist niemand da, der dir hilft. Nicht mal ein Pferd. Aber eins muss man dir lassen: Du hast Schneid.«

»Vor allem hat er deutlich mehr Grips als du, junger Mann«, sagte eine Stimme vom oberen Ende der Treppe her.

Sam fuhr auf dem Absatz herum, und die Schatten zogen sich eilfertig in ihre Verstecke jenseits der Wirklichkeit zurück und waren im gleichen Moment verschwunden, in dem sie Sonya erkannte. Sie stand reglos und ganz so da, als täte sie es schon seit einer Weile, auf jeden Fall aber lange genug, um jedes Wort gehört zu haben.

Sie wartete geschlagene zehn Sekunden lang darauf, dass einer von ihnen antwortete, dann seufzte sie leise und kam betont langsam die Treppe herab, die linke Hand auf dem Geländer.

»Sven, Sven, Sven«, sagte sie kopfschüttelnd. »Ich weiß allmählich wirklich nicht mehr, was ich noch mit dir machen soll. Lernst du denn niemals etwas dazu?«

Svens Augen wurden schmal, und er begann unbehaglich von einem Fuß auf den anderen zu treten. Er schwieg.

»Aber es trifft sich ganz gut, dass wir uns begegnen. Ich wollte sowieso gerade zu dir.«

»Ach?«, sagte Sven.

Sonya machte eine Kopfbewegung hinter sich. »Der Direktor möchte mit dir sprechen«, sagte sie. Als Sven sie nur weiter anstarrte und weder Anstalten machte, sich zu rühren, noch, zu antworten, fügte sie in hörbar schärferem Ton hinzu: »Jetzt gleich.«

Sven war es wohl sich selbst schuldig, noch einen Moment zu trotzen, aber dann marschierte er hoch erhobenen Hauptes an ihnen und Frau Baum vorbei und stampfte die Treppe hinauf. Sonya sah ihm kopfschüttelnd und schweigend nach, und Tom gab einen abfälligen Laut von sich.

»Der lernt es nie«, sagte er.

»Ja«, pflichtete ihm Sam bei. »Fast könnte er einem sogar leidtun.«

»Das ist nicht notwendig«, sagte Sonya. »Ich habe mit Direktor Focks gesprochen. Er ist bereit, Sven eine allerletzte Chance zu gewähren. Wenn er sich innerhalb der nächsten vier Wochen nichts zuschulden kommen lässt, dann ist er bereit, den Schulverweis noch einmal zurückzunehmen.«

»Wie großzügig«, maulte Tom.

»Das sind wir hier öfter, wenn wir bei einem jungen Menschen eine Möglichkeit sehen, ihn doch noch auf den richtigen Weg zu bringen«, antwortete Sonya gelassen. Dann wurde ihr Blick sehr nachdenklich, fast schon ein bisschen besorgt. »Ist alles in Ordnung mit dir, Samiha?«

»Ja«, antwortete Sam. Sie konnte selbst hören, wie kläglich sich ihre Stimme anhörte.

»Du siehst nicht gut aus«, sagte Sonya auch prompt. »Vielleicht ist es ganz gut, dass Thomas hier ist.« Sie wandte sich direkt an Tom. »Bring sie zu ihrem Zimmer, Thomas. Und bleib dort. Ich komme in ein paar Minuten nach.«

Also gut«, seufzte Tom. »Auch wenn ich zum zweiten Mal an einem Tag dasselbe sage: *Das* ist die verrückteste Geschichte, die ich jemals gehört habe.«

Sam warf einen raschen Blick zur Tür, bevor sie antwortete. Sie hatte sie halb offen stehen lassen und auch nur mit gedämpfter Stimme gesprochen, während sie Tom von ihrem Gespräch mit der Waldfee berichtet hatte, aber auch von der deutlich unangenehmeren Unterhaltung mit Focks und ihrem anschließenden Zusammentreffen mit Sven.

»Ist aber wahr.«

»Das glaube ich dir sogar«, antwortete Tom fast zu ihrer Überraschung. »Oder sagen wir: Ich glaube dir, dass du glaubst, dass es so war.«

»Aha«, sagte Sam. Dann umwölkte sich ihr Gesicht. »Ist das deine Art, mir möglichst charmant beizubringen, dass du mich für übergeschnappt hältst?«

»Natürlich nicht!« Tom machte eine Bewegung, wie um nach ihr zu greifen, drehte sich dann aber stattdessen um und ging zur Tür. Er lugte vorsichtig auf den Gang hinaus, stellte offenbar fest, dass niemand da war, und wollte sie schließen, doch jetzt war es Sam, die ihn zurückhielt.

»Lass das«, sagte sie. »Wenn Sonya kommt und sieht, dass die Tür zu ist, dann denkt sie wieder wer weiß was.«

»Hätte sie denn einen Grund, sich wer weiß was zu denken?«, fragte Tom grinsend. Aber er ließ die Tür gehorsam offen und bestand auch nicht auf einer Antwort.

»Du musst schon zugeben, dass das ein bisschen abgedreht klingt. Der *Pfeil der Erkenntnis.* Andererseits ...«, er legte den Kopf schräg und maß sie mit einem nachdenklichen Blick von Kopf bis Fuß: »Du siehst wirklich aus, als hättest du einen Geist gesehen«, sagte er. »Oder ist dir die Begegnung mit Sven so sehr auf den Magen geschlagen?«

»Er hatte ein Messer.«

»Ein Messer?«

»Oder etwas in der Art«, antwortete Sam. »Ich konnte es nicht genau erkennen. Hatte es ziemlich eilig, es hinter dem Rücken zu verstecken, als er mich gesehen hat. Und er ist aus dem Keller gekommen … glaube ich.«

»Du meinst die Tür unter der Treppe?« Tom nickte, um seine eigene Frage zu beantworten. »Die ist immer abgeschlossen, damit sich keiner der lieben Kleinen dort hinunterverirrt und vielleicht einen Splitter einreißt oder die Kleider schmutzig macht.«

Sam blieb ernst. »Und was gibt er dort unten so Wertvolles?«

»Keine Ahnung«, sagte Tom. »Wahrscheinlich nur wertlosen Plunder aus dreihundert Jahren – warum?«

»Weil ich mich frage, was er dort unten gesucht hat«, antwortete Sam, sah ihrerseits noch einmal sichernd zur Tür und ging dann zum Schrank. Sie musste sich auf die Zehenspitzen stellen, um auf das obere Bord sehen zu können, und selbst dann reichte es nicht, um einen Blick auf das Nest zu werfen, das sich die Waldfee aus ihrer Wäsche gebaut hatte.

»Sie schläft«, sagte Tom hinter ihr. »Ich habe versucht, sie wach zu bekommen, aber sie brabbelt nur wirres Zeug. Anscheinend ist sie völlig geschafft.«

Sam fragte sich erneut, wie Focks die Waldfee eigentlich übersehen konnte, wo er doch so offensichtlich ihren Schrank durchwühlt hatte.

»Lass uns lieber über Sven sprechen«, sagte sie. »Ich möchte zu gerne wissen, was er dort unten gesucht hat. Er ist bestimmt nicht in den Keller eingebrochen, um ein altes Messer zu stehlen oder …«

Tom machte eine fast erschrockene Handbewegung, still zu sein, und Sam brach gerade noch rechtzeitig genug ab, als die Tür ganz aufging und Sonya hereinkam.

»Entschuldige«, sagte sie. »Es hat ein bisschen länger gedauert, als ich erwartet habe.«

»Ich nehme an, Sven konnte sich vor lauter Freude kaum noch beherrschen, doch hierbleiben zu dürfen?«, fragte Tom.

»Du wirst es nicht glauben, ja«, antwortete Sonya. »Nicht alle haben es so gut wie ihr, mein junger Freund. Dort, wohin wir ihn zurückgeschickt hätten, wäre es ziemlich hart für ihn geworden.«

»Mir bricht das Herz«, sagte Tom.

»Ja, das sieht man dir an, Thomas«, antwortete Sonya. »Aber das ist ein anderes Thema. Danke, dass du so lange auf Samiha achtgeben hast. Aber jetzt komme ich allein zurecht.«

Tom hob trotzig die Schultern, drehte sich aber gehorsam um und machte sich auf den Weg – wenn auch nicht, ohne Sam noch einen raschen, fast beschwörenden Blick zugeworfen zu haben, der Sonya natürlich keineswegs entging.

»Ihr verheimlicht mir nicht zufällig etwas?«, fragte sie stirnrunzelnd.

Tom schüttelte den Kopf und hatte es jetzt so eilig, das Zimmer zu verlassen, dass er sich nicht einmal die Zeit nahm, die Tür hinter sich ins Schloss zu ziehen. Sonya holte es für ihn nach.

»Er ist nett, nicht? Für einen Jungen.«

»Und er hat eine ziemlich nervige Schwester«, fügte Sam hinzu. »Sie klebt wie eine Klette an ihm.«

»Na, dann wollen wir hoffen, dass das auch so bleibt«, sagte Sonya. »Wenigstens für eine Weile.«

»Sie sind aber nicht gekommen, um über Tom zu sprechen, oder?«, fragte sie.

»*Du*«, verbesserte sie Sonya. »Und nein. Jedenfalls nicht nur. Aber nimm dich trotzdem vor ihm in Acht.«

»Schon aus Prinzip?«, vermutete Sam.

»Wir Frauen müssen auf der Hut sein«, bestätigte Sonya. »Wir leben in einer Welt, die von Männern beherrscht wird, ganz egal was uns die – ebenfalls von Männern manipulierten – Medien weismachen wollen. Und wir bekommen in dieser Welt nichts geschenkt, Samiha. Wenn wir etwas haben wollen, dann müssen wir es uns nehmen, das darfst du nie vergessen. Thomas ist vielleicht wirklich der nette Bursche, für den du ihn hältst, aber er ist ein Mann. Haben sie erst einmal bekommen, was sie wollen, verlieren sie oft das Interesse daran, wenn du verstehst, was ich meine.«

»Wir kennen uns seit einer Woche!«, sagte Sam empört.

»Siehst du?«, sagte Sonya lächelnd. »Es wirkt schon.«

»Was?«

»Die Magie dieses Ortes.«

»Magie?«, wiederholte Sam nervös.

Sonya lachte. »Nein, nicht diese Art von Magie. Ich nenne es nur so, weil dieser Ort eine ganz besondere Wirkung auf die Menschen hat.« Sie sah sich lange (und für Sams Geschmack eindeutig ein bisschen zu neugierig) um, trat dann an die Wand neben dem Fenster und strich mit den Fingerspitzen über die kostbare Holzvertäfelung. »Ich glaube, es liegt auch ein bisschen an dieser Umgebung.«

»Weil sie alt ist?«

»Weil sie *schön* ist«, antwortete Sonya betont. »Ich glaube, dass es einen Grund gibt, aus dem Menschen bestimmte Dinge auf eine bestimmte Art tun. Diese alten Häuser haben ihre ganz eigene Art von Magie. Sie berühren etwas in uns, und meistens auf angenehme Art.«

Sam fragte sich, ob Sonya nur versuchte Konversation zu machen oder ihr das aus einem ganz bestimmten Grund sagte. Sie fragte sich auch, ob sie sich nur beiläufig in ihrem Zimmer umsah, oder nach etwas Bestimmtem suchte. Vor allem das Bild über ihrem Bett schien ihr besonderes Interesse zu erwecken. Sams Unbehagen nahm noch einmal zu, als sie sah, dass das wackelige X aus Heftpflaster nicht mehr darauf klebte. Aber sie schwieg.

»Wir sind ja bisher noch gar nicht dazugekommen, uns richtig kennenzulernen«, fuhr Sonya fort. Jetzt strichen ihre Fingerspitzen über den goldbemalten Bilderrahmen und hielten genau auf Höhe der frei gekratzten Stelle. Die so bedrohlichen Schatten, die unter der zweiten Farbschicht zum Vorschein gekommen waren, waren noch immer da und sie waren auch nicht unbedingt dazu angetan, ihre Beunruhigung zu dämpfen … doch etwas daran war anders, als Sam es in Erinnerung hatte. Unauffällig trat sie näher.

»Warum bist du hier?«, fragte Sonya unvermittelt.

»Wie?« Sam verstand nicht.

»Warum bist du hier?«, wiederholte Sonya. Sie ließ endlich von dem Bilderrahmen ab und drehte sich ganz zu ihr herum. »Ich meine: Ich weiß, dass du nicht aus freien Stücken hier bist, sondern weil deine Eltern so entschieden haben. Aber warum haben sie das getan?«

Sam sah sie nur noch verständnisloser an.

»Weil du in letzter Zeit eine Menge Probleme gehabt hast«, fuhr Sonya fort. »Ich habe mir deine Akte noch einmal angesehen. Du bist eine Rebellin. Immer, wenn du auf Widerstand triffst, nimmst du Anlauf und rennst mit deinem Kopf durch die Wand, habe ich recht?«

»Wie war das gerade?«, fragte Sam. »Wenn frau etwas will, dann muss sie es sich nehmen?«

»Aber nicht um jeden Preis«, antwortete die Lehrerin. »Früher war ich genau wie du, wahrscheinlich noch schlimmer. Ich bin keiner Konfrontation aus dem Weg gegangen, sondern habe sie regelrecht gesucht. Ich weiß nicht mehr, wie viele ich vor den Kopf gestoßen habe – und die meisten davon im ursprünglichen Sinn des Wortes – und wie viel Ärger ich hätte vermeiden können, nur indem ich im richtigen Moment einmal *nichts* gesagt hätte. Der Weg des geringsten Widerstandes ist vielleicht nicht immer der richtige, aber mit dem Kopf durch die Wand ist auch keine Lösung. Manchmal ist die nämlich härter, als man denkt, und man holt sich nur eine Beule.«

»Und?«, fragte Sam. Sie verstand immer weniger, worauf Sonya eigentlich hinauswollte.

»Du bist neu hier, und eigentlich ist dein Verhalten ganz normal«, sagte Sonya. »Du bist wütend auf die ganze Welt, weil sie so ungerecht zu dir ist; auf deine Eltern, weil sie dich hierher abgeschoben haben, auf uns, weil wir diesen Ort der Verdammnis leiten, und auf dich selbst, weil du es nicht verhindern konntest, hier zu landen … Habe ich etwas vergessen?«

»Das eine oder andere«, grollte Sam. Sie musste sich beherrschen, um nicht unentwegt das Bild anzustarren.

»Das ist normal und ich verstehe es. Die meisten reagieren so, wenn sie neu hier sind. Normalerweise lassen wir ihnen einfach ein paar Wochen Zeit, und es legt sich.«

»Und was ist an mir nicht normal?«, fragte Sam. Plötzlich wusste sie, was an dem Bild anders geworden war. Die glühenden Augen waren erloschen, die sie aus der Dunkelheit heraus angestarrt hatten.

»Du hast schon eine ganze Menge angestellt in der kurzen Zeit, in der du hier bist«, antwortete Sonya. »Mehr als die meisten … und dabei zähle ich unseren Freund Sven durchaus mit. Wir sind hier sehr geduldig, aber letzten Endes gibt es Grenzen.«

»Du willst mir nicht unauffällig nahelegen, dass ich besser freiwillig gehen soll, bevor ihr mich rauswerft?«, fragte Sam.

Sonya wirkte regelrecht schockiert. »Um Himmels willen, nein!«, sagte sie. »Warum vermutest du nur hinter allem gleich einen persönlichen Angriff, Samiha? Niemand will dir etwas tun und niemand verlangt von dir, dich zu verbiegen! Aber gib uns eine winzige Chance!«

»Mir eine Gehirnwäsche zu verpassen?«, fragte Sam böse. »Danke! Ich habe keine Lust, auch zu einem solchen Zombie zu werden!«

»Zombie?« Sonya seufzte traurig. Sie. »So siehst du das?«

»Aber woher denn?«, gab Sam spöttisch zurück. »Ich war schon auf so vielen Schulen, und es war überall genau wie hier. Alle sitzen fröhlich beim Frühstück und grinsen, bis ihnen die Zähne ausfallen, und alle freuen sich auf den Unterricht und sitzen fünf Stunden lang so stocksteif da, als hätten sie einen Besen verschluckt, und weil das ja nicht reicht, stürzen sie sich wie die Wilden anschließend auf ihre Schulbücher. Und abends gehen alle brav um neun ins Bett, falten die Hände über der Bettdecke und schlafen ein, um vom nächsten Schultag zu träumen. Ja, ich weiß auch nicht, was daran so außergewöhnlich sein soll.«

»Manchmal würde ich mir fast wünschen, es wäre so«, seufzte Sonya. »Aber das ist ein anderes Thema. Du glaubst, dass wir hier irgendetwas mit den Schülerinnen anstellen, um sie zu manipulieren?« Sie lachte leise. »Fällt dir eigentlich nicht selbst auf, wie das klingt?«

Auch nicht verrückter als Geschichten von Einhörnern, zeigefingergroßen Feen und unheimlichen Schatten, die an unsichtbaren Fäden ziehen, dachte Sam. Sie hätte sich allerdings eher die Zunge abgebissen, als diese Worte laut auszusprechen.

»Es tut mir wirklich leid, wenn du so denkst«, fuhr Sonya fort. »Es ist nämlich nicht wahr, weißt du? Hier ist einiges anders als auf den meisten anderen Schulen. Vielleicht sogar alles. Aber es gibt vor allem einen Grund, aus dem *Unicorn Heights* seit beinahe dreihundert Jahren einen so guten Ruf genießt. Wir sind stolz auf unsere Erfolgsbilanz. Interessiert sie dich?«

»Nein«, antwortete Sam.

Sonya ließ sich von ihrer schroffen Abfuhr wenig beeindrucken. »Wir haben es nicht mit allen geschafft«, gestand sie. »Einige wenige Schüler sind offensichtlich erziehungsresistent, und wir mussten uns von ihnen trennen. Aber die, die geblieben sind, haben es ausnahmslos zu etwas gebracht. Wenn du willst, dann zeige ich dir irgendwann einmal eine Liste unserer ehemaligen Schülerinnen und Schüler. Du wirst eine Menge Namen darauf finden, die dir bekannt vorkommen dürften. Es ist sogar ein Friedensnobelpreisträger darunter.«

»Und mit welcher Droge habt ihr das geschafft?«, fragte Sam patzig.

»Sie heißt Begeisterung«, antwortete Sonya ungerührt. »Und es ist die einzige Droge, die nicht nur legal ist, sondern auch ausschließlich positive Nebenwirkungen hat. Niemand hier wird zu irgendetwas gezwungen. Die Schülerinnen und Schüler haben sich freiwillig entschieden, mehr als das zu tun, was der Lehrplan von ihnen verlangt.«

»Weil sie sonst nichts zu essen bekommen?«, fragte Sam. Aber die Feindseligkeit in ihrer Stimme war nicht echt, sie reichte nicht einmal aus, um sie selbst zu überzeugen.

Sonya fegte ihre Antwort mit einer Handbewegung zur Seite. »Du solltest dir deine eigene Meinung bilden. Warte einfach noch eine Weile … du hast uns ja vier Wochen gegeben.«

»Und dann?«, fragte sie.

»Dann unterhalten war uns noch einmal«, sagte Sonya. »Nur wir, ohne Focks oder Tom. Was hältst du davon?«

»Habe ich denn eine Wahl?«, fragte Sam.

»Die hast du immer«, antwortete Sonya. »Wie gesagt: Niemand wird hier zu irgendetwas gezwungen.«

»Nur überredet, ich weiß.«

»Ich fände es schade, wenn du eine übereilte Entscheidung treffen würdest, die du später vielleicht bedauerst«, sagte Sonya und wandte sich wieder dem Bild zu. Eine steile Falte erschien zwischen ihren Brauen, und dann drehte sie sich zu Sams maßlosem Entsetzen zum Schrank, öffnete wortlos die Türen und stellte sich auf die Zehenspitzen, um auf das oberste Brett zu sehen. Sam stockte der Atem.

Nach ein paar Sekunden, in denen sie vollkommen reglos dagestanden hatte, wandte sich Sonya wieder zu ihr um und entspannte sich. Ein leicht verwirrter Ausdruck lag auf ihrem Gesicht.

»Können wir uns darauf einigen?«, fragte sie.

Sam wollte gerade antworten, als eine winzige Gestalt hinter Sonya auf dem Schrankboden erschien und sich ausgiebig reckte.

Sie konnte selbst spüren, wie auch noch das allerletzte bisschen Blut aus ihrem Gesicht wich. Sonya runzelte die Stirn, drehte sich abermals herum und sah direkt zu der Waldfee hoch, und jetzt stockte Sam nicht nur der Atem, sondern auch das Herz.

»Ach verdammt, es ist doch noch helllichter Tag!«, beschwerte sich die Waldfee, reckte sich weiter und gähnte ungeniert. »Kann man denn hier nicht mal einen einzigen Tag in Ruhe durchschlafen?«

Sonya hob die Hand, wie um nach dem Winzling zu greifen, ließ den Arm dann wieder sinken und machte ein ziemlich ratloses Gesicht. Und es wurde noch ratloser, als sie sich wieder zu Sam drehte und in ihr schreckensbleiches Gesicht sah.

»Alles in Ordnung?«, fragte sie. Am heutigen Tag schien das ihr Lieblingssatz zu sein.

»Mach dir keine Sorgen«, sagte die Waldfee gähnend. »Sie kann mich nicht sehen. Und auch nicht hören.« Sie gähnte noch herzhafter und fügte etwas nuscheliger hinzu: »Obwohl sie den Pfeil angefasst hat.«

»Wirklich nicht?«, murmelte Sam. Es gelang ihr trotz aller Anstrengung nicht, ihren Blick von der winzigen Gestalt zu lösen.

Auch Sonya sah noch einmal hinter sich und wirkte nur noch verstörter. »Du bist nicht in Ordnung?«, vergewisserte sie sich.

»Doch«, sagte Sam hastig. »Ich bin nur … ein bisschen durcheinander. Es war alles ein bisschen viel. Und ich glaube, ich bin müde.«

»Du würdest es mir doch sagen, wenn irgendetwas nicht mit dir stimmt, oder? Wir können einen Arzt rufen.«

»Eine Stunde Schlaf wird ausreichen«, antwortete Sam.

»Ja, das wäre wirklich prima«, pflichtete ihr die Waldfee bei. »Wenn ich sie denn mal am Stück bekommen würde.«

Immerhin gelang es Sam jetzt, ihren Blick von der winzigen Gestalt zu lösen und wieder Sonya anzusehen. »Ich glaube, ich muss über das eine oder andere nachdenken.«

»Tu das«, sagte Sonya. Sie klang ein bisschen enttäuscht, als hätte sie eine andere Reaktion auf ihre sorgsam vorbereitete Rede erwartet. Aber sie ging – nach einem letzten misstrauischen Blick in den offenen Schrank – zur Tür und legte die Hand auf die Klinke.

»Ich kann mich doch darauf verlassen, dass du mir sofort Bescheid sagst, wenn irgendwas nicht stimmt?«

»Bestimmt«, sagte Sam, zwang sich ein wenig überzeugend geschauspielertes Gähnen ab und schielte sehnsüchtig auf ihr zerwühltes Bett. Selbstverständlich hatte sie es am Morgen nicht gemacht, vermutlich als Einzige im gesamten Internat.

Sonya hatte verstanden, seufzte noch einmal enttäuscht und ging, und Sam wartete nicht nur, bis sie die Tür hinter sich ins Schloss gezogen hatte, sondern gab noch einmal gute dreißig Sekunden zu, bloß für den Fall, dass sie vielleicht draußen stehen geblieben war und lauschte. Dann aber wirbelte sie auf dem Absatz herum und fuhr die Waldfee an: »Bist du wahnsinnig geworden, mir so einen Schrecken einzujagen?«

»Schrecken?«, wiederholte die Waldfee. »Ich? Also so Furcht einflößend sehe ich doch nun auch wieder nicht aus!«

»Warum hast du mir nicht gesagt, dass sie dich nicht sehen kann?«, fauchte sie.

»Hast du mich etwa danach gefragt?«, erwiderte der Winzling patzig. »Niemand kann mich sehen. Oder glaubst du, dass das Geheimnis unserer Existenz noch ein Geheimnis wäre, wenn uns jeder einfach so sehen könnte?«

»Tom und Angie sehen dich doch auch.«

»Weil ich es ihnen erlaube, ja«, erwiderte die Waldfee. »Wer bin ich, mich jeder dahergelaufenen Sylphe zu zeigen?«

»Sie hat dich wirklich nicht gesehen?«

»Ich glaube nicht, dass wir diese Unterhaltung jetzt so ruhig führen würden, wenn sie mich gesehen hätte«, beschied ihr die Waldfee ein wenig hochmütig.

Damit hatte sie zweifellos recht, aber Sams Ärger verrauchte trotzdem nur langsam. Sie zweifelte ebenso wenig daran, dass die Waldfee sich einen Spaß daraus gemacht hatte, sie gründlich zu erschrecken. Zwei oder drei Atemzüge lang funkelte sie den grinsenden Knirps noch zornig an, aber dann gab sie es auf, ging zum Bett und ließ sich mit einem erschöpften Seufzen auf die Kante sinken. Dazu musste sie dem Bild den Rücken zudrehen, was ihr schon wieder neues Unbehagen bereitete, aber sie widerstand der Versuchung, sich nervös umzublicken.

Müde verbarg sie das Gesicht in den Händen. »Was geht hier vor, Fee?«, flüsterte sie.

»Waldfee«, antwortete der Knirps. »So viel Zeit muss sein.« Sie kam zu ihr heruntergeflattert und senkte sich sacht wie eine Feder auf ihre linke Schulter.

»Das weiß ich nicht, Prinzessin«, sagte sie »Etwas Schlimmes. Aber ich werde Euch beistehen, keine Sorge.«

Fast gegen ihren Willen musste Sam nun doch lächeln. Selbst wenn sich die Waldfee auf die Zehenspitzen stellte und sich reckte, war sie nicht einmal so groß wie ihre Hand, und ihre Glieder waren kaum dicker als Bleistifte. Je nachdem, wie das Licht auf sie fiel, schien es sogar durch ihren Körper hindurchzuschimmern.

»Das beruhigt mich«, sagte sie. »Jetzt musst du mir nur noch verraten, über welche Zauberkräfte du verfügst, damit ich sie in meinen Plänen berücksichtigen kann.«

»Ich fürchte, über keine«, antwortete das kleine Geschöpf. »Im Feenwald funktioniert keine Magie. Der Schutzzauber verhindert es.«

»Wir sind hier aber nicht im Feenwald, sondern …«

»An dem Ort auf eurer Welt, der sein Spiegelbild ist«, fiel ihr die Waldfee ins Wort. »Ich kenne mich in eurer Welt nicht aus, aber ich bin sicher, dass dieser Ort etwas Besonderes ist.«

»Sonst hätte man Silberhorn nicht hergebracht, um ihn zu beschützen«, sagte Sam. »Star.«

Die Waldfee nickte. Sam hatte das sonderbare Gefühl, dass ihr die Bewegung Mühe bereitete, aber sie verkniff es sich, eine entsprechende Frage zu stellen. »Wir müssen nur noch drei Tage auf ihn achtgeben, dann ist die Gefahr vorüber.«

»Ja, und wenn wir wüssten, wie diese Gefahr überhaupt aussieht, dann könnten wir vielleicht sogar etwas dagegen tun«, seufzte Sam. Die Antwort auf die Frage, die sich in diesen Worten verbarg, blieb die Waldfee ihr schuldig.

»Was genau kann ihm passieren?«, fragte Sam deshalb. Die Waldfee hampelte albern herum, übertrieb es dabei und wäre um ein Haar von ihrer Schulter gefallen. Nur im letzten Moment gelang es ihr noch, sich an einer Haarsträhne festzuklammern. »Glaubst du, dass ihm jemand etwas antun könnte?«

»Silberhorn? Star?« Die Waldfee krabbelte umständlich wieder ganz auf ihre Schulter hinauf und hielt sich vorsichtshalber weiter an ihrer Strähne fest. Es ziepte ein bisschen. »Nicht, solange er hier ist. Der Zauber schützt ihn ebenfalls … sonst wäre es ja wohl auch gar zu leicht, meinst du nicht? Warum fragst du?«

»Sven«, antwortete Sam. »Er hatte ein Messer in der Hand, als er aus dem Keller gekommen ist.«

»Ich kenne mich mit der Magie eurer Welt nicht aus«, sagte die Waldfee noch einmal. »Doch im Feenwald würde niemand die Hand gegen Silberhorn erheben können.«

Und hier auch nicht, dachte Sam. Die Waldfee hatte recht: Das wäre einfach zu leicht. Außerdem konnte sie sich nicht vorstellen, dass Sven in den Keller eingebrochen war, nur um ein Messer zu stehlen – und selbst wenn: So dumm, noch irgendetwas zu versuchen, nachdem Focks ihm eine letzte Chance geschenkt hatte, konnte nicht einmal er sein.

»Ich frage mich trotzdem, was er dort unten gesucht hat«, murmelte sie.

»Soll ich für Euch nachsehen, Prinzessin?«, fragte die Waldfee.

»Du sollst mich nicht so …«, begann Sam, unterbrach sich dann mitten im Satz und drehte mit einem so heftigen Ruck den Kopf, dass sich die Waldfee schon wieder und diesmal mit beiden Händchen in ihr Haar krallte. »Das könntest du?«

»Niemand kann mich sehen«, erinnerte die Waldfee. »Außer für deine Freunde und dich bin ich sozusagen vollkommen absolut komplett unsichtbar.«

»Die Tür ist wahrscheinlich abgeschlossen.«

»Keines eurer Schlösser kann mich aufhalten«, antwortete die Waldfee vollmundig.

»Hast du nicht gerade noch behauptet, dass deine Zauberkräfte hier nicht wirken?«, fragte Sam.

»Tun sie auch nicht«, erwiderte die Waldfee. »Aber wieso sollte es Magie brauchen, um so ein albernes grobes Schloss zu öffnen?«

Weder hatte Sam es gewagt, nach Tom oder seiner Schwester zu suchen, noch war er wieder zu ihr gekommen, denn das Risiko, von Sonya oder dem Hausmeister erwischt zu werden, war einfach zu groß, und Sam wollte sich auch nicht darauf verlassen, dass die unerwartete Großzügigkeit ihrer neuen Lieblingslehrerin auch dann noch weiter anhielt, wenn sie sie schon wieder bei einem unerlaubten Alleingang erwischte.

Darüber hinaus geschah etwas vollkommen Unerwartetes: Um die Wartezeit bis zur Rückkehr der Waldfee zu überbrücken und sich selbst von weiteren Grübeleien abzuhalten, nahm sie ihr elektronisches Schulbuch zur Hand, schaltete es ein und scrollte ziemlich wahllos durch die verschiedenen Dateien, bis sie schließlich an einer bestimmten Stelle hängen blieb und zu lesen begann. Als sie schon die dritte Seite vor sich hatte und sich dabei ertappte, mit dem Stylus Notizen am Bildschirmrand zu machen, fiel ihr überhaupt erst auf, was sie da tat: Sie blätterte nicht einfach wahllos durch den Text, sondern hatte sich tatsächlich den Stoff der letzten Unterrichtsstunde vorgenommen und arbeitete ihn nicht nur konzentriert, sondern auch mit großem Vergnügen noch einmal durch.

Mit einer schon fast entsetzten Bewegung ließ sie den Computer neben sich aufs Bett fallen und starrte dann ihre Hände an, als hätte sie etwas Unsauberes angefasst. Verlor sie jetzt endgültig den Verstand oder hätte sie Sonyas Bemerkung über die Magie dieses Ortes vielleicht doch besser ernst nehmen sollen?

Sam hatte nie Probleme mit der Schule gehabt – nicht mit dem Lernen oder dem Stoff. Ganz im Gegenteil, sie war wissbegierig und interessierte sich für alles und jeden, und wäre es um das reine Lernen gegangen, dann wäre aus ihr vermutlich so etwas wie eine Musterschülerin geworden. Es war die Schule selbst, mit der sie Probleme hatte, ihre starren Regeln, die Pflicht zum Gehorsam und die vorgegebenen Pfade, auf denen sich alle wie eine Schafherde zu bewegen und bloß nicht aufzublicken hatten. Und wer sich widersetzte, der zerbrach an diesem System, so einfach war das.

Aber es war auch einfach … unvorstellbar, dass sie eine gute Stunde lang nur an die Schule und ihren Lehrstoff gedacht haben sollte … nicht nach dem, was gerade passiert war!

Sam starrte das E-Book an, als wäre es vergiftet, brachte es gerade noch über sich, mit spitzen Fingern danach zu greifen und es auszuschalten, und stieß es dann so weit von sich weg, dass es beinahe vom Bett gefallen wäre.

Das war doch vollkommen verrückt! *Was geht hier vor?!*

Es klopfte. Sam war mit zwei Schritten bei der Tür und riss sie auf, darauf gefasst, Tom oder vielleicht auch seine Schwester zu sehen oder möglicherweise auch die Waldfee, die die massive Eichentür doch nicht so einfach überwinden konnte, wie sie behauptet hatte.

Es war Sonya.

Sam war im ersten Moment so verdattert, dass sie die Lehrerin einfach nur mit offenem Mund anstarrte. Sonya schob sie einfach aus dem Weg, ging an ihr vorbei und blieb mitten im Zimmer stehen, um sich unverhohlen neugierig umzublicken. Sie runzelte flüchtig die Stirn, als sie das E-Book nebst dem dazugehörigen elektronischen Stift auf dem Bett liegen sah, zog aber anscheinend die falschen Schlüsse aus dieser Beobachtung.

»Anscheinend geht es dir schon besser«, sagte sie zufrieden. »Lust auf ein bisschen frische Landluft oder bestehst du weiter auf verschärfter Einzelhaft?«

Sam antwortete nicht gleich, sondern sah sie nur weiter verwirrt (und misstrauischer denn je) an. Ihr fiel erst jetzt auf, dass Sonya sich umgezogen hatte und die hier anscheinend allgemein übliche Freizeituniform trug: Reiterhosen, Stiefel und Windjacke. Den dazu passenden Helm und die Gerte hatte sie unter den linken Arm geklemmt.

»Mir ist nicht nach …«

»Reiten?«, unterbrach sie Sonya kopfschüttelnd. »Das musst du auch nicht – obwohl du etwas verpasst, glaub mir. Ich für meinen Teil möchte keine Sekunde mit den Pferden versäumen. Kommst du also gleich mit, oder bestehst du darauf, mir noch mehr von meiner knapp bemessenen Freizeit zu stehlen?«

Das war nichts als ein billiger psychologischer Trick, um ihr Schuldgefühle zu verpassen, wie Sam sehr wohl wusste … aber er funktionierte trotzdem. Sam warf noch einen raschen Blick zum Schrank und fragte sich, was die Waldfee im Moment wohl gerade tat – sie war schon zwei Stunden weg, und so groß konnte dieser Keller schließlich nicht sein –, doch Sonya deutete diesen Blick falsch und schüttelte den Kopf.

»Die brauchst du nicht.«

»Was?«

»Deine Stiefel und den Helm«, antwortete Sonya. »Und wenn wir weiter hier herumstehen, dann brauche ich sie auch nicht mehr. Also?«

Sam verstand immer weniger, wovon sie überhaupt sprach, folgte ihr aber gehorsam aus dem Zimmer und einen Moment später aus dem Haus. Als sie die Halle durchquerten, ertappte sie sich bei der Albernheit, die Augen auf unscharf zu stellen, nur um die Bilder an den Wänden nicht sehen zu müssen und vielleicht die Schatten, die sich dahinter verbargen.

Erst draußen auf dem Hof brach sie das unangenehme Schweigen. »Wohin gehen wir?«

Sonya deutete mit ihrer Reitgerte auf das lang gestreckte Stallgebäude auf der anderen Seite. »Du wolltest doch auf Star aufpassen, oder?«

»Star?« Sam wurde hellhörig.

»Wir können nicht zulassen, dass du dich die nächsten vier Wochen auf dem Heuboden einquartierst«, antwortete Sonya mit mehr als nur sachtem Spott in der Stimme. »Schon weil du dabei viel zu viel kostbare Energie verschwenden würdest, die du dringend für den Unterricht brauchst. Außerdem ist es dort oben zu gefährlich, wenigstens solange die Bauarbeiten noch im Gange sind. Aber wir haben eine bessere Lösung gefunden, glaube ich.«

Sam verstand immer weniger, aber da sie ziemlich sicher war, dass Sonya ihr ohnehin gleich zeigen würde, wovon sie sprach, stellte sie eine andere Frage: »Was sind denn das eigentlich für dringende Bauarbeiten?«

»Du hast den Stall doch gesehen, oder?«, fragte Sonya. »Ein Wunder, dass er nicht zusammengebrochen ist, als deine Freunde und du hinaufgestiegen seid.«

»Direktor Focks hat irgendwas von einer Inspektion gesagt«, sagte Sam.

Sonya lächelte unerschütterlich weiter, aber der Spott war aus ihren Augen verschwunden. Sie beschleunigte ihre Schritte fast unmerklich, als hätte sie es plötzlich eiliger, ihr Ziel zu erreichen. »Du bist eine aufmerksame Zuhörerin, Samiha«, sagte sie. »Vor dir kann man nichts geheim halten, scheint mir. Aber daran ist auch nichts Geheimnisvolles. Nur eine reine Formalität.«

»Und die wäre?«, beharrte Sam.

Sonya ging noch ein bisschen schneller.

»Die Schule wird von einem Treuhandfonds verwaltet«, antwortete sie. »Einmal im Jahr schicken sie jemanden, der sich davon überzeugt, dass das Testament des alten McMarsden auch in allen Punkten befolgt wird. Und ein paar dieser Punkte sind echt ätzend, das kann ich dir sagen«. Sie verzog das Gesicht. »Das ist dann die Zeit im Jahr, zu der ich ganz und gar nicht neidisch auf unseren geschätzten Direktor bin.«

»Und es betrifft Star?«, insistierte Sam weiter.

Sonya sah jetzt überhaupt nicht mehr amüsiert aus.

»Es betrifft einen weißen Hengst«, korrigierte sie sie. »Das ist auch so ein Teil dieses verrückten Testaments. Wenn du mich fragst, dann hatte unser geliebter Gründervater einen gehörigen Sprung in der Schüssel. Er hat verfügt, dass es immer einen weißen Hengst auf *Unicorn Heights* geben muss und immer in diesem bestimmten Stall. Vielleicht hat es etwas mit seiner Vorliebe für Einhörner zu tun … was weiß ich?« Sie zuckte mit den Achseln. »Jedenfalls hat ein Inspektor sein Kommen für Montagmorgen angekündigt, und Focks hat jetzt ein gehöriges Problem. Wenn Star bis dahin nicht wieder in seinem Stall ist, bekommt er ziemlichen Ärger.«

Sie hatten den Stall erreicht, und Sonya kramte einen Schlüssel aus der Tasche, mittels dessen sie die Tür öffnete. Allerdings griff sie nicht nach der Klinke, sondern tippte zuerst eine ellenlange Ziffernkombination in eine kleine Tastatur daneben. Sam runzelte überrascht die Stirn.

»Das ist ja besser gesichert als Fort Knox«, sagte sie. »Wozu die Sicherheitsvorkehrungen? Sind die Pferde hier so wertvoll?«

Sonya öffnete die Tür und schaltete das Licht auf der anderen Seite ein, bevor sie antwortete. »Wir haben hier keine Klepper, die wir vor dem Schlachthof gerettet haben, damit sie hier ihr Gnadenbrot verzehren können, wenn du das meinst«, sagte sie. »Aber es sind auch keine superteuren Luxuspferde. Guter Durchschnitt.«

»So wie die Sicherheitsvorkehrungen hier«, vermutete Sam.

Sonya hob unwillig die Schultern und bedeutete ihr mit einer noch ungeduldigeren Geste, einzutreten. »Es gab vor ein paar Jahren wohl einmal ein Problem mit einem Pferderipper, aber Genaues weiß ich auch nicht. War vor meiner Zeit.«

»Ein Pferderipper?« Sam wusste nicht genau, was dieses Wort bedeutete, aber es hörte sich nicht besonders gut an.

»Sie haben den Kerl nie erwischt, das ist alles, was ich weiß«, antwortete Sonya. »Aber seither wird der Stall videoüberwacht, und sobald jemand die Tür aufmacht, ohne den richtigen Code einzugeben, wird sofort Alarm ausgelöst.«

Der Stall war eine Überraschung: so modern und sauber, wie der marode Bretterverschlag beengt und heruntergekommen war, in dem sie Star das erste Mal getroffen hatte. Eine komplette Dachhälfte bestand aus durchsichtigen Kunststoffplatten, sodass es Licht im Übermaß gab, und der Boden war so sauber, dass man buchstäblich davon hätte essen können. Gute drei Dutzend großzügig dimensionierter Boxen aus verchromtem Metall zogen sich in zwei Reihen bis zum anderen Ende der lang gestreckten Halle, und es roch nach frischem Stroh und Pferden, obwohl auf den ersten Blick keines zu sehen war. Aber Sam hörte das Schnauben eines Tieres und ein unwilliges Scharren.

Sie folgte Sonya zu einer Box ganz am Ende des Stalls, in der der weiße Hengst untergebracht war. Star begrüßte sie, indem er den Kopf hob und noch einmal und lauter schnaubte, scharrte zugleich mit dem Vorderhuf und wirkte allgemein so unwillig, dass Sonya mitten im Schritt stockte und eine Geste in ihre Richtung machte, nicht weiterzugehen. »Er ist noch ein bisschen unruhig«, sagte sie. »Die fremde Umgebung … aber das verstehst du ja sicher besser als ich.«

Sam rang sich zwar das gequälte Lächeln ab, das Sonya wohl als Reaktion auf diesen lahmen Scherz erwartete, beäugte die Box aber dennoch eher misstrauisch. Star schnaubte wieder und bewegte den Kopf unwillig hin und her, sodass sie sich ihm ohnehin nicht weiter genähert hätte, und sie spürte, wie unwohl er sich in diesem Edelstahlgefängnis fühlte. Es hatte nichts damit zu tun, dass es neu für ihn war, wie Sonya behauptet hatte. Er gehörte einfach nicht hierher.

Sonya deutete nach oben, und als Sams Blick der Bewegung folgte, gewahrte sie eine kleine Kamera mit einem blinkenden roten Licht. »Die haben wir zusätzlich angebracht, um sicherzugehen. Du siehst also, es kann gar nichts passieren.«

Sam war nicht beruhigt. Ganz im Gegenteil. Trotzdem fragte sie: »Warum ist er nicht immer hier?«

Sonya zog nur eine Grimasse, und Sam fügte selbst hinzu: »Das Testament, ich verstehe.«

»Und außerdem verträgt er sich nicht mit den anderen Pferden. Im Moment geht es, weil er allein ist, aber sobald die anderen Pferde wieder hier sind …«

Sie seufzte. »Für ein paar Tage muss es irgendwie gehen.« Sie blickte demonstrativ an sich hinab. »Was mich wieder darauf bringt, dass die Hälfte der Reitstunde schon fast vorbei ist. Wie sieht es aus? Noch kannst du mitkommen.«

Sam schüttelte nur stumm den Kopf. Sie wollte nicht reiten. Sie wollte nicht einmal hier sein. Wenn man es genau nahm, dann konnte sie Pferde immer noch nicht leiden.

Star sah sie so vorwurfsvoll an, als hätte er ihre Gedanken gelesen, und Sam hatte es plötzlich sehr eilig, den Kopf zu schütteln und sich herumzudrehen. Star mochte sich in dieser Umgebung nicht sonderlich wohlfühlen, aber er war hier in Sicherheit, und das war für die nächsten zwei Tage alles, was zählte.

Jedenfalls versuchte sie sich das einzureden.

Sie war vollkommen sicher, die Tür hinter sich zugezogen zu haben, doch als sie zurückkam, war diese nur noch angelehnt und Sam hörte Geräusche. Jemand war in ihrem Zimmer. Natürlich ließ sich ihre Fantasie die Gelegenheit nicht entgehen, ihr die dazu passenden Schreckgespenster vorzugaukeln, genauer gesagt lautlos huschende Schatten, die in ihren Augenwinkeln lauerten und nur auf einen Moment der Unaufmerksamkeit warteten, um endgültig über sie herzufallen.

Aber es waren nur Tom und seine Schwester. Beide trugen Reitkleidung, und die frischen Grasflecken auf Angies Knien ließen die Vermutung in ihr aufkommen, dass zumindest sie nicht wirklich unglücklich über das vorzeitige Ende der Reitstunde war. Die Waldfee saß oben auf dem Schrank, ließ die Füße baumeln und beäugte Angie misstrauisch. Wenigstens hatte sie dieses Mal keine Fliegenklatsche dabei.

»Wo warst du?«, empfing sie Tom.

Sam hätte sich eine etwas andere Begrüßung gewünscht (immerhin hatten sie sich gute zwei Stunden lang nicht gesehen ...), aber sie schluckte jede entsprechende Bemerkung hinunter und berichtete ihm mit knappen Worten von Sonyas Besuch und ihrem anschließenden Ausflug in den Stall.

»Na, dann ist ja alles in bester Ordnung«, sagte Angie. »Solange Star bei den anderen Pferden im Stall ist, kommt niemand an ihn ran, nicht wahr?«

»Du sagst es, Schwester«, sagte Tom. Er klang nicht begeistert. »Niemand kommt ungesehen auch nur in seine Nähe. Wir auch nicht.«

»Und?«, fragte Angie.

»Nichts *und*«, antwortete Tom. »Ich sag's nur.«

»Du glaubst doch nicht etwa, dass Sonya oder einer der anderen Lehrer –?«

»Ich glaube prinzipiell gar nichts«, unterbrach sie Tom. Aus irgendeinem Grund sank seine Laune rapide in den Keller. »Allmählich weiß ich überhaupt nicht mehr, was ich noch glauben soll.« Er machte eine Bewegung, wie um nach etwas Unsichtbarem zu treten, drehte sich dann abrupt herum und funkelte die Waldfee an. »Dich eingeschlossen! Vielleicht bist du ja auch nur ein Traum!«

Die Waldfee streckte ihm die Zunge heraus. »Noch ein paar Bemerkungen in der Art, mein Freund, und ich werde zu deinem persönlichen Albtraum.« Dann kicherte sie. »Das wollte ich immer schon mal jemandem sagen.«

»Bist du in den Keller gekommen?«, fragte Sam rasch.

»Hast du daran gezweifelt?«, erwiderte sie – ohne Tom auch nur eine Sekunde aus den Augen zu lassen. »Ich habe dir doch gesagt, dass mich eure Schlösser nicht aufhalten, und …«

»Und was ist dort unten?«, unterbrach sie Sam.

»Was in euren Kellern eben so ist«, antwortete die Waldfee. Sie verdrehte die Augen. »Ich wusste ja, dass ihr ein komisches Völkchen seid, aber ich verstehe immer weniger, warum ihr so viel *besitzen* müsst! Was ist so erstrebenswert daran, so unendlich viele Dinge zu haben, nur um sie dann in einen Keller zu stopfen, wo sie niemand sieht, und …«

»Du hast sie ja schließlich gesehen«, fiel ihr jetzt Tom ins Wort. »Würdest du uns denn auch verraten, *was* du gesehen hast?«

Angie schlenderte zum Tisch, legte ihren Reiterhelm und die Gerte darauf ab und griff nach einem Schreibblock. Wie beiläufig riss sie zwei Dutzend Blätter ab und rollte sie zu einer Ersatz-Fliegenklatsche zusammen.

»Jedenfalls keine Messer«, antwortete die Waldfee, deren Aufmerksamkeit sich jetzt ganz auf Angie konzentrierte. »Was ihr eben alles so in euren Kellern hortet. Möbel, alten Kram, Bücher … ziemlich viele Bücher, wenn ich es mir richtig überlege.«

»Das hier ist eine Schule«, erinnerte Tom.

»Nicht solche Bücher«, antwortete die Waldfee. Sie machte ein gewichtiges Gesicht, aber ließ Angie trotzdem keine Sekunde aus den Augen. »Zu kurz.«

»*Was* ist zu kurz?«, fragte Angie lauernd.

»Du, wenigstens für dein Gewicht … aber ich meine deine Keule. Außerdem würdest du mich nie treffen. Du hast anscheinend keine Ahnung, wie schnell ich sein kann.« Sie kicherte und wandte sich dann wieder an Sam. »Solche Bücher meine ich nicht. Alte Bücher. Gebundene Handschriften und Pergamente und so 'n Zeug.«

Angie sah auf die zusammengerollten Blätter in ihrer Hand hinab, seufzte enttäuscht und warf sie dann so schwungvoll auf den Tisch zurück, dass sie sich über die gesamte Platte verteilten und ein Teil davon zu Boden flatterte. »Vielleicht finden wir ja da, wonach wir suchen.«

»Wonach suchen wir denn?«, grummelte Tom.

Niemand antwortete.

»Und selbst wenn wir das wüssten, ist das meiste davon wahrscheinlich in einem fünfhundert Jahre alten schottischen Dialekt geschrieben, den niemand mehr lesen kann.«

»Ich schon«, sagte die Waldfee.

Alle starrten sie an.

»Du kannst Altschottisch?«, fragte Angie verblüfft.

»Nein«, antwortete die Waldfee. »Ich kann gar nicht lesen. Wozu auch?«

»Ich kann mir auch nicht vorstellen, dass es viele gibt, die dir schreiben würden«, erwiderte Angie giftig.

»Und wie willst du uns dann helfen?«, fragte Sam rasch.

»Weil ich weiß, was geschrieben steht«, antwortete die Waldfee. »Man muss nicht lesen können, um zu wissen, was geschrieben steht. Ist viel zu kompliziert, mit all euren verschiedenen Sprachen. Kann mir vielleicht mal einer erklären, wozu die gut sind? Welchen Zweck hat es eigentlich, wenn der eine nicht versteht, was der andere sagt?«

»Oh, manchmal ist es ganz praktisch«, seufzte Tom und schüttelte gleichzeitig den Kopf. »Vielleicht später. Wenn man nach Antworten sucht, dann sollte man vielleicht auch die passenden Fragen dazu kennen.«

Sam sah ihn fast erschrocken an. Diese Zögerlichkeit passte so ganz und gar nicht zu dem Tom, den sie kannte. Seine Laune war mies, seit sie hereingekommen war. Sam fragte sich einen Moment lang, ob es an ihr liegen mochte, aber sie konnte sich nicht denken, warum.

»Warum seid ihr eigentlich hier?«, fragte sie schließlich.

»Wenn wir ungelegen kommen, dann können wir gerne wieder gehen«, erwiderte Tom feindselig.

Sam starrte ihn nur aus aufgerissenen Augen an, und selbst seine Schwester wirkte total perplex, aber sie fand ihre Sprache schneller wieder.

»Wir haben rausgekriegt, warum sie Star allein in dieser Bretterbude halten«, sagte sie. »Wir dachten, das interessiert dich.«

»Weil es im Testament steht«, antwortete Sam und hätte sich im nächsten Augenblick am liebsten auf die Zunge gebissen. Angie und ihr Bruder hatten ja nicht wissen können, dass sie das bereits wusste, und es nur gut gemeint. Immerhin verzichteten sie auf den Rest der Reitstunde, nur um ihr diese Information zu bringen, und sie nahm an, dass das zumindest für Tom ein gehöriges Opfer bedeutete.

»Und wie habt ihr es rausgefunden?«, fügte sie hastig hinzu.

»Durch eine nachrichtendienstliche Meisterleistung«, sagte Angie stolz. »Wir haben gefragt.«

»Oh.« Sam lächelte flüchtig, und Toms Stirnrunzeln wurde so tief, dass sie problemlos ihren kleinen Finger in den Falten verbergen könnte. »Und wen?«

»Miss Hasbrog«, antwortete Angie. »Sie war nicht gerade glücklich über Focks' Entschluss. Wenn das rauskommt, dann gibt es hier mächtigen Ärger. Star darf nie aus seinem Stall entfernt werden.«

»Und das hat sie dir einfach so erzählt?«, wunderte sich Sam.

»Wie gesagt: Sie hatte nicht gerade gute Laune. Schätze, sie macht sich Sorgen um ihren Job. Wusstest du, dass sie die Konrektorin hier ist?«

»Dann sollte sie doch froh sein, wenn Focks Ärger bekommt«, sagte Sam. »Umso eher wird sie befördert.«

Angie schüttelte heftig den Kopf. »So läuft das hier nicht«, sagte sie. »Genau dasselbe habe ich sie auch gefragt. Natürlich nicht so direkt, ich bin ja schließlich nicht blöd …«

»Ach nein?«, piepste die Waldfee.

»Jedenfalls wird sie nicht automatisch befördert, wenn Focks etwas zustößt«, fuhr Angie ungerührt fort – oder beinahe ungerührt. Ihr Blick irrte rasch und aufmerksam durch den Raum, schien aber nichts zu finden, was lang genug war, um die Entfernung bis zum Schrank hinauf zu überbrücken oder damit zu werfen. »Er könnte ja zum Beispiel die Karriereleiter herunterfallen oder auch vom Pferd, aber dann ernennt der Treuhandfonds einen neuen Direktor.«

»Oder macht den ganzen Laden dicht«, sagte Tom. »Das wäre schon mal fast passiert. Petra ist nicht die Einzige, die ziemlich nervös ist.«

»Weil es so in McMarsdens Testament steht«, seufzte Sam. »Immer wieder dieses Testament. Vielleicht sollten wir zuallererst dieses Testament finden und herausbekommen, was alles darin steht.«

»Das kann ich euch sagen«, piepste die Waldfee.

Sam starrte sie geschlagene zehn Sekunden lang an. Tom und Angie auch.

»Du … hast es gelesen?«, ächzte Tom schließlich.

»Hast du nicht zugehört, Langer?«, fragte die Waldfee. »Ich kann gar nicht lesen.«

»Dann warst du dabei, als es geschrieben wurde?«, vermutete Angie.

»Sehe ich aus, als wäre ich dreihundert Jahre alt?«, fragte die Waldfee beleidigt, verzichtete aber vorsichtshalber auf eine Antwort und raste im Sturzflug auf den Schreibtisch hinab, und das selbstverständlich so knapp über Angies Kopf hinweg, dass diese einen erschrockenen Hüpfer zur Seite machte.

»Und woher willst du dann wissen, was in diesem Testament steht?«, fragte Tom.

»Ihr hört mir nicht zu«, piepste die Waldfee. »Es ist immer dasselbe mit euch Großen! Ihr hört mir einfach nicht zu! Ich habe es doch gerade erst gesagt? Habe ich es etwa nicht gesagt? Ich *habe* es doch gesagt!«

»*Was* hast du gesagt?«, fragte Tom. Sam konnte hören, wie schwer es ihm fiel, die Fassung zu bewahren.

»Dass ich weiß, was geschrieben steht«, antwortete die Waldfee. »Versuch's erst gar nicht, Dicke!«

Die Worte galten Angie, die in diesem Moment aus dem Bad geschlendert kam, ein angefeuchtetes Handtuch locker in der rechten Hand. Angie machte ein enttäuschtes Gesicht, ging aber dennoch unverdrossen weiter, allerdings erst, nachdem sie das Handtuch auf das Bett geworfen hatte. Sam betrachtete missmutig den feuchten Fleck, den es darauf hinterließ.

»Also, du weißt, was in McMarsdens Testament steht«, beeilte sie sich dann zu fragen. Sie trat unauffällig, aber rasch zwischen Angie und den Schreibtisch. »Und was genau ist es?«

»Oh, eine Menge. Meister Themistokles war ein schwatzhafter Bursche, musst du wissen.«

»Meister Themistokles?«, fragte Angie. »Wer soll das sein?«

»Einer unserer mächtigsten Zauberer«, antwortete die Waldfee. »Er war es, der Silberhorns magisches Spiegelbild hierhergebracht hat, um ihn zu beschützen. Irgendwie hatte er es schon immer mit Spiegeln … keine Ahnung, warum. Muss wohl etwas mit seiner Jugend zu tun haben …«

»Meister Themistokles«, erinnerte Sam.

Die Waldfee nickte hastig. »Öh, ja … sicher. Meister Themistokles. Ihr kennt ihn unter einem anderen Namen.«

»McMarsden«, vermutete Sam.

»Meister Themistokles«, bestätigte der bunt geflügelte Winzling. »Ein kluger Mann, aber furchtbar geschwätzig. Jeder hat seinen Rat geschätzt, aber man hat es sich zweimal überlegt, ihn danach zu fragen. Wenn er einmal angefangen hat zu reden, dann hat er so schnell nicht mehr damit aufgehört, müsst ihr wissen. Es gibt die Legende, dass er einmal vier Tage ununterbrochen geredet haben soll, ohne auch nur einmal Luft geholt zu haben, bloß weil ihm jemand die Frage gestellt hat, ob …«

»Ja, das können wir uns vorstellen«, unterbrach sie Tom.

»Kommt uns irgendwie bekannt vor«, fügte Angie hinzu.

»Warum fragt ihr, wenn ihr die Antwort nicht hören wollt?«, fragte die Waldfee beleidigt.

»Bitte«, seufzte Sam. »Es ist wichtig.«

»Dann solltet ihr mich vielleicht ausreden lassen«, sagte die Waldfee schnippisch. »Es gehört sich nicht, eine Frage zu stellen und einen dann sofort zu unterbrechen, kaum dass man Luft geholt hat, um zu antworten.«

Tom verdrehte die Augen, aber er war klug genug, nicht mehr zu widersprechen, sondern forderte die Waldfee nur mit einem lautlosen Seufzen auf, fortzufahren. Sam war ihm im Stillen dankbar, sah sich dennoch unauffällig nach einer Sitzgelegenheit um, die auch für die nächsten drei oder vier Stunden hinlänglich bequem war.

Aber es war nicht nötig, denn in diesem Moment geschah zweierlei: Die Tür ging auf und ein dunkelhaariger Mann in einem grauen Kittel kam herein, und Angie war mit einem blitzschnellen Schritt an Sam vorbei und am Schreibtisch und stülpte ihren Reiterhelm über die Waldfee.

Sam ächzte vor Schrecken, und auch Tom fuhr so schuldbewusst zusammen, dass der Hausmeister schon blind hätte sein müssen, um nicht zu sehen, dass hier irgendetwas nicht stimmte.

Was er nicht war. Er machte nur einen einzigen Schritt ins Zimmer herein, blieb dann mit der Hand auf der Klinke stehen, und sein ohnchin nicht besonders freundlicher Gesichtsausdruck verdüsterte sich noch weiter.

»Was geht denn hier vor?«, fragte er.

Sam hob nur die Schultern, aber Tom funkelte den Mann an, als wäre er regelrecht froh, eine lohnendere Zielscheibe für seine schlechte Laune gefunden zu haben. »Wonach sieht es denn aus?«, fragte er herausfordernd.

Der Hausmeister blieb ihm eine direkte Antwort auf diese Frage schuldig und sah sich nur noch miesepetriger um. Schließlich kam er ganz herein und deutete auf das Bild über Sams Bett. »Ich soll das Bild holen.«

»Warum?«, fragte Sam.

»Irgendein Vandale hat es beschädigt, und jemand muss es schließlich reparieren. Und jetzt ratet mal, wer das wohl ist?«

»Sie können ein Gemälde restaurieren?«, wunderte sich Sam.

Der Hausmeister reagierte mit einem abfälligen Blick, von dem Sam nicht ganz sicher war, ob er sich auf ihre Frage bezog oder eher auf das Bild, das vermutlich selbst ein fünfjähriges Kind mit einem Wasserfarbkasten restaurieren könnte, ohne es dabei zu verschlechtern, ersparte sich jede Antwort und machte sich daran, das Bild abzuhängen. Sam hätte eigentlich erleichtert sein müssen, dass das unheimliche Gemälde nicht mehr da war, als er es sich unter den Arm klemmte und damit aus dem Zimmer ging, was aber sonderbarerweise nicht geschah. Ganz im Gegenteil empfand sie ein deutliches Gefühl von Erleichterung, als er nur ein paar Sekunden später zurückkam und ein anderes Bild an der Wand über ihrem Bett aufhängte. Es war ein wenig kleiner, ebenfalls in Gold gerahmt und zeigte zwar ein anderes Motiv (mit einem Einhorn), war aber mindestens genauso hässlich.

»Es wäre nett, wenn du das nicht auch gleich wieder ruinierst«, sagte er. »Es macht nicht gerade Spaß, die Dinger immer wieder auszubessern, und ich habe auch noch genug andere Arbeit.«

Sam rang sich ein zustimmend-gequältes Lächeln ab, wartete, bis er die Tür wieder hinter sich zugezogen hatte, und war dann mit einem einzigen Schritt am Schreibtisch, um Angies Reiterhelm hochzuheben.

Die Waldfee lag mit angezogenen Knien darunter und hatte beide Hände um den rechten Knöchel geschlungen. Ihr Bein lag in einem Winkel da, der Sam … nicht ganz richtig vorkam, und einer ihrer filigranen Libellenflügel war geknickt.

»Du hast sie verletzt!«, sagte sie erschrocken.

»Das … das wollte ich nicht!«, beteuerte Angie. »Wirklich, ich … ich wollte ihr nicht wehtun!«

Fast zu ihrem eigenen Erstaunen glaubte ihr Sam. Angie hatte gewiss nicht vorgehabt, der Waldfee wehzutun oder sie gar zu verletzen … aber ebenso gewiss *hatte* sie beides getan, ganz gleich ob nun mit Absicht oder nicht.

»Oh verdammt!«, schimpfte die Waldfee. »Das hätte nicht passieren dürfen! Verdammt, verdammt, verdammt!«

»Es … es tut mir ja auch leid! Ich wollte das nicht, wirklich, aber …«

»Das meine ich nicht, Dickerchen«, ächzte die Waldfee, drehte sich umständlich auf den Rücken und zerknitterte dabei auch noch die drei anderen Flügel.

»Dickerchen?« Angies Augenbrauen rutschten ein Stück weit nach oben.

»*Mir* hätte das nicht passieren dürfen!«, ächzte die Waldfee. »Ich rede von mir! Du hättest mich niemals … erwischen … dürfen!«

Mit zusammengebissenen Zähnen versuchte sie sich in die Höhe zu stemmen, brauchte aber drei Anläufe dafür, und selbst dann stand sie so wackelig da, dass Sam es mit der Angst zu tun bekam, sie könnte gleich wieder hinfallen. Ganz instinktiv wollte sie die Hände ausstrecken, um nach ihr zu greifen, aber zugleich wagte sie es nicht, sie zu berühren. Die ohnehin winzige Gestalt kam ihr mit einem Mal noch viel zerbrechlicher vor.

»Ich wollte das wirklich nicht!«, beteuerte Angie. Ihre Stimme zitterte, und in ihren Augen schimmerte es feucht. »Ich hatte doch nur Angst, dass … dass er dich sieht!«

»Ja, das hast du ganz prima gemacht!«, grollte ihr Bruder. »Herzlichen Glückwunsch auch!«

Die Waldfee machte einen einzelnen humpelnden Schritt,

knickte ein und fiel so schwer auf die Knie, dass ein klägliches Wimmern über ihre Lippen kam. Ihre Gestalt schien zu … *flackern*, als begänne sie sich aufzulösen, und für einen Moment meinte Sam die Pein des winzigen Geschöpfes fast wie ihre eigene zu spüren.

»Was ist denn nur los mit dir?«, flüsterte sie. Sie fühlte sich so hilflos, dass es fast wehtat.

»*Das* hier ist los«, piepste die Waldfee. »Eure … Welt. Ich kann hier … hier nicht … leben.« Zitternd stemmte sie sich hoch, machte einen einzelnen Schritt und kippte wieder zur Seite und vom Tisch.

Sam und Angie sprangen im gleichen Augenblick vor und streckten die Hände aus, um sie aufzufangen, stießen mit den Köpfen zusammen und griffen prompt ins Leere, und die Waldfee breitete im letzten Augenblick die Flügel aus und fing ihren Sturz ab. Taumelnd landete sie auf einem Blatt Papier, das zu Boden gefallen war, verlor endgültig das Gleichgewicht und surfte ein gutes Stück über den spiegelblank gebohnerten Boden, und gerade als Sam felsenfest davon überzeugt war, dass sie im nächsten Moment gegen die Wand prallen und vollends daran zerschmettern musste, stieg sie noch einmal in die Höhe und begann mit nur drei Flügeln torkelnde Kreise und Spiralen in der Luft zu vollführen. Sie piepste irgendetwas, das Sam nicht genau verstand, aber es hörte sich ebenso kläglich wie fast panisch an.

Sam blinzelte die Tränen weg, die ihr der Zusammenprall mit Angies erstaunlich hartem Schädel in die Augen getrieben hatte, streckte nun doch die Hände aus, um die torkelnde Waldfee aufzufangen, und kämpfte dann plötzlich selbst mit heftig wedelnden Armen um ihr Gleichgewicht, als ihr Fuß auf einem weiteren Blatt ausglitt. Hätte Tom nicht blitzschnell zugegriffen und sie festgehalten, wäre sie wohl endgültig gestürzt.

Als sie ihre Balance zurückgewonnen hatte, sank die Waldfee in wackeligen Spiralen auf ihr Bett hinab, fiel schon wieder auf die Knie und stemmte sich dann auf eine Art hoch, die ihr klarmachte, dass sie wohl tatsächlich ihre allerletzte Kraft dafür brauchte.

»Nach Hause«, wimmerte sie. »Kann hier … nicht … leben …« Und dann tat sie etwas vollkommen Verrücktes. Sam streifte hastig Toms Hände ab (die sie immer noch festhielten, obwohl sie schon längst wieder sicher auf ihren eigenen Füßen stand) und sprang auf sie zu, und die Waldfee raffte ihre allerletzte Energie zusammen, spreizte die Flügel und flog mit solcher Wucht gegen das Bild, dass man es klatschen hören konnte.

Sam erstarrte vor Schrecken mitten in der Bewegung, aber Angie machte einen regelrechten Hechtsprung, streckte die Arme aus und fing sie auf, als sie wie ein Stein zu Boden fiel.

Im nächsten Augenblick wären sie beinahe schon wieder mit den Köpfen zusammengestoßen, als sie alle drei neben dem Bett auf die Knie fielen und Angie die winzige Gestalt behutsam auf das Kissen legte.

Die Waldfee rührte sich nicht, und wenn sie noch atmete, dann so flach, dass man es nicht mehr sehen konnte. Beim Anprall gegen das Bild hatte sie sich zwei weitere Flügel geknickt, die jetzt zerknittert unter ihrem Körper eingeklemmt waren, und ihre Haut hatte noch mehr Farbe verloren und wirkte beinahe schon durchsichtig. Dann aber regte sie sich, wenn auch nur ganz schwach. Angie atmete erleichtert auf.

»Hier … nicht … länger bleiben«, flüsterte die Waldfee. Sie versuchte die Augen zu öffnen, doch nicht einmal mehr dazu reichte ihre Kraft. Ihre Flügel zuckten noch einmal, und ein Knistern wie von dünnem Cellophan war zu hören, und schließlich lag sie ganz still.

»Ist sie … tot?«, murmelte Angie. Ihre Hände zitterten.

Sam streckte zögernd die Hand aus, um nach dem Puls des winzigen Geschöpfes zu fühlen, sah aber dann selbst ein, wie lächerlich dieses Vorhaben war. Ebenso gut konnte sie versuchen, nach dem Puls einer Fliege zu tasten. Irgendwie spürte sie, dass die Waldfee noch am Leben war, und sie war nicht einmal sicher, ob sie überhaupt sterben konnte … aber sie fühlte auch genauso deutlich, dass etwas Schreckliches mit ihr geschah.

Eine Mischung aus tiefer Trauer und blankem Entsetzen überkam Sam, als ihr klar wurde, was es war. »Sie kann in unserer Welt nicht überleben. Sie hat es mir gesagt!«

»Und du hast es nicht für nötig gehalten, uns diese unwesentliche Kleinigkeit mitzuteilen?«, fragte Tom stirnrunzelnd.

»Aber ich … ich wusste doch nicht, dass es so schnell geht«, murmelte Sam. »Ich dachte, es wäre noch Zeit!« Ihre Kehle war wie zugeschnürt. Schon wieder musste sie mit den Tränen kämpfen, denn wenn der Waldfee etwas zustieß, dann war alles vorbei: Ohne ihren winzigen, vorlauten Ratgeber wussten sie ja nicht einmal genau, was geschehen würde, geschweige denn, was sie dagegen tun sollten!

»Wir müssen ihr helfen«, sagte Tom.

»Prima Idee« schniefte Angie. »Weißt du zufällig auch wie?«

Ihr Bruder blieb ihr die Antwort auf diese Frage schuldig und funkelte sie an, als wäre das alles hier ganz allein ihre Schuld. Sam hoffte inständig, dass die beiden jetzt nicht aufeinander losgingen, und wollte Tom einen warnenden Blick zuwerfen, doch es blieb bei dem Vorsatz. Etwas fing ihren Blick ein, als sie den Kopf hob, um ihn anzusehen.

Es war das Bild. Genauer gesagt: die Stelle, gegen die die Waldfee geprallt war. Etwas von dem glitzernden Staub, der die Libellenflügel der Waldfee bedeckte, war daran haften geblieben, und Sam fragte sich einen Moment lang verblüfft, wieso sie es nicht alle drei und sofort gesehen hatten. Viel deutlicher konnte der Hinweis kaum sein, den ihnen die Waldfee mit letzter Kraft hinterlassen hatte.

»Nein«, antwortete sie an Toms Stelle und mit einiger Verspätung. »Aber ich.«

Sowohl Angie als auch ihr Bruder sahen sie nur ratlos an, und Sam hob die Hand und deutete auf das Bild. Auf den ersten Blick zeigte es eine wenig kunstvoll gemalte, x-beliebige Landschaftsszene wie alle Bilder, die es hier gab, und auch auf diesem war in einer verborgenen Ecke und fast unauffällig ein winziger See mit einem noch viel winzigeren Einhorn zu sehen, das am Ufer stand und seinen Durst stillte. Das mit ungelenken Strichen gemalte Wasser schimmerte, als hätte jemand Diamantstaub darauf geblasen, überall dort, wo es die Flügel der Waldfee berührt hatten.

»Wir müssen sie nach Hause bringen«, sagte Sam.

Tom und seine Schwester starrten sie an, als hätte sie den Verstand verloren. Wahrscheinlich war es auch ganz genau das, was sie in diesem Moment dachten.

»So?«, piepste Angie. Ihre Stimme klang kaum weniger dünn als die der Waldfee.

»Dieser See«, sagte Sam, die sich ein bisschen wunderte, dass Angie und ihr Bruder das so Offensichtliche nicht zu sehen schienen. »Er ist auf jedem Bild, nicht wahr?«

Angie nickte zögernd. »Ich … glaube. Ich habe nicht alle gesehen, aber auf denen, die ich kenne …«

»Du hast gesagt, du weißt, wo er ist?«, unterbrach sie Sam.

Und endlich begriff Angie. Sie nickte, aber Sam konnte ihr ansehen, wie wenig ihr die Idee gefiel.

»Dann bring mich hin.«

»Bist du verrückt geworden?«, entfuhr es Angie. »Das ist …«

»Du hast gesagt, es ist nicht weit«, beharrte Sam.

»Mit einem Wagen, ja«, antwortete Angie. »Oder zu Pferd, meinetwegen. Zu Fuß brauchst du hin und zurück bis Mitternacht! Was glaubst du, was hier los ist, wenn Focks und die Baum merken, dass du beim Abendessen fehlst?«

»Das ist mir völlig egal«, erwiderte Sam. Sie deutete auf die bewusstlose Waldfee. »Sie stirbt, wenn wir sie nicht zurück in ihre Heimat bringen! Willst du das?«

»Natürlich nicht«, antwortete Angie. »Aber es ist einfach zu weit! Und ich bin nicht einmal sicher, ob … ob ich den Weg finde.«

»Aber ich«, sagte Tom.

Seinem Blick nach zu urteilen, war er von Sams Idee ebenso wenig begeistert wie seine Schwester, aber er nickte trotzdem bekräftigend, stand auf und deutete auf den gemalten See. »Und ich weiß auch, wie wir einigermaßen schnell dorthin kommen.«

»Wir?«, fragte Sam.

»Wir«, wiederholte er in einem Ton, der keinen Widerspruch duldete. »Aber es wird dir nicht gefallen.«

»Und du bist ganz sicher, dass du dir das zutraust?«, fragte Sonya zum mindestens fünften Mal innerhalb ebenso vieler Minuten.

Nein, dachte Sam zum ebenso vielten Mal. Sie war sogar ganz ausgesprochen sicher, dass sie es sich *nicht* wirklich zutraute, und wahrscheinlich hätte sie sogar den Kopf geschüttelt und panisch die Flucht ergriffen, wäre es nur um ihr eigenes Schicksal (oder auch ihr Leben) gegangen. Aber es ging um die Waldfee, und die war wichtiger, und so zwang sie das überzeugendste schiefe Lächeln auf ihr Gesicht, das sie nur zustande brachte, und nickte.

Allzu überzeugend konnte es jedoch nicht sein, denn sowohl Sonya als auch Miss Hasbrog wirkten zweifelnd und tauschten einen langen, unsicheren Blick, der Sams Nervosität noch mehr steigerte. Was, dachte sie, wenn es ihr nicht gelang, die Bedenken der beiden zu zerstreuen, und sie sich schlichtweg weigerten, ihrer Bitte nachzukommen? Angie hatte ihr in aller Ausführlichkeit erklärt, wo der kleine See zu finden war, den McMarsden so begeistert auf jedem einzelnen seiner Bilder verewigt hatte. Sie würde zwar nicht bis Mitternacht brauchen, um ihn zu erreichen, aber doch mindestens zwei Stunden, wenn nicht mehr, und sie wusste einfach, dass ihr nicht mehr allzu viel Zeit blieb.

Aber dann nickte Sonya, und Miss Hasbrog wandte sich mit einem angedeuteten Schulterzucken um, um das Pferd zu holen. Allein bei dem Gedanken, auf den Rücken eines dieser riesigen vierbeinigen Monster zu klettern, wurde ihr schon ganz flau im Magen, aber es war die einzige Chance, die ihr blieb, um das Leben ihrer kleinen Verbündeten zu retten.

»Du musst das nicht tun, um mir irgendetwas zu beweisen«, sagte Sonya, als hätte sie ihre Gedanken gelesen. »Ich glaube dir, dass du dir Mühe gibst und es wirklich versuchst – aber frau muss nicht alle Probleme auf einmal lösen, weißt du?«

»Ich will niemandem etwas beweisen«, antwortete Sam mit einem weiteren (und ebenso verunglückten) schiefen Grinsen. »Allerhöchstens mir selbst. Ich kenne mich, weißt du? Wenn ich es jetzt nicht versuche, dann traue ich mich wahrscheinlich nie.«

Sie hatte Sonya richtig eingeschätzt. Der ebenso forschende wie besorgte Ausdruck blieb auf ihren Zügen, aber in ihren Augen leuchtete auch eine Spur von Stolz über ihre Geschlechtsgenossin, die sich so tapfer ihren eigenen Dämonen stellte, und sie versuchte nicht mehr, sie von ihrem verrückten Vorhaben abzubringen.

Hätte sie geahnt, dachte Sam, *wie* verrückt es wirklich war, dann hätte sie es sogar ganz bestimmt getan. Aber das wusste sie ja gottlob nicht.

Sam selbst wusste es auch nicht so genau. Seit Tom ihr seinen Plan erklärt hatte, hatte sie es sorgsam vermieden, allzu genau darüber nachzudenken, was ihr alles zustoßen könnte.

»Ganz wie du willst«, sagte Sonya. »Aber du versprichst mir, nicht die Heldin zu spielen und sofort Bescheid zu sagen, wenn es dir zu viel wird?«

»Bestimmt«, versprach Sam, ein wenig erstaunt darüber, wie gut sie doch lügen konnte.

Sonya wartete, bis ihre Kollegin mit dem Schecken zurückkam, den Angie gestern geritten hatte. Sam atmete innerlich auf. So weit war Toms Plan aufgegangen, immerhin etwas. Der Schecke war das mit Abstand sanftmütigste Pferd, das es auf dem gesamten Hof gab.

Trotzdem hatte sie das Gefühl, dass der Blick, mit dem das Pferd sie maß, nichts anderes als gehässig war.

Sonya ging einmal um das Pferd herum, kontrollierte sorgfältig den festen Sitz des Sattels und aller Zügel und Verbindungen und warf ihr einen Das-ist-deine-letzte-Chance-um-Nein-zu-sagen-Blick zu, auf den Sam reagierte, indem sie entschlossen nach dem Sattel griff und den linken Fuß in den Steigbügel setzte. Der Schecke schnaubte unwillig – wahrscheinlich spürte er ihre Unsicherheit –, und Sam hampelte einen Moment ungeschickt herum, bis Sonya sich ihrer erbarmte und sie behutsam in den Sattel hinaufschob.

Ihre Ungeschicklichkeit war nicht allein darauf zurückzuführen, dass sie zum allerersten Mal im Leben auf dem Rücken eines Pferdes saß. Sie musste vorsichtig sein, um die Waldfee nicht zu zerquetschen, die sie sorgsam in ein weiches Tuch eingewickelt unter ihrer Jacke trug.

»Alles in Ordnung?«, fragte Sonya. Ihre Hand hielt den Zügel des Schecken, und die andere hatte sie halb ausgestreckt, um sofort zugreifen zu können, sollte Sam etwa aus dem Sattel fallen.

»Ja«, antwortete Sam. *Noch.* Gleich begann der lustige Teil. Aber vielleicht geschah ja im letzten Moment doch ein Wunder, und sie erwachte aus diesem verrückten Traum und fand sich an einem sicheren und gemütlichen Ort wieder, vielleicht in Handschellen im tiefsten Verlies eines Untersuchungsgefängnisses.

Alles, was sich änderte, war, dass es ringsum stiller wurde. Die meisten Schüler, die mit ihren Pferden beschäftigt waren, im Kreis ritten oder herumalberten, hielten mitten in der Bewegung inne und sahen mehr oder weniger verblüfft in ihre Richtung. Aus den Augenwinkeln sah sie, wie Tom auf seiner braunen Stute näher kam, in einiger Entfernung anhielt und sie scheinbar genauso überrascht und neugierig ansah wie alle anderen.

Und noch jemand hatte mitten in der Bewegung innegehalten und sah sie sehr aufmerksam an und mit einem Ausdruck, den Sam nicht deuten konnte: Fritzie. Svens Freundin wirkte plötzlich so alarmiert, als wüsste sie, was gleich geschehen würde. Könnte es sein, dass …?

»Wir fangen ganz vorsichtig an, okay?«, fragte Sonya. »Nur ein paarmal im Kreis, und dann steigst du wieder ab. Wir wollen es ja nicht übertreiben.«

Sam leckte sich nervös die Lippen. Unabhängig von allem anderen fiel ihr plötzlich auf, wie hoch ein Pferd doch war. Nicht wenn man davorstand, sehr wohl aber, wenn man auf seinem Rücken saß. Der Boden befand sich ungefähr einen Kilometer unter ihr, aber sie konnte trotzdem jeden einzelnen spitzen Stein erkennen, der sich in dem vermeintlich so weichen Gras verbarg.

Sonya zog sacht am Zaumzeug. Der Schecke machte einen ersten vorsichtigen Schritt, dann noch einen, da stieß irgendjemand einen schrillen, in den Ohren schmerzenden Pfiff aus.

Der Schecke explodierte regelrecht.

Aus dem scheinbar so sanftmütigen Tier wurde ein einziger gespannter Muskel, der sich mit solcher Gewalt entlud, dass Sonya nicht einmal mehr die Zeit für einen erschrockenen Schrei fand, bevor sie auch schon von den Füßen gerissen und zu Boden geschleudert wurde.

Sam klammerte sich instinktiv mit beiden Händen am Sattelhorn fest und verkrampfte sich, was sich als keine besonders gute Idee erwies, denn ihre Zähne schlugen mit einer Wucht aufeinander, die sie nur noch ein Gewitter aus grellen Schmerzblitzen sehen ließ, und der Schecke landete nach seinem Satz mit solcher Gewalt auf dem Boden, dass sie nur wie durch ein Wunder nicht aus dem Sattel geworfen wurde. Ein ganzer Chor aus Schreien und erschrockenen Rufen wurde rings um sie herum laut, und noch bevor Sam überhaupt Luft zu einem erschrockenen Ausruf holen konnte, machte der Schecke einen zweiten, noch gewaltigeren Satz, trat mit den Hinterläufen aus und fiel dann in einen rasend schnellen gestreckten Galopp, als versuche er allen Ernstes, die Schallmauer zu durchbrechen.

Vielleicht reichte ihm für den Anfang ja auch schon das hölzerne Gatter.

Sam schrie nun doch vor Schreck, als sie sah, dass das Pferd nicht nur immer schneller und schneller wurde, sondern dabei auch so zielsicher auf den Zaun zuhielt, als wollte es ihn einfach niederrennen. Im buchstäblich allerletzten Moment stieß sich das Tier ab, setzte mit einem mächtigen Sprung über das Hindernis hinweg und kam mit solcher Wucht auf der anderen Seite auf, dass Sam nun endgültig den Halt im Sattel verlor und nach vorne und halb über seinen Hals geschleudert wurde. Ihre Füße rutschten aus den Steigbügeln, und ihre Hände tasteten vergeblich nach der Mähne des Tieres, um sich wenigstens darin festklammern zu können. Sie rutschte weiter ab und drohte zu stürzen – sie hätte stürzen *müssen*, denn es gab absolut nichts, woran sie sich noch festhalten konnte! –, aber sie hatte geradezu unverschämtes Glück. Statt sie vollends vom Rücken des durchgehenden Pferdes zu schleudern, beförderte sie der nächste harte Stoß in den Sattel zurück, und so groß der Zufall auch war, ihre Füße rutschten sogar wieder in die Steigbügel, und ihre Hände schlossen sich ganz instinktiv fest genug um Zügel und Sattelknauf, um ihr endgültig ein Gefühl trügerischer Sicherheit zu geben.

Es hielt genauso lange an, wie sie brauchte, um die Augen zu öffnen und den Waldrand auf sich zurasen zu sehen.

Irgendwie gelang es ihr nicht nur, sich noch fester ans Zaumzeug und in den Sattel zu krallen, sondern auch, den Kopf zwischen die Schultern zu ziehen, sodass sie von den tief hängenden Ästen nicht aus dem Sattel geschleudert wurde. Eine Handvoll dünnerer Zweige jedoch peitschte ihr so unerbittlich ins Gesicht, dass sie schon wieder Sterne sah, und ein besonders vorwitziger Ast fegte ihr den Helm vom Kopf. Der verschwand in der Dunkelheit, und ein Splittern und Bersten wie von tausend gleichzeitig zerbrechenden Christbaumkugeln hüllte Sam ein und verschlang den Chor erschrockener Schreie und Rufe, der immer noch hinter ihr gellte.

Der Schecke jagte weiter, durchbrach mit der puren Wucht seines eigenen Schwungs noch ein halbes Dutzend weiterer Büsche und kam endlich mit einem unwilligen Schnauben und Hufestampfen zum Stehen.

Sam hielt die Luft an, zählte in Gedanken langsam bis drei und wagte erst dann vorsichtig die Augen zu öffnen. Sehr viel sah sie nicht, denn die Bäume standen so dicht, dass sie einen regelrechten Zaun ringsum bildeten und sie sich beinahe fragte, wie sie es überhaupt hindurchgeschafft hatte.

Und es war vollkommen still.

Es dauerte noch einen Moment, bis ihr auffiel, *wie* still.

Sie hörte absolut nichts. Weit über ihr spielte der Wind raschelnd mit den Baumwipfeln, und der Atem des Schecken ging vor Anstrengung schwer, doch das war absolut alles, was sie hörte. Die Schreie, die erschrockenen Rufe und das unruhige Wiehern der Pferde waren verstummt, als hätte es sie nie gegeben.

Erneut – und sehr vorsichtig – drehte Sam sich im Sattel um und sah etwas, das sie noch sehr viel mehr beunruhigte, nämlich nichts. Nicht nur völlige Stille, sondern auch nahezu absolute Dunkelheit hüllte sie ein.

Aber wie ist das möglich?, dachte sie verwirrt. Sie wusste, wie dicht der Wald war, der *Unicorn Heights* umgab, aber *so* dicht konnte er einfach nicht sein!

Und als wäre diese schiere Unmöglichkeit nicht genug, gestand sie sich ein, dass sie zu allem Überfluss auch noch die Orientierung verloren hatte. Sie wusste zwar, wo vorne und hinten war, aber nicht mehr, wohin diese Richtungen führten.

Ihre Hand glitt fast ohne ihr Zutun unter die Jacke und tastete nach der Waldfee. Immerhin hatte sie sie bei ihrem selbstmörderischen Fluchtversuch nicht zerquetscht (was an sich schon mehr war, als sie erwarten konnte), aber die bloße Berührung reichte aus, um Sam spüren zu lassen, dass sich ihr Zustand abermals verschlechtert hatte. Wenn sie sie nicht bald nach Hause brachte, dann würde sie sterben.

Wenn sie denn wüsste, wo dieses Zuhause war …

Hinter ihr knackte ein Zweig, und als sie sich abermals im Sattel herumdrehte, erkannte sie Tom, der auf seinem Braunen saß und die Stute behutsam zwischen zwei nur als Schatten zu erkennenden Bäumen hindurchbugsierte. Irgendetwas an ihm kam ihr … seltsam vor, aber es war zu dunkel, um aus diesem Gefühl Gewissheit zu machen.

Auch seine Stimme klang sonderbar, als er schließlich anhielt und sie durchdringend ansah. »So, du hast also noch nie auf einem Pferd gesessen, wie?«

»Nein«, bestätigte Sam.

»Diesen Sprung hätte *ich* nicht geschafft«, sagte Tom, und Sam konnte selbst spüren, wie sich ihre Stirn umwölkte.

»Wäre es dir lieber, wenn ich mir den Hals gebrochen hätte?«, fragte sie scharf.

Tom verzichtete auf eine Antwort und deutete nur in die Dunkelheit vor ihr. »Wir müssen los, bevor sie uns finden. Ich wundere mich sowieso, dass nicht schon die halbe Schule hier ist. Bleib hinter mir.«

Sam setzte den Schecken mit einem sanften Schenkeldruck in Bewegung und blieb keineswegs hinter ihm, sondern übernahm im Gegenteil und wie selbstverständlich die Führung. Sie wunderte sich ein bisschen über sich selbst, aber der Gedanke entglitt ihr, bevor sie ihn zu Ende denken konnte, und sie sah sich auch wohlweislich nicht nach Tom um. Doch sie spürte seinen Ärger regelrecht. Sam fragte sich allen Ernstes, ob er vielleicht eifersüchtig war und warum. Aber auch dieser Gedanke entglitt ihr auf sonderbare Weise, und kurz darauf geschah dasselbe mit ihrem Zeitgefühl. Sie hätte nicht mehr sagen können, ob sie seit einer Minute unterwegs war, einer Stunde oder schon immer, und ob sie sich um wenige hundert Schritte vom Waldrand und der Koppel entfernt hatte oder um eine ganze Welt. Es blieb so dunkel, wie es die ganze Zeit über gewesen war, aber nach einer Weile lichtete sich das Unterholz ein wenig, und auch die Bäume wichen auseinander, sodass sie nicht nur besser von der Stelle kamen, sondern Tom sein Pferd auch an ihre Seite lenken konnte und auf diese Weise wenigstens nicht mehr hinter ihr herreiten musste.

Samiha lächelte still in sich hinein. Natürlich verstand sie, dass es ihm nicht gefiel. Einem stolzen Steppenreiter wie ihm – noch dazu einem *Prinzen* der Steppenreiter – musste es gegen den Strich gehen, hinter der Frau herzureiten, die er eigentlich beschützen sollte. Selbst wenn es sich um eine Kriegerprinzessin handelte.

Samiha nahm sich vor, sich später in aller Form bei ihm zu bedanken (und selbstverständlich auch bei seinem gesamten Volk, ihr diesen tapfersten ihrer Krieger zur Seite gestellt zu haben), aber im Moment zählte nur, die Waldfee zu ihrem Volk zurückzubringen.

»Wartet, Prinzessin!« Der Prinz von Caivallon hob fast erschrocken die linke Hand und legte ihr zugleich die andere auf den Unterarm, um sie zum Anhalten zu bewegen, aber ihr treues Schlachtross hatte die Gefahr bereits gewittert und war von selbst stehen geblieben. Seine Ohren bewegten sich aufmerksam, und die zahllosen Silber- und Goldplättchen, mit denen sein Zaumzeug und der Sattel besetzt waren, klimperten leise wie der Klang einer verzauberten Elfenharfe irgendwo in der Dunkelheit, die sie umgab.

Nach einer Weile nahm der junge Steppenreiter die Hand wieder von ihrem Arm und ließ sie stattdessen auf den Schwertgriff sinken. Samiha spürte, wie angespannt er war, obwohl er sich Mühe gab, einen möglichst ruhigen Eindruck zu machen.

»Jemand ist hier«, sagte er schließlich.

»Sie?«, fragte Samiha.

Der Prinz hob die Schultern. Seine Hand ließ den Schwertgriff nicht los, sondern schien sich im Gegenteil noch fester darum zu schließen. Sowohl die schlichte Scheide, in der die Waffe steckte, als auch die schmalen Lederstreifen, mit denen ihr Griff umwickelt war, waren von derselben Farbe wie sein einfaches Wildledergewand und die kniehohen Schnürsandalen, doch sie wusste, wie sehr das Äußere der vermeintlich einfachen Klinge täuschte. Es war ein magisches Schwert, eine Klinge von gewaltiger Macht, und der Hand, die es führte, wurde ebenso ein beinahe magisches Geschick im Umgang mit Schwert und Bogen nachgesagt. Beides war Samiha wohlbekannt, obwohl sie den Prinzen selbst erst vor zwei Tagen das erste Mal zu Gesicht bekommen hatte, und beides erfüllte sie mit Sorge. So sicher sie sich auch fühlte, den für seine Kraft und Gewandtheit weit über die Grenzen Caivallons hinaus berühmten Prinzen der Steppenreiter zu ihrem persönlichen Schutz bei sich zu wissen, so sehr fürchtete sie sich davor, dass er diese Fähigkeiten unter Beweis stellen musste, denn sollte es so weit kommen, dann war ihre Mission bereits gescheitert, bevor sie wirklich begonnen hatte. Dies war ein magischer Ort. Ein heiliger Ort, an dem Gewalt nur Übles hervorbringen konnte, ganz gleich, von welcher Seite sie ausging und aus welchem Grund.

Endlich löste sich die Hand des Prinzen vom Schwertgriff und schloss sich ebenfalls um den Zügel, und Samiha begann zu hoffen, dass zumindest das zweite Gerücht, das sie über ihn gehört hatte, doch nicht zur Gänze den Tatsachen entsprach: nämlich dass er zwar tapfer, aber auch ein Heißsporn und Draufgänger sein sollte.

Vielleicht hatte er ja so etwas wie Ehrfurcht vor diesem Ort.

»Ich weiß es nicht, Prinzessin«, antwortete der Prinz mit einiger Verspätung.

»Samiha«, verbesserte ihn Samiha automatisch.

»Samiha«, bestätigte der Prinz mit einem knappen Nicken, tat ihr jedoch nicht den Gefallen, ihr seinerseits seinen wahren Namen zu nennen. »Aber ich glaube nicht, dass sie den Mut haben, uns hierher zu folgen. Die Regeln des Einhornwaldes gelten für alle. Auch für sie.« Er versuchte aufmunternd zu lächeln. »Und Magie wirkt hier nicht, habt Ihr das vergessen?«

Das hatte Samiha keineswegs. Sie machte sich ohnehin keine Sorgen um die magischen Kräfte ihrer Verfolger. Aber sie blickte auf das Schwert im Gürtel des Prinzen. Auch ihre Verfolger trugen Waffen wie diese, und man brauchte keine Zauberkräfte, um eine Klinge aus scharfem Stahl zu führen.

»Wir sollten weiterreiten, Prin… Samiha«, verbesserte sich der Prinz der Steppenreiter. »Je eher wir wieder zurückgehen können, desto besser.«

»Du musst mich nicht begleiten«, sagte Samiha kühl.

Der Prinz maß sie nur mit einem leicht verwirrten Blick, ging nicht weiter auf ihre Bemerkung ein (es war auch nicht die erste dieser Art, seit sie sich kennengelernt hatten), sondern sagte nur: »Lasst mich voranreiten. Aber seid auf der Hut.«

Der letzte Satz war überflüssig, fand Samiha. Aber sie gestattete ihm trotzdem, voranzureiten und das Gesicht zu wahren. Für den Moment.

Der Weg war nicht mehr weit, aber so war das immer an einem magischen Ort: Wenn man seine Ziel kannte, dann war der Weg entweder kurz oder endlos. Und das manchmal wortwörtlich.

Schon nach einem kurzen Stück traten die Bäume weiter auseinander, und sanftes Mondlicht spiegelte sich wie flüssiges Silber auf der Oberfläche eines kleinen Sees. Ein halbes Dutzend winziger leuchtender Punkte stob aus dem nassen Gras zu den Hufen ihrer Pferde auf und verschwand im Unterholz, und Samiha glaubte ein Summen und Flirren wie von zahllosen winzigen Fliegen zu hören, und ein Geräusch irgendwo zwischen einem Lachen und empörtem Gezwitscher.

»Wo ist er?«, fragte der Prinz. »Silberhorn! Er ist nicht hier.«

Das war unschwer zu übersehen, und es erfüllte Samiha mit einem neuerlichen Gefühl von tiefem Unbehagen. Aber zugleich ... »Vielleicht ist es auch gut so«, sagte sie.

»Gut?«, ächzte der Prinz. »Silberhorn muss hier sein! Wenn er es nicht ist, dann ...«

»... liegt es vielleicht daran, dass *wir* nicht hier sein dürften«, unterbrach ihn Samiha. Der Prinz blickte sie strafend an, doch Samiha schwang sich bereits aus dem Sattel und ging mit schnellen Schritten zum Ufer des kleinen Sees, wo sie niederkniete und mit der linken Hand unter ihr spinnwebfeines Gewand griff, um die Waldfee hervorzuholen. Das winzige Geschöpf war eiskalt, und seine Glieder pendelten haltlos, als sie das weiche Tuch zurückschlug, in das sie es eingewickelt hatte, um es vor den Strapazen der Reise zu schützen und warm zu halten. Wenn noch Leben in ihm war, dann konnte sie es nicht mehr wahrnehmen.

Sie hörte, wie der Prinz hinter ihr absaß und näher kam, drehte sich jedoch nicht zu ihm um, sondern bettete die Waldfee vorsichtig im feuchten Gras am Seeufer. Kaum war diese aufgewacht, da hob überall rings um sie herum ein allgemeines Rascheln und Huschen und Schleichen an, und plötzlich senkte sich eine zweite Waldfee auf schwirrenden bunten Flügeln neben ihr ins Gras, dann eine dritte, vierte, fünfte und sechste … schließlich waren es Dutzende der winzigen Geschöpfe, die sie wie ein Schwarm übergroßer Libellen umschwirrten, während ihr Geschnatter die Luft in wildem Durcheinander erfüllte. Das überraschte Samiha nicht. Niemand verstand die Sprache der Waldfeen (böse Zungen behaupteten, nicht einmal sie selbst), aber sie wusste, dass die zierlichen Geschöpfe umgekehrt sie verstanden, ganz egal in welcher Sprache sie auch sprach.

»Ihr müsst ihr helfen«, sagte sie. »Sie war zu lange in der anderen Welt. Sie stirbt, und ich kann nichts mehr für sie tun! Aber ihr könnt es!«

Das Schnattern und Durcheinanderrufen und Reden der Waldfeen wurde noch aufgeregter und lauter und ihr Tanz hektischer. Bunt schillernder Staub löste sich von ihren Flügeln und bildete farbenfrohe Regenbögen über ihnen, die genauso schnell vergingen, wie sie entstanden waren, und das Schnattern und Piepsen nahm noch einmal zu, bis Samiha allein davon beinahe schwindelig wurde. Zwei, dann drei und schließlich vier Waldfeen sanken neben ihr ins Gras und trippelten zu ihrer Schwester hin. Keine davon würdigte Samiha auch nur eines Blickes, aber sie selbst besah sich die winzigen Geschöpfe dafür umso aufmerksamer. Immerhin bekam nicht einmal eine Kriegerprinzessin aus dem Norden jeden Tag eine Waldfee zu Gesicht, lebten die verzauberten Geschöpfe doch ausschließlich hier, im Einhornwald, den seit Urzeiten kein sterblicher Mensch mehr betreten hatte. Jedes der kleinen Geschöpfe sah anders aus als die anderen (mit der einzigen Ausnahme, dass sie alle deutlich schlanker waren als ihre bewusstlose Schwester) und alle trugen einen winzigen Bogen über der einen und einen dazu passenden, ebenso winzigen Köcher über der anderen Schulter, der jeweils nur einen einzigen Pfeil enthielt, kaum länger als eine Nadel.

»Ihr könnt ihr doch helfen, oder?«, fragte Samiha. »Ich bin noch nicht zu spät?«

Das allgemeine Schnattern und Gezeter wurde lauter, und weitere Waldfeen landeten überall rings um sie herum im Gras. Die meisten begannen sofort heftig miteinander zu debattieren – Samiha verstand nicht, was sie sagten, aber die Waldfeen waren als zänkisches Völkchen bekannt – und etliche begannen auch in ihre Richtung zu gestikulieren.

»Ich verstehe euch nicht«, sagte Samiha. »Aber ihr müsst ihr helfen, versteht ihr? Sie ist nur meinetwegen in Gefahr. Sie ist zu lange in der anderen Welt geblieben, um uns zu warnen. Und es ist unsere Schuld, dass sie nicht mehr zurückkonnte.« Natürlich wurde das Schnattern und Zetern der Waldfeen nur noch lauter, und ihr Gestikulieren und Deuten wirkte fast schon ein bisschen aggressiv. Sollte sie sich Sorgen machen?

Die vier Waldfeen, die zuerst gelandet waren, näherten sich ihrer immer noch benommen wirkenden Schwester, ergriffen sie an Armen und Beinen und trugen sie auf schwirrenden Flügeln davon, während die anderen sich immer dichter um Samiha scharten, im Gras standen oder saßen oder sie auf wirbelnden bunt schillernden Flügeln umkreisten, und ihr Schimpfen und Zirpen und Lamentieren wurde immer lauter und ... ja, drohender. Sie sah nicht hin, aber sie konnte spüren, wie sich der Prinz hinter ihr spannte, und hören, wie er scharf die Luft zwischen den Zähnen einsog. Jetzt machte sie sich Sorgen, wenn auch mehr darum, dass er vielleicht etwas Unbedachtes tat.

Dann, von einem Atemzug auf den anderen, war es vorbei: Der schimpfende Schwarm winzig kleiner kunterbunter Bogenschützen verschwand beinahe von einem Lidschlag auf den nächsten, und die nachfolgende Stille war für einen Moment so intensiv, dass sie beinahe in den Ohren zu dröhnen schien. Das Silberlicht des Mondes, der noch immer viel zu groß und – beinahe – komplett gerundet über der Lichtung stand, verlor an Glanz, und die Dunkelheit bekam etwas Unangenehmes, Staubiges. Etwas geschah mit dem Wasser, neben dem sie kniete. Es roch mit einem Mal schlecht, und dünne Fäden schmierig-grüner Algen erschienen auf seiner Oberfläche. Das Blätterrauschen des Waldes klang ... schärfer, bösartiger, und es wurde kalt. Sie konnte hören, wie der junge Prinz zum zweiten Mal und jetzt hörbar erschrocken die Luft zwischen den Zähnen einsog, und als sie den Blick hob, sah sie, dass er angespannt dastand und nicht nur schon wieder die Hand auf den Schwertgriff gesenkt, sondern die Waffe bereits ein Stück weit aus ihrer Umhüllung gezogen hatte. Das Mondlicht spiegelte sich schwarz auf der doppelseitig geschliffenen Klinge, und die Augen des Prinzen waren weit aufgerissen und beinahe schwarz vor Entsetzen. Samihas Herz machte einen erschrockenen Sprung in ihrer Brust, als sie sah, wie das Schwert eine weitere Handbreit aus der Scheide glitt, und das leise Scharren hörte, das die Bewegung begleitete. Etwas Schlimmes würde geschehen, wenn er die Waffe an diesem heiligen Ort zog. Etwas sehr Schlimmes.

»Nicht!«, hauchte sie erschrocken.

Erst als sie das Wort ausgesprochen hatte, sah sie, dass gar nicht sie es war, der das Entsetzen in seinen Augen galt. Sein Blick hatte sich an einem Punkt irgendwo hinter ihr festgesogen, und sie konnte trotz des immer schwächer werdenden Lichts erkennen, wie bleich er geworden war.

Und als sie aufsprang und in der gleichen Bewegung herumfuhr, wusste sie auch, warum.

Das andere Ufer des Sees lag nicht mehr leer da. Doch es war nicht Silberhorn, der sich dort zeigte.

Nur einen Steinwurf entfernt, auf der anderen Seite des kleinen Sees, ragten die Silhouetten dreier riesiger Reiter wie schwarze Scherenschnitte empor. Obwohl das Mondlicht sie vollkommen einhüllte und wie flüssiges stumpfes Silber um ihre Konturen floss, blieben sie flache schwarze Schatten, aber Samiha konnte trotzdem erkennen, dass sie nicht auf Pferden saßen, sondern auf riesigen schwarzen Einhörnern, kantig und in hartes Eisen gehüllt und so boshaft und aggressiv, wie Silberhorn sanftmütig und weise war. Und auch die Reiter selbst waren wahre Giganten, die eiserne Rüstungen mit harten Kanten und spitzen Dornen trugen, Schilde und mächtige Schwerter, auf deren Griffen ihre gepanzerten Hände lagen. Noch hatten sie sie nicht gezogen, aber Samiha wusste, dass sie es tun würden, wenn der Prinz seine eigene Waffe zog.

»Nicht«, flüsterte sie entsetzt. »Prinz, tut es nicht!«

Sie wagte es nicht, sich zu ihm herumzudrehen, aus der absurden Furcht heraus, die drei Riesen könnten aus ihrer Erstarrung erwachen und auf sie zukommen, sobald ihr bannender Blick sie losließ, aber sie hörte ein Rascheln (ohne das Scharren von Metall) und hoffte, dass es das Geräusch war, mit dem er die Hand vom Schwertgriff nahm, ohne es gezogen zu haben. Gewalt an diesem Ort konnte nur Böses hervorbringen. Das galt natürlich für jeden Ort auf jeder Welt, hier aber ganz besonders.

Einer der Reiter bewegte sich. Seine in schwarzes Eisen gehüllte Hand strich über das nadelspitze Horn, das aus der Stirn seines dämonischen Reittiers wuchs, und sie hörte ein Geräusch wie von Sandpapier, das über rauen Stein strich. Vielleicht war es auch ein Flüstern, das direkt hinter ihrer Stirn erscholl. *Bald, Prinzessin, bald.*

Die beiden schwarzen Einhornschatten rechts und links der unheimlichen Gestalt drehten sich in einer vollkommen synchron gespiegelten Bewegung herum und begannen den See zu umkreisen. Die schweren Hufe der Tiere verursachten dabei nicht den mindesten Laut, als wären sie tatsächlich nichts als Schatten, die aus einer anderen und düstereren Welt herüberfielen, und obwohl sie näher kamen, vermochte Samiha immer noch keine Einzelheiten zu erkennen. Aber etwas an der bloßen Nähe der riesigen Gestalten schien ihr den Atem abzuschnüren, und es wurde schlimmer, je näher sie kamen.

Dann geschah etwas, das sie eigentlich erleichtern sollte, ganz im Gegenteil aber nur noch viel unheimlicher war: Die beiden Reiter hatten den See halb umkreist, doch mit jedem Schritt, den sie nun taten, begannen sie zu verblassen. Ihre Umrisse verloren an Schärfe, das Schwarz ihrer Gestalten war mit einem Male nicht mehr ganz so tief und atemabschnürend, und die unsichtbare Düsternis, die sie umgab, war nicht mehr ganz so bedrohlich. Sie wurden langsamer, schienen zu zögern und machten dann noch einen einzelnen, gleichzeitigen Schritt …

und verschwanden.

Nur der dritte Reiter, der am anderen Ufer stehen geblieben war, blieb. Seine Hand lag noch immer auf dem tödlichen Horn seines Reittiers, und obwohl Samiha sein Gesicht nicht erkennen konnte, sondern nur eine konturlose schwarze Fläche sah, wo sie ein menschliches Antlitz erwartet hätte, spürte sie den Blick seiner unheimlichen schwarzen Augen wie die Berührung gierig tastender Finger.

Bald, flüsterte eine Stimme hinter ihrer Stirn.

»Prinzessin?«, sagte der Prinz hinter ihr. Seine Stimme zitterte. »Wir sollten … gehen. Das hier ist kein guter Ort.«

Von irgendwoher nahm sie die Kraft zu einem Nicken, und sie schaffte es sogar, die Lähmung abzustreifen, mit der der Anblick der drei Reiter sie erfüllt hatte, und Schritt für Schritt rückwärtsgehend vom Seeufer zurückzuweichen.

Der Unheimliche griff nun mit beiden Händen nach seinem Helm und setzte ihn ab. Auch darunter kam nichts als ein substanzloser schwarzer Schatten zum Vorschein, der spitze Ohren wie ein Fuchs hatte, und jetzt, nicht mehr durch die schmalen Sehschlitze des Helmes hindurch, wurde sein Blick noch durchdringender und bohrender.

Bald, Prinzessin, flüsterte scine lautlose Stimme.

Bald.

Bald.«

»Bald?« Sonya wiederholte das Wort, gedehnt und stirnrunzelnd und mit einer Betonung, die nichts Gutes versprach – was sie aber nicht daran hinderte, den kleinen Pinsel mit hochkonzentrierter Salzsäure genüsslich und quälend langsam weiter über Sams Wange zu ziehen.

Wahrscheinlich handelte es sich in Wahrheit nur um Jod oder ein anderes Desinfektionsmittel, aber es *fühlte sich an* wie Salz- oder Schwefelsäure, und Sam war in diesem Moment ganz froh, dass sie in Sonyas verärgertes Gesicht blickte und nicht in einen Spiegel. Sie wäre nicht erstaunt gewesen, ihr Gesicht Blasen schlagend und wie eine Wachsmaske zerfließen zu sehen, die zu lange in der Sonne gelegen hatte.

»Bald«, sagte Sonya noch einmal. »Ich weiß ja nicht, warum du dieses Wort immerzu wiederholst, aber in einem Punkt muss ich dir zustimmen. Meine Geduld mit dir ist *bald* erschöpft, junge Darme. Und die des Direktors auch, fürchte ich. Halt still!«

Die beiden letzten Worte hatte sie in schärferem Ton hervorgestoßen, und Sam biss gehorsam die Zähne zusammen und erstarrte zur Reglosigkeit, während Sonya ihren Folterpinsel noch einmal und genüsslich langsam über ihre Wange zog und ihr Werk dann kritisch begutachtete. Sam zog prüfend die Luft ein und fragte sich, ob sie nur das Desinfektionsmittel roch oder verschmorte Haut. Ganz sicher war sie nicht.

»Ist dir eigentlich klar, was alles hätte passieren können?«, fuhr die Lehrerin fort. »Du hättest tot sein können!«

Sam war vor allem nicht klar, warum Sonya so mit ihr

umsprang. Es war schließlich nicht ihre Schuld gewesen, dass das Pferd durchgegangen war und sie zu einem ungeplanten Ausflug in den Wald mitgenommen hatte. Oder doch, aber das konnte die Lehrerin schließlich nicht wissen.

Wenigstens hoffte sie das.

Statt irgendetwas von dem auszusprechen, was ihr auf der Zunge lag, bemühte sie sich um ein angemessen zerknirschtes Gesicht und sagte: »Es tut mir ja leid, und ich werde ganz bestimmt nie mehr auf ein Pferd steigen, wenn es dich beruhigt.«

Sie musste wohl etwas Falsches gesagt haben, denn das zornige Funkeln in Sonyas Augen nahm zu, und ihre Lippen wurden zu einem dünnen blutleeren Strich, so fest presste sie sie zusammen. Zwei oder drei Sekunden lang sagte sie gar nichts, und als sie sprach, klang ihre Stimme gepresst und so, als müsse sie sich mit Macht beherrschen, um nicht etwas vollkommen anderes zu sagen.

»Hast du dir auch nur eine Sekunde lang Gedanken darüber gemacht, welche Folgen es für uns alle hätte, wenn dir bei deinem kleinen Ausflug etwas zugestoßen wäre? Welche Konsequenzen es haben könnte – nicht nur für Petra und mich, sondern für die gesamte Schule, einschließlich deiner Mitschülerinnen und -schüler? Aber das Schicksal anderer interessiert dich ja nicht, habe ich recht?«

»Es ist doch nicht meine Schuld, wenn dieser blöde Gaul durchgeht!«, verteidigte sich Sam. Sie hatte sich fest vorgenommen, gar nichts zu sagen, aber was zu viel war, war zu viel.

»Nein, selbstverständlich nicht«, antwortete Sonya. »Wie komme ich nur auf die Idee? Und du hast auch noch nie vorher auf einem Pferd gesessen, nicht wahr? Und außerdem ist die Erde eine Scheibe.«

»Ich verstehe nicht ...«

»Verkauf mich nicht für dumm, junge Dame«, fiel ihr Sonya ins Wort. »So etwas kann ich gar nicht leiden. Du *kannst* reiten.«

»Das kann ich nicht!«, protestierte Sam, was Sonya aber nur noch zorniger machte.

»Das hier ist ein Reiterhof, Samiha«, sagte sie. »Wir leben hier mit Pferden, falls du das vergessen haben solltest. Ich erkenne eine gute Reiterin, wenn ich sie sehe. Und ich erkenne vor allem eine *meisterhafte* Reiterin!«

Sam wollte ganz automatisch noch einmal und noch heftiger widersprechen, aber erstens ahnte sie, dass Sonya dann wahrscheinlich vollends explodieren würde, und zweitens war da plötzlich ein sonderbares Gefühl in ihr, es war verrückt, aber sie konnte es nicht anders beschreiben: wie eine Erinnerung an etwas, das sie nie erlebt hatte. Sie *konnte* reiten, das wusste sie mit derselben unerschütterlichen Sicherheit, mit der sie zugleich wusste, dass sie noch nie zuvor im Leben auf einem Pferd gesessen hatte. Vorsichtshalber sagte sie gar nichts.

Sonya sah auf die Armbanduhr und schürzte vielsagend die Lippen. »Direktor Focks bekommt jetzt wahrscheinlich gerade seinen zweiten oder dritten Tobsuchtsanfall, und sobald er sich davon erholt hat, wird er wohl mit dir sprechen wollen. Ich weiß zwar selbst nicht genau, warum, aber ich werde dir noch einmal helfen und ihm sagen, dass ich dir ein Beruhigungsmittel gegeben habe und du schläfst. Aber lange wird das nicht halten. Spätestens morgen früh wird er sich dich vorknöpfen. Wenn du Glück hast, dann ist sein schlimmster Zorn bis dahin verraucht, aber gut gelaunt wird er trotzdem nicht sein, das kann ich dir versprechen. Du solltest ein paar gute Antworten parat haben, wenn er dich fragt, warum du das getan hast.«

»Aber ich …«, begann Sam, nur um sofort wieder und mit einer ärgerlichen Geste unterbrochen zu werden.

»Sowohl Miss Hasbrog als auch ich sind sehr gute Reiterinnen und nicht wenige unserer Schülerinnen auch. Und *keine* von uns hätte den Sprung über den Zaun geschafft, das kannst du mir glauben.«

»Vielleicht hatte ich ja einfach nur Glück«, sagte Sam trotzig.

»Das hatte mit Glück nicht das Geringste zu tun«, antwortete Sonya. »Du reitest besser als irgendjemand sonst hier, Thomas eingeschlossen, den ich bisher für den besten Reiter gehalten habe. Was sollte das also? Wolltest du dir einen Spaß daraus machen, die Ahnungslose zu spielen und uns dann alle wie die Dummköpfe aussehen zu lassen? Das hättest du auch ein bisschen weniger dramatisch haben können!«

Etliche Sekunden lang wartete Sonya vergeblich darauf, dass Sam irgendetwas sagte, dann seufzte sie, stand auf und trat an den Medikamentenschrank heran, den Sam schon von ihrem ersten Besuch hier im Krankenzimmer her kannte. Sie löste den Schlüssel von dem schmalen Silberkettchen an ihrem Handgelenk, entriegelte das Schloss und nahm ein Päckchen mit Heftpflasterstreifen heraus. Ohne auf Sams schwächlichen Protest zu achten, versorgte sie die schlimmsten Kratzer und Schrammen auf ihren Händen und Unterarmen damit und klebte ihr anschließend auch noch ein Pflaster auf die linke Wange. Es tat so weh, dass ihr schon wieder die Tränen in die Augen schossen, und sah bestimmt auch alles andere als hübsch aus. Sam nahm sich vor, es als Allererstes zu entfernen, sobald sie hier heraus war.

Sonya unterzog sie einer abschließenden Inspektion und griff noch einmal nach ihrem Säurefläschchen, um einen langen Kratzer an ihrem Hals zu verarzten, den sie erst jetzt entdeckt hatte, trug das Fläschchen und die Box mit den Pflasterstreifen danach wieder zum Schrank zurück und verriegelte die Glastüren nicht nur sorgfältig, sondern überzeugte sich auch mit einer routinierten Bewegung davon, dass sie auch wirklich abgeschlossen waren, bevor sie den Schlüssel wieder an seiner Kette befestigte.

Sam fand das übertrieben und fragte sich, was dieser Schrank eigentlich so Wertvolles oder auch Gefährliches enthalten mochte, um ihn derart zu sichern. Das hier war das Krankenzimmer einer Schule – im Grunde nicht mehr als ein begehbarer Erste-Hilfe-Kasten – und sie konnte sich nicht vorstellen, dass es hier irgendwelche gefährlichen Medikamente oder gar Drogen gab. Aber seltsamerweise hatte auch sie das Gefühl, dass an diesem Schrank etwas Wichtiges war.

»Mehr kann ich im Moment nicht tun«, sagte Sonya. »Du solltest jetzt in dein Zimmer gehen und vielleicht noch einmal über das eine oder andere nachdenken, bevor du morgen früh mit dem Direktor sprichst. Ich lasse dir dein Abendessen aufs Zimmer bringen … es sei denn, du bestehst darauf, zusammen mit den anderen in der Mensa zu essen.«

So ungefähr das Allerletzte, was Sam jetzt wollte, war, mit dem Direktor zu sprechen oder auch nur mit *irgendwem.* Jedenfalls nicht, bevor sie es nicht selbst wusste.

Sam erinnerte sich an die unheimliche Szene am See und daran, wie sie dorthin gekommen war, aber ihr war auch klar, dass es sich dabei nur um einen Traum handeln konnte … und wenn nicht, dann war sie umso besser beraten, Sonya ganz bestimmt nichts davon zu erzählen. Aber sie konnte nicht mehr sagen, wie sie zurück zum Waldrand gekommen war.

Sonya und die anderen hatten sie nur ein paar Schritte vom Waldrand entfernt in einem Gebüsch gefunden, das zwar dem Sturz vom Schecken den Großteil seiner Wucht genommen hatte, dem sie aber den Großteil der hässlichen Schrammen und zum Teil blutigen Kratzer verdankte, die sie jetzt piesackten. Sie konnte selbst nicht sagen, ob sie das Bewusstsein verloren hatte oder nur benommen gewesen war, aber das Ergebnis blieb ohnehin dasselbe: Sonya hatte sie vier- oder fünfmal ansprechen müssen, bevor sie überhaupt reagierte, und selbst dann hatte Sam erst auf ihr hektisches Rütteln und ihre immer besorgter werdenden Fragen geantwortet, als sie ernsthaft damit gedroht hatte, einen Krankenwagen zu rufen oder besser gleich einen Rettungshubschrauber. Ein winziger Teil von ihr fragte sich immer noch, warum sie es eigentlich nicht getan hatte.

Mit einiger Verspätung wurde ihr klar, dass sie immer noch den Medikamentenschrank anstarrte und Sonya ihrerseits sie, und jetzt hatte sie es sehr eilig, von der Kante der Untersuchungsliege zu springen und zu gehen.

Erst als sie auf halbem Weg zu ihrem Zimmer war, fiel ihr auf, dass sie die altehrwürdigen Gänge und Flure des ehemaligen Herrenhauses zum ersten Mal anders als still und so gut wie ausgestorben erlebte. Helles Sonnenlicht umgab sie, und sie hörte ausgelassene Stimmen und eifriges Füßetrampeln und Rennen, und allein auf dem kurzen Stück nach unten traf sie auf ein halbes Dutzend anderer Schüler. Die meisten gingen ihr aus dem Weg oder bedachten sie mit schrägen Blicken, und denjenigen, die das nicht taten, ging Sam aus dem Weg. Ihrem Ruf hier in der Schule im Allgemeinen und ihrem Verhältnis zu den anderen Schülern im Besonderen tat das ganz gewiss nicht gut. Sie war jetzt seit mehr als einer Woche hier und kannte außer Tom, seiner Schwester und ihrem neuen Intimfeind Sven nebst

Anhang weder den Namen eines einzigen Schülers noch die Gesichter der Jungen und Mädchen aus ihrer eigenen Klasse. Und sie wollte es auch nicht, denn sie spürte mit jedem Atemzug mehr, dass sie nicht hierhergehörte, nicht in diese Schule, nicht in dieses System mit all seinen Zwängen und Regeln und vielleicht nicht einmal in diese Welt.

Als ihr dieser Gedanke kam, musste sie lächeln. Trotz all der Unmöglichkeiten, die sie in den letzten Tagen erlebt hatte, war sie doch ein paar Jahre zu alt, um heimlich davon zu träumen, eines Tages aufzuwachen und zu erfahren, dass sie in Wahrheit die verschollene Elfenprinzessin war, nach der der Magierkönig der Anderswelt und all seine Zauberwesen schon seit Jahrhunderten suchten …

Nein, das war einfach zu albern.

Auch wenn es möglicherweise die Wahrheit war.

Unten in der Halle angekommen, schlug sie keineswegs sofort die Richtung zu ihrem Zimmer ein, wie Sonya von ihr erwartete, sondern trat an das große Bild heran, das das trinkende Einhorn am Seeufer zeigte. Es war so dilettantisch gemalt und hässlich wie eh und je, aber in ihren Augen hatte es sich total verändert. Sie wusste nun, was sich unter den ungelenken Pinselstrichen verbarg, und dieses Wissen allein reichte ihr, um die Kunstfertigkeit des versteckten Bildes zu bewundern.

Aber der Anblick stimmte sie auch traurig, nun, da sie wusste, dass McMarsden – Meister Themistokles, verbesserte sie sich in Gedanken – nicht nur ein mythologisches Geschöpf gemalt hatte, sondern ein real existierendes Wesen, wenn auch eines aus einer anderen Welt.

Erst jetzt kam ihr zu Bewusstsein, wie sehr sich der verzauberte See verändert hatte, seit Tom und sie das erste Mal dort gewesen waren. Auf diesem Bild war kristallklares Wasser zu sehen, ein lebendiger grüner Wald mit dichtem

Unterholz und saftiges Gras, in dem bunte Sommerblumen wuchsen.

Am Ufer jenes Sees, an dem sie vorhin gewesen war, war nichts Lebendiges mehr gewesen, sein Wasser war tot, ein schwarzer Tümpel, gänzlich ohne Leben. Und am Ufer hatte auch kein Einhorn gestanden.

Sam fragte sich, was aus Silberhorn geworden war, aber auf diese Frage würde ihr das Bild wohl keine Antwort geben.

Möglicherweise fand sie sie jedoch woanders.

Als sie sich umdrehte, stand Sven hinter ihr. Diesmal hatte er kein Messer in der Hand und er trug auch keine Reitkleidung, sondern Jeans und ein T-Shirt, das für die Witterung zwar eindeutig zu dünn war, seine durchtrainierten Muskeln und breiten Schultern aber ganz hervorragend zur Geltung brachte. Sam hielt seinem Blick zwar so ruhig stand, dass es sie selbst fast ein bisschen überraschte, ertappte sich aber auch dabei, ihn aufmerksam zu mustern und sich davon zu überzeugen, dass seine Ohren ganz normal waren – und nicht spitz.

Außerdem trug er weder ein Schwert noch eine Rüstung. Beides hatte er wahrscheinlich nicht nötig.

»Kann es sein, dass du mir nachschleichst?«, fragte sie.

»Hättet Ihr das denn gern, Prinzessin?«, gab Sven zurück.

Warum benutzte er gerade dieses Wort?

Sven schüttelte den Kopf, um seine eigene Frage zu beantworten. »Aber nein, Lady Guinevere – Ihr habt ja schon einen Beschützer, den edlen Sir Galahad, nicht wahr? Dann sollte ich mich vielleicht besser in Acht nehmen, damit er uns beide nicht in flagranti überrascht und irgendwas in den falschen Hals kriegt. Nicht dass ich mir die Hand an seinem anderen Auge verstauche.«

»Warum tust du das?«, fragte Sam.

»Was?«

»Sir Galahad, Lady Guinevere … du kennst dich ganz gut in der Artus-Sage aus, oder?«

»Das bleibt nicht aus, wenn man eine leibhaftige schottische Fairy als Lehrerin hat«, antwortete er. »Sie ist ’ne Nervensäge, aber sie kennt echt coole Geschichten.«

»Und du bist echt gut darin, den Dummkopf zu spielen«, antwortete Sam. Die Art, auf die Sven das Wort ausgesprochen hatte, verwirrte sie. Er hatte es nicht mit englischem oder schottischem Akzent getan, wie sie es erwartet hätte, sondern in der Klangfarbe einer vollkommen anderen Sprache, von der sie ganz sicher war, sie noch niemals zuvor gehört zu haben. Dennoch war sie auch absolut sicher, dass er es *richtig* ausgesprochen hatte. Sie besah sich seine Ohren noch einmal ganz genau, aber es blieb dabei: Sie waren kein bisschen spitz.

»Hä?« Sven bemühte sich, ein dümmliches Gesicht zu machen, was ihm nicht besonders schwerfiel. »Was soll denn der Quatsch?«

»Das frage ich dich«, antwortete Sam ernst. »Das hast du doch gar nicht nötig – den Idioten zu spielen, meine ich. Oder glaubst du, dass du damit auf irgendjemanden Eindruck machst … außer vielleicht auf die beiden Idioten, die dir ständig hinterherhecheln?« Oder seine kurzhirnige Freundin? Das sprach sie vorsichtshalber nicht laut aus.

Sven dachte einen Moment lang mit angestrengt gerunzelter Stirn über diese Worte nach und nickte dann. »Vielleicht sollte ich diesen beiden Idioten einfach mal sagen, was du von ihnen hältst?«, sinnierte er.

»Weil du dich selbst nicht traust?«

Jetzt wirkte Sven tatsächlich verblüfft, und einen ganz kleinen Moment lang fragte sich Sam besorgt, ob sie den Bogen vielleicht überspannt hatte und er sich gleich auf sie stürzen würde. Aber dann hörte sie Schritte, die schnell näher kamen, und Sven gab sich einen Ruck und drehte sich ohne ein weiteres Wort herum, um zu gehen.

»Du hast meine Frage noch nicht beantwortet«, rief Sam ihm nach.

Sven blieb nicht stehen, warf aber im Gehen einen Blick über die Schulter. »Welche Frage?«

»Warum du mir ständig hinterherschleichst.«

»Um Euch zu beschützen, Prinzessin«, antwortete er. »Warum denn sonst?«

Sam war so verblüfft, dass sie im ersten Moment überhaupt nichts sagen konnte, und als sie ihre Überraschung überwunden hatte, war Sven endgültig verschwunden.

Trotzdem war sie nicht allein.

Sie spürte beinahe körperlich, dass sie angestarrt wurde, drehte sich halb herum und sah gerade noch einen Schatten davonhuschen, eindeutig zu schnell, um ihn zu identifizieren.

Dennoch wusste sie, dass es Fritzie gewesen war.

Und irgendwie war das kein angenehmer Gedanke.

Ganz und gar nicht.

Nach der Begegnung mit Sven war ihr nicht mehr danach gewesen, zu Star zu gehen, überdies bezweifelte sie auch, dass man sie überhaupt noch einmal in die Nähe des Stalles lassen würde, von einem *Pferd* gar nicht zu sprechen. Sie wollte aber auch nicht allein sein, also machte sie sich allen Warnungen Sonyas zum Trotz auf den Weg zur Mensa, saß fast eine Stunde lang an einem leeren Tisch in einem leeren Raum und wartete darauf, dass es Zeit zum Abendessen wurde und die anderen Schüler sowie Tom und seine Schwester auftauchten.

Ihn in seinem Zimmer zu besuchen, wagte sie nicht. Sie war ziemlich sicher, dass Focks ihn beobachten ließ. In dem allgemeinen Chaos vorhin hatte niemand genau sagen können, ob er tatsächlich derjenige gewesen war, der den Schecken mit seinem schrillen Pfiff so erschreckt hatte, aber Sonya (und mit ihr ganz automatisch auch Focks) war misstrauisch geworden, und sie wollte dieses Misstrauen ganz bestimmt nicht auch noch schüren.

Die Zeit zum Essen kam, die anderen Schüler auch, nur von Tom und seiner Schwester fehlte jede Spur, ebenso wie von Sven und seiner Kronprinzessin. Seine beiden Prügelknaben saßen rechts und links des Stuhls, auf dem er normalerweise thronte (niemand hatte es gewagt, dort in seiner Abwesenheit Platz zu nehmen), und schossen feindselige Blicke in ihre Richtung ab.

Sam aß nicht nur allein, sondern auch am längsten. Mehr als eine Stunde saß sie an dem großen, leeren Tisch, wartete darauf, dass Tom oder seine Schwester kamen, und ertappte sich schließlich dabei, sich insgeheim beinahe zu wünschen, wenigstens Sonya oder eine der anderen Lehrerinnen würden sich zu ihr gesellen, schlimmstenfalls sogar der Direktor.

Niemand tat das. Irgendwann kam sie sich wie eine Aussätzige vor, denn sie saß nun vollkommen allein in dem großen, immer stiller werdenden Raum und ging schließlich, bevor die Küchenhelferinnen noch auf die Idee kamen, sie zusammen mit dem schmutzigen Geschirr wegzuräumen.

Sie kehrte auch jetzt nicht in ihr Zimmer zurück, sondern ging wieder auf den Hof hinaus. Der Tag neigte sich seinem Ende entgegen. Die Dämmerung war noch nicht angebrochen, aber man spürte bereits ihr Nahen, und der Mond war schon vor einer ganzen Weile aufgegangen und hatte trotzig seinen Platz auf der der Sonne gegenüberliegenden Seite des Firmaments eingenommen, wie ein blasser Zwilling. Noch war er nicht vollends gerundet, aber man musste schon sehr genau hinsehen, um den fingerbreiten Schatten auszumachen, der ihm fehlte, um zum Vollmond zu werden. Noch zwei Nächte, dachte sie, heute und morgen, und die Gefahr war vorüber.

Eine Gefahr, von der sie nicht einmal wusste, wie sie aussah. Oder – um ehrlich zu sein – ob es sie überhaupt gab. Bilder, die zum Leben erwachten, sprechende vorlaute Libellen und jahrhundertealte Einhörner, die über das Schicksal der Welt bestimmten? Das war schon einigermaßen lächerlich in einer Welt, in der die Menschen zum Mond geflogen waren, sich mit einem Tastendruck rund um den Planeten unterhalten konnten und tausend andere Dinge vollbrachten, die noch der Generation ihrer Großeltern wie pure Magie vorgekommen wären.

Aber vielleicht war es ja gerade das, was dieser scheinbar so perfekten Welt fehlte …

Ihr Blick ließ die blasse Mondscheibe los, die ihr mit einem Male viel zu klein vorkam, und tastete über den Waldrand, der bereits so schwarz und massiv dalag, als hätte die Nacht dort schon verfrüht Einzug gehalten, und erneut (und noch viel intensiver) spürte sie, wie nahe Sonya der Wahrheit mit ihrer eher scherzhaft gemeinten Behauptung gekommen war, als sie am ersten Tag gesagt hatte, sie wären hier so weit von der Zivilisation entfernt wie in einer anderen Welt.

Was sie ihr nicht gesagt hatte, war, wie *feindselig* dieser Wald sein musste, dachte Sam schaudernd. Auch ihr war es bis zu diesem Moment nicht wirklich aufgefallen, nun aber fühlte sie dafür umso intensiver, wie düster und undurchdringlich dieser Wald war und wie ... ja: feindselig.

Das war neu. Sam verspürte ein neuerliches und noch eisigeres Frösteln, als sie begriff, dass der Anblick tatsächlich ein anderer war als noch gestern oder auch nur heute Nachmittag, als sie auf der Koppel gewesen war. Die Schatten waren dunkler, und man konnte spüren, dass sich etwas näherte, etwas Düsteres und Mächtiges, das bisher in den Tiefen dieses verwunschenen Waldes geschlafen hatte und nun allmählich erwachte.

Sie versuchte den Gedanken als albern abzutun und abzuschütteln, aber weder das eine noch das andere wollte ihr gelingen. Dort drinnen war etwas und es kam näher. Basta.

Schaudernd – es schien plötzlich um mehrere Grade kälter geworden zu sein – wollte sie sich abwenden und wieder ins Haus gehen, als ein Licht auf der anderen Seite des Hofes ihren Blick einfing. Es war nichts Besonderes daran. Die Tür zu dem baufälligen Stall, in dem sie Star das erste Mal gesehen hatte, stand offen, und dahinter flackerte gelbes und weißes Licht. Der Kombi parkte wieder davor, auch jetzt mit weit offen stehenden Hecktüren, und Schatten führten einen verwirrenden Tanz auf. Vielleicht war es nur diese vermeintliche Bewegung, die ihre Aufmerksamkeit erregt hatte, versuchte sie sich selbst zu beruhigen. Sie begann Gespenster zu sehen. An dem Anblick war rein gar nichts Außergewöhnliches. Sie hatte ja mit eigenen Ohren gehört, wie Focks den Arbeitern den Auftrag gegeben hatte, zur Not vierundzwanzig Stunden am Tag durchzuarbeiten, um rechtzeitig fertig zu werden, und ganz genau das taten sie gerade – was also sollte sie daran beunruhigen?

Vielleicht der Schatten, der sich in diesem Moment vom Waldrand löste und mit trägen Flügelschlägen über den Himmel glitt …

Sam drehte mit einem erschrockenen Ruck den Kopf und sah hin, und der Schatten verschwand, noch ehe ihr Blick ihn erfassen konnte.

»Na, fühlst du dich wieder besser?«

Sam fuhr so heftig herum, dass ihre Zähne schmerzhaft aufeinanderschlugen, und Direktor Focks machte ein betroffenes Gesicht und hob besänftigend beide Hände. »Ich wollte dich nicht erschrecken«, sagte er hastig, vielleicht sogar ein bisschen verlegen. »Entschuldige. Ich habe dich hier stehen sehen und …«, er blinzelte ein paarmal, und ein sachter Ausdruck von Sorge erschien in seinen Augen. »Ist alles in Ordnung?«

Sam musste an sich halten, um sich nicht schon wieder umzudrehen und nach dem Schatten am Himmel zu suchen. »Sicher«, antwortete sie in einem Ton, der nicht einmal sie selbst überzeugte. »Ich wollte nur …«, sie sprach nicht weiter.

»Du wolltest ein bisschen Ruhe haben, ich verstehe. Entschuldige. Ich wollte dich nicht stören.«

»Schon gut«, sagte Sam nervös. Es wurde kälter. Sie konnte das Schlagen gewaltiger schwarzer Schwingen am Himmel über sich jetzt spüren.

»Das war ein aufregender Tag, nicht wahr?«, fragte Focks. Sam sah ihm an, wie er krampfhaft die Worten wählte. Er war nicht zufällig hier herausgekommen, sondern hatte sie gesucht. Sam schwieg. Sie konnte spüren, wie der Schatten hinter ihr weiter über den Himmel glitt.

»Du hast großes Glück gehabt, heute«, fuhr er fort, nachdem er eine Weile herumgedruckst hatte. Gleichzeitig trat er an ihr vorbei ganz aus dem Haus und sah sich automatisch auf dem Hof um, und für einen winzigen Moment war ihr, als stutze er mitten in der Bewegung und etwas wie eine unausgesprochene Frage erscheine in seinen Augen. Vielleicht Überraschung. Sah er zum Himmel hinauf oder in Richtung Waldrand?

»Ich wollte nicht, dass das passiert.« Sie wollte auch nicht mit ihm reden. Hier geschah etwas, das ihrer Aufmerksamkeit bedurfte, und es war besser, wenn er es nicht mitbekam. »Ich weiß nicht, warum ich das …«

»Aber ich«, unterbrach sie Focks. »Das war nicht besonders klug von dir, aber ich kann gut verstehen, warum du es getan hast.« Er lachte leise. »Es ist wirklich nicht nötig, dass du uns irgendetwas beweist, Samiha. Das hier ist kein Wettbewerb, in dem wir uns gegenseitig übertrumpfen müssen, weißt du? Hier tut jeder, was ihm möglich ist, und mehr nicht.«

»Aber auch nicht weniger«, vermutete Sam. Wenn Focks sich ausgerechnet diesen Moment ausgesucht hatte, um sie beiseitezunehmen und ein vertrauliches Gespräch mit ihr zu führen, dann hatte er wirklich den schlechtesten aller Zeitpunkte gewählt … aber sie spürte auch, dass er sich nicht abwimmeln lassen würde.

»Ich habe vorhin mit deinen Eltern telefoniert«, fuhr Focks mit einem unbehaglichen Räuspern fort. »Sie waren ziemlich besorgt, als sie erfahren haben, was passiert ist.«

»Und das mussten Sie ihnen auch sofort erzählen?«, fragte Sam.

»Ja, das musste ich«, antwortete Focks. Er sah auf die Uhr, druckste einen weiteren Moment herum und gab sich dann einen sichtbaren Ruck. Vielleicht war es auch nicht er, sondern der flackernde Schatten, der hinter ihm aufgetaucht war. Es war nicht einmal wirklich ein Schatten, eher der Hauch eines solchen, der nicht wirklich zu sehen war, sondern allenfalls zu erahnen. Trotzdem starrte Sam ihn aus so weit aufgerissenen Augen an, dass Focks ihr Entsetzen nicht einmal dann entgangen wäre, wäre er mit Blindheit geschlagen gewesen.

Und natürlich deutete er es falsch.

»Ja, das musste ich«, wiederholte er. »Ich hatte gar keine andere Wahl, und wenn dir mehr passiert wäre als nur die paar Schrammen, dann hätte ich nicht nur deine Eltern benachrichtigen müssen, sondern auch die Behörden, und du wärst vermutlich nicht nur mit einem Verweis und ein paar Heftpflastern im Gesicht davongekommen.«

Jetzt verstand Sam überhaupt nichts mehr. Von Focks' anfänglicher Unsicherheit war nichts mehr zu spüren, aber das war nicht alles. Viel unheimlicher fand sie, dass sie regelrecht *sehen* konnte, wie sich seine Stimmung änderte.

»Ich habe lange mit deinem Vater gesprochen, Samiha, und wir sind zu dem Schluss gekommen, dass seine Entscheidung vielleicht … etwas übereilt war.«

»Was soll das heißen?«, fragte Sam scharf.

»Es ist natürlich deine Entscheidung«, antwortete Focks und sah wieder auf die Armbanduhr, beinahe als warte er auf einen ganz bestimmten Zeitpunkt, um ihre Frage endlich zu beantworten. »Du bist zwar noch nicht volljährig, aber ich halte nichts davon, junge Menschen zu etwas zu zwingen, was sie nicht wollen – ebenso wenig wie dein Vater.«

»Davon habe ich wenig gemerkt, als er mich hierhergeschickt hat.«

»Wie gesagt: Diese Entscheidung war möglicherweise etwas vorschnell«, erwiderte Focks. Er sah zum dritten Mal auf die Uhr, und Sam hatte das unheimliche Gefühl, den Schatten hinter ihm zufrieden nicken zu sehen.

»Ich habe dir die Philosophie unseres Hauses mehrfach erklärt. Und ich bin ganz ehrlich gesagt nicht mehr völlig davon überzeugt, dass dies hier der richtige Ort für dich ist.«

Jetzt war es immerhin heraus. Und Sam war nicht einmal überrascht. Aber zutiefst entsetzt. Das war nicht Focks, mit dem sie sprach. Nicht *der* Direktor Focks, den sie kennengelernt hatte und der sich eher die rechte Hand hätte abhacken lassen, bevor *er einen jungen Menschen einfach so aufgab,* wie er es vermutlich ausgedrückt hätte.

»Sie werfen mich raus«, sagte sie im Ton einer bitteren Feststellung.

»Nein«, erwiderte er rasch, fast schon ein bisschen zu hastig und ganz eindeutig schuldbewusst. »Dein Vater war der Auffassung, dass du zurückkommen sollst, und das am besten gleich heute, aber ich konnte ihn überzeugen, dass diese Entscheidung vielleicht ein bisschen übereilt wäre.«

»Heute?«, wiederholte sie entsetzt. *Heute?!*

Focks machte eine besänftigende Geste mit beiden Händen. »Wie gesagt: Ich konnte ihn davon überzeugen, dir noch eine letzte Chance zu geben … wenn du das möchtest, heißt das.«

Sam deutete ein Nicken an. Mehr brachte sie in ihrem Schrecken nicht zuwege. *Heute?* Aber das war unmöglich! Sie konnte nicht hier weg, nicht bevor der Vollmond nicht vorüber war!

»Gut«, antwortete Focks. Er klang hörbar erleichtert, aber

sein Blick flackerte nach wie vor unstet, auch als er endlich ihr Gesicht losließ und rasch zuerst über den Himmel und dann den schwarz daliegenden Waldrand tastete.

»Das freut mich «, fuhr er fort. »Aber es ist wirklich deine allerletzte Chance. Ich habe mich sehr weit aus dem Fenster gelehnt, damit du hier bei uns bleiben kannst, doch wenn auch nur die winzigste Kleinigkeit vorfällt …«

»Das wird nicht passieren«, versprach Sam.

»Ich verlasse mich darauf«, erwiderte Focks. »Und jetzt komm. Es wird allmählich kalt. Oder gibt es noch irgendetwas Wichtiges?«

Tatsächlich hatte Sam im allerersten Moment Mühe, sich daran zu erinnern, warum sie überhaupt hier herausgekommen war. Und auch dann antwortete sie nicht, sondern drehte sich wieder zum Stall. Das sonderbare flackernde Licht hinter der Tür war immer noch da, und es beunruhigte sie immer noch ganz genauso wie im ersten Moment …

Focks war ihr Blick so wenig entgangen wie ihr Erschrecken. Aber er deutete beides wieder einmal falsch.

»Das sind nur die Bauarbeiten«, sagte er. »Keine Angst, Star ist im großen Stall bei den anderen Pferden. Kommst du jetzt?«, fragte Focks noch einmal.

Sam nickte zwar, machte aber nur einen einzigen Schritt und sah dann noch einmal zu dem lautlosen blauen und weißen Lichtgewitter hin, das hinter der angelehnten Tür tobte. Sie hatte das Gefühl, dass etwas Schlimmes passieren würde, wenn sie jetzt nicht zu Star ging, sondern dem Direktor folgte.

Sie sollte recht behalten.

Zurück in ihrem Zimmer, erlebte sie gleich eine doppelte Überraschung, von der sie nicht sicher war, ob sie ihr gefiel: Jemand war hier gewesen und hatte alles so perfekt aufgeräumt, als hätte hier noch nie jemand gewohnt. Es roch nach Desinfektionsmitteln und frischem Bohnerwachs, und die Schranktüren waren nicht ganz geschlossen. Ein Blick dahinter zeigte ihr, dass der unbekannte Putzteufel auch hier zugeschlagen hatte. Alles war säuberlich zusammengefaltet und sortiert, und selbst das Wäschenestchen, das sich die Waldfee gebaut hatte, war spurlos verschwunden.

Gut, dieser Teil der Überraschung gefiel ihr ganz eindeutig nicht.

Was den anderen anging, war sie … nicht sicher.

Zumindest war er rätselhaft.

Er bestand aus einem Zettel, der zusammengefaltet auf ihrem Schreibtisch lag. Als sie ihn herumdrehte, las sie einen einzigen Satz in einer krakeligen, fast unleserlichen Handschrift: *Erwarte Euch um neun am Schwimmbecken, Prinzessin.*

Sam runzelte die Stirn. *Prinzessin?* Sie kannte niemanden, der sie Prinzessin nannte … abgesehen von Tom, und nicht einmal der Tom, den sie auf dieser Seite der Wirklichkeit kannte.

Aber vielleicht wollte er ihr auf diese Weise etwas sagen. Immerhin hatten sie bisher nicht nur keine Gelegenheit gehabt, in Ruhe (oder überhaupt) miteinander zu reden, sondern sich noch nicht einmal gesehen.

Sie blickte auf die Uhr. Bis neun waren es nur noch wenige Minuten, und der Anbau mit dem Schwimmbecken lag am anderen Ende des weitläufigen Internatsgebäudes. Sie würde sich sputen müssen, um pünktlich dorthin zu kommen – vor allem, wenn sie es ungesehen tun wollte.

Wie sich zeigte, war das das größte Problem überhaupt. Auch wenn die meisten hier auf *Unicorn Heights* mit den Hühnern ins Bett zu gehen schienen, waren die meisten eben doch nicht alle, und bei dreihundert Schülern waren auch wenige doch wieder viele. Sam musste einen gehörigen Umweg in Kauf nehmen und sich zwei- oder dreimal sogar verstecken, um einem ihrer Mitschülern auszuweichen – und einmal sogar dem Hausmeister, der seinem Spitznamen alle Ehre machte und ausgerechnet in jenem Teil des Internats herumschlich, in dem zu dieser vorgerückten Stunde doch eigentlich niemand mehr sein sollte.

Sam nahm an, dass Tom das Hallenbad auch aus genau diesem Grund als Treffpunkt vorgeschlagen hatte. Niemand, nicht einmal Schmidt (hoffte sie), würde um diese Zeit ins Schwimmbad gehen.

Es brannte auch kein Licht, und das Erste, was ihr nach der feuchtwarmen Luft und dem typischen Chlorgeruch auffiel, war die vollkommene Stille. Wenn Tom tatsächlich schon hier war und auf sie wartete, dann musste er das mit angehaltenem Atem tun.

»Tom?«, rief sie.

Sie bekam keine Antwort und hatte auch nicht damit gerechnet, und wenn sie es genau nahm, dann war das allein schon ziemlich seltsam, wenn sie die hervorragende Akustik bedachte, die Schwimmbäder nun einmal hatten, sogar kleine. Jetzt hörte sie jedoch nicht einmal das Echo ihrer eigenen Stimme.

Und sie spürte auch, dass Tom nicht hier war. Niemand war hier … außer der Besitzer der beiden Hände, hieß das, die sie warnungslos und mit solcher Wucht zwischen den

Schulterblättern trafen, dass sie mit wild rudernden Armen einen Schritt nach vorne stolperte und gerade noch Zeit für einen erschrockenen Ausruf fand, bevor sie mit einem gewaltigen Platschen im Wasser landete und fast bis auf den Grund des Beckens hinabtauchte, ehe es ihr gelang, sich zu fangen und mit einer einzigen kraftvollen Bewegung wieder an die Wasseroberfläche zu kommen. Sam verschluckte sich, rang krampfhaft nach Luft und schluckte nur noch mehr Wasser.

Der schlanke Fuß, der sich auf ihren Kopf senkte und sie sofort wieder unter Wasser drückte, machte es auch nicht unbedingt besser.

Diesmal bekam sie es ernsthaft mit der Angst zu tun. Sie hatte geschrien, bevor sie das erste Mal untergetaucht war, und der halbe Atemzug gerade hatte auch nicht viel gebracht. Ihre Lungen waren praktisch leer, und Verwirrung und Panik taten ein Übriges, um ihr das Leben schwer zu machen – und möglicherweise auch sehr kurz. Schon nach ein paar Sekunden hatte Sam das Gefühl, vor lauter Schmerzen in der Brust explodieren zu müssen, und vor ihren Augen tanzte eine Million grellweißer Funken. Nur noch ein paar Sekunden und sie *würde* ertrinken, obwohl sie seit nicht einmal einer halben Minute unter Wasser war.

Verzweifelt versuchte sie nach dem Fuß zu greifen, der sie immer noch unbarmherzig niederdrückte, bekam ihn in ihrer Panik aber nicht zu fassen, und ihre Atemnot wurde noch schlimmer. Wer immer sie ins Wasser gestoßen hatte, begriff sie entsetzt, hatte sich nicht nur einen groben Scherz erlaubt … er wollte sie umbringen!

Im buchstäblich allerletzten Moment verschwand der grausame Druck, und Sam kam keuchend und verzweifelt nach Luft japsend wieder an die Oberfläche. Sie konnte kaum etwas sehen, streckte halb blind die Hand nach einer hellen Linie vor sich aus, von der sie hoffte, dass es sich um den Beckenrand handelte, und stöhnte im nächsten Moment vor Schmerz, als sich derselbe Fuß, der sie gerade unter Wasser gedrückt hatte, nun mit grausamer Wucht auf ihre Fingerspitzen senkte. Um ein Haar hätte sie ihren Halt losgelassen und wäre schon wieder untergetaucht.

Stattdessen biss sie die Zähne zusammen, ignorierte den pochenden Schmerz in ihren Fingerspitzen, so gut es eben ging, und griff mit der anderen Hand nach dem dazu passenden Fußgelenk, um es mit einem kräftigen Ruck zu verdrehen.

Es gelang ihr. Sie war noch immer in Todesangst, halb blind und bekam kaum Luft, aber jetzt sah sie zumindest eine schattenhafte Bewegung und hörte einen dumpfen Laut, so als schlage etwas Schweres auf den Boden, und endlich hörte der grausame Schmerz in ihren Fingerspitzen auf. Hastig griff sie nun auch mit der anderen Hand nach dem Beckenrand, zog sich mit letzter Kraft hinauf und tat für mindestens eine Minute nichts anderes, als tief ein- und auszuatmen und sich an dem Umstand zu erfreuen, dass sie es überhaupt noch konnte.

Als sich ihr hämmernder Puls wenigstens so weit beruhigt hatte, dass sie den Kopf heben und sich das Wasser aus den Augen blinzeln konnte, glaubte sie gerade noch einen Schatten davonhuschen zu sehen, und vielleicht waren da auch leise, sehr schnelle Schritte, aber ganz sicher war sie nicht. Immerhin war der heimtückische Angreifer verschwunden.

Sam verbesserte sich in Gedanken: der heimtückische, *feige* Angreifer.

Noch immer mit heftig klopfendem Herzen, mittlerweile aber fast genauso wütend auf sich selbst wie auf den unbekannten Angreifer darüber, dass sie sich so einfach hatte übertölpeln lassen, stemmte sie sich hoch, schüttelte sich die ärgste Nässe aus Haaren und Kleidern und blieb dann eine geschlagene Minute lang nicht nur mit geschlossenen Augen, sondern sogar mit angehaltenem Atem stehen, um zu lauschen.

Ohne Ergebnis. Sie war allein.

Aber das hatte sie schon einmal geglaubt – mit dem Erfolg, dass sie froh sein konnte, überhaupt noch zu leben.

»Tom?«, rief sie, noch einmal und wider besseres Wissen. Sie bekam auch keine Antwort. Dennoch versuchte sie es zwei- oder dreimal, bevor sie es schließlich nicht nur endgültig aufgab, sondern sich auch eingestand, dass er nicht kommen würde. Sie war hereingelegt worden. Die Nachricht war nicht von Tom gewesen, sondern vermutlich von dem unbekannten Angreifer, der sie um ein Haar umgebracht hätte.

Allein der Gedanke ließ ihr einen eisigen Schauer über den Rücken laufen. Bei allem Unheimlichen und Erschreckenden, das ihr bisher widerfahren war, war ihr trotzdem noch nicht in den Sinn gekommen, dass es jemand tatsächlich auf ihr *Leben* abgesehen haben könnte. Jedenfalls nicht hier.

Und selbst wenn … warum hatte er es dann nicht zu Ende gebracht? So überrascht und hilflos, wie sie gewesen war, wäre es selbst einem Kind nicht mehr allzu schwergefallen, ihr endgültig den Garaus zu machen …

So viel zu der unbesiegbaren Kriegerprinzessin aus der Anderswelt, dachte sie spöttisch.

Irgendwie ergab das alles keinen Sinn

So wenig Sinn, wie es machte, noch länger hierzubleiben und auf jemanden zu warten, der ganz bestimmt nicht kommen würde.

Sam machte sich missmutig auf den Weg zur Tür, wobei sie eine breite, nasse Spur hinter sich herzog.

Sie war nicht einmal überrascht, sie abgeschlossen zu finden.

Noch missmutiger – und von einem Gefühl nagender Sorge erfüllt, das längst zu reiner Angst geworden war, auch wenn sie es nicht zugeben wollte – rüttelte sie ein paarmal an der Klinke, sah die Sinnlosigkeit dieses Tuns nach ein paar Augenblicken ein und machte sich schließlich auf die Suche nach einem zweiten Ausgang.

Es gab keinen. Sam suchte buchstäblich jeden Quadratmeter des Anbaus ab, ohne auf irgendetwas anderes als massive Wände zu stoßen. Nach einer Weile (wahrscheinlich nicht viel mehr als zehn Minuten), die ihr wie eine schiere Ewigkeit vorkam, stand sie wieder an der Tür und rüttelte noch einmal an der Klinke, jetzt mit aller Kraft.

Aber es nutzte nichts. Wie alles hier auf *Unicorn Heights* war die Tür sehr alt und sehr massiv. Es blieb dabei: Sie war gefangen.

Sam gestattete sich etliche weitere Sekunden, in denen sie noch mehr in Panik geriet und wild und mit verzweifelter Kraft an der Klinke rüttelte. Schließlich trat sie sogar ein paarmal mit aller Gewalt gegen die Tür – die sich davon allerdings nicht sonderlich beeindruckt zeigte. Dafür taten ihr jetzt nicht nur die Finger weh, sondern auch der Fuß.

Außerdem war ihr erbärmlich kalt.

Nachdem sie ihren Frust an der Tür (und ihrem rechten Fuß) ausgelassen hatte, setzte ihr gewohntes logisches Denken allmählich wieder ein. Mit einer bewussten Anstrengung kämpfte sie die Panik nieder und zwang sich, ihre Situation in aller Ruhe zu analysieren. Das Ergebnis war niederschmetternd: Sie saß in der Falle. Die Tür war massiv genug, um selbst den Attacken eines Vorschlaghammers standzuhalten, und die Fenster machten einen mindestens ebenso stabilen Eindruck. Außerdem waren sie so weit oben in der Wand angebracht, dass sie schon hätte fliegen müssen, um sie zu erreichen.

Also blieben ihr zwei Möglichkeiten, von denen ihr die eine so wenig gefiel wie die andere: Sie konnte hierbleiben, bis der Hausmeister morgen früh kam und sie befreite, oder so lange schreien, auf die Tür hämmern und auf andere Weise lärmen, bis irgendjemand sie hörte.

Beides würde Direktor Focks nicht erfreuen. Allein der Gedanke, was er dazu sagen würde, jagte ihr schon wieder ein eisiges Frösteln über den Rücken.

Vielleicht lag es aber auch nur an ihren nassen Kleidern.

Sam rieb sich die Oberarme und schaffte es irgendwie, nicht so laut mit den Zähnen zu klappern, dass man es noch im Büro des Direktors hören konnte, aber das war auch schon alles.

Zuallererst musste sie aus diesen nassen Klamotten raus.

Gesagt, getan. Immerhin gab es hier nicht nur das Schwimmbecken, sondern auch ihren Spind, in dem zwar keine trockenen Kleider lagen, aber wenigstens Handtücher. Sie ging hin, schlüpfte aus ihren immer noch triefend nassen Kleidern und kam dann auf eine bessere Idee: Statt sich abzutrocknen, tastete sie sich halb blind zu den Duschen vor und blieb so lange unter dem dampfend heißen Strahl stehen, bis sie das Gefühl hatte, ihre Haut müsse Blasen schlagen und wie geschmolzenes Wachs an ihrem Körper herunterlaufen.

Als sie unter der Dusche hervortrat, hörte sie Geräusche.

Vielleicht Schritte, ganz bestimmt aber das Geräusch der Tür, die mit einem dumpfen Knall ins Schloss fiel.

Sams Herz sprang mit einem ebensolchen Knall bis unter ihre Schädeldecke hoch und hämmerte dort mit ungefähr zehnfacher Schnelligkeit weiter, als sie sich einen Moment lang mit aller Gewalt gegen das unheimliche Gefühl wehren musste, aus allen Richtungen zugleich von körperlosen Schatten bestürmt zu werden, die mit unsichtbaren eisigen Händen an ihr zerrten und rissen.

Sie wurde auch mit diesen Gespenstern fertig, die ihre Fantasie aus ihren tiefsten Abgründen ausgrub und auf sie losließ, aber es kostete sie fast ihre gesamte Kraft, und ihre Hände und Knie zitterten plötzlich wie Espenlaub. Sie war mit einem Mal ganz und gar nicht mehr sicher, dass sie wirklich nur einer Täuschung aufsaß. War da nicht ein mühsames Schleifen und Scharren irgendwo in der Dunkelheit vor ihr? Und dieses mattrote Glühen dort … waren das wirklich nur die Kontrollleuchten irgendeines Apparats, oder ein Paar gieriger Augen, die sie aus der Schwärze heraus anstarrten?

Dann hörte sie eine Stimme. »Sam?«

Sams Herz machte einen noch gewaltigeren Hüpfer in ihrer Brust und dann hätte sie vor Erleichterung beinahe laut aufgeschrien, als sie die Stimme erkannte.

»Sam, bist du da?«

Tom! Das war Tom! Er war schließlich doch gekommen, um sie zu retten, ganz wie es die Aufgabe als stolzer Prinz aus dem Volk der Steppenreiter von ihm verlangte! Sam jubilierte innerlich, rannte los und blieb nach nur zwei Schritten wieder stehen, als ihr klar wurde, dass sie keinen Faden am Leib trug.

Hastig machte sie kehrt, raffte ein Handtuch aus ihrem Spind und wickelte sich hastig hinein, bevor sie zum zweiten Mal losstürmte.

Vielleicht etwas zu schnell, denn sie war noch keine zwei Schritte aus dem Umkleideraum heraus, da tauchte ein Schatten aus dem Halbdunkel vor ihr auf, und sie konnte nicht mehr schnell genug reagieren, um einen Zusammenprall zu vermeiden.

Ganz im Gegenteil rannte sie so heftig in Tom hinein, dass sie ihn beinahe von den Füßen gerissen hätte. Nur mit einem ebenso hastigen wie ungeschickten Stolperschritt nach hinten fand er nicht nur sein Gleichgewicht im letzten Moment wieder, sondern schaffte es sogar noch, sie aufzufangen.

Und ihr versehentlich das Handtuch halb herunterzureißen, in das sie sich gewickelt hatte.

Hastig raffte sie es wieder zusammen, trat einen halben Schritt zurück und wäre auf den nassen Fliesen schon wieder um ein Haar ausgeglitten und diesmal wohl wirklich gestürzt, hätte Tom nicht rasch zugegriffen und sie jetzt mit beiden Armen festgehalten.

Und selbstverständlich ging in diesem Moment das Licht an und Direkter Focks und Sonya kamen nebeneinander herein.

Sam lernte in diesem Moment etwas Neues: Nämlich was das Gefühl bedeutete, im Boden versinken zu wollen oder sich in das nächste Mauseloch zu verkriechen. Unglücklicherweise bestand der Boden aus steinharten Fliesen, und von einem Mauseloch war weit und breit nichts zu sehen, und so blieb ihr nichts anderes übrig, als sich überstürzt ein Stück weit zurückzuziehen, sich dabei aus Toms Umarmung loszumachen und mit der anderen Hand das Handtuch hochzuziehen, dass schon wieder herunterzurutschen drohte.

Direktor Focks' Unterkiefer klappte mindestens genauso weit herunter, und seine Augen quollen ein sichtbares Stück weit aus den Höhlen. Er sah ein bisschen aus wie ein Frosch, dachte Sam, der gerade von einem Auto überfahren wurde.

Sonya hingegen ... erstarrte, ihr ohnehin schmales Gesicht wirkte noch schärfer, und ihre Augen schienen sich in graues Eis zu verwandeln.

Tom wich nun seinerseits einen Schritt vor ihr zurück, sah sich gehetzt und ganz unübersehbar auf der Suche nach einem eigenen Mauseloch in alle Richtungen um und begann immer unbehaglicher auf der Stelle zu treten.

»Tom?«, fragte Focks.

»Das … ähm … also, das sieht jetzt …«, begann er, und Sonya unterbrach ihn mit einer Stimme, die noch kälter war als ihre Augen:

»Wenn du jetzt sagst, dass es nicht das ist, wonach es aussieht, dann schubse ich dich ins Wasser, mein Junge.«

Tom sagte vorsichtshalber gar nichts, aber Sam hatte ihren allerersten Schrecken immerhin weit genug überwunden, um sich wenigstens Sonyas bohrendem Blick zu stellen.

Gut, es *zu versuchen.*

»Aber ganz genauso ist es«, sagte sie.

»Ganz genauso, wie es aussieht?«, erkundigte sich Sonya.

»Nein«, antwortete Sam nervös. Sie warf Tom einen Hilfe suchenden Blick zu, aber er wich ihr aus und bekam so rote Ohren, dass es schon fast komisch ausgesehen hätte, wäre die Situation nur ein ganz kleines bisschen anders gewesen.

»Es … ist ganz anders.«

»Aha«, sagte Sonya. »Und ich nehme an, es gibt für alles das hier eine ebenso harmlose wie einleuchtende Erklärung.«

»Ja«, antwortete Sam patzig.

»Nur zu.« Sonya machte eine auffordernde Geste. »Wir sind ganz Ohr.«

Sam zögerte zwar noch einmal und warf auch Tom einen eindeutig noch flehenderen Blick zu (den er genauso ignorierte wie den ersten), dann aber atmete sie tief ein, nahm all ihren Mut zusammen und erzählte Sonya und dem Direktor, wie sie hierhergekommen und was danach passiert war.

Sonyas Gesicht sprach Bände. Sie glaubte ihr kein Wort. Aber sie unterbrach sie auch kein einziges Mal, und auch danach ließ sie noch einmal eine gute halbe Minute verstreichen, in der sie sie nur durchdringend ansah und dabei über das nachdachte, was sie gerade gehört hatte.

»Jemand hat dich also mit diesem Zettel hierhergelockt und dich dann ins Becken gestoßen«, fügte sie zusammen. Sie sah Tom an, der nur rasch den Kopf schüttelte und nicht nur Sams Blick weiter auswich, sondern auch den Abstand zwischen sich und ihr noch einmal vergrößerte, und das tat weh.

»Und wer soll das gewesen sein?«, fragte Sonya.

»Keine Ahnung«, antwortete Sam und verfluchte sich selbst für den trotzigen Klang, den ihre Stimme dabei annahm. »Vielleicht derselbe, der Sie und Herrn Focks hierhergeschickt hat?«

»Das war unsere Alarmanlage«, sagte Focks.

Natürlich. Warum stellte sie auch so dumme Fragen?

»Dieser Zettel«, fuhr Sonya fort, »von dem du geglaubt hast, er wäre von Thomas … hast du ihn noch?«

»In meiner Hosentasche«, antwortete Sam und machte zugleich einen Schritt in Richtung des Umkleideraums, um ihre nassen Kleider zu holen, doch Focks schüttelte rasch den Kopf und ging dann mit schnellen Schritten an ihr vorbci.

»Und du?« Sonya wandte sich nun direkt an Tom. »Wie kommst du hierher?«

»Jemand hat angerufen«, antwortete Tom unbehaglich. »Ich weiß nicht, wer. Eine Mädchenstimme. Sie hat gesagt, Sam wäre in Gefahr.«

»Und du bist natürlich sofort losgerannt, um sie zu retten, du edler Held«, sagte Sonya. Ihre Stimme troff vor Hohn. »Das ist die verrückteste Geschichte, die ich je gehört habe.

Ich hätte wirklich geglaubt, dass ihr euch etwas Besseres einfallen lasst.«

»Aber es ist die Wahrheit!«, begehrte Sam auf, und Tom fügte kaum weniger erregt hinzu:

»Ich weiß doch, dass es hier eine Alarmanlage gibt! Warum sollte ich mich ausgerechnet hier mit ihr treffen?«

»Die Frage ist wohl eher, warum ihr euch überhaupt getroffen habt«, antwortete Sonya böse, wandte sich demonstrativ wieder zu Sam um und ließ ihren Blick noch demonstrativer an ihr hinunterwandern. Dann setzte sie dazu an, ihre eigene Frage mit vermutlich noch verächtlicheren Worten zu beantworten, wobei es aber blieb, denn in diesem Moment kam Direktor Focks zurück, und Sam hatte zum zweiten Mal binnen weniger Minuten das Gefühl, ihr Hirn müsse aussetzen.

Er hatte ihre Kleider gefunden und trug sie ordentlich zusammengelegt über dem linken Arm: Hose, T-Shirt, Socken, Jacke und Unterwäsche. Es waren nicht die Kleider, in denen sie hergekommen war, und sie waren vollkommen trocken.

»In deiner Tasche ist kein Zettel«, sagte er ruhig. Dann hob er den Arm, über dem er ihre sauber gefalteten Sachen trug. »Und das hier sind also die Kleider, mit denen man dich ins Wasser geworfen hat?«

Es wird ein wenig knapp, aber ich denke, wir schaffen es. Und noch einmal vielen Dank für Ihr Verständnis.« Direktor Focks klappte das Handy zu, legte es mit einer übertrieben vorsichtigen Bewegung auf die ansonsten vollkommen leere Schreibtischplatte vor sich und bemühte sich, ein nach Möglichkeit noch betrübteres Gesicht zu machen, als das, das er ohnehin meistens zur Schau trug.

»Das war dein Vater, Samiha«, sagte er dann. Als ob das noch nötig gewesen wäre. »Er wird dich morgen früh am Bahnhof abholen … es sei denn, du bestehst darauf, dass er die halbe Nacht durchfährt und dich mit dem Wagen abholt.«

Er erwartete eindeutig eine Antwort, aber Sam hätte nicht einmal etwas sagen können, wenn sie es gewollt hätte. Eine halbe Stunde war vergangen, und sie hatte sich umgezogen und die Haare trocken geföhnt (alles unter Sonyas Aufsicht), aber sie fror immer noch erbärmlich, und hinter ihrer Stirn tobte das schiere Chaos.

Außerdem kämpfte sie mit den Tränen, auch wenn es mittlerweile Tränen der Wut waren. Und der Hilflosigkeit, versteht sich.

»Ich bringe dann schon mal ihre Sachen in den Wagen«, verkündete Friedrich. Focks und Sonya hatten ihn ebenfalls ins Büro zitiert, nachdem er den stillen Alarm in der Schwimmhalle abgeschaltet und dort noch einmal nach dem Rechten gesehen hatte, und er hatte die ganze Zeit über stumm und mit missmutigem Gesicht vor der Tür gestanden, als hielte er sich für Focks' persönlichen Leibwächter. Dieser eine Satz war der erste, den er überhaupt gesprochen hatte, aber seinem vorwurfsvollen Blick nach zu urteilen, schien er Sams nächtlichen Ausflug in die Schwimmhalle als persönliche Beleidigung aufzufassen.

»Zehn Minuten.« Focks sah auf die Armbanduhr und gab seine Versuche immer noch nicht auf, mit ihr reden zu wollen. Vermutlich wollte er ihr *ins Gewissen reden*, dachte Sam bitter, und wahrscheinlich meinte er es sogar gut, aber ihr Gewissen war (ausnahmsweise) einmal rein, und ihre Verzweiflung erreichte noch einmal ungeahnte Tiefen, als ihr klar wurde, wie sinnlos jedes weitere Wort sein musste.

Sie versuchte es trotzdem. »Ich … ich kann hier nicht weg«, flehte sie. »Bitte! Nicht heute! Nur noch zwei Tage! Wenn ich bis Montag hierbleiben kann, dann … dann tue ich alles, was Sie von mir verlangen! Ganz egal, was!«

»Diese Einsicht kommt ein wenig spät, fürchte ich«, seufzte Focks. Das Bedauern in seiner Stimme klang echt. Er machte eine Kopfbewegung auf das Handy vor sich. »Dein Vater hat seine Entscheidung getroffen, und es liegt nicht in meiner Macht, noch etwas daran zu ändern.«

»Nur bis Montag!«, quengelte sie.

»Benimm dich nicht wie ein kleines Kind, Samiha«, sagte Sonya auch prompt. »Dafür ist es zu spät, meinst du nicht auch? Vor einer halben Stunde war es dir doch anscheinend sehr wichtig, schon als Erwachsene behandelt zu werden, oder?«

»Es war nicht so, wie es ausgesehen hat!«, protestierte Sam. Sie musste sich mit aller Macht zusammenreißen, um nicht endgültig in Tränen auszubrechen, und sie fühlte sich inzwischen so hilflos, dass es fast körperlich wehtat.

Sonya setzte zu einer vermutlich nicht mehr ganz so geduldigen Antwort an, besann sich im letzten Moment eines Besseren und beließ es bei einem Seufzen.

»Das mag vielleicht sogar so gewesen sein, aber es spielt

jetzt keine Rolle mehr«, sagte sie. »Komm, ich bringe dich zum Wagen.«

»Und wenn ich … mich weigere?« Das war keine Verzweiflung mehr, die sie empfand. Es war schlimmer.

»Du willst uns nicht zwingen, dich mit Gewalt in den Zug zu setzen, oder?«, seufzte Focks. Er beantwortete seine eigene Frage mit einem Kopfschütteln, seufzte noch einmal und stand so mühsam auf, als müsse er sich gegen eine unsichtbare Zentnerlast stemmen, die auf seinen Schultern lag. »Ich begleite dich natürlich noch zum Wagen.«

»Darf ich … kann ich mich wenigstens noch von Tom und seiner Schwester verabschieden?«, fragte Sam stockend.

Sie sah aus den Augenwinkeln, dass Sonya zu einem energischen *Nein* ansetzte, doch Focks nickte nur müde. »Selbstverständlich«, sagte er. »Und von allen anderen auch, wenn du das willst. Allerdings haben wir nicht alle Zeit der Welt. Friedrich ist kein besonders schneller Fahrer, und der Nachtzug wartet nicht. Aber für ein kurzes Lebewohl wird es wohl reichen, denke ich.«

Und es wurde ein wirklich sehr kurzes Lebewohl, selbstverständlich unter Aufsicht.

Sie wusste nicht, wie, aber Schmidt hatte es in den wenigen Augenblicken nicht nur geschafft, ihr Gepäck aus dem Zimmer zu schaffen (das immerhin fast am anderen Ende des Gebäudes lag), sondern den museumsreifen Mercedes auch schon vor die Tür gefahren, wo er mit laufendem Motor wartete.

Zumindest ihr schlimmster Albtraum wurde nicht wahr, nämlich der, sich einer Mauer aus dreihundert grinsenden Gesichtern und genauso vielen schadenfrohen Augenpaaren gegenüberzusehen, als sie aus der Tür trat und die altehrwürdige Empfangshalle von *Unicorn Heights* das letzte Mal verließ. Vermutlich klebte jetzt dieselbe Anzahl von

Gesichtern mit den Nasen an den Fensterscheiben, doch alle, die sie draußen am Wagen erwarteten, waren Angie und ihr Bruder. Und zu ihrer Erleichterung (und Überraschung) blieb Sonya sogar diskret ein paar Schritte zurück, als sie zu ihnen hinging. Angie hatte sichtbar mit den Tränen zu kämpfen, während sie sie zum Abschied umarmte, und brachte nur ein kaum verständliches Schniefen heraus, und selbst Tom gelang es nicht mehr ganz, ein so stoisches Gesicht zu machen, wie sie es von ihm gewohnt war.

»Ist nicht besonders gut gelaufen, wie?«, begann er linkisch.

»Hm«, machte Sam. Was sollte sie darauf auch antworten?

»Wenn ich nicht wüsste, dass er voll zu blöd ist, um sich einen so hinterhältigen Plan auszudenken, dann würde ich jede Wette eingehen, dass Sven hinter dieser Schweinerei steckt«, sagte Tom. »Aber ich kriege schon raus, wer es war, und er wird es bitter bereuen, das verspreche ich dir!«

Samiha glaubte ihm, aber eigentlich waren diese Worte nicht unbedingt das, was sie jetzt von ihm hatte hören wollen. »Es … es tut mir wirklich leid«, brachte sie mühsam hervor. »Ich hoffe, du kriegst jetzt nicht auch noch Ärger.«

Okay, das war auch nicht das, was *sie* jetzt hatte sagen wollen, aber die passenden Worte mochten ihr einfach nicht über die Lippen kommen. Tränenreiche Abschiede hatten ihr noch nie gelegen. Schon gar nicht vor Zeugen.

Einer dieser Zeugen räusperte sich auch prompt lautstark. »Der Zug wartet nicht, Samiha«, sagte Sonya. »Wenn sich die Wogen bei dir zu Hause einigermaßen geglättet haben, dann könnt ihr ja miteinander telefonieren. Ich spreche noch mal mit deinem Vater. Vielleicht erlaubt er dir ja sogar, Tom in den Ferien zu besuchen. Aber jetzt musst du wirklich los.«

»Sofort«, antwortete Sam und schluckte den bitteren Kloß hinunter, der ihr plötzlich in der Kehle saß. »Versprichst du mir was, Tom?«

»Sven eins auf die Nase zu hauen?« Tom grinste unecht. »Kein Problem.«

»Pass auf Star auf«, antwortete sie leise. »Nur noch heute und morgen.«

»Das tun wir«, sagte Angie feierlich an seiner Stelle.

Und damit war der Abschied vorbei.

Sam fielen noch ungefähr eine Million Dinge ein, die sie hätte sagen können, aber Sonya drängelte jetzt immer heftiger, und sie hatte plötzlich beinahe Angst davor, was passieren würde, wenn sie ihn tatsächlich zum Abschied umarmte, und so beließ sie es bei einem stummen Kopfnicken und hatte es jetzt ebenfalls sehr eilig, in den Wagen zu steigen.

Der Abschied von Sonya – und vor allem Focks – fiel so kühl und schnell aus, wie sie es erwartet hatte, und Schmidt fuhr schon los, während Sam noch damit beschäftigt war, mit dem Verschluss des altmodischen Sicherheitsgurtes zu kämpfen.

Ihr letzter Blick galt dem Stall, hinter dessen nur angelehnter Tür immer noch der blaue Widerschein einer Schweißflamme flackerte. Sie war nicht einmal dazu gekommen, Star Lebewohl zu sagen, und sie konnte sich noch so hartnäckig einreden, dass es nicht mehr in ihrer Macht lag, irgendetwas zu tun, es blieb dabei: Sie hatte das Gefühl, Silberhorn im Stich gelassen zu haben. Und während der rostige Mercedes vom Hof rollte und dabei allmählich schneller wurde, ahnte sie abermals, dass etwas Schreckliches geschehen würde.

Nur dass es diesmal eigentlich keine Ahnung mehr war.

Sie wusste es.

Der Wald war so dunkel, dass man das Gefühl hatte, durch einen unbeleuchteten Tunnel zu fahren, der keinen Anfang und kein Ende hatte. Schmidt hatte die Scheinwerfer des antiken Mercedes voll aufgeblendet, aber das starke Licht schien schon nach wenigen Metern zu versickern, als wäre dort draußen irgendetwas, das sich weigerte, seinen Schein anzuerkennen, weil er nicht Teil der Welt war, durch die sie fuhren.

Es war nicht der erste sonderbare Gedanke, der ihr durch den Kopf schoss, seit sie losgefahren waren. Sam versuchte ihn abzuschütteln, aber es gelang ihr ebenso wenig, wie sie das Gefühl der Hilflosigkeit loswurde, das sich in ihr eingenistet hatte wie ein pochender Zahnschmerz, den man ertragen, aber nicht ignorieren konnte. Sie konnte nicht einmal sagen, ob sie seit einer Stunde unterwegs waren, seit zehn Minuten oder buchstäblich seit einer Ewigkeit.

»Ist es noch weit?«, fragte sie. Selbst diese wenigen Worte auszusprechen, kostete sie spürbare Überwindung, und sie klangen ... *falsch* in ihren eigenen Ohren. Elektrisches Licht schien nicht das Einzige zu sein, was nicht in diese Welt gehörte.

Ihr griesgrämiger Fahrer – er hatte nicht ein einziges Wort gesprochen, seit sie *Unicorn Heights* verlassen hatten – bedachte sie mit einem schrägen Blick und wartete gerade lange genug, um sie zu der Überzeugung gelangen zu lassen, dass er gar nicht antworten würde, dann verzog er noch griesgrämiger das Gesicht, löste die linke Hand vom Lenkrad und schüttelte umständlich seinen Jackenärmel zurück, um auf die Armbanduhr zu sehen. Die leuchtende Uhr im Armaturenbrett ignorierte er.

»Halbe Stunde«, knurrte er einsilbig. »Vielleicht etwas mehr. Keine Sorge, wir kriegen den Zug.« Er schüttelte den Ärmel genauso umständlich wieder zurück und legte die Hand auf das Steuer, was Sam mit einem Gefühl deutlicher Erleichterung registrierte. Focks hatte betont, dass er ein zuverlässiger und sehr sicherer Fahrer sei, aber Sam hatte erhebliche Zweifel, was diese Behauptung anging. Der Wagen schlingerte wild hin und her und hüpfte immer wieder durch Schlaglöcher, und das manchmal so hart, dass sie nicht überrascht gewesen wäre, die Stoßdämpfer durch die Kotflügel krachen zu sehen. Manchmal kam der Waldrand nahe genug, um die einzelnen Dornen an den Büschen zählen zu können, und sie hatte schon mehr als einen Schatten gesehen, von dem sie nicht ganz sicher war, ob er auch tatsächlich dorthin gehörte.

»Kannst es wohl gar nicht abwarten, von hier wegzukommen«, fuhr der Hausmeister fort. »Kann ich verstehen. Wenn's nach mir ging, wär ich lieber heute als morgen weg.«

»Und warum sind Sie dann noch hier?«, fragte Sam. Sie hatte keine Lust zu reden und sie hatte das Gefühl, dass es nicht gut war, an diesem Ort zu reden, aber zu schweigen und der unheimlichen Stille von draußen dadurch Einlass zu gewähren, war vielleicht noch schlimmer.

Schmidt gab ein Geräusch von sich, von dem er wahrscheinlich annahm, dass es wie ein Lachen klang. »Willst du mich auf den Arm nehmen, Mädchen?«, fragte er. »Sieh mich doch an! Ich bin sechzig und nie woanders gewesen. Wer würd mich denn noch nehmen?«

Sam sparte sich die Frage, warum er nicht schon vor dreißig Jahren das Weite gesucht hatte. Schmidt hatte nicht umsonst den Ruf, ebenso griesgrämig wie maulfaul zu sein. Aber jetzt war ihm anscheinend nach Reden zumute. Vielleicht fühlte er sich hier ebenso unwohl wie sie.

»Sie haben Ihr ganzes Leben lang hier gearbeitet?« fragte sie. Etwas wie Nebel kroch zwischen den Bäumen vor ihnen hervor und zerschmolz im grellen Licht der Scheinwerfer.

»Ist nicht das Schlechteste«, antwortete Schmidt. Er schaltete in einen niedrigeren Gang, und der altersschwache Motor röhrte auf, um den Wagen aus einem mit Morast halb vollgelaufenen Schlagloch zu hieven. Nichts hier war so, wie es sein sollte, dachte sie schaudernd. Waren sie überhaupt noch in der richtigen Welt?

»Und niemand redet mir rein. Kann machen, was ich will, solang ich meine Arbeit schaff.«

Wieder quollen Schatten aus dem Wald, ein träges Wogen wie eine schwarze Rauchexplosion in Zeitlupe, und diesmal schien es länger zu dauern, bis die grellen Scheinwerferstrahlen die Schwärze aufgelöst hatten.

»Und ich habe Ihnen auch noch mehr Arbeit gemacht«, sagte sie – hauptsächlich, um überhaupt etwas zu sagen, aber auch ein ganz kleines bisschen, weil sie ihr schlechtes Gewissen plagte, und natürlich, um sich selbst abzulenken. Wenn sie ihre Fantasie die Zügel führen ließ, dann würden die unheimlichen Schatten nicht nur in den Wagen kriechen, sondern auch in ihre Gedanken.

Schmidt blickte fragend, und Sam fügte mit einer erklärenden Geste hinzu: »Das Bild.«

Sie konnte ihm ansehen, dass noch einmal ein paar Sekunden verstrichen, bis er überhaupt begriff, wovon sie sprach, aber dann antwortete er mit einer Mischung aus einem Kopfschütteln und einem Schulterzucken. »Ach das.« Er winkte großmütig ab, und der Wagen sprang genau in diesem Augenblick mit solcher Wucht durch ein weiteres Schlagloch, dass ihm das Steuer fast aus der Hand geprellt worden wäre. »Das war keine Arbeit. Wenigstens keine, die mir was ausmachen täte. Im Gegenteil. Bin immer froh, wenn es wieder so weit ist, die Bilder nachzumalen.«

Diesmal war sie es, die ein paar Sekunden brauchte, um zu begreifen. »Moment mal, Sie wollen damit sagen, dass das öfter vorkommt?«

»Dass einer von euch an den Bildern rumschnitzt?« Er schüttelte den Kopf und schickte ein ebenso zahnlückiges wie gelbes Grinsen hinterher, um seinen Worten die Schärfe zu nehmen. »Nee, das traut sich sonst keiner. Dabei ist es gar nich schlimm.« Er zwinkerte ihr übertrieben verschwörerisch zu. »Dir kann ich's ja sagen. Schließlich kannst du es den anderen ja nicht mehr verraten, nicht wahr?«

»Was?«

Die Dunkelheit wogte erneut auf den Weg heraus und weigerte sich dieses Mal, ganz unter dem grellen Licht der Scheinwerfer zu zerschmelzen. Etwas schien so sacht wie Spinnweben an der Karosserie entlangzustreichen, als sie die unsichtbare Mauer durchstießen.

»Ich übermal die Bilder alle ein, zwei Jahre«, antwortete er. »Ist nötig. Muss irgendwie an der Farbe liegen, mit der der alte McMarsden sie gemalt hat, keine Ahnung. Hab alles ausprobiert: Öl-, Acryl-, Plaka- und Wasserfarbe. Sogar Autolack. Aber nichts hält. Nach 'ner Weile schlägt die Originalfarbe immer wieder durch.«

Sam war fassungslos, nicht nur weil ihr jetzt klar wurde, dass sie neben dem Urheber all der *prachtvollen Kunstwerke* saß, die die Zimmer und Flure des Internats verschandelten.

»Aber … warum tun Sie das?«, fragte sie vorsichtig. »Ich meine: So schlecht sind die Bilder doch gar nicht.«

»Meine dafür schon, willst du sagen?« Schmidt lachte großzügig. »Nur keine falsche Scheu. Ich weiß, dass ich kein Picasso bin. Hab mich am Anfang auch gewundert, aber der Direktor besteht darauf. Du hättest mal die Schinken sehen sollen, die mein Vorgänger verbrochen hat. Dagegen bin ich der reinste Leonardo da Vinci!«

»Sie meinen, die Bilder sind alle übermalt worden?«, vergewisserte sich Sam. Da war etwas, tief in ihren Gedanken, und sie hatte plötzlich das Gefühl, zu wissen, was das alles bedeutete. Aber der Gedanke entglitt ihr, bevor sie ihn ganz zu Ende denken konnte, und zurück blieb nur ein Gefühl noch tieferer Verwirrung.

»Hat irgendwas mit dem Testament vom ollen McMarsden zu tun«, sagte Schmidt. »Die Bilder, die er gemalt hat, dürfen nie wirklich zu sehen sein, aber wir dürfen sie auch nich abhängen. Der alte Knabe muss total verrückt gewesen sein!«

»Vielleicht konnte er sich nur nicht vorstellen, wie anders die Welt nach dreihundert Jahren sein würde«, wandte Sam ein. Möglicherweise bekam sie den Gedanken ja zu fassen, wenn sie sich ganz vorsichtig an ihn herantastete, statt blindwütig draufloszustürmen, und ihr Fahrer, einmal ins Plappern gekommen, fuhr fort: »Dieses Testament treibt uns alle irgendwann noch mal in den Wahnsinn. Tausend Dinge, die wir nicht dürfen, und tausend Dinge, die nur so erledigt werden dürfen und nicht anders. Wenn du mich fragst, hatte der Alte einen Sprung in der Schüssel, und zwar gehörig.«

Nein, dachte Sam. Verrückt war er bestimmt nicht gewesen. Erneut – und jetzt noch viel intensiver – hatte sie das Gefühl, tief in sich zu wissen, was das alles bedeutete, und dass es seine Richtigkeit hatte – und auch dieses Mal entschlüpfte ihr der Gedanke wieder, bevor aus diesem Gefühl Wissen oder wenigstens Gewissheit werden konnte.

Ein Schatten glitt über den Himmel, und Sam beugte sich so weit vor, wie es der altmodische starre Sicherheitsgurt zuließ, um ihn mit Blicken zu verfolgen. Irgendetwas … *Be-*

unruhigendes war daran gewesen, ohne dass sie genau sagen konnte, was.

Der Schatten war verschwunden, aber etwas anderes fing ihren Blick ein. Der Mond. Der bleichen Scheibe fehlte jetzt nur noch ein dünner Strich, um vollkommen rund zu sein, und als wäre das allein noch nicht bedrohlich genug, war er viel zu groß.

»Du bist übrigens die erste Ausnahme«, sagte Schmidt plötzlich. »Jedenfalls seit ich hier bin.«

Es kostete sie einig Mühe, ihren Blick von der riesigen Mondscheibe zu lösen und ihn anzusehen.

»Die Ausnahme wovon?«

»Vom Testament«, antwortete er. »Hab zufällig gehört, wie sich Focks und die Baum deswegen in die Haare gekommen und …« Er zuckte mit den Achseln, und die Bewegung übertrug sich durch seine Arme auf das Lenkrad und brachte den ganzen Wagen zum Zittern. »Gibt da wohl noch so 'nen Passus im Testament, nach dem kein Schüler vom Internat verwiesen werden darf, ganz egal, was er auch anstellt. Ist auch noch nie passiert.«

»Er wollte Sven der Schule verweisen«, erinnerte Sam, erntete aber nur ein weiteres Achselzucken, das den Wagen noch stärker erzittern ließ. Vielleicht war es auch etwas anderes.

»Damit droht er andauernd, aber wirklich rausgeworfen hat er noch keinen. Das darf er gar nicht. Du bist die Erste, die wirklich gehen muss … Verrätst du mir, warum? Ich meine: Es geht mich nichts an, aber ich bin nun mal neugierig. Du musst ganz schön was angestellt haben, dass er so weit geht. Wird ihm 'ne Menge Ärger einbringen, wenn es rauskommt, und – *ach du Scheiße!*«

Die letzten Worte hatte er geschrien, und gleichzeitig trat er so hart auf die Bremse, dass die Räder blockierten und der Wagen noch ein gutes Stück über den matschigen Weg rutschte, bevor er mit einem letzten Wippen zum Stehen kam. Sam wurde so hart in den Sicherheitsgurt geschleudert, dass ihr die Luft wegblieb und sie spätestens morgen früh einen hübschen blauen Streifen von der rechten Schulter bis zur linken Hüfte hinab haben würde, aber daran verschwendete sie nicht einmal einen Gedanken.

Sie starrte die Gestalt an, die nur ein paar Schritte entfernt auf dem Weg stand.

Es war ein Reiter. Alles an ihm war schwarz, kantig und spitz, und das traf auch auf das riesige Einhorn zu, auf dem er saß.

»Was zum Geier –?«, murmelte der Hausmeister, sog dann scharf die Luft zwischen den Zähnen ein und stieß wütend die Tür auf. Eisige Luft und ein Hauch unangenehmer, viel zu intensiver Feuchtigkeit strömten in den Wagen, und Sam bemerkte erst jetzt die knöchelhohen Schwaden aus grauem Nebel, die den gesamten Weg bedeckten. Die Bewegung der Tür ließ ihn aufwirbeln, sodass der morastige Untergrund sichtbar wurde, aber sie registrierte auch voller Unbehagen die dünnen grauen Fäden, die der Nebel wie tastende Geisterfinger in den Wagen schickte.

»Nicht!«, sagte sie hastig.

Tatsächlich zögerte der Hausmeister einen winzigen Moment, und ein zu gleichen Teilen unsicherer wie beinahe ängstlicher Ausdruck erschien auf seinem Gesicht. Aber nur, um schon im nächsten Augenblick einer grimmigen Entschlossenheit zu weichen.

»Verdammter Spinner!«, schimpfte er, ließ die Faust auf den Verschluss des Sicherheitsgurts krachen und stieß mit der anderen Hand die Tür weiter auf. Mit einer einzigen zornigen Bewegung schwang er sich vollends aus dem Wagen und stürmte auf die unheimliche Erscheinung zu. »Du dämlicher Spinner!«, krakeelte er. »Bist du lebensmüde, oder was? Willst du, dass ich dich platt fahre und …«

Rechts und links des Schattens erschienen zwei weitere nicht minder unheimliche Gestalten, und der Hausmeister brach mit einem ungläubigen Keuchen mitten im Wort ab und blieb auch ebenso abrupt stehen. Es war nicht nur die bloße Gegenwart der drei Einhörner, die ihn wahrscheinlich genauso erschreckte wie sie. Vielmehr war es die Art ihres Auftauchens. Sie erschienen nicht etwa aus dem Nichts – was unheimlich genug gewesen wäre – oder traten aus dem Wald heraus. Vielmehr war es, als ballte sich die Dunkelheit rechts und links des spitzohrigen Reiters zu flackernder schwarzer Substanz zusammen, bis sie zwei weitere, nahezu identische Gestalten bildete, die den schmalen Weg vollkommen blockierten. Ein Hauch körperloser Kälte schien von den drei gewaltigen Reitern auszugehen, und etwas wie eine fühlbare Bedrohung sowie die Warnung, keinen einzigen Schritt mehr zu tun. Noch waren sie nicht in Gefahr, aber das würden sie sein, wenn sie auch nur ein winziges Stück weitergingen.

»Kommen Sie zurück!«, sagte Sam erschrocken. »Um Gottes willen, nicht weitergehen!«

Ihre Warnung wäre kaum nötig gewesen. Der Hausmeister machte zwar noch einen einzelnen zögernden Schritt auf die unheimlichen Gestalten zu, fuhr dann jedoch auf der Stelle herum und rannte so hastig zum Wagen zurück, dass er um ein Haar über seine eigenen Füße gestolpert wäre und mehr in den Wagen fiel, als er einstieg. »Die sind ja völlig wahnsinnig!«, stammelte er. »Die … die sind ja verrückt. Diese Irren! Nichts wie weg hier!«

Das altersschwache Getriebe des Wagens krachte protestierend, als er mit fliegenden Fingern den Gang hineinhämmerte und dann so hastig Gas gab, dass der Mercedes einen regelrechten Satz nach hinten machte und mit dem Heck im Gebüsch landete. Glas zerbrach klirrend, und für einen einzigen, aber durch und durch schrecklichen Moment wühlten sich die durchdrehenden Räder in den morastigen Boden, ohne den Wagen auch nur einen Zentimeter zu bewegen. Schlammiges Wasser sprühte fast bis zu den Baumwipfeln hoch.

Der Hausmeister fluchte, nahm den Gang heraus, hämmerte ihn wieder und noch heftiger hinein (als ob das etwas nutzte!) und trat das Gaspedal bis zum Boden durch. Der alte Motor heulte protestierend (und in einer Tonlage, als würde er sich im nächsten Moment in seine Einzelteile zerlegen), die Hinterräder wühlten sich mit einem hysterischen Kreischen noch tiefer in den morastigen Boden – Sam konnte spüren, wie das Heck des Mercedes in den weichen Untergrund einsank – und dann trafen sie irgendwo unter dem Schlamm auf Widerstand, und der Wagen sprang regelrecht auf den Weg hinaus und schoss auf die drei Einhornreiter zu.

Schmidt kurbelte fluchend an dem überdimensionalen Lenkrad, und der Wagen schoss nicht mehr direkt auf die Reiter los, sondern rutschte zur Seite, schlitterte ein Stück weit fast quer über den Weg und drehte sich dann schwerfällig, bevor er zum zweiten Mal und mit noch größerer Wucht das Unterholz rammte, das auf dieser Seite sehr viel massiver sein musste. Erneut hörte sie das Klirren von zerbrechendem Glas. Einer der Scheinwerfer ging aus, und für eine Sekunde tanzten winzige gelbe Funken in der Luft. Schmidt fluchte lauter und hantierte hektisch mit Gas, Kupplung und Schalthebel, und irgendwie gelang es ihm tatsächlich, den Wagen noch einmal freizubekommen und rückwärts auf den schmalen Waldweg hinauszustoßen. Sam wartete auf das erneute Zerbrechen von Glas (oder auch gleich Metall), doch dieses Mal fing er den schweren Wagen ab, ohne dass es der Unterstützung irgendeines massiven Hindernisses bedurfte, fuhr wieder ein Stück nach vorn und noch einmal zurück … insgesamt musste er vier- oder fünfmal rangieren, bevor es ihm gelang, den fünfzig Jahre alten Mercedes auf dem schmalen Waldweg zu wenden, aber schließlich hatte er es geschafft und gab mit einem erleichterten Keuchen Gas. Schlamm und nasses Erdreich spritzten meterhoch unter den durchdrehenden Hinterrädern empor und regneten auf die drei Einhörner herab und einfach durch sie hindurch, dann schoss der Wagen mit einem gewaltigen Satz los und raste in die Richtung zurück, aus der sie grade gekommen waren.

»*Verdammt, verdammt, verdammt!*«, schrie Schmidt. »Was sind das für Spinner? Das … die sind doch vollkommen lebensmüde! Waren das deine Freunde? Wenn ich rauskriege, dass das nur wieder ein blöder Scherz war und du dahinter…« Er brach ab, als ihm ein einziger Blick in Sams schreckensbleiches Gesicht klarmachte, dass sie nichts mit den unheimlichen Erscheinungen zu tun hatte – wenigstens nicht auf die Art, die er annehmen mochte –, sah plötzlich noch erschrockener aus und konzentrierte sich dann ganz darauf, den Wagen in halsbrecherischem Tempo über den schmalen Waldweg zu jagen. Sam dachte flüchtig daran, dass ein etwas zu tiefes Schlagloch oder ein Baum ihrer Flucht ein ebenso abruptes Ende bereiten konnten wie die Schwerter der Schwarzen Reiter, aber sie hütete sich, das auszusprechen, sondern drehte sich nur umständlich im Sitz herum, um zu ihren Verfolgern zurückzusehen. Der Wagen schlingerte gerade in diesem Moment um eine Biegung, aber sie erkannte immerhin noch, dass sich die drei Gestalten in Bewegung setzten, um die Verfolgung aufzunehmen, und ihr Herz begann noch heftiger zu schlagen. Auf dem schlammigen Waldweg mussten sie mit ihren Pferden einfach schneller sein als der schwere Wagen, den der Hausmeister nur noch mit immer größer werdender Mühe unter Kontrolle hielt. Zweifellos würden sie sie binnen weniger Augenblicke einholen, und dann …

Ja, was dann?

In diesem Gedanken – *in dieser ganzen Situation!* – war etwas falsch, so falsch, wie es nur sein konnte, doch Sam kam auch dieses Mal nicht dazu, dem Gefühl auf den Grund zu gehen. Sie drehte sich gerade noch rechtzeitig wieder nach vorn, um einen monströsen Schatten zu sehen, der für den Bruchteil einer Sekunde im Licht des einen verbliebenen Scheinwerfers auftauchte und dann mit solcher Gewalt gegen die Windschutzscheibe prallte, dass sie wie unter einem Hammerschlag erbebte und sich in ein milchiges Spinnennetz aus hunderttausend ineinanderlaufenden Rissen verwandelte.

Sam hätte nicht sagen können, was lauter war: das Kreischen des zersplitternden Glases, Schmidts Schrei oder das schreckliche Rumpeln und Ächzen, mit dem der Wagen zum Stehen kam, als der Hausmeister mit aller Gewalt auf die Bremse trat. Der potenzielle blaue Fleck auf ihrer Brust bekam ganz reale Gesellschaft, als sie zum zweiten Mal in den Sicherheitsgurt geworfen wurde.

Die bunten Sterne vor ihren Augen verblassten gerade noch rechtzeitig genug, um sie einen grotesken Schatten erkennen zu lassen, der mit weit ausgebreiteten Schwingen an der zerborstenen Windschutzscheibe hinabrutschte.

»Was … was war … denn das?«, stammelte Schmidt. Trotz des schwachen Lichts konnte Sam erkennen, dass er im wahrsten Sinne des Wortes kreidebleich geworden war. »Ein Vogel? Aber so einen Vogel … so einen Vogel gibt es … gibt es doch gar nicht!«

Er nahm die linke Hand vom Lenkrad und wollte nach dem Türgriff langen, und Sam kreischte fast hysterisch: »*Nicht! Fahren Sie weiter!*«

Schmidt starrte sie an, als zweifle er an ihrem Verstand, doch dann fiel sein Blick in den Rückspiegel, und Sam konnte sehen, wie auch noch das allerletzte bisschen Farbe aus seinen Gesicht wich. Sie widerstand der Versuchung, sich ebenfalls herumzudrehen, denn sie wusste zu gut, was er gesehen hatte. Sie konnte das dumpfe Dröhnen hören, mit dem die eisenbeschlagenen Hufe der Einhörner auf den Boden donnerten.

Der Hausmeister bewies ein erstaunliches Maß an Kaltblütigkeit, indem er zwar schon wieder den Gang hineinhämmerte, als wolle er herausfinden, wie lange der altersschwache Ganghebel diese Tortur noch aushielt, aber noch nicht losfuhr, sondern mit der flachen Hand zwei-, dreimal hintereinander und mit aller Kraft gegen die zersplitterte Windschutzscheibe schlug. Anfangs sah es aus, als würde sie seinen Attacken genauso trotzig standhalten wie dem Anprall des Wyvern, dann aber löste sich die gesamte Scheibe mit einem saugenden Laut aus dem Rahmen und fiel auf die Motorhaube, wo sie endgültig zu Millionen winziger rechteckiger Splitter zerbrach.

Schmidt gab Gas, und der Mercedes schoss mit einem protestierenden Aufbrüllen des überlasteten Motors los. Eisiger Wind und Nässe klatschten ihr wie eine unsichtbare Hand ins Gesicht, wo auch der eine oder andere Splitter äußerst schmerzhafte Spuren hinterließ, und unter dem kreischenden Protestieren des Motors glaubte sie noch ein anderes, beunruhigendes Geräusch zu hören, einen Laut wie Metall, das sich allmählich festfraß. Es stank nach heißem Gummi.

Aber auch das Donnern der Pferdehufe war näher gekommen, und als Sam nach hinten sah, wurde sie mit einem Anblick belohnt, der ihr schier den Atem stocken ließ: Die Reiter waren fast heran. Weniger als ein halbes Dutzend Schritte trennten sie noch vom Wagen, der sie auch jetzt wieder mit einer Schmutz- und Wasserfontäne begrüßte, die unter den durchdrehenden Hinterrädern aufspritzte.

Diesmal ging der Schlammregen nicht durch sie hindurch.

Sam beobachtete mit wachsendem Entsetzen, wie schmutziges Wasser und Schlamm von der schwarzen Eisenpanzerung abprallten und in alle Richtungen spritzten. Und was Wasser und Schmutz betraf, dachte sie entsetzt, das galt umgekehrt auch für ihre schrecklichen Schwerter.

Als hätte er ihre Gedanken gelesen, zog der mittlere Reiter sein gewaltiges Schwert und schwang die Klinge hoch über den Kopf.

Sam schrie. Schmidt fluchte noch lauter und gab sich alle Mühe, das Gaspedal durch das Bodenblech zu rammen, und der Wagen fand schlingernd wieder in die Spur zurück und schoss los, vielleicht einen halben Atemzug bevor sein Heck in der Reichweite des gewaltigen Schwertes war.

Sie hatten es geschafft.

Wenigstens für zwei oder drei Sekunden.

Dann tauchte ein weiterer, lederflügeliger Schatten im Licht des einzelnen Scheinwerfers auf und stürzte sich auf sie, und diesmal gab es keine Scheibe aus Sicherheitsglas, die ihn zurückhielt.

Der Hausmeister schrie gellend auf und ließ das Lenkrad los, um die Hände schützend vor das Gesicht zu reißen, und der Wagen brach endgültig aus, kam von der Straße ab und krachte ungebremst in den Wald und nur einen Sekundenbruchteil später gegen einen Baum, der seiner Schlittenpartie ein ebenso brutales wie abruptes Ende setzte.

Sam wurde zum dritten Mal so hart in den Sicherheitsgurt geprügelt, dass ihr endgültig die Luft wegblieb und sie ihre eigenen Rippen knacken hören konnte und Blut schmeckte. Schmidts Schrei wurde zu einem dumpfen Keuchen, als sich der Wyvern auf sein Gesicht stürzte und es mit Krallen, Flügeln und seinem grässlichen Krokodilschnabel zu bearbeiten begann. Sein langer Schweif zuckte wie eine Peitsche und fügte Sam einen langen, heftig brennenden Kratzer auf der Wange zu, doch damit tat ihr das Ungeheuer im Grunde einen Gefallen, denn Schmerz und Zorn rissen sie nicht nur in die Wirklichkeit zurück und verscheuchten die Panik, die um ein Haar endgültig von ihr Besitz ergriffen hätte, sondern brachten Sam auch dazu, nach dem peitschenden Schwanz des Miniatur-Drachen zu greifen und mit aller Gewalt daran zu reißen.

Der Wyvern stieß einen schrillen Pfiff aus, ließ von seinem Opfer ab und versuchte prompt nach ihr zu beißen, und Sam versetzte ihm mit der anderen Hand eine so gewaltige Backpfeife, dass er gegen den Fensterholm geschleudert wurde und sich in ein kraftloses Bündel aus Leder und Krallen und Zähnen verwandelte, das auf Schmidts Schoß und von da in den Fußraum des Wagens rutschte.

Nicht dass es damit vorbei gewesen wäre. Sam hörte noch immer das Donnern näher kommender Hufe, und sie glaubte die schreckliche Schärfe der Klingen zu spüren, die nun auch die beiden anderen Reiter aus ihren Gürteln rissen. Mit fliegenden Fingern löste sie den Sicherheitsgurt, beugte sich über den wie gelähmt dasitzenden Hausmeister und stieß die Tür auf, und praktisch gleichzeitig versetzte sie ihm mit der anderen Hand einen Stoß, der ihn haltlos aus dem Wagen kippen ließ.

Sie verlor keine Zeit damit, auf der anderen Seite auszusteigen, sondern hechtete über den Fahrersitz, fiel halb über den vollkommen hysterischen Hausmeister und redete sich zumindest ein, dass sie es war, die ihm auf die Füße half, statt umgekehrt.

Nicht dass es einen Unterschied machte, als sie eine halbe Sekunde später nebeneinander und der Länge nach in den Morast fielen.

Diesmal war es eindeutig Schmidt, der sich zuerst aufrappelte und nach ihrer Hand griff, um sie hochzuziehen.

Sam schob ihren Stolz ausnahmsweise einmal zur Seite, nahm seine Hilfe an und spuckte ein paarmal aus, um den Schlamm loszuwerden, der ihr in Mund und Nase gedrungen war und sein Möglichstes tat, um sie zu ersticken. Schmidt rief irgendetwas, aber sie hörte nur ein dumpfes Rauschen, denn auch ihre Ohren waren voller Schlamm, und wohin das klebrige Zeug unter ihrer Kleidung überall gedrungen war, wollte sie sich gar nicht erst überlegen. Sie machte einen taumelnden Schritt, fand endlich ihr Gleichgewicht wieder und wunderte sich fast beiläufig, warum sie eigentlich noch am Leben waren. Immerhin waren seit ihrem todesmutigen Satz aus dem Wagen mindestens fünf Sekunden vergangen, und damit auch mindestens fünfmal so viel Zeit, wie ihre Verfolger eigentlich brauchen sollten, um sie einzuholen und mit ihren Schwertern aufzuspießen, falls sie das nicht gleich den tödlichen Hörnern ihrer Reittiere überließen.

Noch immer mehr von Schmidt mit sich gezerrt als aus eigener Kraft rennend, fuhr sie sich mit der Hand durch das Gesicht, spuckte einen weiteren Mund voll Schlamm aus und drehte gleichzeitig den Kopf, um zu ihren Verfolgern zurückzusehen.

Der Anblick war so überraschend, dass sie sich losriss und stehen blieb, wie um sich zu überzeugen, dass sie auch wirklich sah, was sie zu sehen glaubte.

Die Einhornreiter hatten die Verfolgung eingestellt. Sie waren beschäftigt. Mindestens ein Dutzend riesiger geflügelter Schatten umkreiste die drei, stieß immer wieder auf sie herab und hackte mit Zähnen und Klauen nach ihnen, schlug mit ledernen Schwingen wie mit riesigen klatschenden Händen nach ihren Helmen oder ließ den gefährlichen Schwanz wie eine mit spitzen Dornen versehene Peitsche auf sie heruntersausen. Funken stoben, wo scharfe Zähne und Hornklingen von schwarzem Eisen abprallten, und noch während Sam hinsah, stieg eines der Einhörner mit einem schrillen Wiehern auf die Hinterläufe hoch, um einen der flatternden Plagegeister mit seinem Horn aufzuspießen. Fast im gleichen Sekundenbruchteil teilte ein anderer Reiter einen Wyvern mit seinem Schwert säuberlich in zwei Hälften, doch das schien für die überlebenden Ungeheuer nur ein Signal zu sein, die Wut ihres Angriffs noch einmal zu verdoppeln.

Mehr brauchte Sam nicht zu sehen. Sie beschloss, sich später den Kopf über die Frage zu zerbrechen, wieso die geflügelten Fabelwesen plötzlich ihre eigenen Herren attackierten, fuhr auf dem Absatz herum und setzte ihre Flucht fort. Viel Zeit blieb ihnen wohl kaum. Sie hatte am eigenen Leib gespürt, wie gefährlich und scharf die Klauen und Zähne der kleinen Ungeheuer waren, doch den eisernen Rüstungen der Schwarzen Reiter würden sie wohl kaum etwas anhaben können. Und sobald die mit den geflügelten Plagegeistern fertig waren, würden sie ihre Verfolgung fortsetzen und zu Ende bringen, was sie angefangen hatten.

Sie versuchte im Gedanken die Strecke zu überschlagen, die sie vom Internat bis hierher zurückgelegt hatten, und kam zu einem deprimierenden Ergebnis. Selbst ein langsamer Wagen war *schnell*, verglichen mit der Zeit, die ein Fußgänger brauchte, um dieselbe Distanz zurückzulegen.

Sie hatten keine Chance, das rettende Gut zu erreichen, bevor die Reiter sie einholten.

Der Gedanke spornte sie nur zu noch größerer Schnelligkeit an. Mit wenigen weit ausgreifenden Schritten holte sie den humpelnden Hausmeister ein, ergriff nun ihrerseits seinen Arm und zog ihn mit sich, so schnell sie nur konnte. Hinter ihnen erscholl ein zorniges Wiehern, gefolgt von einem Laut wie scharfer Stahl, der durch die Luft schnitt und auf dumpfen Widerstand traf. Das schwere Flappen ledriger Flügel mischte sich mit einem Chor misstönend krächzender Schreie und dem schwerem Stampfen eisenbeschlagener Hufe auf dem Boden, und hätte es noch eines weiteren Anreizes bedurft, um den Hausmeister zu noch größerer Schnelligkeit anzuspornen, so wäre es wohl dieser höllische Chor gewesen, der die Nacht endgültig in einen Albtraum verwandelte.

»Großer Gott, was … was ist das?«, keuchte Schmidt. »Was sind das für … *Dinger?*«

Sam sparte sich ihren Atem lieber dafür, noch schneller zu laufen – oder es wenigstens zu versuchen –, und auch der Hausmeister sah zwar ganz so aus, als hätte er gerade ein leibhaftiges Gespenst gesehen (und fühlte sich wahrscheinlich auch so), vergaß aber dennoch nicht, alle seine Kräfte zu mobilisieren, um auch noch einmal schneller zu laufen.

Sehr lange würde er dieses Tempo allerdings nicht mehr durchhalten, dachte Sam besorgt. Sein Atem ging bereits pfeifend und unregelmäßig, und auch sein Gesicht bot einen Furcht einflößenden Anblick. Der Wyvern schien ihn wie durch ein Wunder nicht schwer verwundet zu haben, aber er blutete aus einem Dutzend mehr oder weniger tiefer Schrammen, und seine Haut war grau vor Schrecken und Anstrengung. Selbst wenn ihre Kräfte und ihr Vorsprung ausreichen sollten, es bis zum Internat zu schaffen (was beides garantiert nicht der Fall sein würde) – seine würden es ganz bestimmt nicht.

Sams Gedanken begannen sich immer schneller im Kreis zu drehen. Dass das, was sie hier gerade zu erleben glaubte, ganz und gar unmöglich war, würde ihnen herzlich wenig nutzen, wenn man Schmidt und sie morgen früh, tot nebeneinander auf dem Weg liegend, fand, von Schwertern aufgespießt oder den Krallen und Zähnen der Wyvern zerfetzt oder vielleicht auch beides. Sie brauchten ein Versteck, und das schnell!

Einen Moment lang überlegte sie ernsthaft, den Weg zu verlassen und in den Wald hineinzuflüchten, wo ihren Verfolgern ihre riesigen Tiere nichts mehr nutzten, sondern sie ganz im Gegenteil behindern würden. Und auch vor den Wyvern boten das dichte Blätterdach des Waldes und sein Unterholz wahrscheinlich mehr Schutz als der offene Weg. Aber allein die Vorstellung, in diese massive Wand aus vollkommener Schwärze einzudringen, erfüllte Sam mit einem solchen Entsetzen, dass sie den Gedanken hastig wieder von sich schob.

»Ein Versteck!«, keuchte sie. »Wir brauchen … ein Versteck!«

»Nichts«, antwortete der Hausmeister kurzatmig. »Da ist … nichts.«

Jedes seiner Worte wurde von einem alarmierenden Keuchen und Pfeifen begleitet, das sie nur umso deutlicher begreifen ließ, wie naiv ihre Vorstellung war, den Schwarzen Reitern tatsächlich davonlaufen zu können. »Doch!«, fügte er plötzlich hinzu. »Das … alte Jagdhaus! Es ist … nicht weit von … von hier!« Er deutete in eine unbestimmte Richtung und versuchte sogar schneller zu laufen, kam aber praktisch sofort ins Stolpern und wäre vielleicht sogar gestürzt, hätte Sam ihn nicht gestützt. Schwer atmend lehnte er sich gegen einen Baum, sah sich aus weit aufgerissenen Augen um und deutete zu Sams Entsetzen dann direkt in den Wald hinein. »Dort!«

»Sind Sie … sicher?«, stammelte Sam.

»Nein«, antwortete Schmidt. Und lief los. Sam war zu erschrocken, um schnell genug reagieren und ihn zurückhalten zu können. Ihre Hand griff ins Leere, und bevor sie noch einmal nach ihm greifen konnte, war er bereits verschwunden, als hätten die Schatten des Waldes ihn einfach eingesogen.

Sam zerbiss einen Fluch auf den Lippen, versuchte, ihre Furcht in Zorn auf diesen alten Narren umzuwandeln, und stürzte hinter ihm her.

Der Wald war tatsächlich so dunkel, wie es von außen den Anschein gehabt hatte. Sie verlor schon nach wenigen Schritten die Orientierung und wusste kaum noch, wo vorne und hinten war. Schmidts stampfende Schritte waren irgendwo links von ihr, begleitet vom unablässigen Splittern und Bersten zerbrechender Äste, aber sie war ganz und gar nicht sicher, ob sie tatsächlich in die richtige Richtung lief.

Wäre der Weg auch nur etwas länger gewesen, hätte sie sich wahrscheinlich hoffnungslos verirrt. Doch Schmidt hatte die Wahrheit gesagt. Schon nach wenigen Dutzend Schritten schimmerte ein sonderbar metallisch graues Licht vor ihr durch die Dunkelheit. Sie schritt schneller aus, registrierte eher beiläufig, dass sie sich nun endgültig Gesicht und Hände aufriss und blutig kratzte, und stolperte gerade im richtigen Moment zwischen den Bäumen heraus, um zu sehen, wie den unglückseligen Hausmeister sein Schicksal ereilte.

Das Jagdhaus stand auf einer sanften Anhöhe inmitten einer kleinen, nahezu perfekt kreisrunden Lichtung und war schon lange kein wirkliches Haus mehr, sondern nur noch eine Ruine, die wahrscheinlich seit einem Menschenalter niemand mehr betreten hatte. Das Dach war auf einer Seite eingesunken und das ganze Gebäude so von Unkraut und Ranken überwuchert, dass es bei Tageslicht wohl den Anblick eines leicht vergammelten Dornröschenschlosses geboten hätte.

Im silbernen Licht des viel zu großen Mondes, der über der Lichtung stand, wirkte es nichts anderes als Furcht einflößend.

Der alte Hausmeister hatte das Haus erreicht und riss ebenso verzweifelt wie ergebnislos an der Tür. Sam begriff die Gefahr, in der er schwebte, aber sie kam nicht einmal mehr dazu, ihm eine Warnung zuzurufen. Einer, dann zwei und schließlich drei nachtschwarze Schatten auf gehörnten Ungeheuern erschienen am gegenüberliegenden Waldrand, und als wäre das noch nicht genug, tauchte am Himmel ein ganzer Schwarm pfeifender und keckender Wyvern auf, die sich unverzüglich auf die drei Einhörner und ihre Reiter stürzten.

Die beiden ungleichen Parteien prallten genau dort aufeinander, wo Schmidt stand.

Alles ging viel zu schnell, als dass Sam tatsächlich irgendwelche Einzelheiten erkennen konnte: Sie sah nur einen Wust von Bewegung, einen Orkan aus schlagenden Flügeln und schirmendem Eisen, zornig stampfenden Hufen und schnappenden Kiefern, aufblitzenden Schwertern und peitschenden Schwänzen, die in tödlichen Hornspitzen endeten. Erneut glaubte sie die Schreie des alten Mannes zu hören und tat etwas, was sie selbst von sich zuallerletzt erwartet hätte: Sie verließ ihre Deckung und stürmte los.

Etwas Schwarzes mit sehr vielen Zähnen und schlagenden Flügeln stürzte sich auf sie. Sam schlug den Wyvern mit der bloßen Hand aus der Luft, zog den Kopf zwischen die Schultern und jagte auf die Ruine zu. Vor der Tür tobte ein ebenso verbissener wie gnadenloser Kampf, in dem die geflügelten Angreifer vielleicht doch nicht ganz so chancenlos waren, wie sie bisher angenommen hatte. Allein in den wenigen Sekunden, die sie brauchte, um die Lichtung zu überqueren, fegten die blitzenden Schwerter der Reiter zwei, drei von ihnen aus der Luft, doch ihre Zahl nahm immer noch zu, und sie warfen sich mit immer größerer Macht gegen ihre Feinde, suchten mit Zähnen und Klauen nach einer Lücke in ihrer Panzerung, und wenn nicht da, dann nach einer Schwachstelle in der ihrer Pferde. Gerade als Sam die Tür fast erreicht hatte, bäumte sich eines der Einhörner mit einem schrillen Wiehern auf und stieß mit seinem Horn nach einem flatternden Schatten, der ihm die Nüstern blutig gekratzt hatte. Es verfehlte ihn, und seine stampfenden Hufe ließen Schlamm und Wasser nur Zentimeter neben dem Gesicht des Hausmeisters aufspritzen.

Sam fegte einen weiteren Wyvern aus der Luft, der wohl dem verhängnisvollen Irrtum erlegen war, ein etwas weniger wehrhaftes Opfer entdeckt zu haben, mogelte sich irgendwie zwischen den stampfenden Pferden hindurch und wartete auf den schneidenden Schmerz, mit dem sie eine der schwarzen Klingen treffen musste.

Stattdessen prallte eines der Pferde mit solcher Gewalt gegen sie, dass sie neben Schmidt auf die Knie geworfen wurde und zur Abwechslung wieder einmal Sterne sah. Trotzdem tastete sie halb blind nach dem reglos daliegenden Hausmeister, wurde mit grunzendem Stöhnen belohnt und keuchte im nächsten Moment selbst vor Schmerz, als sich rasiermesserscharfe Krallen in ihr Haar und praktischerweise auch gleich in ihre Kopfhaut gruben.

Ein Schwert blitzte auf und befreite sie nicht nur von dem geflügelten Angreifer, sondern auch von einem ansehnlichen Büschel Haare. Sam schickte einen lautlosen Dank in Richtung ihres unbekannten (und vermutlich ganz und gar unfreiwilligen) Retters, ergriff Schmidt unter den Achseln und versuchte ihn aus dem Kampfgetümmel zu ziehen. Es blieb bei dem Versuch.

Der Kerl wog eine Tonne, und als es ihr endlich gelang, ihn von der Stelle zu bewegen, hämmerten ein Paar mit schwarzem Eisen beschlagener Hufe dicht genug vor ihrem Gesicht auf den Boden, um sie davon zu überzeugen, dass diese Idee vielleicht doch nicht so gut, sondern ganz im Gegenteil sogar besonders schlecht war.

Statt ihr Glück unnötig weiter auf die Probe zu stellen und herauszufinden, wann es sie wohl endlich verlassen würde, warf sie sich mit aller Gewalt gegen die Tür. Das so morsch und verrottet aussehende Holz erwies sich als widerstandsfähig genug, ihrem Anprall nicht nur mühelos standzuhalten, sondern auch einen dumpfen Schmerz durch ihre Schulter zu jagen, aber die hundert Jahre alten rostigen Angeln nicht. Die Tür löste sich knirschend aus Angeln und Schloss und fiel mit einem Knall nach innen, der das gesamte Haus in seinen Grundfesten zu erschüttern schien.

Sam dachte vorsichtshalber erst gar nicht darüber nach, wie hoch ihre Chancen waren, den halb bewusstlosen Hausmeister direkt in ein Haus zu schleifen, das über ihren Köpfen zusammenbrach, sondern verdoppelte nur ihre Anstrengungen und schaffte es irgendwie, aus dem Getümmel zu entkommen, ohne aufgespießt, zerrissen, zerfetzt oder niedergetrampelt zu werden. Ein Schatten löste sich von der Decke und polterte mit einem beunruhigend schweren Laut neben ihr zu Boden, doch das Schwerste, was sie traf, waren ein paar Staubkörner.

Ächzend und mit zusammengebissenen Zähnen schleifte sie Schmidt so weit vom Eingang weg, wie es in dem mit

Trümmern und Unrat übersäten Raum möglich war, ließ ihn wenig sanft zu Boden sinken und hetzte zur Tür zurück. Der Kampf war noch immer in vollem Gange, und die Anzahl der Wyvern hatte noch einmal zugenommen, obwohl mindestens ein Dutzend der geflügelten Kreaturen bereits erschlagen am Boden lag. Dann ertönte ein Schrei, der Sam wie elektrisiert zusammenfahren ließ.

»Prinzessin! Flieht!«

Es war ihr unmöglich, inmitten des Kampfgetümmels und all der Schreie die Richtung auszumachen, aus der die Stimme kam, oder sie gar zu identifizieren, doch die drei schwarzen Riesen fuhren wie auf ein gemeinsames Kommando in ihren Sätteln herum, und selbst die Wyvern verzichteten darauf, die vermeintliche Schwäche ihrer Gegner auszunutzen und sich auf sie zu stürzen.

Auch Sam sah in dieselbe Richtung, und ihr Herz machte einen erleichterten Satz in ihrer Brust, als sie die schlanke, ganz in weiches braunes Wildleder gekleidete Gestalt erkannte, die auf dem Rücken einer prachtvollen braunen Stute aus dem Waldrand heraustrat. Ein mehr als meterlanges Schwert funkelte in seiner Hand, und selbst über die große Entfernung hinweg glaubte sie das zornige Aufblitzen in den Augen des jungen Steppenreiters zu erkennen.

»Flieht, Prinzessin! Bringt Euch in Sicherheit!«

Sam konnte die Richtung immer noch nicht genau bestimmen, aus der die Stimme kam. Sie hätte nichts lieber getan, als ihr zu gehorchen, aber da war immer noch der halb bewusstlose Hausmeister, und selbst wenn sie sich entschlossen hätte, ihn im Stich zu lassen (was sie ganz gewiss nicht getan hätte), wäre es aussichtslos gewesen: Zwei der Schwarzen Reiter rissen ihre Tiere herum und sprengten dem neu aufgetauchten Feind entgegen, doch der dritte wandte sich in ihre Richtung und hob sein Schwert.

Sams Reaktion wäre zu spät gekommen, denn als sie endlich begriff, dass sie sich in Reichweite der tödlichen Waffe befand, riss der Reiter seine Klinge mit einer Bewegung hoch, die fast zu schnell war, als dass das Auge ihr noch folgen konnte. In diesem Moment stürzte sich ein ganzes Dutzend Wyvern mit solcher Wucht auf ihn, dass er nicht nur rücklings aus dem Sattel geschleudert wurde, sondern selbst sein mächtiges Reittier strauchelte und um ein Haar gestürzt wäre.

Das war genug. Sam wirbelte auf dem Absatz herum und floh ins Haus zurück, ohne auf den Protest ihres schlechten Gewissens zu achten, das ihr (vollkommen zu Recht!) zuschrie, dass sie den Prinzen im Stich ließ, der sich allein einer erdrückenden Übermacht stellte, nur um sie zu beschützen. Es gab nichts, was sie für ihn tun konnte. Sie war allein und unbewaffnet, und wenn sie jetzt irgendetwas ebenso Heroisches wie Dummes tat, dann wäre das einzige Ergebnis, dass seine Tapferkeit vollkommen umsonst gewesen war.

Sie raste zwei, drei Schritte in die nahezu vollkommene Schwärze hinein, dachte noch daran, wie gefährlich es war, sich so schnell durch eine Umgebung zu bewegen, in der man nicht die berühmte Hand vor Augen erkennen konnte, und kam nicht einmal mehr dazu, diesen Gedanken zu Ende zu denken, ehe sich ihr Fuß auch schon an einem Hindernis verfing und sie der Länge nach stürzte. Ihre inzwischen vollkommen außer Rand und Band geratene Fantasie nutzte die winzige Zeitspanne, die der Sturz andauerte, um sie mit einer erstaunlichen Vielzahl an Bildern von zersplitterten Balken, scharfkantig abgebrochenem Eisen und rostigen Nägeln zu quälen, an denen sie sich aufspießen oder sich wenigstens ein Auge ausstechen musste; doch alles, was ihr tatsächlich widerfuhr, war ein schmerzhafter

Aufprall auf dem festgestampften Lehm, aus dem der Boden bestand, so hart allerdings, dass sie diesmal nicht nur ein Gewitter aus bunten Schmerzblitzen sah, sondern einen schrecklichen Moment lang mit aller Kraft gegen die Bewusstlosigkeit ankämpfen musste.

Blut lief warm und klebrig über ihr Gesicht, als sie sich zitternd hochstemmte, und in ihrem Mund war ein Geschmack wie nach altem Eisen. Völlige Dunkelheit umgab sie, und von draußen drangen die Schreie der Wyvern herein und das Klirren von aufeinanderprallendem Stahl.

Irgendwo neben ihr erklang ein Laut, von dem sie zwar nicht ganz sicher war, ob er ein Stöhnen oder nicht vielmehr ein Grollen darstellte, der ihr aber immerhin verriet, dass Schmidt noch am Leben war. Mühsam stemmte sie sich in eine halb sitzende Position hoch, versuchte die Schwärze ringsum mit Blicken zu durchdringen und hob den Kopf, nur um sich nun doch so kräftig zu stoßen, dass ein schmerzhaftes Zischen über ihre Lippen kam. Noch ein paar Augenblicke hier drinnen, dachte sie, und es brauchte weder Schwarze Reiter noch fliegende Ungeheuer, um sie fertigzumachen. Das besorgte sie dann schon ganz allein.

Das Klirren aufeinanderprallender Schwerter kam näher, und auch das Rauschen zahlloser schwarzer Flügel war noch einmal lauter geworden. Konnte es sein, dass es dem Prinzen gelang, sich tatsächlich zu ihr durchzukämpfen?

Sam widerstand der Versuchung, die im Gewand dieses Gedankens herangepirscht kam, und konzentrierte sich wieder auf Schmidts Stöhnen. Vor allem musste sie ihn hier hinausschaffen, denn er hatte mit alledem am wenigsten zu schaffen.

Das Stöhnen wiederholte sich, und nun hörte sie auch ein mühsames Scharren und Schleifen. Als sie sich in die entsprechende Richtung drehte, glaubte sie einen Schatten zu erkennen, der sich über ihr aufrichtete. Hatte er … glühende Augen?

»Schmidt?«, fragte sie mit klopfendem Herzen. »Ist alles in Ordnung?«

Der Hausmeister stöhnte zur Antwort.

Hinter ihr.

Ein Kübel Eiswasser, der unversehens über ihr ausgegossen wurde, hätte sie wohl kaum mehr schockieren können. Sie bildete es sich nicht nur ein: Ihr Herz setzte tatsächlich für einen Schlag aus, um dann mit zehnfacher Schnelligkeit weiterzuhämmern, und selbst das Blut in ihren Adern schien sich für dieselbe Zeitspanne in pures Eiswasser zu verwandeln. Der Schatten wuchs weiter über ihr empor, groß, größer, dann riesig, und nun gelang es ihr nicht einmal mehr selbst, sich einzureden, dass sie sich das unheimliche rote Glühen seiner Augen nur einbildete. Rasiermesserscharfe Klauen scharrten über Holz und Stein, und ein heißer Odem wie der Atem der Hölle selbst schlug ihr ins Gesicht.

Es war das Ding aus dem Wald, begriff sie entsetzt. Das Ungeheuer, das sie aus dem Bild heraus angestarrt und später durch den nächtlichen Wald gejagt hatte. Ihre Verfolger meinten es offensichtlich nicht nur ernst, sie hatten alles aufgeboten, was in ihrer Macht stand, um ihrer habhaft zu werden!

Die Erkenntnis versetzte ihr einen solchen Schock, dass es beinahe ihre letzte gewesen wäre. Der Schatten gab noch einmal dieses unheimliche seufzende Grollen von sich, richtete sich unglaublicherweise zu noch gewaltigerer Größe auf und streckte zwei mit mörderischen Krallen bewehrte Hände nach ihr aus, und vielleicht war es tatsächlich nur das Schimmern eines verirrten Lichtstrahls aus scharfem Horn, das sie aus ihrer Erstarrung riss und ihr das

Leben rettete. Etwas fuhr so dicht an ihre Wange vorbei, dass sie den Luftzug spüren konnte, und fetzte Späne aus dem morschen Holz neben ihr, und Sam ließ sich einfach nach hinten fallen, kam in einer stiebenden Wolke aus zersplitterndem Holz und Staub wieder auf die Füße und fuhr herum. Wo war Schmidt? Sie musste ihn finden, bevor das Ungeheuer ihn fand und umbrachte, und –

Eine schmale, aber fast unwiderstehlich starke Hand griff aus der Dunkelheit heraus nach ihrem Arm, riss sie mitten in der Bewegung herum und so derb in die andere Richtung, dass sie wahrscheinlich nur deshalb nicht stürzte, weil sie zugleich schon fast mit Urgewalt vorwärtsgerissen wurde. Hinter ihr wurde ein gleichermaßen wütendes wie enttäuschtes Knurren laut, und dann ein Geräusch, als würde ein meterdicker Balken von einem noch viel gewaltigeren Hammer getroffen und in Stücke geschlagen.

»Schmidt!«, keuchte sie und versuchte sich loszureißen. »Ist Ihnen …«

»Ihm geschieht nichts, Prinzessin!« Die Hand riss noch fester an ihrem Arm, sodass sie nun beinahe all ihre Kraft brauchte, um sich überhaupt noch auf den Beinen zu halten. »Der Troll hat es nur auf Euch abgesehen!«

Troll? Das wurde ja immer besser! Warum nicht gleich ein ausgewachsener Drache oder ein Dutzend Hexen, die auf ihren Besen durch die Luft ritten?

Ihr unbekannter Retter zerrte sie mit einer Schnelligkeit durch die Schwärze, die im gleichen Maße zunahm, indem das Grollen und Geifern ihres höllenäugigen Verfolgers lauter wurde. Sam konnte nicht einmal wirklich einen Schatten erkennen, so dunkel, wie es war, aber seine Stimme war bestimmt nicht die des Prinzen von Caivallon, und seine Hand steckte nicht in einem Handschuh aus weich gegerbtem Wildleder, sondern in einem dünnen Kettengeflecht – wie es aussah, hatte sie wohl doch mehr als nur einen Verbündeten.

Und mehr als nur einen Feind. Der Troll (es fiel ihr immer noch schwer, dieses Wort auch nur in Gedanken zu benutzen, aber das Ding hörte sich zumindest an wie ein Troll) bekundete seinen Unmut über ihren überhasteten Aufbruch mit einem zornigen Brüllen und damit, die verrottete Einrichtung vollends kurz und klein zu schlagen, und von draußen drangen noch immer die Schreie der Wyvern und das helle Klingen aufeinanderprallender Schwerter herein, doch nichts von alledem schien ihren unbekannten Freund zu beeindrucken. Sie konnte hören, dass er sich mit roher Gewalt seinen Weg durch die Trümmer bahnte, was seiner Schnelligkeit keinen Abbruch tat. Nach kaum einem Dutzend Schritten hatte er das andere Ende der Hütte erreicht, und Sam erahnte zumindest die Umrisse einer Tür, aber er blieb nicht stehen, sondern wurde nur gerade so viel langsamer, wie es unbedingt nötig war, um die Tür einzutreten und hindurchzustürmen.

Dahinter lag kein weiterer Raum, sondern eine steil in die Tiefe führende Treppe – jedenfalls nahm Sam an, dass es sich um eine solche handelte, denn sie spürte jede einzelne Stufe wie einen Handkantenschlag, der mit perfider Genauigkeit auf ihr Rückgrat zielte, als sie sie hinunterschlitterte. Der Schmerz trieb ihr schon wieder die Tränen in die Augen, aber das machte nichts. Jetzt umgab sie vollkommene Dunkelheit. Selbst die Hand, die noch immer mit eiserner Kraft ihren Unterarm umklammert hielt, verschmolz einfach mit der Finsternis, die aus allen Richtungen zugleich auf sie einstürmte und ein Übriges tat, um ihre Furcht noch zu schüren.

Dann verschwand der feste Griff, und sie hörte ein metallisches Scheppern und Klirren. »Wartet hier, Prinzessen! Ich bin gleich zurück!«

Was glaubte er denn, wohin sie gehen würde?, dachte Sam verblüfft. Sie versuchte sich aufzurappeln und sog scharf die Luft zwischen den Zähnen ein, als sie prompt in etwas Kantiges griff und noch mehr warmes Blut an ihrem Arm herunterlief, von dem sie nun vollkommen sicher war, dass es sich um ihr eigenes handelte. Das Scheppern und Rumoren vor ihr hielt an, und dann glomm ein winziger Funke auf und explodierte praktisch sofort zur prasselnden Flamme einer antiquierten Fackel. Das Licht stach wie eine Messerklinge in ihre an die Dunkelheit gewöhnten Augen, sodass sie praktisch gar nichts mehr sah.

Doch was sie in diesem winzigen Moment zu sehen glaubte, das …

Nein, das war vollkommen unmöglich.

Dann ergriff ihr Retter sie auch schon wieder am Arm, riss sie unsanft in die Höhe und stieß sie nicht nur so an sich vorbei, dass sein Gesicht endgültig zu einem verschwommenen Wischer vor ihren tränenden Augen wurde, sondern brachte auch noch das Kunststück fertig, seine Fackel aus der gleichen Bewegung heraus gegen eine zweite Fackel zu pressen, die mit einem dumpfen *Wusch!* Feuer fing. Diesmal war es keine Messerklinge, die sich in ihre Augen bohrte, sondern ein weiß glühender Speer.

»Nehmt, Prinzessin! Und lauft! Ich versuche ihn aufzuhalten! Wartet nicht auf mich!«

Sam war viel zu verdattert, um irgendetwas anderes zu tun, als nach der brennenden Fackel zu greifen, und ehe sie auch nur einen klaren Gedanken fassen konnte, wurde sie auch schon gepackt und herumgewirbelt. Sie hatte einen flüchtigen Eindruck von schwarzem Eisen und einem blassen Gesicht unter einem Helm, dann traf sie der Stoß einer harten Hand zwischen die Schulterblätter und ließ sie auf etwas zustolpern, das vage Ähnlichkeit mit einer Tür hatte.

»Lauft, Prinzessin! Wartet nicht auf mich! Verschließt die Tür!«

Was für eine Tür? Sam sah nur einen grob geformten Durchgang, der so niedrig war, dass sie im allerletzten Moment auf die Idee kam, den Kopf einzuziehen, als sie hindurchstolperte. Dahinter begann ein kaum höherer und nicht mehr als einen Meter breiter Gang, dessen Wände aus nacktem Erdreich bestanden, ebenso wie die Decke und der Boden. Von einer Tür war weit und breit nichts zu sehen.

Vielleicht an seinem anderen Ende? Sam hob ihre Fackel, was sich allerdings als nutzlos erwies: Der Tunnel erstrecke sich deutlich weiter, als das Licht ihrer Fackel reichte. *Sehr viel weiter*, das spürte sie.

Frustriert drehte sie sich um und sah, wie ihr unbekannter Retter die Fackel mit einer kraftvollen Bewegung in den Boden rammte und mit der anderen Hand ein Schwert aus dem Gürtel zog. Sowohl der Anblick der zweischneidigen Klinge als auch die schwarze Rüstung aus schwerem Eisen weckten unangenehme Assoziationen in ihr, aber sie schürten auch ihre Verwirrung. Ihr Retter gehörte ganz zweifellos zu den Schwarzen Reitern – oder trug zumindest dieselbe Kleidung wie sie –, aber wieso hatte er ihr geholfen? Und was um alles in der Welt hatte er mit *Troll* gemeint?

Wenigstens auf diese Frage bekam sie prompt eine Antwort, als in der Schwärze über ihnen die eingeschlagene Tür noch einmal und in noch kleinere Stücke zertrümmert wurde und ein … Albtraum die Treppe heruntertobte. Er war groß – gut anderthalb mal so groß wie ein normaler Mann –, bestand nur aus struppigem schwarzem Fell und Muskeln und Zähnen und Klauen und hatte rot glühende Augen, und mehr musste Sam nicht sehen, um auf dem Absatz herumzufahren und wie von Furien gehetzt loszustürmen.

Der Stollen schien kein Ende zu nehmen. Sam hatte nicht nur das Gefühl, sie war *sicher*, seit Stunden durch den unterirdischen Gang zu rennen, wenn nicht seit Tagen, und sie wäre zweifellos noch schneller und blindwütiger drauflosgestürmt, hätten die Anstrengungen der zurückliegenden Stunde nicht allmählich begonnen ihren Preis zu fordern. Ihre Glieder fühlten sich an, als schleppe sie unsichtbare Zentnerlasten mit sich, und jeder einzelne pfeifende Atemzug schnitt wie ein dünnes Messer in ihre Kehle.

Erst als sie zu der festen Überzeugung gekommen war, dass ihr Herz beim nächsten unvorsichtigen Schritt einfach explodieren würde, lief sie ein wenig langsamer, hielt schließlich ganz an und lehnte sich gegen die feuchte Wand, um mit geschlossenen Augen und weit aufgerissenem Mund minutenlang nichts anderes zu tun, als tief ein- und auszuatmen. Ihr Herzschlag beruhigte sich nicht, sondern schien im Gegenteil immer schneller und unregelmäßiger zu werden, und ihr wurde schwindelig.

Konnte man mit vierzehn einen Herzinfarkt bekommen? Sam erinnerte sich nicht, jemals etwas Derartiges gehört zu haben. Aber sie erinnerte sich auch nicht, jemals davon gehört zu haben, dass jemand eine leibhaftige Waldfee gesehen hatte oder ein Einhorn.

Oder gar einen Troll.

Sie verscheuchte den albernen Gedanken, konzentrierte sich ganz darauf, ihren hämmernden Pulsschlag in den Griff zu bekommen, und machte die Augen erst wieder auf, als es ihr gelungen war und die Luft, die sie atmete, nur noch muffig schmeckte, nicht mehr nach rostigem Eisen.

Sie lauschte. Auf dem ersten Stück hatte sie noch das Knurren und Geifern des Trolls gehört und die keuchenden Atemzüge ihres unbekannten Verbündeten und das Scharren und Scheppern seiner Rüstung, aber bald darauf hatten ihre eigenen Schritte und das Rascheln ihrer Kleidung den Lärm des bizarren Kampfes übertönt. Jetzt hörte sie gar nichts mehr, obwohl sie sich sogar bemühte, möglichst flach zu atmen.

War das nun ein gutes oder ein schlechtes Zeichen? Sam wusste es nicht. Hätte der Troll den ungleichen Kampf gewonnen, dann wäre er garantiert schon hinter ihr her ... aber sie musste plötzlich wieder daran denken, wie schmächtig und klein ihr neuer Verbündeter trotz des Schwertes und der schwarzen Rüstung plötzlich ausgesehen hatte, als sich der Troll über ihm erhob.

Wenn sie noch lange hier herumstand, dachte sie, dann würde sie die Antworten auf all ihre Fragen vielleicht schneller bekommen, als ihr lieb war.

Grimmig entschlossen, sich weder von irgendwelchen Trollen noch von fliegenden Ungeheuern oder auch Gartenzwergen mit langen Zähnen noch mehr Angst machen zu lassen (als sie sowieso schon hatte), ergriff sie ihre Fackel fester und sah sich zum ersten Mal wirklich aufmerksam um, während sie ihren Weg fortsetzte.

Es gab allerdings nicht allzu viel zu sehen. Der Stollen war gerade hoch genug, um halbwegs aufrecht darin stehen zu können – und nicht einmal das überall –, und allerhöchstens einen Meter breit. Wände und Decke bestanden aus nacktem Erdreich, aus dem Wurzeln wie bleich erstarrte Schlangen herausragten, und auf dem Boden hatte sich schlammiges Wasser gesammelt, das nicht nur eiskalt war, sondern längst damit angefangen hatte, durch ihre aufgeweichten Turnschuhe zu dringen. In unregelmäßigen Abständen stützten uralte Balken die moderige Decke, und es gab mehr als eine Stelle, an der die Wände unter ihrem eigenen Gewicht zusammengesackt waren, sodass sie sich nur noch mit Mühe und Not durch die verbliebene Lücke quetschen konnte. Vielleicht reichte der Platz ja für den Troll nicht aus, um ihr nachzukommen.

Und mit ein bisschen Pech, fügte sie missmutig in Gedanken hinzu, latschte sie noch zwei oder drei Kilometer weiter durch dieses Rattenloch und stand dann vor einer Stelle, an der es ganz zusammengebrochen war.

So grausam war das Schicksal dann doch nicht mit ihr.

Es hatte etwas viel Spaßigeres vor.

Da sie immer noch nichts von ihrem Verfolger hörte, ging sie ein wenig langsamer, um Kraft zu sparen, schließlich hatte sie weder eine Ahnung, wie lang dieser Tunnel war, noch was sie an seinem Ende erwartete.

Tatsächlich war der Weg nicht mehr allzu weit. Nach vielleicht hundert weiteren Schritten spürte sie einen Zug, der die moderige Luft hier unten ein wenig angenehmer machte, und ging wieder etwas schneller. Nach weiteren fünfzig Schritten sah sie etwas wie eine Tür am Ende des Stollens vor sich, und nach noch einmal zehn Schritten hörte sie hechelnde Atemzüge hinter sich – und das hastige Patschen schwerer Füße auf dem schlammigen Boden.

Sam verschwendete keine Zeit damit, sich umzusehen oder auch nur zu erschrecken. Sie rannte los.

Der Schatten vor ihr entpuppte sich tatsächlich als Tür, die in dem von bleichen Wurzeln und Schimmel durchzogenen Wänden sonderbar deplatziert wirkte. Sie sah kein bisschen neuer aus als der Eingang am anderen Ende, war jedoch in wesentlich besserem Zustand und wirkte so massiv, als wäre sie eigens gebaut worden, um einem Kanonenschuss zu widerstehen, stand aber gottlob einen Spaltbreit offen, sodass sich Sams größte Sorge als grundlos erwies – nämlich die, wie sie dieses Monstrum von Tür eigentlich bewegen sollte. Sam legte noch einmal an Tempo zu, jagte dem rettenden Ausgang entgegen und warf auf dem letzten Stück doch einen Blick über die Schulter zurück. Im heftig flackernden Licht der Fackel war kaum etwas anderes als Schatten zu erkennen und trotzdem beinahe mehr, als ihr lieb war. Irgendetwas Riesiges mit rot leuchtenden Augen raste humpelnd hinter ihr her, und der Anblick – ob nun eingebildet oder real – brachte sie tatsächlich dazu, noch einmal schneller zu laufen, sodass sie die letzten Schritte regelrecht durch den Gang flog.

Mit einem beherzten Satz warf sie sich durch den Türspalt, vollführte eine halbe Pirouette und rammte die Schulter gegen die Tür.

Sie rührte sich nicht.

Panik schoss wie eine Flamme in ihr hoch. Sam ließ die Fackel fallen, stemmte die Füße in den Boden und schob und drückte mit aller Gewalt, ohne dass sich die störrische Tür im allerersten Moment auch nur einen Millimeter bewegt hätte. Dafür sah sie, dass ihr Verfolger immer näher kam. Es war tatsächlich der Troll, zumindest seinem riesigen struppigen Schatten und den glühenden Augen nach zu schließen, und vor ihm schien sich noch etwas zu bewegen, aber es war zu klein und das Licht zu schwach, um es wirklich zu erkennen. Der Anblick motivierte sie, sodass sie nun mit der puren Kraft der Verzweiflung schob und drückte.

Allerdings mit dem gleichen Ergebnis wie zuvor. Die Tür saß so unverrückbar an ihrer Stelle, als wäre sie festgeschweißt. Und der Troll, dem ihre Bemühungen nicht entgangen zu sein schienen, war mit wenigen gewaltigen Sätzen heran, und Sam konnte sich gerade noch zurückwerfen, als er auch schon gegen die Tür prallte.

Fast zu Tode erschrocken, sonderbarerweise aber nicht mehr in Panik, stolperte sie einen weiteren halben Schritt zurück, bückte sich nach der Fackel und schlug damit im gleichen Moment zu, in dem sich das Ungeheuer schnaubend und scharrend durch den Türspalt zu quetschen begann.

Funken stoben in alle Richtungen. Ein Geräusch erklang, als hätte sie auf einen leeren Kochtopf geschlagen, und die Wucht ihres eigenen Hiebes prellte ihr die Fackel aus der Hand, die in hohem Bogen davonflog und meterweit entfernt zu Boden fiel, und der Troll, der mit einem Mal gar nicht mehr so riesig war, sondern kaum größer als sie, dafür aber eine schwarze eiserne Rüstung und einen dazu passenden Helm trug, stolperte mit benommenem Gesicht ein paar Schritte an ihr vorbei, sank auf die Knie und fiel dann stocksteif und mit einem gewaltigen Scheppern nach vorne.

Sam blieb nicht einmal genug Zeit, um ihren Fehler zu begreifen, da erbebte die Tür unter einem gewaltigen Schlag. Staub und Holzspäne regneten auf sie herab, und aus den Angeln explodierten kleine Geysire aus krümeligem Rost, doch die Tür rührte sich immer noch nicht von der Stelle. Dafür erscholl ein wütendes Brüllen, und eine haarige Pfote (sie war größer als ihr Gesicht) erschien im Türspalt, grub sich in das steinharte Holz und begann mit aller Gewalt daran zu zerren. Diesmal bewegte sich die Tür, wenn auch nur ein winziges Stück.

Sam bückte sich nach ihrer Fackel, hielt sie unter die Pfote und wurde mit einem zufriedenstellenden Zischen und einem zornigen Gebrüll belohnt. Es stank durchdringend nach verschmortem Haar und schmelzenden Fingernägeln, und die Pfote verschwand. Aus dem Brüllen wurde ein Kreischen und Heulen, unter dem der gesamte Tunnel zu erbeben schien.

Allerdings nur für einen Augenblick. Dann erbebte die Tür, als wäre sie tatsächlich von einem Kanonenschuss getroffen worden, und die Luft war plötzlich so voller Staub und fliegender Holzsplitter, dass Sam kaum noch etwas sehen konnte.

»*Prinzessin! Der Riegel!*«

Sam verstand nicht, was ihr unbekannter Retter von ihr wollte, machte aber trotzdem einen halben Schritt zur Seite, als er sich mit seiner mit Eisen gepanzerten Schulter gegen die Tür warf. Sein Helm hatte eine sichtbare Delle, und sein Gesicht (das ihr immer noch auf so vollkommen unmögliche Weise bekannt vorkam) glänzte nicht nur vor Schweiß, sondern war auch mit Ruß verschmiert.

»Die Tür!«, keuchte er. »Haltet sie!«

Sam stemmte sich gehorsam gegen das schwere Türblatt und wäre im nächsten Moment beinahe hintenübergestürzt, als der Troll von der anderen Seite mit noch größerer Wucht dagegenrannte. Die rostigen Angeln kreischten wie ein Tier, das Schmerzen litt, und spuckten roten Staub, und ihr Retter warf sich abermals mit aller Gewalt gegen die Tür.

Diesmal bewegte sie sich und fiel mit einem dumpfen Klacken ins Schloss, und noch ehe das Geräusch ganz verklungen war, zauberte er von irgendwoher einen gewaltigen Balken her, den er in zwei wuchtige Haken beiderseits der Tür einrasten ließ. Nur eine halbe Sekunde später erzitterte die Tür schon wieder unter dem Ansturm des Trolls, aber diesmal blieb es bei einem bloßen Erzittern. Der gewaltige Balken (den er so wohlmeinend als Riegel bezeichnet hatte) zeigte sich vom Ansturm des Kolosses wenig beeindruckt.

Ihr neuer Freund wirkte trotzdem besorgt, als er zurücktrat und sein Werk kritisch musterte. »Das wird nicht lange halten«, sagte er. »Kommt weiter!«

»Nicht lange halten?«, wiederholte Sam zweifelnd. Das Ding sah aus, als könnte es einen durchgehenden Elefantenbullen stoppen!

»Ihr macht Euch keine Vorstellung, wie stark diese Unholde sind, Erhabene.«

Unholde, dachte Sam. *Aha.* Sie trat einen Schritt zurück und warf dem ganz in zerschrammtes Schwarz gekleideten Krieger zum ersten Mal einen aufmerksamen Blick zu. Das wenige, was sie von seinem Gesicht erkennen konnte, kam ihr mit jedem Atemzug bekannter vor, obwohl ihr Verstand ihr mit immer größerem Nachdruck sagte, wie vollkommen unmöglich das war.

»Vielen Dank«, sagte sie. »Aber meinst du nicht, dass du mir ein paar Erklärungen …«

»Alles, was Ihr wollt, Prinzessin«, unterbrach er sie. »Aber nicht jetzt.« Er deutete fahrig auf den Riegel. » Wir müssen weg.« Ohne ihre Antwort abzuwarten, ergriff er sie am Arm und zog sie einfach mit sich.

Sam erwartete, dass er die Fackel aufhob, doch er trat die züngelnde Flamme ganz im Gegenteil sorgsam aus und setzte seinen Weg in vollkommener Dunkelheit fort, wenn auch nur wenige Schritte weit, dann blieb er wieder stehen, hantierte eine Sekunde lang lautstark herum und ließ endlich ihren Arm los. Etwas klackte, dann erschien ein senkrechter, schmaler Streifen aus gelbem Licht vor ihr und erweiterte sich zu einer Tür, durch die sie unsanft gestoßen wurde.

»He!«, beschwerte sich Sam. »Was soll –? «

– denn das? ging in dem dumpfen Laut unter, mit dem die Tür hinter ihr ins Schloss fiel. Wütend fuhr Sam herum, streckte die Hand nach der Türklinke aus und begriff erst dann, dass es keine gab, als ihre Fingerspitzen schmerzhaft gegen das harte Metall der Tür stießen.

Aus ihrer Wut wurde Verwirrung, für einen kleinen Moment Schrecken und dann grenzenlose Erleichterung, als sie begriff, dass sie in Sicherheit war. Die Tür vor ihr hatte nicht nur keinen Griff, sondern bestand aus massivem, grau gestrichenem Metall. Die Wand, in der der ebenfalls eiserne Türrahmen eingelassen war, bestand aus solidem Mauerwerk, und auch das Licht war nicht mehr der flackernde Schein einer Fackel, sondern kam von einer nackten Glühbirne, die an einem Draht von der Decke baumelte. Besagte Decke gehörte zu einem Gewölbekeller von beeindruckenden Dimensionen, der von einer Anzahl deckenhoher Drahtgitter in unterschiedlich große Abteilungen getrennt wurde. Sie war wieder zurück in der Wirklichkeit und (wenigstens etwas mehr) in der Gegenwart.

Aber wo war ihr Retter?

Sam sah sich nur flüchtig um, wandte sich dann wieder der Tür zu und suchte nach einer Möglichkeit, sie zu öffnen.

Es gab keine.

Dicht unterhalb der Stelle, an der die Klinke sein sollte, erblickte sie ein modernes Sicherheitsschloss, das ohne den dazu passenden Schlüssel für sie nicht zu knacken war.

Sie trat dichter an die Tür heran, schlug vollkommen sinnlos ein paarmal mit der flachen Hand dagegen und presste schließlich das Ohr gegen das grau gestrichene Metall.

Alles, was sie hörte, war das Rauschen ihres eigenen Blutes. Sie war in Sicherheit, aber ihr Retter war ausgesperrt. Was, dachte sie, wenn der Troll den Riegel zerbrach und seine Wut an ihm ausließ?

Sam schlug noch ein paarmal mit der flachen Hand gegen die Tür, hämmerte schließlich sogar mit den Fäusten dagegen und gestand sich schließlich schweren Herzens ein, dass die Tür vermutlich in beide Richtungen schalldicht war. Und dass es nichts gab, was sie für den Krieger tun konnte.

Niedergeschlagen sah sie sich zum zweiten Mal in dem riesigen Gewölbekeller um. Die Glühbirne direkt über ihr war nicht die einzige, trotzdem erblickte Sam eindeutig mehr Schatten als Helligkeit, ein Labyrinth aus gemauerten Stützpfeilern und rostigem Draht, hinter dem sich formlose Umrisse stapelten, die beunruhigender wurden, je länger sie sie ansah.

Wo war sie? Der Keller war eindeutig zu groß, um zu einem weiteren Waldhaus oder irgendeiner vergessenen Ruine zu gehören. Konnte es sein, dass der Gang zurück bis zum Internat führte?

Der Gedanke kam ihr ziemlich abwegig vor. Andererseits war sie wirklich *lange* durch den unterirdischen Gang gelaufen, und Schmidt war alles andere als schnell gefahren. Sie musste sich wieder auf *Unicorn Heights* befinden, das war die einzige Erklärung.

Auch wenn sie ihr noch so unwahrscheinlich erschien.

Nur aus dem Gefühl heraus, doch irgendetwas *tun* zu müssen, schlug sie noch einmal mit der flachen Hand gegen die Tür, wartete zehn Sekunden lang mit angehaltenem Atem auf eine Reaktion und machte sich schließlich endgültig auf den Weg, um nach dem Ausgang zu suchen.

Ihn zu finden, war nicht das Problem. Der Keller hatte zwar gewaltige Abmessungen, wurde von den unterschiedlich großen Drahtverschlägen jedoch in ein säuberlich geometrisches Muster unterteilt, das sie beinahe zwangsläufig zu einer steil in die Höhe führenden Holztreppe mit einem ziemlich wackelig aussehenden Geländer führte. Die Tür an ihrem oberen Ende bestand aus Holz und hatte sogar eine Klinke, rührte sich aber ebenso wenig wie die Brandschutztür unten.

Sam rüttelte ein paarmal vergeblich an der Klinke, trat schließlich frustriert gegen die Tür und wäre um ein Haar rücklings von dem schmalen Treppenabsatz gefallen, woraufhin sie weitere Versuche, der Tür gewaltsam zu Leibe zu rücken, vorsichtshalber aufgab.

Dennoch war sie schon wieder deutlich zuversichtlicher. Gut, sie war in diesem Keller gefangen, aber es gab keine Wyvern, niemand versuchte ihr die Kehle durchzuschneiden oder sie auf andere Weise umzubringen, und selbst der nächste Troll war sicher hinter einer massiven Eisentür verwahrt.

Immerhin war das hier ein Keller, und neben jeder Menge Staub und Spinnweben und altem Krempel fanden sich in einem Keller traditionell auch Werkzeuge. Und die Tür, die sie mit dem passenden Werkzeug nicht aufbekam, war noch nicht gebaut worden.

Sie musste es nur finden.

Aus reinem Trotz versetzte Sam der Tür noch einen (vorsichtigen) Tritt, machte dann kehrt und begann den Keller zu durchsuchen.

Die Drahtverhaue waren nicht abgeschlossen, sodass sie wenigstens damit keine Schwierigkeiten hatte, doch in den ersten vier oder fünf Verschlägen fand sie nichts als eben das, was sie erwartet hatte: alten Kram, ausrangierte Möbel und Koffer mit Kleidern, die vermutlich schon aus der Mode gekommen waren, bevor es das Schneiderhandwerk überhaupt gegeben hatte.

Schließlich stand sie vor einem Verschlag, der zwar auch keine komplette Einbrecherausstattung enthielt, dafür aber etwas, das ihr Interesse für einen Moment hinlänglich genug weckte, um sie die Tür vergessen zu lassen. Hinter dem rostigen Draht standen Dutzende von Bildern, manche auf Staffeleien, manche nachlässig gegeneinandergelehnt, Tische voller Malutensilien, Farben, Pinsel und Paletten, und eine Anzahl zusätzlicher Scheinwerfer, die im Moment aber allesamt ausgeschaltet waren. Sie hatte Schmidts Künstlerwerkstatt gefunden.

An der Tür prangte ein beeindruckend aussehendes Vorhängeschloss, und da sie weder den dazugehörigen Schlüssel noch das geeignete Werkzeug hatte, kostete es sie immerhin gute zwei Minuten, es zu überwinden und den Drahtverhau zu betreten.

Es war ein sonderbares Gefühl, nicht nur weil sich dieses improvisierte Kelleratelier so sehr von all dem unterschied, was sie bisher hier unten gesehen hatte. Es war weiß Gott nicht das erste Mal, dass sie sich an einem Ort befand, an dem sie nichts zu suchen hatte (vorsichtig ausgedrückt), aber das hier war … anders. Das Gefühl war schwer in Worte zu fassen, wurde aber mit jedem Moment intensiver. Sie *sollte* hier nicht sein. Es war ganz und gar nicht gut, und sie würde es bereuen, wenn sie auch nur noch einen Moment länger blieb.

Sam wäre allerdings nicht sie selbst gewesen, hätte dieser Gedanke nicht vor allem ihren Trotz geweckt. So laut, als müsse sie sich selbst etwas beweisen, warf sie die Tür hinter sich zu und schaltete eine der großen Lampen ein. Das Licht war noch greller, als sie erwartet hatte, und sie musste im ersten Moment blinzeln und endlose Sekunden warten, bis sich ihre Augen an das fast schattenlose Weiß gewöhnt hatten.

Was sie schließlich erkannte, war zwar erstaunlich, ließ ihre Verwirrung aber eher noch größer werden. Schmidts Atelier war zwar sonderbar, aber nichtsdestotrotz perfekt ausgestattet. Es gab Hunderte, wenn nicht gar Tausende von Farbtuben, zahllose Pinsel und Spachteln, Skizzenblöcke und Bleistifte, Zeichenkohle und akribisch geordnete Dosen mit Verdünner und anderen Flüssigkeiten und zahllose Dinge, von denen sie nicht einmal eine Vorstellung hatte, welchem Zweck sie dienen mochten.

Das Gefühl, hier nicht sein zu sollen, wurde stärker. Sam ignorierte es.

Neugierig trat sie an eine der zahlreichen Staffeleien heran und betrachtete das Bild darauf. Es war einer der gewohnten Schinken, eine grob gemalte Landschaft mit dem obligatorischen Einhorn, das am Ufer eines Sees stand und seinen Durst löschte, und auch als sie es genauer in Augenschein nahm, konnte sie keine Beschädigung entdecken. Allenfalls sein allgemeiner Zustand war nicht besonders gut. Die Farbe war überall gerissen, und hier und da waren bereits McMarsdens originale Pinselstriche darunter zu erahnen. Vermutlich eines der Bilder, die der Hausmeister routinemäßig alle paar Jahre übermalte.

Sam war längst zu dem Schluss gekommen, dass es sich bei diesem Passus im Testament des ehemaligen Herrn von *Unicorn Heights* um weit mehr handeln musste als um die bloße Marotte eines verrückten alten Mannes. Wie so vieles hier waren auch diese Bilder von einem Geheimnis umgeben, vielleicht sogar dem größten von allen.

Eine Bewegung in ihrem Augenwinkel ließ sie zusammen- und gleichzeitig herumfahren, und ihr Herz begann schon wieder wie verrückt zu hämmern, während ihr Blick fast angstvoll in die Runde und über jeden Schatten tastete.

Aber da war nichts. Sie war allein. Wenn es die Bewegung überhaupt gegen hatte, dann war es allerhöchstens eine Maus gewesen. Mäuse lebten in Kellern.

Ratten auch, aber daran wollte sie lieber gar nicht erst denken.

Lieber wandte sie sich wieder dem Bild zu, musterte es noch einmal aufmerksam und nahm sich dann das nächste Kunstwerk vor, und das nächste, und wieder das nächste.

Das Ergebnis war überall dasselbe. Abgesehen davon, dass es auf jedem Bild irgendwo ein Einhorn an einem See gab und sich die einzelnen *Kunstwerke* gegenseitig an Hässlichkeit zu überbieten versuchten, war daran absolut nichts Außergewöhnliches.

Sam machte sich die Mühe, jedes einzelne Bild zu inspizieren (mit demselben Ergebnis), und wollte sich gerade abwenden, als sie abermals eine Bewegung aus den Augenwinkeln wahrzunehmen glaubte.

Diesmal war sie vorbereitet und fuhr noch schneller herum, immerhin schnell genug, um tatsächlich etwas zu sehen.

Es war keine Maus. Und auch keine Ratte. Schatten huschten über das Bild, das sie zuallererst angesehen hatte, und verschwanden wieder wie kleine, blickscheue Tiere.

Jetzt war es nicht nur Sams Herz, das wie verrückt zu hämmern begann. Ihre Hände zitterten so stark, dass sie sie kaum im Zaum halten konnte, und die Angst sprang sie an wie eine Spinne, die bisher lautlos in den Schatten gehockt und auf ihre Beute gelauert hatte.

Sie sollte nicht hier sein, dachte sie zum dritten Mal, und jetzt war es nicht nur ein Gefühl, sondern Gewissheit. Sie musste hier weg, solange sie es noch konnte!

Und wahrscheinlich hätte sie es auch getan, wäre ihr Blick nicht im Herumdrehen an Schmidts Skizzenblock hängen geblieben. Was sie darauf sah, das ließ sie sogar die unheimlichen Schatten und die Gespenster ihrer eigenen Furcht vergessen.

Die Kohlezeichnung stammte ganz zweifellos von Schmidt. Es war wenig mehr als Gekrakel, von dem vermutlich selbst ein Dreijähriger nur ungern zugegeben hätte, dass es von ihm stammte, doch was es zeigte, das ließ nicht den mindesten Zweifel aufkommen. Schmidt hatte die Ruine eines kleinen Hauses skizziert, die auf einer kleinen Anhöhe mitten im Wald stand. Der Himmel über der Lichtung wimmelte von geflügelten Ungeheuern, und auf halbem Weg zwischen dem Haus und dem Waldrand waren eine Anzahl Reiter zu erkennen, die mit Schwertern miteinander kämpften.

Sam starrte das Bild an und wartete darauf, dass sie blinzeln musste und der Spuk danach verschwunden war, aber die unmögliche Skizze blieb genau das, was sie war.

Es war vollkommen ausgeschlossen, dass der Hausmeister sich dieses Bild einfach so ausgedacht haben sollte.

Aber es war da. Basta.

Sam spürte das erneute Huschen und Schleichen lautloser Schatten hinter sich, und jetzt hatte sie nicht mehr den Mut, sich herumzudrehen und genauer hinzusehen. Sie musste weg hier, bevor der Wahnsinn noch schlimmer wurde und möglicherweise Gestalt annahm, um sie zu fressen.

Sie stürmte nicht nur fluchtartig aus dem Drahtverhau, sondern ertappte sich auch dabei, das Vorhängeschloss wieder an Ort und Stelle zu befestigen und sorgsam zu verriegeln – weil ein Maschendrahtzaun ja so gut gegen Schatten schützte …

Egal. Sie fuhr herum und steuerte mit weit ausgreifenden Schritten die Treppe an, entschlossen, die Tür mit Gewalt aufzubrechen oder nötigenfalls so lange mit den Fäusten dagegenzuhämmern und zu schreien, bis jemand kam und sie befreite.

Als sie auf der obersten Stufe angekommen war, stieß ihr Fuß gegen etwas, das vorhin noch nicht dagelegen hatte. Metall schepperte und etwas schimmerte mattsilbern im blassen Licht der wenigen Glühbirnen.

Sam hielt inne, ließ sich in die Hocke sinken und betrachtete stirnrunzelnd das zwanzig Zentimeter lange, beidseitig geschliffene Metallstück.

Im ersten Moment wusste sie nicht einmal genau, was sie da gefunden hatte. Hätte es einen Griff gehabt, hätte sie geglaubt, ein antikes Schwert vor sich zu haben. Es war schlank, lief in einer gefährlich aussehenden Spitze aus und musste früher einmal auf beiden Seiten so scharf wie eine Rasierklinge gewesen sein, war jetzt aber hoffnungslos zerschrammt und schartig. Verschlungene Runen und geheimnisvoll anmutende Schriftzeichen bedeckten einen Teil des Hefts, Symbole, die sich auf unheimliche Weise zu bewegen schienen, wenn man zu lange hinsah. Sowohl die Spitze als auch ein Großteil der zweischneidigen Klinge waren mit hässlichen schwarzbraunen Flecken besudelt.

Sam beugte sich noch weiter vor und streckte die Hand aus. In dem gleichen Moment, in dem sie die sonderbare Klinge berührte, wusste sie, was das war.

Eine Speerspitze. Und die hässlich eingetrockneten Flecken darauf waren Blut.

Die Erkenntnis ließ einen eisigen Schauer über ihren Rücken laufen. Am liebsten wäre sie aufgesprungen und hätte dieses schreckliche Ding so weit von sich weggeschleudert, wie es nur ging … doch stattdessen schlossen sich ihre Finger nur noch fester um den ausgehöhlten Schaft der Speerspitze, und sie stand langsam auf und drehte das uralte Artefakt so behutsam in der Hand, als hätte sie den kostbarsten Schatz der Welt gefunden.

So stand sie immer noch da, als die Tür aufging und ein überraschtes Keuchen erscholl.

»Was in drei Teufels Namen tust du denn hier?«, fragte Direktor Focks.

Zum allerletzten Mal«, sagte Focks zum ungefähr zwölften Mal, seit sie hereingekommen war und wieder einmal auf dem Delinquentenstuhl vor seinem Schreibtisch Platz genommen hatte, »du bleibst dabei, dass du keine Ahnung hast, wie du in den Keller gekommen sein willst?« *Und spar dir die Antwort am besten gleich,* fügte sein Blick (auch nicht zum ersten Mal) hinzu, *denn ich glaube dir sowieso kein Wort.*

Sam sagte vorsichtshalber gar nichts.

Focks schien das als Antwort vollauf zu genügen, denn er betrachtete sie noch einen Moment lang kopfschüttelnd, seufzte dann sehr tief und ließ sich in seinen hochlehnigen Stuhl zurücksinken, um sich so erschöpft mit beiden Händen durch das Gesicht zu fahren, als wäre er das ganze Stück vom Waldhaus hierher um sein Leben gelaufen und nicht sie.

»Ich hätte nie gedacht, dass ich das eines Tages einmal sagen würde«, drang seine Stimme nach einer Weile dumpf zwischen seinen Fingern hervor, »aber ich bin mit meinem Latein am Ende. Ich weiß einfach nicht mehr, was ich mit dir machen soll.«

Mich auspeitschen?, dachte Sam. *Oder mir ein paar Fingernägel ausreißen?* Sie hütete sich, auch nur ein einziges Wort davon auszusprechen, und bemühte sich außerdem um ein vollkommen ausdrucksloses Gesicht, aber sowohl das eine wie auch das andere fiel ihr mit jeder Sekunde schwerer. Sie hatte ja nicht unbedingt damit gerechnet, dass Focks ihr um den Hals fiel und ihr einen dicken Begrüßungsschmatzer auf die Wange drückte, aber *diese* Feindseligkeit verstand sie nun doch nicht. Focks hatte seinen anfänglichen Schrecken rasch überwunden und war danach nur umso zorniger geworden. Zwar hatte er sie weder in Handschellen noch mit Peitschenhieben hier heraufgetrieben, aber Sam fühlte sich so, und wenn sie die Blicke richtig deutete, mit denen er sie regelrecht aufzuspießen versuchte, dann hätte er wahrscheinlich nichts lieber als ganz genau das getan. Sam hielt unauffällig nach einem rauchigen Schatten Ausschau, der hinter dem Direktor stand und an unsichtbaren Fäden zog, konnte aber nichts entdecken.

Schließlich nahm er die Hände herunter, seufzte noch einmal und sagte dann etwas vollkommen Unerwartetes: »Entschuldige.«

»Wie?«, entfuhr es ihr. War das ein neuer Trick?

»Es tut mir leid«, wiederholte er, leise und ohne sie dabei direkt anzusehen. »Ich habe mich hinreißen lassen. Es war wohl … ein bisschen viel. Selbst für mich.«

Sam war beeindruckt. Was mochte er wohl getan haben? Einen Drachen verprügelt?

Focks räusperte sich unecht. »Du musst verstehen, dass wir alle in größter Sorge um dich gewesen sind«, fuhr er in verändertem Ton fort. »Die gesamte Lehrerschaft und sogar etliche der älteren Schüler haben stundenlang den Wald nach dir abgesucht.« Er bewegte unbehaglich die Schultern und schien darauf zu warten, dass sie ihm die Absolution erteilte, aber Sam dachte gar nicht daran.

»Ich weiß, ich hätte mich nicht so hinreißen lassen dürfen«, fuhr er fort. » Dabei bin ich im Grunde heilfroh, dass du wieder da bist. Weißt du eigentlich, was dir da draußen alles hätte passieren können?«

»Ich hätte von einem Troll gefressen werden können«, antwortete Sam ernst. »Oder die Wyvern hätten mir die Augen ausgekratzt. Von dem, was die Schwarzen Reiter mit mir angestellt hätten, gar nicht zu reden.«

Focks starrte sie an. Fünf Sekunden. Zehn. Schließlich eine halbe Minute. Er sagte kein Wort, aber seine Miene schien in dieser Zeit zu Stein zu erstarren.

»Entschuldigung«, sagte Sam schließlich. »Wie ... ähm ... wie geht es Schmidt?«

Focks sah auf die Armbanduhr, bevor er antwortete. »Er müsste schon im Krankenhaus angekommen sein«, sagte er. »Miss Hasbrog ist mitgefahren und hat mir versprochen, sich sofort zu melden, wenn sich irgendetwas an seinem Zustand ändern sollte, und da ich bisher nichts von ihr gehört habe, gehe ich davon aus, dass keine Nachrichten in diesem Fall gute Nachrichten sind. Du brauchst dir keine Sorgen zu machen. Wie es aussieht, hat er eine ausgekugelte Schulter und jede Menge Kratzer und Hautabschürfungen, aber nichts wirklich Lebensbedrohliches.« Er seufzte noch einmal.

»Mein zweiter Fehler. Ich hätte ihn nicht fahren lassen dürfen. Nicht bei Nacht. Schließlich weiß ich, dass er nicht mehr der Jüngste ist und bei Dunkelheit kaum noch etwas sieht.«

Er schwieg wieder ein paar Sekunden, sah sie auf dieselbe erwartungsvolle Art an und bekam auch jetzt keine Absolution. Warum auch? Ganz allmählich begann Sam die Situation zu genießen.

»Also, versuchen wir es noch einmal und mit der gebührenden Ruhe«, fuhr er in abermals verändertem Ton fort. »Herr Schmidt hat uns erzählt, dass du ihm geholfen hast, aus dem Wagen zu kommen, aber danach hat er dich irgendwie aus den Augen verloren. Was ist passiert?«

»Hat er sonst nichts erzählt?«, fragte Sam, statt seine Frage zu beantworten.

Focks schüttelte den Kopf. »Er hat eine Menge Unsinn erzählt, der arme Kerl. Hat wahrscheinlich unter Schock gestanden. Wir haben ihn in der Nähe der alten Jagdhütte gefunden … immerhin beinahe einen Kilometer von hier entfernt.« Sein Blick wurde ein bisschen lauernd. »Und du kannst dich wirklich nicht erinnern, wie du zurückgekommen bist oder gar in den Keller? Oder wie …«, er zog die Schreibtischschublade auf und nahm die antiquierte Speerspitze heraus, die er erst vor wenigen Minuten darin verstaut hatte, »… das hier in deinen Besitz gekommen ist?«

Sam starrte die zerschrammte Waffe mit wachsendem Unbehagen an. Hier, im hellen Licht des gut beleuchteten Büros wirkte die uralte Waffe noch viel unheimlicher als gerade unten im Keller. Sie schwieg.

»Du weißt, was das ist?«, fragte er.

»Nein«, antwortete sie und nickte. »Ich meine: ja. Eine Speerspitze, nicht wahr?«

»Eine ganz besondere Speerspitze, ja«, bestätigte Focks. »Sie ist mindestens tausend Jahre alt, wenn nicht noch sehr viel älter. Aber das ist nicht das Besondere an ihr.« Er bewegte die antike Waffe in den Händen, verstaute sie dann wieder in der Schublade und steckte den Schlüssel mit einer übertrieben pedantischen Bewegung in die Westentasche, bevor er fortfuhr.

»Du hast von dem Pferderipper gehört, mit dem wir es vor ein paar Jahren zu tun gehabt haben?«

Sam nickte zwar, schüttelte aber praktisch sofort wieder den Kopf. »Ja. Aber ich weiß gar nicht genau, was das sein soll.«

»Sei froh«, seufzte Focks. »Wir wissen es dafür umso besser. Pferderipper sind leider keine einmalige Erscheinung.«

Sam dachte einen Moment lang über dieses Wort nach. Sie wusste immer noch nicht wirklich, was es bedeutete, aber sein Klang gefiel ihr nicht. »Sie meinen jemanden, der Tiere quält?«

»Tierquäler allein sind schon verabscheuungswürdig genug«, antwortete Focks und schüttelte den Kopf. »Aber es gab stets welche, die es ganz besonders auf Pferde abgesehen haben. Meistens greifen sie sie feige auf der Weide an oder allein in einem Stall, wo sie angebunden sind und sich nicht wehren und nicht einmal weglaufen können, und sie benutzen fast immer Messer oder Sicheln oder noch gemeinere Instrumente. *Unserer* hat diese antike Speerspitze benutzt.«

»Hier?«, sagte Sam entsetzt. »Jemand hat hier Pferde getötet?«

»Gottlob nicht getötet«, antwortete Focks, »aber mehrere Tiere wurden verletzt, und eines davon so schwer, dass wir eine ganze Weile nicht sicher waren, ob wir es nicht einschläfern lassen müssen. Pferde sind sehr empfindlich, was Verletzungen angeht.« Er legte den Kopf auf die Seite und sah sie auf eine Art an, die ihr noch sehr viel weniger gefiel als bisher. »Es war Star.«

»Star!« Sam riss entsetzt die Augen auf.

»Ja, Star«, bestätigte er. »Er hat es überlebt, aber seither ist er eben so, wie er ist, scheu und aggressiv. Er lässt kaum jemanden an sich heran und er verträgt sich kaum noch mit anderen Pferden.«

»Haben Sie ihn erwischt?«, fragte Sam.

»Leider nicht«, seufzte Focks. Seine Hand strich über die Schublade, in die er die Speerspitze eingeschlossen hatte. »Wir haben dem Kerl eine Falle gestellt, und beinahe hätten wir ihn auch geschnappt. Aber im letzten Moment ist er uns doch noch entkommen, auch wenn er seine Waffe zurücklassen musste. Das Blut auf der Klinge stammt von seinem letzten Opfer. Ich habe es nicht abgewischt, damit uns der Anblick daran erinnert, dass der Kerl möglicherweise immer noch dort draußen herumschleicht und auf seine Chance wartet.«

»Deshalb die ganzen Sicherheitsvorkehrungen und die Kameras«, vermutete Sam.

Focks nickte zwar, ging aber nicht weiter auf ihre Frage ein. »Du siehst also, dieser Speer ist etwas ganz Besonderes für uns. Willst du mir jetzt verraten, woher du ihn hast?«

»Ich habe ihn gefunden«, beharrte Sam. Focks ignorierte auch das.

»Die Speerspitze liegt seit zehn Jahren sicher verschlossen in dieser Schublade«, fuhr er fort. »Eine Schublade, zu der es nur einen einzigen Schlüssel gibt. Und den habe ich immer bei mir. Wie also bist du an diesen Speer gekommen, Samiha?«

»Ich habe ihn gefunden. Unten im Keller.«

»Was uns wieder zu der Frage bringt, wie du dorthin gekommen bist«, sagte Focks wie aus der Pistole geschossen, und sie begriff endgültig, dass alles, was er gerade gesagt hatte, tatsächlich nur eine andere Taktik gewesen war, nicht etwa Verständnis. »Du bleibst dabei, dass du dich an nichts erinnerst?«

Sam erinnerte sich plötzlich an etwas vollkommen anderes: Sie musste daran denken, wie sie Sven unten in der Halle getroffen hatte. Er war aus dem Keller gekommen, und er hatte etwas in der Hand gehabt, von dem sie in diesem Moment geglaubt hatte, es wäre ein Messer.

Aber vielleicht war es ja auch eine Speerspitze gewesen.

»Nun?«, fragte Focks.

Sam schwieg. Sie fragte sich, warum sie Sven – ausgerechnet Sven! – eigentlich in Schutz nahm, aber sie brachte die Worte einfach nicht über die Lippen.

»Du machst es mir wirklich nicht leicht, Samiha«, sagte Focks. »Der Keller war verschlossen. Jemand hat dir den Schlüssel gegeben. Und jemand hat dir den Speer gegeben. Ich möchte wissen, wer es war. Sonst nichts. Also?«

»Niemand«, beharrte Sam.

»Und wie bist du dann in den Keller gekommen?«, beharrte Focks.

»Ich weiß es n…«, begann Sam, biss sich auf die Unterlippe und setzte neu an: »Durch den Tunnel.«

»Tunnel?«, wiederholte Focks, mit einem Mal sehr aufmerksam. Vielleicht sogar ein bisschen alarmiert.

»Da ist ein unterirdischer Gang«, bestätigte Sam. »Er führt von der Ruine im Wald direkt hierher in den Keller.«

»Der alte Fluchttunnel, ja«, sagte Focks.

»Sie wissen davon?«

»Natürlich weiß ich davon«, antwortete er. »Noch so eine Marotte des alten McMarsden, die niemand genau versteht. Aber woher weißt *du* davon? Niemand hier weiß von der Existenz dieses Tunnels, und das aus gutem Grund. Er ist schon seit einem Jahrhundert einsturzgefährdet und mindestens genauso lange verschlossen. Du willst mir im Ernst erzählen, du wärst das ganze Stück von der alten Jagdhütte aus durch diesen Stollen gekommen?«

»Ich glaube schon«, antwortete Sam vorsichtig.

Nicht vorsichtig genug, wie es schien, denn Focks sah nun endgültig aus, als stehe er kurz vor der Explosion. »Ach, du *glaubst?*«, zischte er. »Wie interessant! Dann sollten wir vielleicht gemeinsam nach unten gehen, und du zeigst mir, wie du in den Keller gekommen bist.«

Der Gedanke, dieser unheimlichen Tür (und vor allem dem, was sich dahinter verbarg) noch einmal nahe zu kommen, machte sie nervös, aber sie hob trotzdem nur gespielt gleichmütig die Schultern und fragte: »Warum nicht?«

Sie hatte geahnt, dass sie diese Worte bereuen würde, aber nicht, wie schnell.

Der Direktor war ohne viel Federlesen mit ihr hier heruntergekommen, und unterwegs war Sonya zu ihnen gestoßen, die sich nicht nur als ungewohnt schweigsam erwies, sondern auch mühsam ihren Zorn unterdrückte, der wie eine knisternde elektrische Spannung zwischen ihnen lag. Jetzt stand sie mit herausfordernd vor der Brust verschränkten Armen zwei oder drei Schritte hinter ihnen und schien bloß darauf zu warten, dass Sam irgendetwas tat oder auch nur sagte, was sie zum Anlass nehmen konnte, handgreiflich zu werden. Sam fragte sich, was sie getan hatte, um diesen plötzlichen Sinneswandel zu rechtfertigen … aber sie hatte auch das ziemlich sichere Gefühl, dass jetzt nicht unbedingt der richtige Moment war, um diese Frage laut auszusprechen.

»Das ist also die Tür, durch die du hereingekommen sein willst.«

Focks richtete den Strahl der starken Taschenlampe, die er zusätzlich mitgebracht hatte, auf die grau gestrichene Metalltür und sah sie fragend an.

»Nein«, antwortete Sam. »Nicht *hereingekommen sein will.* Durch die ich hereingekommen *bin.*«

»Sie ist abgeschlossen«, sagte Focks beinahe sanft. »Und bevor du es sagst: Es gibt keinen Schlüssel.«

»*Sie* haben vielleicht keinen Schlüssl«, sagte sie störrisch. »Das heißt doch noch lange nicht, dass es keinen gibt.«

Focks nickte und machte ein Gesicht, als hätte sie etwas sehr Kluges gesagt. Ohne ein weiteres Wort trat er näher an die Tür heran, ließ den Lichtstrahl über den schmalen Spalt zwischen Tür und Rahmen wandern und sah sie jetzt an, als erwarte er eine ganz bestimmte Reaktion von ihr. Als diese nicht kam, sondern Sam ihn nur verständnislos anblickte, zog er ein Taschenmesser, klappte die Klinge heraus und versuchte sie in den haarfeinen Spalt zu schieben.

Es ging nicht.

»Versuch es selbst.«

Sam starrte das winzige Messerchen ungefähr so begeistert an, als hielte er ihr eine besonders ekelige Spinne hin, griff aber schließlich danach und tat, was er von ihr verlangte. Es ging immer noch nicht. Es gelang ihr nicht einmal, die Messerspitze in den haarfeinen Spalt zu bekommen, geschweige denn die ganze Klinge. Sie versuchte es an vier oder fünf Stellen und mit zunehmender Kraft und Ungeduld, und schließlich nahm Focks ihr das Messer wieder ab.

»Bevor du es abbrichst«, sagte er, während er die Klinge geschickt mit nur einer Hand zusammenklappte und in der Jackentasche verschwinden ließ, »die Tür ist zugeschweißt. Das war sie schon, als ich hier angefangen habe, und meinem Wissen nach hat sich seither niemand die Mühe gemacht, einen Schweißbrenner zu nehmen und sie wieder zu öffnen.«

»Zugeschweißt?«, wiederholte Sam verblüfft. Aber das war doch unmöglich!

»Vor fünfzig Jahren haben zwei Schüler diesen Tunnel entdeckt und beschlossen, Indiana Jones und Lara Croft zu spielen«, antwortete Focks. »Sie wären um ein Haar ums Leben gekommen, als ein Teil des Stollens hinter ihnen zusammengebrochen ist, und das wäre nicht nur für sie eine Tragödie gewesen, sondern auch eine Katastrophe für die ganze Schule. Mein Vorgänger hat daraufhin beschlossen, diese Tür zuzuschweißen.«

Sam glaubte ihm – aber was sie sah, war trotzdem unmöglich. Sie war in diesem Gang gewesen, vor nicht einmal einer Stunde!

»Woher weißt du von diesem Gang?«, fragte Sonya. Es waren die ersten Worte, die sie überhaupt sprach, seit sie sich ihnen angeschlossen hatte, und sie klangen genauso, wie ihr Gesicht aussah.

Sam schwieg. Nicht nur weil alles, was sie hätte sagen können, die Situation lediglich noch schlimmer gemacht hätte, sondern weil sie mittlerweile vollkommen verstört war. Das war unmöglich, basta: Sie *war* in diesem Gang gewesen!

Wie um sich selbst zu beweisen, dass sie noch nicht vollkommen verrückt war, warf sie einen Blick auf ihre zerschrammten Hände, die aussahen, als hätte sie eine Auseinandersetzung mit einem schlecht gelaunten Rasenmäher hinter sich. Sie konnte sich das alles doch nicht nur … nur eingebildet haben.

Oder?

»Es ehrt dich, wenn du deine Freunde schützen willst«, sagte Focks beinahe sanft, »aber du hilfst weder ihnen noch dir damit.«

»Wir finden sowieso raus, was wirklich passiert ist«, fügte Sonya hinzu.

»Ich … kann mich nicht erinnern«, sagte Sam zögernd. »Wir waren bei dieser Hütte im Wald und dann …« Sie hob die Schultern.

»Gut, das hat keinen Sinn«, seufzte Focks und sah auf die Uhr. »Heute ist es zu spät, um noch etwas zu unternehmen. Ich werde gleich morgen früh in den Wald hinausfahren und mir diese Hütte ansehen.«

Sams Selbstbeherrschung reichte nicht aus, um ein erschrockenes Zusammenzucken und einen dazu passenden Blick ganz zu unterdrücken – der Focks natürlich nicht entging. Focks wollte zum Waldhaus? Aber dort wartete der Troll und vielleicht noch Schlimmeres!

»Das da unten ist das reinste Labyrinth«, fuhr der Direktor fort. »Wenn es tatsächlich noch einen Zugang gibt, von dem wir nichts wissen, dann müssen wir ihn verschließen, bevor noch jemand zu Schaden kommt. Im Grunde hätten wir diese Ruine schon vor Jahren niederreißen und zubetonieren sollen.« Er lächelte, aber es wirkte eher schmerzlich. »Das hier ist ein Internat mit dreihundert Schülern, Samiha. Und es gibt nichts Verlockenderes für Kinder als einen geheimen Gang, in dem es Schätze zu entdecken und spannende Abenteuer zu erleben gilt, nicht wahr?«

»Aber niemand weiß davon!«, protestierte Sam.

»Du weißt es doch auch«, antwortete Sonya an Focks' Stelle. »Und wahrscheinlich nicht nur du.«

Wenn Sonya darauf wartete, dass sie Tom oder seine Schwester in die Pfanne haute, dachte Sam trotzig, dann brauchte sie wirklich eine Menge Geduld. So ungefähr bis zur nächsten Eiszeit. Sie tat so, als hätte sie die Worte gar nicht gehört.

»Wir sollten jetzt erst einmal alle zur Ruhe kommen und dankbar dafür sein, dass nichts Schlimmeres passiert ist«, sagte Focks, indem er sich endgültig von der Tür abwandte und mit seiner Taschenlampe wie mit einem geisterhaften Zeigestab in Richtung der Treppe wies. »Es war ein aufregender Tag für uns alle. Morgen früh sehen wir weiter.«

»Und sie?« Sonya nahm endlich die Arme herunter und deutete auf Sam.

Focks machte einen Schritt in Richtung Ausgang, blieb stehen und sah sich einige Sekunden lang so aufmerksam um, als erwarte er die Antwort irgendwo in den Schatten hinter den Drahtverhauen zu finden. Vielleicht überlegte er ja auch, in welchen davon er sie sperren sollte, dachte Sam missmutig.

»Ich denke, für einen Abend können wir ihr noch einmal vertrauen«, sagte er schließlich.

»Für einen Abend?«

Focks nickte, machte einen weiteren Schritt und blieb wieder stehen, um den Kopf auf die Seite zu legen und mit halb zusammengepressten Augen zu lauschen. Auch Sam spitzte die Ohren, hörte aber nichts.

»Für einen Abend«, bestätigte Focks mit einiger Verspätung. »Ich habe bereits mit deinem Vater telefoniert. Er macht sich gleich morgen früh auf den Weg. Ich schätze, dass er am frühen Nachmittag hier sein kann.«

»Mein Vater kommt hierher?«, vergewisserte sich Sam. »Warum?«

»Um dich abzuholen, selbstverständlich«, antwortete Focks. »Was hast du denn …« Er brach mitten im Satz ab, runzelte die Stirn und fuhr dann auf dem Absatz herum. Der Lichtstrahl richtete sich auf die Tür hinter ihnen, und jetzt hörte Sam es auch: Da war ein … Kratzen. Ein Laut wie von eisenharten Krallen, die über das Metall der Tür fuhren.

Focks machte einen halben Schritt zurück und sah plötzlich regelrecht bestürzt aus. Der bleiche Lichtstrahl zitterte stärker, und die vermeintliche Bewegung gesellte sich auf so unheimliche Art zu dem Kratzen und Scharren, dass es Sam schier den Atem abschnürte.

»Was –?«, begann Sonya, und Focks brachte sie mit einer unwilligen Bewegung der freien Hand zum Verstummen. Nun sah es so aus, als würde die ganze Tür unter dem Scharren und Kratzen auf der anderen Seite erbeben.

»Wir sollten einen Architekten kommen lassen«, sagte er. »Nicht dass uns am Ende noch diese ganze Bude über dem Kopf zusammenbricht!« Mit einem Ruck wandte er sich nicht nur um, sondern schaltete auch seine Lampe aus, und Sam hätte um ein Haar laut aufgeschrien, als unzählige Schatten wie winzige huschende Tierchen aus allen Richtungen zugleich auf sie loszustürmen schienen.

Aber es war nur die Dunkelheit, die das trübe Licht der wenigen Glühbirnen nicht völlig vertreiben konnte.

Wenigstens redete sie sich das ein.

Focks schloss die Kellertür übertrieben pedantisch ab, als sie in der großen Halle angekommen waren, und verstaute den Schlüssel in derselben Tasche, in der er auch den Schubladenschlüssel für die Speerspitze trug. Dann tauschte er ein fast schon verschwörerisches Nicken mit Sonya und schien wortlos weitergehen zu wollen, doch Sam hielt ihn mit einer raschen Bewegung am Arm zurück, ließ die Hand aber auch sofort wieder sinken, als er sie vorwurfsvoll ansah.

»Was sollte das heißen, mein Vater kommt hierher?«, fragte sie noch einmal. Unten im Keller hatte sie es nicht gewagt, auch nur ein einziges Wort zu sagen. Sie hatte bloß hinausgewollt, weg von diesem furchtbaren Kratzen und Scharren und dem, was es bedeutete.

Focks blickte sie stirnrunzelnd und vorwurfsvoll an und wandte sich dann an Sonya. »Bitte bringen Sie Samiha auf ihr Zimmer, Frau Baum«, sagte er. »Ich habe noch eine Menge zu tun, fürchte ich. Wir sehen uns dann später.«

»Aber ich …«, begann Sam, doch Focks ließ sie einfach stehen und ging mit raschen Schritten davon.

»Kommst du?«, fragte Sonya. Sie machte eine Kopfbewegung hinter sich, und erneut fiel Sam die Härte in ihrem Blick auf, etwas, das fast schon an offene Feindseligkeit erinnerte. Von der Sonya, die sie schon beinahe als Freundin angesehen hatte, war keine Spur mehr geblieben. Sam schluckte alles hinunter, was ihr auf der Zunge lag, und folgte ihr wortlos.

Ihre Stimmung sank noch weiter, als sie ihr Zimmer betrat. Hier schien die Zeit nicht nur stehen geblieben, sondern sogar ein Stück zurückgelaufen zu sein, denn es sah genauso aus, als wäre sie niemals hier gewesen. Das Bett war frisch bezogen, alles sauber und aufgeräumt, und selbst ihre Reisetasche schien auf den Millimeter genau am selben Platz zu stehen. Über dem Bett hing wieder das Originalbild, von Schmidt (sie fragte sich vergeblich, wann eigentlich?) verschlimmbessert, und die Schranktüren standen offen, ein Anblick, der ihr einen schmerzhaften Stich versetzte.

»Kann ich mich darauf verlassen, dass du hierbleibst, oder muss ich die Tür hinter dir abschließen?«, fragte Sonya.

Sie war stehen geblieben, die eine Hand noch auf der Türklinke, die andere auf dem Lichtschalter, als wäre sie mitten in der Bewegung erstarrt. Wie schon bei Focks hielt Sam auch hinter ihr Ausschau nach einem Schatten und sah auch nichts, aber sie war plötzlich nicht mehr sicher, ob sie das wirklich beruhigte.

»Keine Sorge«, sagte sie einsilbig.

Sonya nickte genauso knapp, drehte sich um und wollte die Tür hinter sich schließen, doch Sam rief sie zurück. »Sonya?«

Die Lehrerin hielt tatsächlich mitten in der Bewegung inne und drehte sich um, sah sie jedoch auf eine Art an, als wollte sie es sich ernsthaft verbitten, weiter mit dem Vornamen von ihr angesprochen zu werden. Sie sagte nichts, sondern zog nur die linke Augenbraue hoch.

»Was habe ich getan?«, fragte Sam geradeheraus.

Sonyas Augenbraue rutschte noch ein Stück weiter an ihrer Stirn empor. »Muss ich dir das wirklich sagen?«

»Ja«, antwortete Sam.

Sonyas Blick wurde jetzt beinahe verächtlich, und Sam sah ihr an, dass sie einen Moment lang ernsthaft überlegte, ob sie überhaupt antworten sollte. Dann aber nahm sie die Hand von der Türklinke und wandte sich ganz zu ihr um. »Ich habe jedes Verständnis dafür, dass du noch jung bist und manche Dinge vielleicht anders siehst als wir«, begann sie. »Ich kann auch verstehen, dass frau in deinem Alter noch nicht wirklich versteht, welche Konsequenzen ihr Handeln vielleicht hat, und es ist zweifellos das Vorrecht der Jugend, die Augen vor den Gefahren des Lebens zu verschließen und alles als ein großes und lustiges Abenteuer anzusehen.« Ihre Stimme wurde eine Spur lauter und hörbar schärfer. »Aber mir fehlt jedes Verständnis dafür, wenn jemand nicht zu dem steht, was sie oder er getan hat. Ich mag keine Feiglinge, weißt du?«

»Feiglinge?«, wiederholte Sam verständnislos.

»Was ist da draußen im Wald wirklich passiert?«, fragte Sonya, hob aber gleichzeitig die Hand, als sie antworten wollte, um ihr das Wort abzuschneiden. »Ich bin nicht dumm, Samiha. Ich weiß, wie ihr alle über Schmidt denkt, und mit manchem davon habt ihr sicherlich auch recht. Er ist alt und auch nicht mehr der Hellste, aber er ist länger an diesem Haus als irgendein anderer, und auch wenn du es nicht glaubst, er ist so etwas wie die gute Seele des Internats. Ohne ihn würde hier wahrscheinlich gar nichts mehr funktionieren.«

»Und?«, fragte Sam.

»Und du hast ihn in Lebensgefahr gebracht«, antwortete Sonya. »Ich kenne Schmidt. Er ist ein sehr umsichtiger Autofahrer, und ich habe gesehen, was mit dem Wagen passiert ist.«

»Aber das war doch nicht meine Schuld!«, protestierte Sam. »Das war ein Unfall!«

»Ein Unfall? Und wie ist es dazu gekommen? Hast du ihm ins Lenkrad gegriffen oder plötzlich die Handbremse angezogen, oder ist dir etwas noch Lustigeres angefallen?« Sie wiederholte ihre aufgebrachte Geste, als Sam etwas erwidern wollte. »Große Göttin, Samiha – du hättest ihn umbringen können, begreifst du das eigentlich? Und dich selbst auch gleich mit dazu! Jetzt sei wenigstens so ehrlich und sag mir, was passiert ist!«

Sam konnte sie nur anstarren. Ihre Augen füllten sich mit brennender Hitze, aber es waren nur Tränen der Wut. »Es war ein Unfall«, sagte sie gepresst.

»Ganz wie du meinst«, erwiderte Sonya und griff nach der Türklinke. Mit der anderen Hand deutete sie auf ihre Reisetasche. »Mach es dir nicht zu gemütlich. Sobald dein Vater morgen hier ist, sorge ich persönlich dafür, dass du in den Wagen steigst.«

Und damit zog sie die Tür mit einem Knall hinter sich ins Schloss, den man wahrscheinlich noch am anderen Ende des Gebäudes hörte, und ging.

Sam blieb vollkommen verstört zurück. Immerhin wusste sie jetzt, was mit Sonya los war – aber das bedeutete nicht, dass sie sie verstand. Wie um alles in der Welt kam sie auf die Idee, *sie* hätte irgendetwas mit dem Unfall zu tun?

Vielleicht, weil es so ist, flüsterte eine Stimme hinter ihrer Stirn. Wenn sie ehrlich war, dann hatte sie bislang im Grunde jedem Unglück gebracht, der das Pech gehabt hatte, ihren Weg zu kreuzen … sich selbst eingeschlossen. Sie konnte es drehen und wenden, wie sie wollte … Schmidt wäre jetzt nicht im Krankenhaus und ihr Vater nicht auf dem Weg hierher, wenn sie nicht in seinem Wagen gesessen hätte.

Hinter ihr erscholl ein spöttisches Klatschen, und eine dazu passende, noch spöttischere Stimme sagte: »Bravo! Der hast du es ja wirklich gegeben!« Sam fuhr erschrocken herum und riss die Augen auf. Die Tür zum Bad war aufgegangen, und Tom trat heraus, gefolgt von seiner Schwester, die abwechselnd Sam mitfühlend und ihren Bruder zornig-überrascht ansah. »Ist nicht besonders gut gelaufen, wie?«

»Wo … kommt ihr denn her?«, fragte sie verblüfft.

»Von dort.« Tom deutete über die Schulter zurück, wobei er seiner Schwester um ein Haar den Daumen ins Auge gestoßen hätte. Angie machte einen hastigen Schritt zur Seite und funkelte ihn noch wütender an.

»Das meine ich nicht«, antwortete Sam. »Was macht ihr da drin? Habt ihr eine Ahnung, was die Baum mit euch angestellt hätte, wenn sie euch da drin überrascht hätte?«

»Große Göttin, nein«, antwortete Tom feixend. Er ging zur Tür, presste für einen Moment das Ohr dagegen, um zu lauschen, und öffnete sie schließlich einen schmalen Spaltbreit.

»Sie ist weg«, sagte er schließlich. »Wenigstens etwas.«

Sam fiel erst jetzt auf, dass er einen weißen Verband um die linke Hand trug, aber sie kam nicht dazu, eine entsprechende Frage zu stellen.

»Du hast doch nicht wirklich geglaubt, dass wir dich hängen lassen, oder?« Angie sah sie streng an. »Was ist passiert?«

»Passiert?«

»Stell dich nicht blöd«, sagte Angie. »Draußen im Wald. Hat Sonya recht?«

»Dass es kein Unfall gewesen ist?« Sam nickte. »Es war wirklich nicht seine Schuld. Aber sie hat unrecht, was Schmidts autofahrerische Fähigkeiten angeht. Er ist ein ganz ausgezeichneter Fahrer. Die meisten an seiner Stelle hätten es wahrscheinlich nicht so gut geschafft.«

»Den Wagen vor einen Baum zu setzen?«, fragte Tom.

Sam blieb ernst. Genau wie Tom gerade ging sie noch einmal zur Tür und überzeugte sich mit einem raschen Blick davon, dass sie auch wirklich allein waren, dann erzählte sie, was geschehen war. Das meiste wenigstens. Den Prinzen der Steppenreiter, der im letzten Moment aufgetaucht war und ihr damit vermutlich das Leben gerettet hatte, ließ sie ebenso weg wie den Schwarzen Ritter, der sie vor dem Troll beschützt hatte. Die ganze Geschichte wurde damit etwas heldenlastig und hörte sich an, als hätte sie alles ganz allein und ohne die geringste Hilfe geschafft, aber daran ließ sich nichts ändern.

Tom sah sie auch prompt mehr als nur ein bisschen zweifelnd an, doch seine Schwester zeigte sich dafür umso beeindruckter. »Ich wusste immer, dass es in diesem Wald nicht mit rechten Dingen zugeht«, sagte sie.

»Und du hast ihn einfach allein zurückgelassen?«, fragte Tom.

»Der Troll wollte nichts von Schmidt«, sagte Sam überzeugt. »Das Ding war hinter mir her.« Sie machte eine Kopfbewegung auf Toms Hand. »Was ist denn da passiert?«

»Nichts. Ich war ungeschickt. Hab mich geschnitten. Ist nur ein Kratzer. Aber du kennst ja die Baum. Am liebsten hätte sie mir den Arm bis zur Schulter eingegipst.«

»Das sieht aber nicht nur nach einem Kratzer aus«, antwortete Sam.

»Ist es aber.« Tom klang so gereizt, als hätte sie ihm eine peinliche Frage gestellt. »Und diese Schramme ist auch nicht unser Problem. Sonya und Focks wollen also, dass du von hier verschwindest?« Er beantwortete seine eigene Frage mit einem Nicken. »Und sie scheinen es verdammt eilig damit zu haben.«

»Morgen ist Vollmond«, sagte Angie.

»Und dann ist niemand mehr hier, der Silberhorn beschützt«, fügte Sam hinzu, machte ein leicht überraschtes Gesicht und verbesserte sich: »Star.«

»Ist ja eigentlich auch egal«, meinte Angie. »Wenn das alles stimmt, dann müssen wir doch nur dafür sorgen, dass Star oder Silberhorn, oder wie immer er auch heißt, übermorgen früh noch hier ist.«

»Ich werde morgen abgeholt«, erinnerte Sam.

»Nicht, wenn du nicht da bist«, sagte Angie.

Nicht nur Sam starrte sie an.

»He, war doch nur ein Vorschlag!«, verteidigte sich Angie. »Warum verschwinden wir nicht einfach mit Star? Wenn der Vollmond vorbei ist, bringen wir ihn zurück und alles ist in Butter … oder sehe ich das falsch?«

»So ziemlich«, sagte ihr Bruder spöttisch, aber Sam sah sie nachdenklich an. So verrückt sich Angies Idee im ersten Moment anhören mochte: Manchmal waren die einfachsten Ideen zugleich auch die besten. Was sprach eigentlich dagegen? Was ihr die Waldfee – und auch Silberhorn selbst – erzählt hatte, das war ganz eindeutig: Der Zauber, der Silberhorn an seinem heiligen See (und damit auch Star hier) schützte, konnte nur überwunden werden, wenn die Nacht des Vollmonds hier und in der anderen Welt zusammenfielen. Wenn Star dann nicht hier war, dann konnte ihm auch niemand etwas antun, so einfach war das.

»Und wo?«, fragte sie.

»Wo was?«, maulte Tom.

»Wo sollen wir ihn verstecken?«

»Spinnst du jetzt ganz?«, ächzte Tom.

Angie ignorierte ihn. »Keine Ahnung«, gestand sie, »aber das ist doch auch vollkommen egal. Es sind doch nur ein paar Stunden. Wir schnappen uns Star und bleiben einfach die Nacht über im Wald. Da können sie uns suchen, bis sie schwarz werden. Wir kommen zurück, wenn der Mond untergegangen ist, und gut is.«

»Außer dass wir zwei von der Schule fliegen, Sam ungefähr hundertmal so viel Ärger bekommt wie wir beide zusammen und Star dort draußen im Wald kein bisschen sicherer ist als hier«, fügte ihr Bruder spöttisch hinzu. »Außerdem *würden* sie euch finden, verlass dich drauf.«

Wieso sagte er eigentlich *euch*, dachte Sam flüchtig, musste sich zugleich aber eingestehen, dass er recht hatte. Sie bezweifelte, dass selbst eine ganze Armee ausreichen würde, um sie in den dichten Wäldern aufzuspüren, die *Unicorn Heights* umgaben, aber dafür wäre Star (und so ganz nebenbei auch sie) dort draußen nur in noch größerer Gefahr. Und so ganz nebenbei war da immer noch der Troll, der in den Wäldern herumschlich …

»Vielleicht solltest du dich einfach an das halten, was Focks verlangt«, sagte Tom plötzlich. Sam starrte ihn schockiert an, aber er fuhr mit einer abwiegelnden Geste fort: »Du kannst sowieso nichts mehr tun, Sam … außer dir noch mehr Ärger einzuhandeln, als du sowieso schon hast. Wenn sich die Gemüter ein wenig besänftigt haben, dann … können wir ja telefonieren. Oder so was.«

»Oder so was«, wiederholte Sam tonlos.

»Angie und ich passen schon auf Star auf.«

»Oder so was?«, fragte Sam noch einmal. Jetzt hatte ihre Stimme einen beinahe drohenden Unterton. Was war denn mit einem Mal in Tom gefahren? Das klang ja, als wollte er sie mit aller Gewalt loswerden!

»He, ich weiß, wie sich das anhört«, sagte er im Tonfall einer Verteidigung. Als er weitersprach, hörte er sich beinahe zerknirscht an. »Das war vielleicht blöd formuliert, aber es ist leider die Wahrheit.«

Und auch das stimmte, dachte Sam bedrückt. Sie hatten noch etwas mehr als vierundzwanzig Stunden und nicht einmal die leiseste Ahnung, was sie tun sollten.

Wenn man es genau nahm, dann wusste sie ja noch nicht einmal, wer ihr Gegner war.

Niedergeschlagenes Schweigen begann sich auszubreiten. Vor allem Angie sah schon wieder so aus, als könnte sie nur mit letzter Kraft die Tränen zurückhalten, während

Tom mit versteinerter Miene ins Leere starrte. Vielleicht war er ja eingeschnappt, dass sie seine Idee so rasch verworfen hatte.

»Könnt ihr beiden Trübsalbläser auch eine gute Nachricht vertragen oder passt das nicht in eure momentane Gefühlslage?«, fragte Angie plötzlich.

»Eine gute Nachricht?«, erkundigte sich Sam misstrauisch.

»Nur eine kleine«, sagte Angie hastig. »Und vielleicht stimmt sie ja nicht einmal, aber wer weiß?«

»Wer weiß was?«, fragte Sam unwillig.

»Könnte sein, dass Sonya rausgekriegt hat, was im Schwimmbad wirklich passiert ist«, antwortete Angie. Sie genoss es offensichtlich, den dramatischen Moment möglichst in die Länge zu ziehen. »Noch ist es nicht ganz sicher, aber es sieht beinahe so aus, als würde dein spezieller Freund Sven dahinterstecken.«

»Sven?«, wiederholte Sam zweifelnd. Tom sagte nichts, aber er wirkte plötzlich sehr angespannt.

»Genauer gesagt seine Freundin, Baronin Wichtig«, bestätigte Angie. »Eins der anderen Mädchen behauptet, sie hätte sie aus deinem Zimmer kommen sehen, den Arm voll sauberer Klamotten.« Sie machte eine Kopfbewegung auf Sam. »Genau die, die du gerade anhast. Auch wenn man jetzt nicht mehr vermuten würde, dass die mal sauber waren.«

Es dauerte noch fast eine Sekunde, bis Sam überhaupt begriff, aber dann riss sie ungläubig die Augen auf. »Fritzie?«

»Warum nicht?«, erwiderte Angie achselzuckend. »Für Blödi Sven ist dieser Plan eindeutig zu raffiniert. Aber Fritzie? Das ist genau die Art von hinterhältiger Gemeinheit, die zu ihr passt, und – he, was ist denn das?«

Während sie sprach, hatte sie in Gedanken mit dem Stapel Papier zu spielen begonnen, der auf Sams Schreibtisch lag, denselben Blättern, auf denen die Waldfee bei ihrem letzten verunglückten Landungsversuch ausgerutscht und durch das halbe Zimmer gesurft war. Jemand hatte sie aufgehoben und wieder säuberlich zu einem Stapel geordnet, und Angie hielt das oberste Blatt in der Hand.

Es war nicht mehr leer.

Sowohl Sam als auch Tom waren mit einem einzigen Schritt neben ihr und blickten staunend auf das Blatt Papier hinab. Vorhin war es leer gewesen, so wie der ganze Stapel, und das war auch nichts Besonderes. Ein Stapel Papier und ein altmodischer Füllfederhalter gehörten zur Grundausstattung jedes Zimmers, das aber eigentlich nur noch aus Tradition. Niemand hier schrieb noch mit Papier und Tinte.

Und schon gar nicht *so.*

»Was um alles in der Welt ist das?«, fragte Angie noch einmal, aber jetzt hauchte sie die Worte eigentlich nur noch.

Sam konnte nur mit den Schultern zucken. Die sonderbaren Schriftzeichen sagten ihr so wenig wie Angie oder ihrem Bruder, aber sie wirkten beinahe Ehrfurcht gebietend. Sie entstammten einer Sprache, die nichts ähnelte, was sie jemals zuvor gesehen hatte und sicherlich auch sonst kein Mensch, wenigstens nicht auf dieser Welt. Die einzelnen Symbole waren so filigran, als wären sie mit einem Elfenhaar gemalt worden (vielleicht waren sie es auch), und unglaublich kompliziert. Das hier waren keine Hieroglyphen, war kein Sanskrit oder Arabisch oder Chinesisch, und wenn man sie nur lange genug ansah, dann war es, als begänne eine lautlose Stimme hinter ihrer Stirn zu flüstern. Eine Stimme allerdings, die sie so wenig verstand, wie die geschriebenen Worte einen Sinn ergaben.

Obwohl sie diese Sprache schon einmal gehört hatte …

»Das ist die Feensprache«, murmelte sie.

Angie riss die Augen auf. »Wie?«

»Die Sprache der Waldfeen«, bestätigte Sam, plötzlich aufgeregt. »Das ist genau das, was ich gehört habe, als sie versucht hat mit mir zu sprechen.«

»Das da ist eine Schrift«, sagte Tom beinahe sanft. »Die hört man nicht.«

»Ich schon«, antwortete Sam unwillig. Wieso verstand er eigentlich nicht, was sie meinte? Normalerweise war es doch eher Angie, der man alles dreimal erklären musste.

»Aber sie kann doch gar nicht schreiben«, gab Angie stirnrunzelnd zu bedenken. »Sie hat selbst gesagt, dass sie nicht einmal lesen kann!«

»Aber sie weiß, was geschrieben steht«, antwortete Sam. Sie beugte sich vor, nahm ein zweites Blatt vom Stapel, dann ein drittes, viertes und fünftes und drehte schließlich den ganzen Papierstapel um. Es war überall dasselbe: Jedes einzelne Blatt war zur Gänze mit den filigranen Schriftzeichen bedeckt, und bei jedem einzelnen hatte sie das immer dringender werdende Gefühl, eigentlich wissen zu müssen, was es bedeutete.

»Wenn wir wüssten, was da steht«, murmelte Angie, »dann wüssten wir auch, was wir tun müssen.«

»Wenn du zufällig Elbisch kannst«, sagte ihr Bruder spöttisch.

»Feensprache«, hörte sich Sam zu ihrer eigenen Überraschung antworten. »Das ist ein Unterschied.« *Und sie sollte sie lesen können.*

Sie hätte es sogar *können müssen*, wenn Sonya den Pfeil nicht …

»Der Pfeil!«, sagte sie.

»Welcher Pfeil?«, wollte Angie wissen. Tom blickte sie nur stumm und irgendwie missmutig an. Sam erklärte den beiden, was die Waldfee ihr über den magischen Pfeil erzählt hatte, und auch, was damit geschehen war. Angie hörte mit immer größer werdenden Augen zu, während Tom allenfalls ein bisschen enttäuscht aussah.

»Das nenne ich ausgesprochenes Pech«, sagte er. »Da werden wir uns wohl etwas anderes einfallen lassen müssen.«

»Und das ist alles, was dir dazu einfällt?«, fragte Angie empört.

»Ich halte eben nichts davon, entgangenen Chancen hinterherzujammern«, antwortete Tom gereizt. »Der Pfeil ist weg, und …«

»Das ist er nicht«, unterbrach ihn Sam. »Sonya hat ihn rausgezogen, aber ich bin ziemlich sicher, dass er noch da ist.«

Sie war sogar – fast – sicher, dass die Lehrerin wusste, dass sie ihr keineswegs nur einen harmlosen Splitter aus der Schläfe gezogen hatte. Warum sonst sollte sie ihn so sorgsam in einer Glasschale verwahrt und diese dann noch sorgsamer in ihrem Medikamentenschrank verschlossen haben?

Tom schüttelte noch einmal den Kopf, als sie diesen Gedanken in Worte kleidete. »Das nutzt uns leider herzlich wenig«, sagte er. »Oder glaubst du, unsere Internatsamazone gibt dir das Ding freiwillig zurück, nur wenn du sie schön darum bittest?«

»Dann schleiche ich mich eben heute Nacht ins Krankenzimmer und …«, begann Sam und brach dann mitten im Satz ab, als sie Toms bedauerndem Blick begegnete.

»Und löst die Alarmanlage noch einmal aus, damit Focks so richtig sauer auf dich wird«, führte er den begonnenen Satz zu Ende. »Ja, das ist wirklich eine gute Idee, falls du Wert darauf legst, die Wartezeit angekettet im Keller bei Wasser und Brot und einem Campingklo zu verbringen, heißt das.«

»Allmählich reicht es aber«, maulte Angie. »Ich beginne mich langsam zu fragen, auf welcher Seite du stehst!«

»Auf eurer, Schwesterchen«, antwortete Tom.

Sam fragte sich beiläufig, warum er eigentlich dieses Wort benutzte, statt *unserer*, aber sie musste sich eingestehen, dass er recht hatte, als er fortfuhr. »Wir werden Star nicht schützen können, wenn wir in Einzelhaft sitzen.«

»Blödsinn!«, begehrte Angie auf. »Niemand …«

»Focks und die Baum haben mich sowieso auf dem Kiecker«, unterbrach sie Sam traurig. »Und Tom auch, fürchte ich. Sogar wenn sich rausstellen sollte, dass Sven und seine Freundin hinter der Sache von gestern Abend stecken. Wir kämen nicht mal in die Nähe des Krankenzimmers.«

Sie blickte auf die filigranen Zeichen der Feensprache hinab, die die Blätter vor ihr bedeckten, und wieder empfand sie ein Gefühl von Hilflosigkeit, das schon beinahe körperlich wehtat. Sie waren ihrem Ziel so nahe! Alles, was sie wissen mussten, stand auf diesen Blättern, und es gab auf der ganzen Welt keinen einzigen Menschen, der imstande war, sie zu lesen!

»Aber ich!«, sagte Angie triumphierend.

Sam sah sie verstört an. »Du kannst das lesen?«

»Nee. Aber ich komme in die Krankenstation rein. Auf mich hat es niemand abgesehen, oder?«

»Und dann brichst du den Medikamentenschrank auf?« Tom zog eine Grimasse. »Das Ding ist aus Panzerglas, Schwesterchen. Und die Baum lässt den Schlüssel keine Sekunde aus den Augen.«

»Außer beim Schwimmen«, antwortete Angie mit einem schon unverschämt triumphierenden Grinsen. »Und morgen früh ist Schwimmunterricht.«

Auch wenn es ihr selbst im Nachhinein beinahe unglaublich vorkam, hatte sie den Rest dieser Nacht nicht nur tief geschlafen, sondern nicht einmal schlecht geträumt, und sie wachte am nächsten Morgen nicht nur ausgeruht auf, sondern sogar fünf Minuten vor dem Schrillen des Weckers.

Was das einzig Positive an diesem Morgen zu sein schien.

Es war so dunkel, dass sie sich im ersten Moment beinahe fragte, ob sie ein paar Stunden früher aufgewacht, der Wecker falsch gestellt und ihr Zeitgefühl vollkommen durcheinandergeraten war. Aber die Wahrheit war viel simpler, wenn auch vielleicht nicht angenehmer.

Es wurde nicht sehr viel heller, nachdem sie sich zum Fenster vorgetastet und die Gardinen zurückgezogen hatte. Der Himmel hing voller schwarzer Wolken und es regnete in Strömen. Sam konnte regelrecht sehen, wie kalt es draußen war.

Gut, dann passte das Wetter wenigstens zu ihrer Stimmung. Und zu diesem Tag.

Ihr erster Weg führte sie nicht in den Frühstücksraum, in dem zu dieser Zeit sowieso noch niemand sein würde (und wenn doch, dann niemand, den sie treffen wollte), sondern in den Stall.

Die Handwerker hatten Ernst gemacht und arbeiteten schon – genauer gesagt *noch*, wie ihr ein einziger Blick in die übernächtigten Gesichter der drei Männer zeigte –, und der Stall hallte wider vom Hämmern und Schleifen und dem misstönenden Schrillen einer Kreissäge. Es roch durchdringend nach frischer Farbe, und im hinteren Teil des kleinen Raumes wurde noch immer emsig geschweißt, was zumindest eine denkbare Erklärung für das blaue Licht war, das sie gestern Abend gesehen hatte.

Jemand rempelte sie an, und Sam musste einen raschen Schritt zur Seite machen, um nicht das Gleichgewicht zu verlieren.

»'tschuldige«, murmelte der Mann, der sie beinahe über den Haufen gerannt hätte, ohne dabei allerdings ein allzu bedauerndes Gesicht zu machen. Nach einer Sekunde fügte er hinzu: »Du solltest besser nicht hier sein. Das ist eine Baustelle und wir müssen hier arbeiten.«

»Und das ziemlich fleißig«, antwortete Sam, zwar auch, aber längst nicht nur, weil sie höflich sein wollte. Sie war wirklich beeindruckt, welche Fortschritte die Arbeiten in der kurzen Zeit gemacht hatten, seit sie das letzte Mal hier gewesen war.

»Was bleibt uns auch anderes übrig?«, fragte der Mann. »Bis heute Abend müssen wir fertig sein, sonst streicht uns euer nobler Direktor die Prämie. Und deshalb solltest du jetzt wirklich verschwinden. Nicht dass du dir am Ende noch deine schönen Kleider schmutzig machst.«

Sam schluckte die scharfe Antwort hinunter, nach der ihr der Sinn stand, ging wieder hinaus und zog fröstelnd die Schultern hoch, als eine eisige Windböe über den Hof peitschte und dabei noch eisigeren Regen schon fast waagerecht vor sich hertrieb. Es war mindestens fünfzehn Grad kälter als gestern, und es schien dunkler geworden zu sein, seit sie herausgekommen war, nicht heller.

Sie musste daran denken, was Sonya ihr am ersten Tag über das Wetter hier erzählt hatte, wie unberechenbar es war und wie schnell es manchmal umschlug. Und wie um diesen Gedanken zu unterstreichen, zuckte in diesem Moment ein einzelner, ungemein heller Blitz über den Himmel. Der dazugehörige Donnerschlag ließ erstaunlich lange auf sich warten und war unerwartet leise, klang aber immer noch machtvoll genug, als stürzten hinter dem Horizont ganze Gebirge zusammen.

Sam legte die letzten Schritte rennend zurück und war fast bis auf die Haut durchnässt, als sie in die Halle stürmte.

Wunderbar, dachte sie, *wirklich ganz wunderbar!* Jetzt konnte sie gleich wieder in ihr Zimmer zurückgehen und sich noch einmal umziehen!

Sie machte sich auf den Weg, bog mit schnellen Schritten in den Korridor ab, an dessen Ende ihr Zimmer lag, und wäre beinahe mit Tom zusammengeprallt, der ihr mit genauso schnellen Schritten entgegenkam.

Sie wusste nicht, wer erschrockener war, Tom oder sie.

Aber vielleicht war erschrocken nicht einmal das richtige Wort. Tom sah irgendwie … *ertappt* aus.

»Oh«, sagte er.

»Ja, ich freue mich auch, dich zu sehen«, antwortete Sam. Dann fragte sie geradeheraus: »Wo kommst du denn her?«

Wenn es überhaupt möglich war, dann sah Tom jetzt noch verlegener aus. Er begann unbehaglich von einem Fuß auf den anderen zu treten. »Ich … ähm … wollte zu dir«, antwortete er.

»Und warum?«

»Nur so«, behauptete Tom. »Sehen, wie es dir geht. Ist alles in Ordnung?«

Warum sollte es das nicht sein? Sam nickte.

»Heute Nacht ist Vollmond«, fuhr Tom mit einem nervösen Lächeln fort. »Noch eine Nacht und dann haben wir es geschafft.«

Das war nun wirklich eine Neuigkeit, dachte Sam. Sie verstand Tom immer weniger. Er benahm sich, als hätte sie ihn bei etwas Verbotenem erwischt.

Ein zweiter, noch mächtigerer Donnerschlag rollte von

den Bergen herab, und Tom nutzte die Gelegenheit, den Kopf in den Nacken zu legen und sogar recht überzeugend so zu tun, als suche er die Decke nach Rissen ab. »Das geht aber ganz schön zur Sache«, sagte er.

»Was?«, fragte Sam.

»Du hast noch nie ein Gewitter hier in den Bergen erlebt, wie?«, fragte Tom. »Na, dann mach dich mal auf was gefasst. Ich hoffe, du hast keine Angst, wenn es donnert.«

»Hab ich nicht«, antwortete Sam. Sie versuchte sich an ihm vorbeizuschieben, aber Tom hob rasch den Arm und hielt sie zurück.

»Wir ... äh ... sollten in die Mensa gehen«, sagte er. »Angie wartet bestimmt schon auf uns. Wir haben noch eine Menge zu besprechen.«

»Ich bin klitschnass«, protestierte Sam, aber Tom schüttelte den Kopf.

»Nur ein bisschen feucht«, sagte er. »Und in einer halben Stunde wirst du sowieso nass, wenn wir ins Schwimmbad gehen. Also, komm mit.« Plötzlich wurde sein Blick weich, und er lächelte mit einem Mal wieder wie ein verlegener Schuljunge (der er im Grunde ja auch war). »He! Du bist nur noch ein paar Stunden hier! Glaubst du, ich will auch nur eine einzige Minute davon versäumen?«

Der schwierigste Teil ihres Plans (wenn man ihn denn so nennen wollte) erwies sich als nahezu der einfachste. Sam hatte Toms Drängen nach ein paar obligaten Sekunden natürlich nachgegeben und war ihm in die Mensa gefolgt, um das vermutlich unangenehmste Frühstück hinter sich zu bringen, an das sie sich erinnern konnte. Dabei fing es nicht einmal schlecht an: Angie – wie üblich aufgekratzt und mit einer Drei-Tages-Portion Rührei mit Schinken vor sich – erwartete sie schon und sprudelte nur so vor Energie, und die vier Stühle, auf denen normalerweise Sven, seine beiden Prügelknaben und Fritzie saßen, waren leer und blieben es auch, bis die Frühstückszeit zu Ende war. Nicht einmal Sonya gesellte sich zu ihnen.

Das war der angenehme Teil.

Der – weitaus – unangenehmere war der, dass alle sie anstarrten.

Alle.

Was gestern Abend passiert war, hatte ganz eindeutig bereits die Runde gemacht, und Sam hatte jetzt zweifellos so etwas wie den Status einer (zweifelhaften) Berühmtheit. Erleichtert, als das Frühstück endlich zu Ende war, ließ sie Tom voraus in die Schwimmhalle gehen.

Sie hatten verabredet, nicht zusammen dort aufzutauchen, und so ließ sie noch einmal gute zehn Minuten verstreichen, ehe sie ihm folgte.

Sonya und Miss Hasbrog teilten sich wie üblich die Aufsicht über die Schüler, und Sam war nicht überrascht, Frau Baum sofort aus dem Wasser und mit schnellen Schritten auf sich zukommen zu sehen. Zwei Schritte vor ihr blieb sie stehen und maß sie mit einem langen stirnrunzelnden

Blick von Kopf bis Fuß. Sam war ganz bewusst als Letzte gekommen, und das Einzige, was sie ausgezogen hatte, waren Schuhe und Strümpfe.

»Du willst nicht ins Wasser?«, stellte sie überflüssigerweise und in nicht besonders freundlichem Ton fest.

»Nein«, antwortete Sam, genauso knapp. Nach einer Sekunde, in der Sonyas Blick noch durchdringender wurde, fügte sie mit einem bewusst verlegenen Lächeln hinzu: »Mir … ist heute nicht danach. Sie verstehen?«

»Nein«, antwortete Sonya, sah sie dann noch durchdringender an und rang sich immerhin ein knappes Nicken ab. »Oder doch, ja. Sieh zu, wenn du möchtest. Aber bleib in der Nähe.« *Wo ich dich im Auge habe.* Das sagte sie zwar nicht laut, aber irgendwie hörte Sam es trotzdem.

Sie schluckte alles hinunter, was ihr auf der Zunge lag, beließ es bei einem knappen Nicken und suchte sich eine halbwegs trockene Stelle am Beckenrand, um sich zu setzen.

Tom war schon da und tobte am anderen Ende des Beckens ausgelassen mit seiner Schwester herum, und Sam registrierte Sonyas fragenden Blick und hoffte, dass er es nicht übertrieb, so demonstrativ *keine* Notiz von ihr zu nehmen. Aber daran war jetzt nichts mehr zu ändern.

Die Zeit verging nur träge. Dann und wann flackerte ein fahlblaues Irrlicht durch die Fenster herein, und in gleichbleibenden Abständen rollte das Echo des Donners von den Bergen heran. Es war nicht wirklich hell geworden, sodass in der Halle das Licht brannte, und jedes Mal, wenn es blitzte, schienen unheimliche lautlose Schatten gleichzeitig mit dem blauen Flackerlicht hereinzukommen, die allen Dingen (und Menschen) unheimliche zusätzliche Silhouetten verliehen, als wäre da plötzlich noch eine zweite, unheimliche Wirklichkeit, die durch die Realität hindurchzuschimmern versuchte.

Sam schüttelte die beunruhigende Dunkelheit ab, die von ihren Gedanken Besitz ergreifen wollte, und sah unauffällig auf die Uhr. Noch zehn Minuten, bis der offizielle Unterricht begann. Es wurde Zeit.

Angie schien zu demselben Schluss gekommen zu sein: Sam sah nicht hin, aber sie registrierte aus den Augenwinkeln, wie Angie unauffällig aus dem Wasser stieg und dann rasch in Richtung der Toiletten verschwand … und damit auch Richtung Umkleideraum. Kaum zwei Minuten später kam sie zurück, schlenderte scheinbar zufällig auf Sam zu und tat so, als würde sie einige Worte mit ihr wechseln. In Wahrheit drückte sie ihr etwas Kleines und sehr Kühles in die Hand, das Sam sorgfältig in der geschlossenen Faust verbarg und dann noch unauffälliger in der Hosentasche verschwinden ließ.

Sie wartete nicht nur ab, bis ein melodischer Glockenton den Beginn der Stunde verkündete, sondern gab auch noch ein paar Minuten zu, bis sie ganz sicher war, dass Sonya und ihre Kollegin alle Hände voll zu tun hatten, ihre Schäfchen zu zählen und in Reih und Glied zu bringen. Dann stand sie auf, schlenderte in Richtung Ausgang und schlüpfte in einem unbeobachteten Moment hinaus.

Das Wetter war noch schlechter geworden. Es regnete jetzt nicht mehr in Strömen, es schüttete, und der Wind tat sein Möglichstes, um zu einem ausgewachsenen Sturm zu werden. Sam musste spürbare Kraft aufwenden, um sich gegen die heulenden Böen zu stemmen, und auch das Flackern der Blitze und das dazugehörige Rollen der Donnerschläge war lauter geworden und erfolgte jetzt in immer kürzeren Abständen.

Und der unheimliche Effekt, den sie schon einmal beobachtet hatte, wiederholte sich auch hier draußen: Mit jedem einzelnen Blitz schien auch so etwas wie eine zweite Wirklichkeit hinter der Realität aufzutauchen, fast als begännen die Grenzen zwischen den Welten zu verblassen. Die Dinge hatten plötzlich einen zweiten, flackernden Umriss, der fast – aber eben doch nicht ganz – richtig zu sein schien. Und waren da nicht plötzlich … Gestalten, wie unheimliche, stumm dastehende Wächter, die nicht wirklich da waren, sondern nur ihre Schatten aus jener anderen, unheimlichen Welt herüberwarfen?

Sam verscheuchte den Gedanken, so gut es eben ging, und konzentrierte sich ganz auf das reale Problem, das vor ihr lag und unangenehm genug war. Ein gutes Drittel der Schüler war im Schwimmbad und konzentrierte sich auf so sinnvolle Dinge, wie sich gegenseitig nass zu spritzen und unterzutauchen, aber die beiden anderen Drittel waren hier im Gebäude, zwar in ihren Klassen, dennoch musste sie jederzeit damit rechnen, einem von ihnen über den Weg zu laufen, von Focks und den übrigen Lehrern gar nicht zu reden.

Doch sie hatte Glück und erreichte das Krankenzimmer, ohne auf eine Menschenseele zu treffen. Und das Glück war ihr auch ein zweites Mal hold: Die Tür war nicht einmal abgeschlossen. Rasch schlüpfte sie hindurch, verscheuchte die lästigen Gedanken an Bewegungsmelder und stille Alarme, die sich ihr aufdrängen wollten, widerstand auch der Versuchung, das Licht einzuschalten, und tastete sich im Halbdunkel zu Sonyas *Giftschrank* durch.

Ihr treues Feuerzeug kam wieder zum Einsatz, als sie das dünne Silberkettchen aus der Tasche zog, das Angie ihr gegeben hatte, und den winzigen Schlüssel in das dazugehörige Schloss nestelte. Die Tür öffnete sich widerwillig und mit einem Knarren, von dem sie sich wahrscheinlich nicht nur einbildete, dass man es noch draußen auf dem Flur hören konnte.

Damit hörten die Probleme nicht auf.

Der Schrank quoll über vor Medikamenten (die es doch hier angeblich gar nicht gab), Kartons mit Heftpflastern, Einmalhandschuhen und Mullbinden, kleinen Glasfläschchen, Scheren, Pinzetten und anderen Utensilien und es gab mindestens ein Dutzend der kleinen Glasschälchen, sodass sie das Feuerzeug dreimal ausmachen und endlose Sekunden warten musste, bis es sich halbwegs abgekühlt hatte. Beim letzten Mal war die Flamme schon sichtbar kleiner.

Doch dann wurde sie fündig und hielt die Schale in der Hand, in die Sonya den vermeintlichen Splitter gelegt hatte. Im Licht der kleiner werdenden Flamme sah er tatsächlich aus wie ein winziger Holzspan, aber da war auch etwas Silbriges an seinem Ende, wie eine mikroskopisch kleine Pfeilspitze, die sie selbst bei besserem Licht mit freiem Auge kaum erkannt hätte.

Die winzige Gasflamme büßte schlagartig die Hälfte ihrer Leuchtkraft ein und Sam griff hastig zu und klaubte den magischen Pfeil mit den Fingernägeln aus dem Schälchen. Behutsam schloss sie die linke Faust darum, kniff dann die Augen zusammen und wartete darauf, dass etwas geschah.

Natürlich passierte gar nichts ... was hatte sie denn erwartet? Dass sie ein Blitz göttlicher Erkenntnis traf oder ein Schwarm goldhaariger Elfen rings um sie herum in der Luft erschien und auf goldenen Harfen zu spielen begann?

Wohl kaum.

Sam schnitt sich selbst eine Grimasse, legte den Deckel wieder auf das Schälchen und überzeugte sich mit einem kritischen Blick davon, keine allzu deutlichen Spuren hinterlassen zu haben, bevor sie ein einzelnes Heftfplaster aus der Packung nahm und die mikroskopische Pfeilspitze darin einwickelte. Dann erst verstaute sie das Feuerzeug (das immer noch glühend heiß war) in der Hosentasche, schloss die Schranktür sorgsam ab – und das Unglück geschah, als sie den Schlüssel abziehen wollte. Er saß fester, als sie erwartet hatte, und sie zog ungeschickterweise nicht am Schlüssel selbst, sondern an der dünnen Kette, die in diesem Moment nicht nur durchriss, sondern sich buchstäblich auflöste. Ein Schauer einzelner Kettenglieder rieselte zwischen ihren Füßen zu Boden und Sam hatte das Gefühl, ohne Warnung mit einem Kübel Eiswasser übergossen worden zu sein.

Abgesehen von einer direkten Begegnung mit Focks oder einem der anderen Lehrer war das wohl das Schlimmste, was ihr überhaupt hätte passieren können.

Sam verwendete eine geschlagene Minute damit, sich selbst in Gedanken mit allen nur vorstellbaren (und ein paar ganz und gar unvorstellbaren, aber äußerst fantasievollen) Beschimpfungen zu belegen, dann zwang sie sich mit einer bewussten Anstrengung zur Ruhe und verschwendete eine weitere halbe Minute bei dem vollkommen sinnlosen Versuch, die millimetergroßen Kettenglieder wieder einzusammeln. Alles, was sie tun konnte, war, die Spuren ihrer Ungeschicklichkeit unter den Schrank zu fegen, damit Sonya sie wenigstens nicht sofort sah, wenn sie hier hereinkam.

Natürlich würde sie trotzdem gleich wissen, was passiert war, dachte Sam niedergeschlagen – und auch, wer hier gewesen war. Allein der Umstand, dass sie den vermeintlichen Splitter so sorgsam aufbewahrt hatte, bewies, dass sie um seine wahre Bedeutung wusste – und die Auswahl der möglichen Verdächtigen war nun wirklich nicht besonders groß …

So etwas wie Verzweiflung begann sich in Sam breitzumachen. Im Laufe der nächsten zehn Sekunden erwog sie mindestens ebenso viele verrückte Ideen und verwarf sie eine nach der anderen (und genauso schnell) wieder. Es war eben so, wie Tom gestern Abend gesagt hatte: Es brachte nichts, verpassten Chancen nachzuweinen.

Sie hatte ursprünglich vorgehabt, sofort in ihr Zimmer

zu gehen und auszuprobieren, ob der Zauber wirkte und sie die Schrift der Waldfee jetzt lesen konnte, nun aber hatte sie ein drängenderes Problem. So schnell sie konnte und auch jetzt wieder ungesehen (und ohne dieses Glück im Moment entsprechend würdigen zu können), kehrte sie in die Schwimmhalle zurück und stellte überrascht fest, dass nicht einmal zehn Minuten vergangen waren. Ihr war es wie eine schiere Ewigkeit vorgekommen, aber umso besser. Mit ein bisschen Glück hatten Sonya und ihre Kollegin ja noch gar nicht gemerkt, dass sie überhaupt weg gewesen war.

Sie nahm ihren Platz ein wenig abseits vom Beckenrand wieder ein und versuchte möglichst gelassen auszusehen, womit sie allerdings wohl das genaue Gegenteil zu erreichen schien. Sowohl Sonya als auch ihre pseudoschottische Kollegin blickten ein paarmal stirnrunzelnd in ihre Richtung, und es vergingen keine fünf Minuten mehr, bis sich auch Angie aus der Gruppe der eifrig herumplanschenden Schüler löste und herangepaddelt kam. Sie hatte einen eigenartigen Schwimmstil, fand Sam, und erinnerte ein bisschen an einen Frosch, der sich in einen vor hundert Jahren aus der Mode gekommenen Badeanzug gezwängt hatte.

»Hast du ihn?«, fragte sie, noch bevor sie ganz herangekommen war.

Sam warf einen raschen Blick nach rechts und links, um sich davon zu überzeugen, dass niemand in Hörweite war, bevor sie mit einem ebenso wortlosen wie niedergeschlagenem Nicken antwortete.

»Prima«, sagte Angie, keinen Deut leiser. Sie spuckte einen dünnen Wasserstrahl aus und hielt sich mit einer Hand am Beckenrand fest, und Sam registrierte aus den Augenwinkeln, wie Sonya ihren Beobachtungsposten am gegenüberliegenden Beckenrand aufgab und sich kampflustig die Badekappe zurechtrückte, bevor sie sich auf den Weg zu ihr machte.

»Und warum ziehst du dann ein Gesicht wie sieben Tage Regenwetter?«, erkundigte sich Angie.

Sam sah abermals unauffällig zu Sonya hin, schätzte die Zeit ab, die ihnen noch blieb, und berichtete Angie dann von ihrem Unglück. Toms Schwester hörte ihr aufmerksam zu, aber eigentlich wirkte sie nicht so erschrocken, wie sie es sollte. Und auch als Sam zum Ende gekommen (und Sonya auf vielleicht zwanzig Schritte heran) war, nickte sie nur knapp und machte ein mäßig ernstes Gesicht. »Das ist schlimm«, sagte sie, »aber so schlimm nun auch wieder nicht. Ich weiß schon, was ich tue.« Sie streckte den Arm aus. »Hilf mir aus dem Wasser und gib mir den Schlüssel.«

Sam blieb keine Zeit, irgendeine Frage zu stellen. Sie folgte Angies Aufforderung, indem sie ihr mit derselben Hand aus dem Wasser half, in der sie den winzigen Schlüssel verborgen hielt. Ein einzelnes Kettenglied, das sie wohl übersehen haben musste, prallte mit einem kaum hörbaren *Pling* vom Beckenrand ab und verschwand im Wasser, und vielleicht eine Sekunde danach tauchte Sonya neben ihnen auf und wandte sich mit einem gestrengen Stirnrunzeln an Angie. »Wir üben gerade Ringtauchen, Angela«, sagte sie und machte eine entsprechende Kopfbewegung. »Dort hinten.«

»Ich weiß«, antwortete Angie, »und ich bin auch sofort wieder zurück. Aber im Moment …« Sie zog eine Grimasse und begann abwechselnd auf dem rechten und dem linken Bein herumzuhampeln. Wäre sie nur ein bisschen kleiner gewesen und hätte zwei Paar bunter Libellenflügel gehabt, dachte Sam, dann hätte sie jetzt wirklich ausgesehen wie die Waldfee.

»Ich verstehe.« Sonya verdrehte die Augen und Angie verschwand wie der Blitz in Richtung der Toiletten.

»Du bleibst allerdings besser hier«, fügte sie in Sams Richtung gewandt hinzu – obwohl sie gar nicht versucht hatte Angie zu folgen. Ganz im Gegenteil hatte sie sich schon vergeblich den Kopf darüber zerbrochen, wie sie die Lehrerin ablenken könnte, sollte sie etwa auf den Gedanken kommen, Angie nachzugehen.

»Deine Freundin hat heute offenbar eine schwache Blase«, sagte Sonya. »Andererseits kann ich mich des Eindrucks irgendwie nicht erwehren, dass ihr beide schon wieder etwas ausheckt. Du willst mir nicht zufällig verraten, was es ist?«

Sam wollte antworten, doch genau in diesem Moment zuckte ein neuerlicher, ganz besonders greller Blitz über den Himmel, und das grellblaue Licht tauchte die gesamte Schwimmhalle in gleißende Helligkeit und Bereiche vollkommener Schwärze, die scharf wie mit einem Skalpell voneinander getrennt waren. Auch jetzt schienen die Dinge wieder doppelte, sonderbar falsche Umrisse zu bekommen, die so schnell wieder verblassten, wie sie erschienen waren, aber Sam sah genau zu Sonya hoch, und so sah sie den zweiten Umriss ganz deutlich, der für den Bruchteil einer Sekunde hinter ihr erschien wie ein zweiter, leicht versetzter Schatten. Es war eindeutig ihre Gestalt, aber sie war zugleich auch … zu groß, zu schlank – selbst für sie – und sie hatte spitze Ohren.

Dann erlosch das elektrisch blaue Licht, und mit ihm war auch der unheimliche Elfenschatten verschwunden.

Nur die Furcht blieb. Sams Herz klopfte zum Zerreißen, und sie konnte spüren, wie ihr alles Blut aus dem Gesicht wich.

»Ist alles in Ordnung?«, erkundigte sich Sonya prompt.

»Sicher«, antwortete Sam hastig. »Ich bin nur … solche Unwetter nicht gewohnt.«

»Ja, ja, hier in den Bergen kann es schon einmal heftig werden.« Sonyas Blick wurde noch bohrender, und dann sah sie einen Moment lang nichts anderes als misstrauisch in die Richtung, in der Angie verschwunden war, wobei es hinter ihrer Stirn zu arbeiten begann.

»Angie hat mir erzählt, du …« Sam verbesserte sich. Sie waren mitten in einer Schulstunde, und damit war Sonya nicht mehr Sonya. »… *Sie* hätten herausgefunden, was gestern wirklich passiert ist?«

Es funktionierte. Sonya wandte sich wieder zu ihr um und nickte abgehackt. Sie wirkte nicht sonderlich begeistert. »Es gibt gewisse Indizien«, sagte sie. »Aber das ändert jetzt auch nichts mehr, wenn du darauf hinauswillst.«

Das wollte sie nicht, doch zurzeit war ihr alles recht, was Sonya davon abhielt, Angie nachzugehen. Wo blieb sie überhaupt so lange? Sie schien schon Stunden weg zu sein!

»Und wie … äh … geht es Schmidt?«, fragte sie hastig.

Sonya wirkte eher noch misstrauischer. »Er ist im Krankenhaus, und bisher haben wir nichts gehört. Was immer das bedeuten mag. Wenn du möchtest, rufe ich nachher in der Klinik an und erkundige mich nach seinem Zustand.« Sie legte fragend den Kopf auf die Seite und ihre Augen wurden schmal. »Hat dein Interesse an ihm einen besonderen Grund? Vielleicht so etwas wie … schlechtes Gewissen?«

»Warum sollte ich?«, fragte Sam.

»Genau diese Frage stelle ich mir auch«, antwortete Sonya, legte den Kopf auf die andere Seite und setzte dazu an, etwas vermutlich noch sehr viel Unangenehmeres zu fragen.

In diesem Moment kam Angie zurück, und Sam musste sich beherrschen, um nicht laut aufzuatmen und sich ihre Erleichterung allzu deutlich anmerken zu lassen.

Angie kam nicht nur mit ihren gewohnten Gummiball-Schritten herangehüpft, sondern wirkte auch so selbstzufrieden, dass es schon fast peinlich war. Und als wäre das allein noch nicht genug, warf sie Sam einen verschwörerischen *Ich-hab's-geschafft*-Blick zu, den Sonya unmöglich übersehen konnte.

»Ist alles in Ordnung?«, fragte sie dann auch prompt misstrauisch.

»Klaro!«, antwortete Angie feixend, nahm plötzlich Anlauf und sprang ins Wasser. Sonya blieb völlig ungerührt stehen – schließlich trug sie ja schon einen durchnässten Badeanzug –, aber Sam reagierte zu spät und kam schon wieder in den Genuss einer Unterwasser-Nuklearexplosion und der dazugehörigen kalten Dusche.

Gut, jetzt musste sie sich wenigstens keine Sorgen mehr darum machen, dass ihr ihre schon wieder nassen Kleider auffielen …

»Setz dich einfach irgendwohin und warte, bis die Stunde vorbei ist«, riet ihr Sonya lächelnd. »Bis dahin sind deine Kleider sicher wieder trocken.«

Sam bedankte sich mit einem angemessen bösen Blick, folgte aber darüber hinaus ihrem Rat und verkrümelte sich in eine ruhige Ecke – soweit es so etwas in einer Schwimmhalle gab, in der eine knappe Hundertschaft Schüler um die Wette randalierte und schrie, hieß das.

Immerhin hatte die Lehrerin in einem Punkt recht: In der halben Stunde, in der sie dasaß und den Minutenzeiger der großen Wanduhr vergeblich zu hypnotisieren versuchte, auf dass er sich schneller bewege, trockneten ihre Kleider halbwegs. Als die Schüler – widerwillig – einer nach dem anderen aus dem Wasser stiegen und in einer langen Reihe an ihr vorbeidefilierten (jeder einzelne starrte sie an), waren ihre Kleider nicht mehr nass, sondern nur noch feucht. Sobald sie zurück im Hauptgebäude waren, würde sich das natürlich wieder ändern: Das Unwetter hatte die verstrichene halbe Stunde genutzt, um zur Höchstform aufzulaufen. Die Blitze zuckten jetzt nahezu ununterbrochen, und das

Geräusch der Donnerschläge war zu einem einzigen anhaltenden Grollen geworden. In den wenigen Augenblicken, in denen der Donner innehielt, konnte man hören, dass aus dem seidigen Rauschen des Regens auf dem Dach längst ein dumpfes Trommeln geworden war, so schnell und laut wie Maschinengewehrfeuer.

Tom war einer der Ersten gewesen, die in der Umkleidekabine verschwunden waren, und er musste sich wohl in seine Kleider hinein*gebeamt* haben und kam angezogen (wenn auch mit nassem Haar) zurück, noch bevor die letzten Jungen die Umkleidekabine auch nur betreten hatten.

»Hat alles funktioniert?«, fragte er.

»Hm«, machte Sam.

»Ah ja, dein Lieblingswort«, antwortete er. »Und was bedeutet es heute?«

Sam musste gegen ihren Willen lächeln, aber sie wurde sofort wieder ernst und beichtete Sam ihre verhängnisvolle Tölpelhaftigkeit.

»Das ist schlimm«, sagte er. »Aber wenn Angie sagt, sie kriegt das hin, dann kriegt sie es auch hin, keine Angst.«

»Und wie?«, fragte Sam.

»Keine Ahnung«, antwortete Tom leichthin. »Sie ist zwar meine kleine Schwester und damit ganz automatisch eine Nervensäge, aber wenn sie etwas zusagt, dann hält sie es normalerweise auch.«

Das klang wenig überzeugend, fand Sam, aber sie sparte sich die Mühe, zu widersprechen, sondern fasste sich in Geduld, bis Angie zurückkam, immer noch wie ein Honigkuchenpferd über das ganze Gesicht strahlend.

»Also, was hast du gemacht?«, fragte sie geradeheraus.

»Macht euch keine Sorgen«, antwortete Angie feixend. »Sie merkt nichts. Super-Angie hat alles geregelt.«

»Und die Kette?«, fragte Tom.

»Ist alles paletti«, behauptete Angie, »sie merkt garantiert nichts, auf jeden Fall nicht so schnell. Ich hab sie ausgetauscht … gegen meine eigene.« Sie deutete auf ihren Hals, an dem jetzt kein Silberkettchen mehr hing. »Hab sie einfach kürzer gemacht und den Schlüssel daran befestigt. Bis die Baum das merkt, bist du längst schon nicht mehr …«, sie unterbrach sich, sah plötzlich fast ein bisschen verlegen aus und setzte neu an, »auf jeden Fall viel zu spät.«

Vielleicht war es das aber auch jetzt schon, denn in diesem Moment erscholl aus der Umkleidekabine ein gellender Schrei.

Eine Sekunde lang standen sie alle wie erstarrt da – und in der zweiten fuhren sie zusammen in der gleichen Bewegung herum und stürmten los. Nicht nur Sam und die beiden anderen, sondern *alle.*

Das Ergebnis war natürlich ein einziges großes Gerangel an der Tür zum Mädchen-Umkleideraum, durch das sich Tom nur mit roher Gewalt einen Weg bahnen konnte. Dem gellenden Schrei war kein zweiter gefolgt, aber nun hörten sie ein Stöhnen und Schluchzen, das beinahe schlimmer war.

Irgendwie gelang es Sam, sich ein Stück weiter durch die Tür zu schieben, aber sie wünschte sich fast, etwas weniger vorwitzig gewesen zu sein, als sie die Ursache des Schmerzensschreis erkannte.

Es war Sonya. Sie lag auf dem Boden, krümmte sich vor Schmerz und presste den rechten Arm gegen den Leib. Miss Hasbrog kniete neben ihr und bemühte sich um sie, wirkte aber vollkommen hilflos.

Sonya hörte endlich auf zu wimmern, stemmte sich auf die Knie hoch, und Sam verstand die Mischung aus Hilflosigkeit und blankem Entsetzen auf Hasbrogs Gesicht mit einem Mal sehr viel besser. Sonya presste die linke Hand auf das rechte Handgelenk. Blut lief zwischen ihren Fingern hervor, und ein scharfer, sehr unangenehmer Geruch hing in der Luft, fast wie nach verbranntem Fleisch.

»Was ist passiert?«, stammelte Hasbrog. »Sonya! Was hast du? Wo hast du dich verletzt?«

Sonya antwortete ihr nicht und gab jetzt auch nicht den geringsten Laut von sich, aber sie war kreidebleich, hatte die Lippen zu einem dünnen blutleeren Strich zusammengepresst, und Sam konnte ihr ansehen, welch große Schmerzen sie litt. Sie versuchte aufzustehen und schaffte es erst, als ihre Kollegin ihr half.

»Großer Gott!«, murmelte Hasbrog. »Dein Arm!« Dann machte sie ein grimmig entschlossenes Gesicht. »Rühr dich nicht von der Stelle! Ich rufe einen Arzt!«

»Das ist nicht nötig!« Sonya hob für für einen Moment die Hand von ihrem Gelenk, und Hasbrog sog scharf die Luft zwischen den Zähnen ein, während ein allgemeines erschrockenes Raunen und Keuchen ringsum laut wurde.

Sonyas Handgelenk bot einen schrecklichen Anblick. Es war rot und entzündet, und hier und da sah die Haut aus wie verbrannt oder verätzt. An zwei oder drei Stellen blutete sie so heftig, dass Sonya die andere Hand darunterhalten musste, damit das Blut nicht zu Boden tropfte.

»Das ist nicht nur ein Kratzer!«, sagte Hasbrog entschieden. »Ich rufe jetzt einen Arzt!«

»Wirst du nicht«, fauchte Sonya. »Ich bin die nebenberufliche Krankenschwester hier, und wenn ich sage, es ist nur ein Kratzer, dann ist es nur ein Kratzer, basta!«

»Aber …«

»Und bei diesem Sauwetter würde sowieso kein Arzt hier herauskommen«, fuhr Sonya fort, verzog die Lippen und bedeckte die unappetitliche Verletzung an ihrem Gelenk zur allgemeinen Erleichterung wieder mit der Hand.

»Was ist los?«, fauchte sie in die Runde. »Habt ihr alle

nichts zu tun? In einer Viertelstunde geht der Unterricht weiter!«

Heute war Samstag und somit unterrichtsfrei, aber es war niemand da, der mutig genug gewesen wäre, sie auf diese Kleinigkeit hinzuweisen. Die meisten Schüler zogen sich zurück – soweit es das Gedrängel an der Tier zuließ –, und auch Sam versuchte möglichst unauffällig zumindest aus ihrem direkten Fokus zu verschwinden, aber das funktionierte nicht wirklich. Als hätte sie ihre Gedanken gelesen, hob Sonya mit einem eisernen Ruck den Kopf und starrte sie aus Augen an, die regelrecht zu brennen schienen.

»Wie ist das überhaupt passiert?«, fragte Miss Hasbrog. Sie bückte sich, hob etwas vom Boden auf und war nicht die Einzige, die ein überraschtes Gesicht machte, als sie das schmale Silberkettchen betrachtete, das zwischen ihren Fingern baumelte. »Hast du dich daran verletzt?«

Sonya prallte so entsetzt zurück, als hielte ihre Kollegin ihr eine ganz besonders giftige Schlange hin und kein harmloses Silberkettchen mit einem winzigen Schlüssel daran. »Das ist nicht meine!«, fauchte sie.

»Aber das …«

»… ist Silber«, fuhr Sonya aufgebracht fort. Ihr Blick suchte wieder den Sams, und jetzt meinte diese beinahe so etwas wie Mordlust darin zu lesen. »Ich habe eine Silberallergie.«

»Silberallergie?«, wiederholte Hasbrog und machte ein verwirrtes Gesicht.

»Eine ganz besonders heftige, ja«, antwortete Sonya. Dass das auch ganz besonders unglaubwürdig klang, schien sie nicht sonderlich zu irritieren. »Jemand hat sich einen besonders lustigen Scherz erlaubt, aber keine Sorge. Ich kriege schon raus, wer. Jetzt gehe ich erst einmal ins Krankenzimmer und verarzte mich selbst.«

Sie ging, allerdings nicht, ohne Sam einen abschließenden Blick zugeworfen zu haben, der kaum noch einen Zweifel daran aufkommen ließ, dass sie eine ziemlich konkrete Vorstellung davon hatte, wer hinter diesem Scherz steckte, und ihre Kollegin lief wie ein aufgeregtes Huhn hinter ihr her.

»Silberallergie?«, murmelte Tom.

»Klar doch«, antwortete seine Schwester. »Hast du im Mythologie-Unterricht nicht aufgepasst? Elfen vertragen kein Silber.«

Tom lachte nicht, und auch Sam sah sie eher erschrocken an.

»Ist aber so«, beharrte Angie – obwohl niemand auch nur dazu angesetzt hatte, ihr zu widersprechen.

Nachdem Sonya und ihr schottischer Schutzengel fort waren, löste sich der Auflauf nahezu genauso schnell wieder auf, wie er entstanden war, aber der allgemeine Lärmpegel nahm noch einmal zu, auch wenn Sam das vor ein paar Augenblicken noch nicht einmal für möglich gehalten hätte. Es war nahezu ausgeschlossen, sich anders als schreiend zu unterhalten, und *vollkommen ausgeschlossen*, irgendetwas zu besprechen, das nicht für andere Ohren bestimmt war. Also fiel ihnen die Entscheidung leicht, sich lieber dem Sturm und dem tobenden Gewitter draußen zu stellen und sich auf den Rückweg zu machen.

In der großen Halle angekommen, wurde es nicht wirklich besser (außer dass sie schon wieder nass waren und noch dazu jetzt vor Kälte allesamt mit dem Zähnen klapperten). Der Wind war jetzt nicht mehr kalt, sondern eisig, und sie sahen sich von einer Meute aufgeregt durcheinanderschwatzender Schülerinnen und Schüler umgeben, die über ein einziges Thema sprachen. Sams versuchte ganz bewusst nicht hinzuhören (was natürlich nicht funktionierte), aber sie bekam trotzdem mit, dass Sonyas Verletzung jedes Mal schlimmer wurde, wenn sie jemand weitererzählte. Noch bevor sie die Halle auch nur zur Hälfte durchquert hatten, hätte sie eigentlich schon mit abgerissenem Arm in einem Rettungshubschrauber auf dem Weg in die nächste Spezialklinik sein müssen.

Wohin sie tatsächlich unterwegs war. Das war für Sams Geschmack allerdings schon schlimm genug, nämlich in ihr Krankenzimmer. Und spätestens dort angekommnen, und *allerspätestens* nachdem sie ihr lädiertes Handgelenk versorgt hatte, würde sie merken, dass der magische Pfeil verschwunden war ... und dann musste sie keine direkte Nachfahrin von Sherlock Holmes sein, um eins und eins zusammenzuzählen und zu wissen, wer die Kette ausgetauscht hatte, und warum.

Sie würde nicht begeistert sein, vermutete Sam.

Noch ein Grund, sich zu beeilen.

Sam beschloss, auf die seltsamen Blicke und anzüglichen Bemerkungen der anderen zu pfeifen, und schlug den direkten Weg zu ihrem Zimmer ein. Tom und seine Schwester folgten ihr auf dem Fuß. Sam machte sich nicht einmal die Mühe, die Tür hinter sich zu schließen, sondern stürmte zum Schreibtisch, riss das oberste Blatt Papier vom Stapel und drehte es herum.

Es war leer.

Sam griff nach dem nächsten Blatt und dem wiederum nächsten und so weiter. Es war überall dasselbe. Die magische Schrift war nicht mehr da.

»Aber was ... hat denn das zu bedeuten?«, flüsterte Angie verstört.

»Siehst du doch«, antwortete ihr Bruder.

»Ich sehe nichts!«

»Eben.« Tom zog eine Grimasse. »Sieht so aus, als wäre alles umsonst gewesen.«

»Du meinst, auf magische Weise verschwunden?«, fragte Angie mit einem angestrengten Stirnrunzeln. »Genauso, wie sie aufgetaucht ist?«

Tom – vor allem aber Sam – sahen sie ebenso verblüfft wie zweifelnd an. Dieser Gedanke war Sam noch gar nicht gekommen, doch so charmant er auch sein mochte, irgendetwas sagte ihr, dass die Wahrheit viel einfacher war.

»Oder jemand hat die Blätter ausgetauscht«, sagte sie.

»Und wer sollte das gewesen sein?«, erkundigte sich Tom zweifelnd.

Statt direkt zu antworten, machte Sam einen halben Schritt vom Schreibtisch zurück und sah ihn dann lange und misstrauisch an.

»Was?«, fragte Tom nach ein paar Sekunden.

»Nichts«, antwortete Sam. »Oder vielleicht doch. Was hast du heute Morgen in meinem Zimmer gemacht?«

»Eigentlich müsste ich jetzt beleidigt sein«, antwortete Tom. »Ich meine, wenn Sonya mir diese Frage gestellt hätte oder Focks. Aber du?«

»Ich meine es ernst«, beharrte Sam. »Was hast du in meinem Zimmer gewollt?«

»Ich habe die Blätter mit der Feenschrift gestohlen, was denn sonst?«, erwiderte Tom patzig. »Wolltest du das hören?«

Nichts anderes als eine Sam nur zu bekannte Wut flammte in ihr auf, und einen halben Atemzug lang musste sie sich mit aller Macht beherrschen, um ihn nicht einfach zu packen und so lange zu schütteln, bis er mit der Wahrheit herausrückte.

Der Moment verging genauso schnell, wie er gekommen war, und plötzlich fühlte sie sich genauso miserabel, wie sie gerade noch wütend gewesen war. Eigentlich sollte sie sich jetzt entschuldigen … aber so weit war sie nun auch wieder nicht. Das Äußerste, wozu sie sich durchringen konnte, war die Andeutung eines Lächelns.

»He!«, sagte Angie plötzlich. »Seht doch mal!«

Sam drehte sich um und sah das – vollkommen leere – Blatt an, das sie in die Höhe hielt. »Und?«

»Es hat ein Eselsohr«, sagte Angie gewichtig.

»Und?«

»Das hab ich gestern Abend da hineingemacht«, antwortete Angie. »Hab gehofft, dass es keiner von euch merkt.«

»Und?«, fragte nun auch Tom.

»Ja versteht ihr denn nicht?«, fragte Angie in eindeutig empörtem Ton. »Das ist dasselbe Papier! Tom hat recht! Die Schrift ist verschwunden, nicht die Blätter!«

Sam hatte nie an Dinge wie böse Omen, negative Vibes oder schlechtes Karma geglaubt, aber im nächsten Moment wäre sie fast bereit gewesen, ihre Einstellung in diesem Punkt radikal zu überdenken. Ein greller Blitz schien das Firmament unmittelbar über dem Internat in zwei Hälften zu spalten, und das Licht war so unerträglich, dass es trotz der geschlossenen Vorhänge alle Farben auslöschte und beinahe in den Augen schmerzte. Immerhin ließ es keine falschen Umrisse oder gar unheimliche Gestalten entstehen, aber es war noch nicht ganz verblasst, da erschütterte ein ungeheurer Donnerschlag das gesamte Gebäude in seinen Grundfesten, und Sam war ganz und gar nicht sicher, sich das sachte Zittern des Bodens unter ihren Füßen nur einzubilden.

»Das war heftig«, sagte Tom und wandte sich dann mit besorgtem Gesicht zu Angie um. »Pass auf, was du sagst, Schwesterchen.«

Sam fragte sich schaudernd, warum er das jetzt gesagt hatte, und auch Angie schien diese Bemerkung nicht besonders komisch zu finden. Sie funkelte ihren Bruder zornig an, wandte sich dann aber wieder dem Blatt zu, das sie in den Händen hielt.

»Es ist dasselbe«, beharrte sie. »Ich bin ganz sicher.«

Niemand hatte das bezweifelt … aber es änderte auch nichts. Sam sah ihr noch einen Moment lang traurig dabei zu, wie sie das Blatt unter die Lampe auf dem Schreibtisch hielt und es hin und her drehte, als hoffe sie, auf diese Weise doch noch eine Spur der verschwundenen Schrift zu entdecken, dann trat sie ans Fenster und zog die Gardinen einen Spaltbreit auf.

Es wurde nicht wirklich heller. Obwohl die Sonne hoch am Himmel stehen musste, war sie nicht einmal zu sehen. Dazu kam der strömende Regen, der mittlerweile so dicht fiel, dass selbst die Gebäude auf der anderen Seite des Hofs kaum noch zu erkennen waren.

Sam fragte sich, wie sich Star wohl fühlen mochte, eingesperrt mit all den anderen Pferden, in deren Nähe er sich ohnehin nicht wohlfühlte, und bei diesem Höllengewitter.

Ihr schlechtes Gewissen meldete sich. Sie hatte sich lange nicht mehr um den weißen Hengst gekümmert.

Wenn man es genau nahm, eigentlich noch gar nicht. Wenigstens nicht so, wie es ihre Aufgabe gewesen wäre.

»Vielleicht liegt es ja an der Pfeilspitze«, sagte Angie hinter ihr. »Hast du sie?«

Sam fragte sich zwar, was das nutzen sollte, trat aber gehorsam wieder an ihre Seite und grub das zusammengerollte Pflaster aus der Hosentasche. Auch Tom beugte sich neugierig vor und machte dann ein verblüfftes Gesicht, als er den winzigen Splitter sah, der darunter zum Vorschein kam.

»Und das ist alles?«, sagte er ungläubig.

»Seit wann kommt es auf die Größe an?«, fragte Angie.

Tom warf ihr einen schrägen Blick zu, und auch Sam sparte sich vorsichtshalber jeden Kommentar.

»Und du merkst überhaupt nichts?«, bohrte Angie weiter. Sie streckte – natürlich ungefragt – die Hand aus, griff mit den Fingernägeln zu und hatte einige Mühe, den winzigen abgebrochenen Pfeil von der klebrigen Fläche zu klauben. Einen Moment später quietschte sie leise und machte dann ein zorniges Gesicht, als sie den winzigen dunkelroten Tropfen sah, der aus ihrer Fingerspitze quoll.

»Pass auf, Schwesterchen«, sagte Tom spöttisch. »Nicht dass du dich verletzt.«

Angie funkelte ihn an, steckte den Zeigefinger in den Mund und nuckelte einen Moment lang daran. »Scheischding«, nuschelte sie.

»Und?«, erkundigte sich Tom ernsthaft. »Wirkt es schon? Ich meine: Siehst du schon kleine Elfen oder weiße Fädchen?«

»Ein bisschen Respekt erbitte ich mir«, maulte Angie. »Zauberei ist eine ernsthafte Angelegenheit.«

»Klar doch«, feixte Tom.

»Hört auf!«, sagte Sam streng. »Wir müssen überlegen, wie es weitergeht.«

Ein weiterer Donnerschlag folgte ihren Worten, wie um ihr recht zu geben. Angie blickte weiter auf das vollkommen leere Blatt hinab, und irgendetwas … *änderte* sich. Sam konnte nicht sagen, was.

Aber das Gefühl war auch zu deutlich, um es zu ignorieren. Irgendetwas geschah hier, in diesem Augenblick, und es war nichts Gutes.

Sie ließ Angie weiter auf das leere Blatt starren, trat einen Schritt zurück und sah sich aufmerksam im Zimmer um. Auf den ersten Blick schien sich nichts verändert zu haben, und doch …

Es war das Bild.

Schmidt hatte es so gut oder schlecht restauriert, wie er

es eben konnte, und rein gar nichts schien sich daran verändert zu haben, seit sie es das erste Mal zu Gesicht bekommen hatte.

Mit dem einzigen Unterschied vielleicht, dass es jetzt lebendig war …

Sam trat näher an das großformatige Ölgemälde heran. Ihr Herz raste und sie wagte es nicht, das Bild zu berühren, eingedenk dessen, was sie das letzte Mal erlebt hatte. Aber sie glaubte etwas wie einen sachten Luftzug zu spüren, und vielleicht waren da sogar Geräusche, ganz leise nur, gerade noch an der Schwelle des überhaupt Hörbaren. Das Zirpen von Grillen und die Geräusche anderer, unbekannter Insekten, das Rascheln von Blättern, mit denen der Wind spielte, und all die Laute, die sich zur unverkennbaren Geräuschkulisse eines Waldes vereinten.

»Unheimlich«, murmelte Tom neben ihr.

Sam hatte nicht einmal gemerkt, dass er neben sie getreten war – aber das war nicht der einzige Grund, aus dem sie erschrocken zusammenfuhr und ihn aus großen Augen anstarrte. »Du … spürst es auch?«, murmelte sie.

Tom nickte, ohne dass sein Blick das auf so unheimliche Weise zum Leben erwachte Bild losgelassen hätte. Genau wie sie hatte er die Hand nach der Leinwand ausgestreckt und wagte es nicht, das Gemälde wirklich zu berühren.

»Das ist unheimlich, nicht?«, fragte er noch einmal. »Man könnte meinen, es ist … lebendig.«

Das konnte man nicht nur meinen, dachte Sam schaudernd. Wenn man genau hinsah, dann schien es, als ob sich die gemalten Blätter und Äste tatsächlich bewegten. Auch in den dunklen Bereichen und Schatten dazwischen hob ein geheimnisvolles Huschen und Schleichen an. Und da waren wieder unsichtbare Augen, deren Blicke sie spürte, und die sie aufmerksam und voller Neugier ansahen.

Mit dem Unterschied allerdings, dass sie diesmal nichts Lauerndes spürte oder gar Böses.

»Das ist nicht nur ein Bild«, sagte Tom, nachdem er das Gemälde eine geraume Weile sehr aufmerksam angesehen hatte. »Wenn du mich fragst, dann ist das etwas …«, er zögerte einen Moment, und Sam konnte ihm ansehen, wie schwer es ihm fiel, das Wort auszusprechen, »Magisches.«

Eine andere Welt, dachte Sam schaudernd. Ein Fenster in eine andere Welt. Sie hatte es ja schon einmal benutzt, aber selbst wenn das nicht der Fall gewesen wäre, hätte sie in diesem Moment einfach gewusst, dass dieses vermeintliche Bild nichts anderes als ein Tor in die Welt der Elfen, Feen und Einhörner war. Sie wusste nicht, ob es ihr auch diesmal gelingen würde, es zu durchschreiten (ganz gewiss hatte sie nicht vor, es auszuprobieren), aber das, was Sir Alec Fox McMarsden da vor annähernd dreihundert Jahren gemalt hatte, das waren nicht einfach nur irgendwelche hübschen Bildchen gewesen.

»Das ist seine Heimat«, flüsterte sie. »Meister Themistokles.« Tom sah sie fragend an und sie verbesserte sich: »McMarsden. Fox.« *Der Fuchs.* Der Schatten mit den spitzen Ohren, die man so leicht mit denen eines Fuchses verwechseln konnte, wo sie doch in Wahrheit die eines Ehrfurcht gebietenden Elfenkriegers waren.

»Und was soll uns das sagen?«, fragte Tom, nachdem er eine Weile vergeblich darauf gewartet hatte, dass sie von sich aus weitersprach.

Sam konnte nur die Schultern heben. Vielleicht mussten sie dorthin. Vielleicht mussten sie auch verhindern, dass irgendetwas von dort zu ihnen herüberkam, oder vielleicht enthielten diese Bilder eine Warnung, die sie aus irgendeinem Grund nicht lesen konnten. Sie setzte gerade dazu an, eine entsprechende (niedergeschlagene) Bemerkung zu machen, als ein weiterer greller Blitz draußen am Himmel aufflammte und weißes Licht und harte schwarze Schatten in das Zimmer zauberte.

Und die Umrisse dreier schwarzer, in hartes Eisen gepanzerter Reiter, die auf mächtigen schwarzen Einhörnern saßen, auf das Bild.

Der unheimliche Anblick erlosch im gleichen Moment, in dem auch der flackernde Widerschein des Blitzes erlosch, aber Sam hatte die Reiter zu deutlich gesehen, um sie als bloße Einbildung abzutun. Und selbst wenn sie es versucht hätte …

Ihre Augen wurden groß, als sie sich zu Tom drehte.

Er stand geduckt da, wie mitten in der Bewegung erstarrt, mit leicht gespreizten Beinen und die rechte Hand auf der Hüfte, als trüge er dort normalerweise ein Schwert. *Er sieht es auch,* dachte Sam. Sie war nicht sicher, ob Tom in diesem Moment wirklich noch Tom war. Schimmerte sein Haar nicht ein wenig heller und kam es ihr nicht auch irgendwie … lockig und länger vor?

»Wie spät ist es eigentlich?«, fragte Angie in diesem Moment.

Die Frage kam Sam in diesem fast heilig amutenden Augenblick zwar höchst profan vor, aber sie tat ihr trotzdem den Gefallen, auf die Uhr zu sehen. »Gleich elf. Warum?«

»Weil uns dann gerade noch einmal sechs Stunden bleiben«, antwortete Angie. »Hab gestern extra im Computer nachgesehen. Der Mond geht um fünf auf.«

»Und?«, fragte Tom.

»Der Vollmond, Brüderchen«, antwortete Angie. »Noch sechs Stunden, und es ist nichts mehr da, was Silberhorn schützt.«

Wenn der Vollmond in fünf Stunden am Himmel erschien, dachte Sam trübsinnig eine knappe Stunde später, während sie am Fenster stand und auf den Hof hinaussah, dessen Anblick ziemlich genau zu ihrer momentanen Stimmung passte, dann würde die große Katastrophe, auf die Tom, Angie und sie warteten (ohne auch nur die leiseste Ahnung zu haben, wie dieses Unglück genau aussah), wahrscheinlich gar nicht mehr stattfinden … oder zumindest niemanden mehr interessieren, weil es dann hier niemanden mehr gab, der sie gebührend bewundern konnte.

Draußen zog der Weltuntergang auf. Wenigstens sah es so aus. Sturm und Gewitter hatten sich gegenseitig zu etwas hochgeschaukelt, was sie bis zu diesem Moment nicht nur noch nie zuvor gesehen hatte, sondern sich auch nicht hätte *vorstellen* können. Zu sagen, der Himmel hatte sich schwarz gefärbt, hätte die Sache nicht wirklich getroffen. Der Himmel war schlicht verschwunden, und über den schiefergedeckten Dächern von *Unicorn Heights* lastete vollkommene Schwärze – so dicht, dass man meinte, nur den Arm ausstrecken zu müssen, um sie zu berühren. Selbst die Gebäude auf der anderen Seite des Hofs waren nur noch als rauchige Schatten zu erkennen, die manchmal auch ganz hinter den niederstürzenden Wassermassen zu verschwinden schienen, und die einzelnen Donnerschläge und das Heulen des Sturms waren endgültig zu einem ununterbrochenen Rumpeln und Grollen verschmolzen, das einfach nicht mehr aufhören wollte.

Wenn das Unwetter weiter in diesem Tempo an Kraft zulegte, dachte sie schaudernd, dann würde das Internat einfach weggeblasen werden, lange bevor der Mond aufging.

Etwas raschelte, und Sam meinte einen verzerrten Reflex über das Glas der Fensterscheibe vor sich huschen zu sehen. Nicht zum ersten Mal musste sie gegen den Impuls ankämpfen, erschrocken herumzufahren. Angie und ihr Bruder waren vor vielleicht zwanzig Minuten gegangen, und seither schien das Zimmer voller Gespenster zu sein: Sie hatte das absurde Gefühl, dass diese Gespenster Gewalt über sie erlangen würden, wenn sie ihnen zu viel Aufmerksamkeit schenkte.

Sogar sie selbst musste einräumen, dass das eine ziemlich alberne Vorstellung war … aber seit einer Weile bewegten sich ihre Gedanken ohnehin auf Pfaden, die ihr noch vor einer Woche vollkommen lächerlich erschienen wären. Gerade jetzt meinte sie dort draußen einen geisterhaften Schemen zu erblicken, der sich lautlos durch den Regen bewegte – wie ein Gespenst aus einer anderen Welt, das es gar nicht gab.

Dann erkannte sie, dass es weder lautlos noch ein Gespenst war, trotzdem aber etwas wie ein Bote aus einer anderen Welt, von der sie im Moment so weit entfernt war, wie es überhaupt nur ging. Es war der weiße Kombi, der sich mit voll aufgeblendeten Scheinwerfern, aber nahezu im Schritttempo durch die vom Himmel stürzenden Wassermassen quälte. Die emsig arbeitenden Scheibenwischer hatten nicht die leiseste Chance, mit der Sintflut fertig zu werden, und die Räder drehten immer wieder auf dem nassen Kopfsteinpflaster durch.

Sam verspürte schon wieder ein eisiges Frösteln, als sie an den gewundenen Waldweg dachte, der vor diesen Männern lag. Gestern war es schon schlimm gewesen, aber jetzt musste er sich in eine morastige Schlitterbahn verwandelt haben. Sie bewunderte den Mut der Männer, sich in dieser Klapperkiste dort hinauszuwagen … aber vermutlich wussten sie gar nicht, worauf sie sich einließen.

Sam versuchte sich mit dem Gedanken zu trösten, dass sie bestimmt gar nicht in Gefahr waren. Die unheimliche Bedrohung, die sich im Schutze des Gewitters immer dichter um *Unicorn Heigths* zusammenzog, galt nicht ihnen, so wenig wie irgendeinem anderen Menschen hier.

Sie galt nicht einmal ihr, sondern einzig Star.

Silberhorn. Sam dachte an den weißen Hengst, aber vor ihrem inneren Auge erschien das Bild des mächtigen weisen Einhorns, das friedlich am Ufer seines verzauberten Sees graste und ganz darauf vertraute, dass sie und der Prinz der Steppenreiter es beschützten.

Die Tür ging auf, und Sam sah abermals eine verzerrte Spiegelung auf dem Glas vor sich. Sie war ein wenig überrascht, dass Tom so schnell zurück war, aber auch erleichtert, nicht länger allein sein zu müssen. »Die Arbeiter fahren schon nach Hause«, sagte sie. »Die müssen wirklich gezaubert haben, um so schnell fertig zu werden.«

Das Licht ging an, und die Scheibe verwandelte sich in einen schwarzen Spiegel, hinter dem nicht nur die Welt draußen einfach zu erlöschen schien, sondern der ihr auch ihren Irrtum zeigte.

»Das sind sie nicht«, sagte Sonya, während sie die Hand vom Lichtschalter nahm und vollends eintrat. »Der Direktor hat ihnen geraten nach Hause zu fahren, bevor das Unwetter noch schlimmer wird. Es wäre nicht das erste Mal, dass die Straße durch einen Erdrutsch oder eine Schlammlawine unpassierbar wird und wir hier einen oder zwei Tage festsitzen.«

Sam drehte sich vom Fenster weg und starrte sie fast schon entsetzt an. Sonyas Handgelenk war dick bandagiert und sie war immer noch genauso blass wie am Morgen. Die Art, wie sie ihren Arm hielt, zeigte Sam, dass er ihr offensichtlich immer noch wehtat.

»Du musst dir keine Sorgen machen. Das ist nicht das erste Mal, dass wir ein solches Unwetter erleben. Es kann hier in den Bergen ziemlich heftig werden, aber nur keine Angst, diese Mauern sind stabil gebaut.«

Angst hatte Sam auch nicht. Jedenfalls nicht vor dem Gewitter. Der Ausdruck in Sonyas Augen gefiel ihr nicht. Sie war beinahe erleichtert, als die Tür noch einmal aufging und Miss Hasbrog hereinkam. Sie maß sie mit einem Blick, der ebenfalls alles andere als freundlich war, aber wenigstens nicht vor reiner Mordlust sprühte.

»Wo ist –?«, begann Sam.

»Dein Freund Thomas?«, unterbrach sie Sonya und schüttelte den Kopf. »O ja, der ist uns draußen auf dem Flur begegnet, und seine vorwitzige Schwester auch. Er war auf dem Weg hierher, aber ich fürchte, er wird nicht kommen.«

»Was haben Sie ihm getan?«, entfuhr es Sam.

Miss Hasbrog sah sie nur stirnrunzelnd an, aber Sonya lachte hart und schüttelte so heftig den Kopf, dass ihr langes blondes Haar flog. »Ihn in Ketten gelegt und in das tiefste Verlies geworfen, was denn sonst?«, fragte sie.

»Direktor Focks möchte, dass alle Schüler in ihren Zimmern bleiben, bis das Unwetter vorbei ist«, sagte Petra. »Das gilt auch für deinen Freund und seine Schwester.«

»Und ihr seid extra zu zweit hierhergekommen, um mir das zu sagen?«, vermutete Sam. »Ich fühle mich geehrt.«

»Wir sagen allen Schülerinnen und Schülern Bescheid«, antwortete Sonya. »Aber an dich habe ich darüber hinaus eine Frage.«

»So?«, fragte Sam unbehaglich.

Sonya hob ihren bandagierten Arm, als wäre er eine Waffe, mit der sie ihr drohte. »Was hast du heute Morgen im Medikamentenschrank gesucht?«

»Im Medikamentenschrank?«, wiederholte Sam. »Ich verstehe nicht, was …«

»Hör mit dem Unsinn auf!«, unterbrach sie Sonya zornig. »Was hast du aus dem Schrank genommen?«

Das weißt du doch ganz genau, dachte Sam. Sie musste sich auf die Unterlippe beißen, um die Worte nicht laut auszusprechen.

»Du solltest es ihr sagen«, sagte Petra. »Wenn du ein Problem hast, dann sind wir jederzeit für dich da. Aber du musst uns schon ein bisschen helfen.«

»Ich weiß überhaupt nicht, wovon Sie reden«, sagte Sam stur. »Ich war nicht an diesem Schrank.«

Sonya wedelte erneut mit ihrem bandagierten Arm, und Sam glaubte einen ganz sachten Geruch wie nach versengter Haut wahrzunehmen. »Hör mit dem Unsinn auf!«, fauchte sie noch einmal. »Die Kette, an der ich mich verletzt habe, ähnelt zufällig aufs Haar derjenigen, die deine kleine Freundin seit heute Morgen nicht mehr trägt. Und du warst die Einzige, die ich nicht die ganze Zeit über im Auge gehabt habe.«

»Abgesehen von ungefähr zweihundert anderen.«

»Was hast du in dem Schrank gesucht?«, beharrte Petra. »Drogen? Betäubungsmittel? So etwas haben wir hier nicht.«

»Wir können auch die Polizei rufen und deine Fingerabdrücke vergleichen lassen, wenn dir das lieber ist«, drohte Sonya kühl. »Allerdings wäre es mir lieber, wenn wir eine … andere Lösung finden würden.«

Sam hüllte sich in Schweigen. Ihr auch, aber sie wusste so wenig wie Sonya selbst, wie so eine Lösung aussehen sollte.

»Ganz wie du willst.« Sonya wandte sich mit einem Ruck zur Tür. »Sollte der Sturm noch schlimmer werden, bringen wir euch an einen sicheren Ort, aber bis dahin muss ich dich bitten, in deinem Zimmer zu bleiben.«

Sie ging, zusammen mit Petra, aber Sam begriff die wahre Bedeutung ihrer Worte erst, als sie die Tür hinter sich zuzog …

… und sie das Geräusch des Schlüssels hörte, der herumgedreht wurde!

Mit einem einzigen Satz war sie bei der Tür und warf sich mit beiden Händen auf die Klinke, aber es war zu spät. Die Tür rührte sich keinen Millimeter. Sonya hatte sie eingesperrt!

Sam konnte im ersten Moment nicht einmal sagen, ob sie wütend oder einfach nur fassungslos sein sollte.

Einen Moment lang riss und zerrte sie noch einmal mit aller Gewalt an der Tür und hämmerte schließlich sogar mit den Fäusten dagegen, natürlich ohne damit auch nur das Geringste zu erreichen.

Sie ging sogar so weit, das Fenster aufzumachen und an den geschmiedeten Gitterstäben zu rütteln, mit dem einzigen Ergebnis allerdings, dass ihr der Wind wie eine eisige Hand ins Gesicht klatschte und sie hinterher nicht nur schon wieder nass war, sondern die Temperaturen im Raum um mindestens zehn Grad gefallen waren und der Sturm alles durcheinanderwirbelte, was nicht niet- und nagelfest war.

Frustriert schloss Sam das Fenster wieder – wozu sie fast all ihre Kraft brauchte, denn der Sturm schien seine Anstrengungen plötzlich zu verdoppeln, den Eingang nicht wieder freizugeben, den sie ihm leichtsinnigerweise geöffnet hatte.

Hin- und hergerissen von einer Mischung aus blanker Wut und immer größer werdender Verzweiflung trat sie noch einmal und jetzt so hart gegen die Tür, dass ihr immerhin der Fuß wehtat, gab schließlich frustriert auf und humpelte mit zusammengebissenen Zähnen zum Fenster zurück.

Sie erschrak, als sie ihrem eigenen Spiegelbild begegnete. Die zurückliegenden Stunden hatten Spuren in ihrem Gesicht hinterlassen. Sie war bleich und hatte tiefe Ringe unter den Augen, und in ihrem Blick war etwas Wildes und fast Gehetztes, als lauere da tief in ihr eine Verzweiflung, deren wahres Ausmaß sie bisher noch nicht ganz begriffen hatte.

Sam hielt dem Anblick ungefähr eine Sekunde lang stand, schnitt ihrem eigenen Spiegelbild eine Grimasse und trat dann noch dichter ans Fenster heran, um die Wirklichkeit hinter dem schwarzen Spiegel erkennen zu können.

Falls es denn die Wirklichkeit war.

Ganz sicher war sie nicht, denn der Anblick erinnerte sie eher an eine Szene aus einem Katastrophenfilm oder die Erinnerung an einen ganz besonders üblen Albtraum.

Selbst das bisschen Licht, das es vorhin noch gegeben hatte, war nun erloschen. Draußen herrschte fast vollkommene Dunkelheit, und der Sturm peitschte den Regen nun tatsächlich waagerecht vor sich her. Selbst der Stall auf der anderen Seite, kaum einen Steinwurf entfernt, war nur zu erkennen, wenn seine Umrisse geisterhaft im Licht eines der Blitze aufleuchteten, dic jetzt in schon fast unheimlich regelmäßiger Folge über den Himmel zuckten. Und dasselbe galt auch für die Konturen der drei in schwarzes Eisen gepanzerten Einhornreiter, die auf der anderen Seite des Hofs standen und sie anstarrten.

Sam blinzelte.

Eine Sekunde lang herrschte vollkommene Dunkelheit, dann flackerte ein weiterer grellblauer Blitz über den Himmel, und die Reiter waren immer noch da.

Ihr Herz begann zu klopfen, nicht hektisch, sondern schon fast unnatürlich langsam, aber so schwer wie ein gusseisernes Hammerwerk, und sie glaubte regelrecht zu sehen, wie sich dort draußen gewaltige unsichtbare Kräfte zusammenballten und auf sie fokussierten.

Aber das kann nicht sein!, dachte sie hysterisch. Es war zu früh! Bis der Mond am Himmel erschien, waren noch Stunden Zeit! Die Reiter *konnten* noch gar nicht da sein!

Das! War! Unmöglich!

Wie als höhnische Antwort auf ihre Gedanken flammte ein weiterer Blitz über den Himmel und stanzte die Umrisse der drei Schwarzen Reiter, höllischen flachen Scherenschnitten gleich, aus der Nacht. Sie waren nicht näher gekommen – noch wirkte der magische Schutz, der Silberhorns Stall und ganz *Unicorn Heigths* umgab –, kamen Sam dennoch… *präsenter* vor, sodass sie ihre Nähe schon fast körperlich spüren konnte.

Bald, Prinzessin.

Sam schloss die Augen, zählte in Gedanken langsam bis zwanzig und hob die Lider erst wieder, als ein weiterer, tausendfach verästelter Blitz wie eine glühende Hand mit viel zu vielen Fingern über den Himmel flackerte.

Die Schatten waren verschwunden, und der Blitz hämmerte mit solcher Urgewalt ins Dach des lang gestreckten Stallgebäudes, dass es regelrecht explodierte.

Es dauerte nicht lange, wahrscheinlich nicht mehr als zwei oder drei Sekunden, aber es war das Entsetzlichste, was Sam jemals gesehen hatte, und die Zeit schien in dieser winzigen Spanne zehnmal langsamer abzulaufen, als sorge ein geheimnisvoller Zauber dafür, dass ihr auch nicht das kleinste Detail entging: Die Metallkonstruktion des Daches leuchtete wie unter einem unheimlichen, inneren Licht und verwandelte sich in ein geometrisches Muster aus weißen und gelben Linien, und sie konnte *sehen*, wie die durchsichtigen Kunststoffplatten dazwischen verdampften.

Dann explodierte das Dach.

Es war trotz allem ein fast ästhetischer Anblick. Eine zehn Meter hohe Säule aus purem Feuer brach aus dem Gebäude, wurde zu einer aufbrechenden Blüte aus reiner Glut und spie Flammen und glühende Trümmer und geschmolzenen Kunststoff in weitem Umkreis über den Hof und die angrenzenden Gebäude. Noch bevor der flammende Pilz gänzlich erloschen war, brachen an mindestens einem Dutzend Stellen kleinere Brände aus, und erst danach drang der krachende Schlag der Explosion an ihr Ohr, gefolgt von einer gewaltigen Druckwelle, die die Scheibe vor ihrem Gesicht klirren und den Boden unter ihren Füßen erzittern ließ.

Und erst jetzt erwachte Sam aus ihrer Erstarrung.

Mit einer entsetzten – wenn auch viel zu späten – Bewegung prallte sie vom Fenster zurück und so heftig gegen die Schreibtischkante, dass die Lampe umfiel und ein greller Schmerz durch ihre Hüfte fuhr. Lodernder roter Feuerschein und das immer noch anhaltende Zucken der Blitze drangen durch das Fenster herein und verwandelten das Zimmer in ein Inferno aus Licht und irrwitzigen Schatten. Zu allem Überfluss begann jetzt auch noch irgendwo eine Alarmsirene zu schrillen, und als wäre das alles noch nicht genug, hob Sam in diesem Moment den Blick und glaubte eine riesenhafte schwarze Gestalt zu sehen, die vor dem grellen Stroboskoplicht der Blitze hinter der Scheibe emporwuchs.

Wahrscheinlich war es nur ein Trugbild, hervorgerufen von dem chaotischen Durcheinander aus Licht und Schatten, oder auch nur ein böser Streich, den ihr ihre überreizten Nerven spielten, aber was immer es war, es war zu viel. Sam geriet endgültig in Panik, war mit zwei stolpernden Schritten bei der Tür und begann wie von Sinnen mit den Fäusten dagegenzuhämmern und zu schreien.

Schon nach zwei oder drei Schlägen begannen ihre Hände zu bluten und entsetzlich wehzutun, aber beides gab ihrer Panik zusätzliche Nahrung, und sie hämmerte und schlug nur noch ungestümer auf die Tür ein –

und auf das Gesicht, das plötzlich wie aus dem Nichts vor ihr auftauchte.

Die Tür war aufgegangen und nach außen geschwungen, und das so schnell, dass es ihr nicht mehr gelang, ihren letzten Hieb zurückzuhalten. Ihre Faust landete mit solcher Wucht in dem erschrockenen Gesicht, das plötzlich da war, wo sie widerspenstiges Holz erwartete, dass dessen Besitzer hilflos zurücktaumelte und gegen die Wand auf der anderen Seite des Korridors geschleudert wurde, wo er haltlos zusammensackte. Passend dazu rollte ein weiterer Donnerschlag heran, und diesmal war sie sicher, den Boden unter ihren Füßen erzittern zu spüren.

Dann erst sah sie, wen sie gerade ganz aus Versehen niedergeschlagen hatte, und riss erstaunt die Augen auf.

»Sven?«

»Ja, danke«, murmelte Sven. Eigentlich nuschelte er es, denn er versuchte sich mit einer Hand hochzustemmen und zugleich mit der anderen das Blut aus dem Gesicht zu wischen, das ihm plötzlich aus der Nase lief.

Sam war mit einem Sprung bei ihm und wollte ihm aufhelfen, aber er schlug ihren Arm weg und funkelte sie an.

»Immerhin weißt du noch, wer ich bin. Ich nehme an, du vergisst nie ein Gesicht, in das du schon einmal hineingeschlagen hast?«

Sam war nicht ganz sicher, ob sie jetzt wütend werden oder einfach laut auflachen sollte, aber die Entscheidung wurde ihr abgenommen.

Wie aus dem Nichts tauchte Tom neben ihr auf, der sie plötzlich viel mehr an den Prinzen der Steppenreiter erinnerte, den sie von ihren Besuchen in der Welt der Elfen und Magie her kannte, als an Angies schüchternen und manchmal etwas linkischen Bruder.

So derb, dass sie einen Moment lang um ihr Gleichgewicht kämpfen musste, riss er sie zurück und baute sich mit kampflustig geballten Fäusten zwischen Sven und ihr auf.

»Was ist hier los?«, fauchte er. »Was hast du ihr getan?«

»Getan?« Sven wirkte eher verwirrt als zornig. Und kein bisschen erschrocken oder gar schuldbewusst. Sein Interesse schien auch sehr viel mehr dem Blut zu gelten, das aus seiner Nase lief und auch auf seiner rechten Hand glänzte.

»Deine Freundin schlägt eine ganz schöne Kelle«, sagte er. »Im Gegensatz zu dir. Da fragt man sich doch, wer hier eigentlich auf wen aufpassen sollte.«

»Ich habe dich gefragt, was hier los ist!«, fauchte Tom. »Was hast du ihr getan?«

»Nichts«, sagte Sam hastig. »Das war ein Missverständnis. Er hat mir nur die Tür aufgemacht.«

»Eure Prinzessin hat laut um Hilfe gerufen, Sir Lancelot«, sagte Sven spöttisch. »Und da Ihr selbst verhindert wart, Mylord, habe ich mir die Dreistigkeit herausgenommen, ihr an Eurer Stelle beizuspringen, Euer Merkwürden.« Er verbeugte sich übertrieben spöttisch in Sams Richtung, fuhr sich noch einmal mit dem (diesmal anderen) Handrücken durch das Gesicht und ging dann provozierend langsam davon.

»Es macht doch immer wieder Spaß, jemandem zu helfen«, maulte er.

Tom sah ihm stirnrunzelnd nach und wandte sich dann mit finsterer Miene an Sam. »Um Hilfe gerufen?«

»Jemand hat mich eingeschlossen«, antwortete Sam. »Sonya, wenn du es genau wissen willst.«

»Sie hat dich *eingeschlossen?*«, ächzte Tom. »Aber …«

»Der Stall brennt«, fiel ihm Sam ins Wort. »Sollen wir noch eine Weile über Sonya diskutieren oder retten wir Star?«

Sie wartete Toms Reaktion erst gar nicht ab, sondern fuhr auf dem Absatz herum und stürmte los.

Sie waren nicht mehr allein, als sie in die große Halle rannten. Überall flogen Türen auf und aufgeregte Schüler stürmten auf die Gänge heraus, und gerade als sie sich dem Ausgang näherten, polterten auch Direktor Focks und ein ganzes Dutzend weiterer Lehrerinnen und Lehrer die Treppe herunter, unter ihnen auch Miss Hasbrog und Sonya. Ein nahezu fassungsloser Ausdruck erschien auf ihrem Gesicht, als sie Sam und Tom nebeneinander in die Halle stürmen sah, doch wenn sie dazu irgendeinen Kommentar abgab, dann ging er in dem ganz und gar unerwarteten Gebrüll unter, das der Schuldirektor anstimmte.

»Stehen bleiben! Alle!«

Erstaunlicherweise reagierten die meisten Schüler sogar darauf, wenn auch nicht alle, und erst recht nicht alle so, wie sie es sollten – was zur Folge hatte, dass in der großen Halle ein noch größeres Chaos ausbrach und Sam einen Moment lang ernsthaft befürchtete, von den Füßen gerissen zu werden oder einfach stecken zu bleiben.

Irgendwie gelang es Tom und ihr (mit schon deutlich mehr als nur *sanfter* Gewalt), sich zur Tür vorzuarbeiten, und hinter ihnen schrie Focks noch einmal und noch lauter: *»Stehen bleiben! Samiha! Thomas! Bleibt hier!«*

Jedenfalls nahm sie an, dass er das rief, denn die letzten Worte hörte sie schon nicht mehr. Tom und sie stürmten nebeneinander auf den Hof hinaus und mussten im nächsten Moment mit aller Kraft um ihr Gleichgewicht kämpfen, als der Sturm wie eine ganze Meute unsichtbarer Eiswölfe über sie herfiel.

Sam strauchelte, fand mit mehr Glück als irgendetwas anderem ihr Gleichgewicht wieder und hob schützend beide Arme vor das Gesicht, während sie sich in Richtung des brennenden Stallgebäudes wandte. Auf den ersten Blick sah es gar nicht so schlimm aus. An einer Stelle züngelten zwar noch Flammen aus dem geborstenen Dach, das allermeiste Feuer hatte der prasselnde Regen aber schon wieder gelöscht. Elektrische Funken sprühten, und unter dem immer lauter und wütender werdenden Heulen des Sturmes glaubte sie das Schreien verängstigter Pferde zu hören.

Tom ergriff sie am Arm und versuchte sie ins Haus zurückzuziehen, aber Sam riss sich einfach los, zog den Kopf noch weiter zwischen die Schultern und mobilisierte alle ihre Kräfte, um sich durch den Sturm und den eisigen Regen zum Stall zu kämpfen. Irgendetwas Brennendes flog kaum eine Handbreit an ihr vorbei und war zu schnell verschwunden, als dass sie es wirklich erkennen konnte. Dann hatte sie den Stall erreicht und riss die Tür auf.

Wenn sie geglaubt hatte, bisher wäre es schlimm gewesen, dann musste sie wohl für das, was sie nun sah, einen neuen Namen erfinden.

Der Stall war ein einziges Chaos. Das Licht war ausgefallen, aber mehr als ein Dutzend kleinerer Brände spendeten genug Licht, und Sam stockte für einen Moment der Atem, als sie sah, welch verheerende Schäden dieser einzelne Blitz angerichtet hatte.

Das Dach war praktisch verschwunden. Nur hier und da erblickte sie eine glühende Metallstrebe, von der brennender Kunststoff in langen, rußenden Fäden tropfte, aber die Flammen fanden irgendwo dort oben trotzdem noch Nahrung, sodass sie sich ganz instinktiv duckte, während sie unter dem lodernden Baldachin hindurchstürmte.

Der Lärm war unbeschreiblich. Der Sturm heulte mit

den Stimmen tausend losgelassener Dämonen herein, und das Prasseln der Flammen vermischte sich mit dem Kreischen der panischen Pferde, dem Zischen verbrennenden Kunststoffs und den dumpfen Hammerschlägen, mit denen die Hufe der Tiere ihre verchromten Gefängnisse zu zertrümmern versuchten, zu einem einzigen höllischen Crescendo. Flammen schlugen Sam entgegen, und wo ihr Qualm und beißende Hitze nicht den Atem abschnürten, da machte ihr der wie ein Wasserfall hereinstürzende Regen das Luftholen fast unmöglich.

Irgendetwas verbrannte ihre linke Hand, und eines der vollkommen in Panik geratenen Pferde versuchte nach ihr zu beißen, als sie zu nahe an seinem Verschlag vorbeilief. Dicht vor ihr kreischte eines der bedauernswerten Tiere in schierer Todesangst, weil das Stroh in seiner verchromten Box Feuer gefangen hatte, und Sam entging auch nicht, dass zahlreiche Tiere verletzt waren, von brennenden Trümmern getroffen, die auf sie herabgeregnet waren oder es immer noch taten, doch obwohl ihr der Anblick schier das Herz brach, wusste sie zugleich, dass sie nichts für die gepeinigten Kreaturen tun konnte.

Es war auch nicht ihre Aufgabe. Sie war hier, um Silberhorn zu beschützen, sonst nichts.

Im Slalom den bedrohlichen Trümmern ausweichend, näherte sie sich dem jenseitigen Ende des Stalls und spürte einen neuen Schauer purer Verzweiflung, als sie die weiß lodernde Flammenwand sah, die ihr den Weg versperrte. Star bäumte sich verzweifelt kämpfend dahinter auf, hämmerte mit den Vorderhufen immer wieder gegen die verchromten Gitterstäbe seines Gefängnisses, ohne sie auch nur ankratzen zu können, und biss in schierer Todesangst immer wieder in die leere Luft, die trotz des strömenden Regens rings um ihn herum bereits vor Hitze flimmerte.

Sam gewahrte eine schmale Lücke in der prasselnden Feuerwand, nahm all ihren Mut zusammen und stürmte mit angehaltenem Atem und geschlossenen Augen los. Etwas wie ein Hauch direkt aus dem tiefsten Schlund der Hölle streifte sie und war zu schnell vorbei, um ihr wirklich zu schaden, dann war sie hindurch und konnte gerade noch den Kopf einziehen, als Silberhorns eisenbeschlagene Hufe nur wenige Millimeter neben ihr Funken aus einer verchromten Stahlstrebe schlugen.

Mit fliegenden Fingern und der Panik eindeutig näher, als ihr lieb war, riss sie den einfachen Riegel zurück, der das Gatter an Ort und Stelle hielt, bückte sich unter Stars immer noch wirbelnden Hufen hindurch, streckte die Hände nach ihm aus und entschied sich dann doch dafür, ihre Finger zu behalten, als der Hengst in ganz und gar nicht magischer Panik nach ihr schnappte.

Etwas explodierte. Das Schrillen der Alarmglocke drang schon wieder an ihr Ohr, und obwohl der Regen an Heftigkeit zuzunehmen schien, war die Hitze jetzt so grausam, dass sie kaum noch atmen konnte. Ihr blieben allerhöchstens noch Sekunden, um lebendig hier hinauszukommen!

Und Sam tat etwas vollkommnen Verrücktes.

Abgesehen von einem einzigen Mal (bei dem es überdies nicht mit rechten Dingen zugegangen war) hatte sie noch nie auf einem Pferd gesessen, nun aber war sie mit einem einzigen Schritt an Stars Seite, streckte die Hand nach seiner Mähne aus und zog sich mit einer kraftvollen Bewegung auf seinen Rücken. Star bäumte sich prompt auf und versuchte sie abzuwerfen, und Sam brach seinen Widerstand mit einer routinierten Bewegung, über die sie nicht einmal nachdenken musste. Star warf den Kopf zurück und begann nervös auf der Stelle zu tänzeln, aber sie zwang ihn auch jetzt nicht nur wieder zur Ruhe, sondern auch nahezu auf der Stelle herum. Zwar wieherte er vor Angst, sprengte das Gatter aber auch mit einem doppelten Ausschlagen seiner Vorderhufe auf, prallte jedoch dann wieder angstvoll zurück, als die Flammen vor ihm noch höher aufloderten und die Hitze sein Fell und die weiße Mähne versengte.

Irgendwo vor ihr waren plötzlich aufgeregte Stimmen und Schreie, und Sam glaubte sogar jemanden ihren Namen rufen zu hören, doch ihr blieb keine Zeit, auch nur einen zweiten Gedanken daran zu verschwenden. Die Flammen krochen mit einem gierigen Zischen näher, und sie konnte spüren, wie die Hitze ihre Augenwimpern und -brauen versengte.

Ihre Hände krallten sich in Stars Mähne, während sie die Oberschenkel um seinen Leib schloss und ihm die Fersen in die Flanken rammte. Der Hengst schoss wie ein von der Sehne geschnellter Pfeil los und sprang mit einem gewaltigen Satz direkt in die Flammen hinein …

… und auf der anderen Seite wieder heraus. Funkern stoben unter seinen Hufen, und seine Mähne schwelte genauso wie Sams Kleider und Haare. Der Hengst kreischte immer noch vor Angst und Schmerz, drohte zu straucheln und fing sich dann mit einem Ruck wieder, mit dem er nicht nur in einen gestreckten Galopp verfiel, sondern Sam auch beinahe abgeworfen hätte.

Es gelang ihr, sich auf seinem Rücken zu halten, indem sie sich mit der rechten Hand weiter in seine Mähne krallte, und irgendwie auch mit der Linken die winzigen Glutnester wegzuschlagen, die sich darin einnisten wollten. Schreie gellten in ihren Ohren, und sie hatte einen flüchtigen Eindruck von mindestens zwei oder drei Gestalten, die sich hastig zur Seite warfen, um nicht einfach über den Haufen gerannt zu werden. Star sprengte mit gewaltigen Sätzen weiter und wurde noch einmal schneller. Sam beugte sich hastig tiefer über seinen Hals, als sie das Tor in immer rasenderem Tempo auf sich zufliegen sah, und versuchte den Hengst irgendwie unter Kontrolle zu bekommen.

Sie hatte nicht die geringste Ahnung, wie, aber es gelang ihr, des durchgehenden Hengstes Herr zu werden, wenn auch erst, nachdem sie aus dem brennenden Stall heraus und wieder inmitten des kaum weniger schlimm wütenden Sturmes waren. Star machte noch drei, vier weit ausgreifende Schritte, bremste dann so abrupt ab, dass sie beinahe einen Salto über seinen Hals geschlagen hätte, und stieg noch einmal wiehernd auf die Hinterläufe.

Sam versagten endgültig die Kräfte. Sie versuchte nicht, sich länger auf Star zu halten, sondern schaffte es gerade noch, sich mehr oder weniger (eigentlich eher weniger) elegant von seinem Rücken gleiten zu lassen und einen ungeschickten Schritt zur Seite zu machen, als der Hengst schon wieder wild in die leere Luft schnappte.

Eine Hand legte sich um ihren Oberarm und riss sie mit so ungestümer Kraft herum, dass sie schon wieder um ihr Gleichgewicht kämpfen musste. »Ist alles in Ordnung mit dir? Bist du verletzt?«

Das Heulen des Sturms riss Sonya die Worte von den Lippen, kaum dass sie sie ausgesprochen hatte, und der Regen klatschte ihr das nasse Haar in Strähnen ins Gesicht, sodass Sam im ersten Moment fast Mühe hatte, sie überhaupt zu erkennen. Trotzdem nickte sie und machte sich mit einer ärgerlichen Bewegung los.

»So, du hast also noch nie auf einem Pferd gesessen, wie?«, schrie Sonya über das Kreischen der Sturmböen hinweg. »Darüber unterhalten wir uns noch, junge Dame! Jetzt mach, dass du ins Haus kommst! Sofort!«

Sam wollte protestieren, doch Sonya ließ sie einfach stehen, trat auf Star zu und streckte die Hand nach ihm aus, und der Hengst schnappte nun auch nach ihr. Hastig prellte sie zurück, versuchte es noch einmal und behielt diesmal nur durch schieres Glück alle ihre Finger.

Mit einem raschen Schritt war Sam neben ihr und legte dem Hengst die flache Hand auf den Hals, und Star beruhigte sich augenblicklich.

»Verdammt, ich habe gesagt, du sollst …«, begann Sonya aufgebracht, und Direktor Focks trat hinter ihr aus dem Regen und brachte sie mit einer schon beinahe zornigen Geste zum Verstummen.

»Das klären wir später, Frau Baum! Helfen Sie den anderen!«

Eine Sekunde lang funkelte Sonya ihn so wütend an, dass Sam nicht einmal mehr erstaunt gewesen wäre, hätte sie sich einfach auf ihn gestürzt, doch dann fuhr sie auf dem Absatz herum und verschwand mit eiligen Schritten in Richtung Stall.

»Kommst du mit dem Hengst zurecht?«, brüllte Focks über den Sturm hinweg.

Sam fand diese Frage einigermaßen überflüssig, aber sie nickte trotzdem, und Focks machte eine ungeduldig-wedelnde Handbewegung. »Dann bring ihn in die Scheune! Dort ist er sicher!«

»Und wo ist das?«, schrie Sam zurück.

Focks sah eine Sekunde lang einfach nur hilflos aus, dann hob er den Arm und winkte die erstbeste Gestalt heran. Sam fragte sich verblüfft, ob es wirklich Zufall war, dass es sich ausgerechnet um Tom handelte.

»Zeig ihr, wo die Scheune ist!«, brüllte er. »Wir kommen gleich mit den anderen Pferden nach!«

»Komm mit!« Tom wedelte zwar aufgeregt mit beiden Händen, beging aber nicht den Fehler, seine Finger in die Nähe von Stars schnappenden Zähnen kommen zu lassen.

Als wäre das Gewitter plötzlich zu etwas Lebendigem geworden, das seine schon sicher geglaubte Beute auf keinen Fall entkommen lassen wollte, gewann es nicht nur noch einmal an Kraft, sondern drehte sich auch, sodass ihnen Sturm und eisiger Regen nun direkt in die Gesichter schlugen. Selbst Tom musste sich so weit nach vorn gegen den Wind beugen, dass er wohl schlichtweg umgefallen wäre, hätte der Orkan auch nur für eine Sekunde innegehalten, und Sam hätte sich wohl gar nicht mehr auf den Beinen halten können, hätte sie Star nicht vor den schlimmsten Hieben des Windes beschützt.

Trotzdem hatte sie das Gefühl, mit ihren Kräften vollkommen am Ende zu sein, als sie die Rückseite des Gebäudes erreichten und dem Sturm wenigstens für einen Moment entkamen.

Allerdings wirklich nur für einen *sehr* kurzen Moment, und hätte Sam nicht insgeheim längst begriffen, dass es Dinge wie Magie und das Wirken übernatürlicher Kräfte tatsächlich gab, dann hätte sie wohl spätestens jetzt begonnen, daran zu glauben, denn sie hatte noch keine zwei Schritte getan, da drehte sich der Sturm abermals und prügelte nur so auf sie ein.

»Warte hier!«, schrie Tom.

Obwohl er sich nur wenige Schritte weit entfernt hatte, konnte Sam ihn kaum noch sehen, denn der magische Sturm schien mittlerweile sogar die Dunkelheit selbst vor sich herzutreiben. Dann sah sie ein helles gelbes Licht, und Star ließ ein erleichtertes Schnauben hören und setzte sich ganz ohne ihr Zutun in Bewegung, sodass sie ihm allein schon folgen musste, um nicht von den Füßen gerissen zu werden.

Noch ein paar letzte mühsame Schritte, und Sam fand sich in einem unerwartet hohen, weitläufigen Raum, der von grellweißem Neonlicht erhellt war. Die Scheune, von der Focks gesprochen hatte, entpuppte sich als eine überdimensionale Garage, in der ein Dutzend Wagen unterschiedlichen Alters und unterschiedlicher Bauart abgestellt waren, darüber hinaus jedoch rein gar nichts, was an eine Scheune erinnerte. Sam wischte sich das nasse Haar aus dem Gesicht und überschlug im Geiste den vorhandenen Platz. Die Scheune war groß, aber mit zwei oder drei Dutzend Pferden hier drinnen würde es trotzdem eng werden.

Und das Schlimme war: Star und sie konnten nicht einmal hierbleiben. Wenn der Mond aufging, dann musste sich Star in seinem eigenen Stall befinden, das wusste sie einfach.

Tom stemmte das schwere Rolltor wieder zu, das er gerade erst schnaubend geöffnet hatte, und kam dann schwer atmend zu ihr.

»Das war ziemlich verrückt«, sagte er ernst. »Aber auch verdammt mutig. Und du bist wirklich sicher, dass du noch nie zuvor geritten bist?«

Anscheinend erwartete er gar keine Antwort auf diese Frage, denn er trat sofort an Star heran und bedachte ihn mit einem langen, unübersehbar besorgten Blick. Star hatte eine Anzahl Schrammen und leichter Brandflecken davongetragen, schien darüber hinaus aber mehr oder weniger unverschrt zu sein

»Ja, mir geht es auch gut«, grollte Sam. »Danke der Nachfrage.«

»Du würdest doch sowieso nicht zugeben, wenn dir was fehlt, oder?«, fragte Tom. »Nicht mal wenn du deinen eigenen Kopf unter dem Arm trägst.«

Sam sagte vorsichtshalber gar nichts dazu, auch wenn sie sich insgeheim darüber ärgerte, dass Tom sich anscheinend mehr Sorgen um den Hengst machte als um sie, aber schon im nächsten Moment schämte sie sich ihrer eigenen Gedanken.

»Kann ich dich einen Moment allein lassen?«, fragte Tom. Es klang ein bisschen verlegen. »Euch.«

Sam sah ihn fragend an.

»Der Stall«, erinnerte Tom. »Ich glaube, die können da jedes bisschen Hilfe brauchen.«

Sam nickte, aber nur zögernd und erst mit einiger Verspätung. Natürlich hatte Tom recht, Star und sie waren hier in Sicherheit, zumindest für den Moment … aber sie hatte mit einem Mal beinahe panische Angst davor, allein mit dem Hengst hier zurückzubleiben.

Tom schien noch etwas sagen zu wollen, ließ es dann aber mit einem knappen Nicken gut sein und stürmte regelrecht davon.

Sie blieb nur wenige Minuten allein mit dem weißen Hengst, in denen rein gar nichts geschah, dann kamen die ersten Lehrer und auch einige der älteren Schüler mit Pferden herein, die aus dem brennenden Stall gerettet worden waren. Etliche von ihnen waren verletzt – manche ziemlich übel, wie Sam erschrocken feststellte, aber sie fing genug Gesprächsfetzen auf, um mitzubekommen, dass wie durch ein Wunder nicht ein einziges Tier getötet worden war. Außerdem war das Feuer im Stall unter Kontrolle und es bestand keine Gefahr, dass es auf andere Teile des Hofes übergriff, woran zum allergrößten Teil der Sturm und der immer noch ungebrochen vom Himmel stürzende Regen Schuld trugen, nicht die verzweifelten Löschversuche.

Doch schon anhand des ersten Dutzends Pferde, das hereingebracht wurde, konnte Sam sehen, wie eng es wirklich werden würde, wenn erst einmal die gut dreifache Anzahl von Tieren hier drinnen eingepfercht war. Und es gab noch ein weiteres Problem, mit dem sie eigentlich hätte rechnen müssen, es aber nicht getan hatte: Star war es weder gewohnt, Flanke an Flanke mit anderen Pferden zu stehen, noch bereit, dies jetzt zu akzeptieren, ganz egal ob rings um ihn herum gerade die Welt in Flammen aufging oder nicht. Er wurde zunehmend nervöser, und wenn ihm eines der anderen Pferde auch nur nahe kam, versuchte er nach ihm zu beißen oder trat sogar mit den Hinterläufen aus. Noch fand sie immer wieder einen freien Platz, an den Star und sie sich zurückziehen konnten, aber je größer die Anzahl der Pferde, die hereinkamen, desto schwieriger würde auch das und irgendwann ganz unmöglich.

Wenigstens kam Tom nach einer Weile zurück. Er war bis auf die Haut durchnässt und vollkommen erschöpft wie alle, aber auch mit Ruß verschmiert, und ein Tropfen geschmolzener Kunststoff war wohl an seiner Jacke heruntergelaufen und hatte eine hässlich verbrannte Spur darauf hinterlassen. Es überraschte Sam nicht besonders, in dem Pferd, das er am Zaumzeug hereinführte, die braune Stute zu erkennen, die er gewöhnlich zu reiten pflegte. Sie registrierte diesen Umstand mit deutlicher Erleichterung, denn die Braune war eines von nur zwei Pferden auf dem gesamten Hof, die Star überhaupt in seiner Nähe duldete.

»Und?«, sagte sie knapp.

Tom machte ein vorwurfsvolles Gesicht, als hätte er eine etwas enthusiastischere Begrüßung erwartet, ging jedoch mit keinem Wort darauf ein. »Der Stall ist hin«, sagte er grimmig. »Aber niemand ist zu Schaden gekommen. Glück gehabt.«

Wenn er das als *Glück* bezeichnete, dann wollte Sam lieber nicht in seiner Nähe sein, wenn er glaubte, dass etwas wirklich schiefgegangen war … aber im Grunde hatte er ja recht. Nach allem, was in den letzten Minuten passiert war, glich es schon einem kleinen Wunder, dass weder Mensch noch Tier ernsthaft verletzt oder gar getötet worden waren.

Sie fragte sich nur, wie lange das wohl noch so bleiben würde …

»Wo ist Angie?«, wollte Sam wissen.

»In ihrem Zimmer, und dort wirst du jetzt auch hingehen, bis wir dich rufen oder zu dir kommen.«

Es war nicht Tom, der ihre Frage beantwortete, sondern die Stimme, die sie im Moment am allerwenigsten hören wollte. Sam drehte sich mit einem Ruck herum und funkelte Sonya mit einer Mischung aus Schrecken und Wut an, die sie kaum noch im Zaum zu halten vermochte.

»Du hast Star gerettet und dafür sind wir dir wirklich dankbar«, fuhr Sonya fort, »aber jetzt geh bitte ins Haus. Der Sturm könnte noch schlimmer werden, und wir müssen euch in Sicherheit bringen.«

Sam war drauf und dran, ihr zu antworten, dass es weder auf dieser noch auf irgendeiner anderen Welt Sicherheit gab – nicht vor den Dingen, mit denen sie es hier zu tun hatten –, aber ein einziger Blick in Sonyas vor Zorn sprühende Augen machte ihr klar, wie sinnlos jedes einzelne Wort jetzt war. Sonya sprach nicht nur über das, was gerade passiert war. Ganz und gar nicht.

Sam maß Star mit einem besorgten Blick, und der Hengst reagierte mit einem Schnauben und einem nervösen Scharren der Vorderhufe.

»Wir geben auf ihn acht, keine Angst«, sagte Sonya. Sams Blick war ihr genauso wenig entgangen wie die Reaktion des Hengstes. »Aber jetzt solltet Ihr gehen, Prinzessin. Begreift Ihr denn nicht, dass wir Euch nur beschützen wollen?«

Sam starrte sie an. »Wie?!«

»Geh zurück ins Haus«, sagte Sonya, nunmehr fast im Tonfall eines Befehls. »Der Sturm wird noch schlimmer werden, und hier ist es vielleicht nicht mehr sicher.«

Das war es nicht, was sie gesagt hatte. Sam hatte sich diese sonderbaren Worte nicht nur eingebildet. »Wie?«, fragte sie noch einmal.

Star schnaubte zustimmend.

»Du sollst –!«, fauchte Sonya, und Tom legte ihr in einer vollkommen unpassenden vertrauten Geste die Hand auf den Unterarm und unterbrach sie: »Ich bringe sie zurück. Ist schon in Ordnung.«

»He!«, protestierte Sam. »Hab ich vielleicht auch noch was zu sagen?«

»Nein«, antworteten Tom und Sonya beinahe wie aus einem Mund.

»Das ist viel zu gefährlich«, fügte Sonya nach einer Sekunde hinzu. Sie wirkte genauso verdutzt wie Tom, mit dem sie einen raschen verwirrten Blick tauschte, und fuhr mit einem heftigen Kopfnicken fort: » Wir evakuieren sämtliche Schülerinnen und Schüler in den Keller. Das ist im Moment der sicherste Platz hier.«

»In den ... *Keller?*«, ächzte Sam. Hätte Sonya sie warnungslos geohrfeigt, hätte sie kaum überraschter sein können. Und *was* bitte schön hatte sie gerade gesagt? *Begreift Ihr denn nicht, dass wir Euch nur beschützen wollen, Prinzessin?* Ihre Gedanken begannen sich immer schneller im Kreis zu drehen. Konnte es sein, dass die beiden ...?

Nein. Unmöglich.

Star schnaubte, und der Laut riss sie wieder in die Wirklichkeit zurück. Sonya vergrößerte ganz instinktiv ihren Abstand zu dem Hengst um ein gutes Stück, und selbst Tom wirkte plötzlich ein bisschen nervöser.

»Und Silberhorn?«

Sam benutzte ganz bewusst diesen Namen, und sie war nicht einmal sonderlich überrascht, dass Sonya nicht den mindesten Anstoß daran zu nehmen schien, sondern wie selbstverständlich antwortete: »Er bleibt hier bei den anderen Pferden. Aber keine Sorge, wir passen schon auf ihn auf.«

Star schnaubte. Er klang ... nicht begeistert, ein anderes Wort fiel Sam nicht ein.

»Und du?«, wandte sie sich an Tom.

Der legte ihr beruhigend die Hand auf den Arm, was ihr seltsamerweise in diesem Moment fast unangenehm war. »Ich bringe dich ins Haus. Wahrscheinlich brauchen sie da deine Hilfe. Wir müssen alle Zimmer durchsuchen und sichergehen, dass auch niemand zurückbleibt.«

Er tauschte wiederum einen fragenden Blick mit Sonya und zog die Hand erst von Sams Arm zurück, als sie mit einem – widerwilligen – Nicken ihr Einverständnis bekundete. Sam war froh, dass er es tat, denn eine Sekunde später hätte sie seine Hand gewaltsam abgeschüttelt.

»Also gut«, sagte Sonya. »Aber beeil dich.«

Es kostete Sam Überwindung, Star allein hier zurückzulassen, und der Hengst machte es ihr nicht gerade leichter, indem er noch einmal mit dem Vorderhuf scharrte und ihr einen eindeutig vorwurfsvollen Blick zuwarf. Aber schließlich gab sie sich einen Ruck und folgte Tom zum Tor.

Auf dem Weg nach draußen kamen ihnen zahlreiche Pferde entgegen, die von Lehrern oder Schülern geführt wurden, mehr als eines eigentlich eher mit Gewalt gezerrt, denn die Tiere waren vollkommen verängstigt. Besonders eines – ein mächtiger schwarzer Hengst, der die anderen Tiere um ein gutes Stück überragte – machte den gleich drei Lehrern, die ihn unter Anleitung von Direktor Focks zu bändigen versuchten, arg zu schaffen, denn er wollte sich immer wieder losreißen und biss und trat nach Kräften um sich.

Ohne darüber nachzudenken, was sie eigentlich tat (denn dann hätte sie es wahrscheinlich nicht getan …), trat Sam hinzu, legte ihm die flache Hand auf den Hals, und kaum hatte sie ihn berührt, da beruhigte sich der Hengst. Er hörte auf, um sich zu beißen und an seinen Zügeln zu zerren, sah sie einen halben Atemzug lang aus seinen großen, klugen Augen an … und senkte dann den Kopf, um seine Nüstern an ihrer Hand zu reiben. Sam hätte nicht einmal sagen können, wer überraschter war – Tom, Focks und die drei Lehrer, die sie aus großen Augen anstarrten, oder sie selbst –, doch in diesem Moment geschah etwas vielleicht sogar noch Unerwarteteres: Die Berührung des Hengstes war ihr nicht unangenehm, obwohl seine Nüstern kalt und nass waren und er sie vor lauter Aufregung kräftig vollsabberte. Ganz im Gegenteil spürte sie plötzlich ein nie gekanntes Gefühl von Zuneigung und Vertrauen, und ganz eindeutig ohne ihr Zutun hob sie nicht nur noch einmal die Hand, um ihn zu streicheln, sondern schmiegte auch ihr Gesicht an seinen Hals. Sie spürte das Vertrauen, das dieses so große, starke Tier ihr entgegenbrachte, aber ganz tief in ihm drinnen auch einen bitteren Schmerz, sein ganzes Leben in Gefangenschaft verbringen zu müssen, wo er doch für die unendlichen Steppen Caivallons geschaffen war. Geboren, um mit dem Wind um die Wette zu rennen und dieses Rennen nur zu oft auch zu gewinnen.

Sam blinzelte, und der seltsame Gedanke verschwand ebenso schnell wieder aus ihrem Kopf, wie er gekommen war. Aber für einen unendlich kurzen Moment hatte sie nicht nur an das ferne Reich der Steppenreiter gedacht, sondern hatte den Wind gespürt, der über den endlosen Ozean aus Gras strich und immer neue vergängliche Muster in dessen wogende Oberfläche malte, und das warme Licht der Sonne auf dem Gesicht, die hier niemals ihre Kraft verlor. Sie hatte das Rauschen des Grases gehört und ganz weit entfernt, aber deutlich das Wiehern der Pferde, die in gewaltigen Herden und vollkommen frei über die Steppe wanderten und Menschen nur auf ihren Rücken duldeten, wenn sie es wollten.

Tom räusperte sich unecht, und auch dieses Bild verschwand. »Also das … ähm … war ja ganz beeindruckend«, sagte er verwirrt. »Aber jetzt sollten wir vielleicht wirklich … ich meine …«

Sam nickte, tätschelte noch einmal den Hals des Hengstes und gab den Zügel dann an die erstbeste Hand weiter, die sich ihr entgegenstreckte. Das dazugehörige Augenpaar starrte sie vollkommen fassungslos an, aber Sam wich dem Blick aus. Einzig Focks sah sie … *seltsam* an. Lächelte er?

Rasch wandte sie sich um und folgte Tom nach draußen.

Und vergaß den schwarzen Hengst, den Grasozean von Caivallon und alles andere dazu, denn es war, als hätte sie einen Schritt direkt in die Hölle getan.

Sam hatte noch nicht einmal den zweiten Schritt getan, da packte sie eine heulende Windböe und drückte sie mit solcher Gewalt gegen die Wand, dass sie sich kaum noch auf den Beinen halten konnte.

Tom versuchte sich schützend vor sie zu stellen, konnte sich aber ebenfalls nur auf den Beinen halten, weil er die Hände mit durchgedrückten Armen gegen die Wand stemmte. Er schrie irgendetwas, und der Sturm riss ihm die Worte von den Lippen, sodass Sam nur Wortfetzen verstand.

»… paar Schritte! …ne Verbindungstür … die Küche … dich fest!«

Mit einer Kraft, die sie ihm gar nicht zugetraut hätte, stieß er sich nicht nur von der Wand ab, sondern packte sie auch am Arm und zerrte sie einfach mit sich, anscheinend seine Version von der Aufforderung, sich an ihm festzuhalten.

Der Weg war nicht weit, aber sie kamen kaum von der Stelle. Immer wieder packte sie der Sturm und presste sie gegen die raue Wand, und das grelle Blitzlichtgewitter am Himmel nahm noch einmal an Intensität zu, sodass ihr die gleißende Helligkeit nun wirklich die Tränen in die Augen trieb.

Vielleicht lag es ja daran, dass sie schon wieder eine unheimliche Beobachtung zu machen glaubte: Immer dann, wenn einer der gleißend blauen Blitze aufzuckte, schien sich Tom zu … verändern. Er wirkte größer, sein Haar länger und lockig, und seine Kleider hatten mehr Ähnlichkeit mit fein gegerbtem Wildleder als mit Jeans und Windjacke. An der Seite schien etwas aufzublitzen, das lang und schmal war und aus scharfem Metall bestand.

Endlich erreichten sie die Ecke des Gebäudes, und für einen Moment waren sie aus dem schlimmsten Wüten des Sturms heraus. Sam zweifelte nicht daran, dass sich das in wenigen Augenblicken wieder ändern würde, und auch Tom schien es ganz ähnlich zu gehen, denn er hielt nicht etwa an, um Atem zu schöpfen, wie es jeder andere an seiner Stelle getan hätte, sondern verfiel ganz im Gegenteil in einen rasend schnellen Laufschritt und zerrte sie nun wirklich rücksichtslos hinter sich her.

»Es sind nur ein paar Schritte!«, wiederholte er seine Worte von gerade. »Wir müssen durch die Küche! Die Scheune hat keine direkte Verbindung!« Aufgeregt gestikulierte er auf eine Tür, die vielleicht zwanzig oder fünfundzwanzig Schritte entfernt war. Seine Gestalt wechselte im Rhythmus der zuckenden Blitze beständig zwischen seiner eigenen und der des jungen Steppenreiters hin und her, und im gleichen Maße schien sich auch am Himmel über ihnen etwas zu verändern, aber Sam konnte nicht sagen, was.

Beinahe hätten sie es sogar geschafft.

Sie waren vielleicht noch ein halbes Dutzend Schritte von der rettenden Tür entfernt, als der Sturm merkte, dass sie ihm schon wieder zu entkommen drohten, und seine Richtung mit einem zornigen Brüllen abermals änderte.

Diesmal wurden beide von den Füßen gerissen und mit solcher Gewalt gegen die Wand geschleudert, dass Sam ihre eigenen Rippen knacken hören konnte und für einen Moment nichts als rote Schlieren sah. Hilflos sackte sie zu Boden und spürte, dass es Tom neben ihr genauso erging. Alles drehte sich um sie. Das Brüllen des Sturms war jetzt so laut, dass es in den Ohren schmerzte, und woher sie die Kraft nahm, nach einer oder zwei Sekunden die Augen zu öffnen, wusste sie selbst nicht mehr.

Sie wusste auch nicht, ob es eine gute Idee gewesen war.

Die Blitze zuckten nun buchstäblich ununterbrochen über den Himmel, sodass der Hof wie von einem grellen stroboskopischen Gewitter erleuchtet vor ihr lag. Das Licht schmerzte wie Säure in den Augen, und die Millisekunden vollkommener Schwärze dazwischen waren beinahe noch unangenehmer.

Aber auch sie reichten nicht aus, um den fast zweieinhalb Meter großen Giganten übersehen zu lassen, der nur einen halben Steinwurf von ihr entfernt dastand und sie aus rot glühenden Augen anstarrte.

Es war das erste Mal, dass sie den Troll *wirklich* sah, und es war ein Vergnügen, auf das sie mit Freuden verzichtet hätte.

Das Monster war noch riesiger, als sie es in Erinnerung hatte, und massig wie ein Berg. Seine Pfoten, groß wie Schaufelblätter, endeten in mörderischen Krallen, scharf und gebogen wie Dolche, und beim Anblick seines Gebisses hätte wahrscheinlich selbst ein ausgewachsenes Amazonaskrokodil schreiend die Flucht ergriffen. Seine Augen leuchteten in einem unheimlichen roten Feuer, das aus nichts anderem als purem Hass bestand.

Der niemand anderem als ihr galt.

Das Ungeheuer setzte sich mit einem Grollen in Bewegung, das selbst durch das Heulen des Sturms noch zu hören war, und Sam vergeudete eine geschlagene, unendlich kostbare Sekunde damit, den struppigen Koloss anzustarren und sich zu wundern, wieso sie den Troll so einfach hatte vergessen können.

Dann packte Tom sie am Arm, und die Berührung riss

sie zumindest weit genug in die Wirklichkeit zurück, um die Lähmung abzuschütteln und sich in die Höhe zu stemmen. Wenigstens weit genug, damit der Sturm sie wieder packen und noch einmal gegen die Wand schmettern konnte, wenn auch vielleicht nicht mehr mit ganz so grausamer Wucht wie das erste Mal. Sie stürzte nicht noch einmal, schaffte es aber gerade, sich mit dem Rücken an der Wand auf die rettende Tür zuzuschieben, nicht wirklich zu laufen.

Der Troll schien solche Probleme nicht zu kennen. Er stampfte heran wie eine zum Leben erwachte Planierraupe – nur deutlich unaufhaltsamer – und hob die schrecklichen Klauen, um sie zu packen und bei lebendigem Leibe zu zerreißen. Anders als der junge Prinz der Steppenreiter war er nicht nur im flackernden Licht der Blitze sichtbar, sondern raste auch in den winzigen Momenten vollkommener Dunkelheit dazwischen weiter heran, wie das rot glühende Augenpaar zwei Meter über dem Boden bewies.

»Lauf!«, brüllte Tom, versetzte ihr einen Stoß und sprang dem Troll gleichzeitig entgegen. In seiner Gestalt als Prinz der Steppenreiter zog er sein Schwert, als Schatten in den unendlich kurzen Momenten dazwischen ging er in eine leicht geduckte Haltung und breitete die Arme aus … als hätte er auf diese Weise auch nur den Hauch einer Chance, den tonnenschweren Koloss aufzuhalten!

»Lauf!«, schrie er. »Ich halte ihn auf!«

Sam bezweifelte, dass er ihn auch nur verlangsamen konnte, aber es stand nicht in ihrer Macht, ihm zu helfen. Sie hätte es nicht einmal gekonnt. Ihre Kraft reichte gerade noch aus, sich buchstäblich zentimeterweise weiter auf die Tür zuzuschieben. Sie konnte nur hoffen, dass sich das Ungeheuer nicht wirklich für Tom interessierte.

Und seine Wut an ihr ausließ? Ja, prima. Ein Wunsch, mit dem sie besser vorsichtig sein sollte.

Noch zwei Schritte bis zur Tür, dann noch einer …

Sam hörte ein urgewaltiges Brüllen, warf einen Blick über die Schulter zurück und sah, wie der Troll Tom einfach über den Haufen rannte und dabei keineswegs langsamer, sondern eher noch schneller zu werden schien. Vielleicht noch zwei oder Sekunden, dachte sie entsetzt, und die Tür neben ihr flog auf, und eine von Kopf bis Fuß in schwarzes Eisen gehüllte Gestalt stürmte heraus, riss mit der rechten Hand ein gewaltiges Schwert aus dem Gürtel und packte sie mit der anderen Hand am Arm, um sie ohne die geringste Mühe herum- und durch die Tür zu stoßen.

Dunkelheit hüllte sie ein und verschwommene schwarze Umrisse schienen sie aus allen Richtungen gleichzeitig anzuspringen. Der Sturm klang jetzt tatsächlich wie ein enttäuschtes Raubtier. Eingehüllt in eine Sturmböe, die brüllend an ihr vorbeifauchte und irgendwo in der Dunkelheit etwas klirrend in Stücke schlug, stolperte Sam zwei oder drei Schritte weiter, bevor sie es auch nur wagte, stehen zu bleiben und sich umzudrehen.

Der Schwarze Ritter hatte den Troll erreicht und deckte ihn mit mächtigen beidhändig geführten Schwerthieben ein. Sam bezweifelte, dass er das Ungeheuer damit ernstlich verletzen oder gar töten konnte (sie war nicht einmal sicher, ob man den Troll *überhaupt* töten konnte), aber sie sah Fell fliegen und Blut spritzen, und immerhin gelang es ihrem unbekannten Helfer, das Ungetüm auf diese Weise aufzuhalten.

Aber wo war Tom?

Gegen jede Vernunft kämpfte sich Sam wieder zur Tür zurück und sah Tom – manchmal Tom, manchmal den Prinzen der Steppenreiter –, der sich gerade in diesem Moment mühsam auf Hände und Knie hochstemmte. In seiner Gestalt als Steppenreiter hatte er das Schwert fallen lassen, nach dem er nun benommen tastete, in der als Tom stemmte er sich mit derselben Bewegung mühsam in die Höhe, und in beiden Gestalten lief Blut aus einer hässlichen Platzwunde an seiner Stirn und in einem breiten Strom über sein Gesicht.

»Tom!«, schrie sie. »Hierher!«

Tom – in beiden Gestalten schreckensbleich – reagierte immerhin auf den Klang ihrer Stimme, drehte sich zu ihr herum und hob noch in derselben Bewegung den Blick in den Himmel.

Er erstarrte auch in derselben Bewegung, und als Sam ebenfalls nach oben sah, erging es ihr nicht anders.

Ihr war vorhin schon aufgefallen, dass irgendetwas mit dem Himmel nicht stimmte. Nun sah sie, was er war.

Über dem Hof tobte der Sturm mit ungebrochener Wut und war voller schwarzer, kochender Wolken. Doch das galt nur für die Zeiten zwischen den Blitzen. Im grellen Licht der tausendfach verästelten Blitze war nicht eine einzige Wolke zu sehen.

Dafür war der Himmel voller Wyvern.

Lauft, Prinzessin! Bringt Euch in Sicherheit! Rettet das Einhorn!«

Sam hätte nicht einmal sagen können, wer diese Worte geschrien hatte, Tom oder der Schwarze Ritter oder vielleicht sogar beide, aber es spielte auch keine Rolle. Sie würde Tom ganz gewiss nicht noch einmal im Stich lassen, und tief in sich spürte sie auch, dass sie das Leben des Einhorns nicht retten konnte, wenn sie dafür mit dem Verrat an einem Freund bezahlte.

Ohne einen einzigen Gedanken an die Gefahr zu verschwenden, in die sie sich selbst begab, machte sie einen weiteren Schritt auf die Tür zu, raffte all ihre Kraft zusammen, um gegen das Wüten des Sturmes anzukämpfen, und sah, wie der Schwarze Ritter das schier Unmögliche schaffte und den Troll mit immer wütenderen Hieben Schritt für Schritt zurückzutreiben begann. Zugleich registrierte sie auch mit kaltem Entsetzen, wie sich die vermeintlichen Gewitterwolken am Himmel teilten und ein ganzer Schwarm der geflügelten Ungeheuer auf Tom und ihren namenlosen Verbündeten herabstieß.

Das Licht ging an, und eine unsichtbare Faust packte die Tür und warf sie unmittelbar vor ihr mit solcher Gewalt ins Schloss, dass der Rahmen einen Sprung bekam.

»Was … ist denn hier los?«, murmelte eine verwirrte Stimme hinter ihr.

Sam beachtete sie gar nicht, sondern war mit einem einzigen Schritt bei der Tür und zerrte mit aller Kraft an der Klinke.

Natürlich rührte sie sich nicht. Das Heulen des Sturms drang nur noch gedämpft durch das dicke Holz der Tür, aber sie hörte auch deutlich das Schlagen schwerer lederner Flügel und ein Kreischen und Zischen wie von tausend tollwütigen Fledermäusen.

»Sam, was ist hier los? Wo ist Tom?«

Sam drehte sich nun doch herum, als sie Angies Stimme erkannte. Toms Schwester stand unter der offenen Tür, die linke Hand noch auf der Klinke, und blinzelte in das grelle Neonlicht, das sie selbst eingeschaltet hatte. In der anderen Hand hielt sie etwas Flaches, Schwarzes, das Sam vage bekannt vorgekommen wäre, hätte sie sich die Mühe gemacht, darüber nachzudenken. Und die Zeit dafür gehabt, selbstverständlich.

»Was ist denn hier los?«, fragte sie zum dritten Mal. »Und wo –? «

»Verschwinde!«, unterbrach sie Sam. »Angie, hau ab, wenn du am Leben bleiben willst!«

»Wenn ich *was*?«, wiederholte Angie verwirrt, und bevor Sam antworten konnte, explodierte das Fenster neben ihr, und einer, dann zwei, dann drei geflügelte schwarze Albträume drängten hintereinander herein. Angie begann zu kreischen.

Sam entging dem Angriff des ersten Wyvern mit nichts anderem als purem Glück, ließ sich zur Seite fallen, als die Krallen des Miniatur-Drachen die Tür neben ihr zerfetzten, und rollte blitzschnell über den Boden. Angie kreischte immer noch, und die gesamte Küche schien mit einem Mal nur noch aus schlagenden Flügeln, messerscharfen Klauen und schnappenden Kiefern zu bestehen.

Ein Wyvern stürzte mit weit aufgerissenem Maul und gierig vorgestreckten Krallen auf sie herab und hätte sie ganz bestimmt erwischt, wäre ihm nicht ein zweites geflügeltes Ungeheuer in seiner Gier in den Weg gekommen und im Flug mit ihm kollidiert.

Offenbar darüber, wer sie zuerst umbringen durfte, gerieten die beiden Biester augenblicklich in Streit und begannen sich gegenseitig mit Zähnen und Klauen zu bearbeiten, und Sam nutzte die Gelegenheit, sich unter ihnen wegzurollen und auf die Füße zu springen.

»Äh … Sam?«, murmelte Angie.

Sam beachtete sie gar nicht, sondern hielt gleichzeitig nach dem dritten Wyvern und irgendetwas Ausschau, das sie als Waffe benutzen konnte. Das mit der Waffe war das kleinere Problem – immerhin befand sie sich hier in einer Küche, in der jeden Tag für mehr als dreihundert Personen gekocht wurde, und es gab eine reichhaltige Auswahl an Messern, Beilen, Gabeln und Fleischspießen und anderen Mordinstrumenten – doch den Wyvern konnte sie nirgendwo entdecken.

Dafür hörte sie ihn umso deutlicher. Etwas schepperte, klirrte und krachte ununterbrochen irgendwo am anderen Ende der Küche, und Sam glaubte einen Schatten zu erkennen, der sich einen ziemlich einseitigen Kampf mit einem ganzen Dutzend Tiegeln und Pfannen lieferte. Anscheinend waren die Wyvern nicht die Hellsten.

Aber sie waren zu dritt, und draußen warteten noch mindestens weitere drei*hundert* von ihnen (oder auch dreitausend, aber das machte vermutlich keinen Unterschied mehr), und Sam erinnerte sich zu gut, schon den Angriff eines einzigen der kleinen Ungeheuer nur mit Mühe und Not überlebt zu haben … und auch das bloß, weil die Waldfee ihr eigenes Leben riskiert hatte, um ihr zu helfen.

Sam zögerte vielleicht einen Moment zu lange, denn die beiden Wyvern hörten auf, sich um die zweifelhafte Ehre zu balgen, sich als Erster einen Appetithappen aus ihr herausbeißen zu dürfen, und nahmen die Aufgabe nun gemeinsam in Angriff. Sam schlug den einen Wyvern mit der bloßen

Hand aus der Luft, duckte sich unter dem zuschnappenden Krokodilschnabel des anderen hindurch und griff nach dem Erstbesten, was ihr in die Hände fiel.

Es war kein Messer, sondern eine Bratpfanne mit langem Stiel, was sich aber als beinahe genauso gute Waffe erwies, wenn nicht sogar als bessere. Sam bückte sich instinktiv unter einem geflügelten Schatten weg, der sie verfehlte und sich dafür mit großem Enthusiasmus in eine verchromte Dunstabzugshaube verbiss, schwang ihre teflonbeschichtete Keule und schmetterte einen zweiten Wyvern aus der Luft, der sich kreischend und mit wild schlagenden Flügeln an sie anzupirschen versuchte. Der Schlag war hart genug, um ihn quer durch den Raum und gegen die Wand auf der anderen Seite zu schleudern, an der er mit ausgebreiteten Flügeln und halb benommen heruntterglitt, aber nicht, um ihn ernsthaft zu verletzen oder gar zu töten. Sam wusste schließlich, wie zäh diese kleinen Biester waren.

Nebenbei waren sie auch zu dritt, und die beiden anderen stürzten sich jetzt gleichzeitig und aus verschiedenen Richtungen auf sie. Sam duckte sich und gab ihnen so die Gelegenheit, kräftig mit den Köpfen aneinanderzustoßen, schlug blindlings mit ihrer Bratpfanne zu und wurde mit einem Geräusch belohnt, als würde ein ganzes Bündel dünner Reisigzweige durchgebrochen. Einer der Wyvern trudelte mit hilflos flatternden Schwingen zu Boden, der andere krallte sich pfeifend und zeternd in ihre Haare und versetzte ihr mit seinen peitschenden Flügeln ein halbes Dutzend Ohrfeigen, dass ihr der Schädel dröhnte.

Sam schlug blindlings hinter sich und spürte zwar selbst, dass der Hieb nicht besonders wirkungsvoll war, aber sie traf, und immerhin torkelte der Wyvern ein Stück zur Seite und ließ für einen Moment von ihr ab, und mehr brauchte sie nicht, um auf der Stelle herumzufahren und dem Wyvern einen zweiten und deutlich besser gezielten Hieb zu verpassen. Das Ungeheuer stieß noch ein fast kläglich anmutendes Piepsen aus und fiel dann wie ein Stein zu Boden.

Blieb noch einer.

Natürlich nur, wenn sie das gute Dutzend weiterer Wyvern nicht mitzählte, das in diesem Moment durch das zerborstene Fenster hereinquoll.

»Angie, lauf!«, schrie sie mit schriller, sich überschlagender Stimme. *»Hau ab!«*

Ihr blieb keine Zeit, sich davon zu überzeugen, ob Angie ihrer Aufforderung folgte oder nicht. Mit wütenden, beidhändig geführten Hieben ihrer improvisierten Waffe fegte sie zwei, drei der geflügelten Angreifer aus der Luft, wich dabei rückwärtsgehend vor der flatternden Meute zurück und schickte ein Stoßgebet zum Himmel, dass Angie klug genug war, wegzulaufen, aber nicht so umsichtig, die Tür etwa hinter sich abzuschließen, dann entglitt ihr auch dieser Gedanke und die Küche schien mit einem Mal nur noch aus schlagenden schwarzen Flügeln, schnappenden Kiefern und reiner Bewegung zu bestehen. Krallen zerrten an ihrem Haar, zerkratzten ihr Gesicht und ihre Hände und rissen an ihren Kleidern, und der Raum hallte wider von einem pfeifenden, keifenden und schimpfenden Chor, dem schweren Schlagen lederner Flügel und dem Scheppern von Kochtöpfen und zerbrechendem Geschirr.

Sam taumelte zurück, prallte schmerzhaft gegen ein Hindernis und schlug einen weiteren Wyvern aus der Luft, doch für jedes der winzigen Drachenmonster, die sie erledigte, drangen mindestens zwei oder drei neue durch das zerbrochene Fenster herein. Angie schrie irgendetwas, das im Kreischen der losgelassenen Meute unterging, und Sam schlug immer verzweifelter und schneller um sich, mit dem einzigen Ergebnis, dass die Anzahl der Wyvern noch einmal zuzunehmen schien.

Tödlich geschliffener Stahl blitzte neben ihr auf, schnitt einen Wyvern säuerlich in zwei Hälften, der sich gerade mit vorgestreckten Krallen auf ihr Gesicht stürzen wollte, und trennte noch in der gleichen Bewegung den Flügel eines zweiten ab, der mit einem schrillen Pfeifen neben ihr auf einer Herdplatte landete. Sie schien noch heiß zu sein, denn Sam hörte ein helles Zischen, und für einen Moment stank es durchdringend nach verbranntem Leder.

Sam wusste zunächst nicht einmal, *wer* ihr da so unerwartet zu Hilfe gekommen war, Tom oder ihr unbekannter Verbündeter. Dann registrierte sie langes blondes Haar und zerrissenes Wildleder und begriff erleichtert, dass Tom immerhin noch am Leben war.

Die Frage war nur: wie lange noch? Der junge Prinz der Steppenreiter war lägst nicht mehr der Einzige, der aus zahlreichen Rissen und Schnitten blutete. Sie kämpften jetzt Seite an Seite, und was man sich über den Erben von Caivallon erzählte, das schien wohl zu stimmen, denn seine Klinge wütete fürchterlich unter den geflügelten Angreifern. Doch im Grunde schufen sie mit jedem Wyvern, den sie erschlugen, nur Platz für ein neues Ungeheuer, das von draußen hereindrängte. Oder auch zwei.

»Raus hier, Prinzessin!«, keuchte der Prinz. *»Flieht! Ich halte sie auf!«*

Beinahe hätte Sam gelacht. Selbst wenn sie ihn ein zweites Mal im Stich hätte lassen wollen (was sie ganz gewiss *nicht* tun würde!), hätte sie es nicht gekonnt. Der Raum war praktisch angefüllt mit Wyvern. Sie versuchten Seite an Seite und rückwärtsgehend zur Tür zurückzuweichen, kamen aber kaum noch von der Stelle, und die Anzahl ihrer geflügelten Feinde schien immer weiter anzuwachsen.

Ein durchdringendes Zischen erklang, und plötzlich änderte sich etwas im keifenden Chor der Wyvern. Er wurde nicht leiser, doch nun war ein deutlicher Anteil von Schmerz und Erschrecken darin, und mit einem Male stank es schon wieder nach schmorendem Leder und dann nach verbranntem Fett und kokelndem Fleisch. Etwas in der Bewegung des Schwarms änderte sich. Sie wurden jetzt nicht mehr angegriffen, wankten aber dennoch unter dem Anprall der fliegenden Ungeheuer, die gar nicht schnell genug wieder zum Fenster kommen konnten – das natürlich viel zu klein war, um sie alle gemeinsam durchzulassen. Mit dem Ergebnis, dass sie sich nicht nur nach Kräften gegenseitig behinderten, sondern in ihrer Panik auch mit Klauen und Schnäbeln aufeinander einhackten und sich nur zu oft auch gegenseitig in Stücke rissen, sodass praktisch keines der Tiere ins Freie entkam.

Doch das war nicht das Einzige, was ihnen widerfuhr.

Ganz und gar nicht.

Das Zischen wiederholte sich, und auch der Chor pfeifender Schmerz- und Todesschreie schien noch einmal lauter zu werden. Sam fegte einen Wyvern aus der Luft, der noch nicht mitbekommen zu haben schien, dass der Angriff abgeblasen worden war, registrierte eine huschende Bewegung hinter sich, die irgendwie anders war als das Wogen des kreischenden Schwarms, und beging den Fehler, sich zu schnell herumzudrehen.

Etwas Helles flog auf sie zu, dann schrie sie gellend auf, als reine Säure in ihre Augen biss und sie auf der Stelle auszubrennen begann.

Jedenfalls fühlte es sich so an.

Halb von Sinnen vor Schmerz (und vor allem Panik) torkelte sie zur Seite und so hart gegen ein Hindernis, dass sie gestrauchelt wäre, hätte nicht eine starke Hand nach ihr gegriffen und sie festgehalten, dann wurde sie gewaltsam herumgewirbelt und vorwärtsgestoßen. Eisiges Wasser klatschte ihr ins Gericht, und dieselbe starke Hand zwang sie, die Augen zu öffnen und sie mit dem kalten Wasser auszuwaschen.

Zuerst wurde der Schmerz noch schlimmer, dann erlosch er nahezu ebenso schnell, wie er gekommen war, doch ihr Sehvermögen kehrte nicht ganz so rasch zurück. In den ersten Sekunden sah sie nur verschwommene Schatten und auch danach nahm sie alles wie durch einen trüben Gazevorhang hindurch wahr.

Vielleicht sah sie trotzdem noch mehr, als sie eigentlich wollte.

Die Wyvern lieferten sich weiter einen Kampf bis aufs Blut (und das wortwörtlich) um den einzigen Fluchtweg, aber ein Gutteil der Tiere lag tot oder verendend am Boden, und Sams Sehvermögen kehrte gerade weit genug zurück, um sie erkennen zu lassen, wie Angie an ihr vorbeilief und dabei eine weit ausholende Armbewegung machte. Etwas Helles stob aus ihren Fingern und verteilte sich in einer weißen Wolke.

Wo der vermeintliche Staub die fliegenden Ungeheuer berührte, begannen ihre Flügel und Leiber Blasen zu schlagen und sich zischend aufzulösen wie Wachs, das mit kochend heißem Wasser übergossen wurde.

Wieder wurde ihr (kaltes) Wasser in Gesicht und Augen gespritzt, und Sam half selbst mit, sich das Brennen aus den Augen zu waschen – dessen Geschmack ihr klarmachte, dass es sich offenbar um nichts Gefährlicheres als ganz normales Salz handelte.

Es machte trotzdem keinen Spaß, das Zeug in den Augen zu haben, und Sam war nicht sicher, ob es wirklich nur schmerzhaft und lästig war oder nicht etwa doch gefährlich.

Bald schloss sie die Hand wieder um den Stiel ihrer improvisierten Waffe und drehte sich kampflustig um.

Es gab nichts mehr, wogegen sie sich hätte verteidigen müssen. Die wenigen Wyvern, die Angies Attacke überlebt hatten, verschwanden zeternd aus dem Fenster.

Und Tom …

… war wieder Tom.

Statt des braunen Wildleders der Steppenreiter trug er nun wieder Jeans und Windjacke, und er sah sehr erschrocken aus; und so verwirrt, wie Sam ihn noch nie zuvor gesehen hatte.

Völlig verstört setzte er dazu an, etwas zu sagen, und Sam ließ ihn einfach stehen und war mit drei schnellen Schritten an Angies Seite.

Sie hatte damit aufgehört, die toten Wyvern mit ihrem Zauberpulver zu bestreuen, aber das Vernichtungswerk, das sie einmal begonnen hatte, setzte sich unaufhaltsam fort. Überall zischte und brodelte es, und die Wyvern lösten sich zusehends zu ebenso unansehnlichen wie übel riechenden Pfützen auf.

»Sie vertragen kein Salz«, sagte Angie mit einem gewichtigen Stirnrunzeln. »Das wusste ich, aber dass die Wirkung so drastisch ist, hätte ich selbst nicht gedacht.«

Drastisch schien Sam eine durchaus zutreffende Bezeichnung zu sein; so als reiche schon ein einziges Salzkorn, um die Wyvern zur Gänze aufzulösen.

»Danke.«

Angie verbeugte sich übertrieben spöttisch.»Stets zu Diensten, edle Prinzessin. Irgendjemand muss ja schließlich auf Euch aufpassen.«

»Und woher weißt du das mit dem Salz?«, fragte Sam.

»War nur so eine Idee«, behauptete Angie. »Sie mögen nun mal kein Salz … und jetzt verstehe ich auch, warum.«

»Und woher hast du *das* gewusst?«, fragte sie.

»Weil ich weiß, was geschrieben steht, edle Prinzessin«, spottete Angie.

»Angie!«

»He, he, he, ist ja schon gut!« Angie hob in einer übertrieben geschauspielerten Abwehrbewegung die Hände, wobei sie noch mehr Salz verstreute, und ihr Grinsen wurde breiter und selbstzufriedener. »Schon vergessen, du Intelligenzbestie? Der Pfeil der Waldfee.«

»Er hat bei dir gewirkt?«

»Hat eine Weile gedauert, aber ja, es sieht ganz so aus«, feixte Angie. »Vielleicht funktioniert das Ding bei jedem nur ein Mal, oder unsere männerhassende Aushilfs-Elfe hat ihn dir zu schnell rausgezogen.«

Oder er war niemals für mich bestimmt, dachte Sam. Dann fiel ihr etwas ein. »Aber die Blätter waren doch leer! Die Schrift war verschwunden.«

»Das war sie nicht«, antwortete Angie und wurde schlagartig wieder ernst. »Es waren nicht dieselben Blätter. Du hattest recht, weißt du? Jemand hat das Papier ausgetauscht.«

»Aber das Eselsohr …«

»War eine Fälschung«, fiel ihr Angie ins Wort. »Jemand war wirklich clever und hat den Knick säuberlich nachgemacht. Und das kann eigentlich nur jemand gemacht haben …«

»Der dabei war, als du das Blatt zerknickt hast«, schloss Sam, als Angie nicht weitersprach. Sie antwortete auch nicht darauf, sondern wich ihrem Blick aus und begann unbehaglich von einem Fuß auf den anderen zu treten.

Sam drehte sich langsam zu Tom um und sah ihn durchdringend an.

»Was?«, fragte er ruppig.

»Und du bist sicher, dass du heute Morgen nur in meinem Zimmer warst, um mich zu suchen?«, fragte sie.

»Was soll das heißen?«, fauchte Tom. »Fängst du schon wieder an? Sag mir lieber, was hier los ist!«

»Das siehst du doch«, antwortete Sam. »Die verdammten Biester hätten uns um ein Haar erwischt!«

»Verdammte Biester«, wiederholte Tom. Jetzt war er es, der sie eine geraume Weile durchdringend anstarrte. »Was für verdammte Biester?«

»Na die Wy…«, Sam brach mitten im Wort ab und riss die Augen auf, während sie sich mit einer deutenden Geste umdrehte, »…vern«, schloss sie schon fast jämmerlich.

Es gab keine Wyvern mehr.

Die Küche sah zwar aus, als wären Dschingis Khans Horden hindurchgeritten, und zwar mindestens fünfmal und aus ebenso vielen unterschiedlichen Richtungen, aber kein einziges der kleinen Ungeheuer war noch zu sehen, weder tot noch lebendig. Überall lagen Glassplitter, Trümmer des zerbrochenen Fensters und verbeulte Töpfe, zersplittertes Porzellan und Wasser, Schmutz und aufgeweichte Blätter, die der Sturm hereingeweht hatte.

»Ist alles in Ordnung mit dir?«, fragte Tom.

Einmal ganz davon abgesehen, dass Sam diese Frage in der letzten halben Stunde für ihren Geschmack ein paarmal zu oft gehört hatte, machte sie sie gerade aus seinem Mund besonders wütend. »Mit mir schon«, fauchte sie, »aber du hast meine Frage nicht beantwortet. Was hast du heute Morgen in meinem Zimmer gesucht?«

»Ich habe deine verzauberten Blätter gestohlen, damit wir auch ganz bestimmt keine Chance mehr haben, Star zu retten, was denn sonst?«, fauchte Tom. »Wolltest du das jetzt hören?«

Sam setzte zu einer noch wütenderen Antwort an … aber

dann meldete sich nicht nur ihr schlechtes Gewissen, sondern auch ihr Verstand. Tom hatte ja vollkommen recht, sie so anzufahren. Auch wenn er vielleicht die Gelegenheit gehabt hatte, die Blätter zu stehlen – er war nun wirklich der Letzte, der einen Grund dazu gehabt hätte.

»Entschuldige«, murmelte sie.

Tom grummelte eine Antwort, von der es vielleicht sogar besser war, dass sie sie nicht verstand, und Sam drehte sich mit einer fast schon überhasteten Bewegung weg und trat an das zerbrochene Fenster, um auf den Hof hinauszusehen.

Das Gewitter tobte mit ungebrochener Kraft weiter, aber es war jetzt einfach ein ganz normales Gewitter, das sah sie augenblicklich. Die Magie einer fremden Welt, die für ein paar Momente nach dem Hof gegriffen hatte, war erloschen. Es waren keine Wyvern mehr zu sehen, und von dem Troll fehlte ebenso jede Spur wie vom Schwarzen Ritter.

Was nicht bedeutete, dass die Situation auch nur um einen Deut weniger gefährlich geworden wäre.

Trotz des zerbrochenen Fensters waren sie hier drinnen vor dem schlimmsten Wüten der Elemente geschützt, doch Sam spürte die ungeheuren Energien, die noch immer am Himmel über dem Hof tobten, auch wenn er jetzt wieder aus schwarzen Gewitterwolken bestand, nicht mehr aus Millionen schlagender Flügelpaare.

»Wir sollten hier verschwinden«, sagte Tom hinter ihr. »Es könnte noch schlimmer werden.«

Es *wird* noch schlimmer werden, dachte Sam schaudernd. Noch sehr viel schlimmer, wenn auch ganz bestimmt nicht auf die Art, die er meinte.

»Sonya möchte, dass wir die jüngeren Schüler in den Keller bringen«, fuhr Tom fort, nunmehr an seine Schwester gewandt. «Anscheinend rechnet sie damit, dass uns hier bald der Himmel auf den Kopf fällt.«

Sam war nicht wohl dabei, dass er ausgerechnet diese Formulierung benutzte, und auch Angie blickte ihren Bruder eher irritiert an, doch Tom hatte sich bereits umgewandt und ging mit schnellen Schritten zur Tür. In diesem Moment flackerte draußen ein besonders heftiger Blitz über den Himmel, und für den Bruchteil einer Sekunde sah sie ihn noch einmal in seiner hellen Wildledertracht, abgerissen und blutig und das gewaltige Schwert im Gürtel.

Sie war wohl nicht die Einzige. Angies Augen wurden groß und sie klappte den Mund auf und gleich darauf wieder zu. Dann reagierte sie sehr seltsam: Sam setzte dazu an, eine entsprechende Bemerkung zu machen, und Angie riss die Augen noch weiter auf und schüttelte fast entsetzt den Kopf. Sam hatte keine Ahnung, was dieses sonderbare Benehmen sollte, deutete aber nur ein Schulterzucken an und folgte Angie und ihrem Bruder.

Heraus aus der Küche, erlosch das magische Licht der Blitze, und Tom war nun wieder ganz Tom und würde es wohl auch bleiben, solange sie das Haus nicht verließen. Sam warf Angie einen neuerlichen fragenden Blick zu und erntete auch jetzt ein stummes Verdrehen der Augen. Angie wirkte regelrecht erschrocken, dachte sie ... was sie nun ihrerseits beunruhigte.

Bevor sie die Küche verlassen hatten, hatte Angie sich mit einem zusätzlichen Paket Salz bewaffnet – man konnte ja schließlich nie wissen –, und Sam fiel auf, dass sie noch etwas in der anderen Hand trug. Diesmal sah sie sogar, was es war.

»Übertreibst du es nicht ein bisschen?«, fragte sie in scherzhaftem Ton.

»Womit?«

»Mit deiner Lernfreudigkeit. Ich wusste gar nicht, dass du so eine Streberin bist.« Sam machte eine Kopfbewegung auf das ultraflache E-Book, das Angie unter den linken

Arm geklemmt hatte, und erwartete natürlich eine Antwort. Angies einzige Reaktion bestand jedoch darin, den Mini-Computer unter ihre Jacke zu schieben und dort irgendwo zu verstauen.

Auf dem ersten Stück begegnete ihnen niemand. Anscheinend war das gesamte Personal draußen, um bei der Evakuierung der Pferde mitzuhelfen. Aber das änderte sich, nachdem sie den Küchentrakt verlassen hatten. Die Schüler wuselten aufgeregt auf den Fluren und in den Treppenhäusern herum. Einige wenige Lehrer waren zurückgeblieben und versuchten vergeblich, das Chaos in den Griff zu bekommen, und daran änderte sich auch nicht viel, als Tom, Angie und Sam ihnen halfen. Niemand war begeistert von der Idee, die nächsten Stunden – möglicherweise die gesamte Nacht – im Keller zu verbringen. Sam auch nicht … aber sie hatte ja gar nicht vor, das zu tun.

Eine gute Stunde, ungefähr zweihundert vergebliche Diskussionen, mindestens ebenso viele giftige Blicke und zwei mehr oder weniger ernst gemeinte Ansätze zu offenem Widerstand später hatten sie es geschafft. Die meisten Schüler waren im Keller und auch der größte Teil der Lehrer und des Hauspersonals waren wieder zurück und durchkämmten das weitläufige Gebäude auf der Suche nach zwei oder drei Nachzüglern, die bei dem von Focks angesetzten Zählappell gefehlt hatten.

»Ich glaube, das war's«, sagte Tom in einem übertrieben erschöpften Ton. Vielleicht war er auch gar nicht so übertrieben. Sam jedenfalls hatte das Gefühl, dass mindestens die zehnfache Zeit vergangen war. Sie fühlte sich ziemlich gerädert, und sie konnte beim besten Willen nicht sagen, wer ihr mehr zugesetzt hatte – die angriffslustigen Wyvern oder die kaum weniger aggressive Kinderbande, die sie in den Keller gescheucht hatten.

»Fehlst nur noch du, Prinzessin.«

Sam warf ihm einen giftigen Blick zu und tat darüber hinaus so, als hätte sie gar nichts gehört. Dass er ausgerechnet dieses Wort benutzte, gefiel ihr noch sehr viel weniger als seine Bemerkung von vorhin, aber sie tat es als Zufall ab … oder versuchte es wenigstens.

Vielleicht hätte es sogar funktioniert, wäre Tom nicht mit einem schnellen Schritt neben ihr gewesen.

»Verrätst du mir, wohin du willst?«

»Wenn du mir verrätst, was dich das angeht!«, sagte Sam ärgerlich.

»Focks hat gesagt, dass alle in den Keller sollen«, antwortete Tom. »Und ich glaube, das gilt auch für dich.« *Vor allem für dich,* fügte sein Blick unübersehbar hinzu.

Sam überlegte einen Moment ganz ernsthaft, ihm klarzumachen, wohin er sich seine Fürsorge stecken konnte, besann sich dann aber doch eines Besseren und zwang sogar einen Ausdruck auf ihr Gesicht, den er als ein Lächeln auslegen konnte … Wenn er das wollte.

»Wir haben noch eine Kleinigkeit zu erledigen, schon vergessen?«, fragte sie mühsam beherrscht.

»Star ist in Sicherheit«, antwortete Tom.

Star schon. Aber Silberhorn?

»Mag sein«, antwortete sie, noch mühsamer beherrscht. »Aber ich passe doch lieber selbst auf ihn auf.«

»Ach, tust du das?«, fragte Tom. Dann tat er etwas vollkommen Unerwartetes: Er packte sie so überraschend und hart am Handgelenk, dass sie nicht einmal auf den Gedanken kam, sich zu wehren, dann riss er sie mit sich, um sie nichts anderes als gewaltsam ins nächstbeste Zimmer zu schleifen.

»He!«, protestierte Sam. Sie kam endlich auf die Idee, sich losreißen zu wollen, doch Tom verstärkte seinen Griff nur und zog sie hinter sich her durch das Zimmer und in das angrenzende winzige Bad.

Endlich gelang es ihr, sich loszureißen, aber wahrscheinlich nur, weil Tom sie sowieso losließ, um mit der einen Hand das Licht einzuschalten und sie mit der anderen unsanft in Richtung Waschbecken zu schubsen.

»Wirf mal einen Blick in den Spiegel«, fauchte er, »und dann sehen wir weiter.«

Sam gehorchte. Und konnte ihn besser verstehen. Sie war nicht einfach nur leichenblass und sah so geschafft aus, wie sie sich fühlte. Ihr Gesicht war zerschunden und mit Dutzenden winzigen Schnitten übersät, als wäre sie durch eine Glasscheibe gesprungen, und die Ladung Salz, die sie abbekommen hatte, hatte ihren Augen auch nicht gerade gutgetan. Sie waren rot und so angeschwollen, dass sie vor Schrecken tatsächlich zusammenzuckte. Auch ihre Frisur und vor allem ihre Kleidung hatte die Begegnung mit den Wyvern nicht ganz so gut überstanden, wie sie es gerne gehabt hätte. Immerhin verstand sie die seltsamen Blicke jetzt etwas besser, mit denen sie so ziemlich jeder bedacht hatte, dem sie innerhalb der letzten Stunde über den Weg gelaufen war.

»Ich weiß ja nicht, wie ich das einsortieren soll, was da vorhin in der Küche passiert ist«, sagte er grimmig. »Und ich bin nicht einmal sicher, ob ich es überhaupt so genau wissen will. Aber so, wie du aussiehst, bist du es wohl eher, die Hilfe braucht. Du gehst nirgendwohin.«

Sam wollte auffahren – schon aus Prinzip –, aber dann drehte sie sich ganz zu ihm herum und sah ihm in die Augen, und ihr Zorn verrauchte genauso schnell, wie er gekommen war. Die Sorge in seinem Blick war echt. Und wie konnte sie sie ihm übel nehmen? Schließlich tat er hier und jetzt nichts anderes als auch in seiner anderen Gestalt als

Prinz der Steppenreiter. Sowohl in der einen als auch in der anderen Welt war es seine Aufgabe, sie zu beschützen. Und sowohl in der einen wie auch in der anderen Welt nahm er diese Aufgabe bitterernst.

»Entschuldige«, sagte Sam, statt ihn anzufahren, wie sie es eigentlich vorgehabt hatte. »Du hast ja recht. Aber wir müssen auf Silberhorn aufpassen.«

»Star«, antwortete er. »Sein Name ist Star, Samiha. Und er ist kein Einhorn und auch kein anderes verzaubertes Fabeltier, sondern ein ganz normales Pferd.«

Sam starrte ihn an und fragte sich, ob sie gerade eine besonders heimtückische Halluzination erlebte.

»He, ich weiß, wie sich das jetzt anhört«, fuhr Tom fort, um einen versöhnlichen Ton bemüht, der natürlich eher kontraproduktiv war. »Aber langsam fängt die Sache an, wirklich gefährlich zu werden, verstehst du?«

»Nein«, antwortete Sam.

Mit einiger Verspätung tauchte Angie hinter ihrem Bruder auf, machte aber nur einen einzigen Schritt ins Zimmer herein und blieb dann stehen, um schon wieder die Augen aufzureißen. Aber sie wirkte eigentlich nur erschrocken, kein bisschen überrascht.

»Samiha, bitte«, seufzte Tom. Er schien einen Moment nach den richtigen Worten zu suchen, ohne sie zu finden, und rettete sich schließlich in ein verunglücktes Achselzucken und ein noch viel weniger geglücktes Grinsen, das beinahe schneller erlosch, als es gekommen war. »Bisher habe ich ja alles mitgemacht, aber allmählich hört der Spaß auf.«

»Spaß«, wiederholte Sam.

Angie war nicht näher gekommen, sondern unter der Tür stehen geblieben. Sam hatte das Gefühl, dass sie ihr irgendetwas mit Blicken zu signalisieren versuchte, aber sie kam nicht darauf, was.

»Nenn es, wie du willst«, seufzte Tom. »Ich habe ja gerne mitgespielt, damit Angie und du euren Spaß habt, aber allmählich wird aus dem Spaß Ernst. Ich will nicht schuld sein, wenn dir oder Angie am Ende noch irgendwas passiert.«

»Damit Angie und ich unseren Spaß haben«, wiederholte Sam fassungslos.

Angie sah nicht so aus, als hätte sie Spaß. Sie versuchte weiter, ihr mit Blicken irgendetwas zu signalisieren, gab es schließlich auf und fuhr auf dem Absatz herum, um zu verschwinden.

»Sam, bitte«, sagte Tom noch einmal und machte eine Kopfbewegung auf die zugezogenen Gardinen, hinter denen es immer noch wetterleuchtete und rumorte. »Du kannst da jetzt nicht raus.«

Es verging ein Moment, bis Sam wirklich begriff, was er meinte. Trotzdem fragte sie: »Was soll das heißen?«

Tom antwortete nicht, doch als Sam an ihm vorbeigehen wollte, vertrat er ihr mit einem raschen Schritt den Weg und schüttelte den Kopf. »Du kannst da nicht raus«, sagte er. »Das lasse ich nicht zu.«

»Ach nein?«, fragte Sam, fast schon gefährlich leise. »Tust du nicht?«

»Das Unwetter wird noch schlimmer«, erwiderte er. »Focks schickt uns ganz bestimmt nicht umsonst in den Keller. Wenn der Sturm noch ein bisschen zunimmst, dann fliegt der halbe Hof weg. Ich sehe bestimmt nicht tatenlos dabei zu, wie du dich in Lebensgefahr begibst … oder helfe dir sogar noch dabei.«

»Und Silberhorn?«, fragte Sam.

»Star«, verbesserte sie Tom. »Es gibt keine Einhörner, Samiha, und auch keine Trolle oder Elfen.«

»Es ist eine Waldfee«, antwortete Sam ruhig. »Und du hast sie *gesehen*, Tom.«

»Ich habe mitgespielt, Samiha«, antwortete Tom ernst. »Und du auch. Das war ganz lustig, aber das da draußen ist kein Spiel. Es ist lebensgefährlich. Und du bist kein Kind mehr, Sam. Also hör mit dem Unsinn auf und komm mit.«

»In den Keller«, vermutete Sam.

»Es ist der sicherste Ort hier«, sagte Tom. »Ich lasse nicht zu, dass du dich wegen einer solchen Albernheit in Gefahr begibst.«

»Und wenn mich das nicht interessiert?«

»Dann halte ich dich eben hier fest, bis der Sturm vorbei ist«, antwortete Tom, beinahe schon traurig, aber auch sehr entschlossen. »Ich lasse dich nicht da rausgehen.«

»Und ich fürchte, das kann *ich* nicht zulassen, Sir Gawain«, sagte eine Stimme hinter ihm. Tom fuhr auf dem Absatz herum und spannte sich, und auch Sam runzelte im ersten Moment überrascht die Stirn.

Sven war genau dort unter der Tür aufgetaucht, wo Angie gerade noch gestanden hatte. »Wenn sie sagt, sie will nicht in den Keller, dann muss sie das auch nicht«, fuhr er fort. »Das solltest du akzeptieren.«

»Halt dich da raus, Blödi«, sagte Tom. »Das geht dich nichts an.«

»Stimmt«, antwortete Sven gelassen. »Und dich auch nicht. Wenn sie nicht in den Keller will, dann ist das ihre Entscheidung.«

Sam wollte etwas sagen und beließ es dann bei einem erstaunten Hochziehen der Augenbrauen, als Angie wieder hinter Sven auftauchte. Sie sah kein bisschen erstaunt aus, den dunkelhaarigen Jungen zu erblicken, sondern allenfalls ein wenig nervös. Hatte sie ihn … *geholt?*

»So, meinst du?«, fragte Tom. Er machte einen Schritt auf Sven zu und dann noch einen und trat zugleich halb zur Seite.

Sven nickte. »Meine ich.«

Tom machte ein nachdenkliches Gesicht – und schlug dann so blitzartig zu, dass Sam die Bewegung nicht einmal sah. Es war kein Schlag wie in einer Prügelei unter Schülern, nicht einmal unter solchen wie Sven und Tom, die schon fast Männer und kaum noch Kinder waren, sondern der präzise gezielte, harte Schlag eines Kriegers, der sehr genau wusste, was er tat, und seinen Gegner – zumindest – verletzen wollte.

Sven wich ihm trotzdem nicht nur aus, sondern packte auch seinen Arm und verdrehte ihn mit einem so harten Ruck, dass Tom aus dem Gleichgewicht geriet und sich nur durch einen fast schon albern aussehenden Schritt wieder fing.

Was ihn nicht daran hinderte, sich sofort wieder auf ihn zu stürzen.

Sven blockte auch diesen Angriff ab, steppte zur Seite und blockierte auch Toms Fuß, der plötzlich in die Höhe schnellte und nach seinem Unterleib zielte. Tom fing umgekehrt Svens nachgesetzten Hieb mit dem Unterarm ab, zielte mit einem Ellbogenstoß auf Svens Kehle und krümmte sich japsend, als Sven ihm prompt das Knie in den Leib rammte.

Der bizarre Kampf dauerte vielleicht eine Minute, aber Sam fand nicht einmal wirklich Zeit zu erschrecken, so unheimlich war die Szene, die sich ihr bot. Es war keine Prügelei, keine ernst gemeinte Schlägerei unter Jugendlichen, sondern ein Kampf zwischen Kriegern, der vielleicht nicht mit Waffen geführt wurde, dennoch aber mit gnadenloser Härte. Vor allem Tom schlug sich mit erstaunlichem Geschick und noch erstaunlicherer Schnelligkeit. Er verlor dennoch. Sowohl Sven als auch er landeten und kassierten mehrere harte Treffer, dann packte Sven Tom am Handgelenk und Oberarm, wirbelte ihn mit einer kompliziert aussehenden Bewegung um seine eigene Achse und versetzte ihm einen Stoß, der ihn quer durch das Zimmer taumeln und mit wild rudernden Amen auf das Bett stürzen ließ. Praktisch sofort und mit einer beinahe noch unmöglicher erscheinenden Bewegung war er wieder auf den Beinen und stürmte heran, doch Sven reagierte auch dieses Mal schneller.

Noch ehe Sam überhaupt begriff, wie ihr geschah, hatte er sie gepackt und aus dem Raum gezerrt. Mit der anderen Hand zog er die Tür ins Schloss und brachte sogar noch das Kunststück fertig, den Schlüssel herumzudrehen. Nicht einmal eine Sekunde später erbebte die Tür unter einem Trommelwirbel zorniger Faustschläge, dann drang eine noch viel wütendere Stimme durch das dicke Holz.

»Das wird ihn nicht lange aufhalten!«, keuchte Sven. »Lauf! Schnell!«

Das letzte Wort hatte er beinahe geschrien, und er gab Sam auch gar keine Gelegenheit, irgendwie zu reagieren, sondern schubste sie abermals herum und verpasste ihr einen Stoß, der sie haltlos ein paar Schritte vorwärtsstolpern ließ. Vielleicht wäre sie sogar gestürzt, hätte Angie nicht blitzschnell zugegriffen und sie festgehalten. Sam war mittlerweile sicher, dass *sie* Sven geholt hatte.

»Wieso hilfst du ihm?«, murmelte sie verstört.

»Vielleicht weil *er* dir hilft?«, schlug Angie vor.

»Aber Tom ist dein Bruder!«

Darauf antwortete Angie nicht sofort, aber sie warf im Gehen einen Blick über die Schulter zurück und maß die verbarrikadierte Tür mit einem langen, stirnrunzelnden Blick, und Sam verzichtete vorsichtshalber darauf, die Frage noch einmal zu stellen.

Die viel spannendere Frage war ja auch eigentlich: Warum hatte Sven ihr geholfen?

»Nach links«, rief Sven. »Die Treppe hinauf! Los!« Und das in einem so befehlsgewohnten Ton, dass sie nicht einmal auf den Gedanken kam, nicht zu gehorchen. Praktisch mitten im Schritt schwenkte Sam herum und nahm die ersten drei Stufen, dann zwei auf einmal, und wahrscheinlich hätte sie die gesamte Treppe auf diese Weise und binnen weniger Sekunden überwunden, hätte Sven nicht schon wieder etwas Sonderbares getan: Mit einer einzigen schnellen Bewegung war er neben ihr, packte sie bei der Schulter und stieß sie so derb gegen das Geländer, dass ihr schon wieder die Luft wegblieb. Empört schlug sie seine Hand weg und wollte ihn anfahren, aber der Schrecken, den sie plötzlich in seinen Augen las, ließ ihr die Worte im Hals stecken bleiben.

Sven deutete heftig gestikulierend auf das riesige goldgerahmte Gemälde, das an der Wand hing. Es war so dunkel, dass die Waldlandschaft darauf nur als dunkler Fleck zu erkennen war. Meistens, jedenfalls.

In den Sekundenbruchteilen, in denen das blaue Licht der Blitze hereinflackerte, waren der gemalte Wald und die Berge im Hintergrund in geisterhaften Farben zu erkennen. Aber nicht nur sie.

Verschwommen und kaum deutlicher als gespenstische Schemen konnte man ein halbes Dutzend Reiter erkennen, die vor oder auch noch halb im Waldrand verborgen dastanden. Sie trugen helles Wildleder, Schwert und Schild, und Sam war oft genug an diesem Bild vorbeigekommen, um zu wissen, dass es diese Gestalten bisher nicht darauf gegeben hatte. Und das Allerunheimlichste überhaupt war: Obwohl Sam ihre Gesichter nur als geisterhafte leere Flächen erkennen konnte – und vielleicht noch nicht einmal zur Gänze gemalt –, spürte sie die Blicke eines halben Dutzends Augenpaare wie eine körperlose Berührung; sanft, jedoch auch kalt und taxierend und sehr unangenehm. Aber die Steppenreiter waren doch ihre Verbündeten!

»Warte«, murmelte Sven. »Warte ... warte ... *und los!*«

Die beiden letzten Worte hatte er geschrien, und er ergriff sie im gleichen Sekundenbruchteil am Handgelenk und zerrte sie einfach hinter sich her, als völlige Finsternis dem geisterhaften Flackern der Blitze folgte. Im Schutze der Dunkelheit jagten sie an dem Bild vorbei, aber sie schafften es natürlich nicht ganz, allein schon, weil sie die Magie spürte, die mehr und mehr von diesem Ort Besitz ergriff und einfach *gegen sie* war.

Einen halben Atemzug bevor sie aus der Sichtweite der gemalten Steppenreiter entkommen konnten, loderte ein greller Blitz hinter dem Fenster am oberen Ende der Treppe auf, und Sam war hundertprozentig sicher, sich die vermeintliche Bewegung nicht nur einzubilden, mit der das flackernde blaue Licht die Reitergruppe zu erfüllen schien. Und da waren Geräusche, die nicht einmal das ununterbrochene Heulen des Sturmes und das Krachen der Donnerschläge ganz übertönen konnten: das Rascheln der Blätter im Wind, Hufschlag und ein gedämpftes Schnauben, das unruhige Wiehern eines Pferdes, vielleicht sogar eine Stimme, die ihren Namen rief. Dann erscholl aus dem Flur unter ihnen ein dumpfes Poltern, das nahtlos in das Geräusch von splitterndem Holz überging, und statt sich herumzudrehen und nach seiner Ursache zu schauen, verwandte sie die Energie lieber darauf, noch ein bisschen schneller zu laufen.

Und endlich ihre Hand loszureißen. Sven ließ es zu (was der einzige Grund war, aus dem es ihr überhaupt gelang), und als ihre Hand seinen Arm streifte, hatte sie das Gefühl, hartes Eisen zu berühren, ebenso wie sie manchmal glaubte schwarzes Metall dort aufblitzen zu sehen, wo eigentlich sein Gesicht sein sollte.

»Nach links!«, befahl Sven – was ganz und gar nicht nötig gewesen wäre. Sam hatte längst begriffen, wohin sie unterwegs waren, aber sie verstand immer weniger, warum. Trotzdem versuchte sie noch einmal schneller zu laufen, um die wuchtige Tür am Ende des Korridors zu erreichen. Auf dem Weg zum Zimmer des Direktors gab es jedoch gleich drei Hindernisse: drei mehr als metergroße, in verschnörkeltes Gold gerahmte Bilder, die die düstere Waldlandschaft rings um *Unicorn Heights* zeigten.

Und mehr und mehr Steppenreiter. Ihre Anzahl wuchs mit jedem flackernden Blitz, dessen Licht durch die großen Fenster hereindrang, und Sam spürte ihre Nähe mit jedem Sekundenbruchteil deutlicher. Noch machte keiner von ihnen Anstalten, aus dem Bild herauszutreten, aber sie hatte mehr und mehr das Gefühl, *dass* es bald geschehen würde.

Hinter ihnen gellte ein Schrei. Sam warf nun doch einen Blick über die Schulter zurück und erkannte Tom, der mit weit ausgreifenden Schritten heranjagte – manchmal Tom, manchmal der in helles Wildleder gekleidete Prinz der Steppenreiter, in dessen Hand ein gewaltiges Schwert blitzte. Und er war nicht allein. Zwei, drei, vier weitere Gestalten tauchten hinter ihm auf, ein paar der älteren Schüler, die manchmal aber auch die helle Reiterkluft Caivallons trugen und gefährliche Klingen.

»Lauf!«, brüllte Sven (der längst nicht mehr Sven war, sondern zerschrammtes schwarzes Eisen trug und genau in diesem Moment ein gut anderthalb Meter langes Breitschwert aus dem Gürtel zog) noch einmal, versetzte ihr mit der freien Hand einen Stoß und wirbelte gleichzeitig herum. »Ich halte sie auf!«

Sam hätte gar nichts anderes tun können, als ihm zu gehorchen und weiterzustolpern, so derb hatte er sie vorwärtsgeschubst. Wahrscheinlich wäre sie sogar höchst unsanft gegen die Tür geprallt, hätte Angie nicht einen plötzlichen Zwischenspurt eingelegt und wäre mit beiden Händen nach der Türklinke gehechtet. Unter anderen Umständen hätte Sam den Anblick bestimmt entsprechend gewürdigt, denn er entbehrte nicht einer gewissen unfreiwilligen Komik. Angie verlor tatsächlich den Boden unter den Füßen und hing zappelnd an der geschmiedeten Klinke, während die Tür langsam nach innen schwang. Sam stolperte hindurch, fand irgendwie ihr Gleichgewicht wieder und fuhr gerade noch rechtzeitig genug herum, um Angie nicht nur aus ihrer misslichen Lage zu befreien, sondern auch die Tür mit einem Knall zuzuwerfen und sogar mit der anderen Hand nach dem altmodischen Riegel zu greifen und ihn vorzulegen.

Wortwörtlich im letzten Augenblick.

Durch den sich schließenden Türspalt sah sie noch, wie der Schwarze Ritter mit leicht gespreizten Beinen und kampfbereit erhobenem Schwert ein halbes Dutzend Steppenreiter erwartete, die unter Toms Führung herangestürmt kamen, dann rastete der Riegel ein, und noch bevor das metallische Scharren verklang, erbebte die gesamte Tür unter einem harten Schlag.

»Puh!«, machte Angie neben ihr. »Das war knapp!«

Sam starrte verständnislos auf sie hinab. »Und … und dein Bruder, und …«

»Das ist nicht so einfach zu erklären«, antwortete Angie unglücklich. »Ich versuch's, aber …«

»Aber nicht jetzt, Prinzessin«, unterbrach sie eine wohlbekannte Stimme. Sam drehte sich herum. Und hätte um ein Haar aufgeschrien.

Sie waren nicht allein. Hinter dem gewaltigen Schreibtisch des Direktors standen drei schlanke Gestalten. Focks, Sonya und Petra. Manchmal. Immer dann, wenn das fahle

Weißblau eines Blitzes hereinflackerte, spiegelte sich das bleiche Licht auf matt schimmerndem schwarzem Eisen und verlieh ihnen zusätzliche, nicht völlig passende Umrisse. Sie wirkten kantiger, schwerer, und alle drei hatten die spitzen Ohren von Füchsen.

Oder Elfen.

Nach allem, was geschehen war, hätte Sam gar nicht mehr überrascht sein dürfen, aber sie konnte selbst spüren, wie ihr vor Entsetzen die Augen aus dem Kopf quollen und ihr Unterkiefer herunterklappte. Ganz ohne ihr Zutun ging sie in eine geduckte, leicht nach vorn gebeugte Haltung, und ihre Hand tastete nach ihrer Hüfte, als erwarte sie den Griff einer Waffe zu ertasten, die sie normalerweise dort trug. Ihre Hand strich jedoch nur über rauen Jeansstoff, und abhängig vom Licht auch manchmal über spinnwebglatte Seide.

Ein neuerlicher Schlag traf die Tür, und Sam glaubte das Klirren von Schwertern zu hören, vielleicht sogar so etwas wie einen Schmerzensschrei. Wieder erbebte die Tür unter einem – noch härteren – Schlag, doch ein rascher Blick über die Schulter überzeugte sie davon, dass die Tür hielt. Noch.

»Ihr könnt nicht hierbleiben, Prinzessin«, sagte eine der drei in schwarzes Eisen gehüllten Gestalten. In den kurzen Momenten, in denen der Raum nicht vom fahlen hektischen Licht der Blitze erhellt wurde, sah sie aus wie Petra, aber sie war sich nicht sicher. Die Welt schien sich nicht mehr um sie herum zu drehen, sondern zu *zerbrechen*, als versuchten plötzlich zwei grundverschiedene Realitäten ein und denselben Platz einzunehmen.

»Sie wird Euch in Sicherheit bringen. Und Euch alles erklären, was Ihr wissen müsst.«

Die zweite Elfenkriegerin – die einmal Sonya gewesen war, bevor die Welt angefangen hatte, sich in reinem

Chaos aufzulösen und es vielleicht auch irgendwann wieder einmal sein würde – deutete mit heftigen Gesten auf die Wand neben dem Kamin, als gäbe es dort irgendetwas Außergewöhnliches zu sehen. Alles, was Sam erblickte, war eine dreihundert Jahre alte Holzvertäfelung, die ihre besten Zeiten schon hinter sich hatte.

»Aber jetzt müsst Ihr gehen. Die Tür wird sie nicht lange aufhalten und auch wir können gegen diese Übermacht nicht ewig bestehen.«

»Aha«, sagte Sam. »Wie?«

Der spitzohrige Ritter, den sie in der Gestalt eines ebenso altmodischen wie betulichen Internatsdirektors kennengelernt hatte, trat mit einem raschen Schritt hinter den Schreibtisch und zog eine Schublade auf und Sams Augen wurden groß, als sie die schimmernde Speerspitze erkannte, die er herausnahm. Gleichzeitig trat die Elfenkriegerin, die einmal Petra gewesen war, an das überlebensgroße Gemälde von Sir Alec Fox McMarsden alias Meister Themistokles heran, nahm die schottische Nationalflagge herunter und brach mit einer einzigen, scheinbar mühelosen Bewegung die vergoldete Spitze ab. Noch während sich Sam immer vergeblicher fragte, was um alles in der Welt hier eigentlich geschah, riss sie auch schon das Fahnentuch ab, nahm Focks (Focks? Wie hatte sie nur so blind sein können? Im flackernden Licht der Blitze wurde die Ähnlichkeit nicht nur immer deutlicher, sondern war schlichtweg nicht mehr zu übersehen!) die Speerspitze aus der Hand und drehte sie mit einer gekonnten Bewegung auf den abgebrochenen Fahnenstiel. Den sie Sam eine Sekunde später hinhielt und mit einer ungeduldig-auffordernden Geste der anderen Hand unterstrich, dass das kein Fahnenmast mehr war, sondern ein gut anderthalb Meter langer, gefährlich aussehender Speer.

»Aber …«

Sie konnte nicht weitersprechen, denn in diesem Moment erbebte die Tür wie unter einem gewaltigen Hammerschlag, und sie hörte, wie das Holz der Länge nach riss.

»Geht, Prinzessin!«, drängte die Elfenkriegerin. »Sucht das Einhorn! Ihr werdet wissen, was zu tun ist!«

Sam griff zwar ganz automatisch zu und nahm den Speer entgegen, aber darüber hinaus rührte sie sich nicht, sondern starrte die in schwarzes Eisen gehüllte Elfenkriegerin nur verständnislos an. »Aber … aber ihr … ihr seid Silberhorns … Silberhorns Feinde!«, murmelte sie.

Ein helles Klicken erscholl, und der Teil der Wandvertäfelung, vor der Sonya stand, glitt mit einem rumpelnden Laut zur Seite und gab den Blick auf einen düsteren Gang frei, in dem sich das Licht nach wenigen Schritten verlor.

»Das waren wir nie, Prinzessin«, antwortete Focks, während er den schweren Eisenhelm aufsetzte und damit nicht nur seine spitzen Ohren verbarg, sondern auch wieder zu dem wurde, was er irgendwie schon die ganze Zeit über gewesen war: Fox.

»Es ist kompliziert. Eure Freundin wird Euch alles erklären, aber nun geht, bitte! Der Gang bringt Euch nach draußen. Wir halten sie auf, so lange wir können!«

Sam verstand eher noch weniger, aber nun nahm Angie die Sache in die Hand (genauer gesagt: sie), indem sie sie einfach am Arm ergriff und auf die Geheimtür zu- und hindurchschleifte. Und sie hatten es kaum getan, da begann sich die Tür hinter ihnen auch schon wieder zu schließen, und vollkommene Dunkelheit schlug wie eine erstickende Woge über ihnen zusammen.

Falls Angie überhaupt vorhatte, ihr auch nur die kleinste Kleinigkeit zu erklären (was Sam tief in sich bezweifelte), dann kam sie zumindest für die nächsten fünf Minuten nicht dazu.

Sie hatte darauf gehofft, dass Angie schon lange genug hier war, um wenigstens einige Segnungen der modernen Technik schätzen gelernt zu haben – zum Beispiel eine der leistungsstarken Taschenlampen, mit denen Direktor Focks so gerne herumspielte –, aber das war ganz offensichtlich nicht der Fall. Die Dunkelheit blieb nicht nur, sondern schien sogar noch intensiver zu werden. Ein kalter, muffig riechender Luftzug schlug ihr entgegen, und sie konnte spüren, wie groß der Raum war, in dem sie standen.

»Weiter«, sagte Angie, nachdem sie ein paar Sekunden lang schweigend nebeneinandergestanden hatten. »Aber pass auf, hier kommt gleich irgendwo eine Treppe.« Sam konnte hören, wie sie einen einzelnen Schritt machte, dann raschelte und polterte etwas, und Angie begann lauthals und ganz und gar unelfenhaft zu fluchen.

»Alles in Ordnung?«, erkundigte sich Sam.

»Hmpf!«, machte eine Stimme irgendwo in der Dunkelheit vor ihr. Nicht sehr weit vor ihr.

»Das deute ich dann mal als Ja«, sagte Sam.

»Hmpf!«, murmelte Angie noch einmal, richtete sich raschelnd und rumorend wieder auf und fügte hinzu: »Aber pass auf, hier kommt *sofort* eine Treppe.«

»Ja, danke für die Warnung«, seufzte Sam. Wenigstens für diese eine Sekunde war sie ganz froh, dass es vollkommen dunkel war, denn so konnte Angie wenigstens ihr schadenfrohes Grinsen nicht sehen.

In der nächsten Sekunde verging es ihr schon wieder, denn durch die geschlossene Tür hinter ihr drang ein gedämpftes Krachen und dann Schreie und Geräusche wie von einem erbittert geführten Kampf.

»Weiter!«, sagte Angie überflüssigerweise. Sam konnte hören, wie sie sich in Bewegung setzte und nun sehr vorsichtig die Treppe hinunterging, und auch sie selbst streckte tastend die Hände aus und schob sich an der unsichtbaren Wand entlang. Schon nach einem einzigen Schritt stieß ihr Fuß ins Leere. Angie hatte recht: Die Treppe begann unmittelbar vor ihnen.

Stufe um Stufe und sich mit beiden Händen am feuchten Stein der Wände abstützend tastete sie sich die Treppe hinunter. Sie zählte gut dreißig Stufen, bevor sie durcheinandergeriet und es aufgab, und auch danach ging es noch ein gutes Stück weiter in die Tiefe. Sie mussten sich längst auf dem Niveau des Kellers befinden, wenn nicht sogar darunter, als die unsichtbaren Stufen ebenso unsichtbarem, ebenem Boden wichen, der nicht aus Stein zu bestehen schien, sondern aus festgestampftem Lehm oder Erdreich. Obwohl sie nach wie vor nicht einmal die sprichwörtliche Hand vor Augen sehen konnte, spürte sie, dass sie sich in einem ebenso engen wie niedrigen Gang befand. Manchmal strichen ihr staubige Spinnweben durch das Gesicht oder verfingen sich in ihrem Haar, und die Luft war so trocken, dass sie mit jedem Atmen angestrengter ein Husten unterdrücken musste.

»Und jetzt?«, fragte sie. Ihre Stimme verursachte lang anhaltende, unheimliche Echos in der Dunkelheit, genau wie die Angies, als sie antwortete.

»Nach links.« Sie machte einen Schritt, dann rumste es hörbar. »Also gut, war wohl doch rechts.«

Sam tastete sich vorsichtig in die angegebene Richtung.

Schon nach kaum zwei Schritten stießen ihre Finger auf Widerstand, rissiges, hartes Holz, dem sie anfühlen konnte, wie alt es war. Zu ihrer Erleichterung schwang die Tür jedoch knarrend auf, als sie einen sachten Druck darauf ausübte. Dicht gefolgt von Angie, die immer noch leise vor sich hin fluchte, trat sie hindurch und fand sich in ebenso vollkommener Schwärze wieder wie auch auf der anderen Seite.

»Und jetzt?«

»Moment, Euer Merkwürden«, fauchte Angie. »Ich kann schließlich nicht hexen. Irgendwo hier muss doch … Ah!«

Sam konnte hören, wie die Tür zugedrückt wurde, dann scharrte etwas, als würde ein schwerer Riegel vorgelegt.

»Weiter«, befahl Angie. »Aber pass auf, dass du dich nicht stößt. Der Tunnel ist ziemlich niedrig.«

Sam ging los und machte genau einen Schritt, bevor sie auch schon mit der Stirn gegen einen Balken knallte und zur Abwechslung farbige Punkte und Streifen sah, nicht mehr Sterne.

»Du hast recht«, presste sie zwischen zusammengebissenen Zähnen hervor. »Sei lieber vorsichtig.«

»Wieso?«, flötete Angie. Sam konnte sie nach wie vor nicht sehen, aber sie glaubte regelrecht fühlen zu können, wie sie breit feixend – und hoch aufgerichtet – an ihr vorbeimarschierte, ohne der niedrigen Decke auch nur nahe zu kommen. Sam machte in Gedanken eine weitere Notiz auf einer langen Liste nicht besonders angenehmer Dinge, die sie Angie irgendwann einmal antun würde. Vielleicht auch schon ziemlich bald.

Etliche Dutzend Schritte später erreichten sie eine weitere Tür. Sam drückte sie vorsichtig auf und gewahrte ein blasses, flackerndes Licht irgendwo am Ende des neuerlichen Tunnels. Sams Schätzung nach mussten sie schon weit unter dem Hof sein, und das flackernde Licht war vermutlich der Widerschein des Gewitters, der irgendwo dort vorne durch die Decke drang. Sam versuchte in Gedanken die Strecke abzuschätzen, die sie schon zurückgelegt hatten und die noch vor ihnen lag. Das da musste das Stallgebäude sein, falls sie sich überhaupt noch in ihrer Welt befand, hieß das.

Angie verrammelte auch diese Tür und sie setzten ihren Weg fort. Erstaunlicherweise half ihnen das Licht am Ende des Tunnels kein bisschen dabei, besser voranzukommen, sondern erwies sich eher als hinderlich, denn das grelle Licht stach nicht nur wie dünne, heiße Nadeln in ihre Augen, sondern schien die Dunkelheit dazwischen noch intensiver zu machen. Sam hörte irgendwann auf mitzuzählen, wie oft sie sich den Kopf stieß, gegen ein Hindernis prallte oder sich einfach die Hände am rauen Stein der Wände zerschrammte.

Erst als sie das Ende des Ganges erreicht hatten und geduckt durch eine weitere Tür traten, wurde es ein wenig besser. Sie standen jetzt in einem rechteckigen, vollkommen leeren Raum, dessen Decke aus nicht besonders sorgfältig verlegten Bohlen bestand. Schmutz, Erdreich und uralter, verklumpter Staub bedeckten den Boden beinahe knöchelhoch und bildeten eine klebrige Schicht, in der ihre Schritte saugende und schmatzende Geräusche verursachten. Es roch nach Staub, Nässe und frischer Farbe – und ein ganz kleines bisschen auch nach Pferd.

»Das muss Silberhorns Stall sein.«

Die Worte waren an Angie gerichtet und eigentlich als Frage gemeint, doch der gedrungene Schatten, der neben ihr stand, hob nur die Schultern. Draußen rollte eine ganze Salve krachender Donnerschläge über den Himmel, und im flackernden Licht der Blitze, das durch die Bretterdecke über ihren Köpfen hereindrang, konnte Sam erkennen, wie blass sie war.

»Und jetzt?«, fragte sie.

Angie zuckte nur unglücklich mit den Schultern und hob die Arme, ohne dass ihre Fingerspitzen der Decke dabei auch nur nahe kamen. Es sah ein bisschen albern aus, brachte Sam aber zugleich auch auf eine Idee.

»Traust du dich?«, fragte sie, während sie sich mit dem Rücken gegen die Wand lehnte und die Hände vor dem Schoß verschränkte. Angie sah nicht begeistert aus. Ganz und gar nicht. Aber nach einem letzten Zögern benutzte sie die Räuberleiter und stieg zuerst auf ihre Hände, dann auf ihre Schultern hinauf, und jetzt kam sie mit ausgestreckten Armen an die Decke.

»Hier ist … so etwas wie eine Klappe«, ächzte sie. »Aber sie … klemmt.«

Sam ächzte ebenfalls, während Angie irgendetwas tat, was sie nicht erkennen konnte, und dabei ausgiebig auf ihren Schultern herumtrampelte. Für jemanden, der ihr kaum bis zum Bauchnabel reichte, war sie erstaunlich schwer. Und sie schien auch mit jeder Sekunde noch schwerer zu werden.

Schließlich knirschte etwas, und dem Geräusch von splitterndem Holz folgte ein Wasserfall aus hundert Jahre altem Staub. Angies Gewicht verschwand endlich von ihren Schultern, während sie sich ächzend und schimpfend nach oben arbeitete. Nur ein paar Augenblicke später erschienen ihre ausgestreckten Hände in der Klappe über Sam.

Angie war vielleicht klein, aber auch unerwartet stark. Es dauerte eine Weile und war alles andere als einfach, doch schließlich lagen sie japsend nebeneinander auf dem Bauch und warteten darauf, dass sich ihr hämmender Pulsschlag wieder beruhigte.

Sams Vermutung war richtig gewesen. Sie waren in Stars Stall. Und schon ein erster, rascher Blick in die Runde zeigte ihr, wie viel Glück sie wirklich gehabt hatten. Die Arbeiter hatten bereits damit begonnen, einen neuen Estrichboden zu gießen. Nur ein paar Stunden später und sie wären unter einer massiven Betondecke gefangen gewesen, statt unter dreihundert Jahre alten morschen Brettern.

»Hier sind wir erst einmal in Sicherheit«, sagte Angie mit erschöpft klingender, aber erleichterter Stimme. »Dieser Ort ist geschützt. Sie werden es nicht wagen, uns hierherzufolgen. Er ist heilig.«

Sam war nicht ganz sicher, wen genau sie mit *sie* meinte, aber zumindest in diesem Moment war sie auch gar nicht so erpicht darauf, es zu erfahren. Sie stemmte sich behutsam auf Hände und Knie hoch und ließ ihren Blick in die Runde schweifen.

Sehr viel sah sie nicht, trotz des unablässigen Flackerlichts der hereindringenden Blitze. In den allgegenwärtigen Geruch nach Kalk und frischer Farbe hatte sich nun ein intensiver Brandgeruch gemischt, wie um sie daran zu erinnern, wie knapp auch dieser Teil des Gebäudes der vollkommenen Zerstörung entgangen war, und neben der Tür standen eine ganz und gar unheilige Betonmischmaschine, eine Anzahl Farbeimer, Kisten mit Werkzeug und noch einige andere höchst profane Dinge, die irgendwie nicht so recht zu Angies Worten passen wollten. Dennoch spürte Sam tief in sich, dass Angie recht hatte. Zumindest vor den magischen Gefahren, die Silberhorn und damit auch Angie und sie bedrohten, waren sie hier in Sicherheit. Der Gedanke hatte nur zwei klitzekleine Schönheitsfehler: Sie war ganz und gar nicht sicher, dass sich auch der Sturm durch diese magische Barriere aufhalten ließ, und selbst wenn: Star war nicht hier.

»Ich glaube, wir können uns einen Moment hier ausruhen«, sagte Angie. »Es dauert noch eine Weile, bis der Mond aufgeht.«

Auch Sam wäre nichts lieber gewesen, als sich einfach auf dem schmutzigen Boden auszustrecken und die Augen zu schließen, und sei es nur für fünf Minuten. Stattdessen fragte sie: »Und dann warten wir darauf, dass Silberhorn ganz von selbst herkommt?«

»Silberhorn ist schon hier«, antwortete Angie, die zwar immer noch etwas kurzatmig klang, aber trotzdem schon wieder zu ihrer alten Form auflief. Sie klang wichtigtuerisch. »Wir müssen *Star* herholen, und zwar bevor der Mond aufgeht. Aber wie gesagt: Es ist noch Zeit. Wir sind hier in Sicherheit und Star ist es auch, dort, wo er jetzt ist.«

Sam stand vollends auf, wobei sie den Speer mit der uralten Spitze als improvisierten Gehstock benutzte. Mehr, das hatte sie sich fest vorgenommen, würde er auch niemals für sie sein. Petra hatte zwar behauptet, sie würde wissen, was sie damit zu tun hatte, wenn es so weit war, aber das wollte sie gar nicht. Wie groß auch immer das Geheimnis sein mochte, auf das sie sich schneller und schneller zubewegte, tief in sich war sie fest davon überzeugt, dass man es nicht mit Gewalt lösen konnte.

»Du hast mir immer noch nicht gesagt, woher du das alles weißt«, sagte sie, während ihr Blick weiter durch den schon halb umgebauten Stall tastete.

»Weil ich weiß, was geschrieben steht.«

Jetzt hörte sie sich tatsächlich nach der Waldfee an.

»Aber das Papier war verschwunden«, erinnerte sie.

Angie kicherte, und Sam drehte sich überrascht herum, als ein mattes, leicht blaustichiges Licht hinter ihr aufleuchtete. Zwischen ihren Augenbrauen entstand eine schmale, senkrechte Falte, denn sie sah das kleine E-Book, das Angie unter ihrer Jacke hervorgezogen und eingeschaltet hatte.

»Du hattest das Ding die ganze Zeit bei dir«, erinnerte sie sich.

»U … war klug genug, uns nicht nur *eine* Kop… te Angie mit einem heftigen Nicken. S… hen Licht, das der kaum handgroße … war das triumphierende Aufblitzen … Und noch besser, dass unser Freund … Hacker ist, der mir gezeigt hat, was

… die ganze Zeit über bei dir«, sagte … klang ihre Stimme beinahe drohend. … te Angie verdutzt. »Aber bis jetzt … s …«

… uf die Idee gekommen, das Licht … uns dort unten nicht im Dunkeln … unterbrach sie Sam grollend. … e sagte sicherheitshalber gar nichts

… s alles hier zu bedeuten hat«, fuhr … n Weile und mit mühsam be-

… Geheimnisse der Waldfee?« … Gigabyte Text!«, empörte sich … konvertiert, was zugegebener- … erplatz frisst, aber Sven hat ei- … mpressionsalgorithmus benutzt, sodass …«

»Angie!«

»Jaja, ist ja schon gut«, sagte Angie. »Es bleibt jedenfalls eine Menge Text übrig. Ein paar tausend Seiten, wenn nicht mehr.«

»Und?«

»Und ich kann nicht alles davon lesen«, gestand Angie. »Nur … ähm … also eigentlich nur ganz wenig. Ich glaube,

nur das, was ich unbedingt wissen muss. Frag mich nicht, warum. Es ist eben so.«

Sam fragte nicht. Was Angie mit *ist eben so* bezeichnete, das war pure Magie, und auch wenn sie deren Wirken mit jedem Moment stärker spürte, fiel es ihr immer noch schwer, diesen Gedanken zu akzeptieren. Vielleicht hatte die Waldfee ja recht und so etwas wie Zauberei gab es gar nicht, und alles war nur das Wirken von Kräften, die sie einfach nicht verstand.

Aber selbst wenn es so war … wo lag eigentlich der Unterschied?

»Dann schau doch mal in deinem schlauen Buch nach, warum dein Bruder plötzlich auf uns losgegangen ist und ausgerechnet Sven uns hilft«, sagte sie, vielleicht nicht ganz ernst, aber auch ganz und gar nicht bloß scherzhaft.

»Das war nicht Tom«, antwortete Angie, ohne den Blick auch nur auf den matt leuchtenden Monitor gesenkt zu haben.

»Sondern der Prinz der Steppenreiter, ich weiß. Aber ich dachte, er wäre auf meiner Seite.«

»Ist er auch«, behauptete Angie. »Wenigstens Tom. Er wollte dir *wirklich* nur helfen.« Sie zögerte fast unmerklich, weiterzusprechen. »Ich glaube, er mag dich.«

»Wenn, dann hat er eine komische Art, das zu zeigen«, maulte Sam. Sie ging zur Tür und sah aufmerksam hinaus. Über dem Hof tobte der Sturm mit unveränderter Wut, aber zumindest im Moment sah sie dort oben nur ganz normale Gewitterwolken, selbst im flackernden Licht der Blitze.

»He! Er mag dich wirklich!«, protestierte Angie. »Er hat Angst um dich, das ist alles. Er will nicht, dass dir was passiert!«

Das Schlimme war, dachte Sam, dass Tom wahrscheinlich wirklich glaubte, dass er sie nur beschützen wollte …

wenn es sein musste mit Gewalt und sogar vor sich selbst, so wie der Prinz der Steppenreiter vermutlich der Meinung war, sie vor dem Schwarzen Ritter und seinen drei unheimlichen Verbündeten beschützen zu müssen.

»Das ist völlig verrückt«, murmelte sie.

»Was?«, fragte Angie. »Dass du nicht einmal mehr weißt, wer deine Freunde sind?«

»Nein«, antwortete Sam und beschloss, den leicht vorwurfsvollen Ton in Angies Stimme zu ignorieren. »Dass ich nicht einmal mehr weiß, wer meine *Feinde* sind.«

Wenigstens das sollte sie schneller herausfinden, als ihr lieb war. Angie und sie durchsuchten den Stall im blassen Licht des kleinen Monitors, so gut es ging, ohne auf irgendetwas Interessantes zu stoßen (allerdings auch auf nichts Gefährliches), und Angie half ihr anschließend, den schweren Zementmischer auf die Bodenklappe zu schieben, durch die sie gerade hereingekommen waren. Natürlich wussten beide, wie lächerlich das war, aber Sam fühlte sich trotzdem besser.

Allerdings nur genau so lange, bis Angie zur Tür ging und sie mit einem erschrockenen Gestikulieren zu sich heranwinkte.

Drüben im Internatsgebäude waren mittlerweile sämtliche Lichter ausgegangen. Entweder war der Strom ausgefallen oder Focks hatte ihn abgeschaltet, nachdem alle im Keller und damit in Sicherheit waren, eine Vorsichtsmaßnahme, die Sam inzwischen schon gar nicht mehr so übertrieben erschien wie vorhin. Selbst der mächtige Bruchsteinbau schien sich inzwischen unter den Schlägen des Windes zu ducken, und im immer noch mit unverminderter Wut anhaltenden Zucken der Blitze konnte sie die schweren Schäden erkennen, die der Sturm bereits angerichtet hatte. Die meisten Fensterläden und selbst einige Gitter auf dieser Seite des Gebäudes waren abgerissen, etliche Scheiben zerbrochen, und auch im Dach gähnten bereits eine Anzahl Löcher, die so schnell größer wurden, dass man dabei zusehen konnte.

Aber das war es nicht, was Angie ihr zeigen wollte.

Trotz des tobenden Höllengewitters hatten eine Anzahl größerer Jungen das Gebäude verlassen und arbeiteten sich schräg gegen den Sturm gestemmt auf sie zu. Einen von ihnen erwischte es, noch bevor er auch nur drei Schritte tun konnte. Der Sturm riss ihn von den Füßen und schleuderte ihn einfach davon, und Sam war sogar sicher, dass es nicht der Letzte bleiben würde. Doch was nutzte das? Selbst wenn nur ein Einziger von ihnen hier ankam, war alles verloren. Wie es aussah, hatten Tom und seine Steppenreiter die Schlacht um das Direktorzimmer wohl gewonnen. Vielleicht schützte dieser angeblich heilige Ort sie ja vor Magie, vor den Wyvern und möglicherweise sogar vor dem Troll … aber würde er sie auch vor einem halben Dutzend ganz normaler Mitschüler beschützen, die Tom hierhergeschickt hatte, um die beiden unvernünftigen Mädchen zu retten?

»Sie kommen hierher!«, sagte Angie erschrocken.

Sam nickte und schüttelte fast in derselben Bewegung auch den Kopf. Angie hatte recht, aber nur zum Teil. Zwei oder drei Steppenreiter kämpften sich tatsächlich mit immer mühsameren kleinen Schritten in ihre Richtung vor, doch der Rest hatte einen abrupten Schwenk gemacht und schob sich jetzt dicht an der Wand des Hauses entlang in die entgegengesetzte Richtung. Es gehörte nicht besonders viel Fantasie dazu, ihr Ziel zu erraten.

»Silberhorn!«, entfuhr es ihr erschrocken. »Sie wollen zu Silberhorn!«

»Sie werden ihm nichts tun«, sagte Angie. Sie klang nicht sehr überzeugt. »Es ist die Aufgabe der Steppenreiter, Silberhorn zu beschützen!«

Das mochte stimmen, aber Sam spürte trotzdem, dass etwas sehr Schlimmes geschehen würde, wenn dieses halbe Dutzend Gestalten in hellem Wildleder die Scheune erreichte und Silberhorns habhaft wurde, bevor sie dort war. Nichts ergab mehr einen Sinn. Freund war Feind, Feind war Verbündeter, und …

Für einen unendlich kleinen Moment hatte sie die Antwort. Alle Puzzleteile fügten sich ineinander und ergaben ein sinnvolles Bild, und dann entglitt ihr der Gedanke wieder und zerbarst zu Millionen einzelner Bruchstücke, die der Sturm davonwirbelte.

»Bleib hier!«, sagte sie grimmig

»Ganz bestimmt«, antwortete Angie. »Sonst noch Wünsche?«

»Sie werden dir nichts tun«, beharrte Sam. Ihre Hand schloss sich fester um den Speer. »Aber dort draußen …«

»… würde ich dich nur stören?«, fiel ihr Angie ins Wort. Sie schnaubte abfällig. »Ja, das kann schon sein.«

Und damit war sie mit einem einzigen Schritt an Sam vorbei und schlüpfte durch die Tür.

Sam war fest davon überzeugt, dass der Sturm sie einfach wegpusten würde, und im allerersten Moment sah es auch ganz genau danach aus: Angie machte nicht einmal einen einzigen Schritt, da packte sie auch schon die erste Windböe und schleuderte sie einfach zur Seite. Nur mit Glück fand sie ihre Balance wieder und hüpfte im Zickzack über den Hof, was komisch aussah, aber nichtsdestotrotz ziemlich schnell war.

Sam fluchte, stieß die Tür auf und zollte Angie in der nächsten Sekunde noch mehr Respekt, als sie schon von der ersten Sturmböe gepackt und einfach von den Beinen gerissen wurde. Hilflos schlitterte sie davon, rutschte ein gutes Stück über das nasse Kopfsteinpflaster und wurde wahrscheinlich nur deshalb nicht gleich bis ins Tal hinuntergepustet, weil sich ihr Speer irgendwo verhakte und sie sich mit beiden Händen daran festklammerte.

Irgendwie gelang es ihr, wieder auf die Füße zu kommen und weiterzustolpern, obwohl der Sturm wie mit unsichtbaren eisigen Klauen auf sie einprügelte und sie nicht nur immer wieder umzuwerfen versuchte, sondern sie auch praktisch blind machte. Angie war irgendwo vor ihr und hatte bereits einen erschreckend großen Vorsprung, und nach Tom und seinen Steppenreitern hielt sie lieber gar nicht erst Ausschau … aber ein Teil von ihr fragte sich schaudernd, was sie eigentlich *tun* sollte, wenn sie sie wirklich einholten und vielleicht (wieso überhaupt *vielleicht?*) mit Gewalt zurückzuhalten versuchten. Ihren Speer nehmen und sie niederstechen?

Wohl kaum.

Eine weitere Sturmböe warf sie auf die Knie und brachte sie auf andere Gedanken. Sie beschloss, sich den Kopf über die Steppenreiter zu zerbrechen, wenn sie sie eingeholt hatten, kämpfte sich fluchend in die Höhe und stolperte mit zusammengebissenen Zähnen weiter.

Ungefähr eine Million Jahre und drei Minuten später hatte sie den Hof überquert und kam gerade noch rechtzeitig um die Ecke, um zu sehen, wie zwei Gestalten in hellem Wildleder (oder auch Jeans und Windjacken, je nachdem, ob es gerade blitzte oder nicht) in der Scheune verschwanden. Sam fluchte ungehemmt, schritt schneller aus, und (warum war sie eigentlich überrascht?) der Wind drehte sich und warf sie mit solcher Wucht gegen die Wand, dass ihr die Luft wegblieb.

Außerdem rettete er ihr wahrscheinlich das Leben.

Toms Krieger hatten das Tor hinter sich nicht wieder geschlossen, und der Sturm ließ sich die Gelegenheit natürlich nicht entgehen, noch ein bisschen mehr Schaden anzurichten, und packte das schwere Tor, um es mit einem einzigen Ruck aus seiner Verankerung zu reißen und davonzuwirbeln wie ein welkes Blatt. Wäre sie auch nur ein paar Schritte näher gewesen, hätte es sie einfach in Stücke gerissen.

Sam ließ den Schrecken nicht an sich heran, der mit

dieser Erkenntnis Besitz von ihr ergreifen wollte, sondern packte nur grimmig den silbernen Speer fester und stolperte weiter. Der Sturm, der bisher sein Möglichstes getan hatte, um sie an der Wand zu zerquetschen, schubste sie plötzlich durch das offene Tor, und Sam fiel nicht nur schon wieder auf die Knie, sondern konnte auch gerade noch den Kopf einziehen, um nicht unliebsame (und möglicherweise tödliche) Bekanntschaft mit einem Pferdehuf zu machen, der genau auf ihr Gesicht zielte.

In der zum provisorischen Stall umfunktionierten Scheune tobte das Chaos. Die Pferde, von denen etliche ohnehin verletzt und vollkommen verängstigt waren, brachen nun endgültig in Panik aus, versuchten sich loszureißen und bissen und traten nacheinander und nach allem anderen, was auch nur in ihre Reichweite geriet, und dabei war es ihnen offenbar vollkommnen egal, ob es sich um Mensch, Tier oder sonst was handelte. Sam hörte Schmerzensschreie, aber sie sah auch Funken fliegen, und der Sturm fauchte nun ungebremst herein und tat sein Möglichstes, um das Chaos noch zu vergrößern.

Sam rollte zur Seite, riss schützend beide Arme vor das Gesicht und sprang auf die Füße.

Für einen Moment schien die Welt nur noch aus sich aufbäumenden Pferdeleibern zu bestehen, schnappenden Zähnen und ausschlagenden Hufen, und sie wurde ein- oder zweimal getroffen und ziemlich unsanft zur Seite geschubst, kam aber wie durch ein Wunder auch jetzt wieder völlig unversehrt davon – sah man von einigen weiteren blauen Flecken ab, die aber nicht mehr wirklich auffielen. Endlich entdeckte sie Star inmitten des Chaos … natürlich auf der anderen Seite der Scheune und eingekeilt inmitten panischer Pferde, die zwar versuchten seine unmittelbare Nähe zu meiden, es aber einfach nicht schafften.

Sam nahm allen Mut zusammen und stürzte sich ins Getümmel. Die stumpfe Seite des Speers half ihr, sich durch das Durcheinander aus Pferdeleibern und ausschlagenden Hufen zu drängeln, wobei ihr größtes Problem (außer dem, nicht zufällig zu Tode getrampelt zu werden, versteht sich) darin bestand, keines der Tiere versehentlich zu verletzen. Zwei- oder dreimal verlor sie Star aus den Augen, aber sie musste sich nur an dem erschrockenen oder auch schmerzhaften Kreischen der anderen Pferde orientieren, um sich in die richtige Richtung zu bewegen.

Eine schlanke Gestalt tauchte plötzlich vor ihr auf und wirkte mindestens ebenso überrascht, sie inmitten des Chaos zu erblicken wie umgekehrt sie, aber Sam überwand ihren Schrecken eindeutig schneller, indem sie sich einfach nach hinten fallen ließ und mit einer raschen Bewegung unter einem der Pferde hindurchrollte. Ihr Verfolger wagte es nicht, ihr auf demselben Weg nachzukommen, und bevor er um das bockende Pferd herumgestürmt war, war Sam schon längst in Sicherheit und zwischen den anderen Pferden untergetaucht. Sie handelte sich ein weiteres Dutzend derber Knüffe und Stöße ein, aber das registrierte sie kaum noch.

Ein rothaariges Etwas von der Größe eines Medizinballs hüpfte irgendwo rechts von ihr zwischen den stampfenden Pferdebeinen herum. Sam war mit einem beherzten Satz dort, riss Angie im buchstäblich letzten Moment zur Seite, bevor sie einfach in den Boden gerammt werden konnte, und erntete zum Dank auch noch einen giftigen Blick.

Derselbe Huf, der Angie gerade um Haaresbreite verfehlt hatte, schlug nur ein kleines Stück neben ihr Funken aus der Karosserie eines Wagens, der vor einer Stunde vielleicht noch ein ganz ansehnlicher Oldtimer gewesen war, sich jetzt aber in einen Trümmerhaufen verwandelt hatte. Kurz entschlossen riss sie die Tür auf und schubste Angie hinein.

»Du bleibst hier!«

»Klar doch!«, krähte Angie. Sie war schneller durch den Wagen und auf der anderen Seite wieder heraus, als Sam das zerbeulte Wrack auch nur umkreisen konnte, und funkelte sie so feindselig an, dass sie erst gar keinen zweiten Versuch startete, sondern es bei einem angedeuteten Achselzucken beließ und ihren Weg fortsetzte.

Allerdings nur zwei Schritte weit, denn diesmal war es Angie, die sie zurückriss. Sam machte sich mit einer ärgerlichen Bewegung los und war im nächsten Moment sehr froh über Angies Eingreifen.

Vor ihnen war eine weitere dunkelhaarige Gestalt aufgetaucht, die Sam auf unangenehme Weise vertraut vorkam. Aber diesmal war es kein Schüler, den Tom in seiner Gestalt als Steppenreiter kurzerhand verschleppt hatte, sondern ein schlankes Mädchen, das schwarze Jeans und einen gleichfarbigen Pullover trug.

Manchmal.

»Fritzie?«, murmelte sie verstört. Jetzt verstand sie gar nichts mehr … vor allem nicht, als Svens Freundin sich mit weit ausholenden Gesten an Toms frisch rekrutierte Steppenreiter-Krieger wandte und diese ihren Befehlen widerspruchslos gehorchten.

»Fritzie?«, murmelte sie noch einmal. »Aber wieso ausgerechnet … *sie?*«

»Weil keiner von uns weiß, wer sein Gegenpart auf der anderen Seite ist und weil keiner seine Aufgabe kennt«, antwortete Angie und wedelte mit ihrem E-Book. Sam fiel auf, dass sie das Gerät wieder ausgeschaltet hatte, vielleicht damit das Licht sie nicht verriet oder um die Batterie zu schonen. »Du erinnerst dich nicht?«

Nein, das tat Sam nicht, wenigstens nicht, bis der nächste Blitz die Scheune in geisterhaftes blaues Licht tauchte und

Fritzie für den Bruchteil einer Sekunde nicht mehr Fritzie war, sondern eine schlanke Gestalt mit elfenhaften Zügen, spitzen Ohren und in einem halb durchsichtigen Gewand, das schimmerte, als wäre es aus reinem Mondlicht gewoben. In dieser Gestalt hatte sie sie schon einmal gesehen, bei ihrem ersten Besuch am See des Einhorns.

Aber damals war sie doch …

Nein! Allmählich wurde es kompliziert. Und Angies schadenfrohem Blick nach zu schließen, konnte sie sich die Antwort denken, die sie auf eine entsprechende Frage bekommen würde. Sie stellte sie erst gar nicht.

Stattdessen konzentrierte sie sich lieber darauf, Fritzie – beziehungsweise der Elfenkriegerin – dabei zuzusehen, wie sie dem halben Dutzend Jungen (manchmal auch Steppenreitern) Befehle gab, und möglichst unentdeckt zu bleiben. Ihr Ziel war klar. Ganz offensichtlich versuchten sie Star von den anderen Pferden zu isolieren, wahrscheinlich um ihn wegzuschaffen – doch *darüber* musste sich Sam die wenigsten Sorgen machen. Star hatte es geschafft, ein halbes Dutzend aufgeregter Pferde aus seiner unmittelbaren Nähe zu verscheuchen. Ein halbes Dutzend Möchtegern-Reiter dürfte ihm wohl kein Problem bereiten.

Dafür hatten sie ein anderes Problem. Möglicherweise ein weitaus größeres.

»Wir müssen *sie* ablenken.«

»Überhaupt kein Problem«, antwortete Angie. »Wir setzen die Scheune in Brand und versetzen die Pferde in Panik, und in alldem Chaos fällt wahrscheinlich niemandem auf, wenn wir den Hengst mopsen.«

Sam setzte zu einer gepfefferten Antwort an und ließ es dann bleiben, als sie in Angies Augen blickte. Da war etwas, das sie erschreckte.

»Was?«

»Och, nichts«, antwortete Angie. Dann machte sie einen vollkommen übertrieben spöttischen Hofknicks.

»Nicht dass es mir zustünde, so etwas auch nur zu *denken*, edle Prinzessin, geschweige denn, einen solch lästerlichen Gedanken laut auszusprechen … aber ich tu's trotzdem: Ihr denkt nicht richtig nach, Prinzessin.«

Sam sah verwirrt zu der schwarzhaarigen Elfenkriegerin und ihren Helfern hin.

»Sie sind hier, um Silberhorn zu schützen,« murmelte sie.

Angie nickte. »So steht es geschrieben.«

»Und der einzige Ort, an dem er wirklich sicher ist, ist sein Stall.«

»Und genau deshalb bringen sie ihn auch genau dorthin«, bestätigte Angie.

»Und was ist dann meine Aufgabe?«, fragte Sam mit belegter Stimme.

Angie schwieg, doch an der Art, auf die sie sie ansah, änderte sich etwas, und diesmal lief Sam ein eisiger Schauer über den Rücken, als sie ihr in die Augen sah.

»Nein«, murmelte sie.

»Ich fürchte doch, Prinzessin«, antwortete Angie, und genau in diesem Moment explodierte die Welt.

Der Blitz schien nicht vom Himmel herabzukommen, sondern unmittelbar vor dem Tor direkt aus dem weiß glühenden Herzen einer Sonne zu springen. Licht, unerträglich helles, gleißendes Licht raste auf einer gezackten Bahn zu ihnen herein und schien das gesamte Gebäude mit einem einzigen brüllenden Schlag in Brand zu setzen. Ein durchdringendes elektrisches Zischen erklang, so laut, dass es tatsächlich in den Ohren schmerzte, und der nachfolgende Donnerschlag ließ nicht nur das gesamte Gebäude in seinen Grundfesten erbeben, sondern machte sie allesamt auch für einen Moment taub. Funken stoben, und nahezu ein Drittel des Daches löste sich einfach in gleißender Helligkeit auf. Aus dem Rest regneten Feuer und glühende Trümmerstücke auf Mensch und Tier herab.

Das Erste, was Sam wieder wahrnahm, als ihr Gehör allmählich zurückkam, war ein Chor aus gellenden Schmerzens- und Entsetzensschreien, aber da lag sie selbst schon längst am Boden, hatte sich zu einen Ball zusammengerollt und die Arme über dem Kopf zusammengeschlagen und betete, nicht von dem Stampfen der durchgehenden Pferde zu Tode getrampelt zu werden. Sie hatte irgendwo einmal gelesen, dass ein Pferd niemals auf etwas Lebendiges treten würde, aber sie hatte zum einen keine Ahnung, ob das überhaupt stimmte, und natürlich auch keine Garantie dafür, dass die Pferde dieses Buch auch gelesen hatten. Immerhin hatte es bei Gandhi, ja angeblich funktioniert.

Und bei ihr funktionierte es auch. Überall rings um sie herum erzitterte der Boden unter dem Stampfen tödlicher Pferdehufe, und einmal schrammte etwas so hart an ihrer Hüfte entlang, dass sie vor Schmerz aufschrie.

Dann war das Schlimmste vorbei, und Sam nahm vorsichtig die Arme herunter, blinzelte sich den Staub aus den Augen und begann hustend und qualvoll nach Luft zu ringen. Von der Decke regneten immer noch Feuer und brennende Trümmerstücke. Durch das gewaltige Loch, das der einzelne Blitz ins Dach gesprengt hatte, strömte eiskalter Regen herein, der aber nur zum allergeringsten Teil den Boden erreichte, der Großteil verzischte einfach auf halber Höhe in der immer unerträglicher werdenden Hitze der Flammen, die plötzlich überall aufzüngelten. In ihren Ohren mischte sich das rasende Stakkato ihres eigenen Herzens mit dem Rauschen ihres Blutes und tausend anderen, allesamt chaotischen Geräuschen, die ihr langsam zurückkehrendes Hörvermögen nun wieder wahrnahm. Es roch nach verbranntem Fell, glühendem Metall und purer Angst, und sie spürte, wie ihr zur Abwechslung einmal warmes Blut den Nacken hinabrann, selbstverständlich ihr eigenes.

Neben ihr rappelte sich Angie unsicher auf und tastete benommen über ihren Körper und ihre Gliedmaßen, wie um sich davon zu überzeugen, dass noch alles an seinem angestammten Platz und einigermaßen unversehrt war. Sam überzeugte sich mit einem raschen Blick davon, dass das auch tatsächlich so war, dann raffte sie ihren Speer auf und stürmte hinter den flüchtenden Pferden her. Etliche Tiere waren verletzt, wie sie voller Schrecken erkannte, doch ihre einzige Sorge galt Star. An seinem magischen See mochte er sicher sein, aber hier und jetzt war er ein verwundbares Geschöpf aus Fleisch und Blut, und sie wagte sich nicht einmal die Frage zu stellen, was geschehen würde, wenn er inmitten dieser durchgehenden Herde ernsthaft zu Schaden kam.

Möglicherweise war sie es aber auch, die zuerst zu Schaden kommen würde. Sie hatte das Tor noch nicht halb erreicht, als eine Gestalt auf sie zuflog und ihr mit grimmigem Gesicht den Weg vertrat. Im allerersten Moment dachte sie an Sven, dann wurde ihr klar, dass dieser Mann in jeder seiner beiden hin und her flackernden Gestalten noch ein gutes Stück größer war und mindestens so entschlossen, auch zu tun, weswegen er hergekommen war.

Seine Chancen, es zu schaffen, standen nicht einmal schlecht. Es gehörte nicht zum Typ groß und plump, sondern ganz im Gegenteil zu dem groß und schnell, und er schien die instinktive Bewegung vorauszuahnen, mit der Sam ihm auszuweichen versuchte, und vertrat ihr nicht nur schon fast spielerisch den Weg, sondern streckte auch blitzartig die Hände nach ihr aus.

Wahrscheinlich hätte er sie auch gepackt, wäre nicht plötzlich etwas Kleines und Rothaariges an ihr vorbeigeschossen und mit dem Kopf voran in seinen Magen gerannt. Der Bursche klappte nach Luft japsend zusammen, während Angie nur einen Schritt zurückstolperte und benommen den Kopf schüttelte. Sam setzte mit einem kraftvollen Sprung über den knienden Steppenreiter hinweg, wich noch in der gleichen Bewegung einem brennenden Trümmerstück aus, das aus dem inzwischen lichterloh in Flammen stehenden Dach stürzte, und registrierte aus den Augenwinkeln eine Wolke wirbelnder Ascheflocken, die durch das gewaltige Loch im Dach hereinwehten.

Dann war sie draußen, und wenn sie geglaubt hatte, der Hölle entronnen zu sein, musste sie für das, was sie hier erwartete, wohl ein neues Wort erfinden.

So unglaublich es schien, hatten Sturm und Gewitter noch einmal an Heftigkeit zugenommen. Der Hof lag nun in ununterbrochen blaues Flackerlicht getaucht da, wobei die hellen Momente die Dunkelheit eindeutig überwogen, und der Sturm machte es inzwischen selbst den Pferden schwer, sich auf den Beinen zu halten. Das Geräusch des Donners übertönte mittlerweile jeden anderen Laut, und wohin sie auch sah, erblickte sie panisch durchgehende Pferde und in helles Leder gehüllte Gestalten, die verzweifelt versuchten, nicht zu Tode getrampelt zu werden. Den meisten schien es sogar zu gelingen.

Was sie immer noch nicht sah, war Star. Der weiße Hengst musste irgendwo inmitten des unbeschreiblichen Chaos sein, das sich ihr darbot, und ihr einziger Trost war, dass Fritzie und ihre Steppenreiter offenbar ebenso große Schwierigkeiten hatten wie sie, ihn auszumachen.

Sam erschrak, als sie erkannte, dass es sich um deutlich mehr als fünf oder sechs Steppenreiter handelte. Tom schien so ziemlich jeden zwangsrekrutiert zu haben, der unvorsichtig genug gewesen war, ihm über den Weg zu laufen, und auch der junge Prinz selbst tauchte einmal kurz auf, verschwand jedoch wieder, ohne sie auch nur gesehen zu haben. Schreie gellten. Hinter ihr brach ein weiteres Drittel des Scheunendachs in einem gewaltigen Funken- und Flammenschauer zusammen, und plötzlich war auch hier der Himmel nicht nur voller zuckender Blitze, sondern auch voller Glut und tanzender Ascheflocken. Irgendetwas stimmte nicht damit, aber Sam kam nicht darauf, was, und dann entschlüpfte ihr der Gedanke auch schon wieder, denn sie hatte endlich Star entdeckt.

Der Hengst befand sich nahezu in der Mitte des Hofes, und gleich vier Steppenreiter unter der Führung der dunkelhaarigen Elfenkriegerin versuchten ihn zu bändigen, hatten damit aber wenig Erfolg, denn Star trat abwechselnd mit den Vorder- und Hinterläufen aus und biss nach Kräften um sich, als müsse er um sein Leben kämpfen.

Sam stemmte sich gegen den Sturm, umklammerte mit beiden Händen ihren Speer und musste ihn immer wieder in den Boden stemmen, um überhaupt noch von der Stelle zu kommen. Einer der Steppenreiter hatte weniger Glück. Indem er einem Tritt des Hengstes auswich, verlor er zugleich auch das Gleichgewicht, stürzte zu Boden und wurde einfach davongepustet. Nur einen Moment später folgte ihm ein zweiter, doch schon nahmen zwei neue Gestalten in hellem Wildleder ihre Plätze ein, und einem gelang es tatsächlich, sich mit beiden Händen an Stars Zaumzeug zu klammern. Star bäumte sich mit solcher Gewalt auf, dass der Steppenreiter von den Füßen gerissen wurde und einen Moment lang genauso albern herumzappelte wie Angie vorhin an der Türklinke des Direktorzimmers. Aber es gelang ihm dennoch, den Widerstand des Hengstes lange genug zu brechen, damit zwei weitere Steppenreiter hinzuspringen und sich an ihn klammern konnten.

»Lasst ihn in Ruhe!«, schrie Samiha.

Der Sturm riss ihr die Worte einfach von den Lippen und machte sie zu einem Teil des allgemeinen Getöses, und sie verdoppelte noch einmal ihre Anstrengungen, den Hengst zu erreichen. Mindestens einer der Steppenreiter hatte ihren Schrei wohl doch gehört oder sie gesehen, denn er fuhr mit einer hastigen Bewegung herum und griff noch schneller nach seinem Schwert, dann erstarrte er mitten in der Bewegung, als er sie anscheinend erkannte, und ein ratloser Ausdruck erschien auf seinem Gesicht.

Sam selbst erging es nicht viel besser, aber ihre Verwirrung hinderte sie nicht daran, ihren Speer herumzudrehen und dem Buschen das stumpfe Ende der Waffe wuchtig genug in den Leib zu stoßen, um ihn erst einmal auf andere Gedanken als den zu bringen, sie aufzuhalten – zum Beispiel dem, das Amen neu zu lernen.

Sie schaffte es sogar, auf diese Weise noch einen zweiten Steppenreiter auszuschalten, dann warfen sich gleich zwei Krieger auf sie, rangen sie mit ihrem puren Gewicht nieder und hielten sie fest. Ein dritter beging den Fehler, ihre strampelnden Beine packen zu wollen, und stellte fest, dass auch ein in einem weichen Turnschuh steckender Fuß kein wirklich fairer Gegner für eine ungeschützte Nase war, aber das war allenfalls ein moralischer Sieg. Die beiden Burschen, die sie gepackt hatten, pressten sie nur mit noch größerer Kraft nieder, und ein dritter bückte sich nach ihrem Speer und hob ihn mit einer fast ehrfürchtig wirkenden Bewegung auf.

»Lass mich los, verdammt!«, keuchte sie. Gleichzeitig versuchte sie noch einmal alle Kräfte zu mobilisieren, um den Griff der beiden Krieger zu sprengen, aber sie waren einfach zu stark. Dann tauchte eine weitere, ganz in fließende Mondseide gehüllte Gestalt über ihr auf und sah aus Augen auf sie herab, von denen sie nicht wusste, ob sie nun gnadenlos oder nur von etwas erfüllt waren, das sie nicht begriff.

»Bringt sie weg«, befahl sie. »Aber tut ihr nicht weh. Und behandelt sie respektvoll. Ihr wisst, wer sie ist.«

Während die beiden Krieger sie zwar fast sanft, dennoch aber mit unwiderstehlicher Kraft auf die Beine zogen, streckte die Elfe die Hand aus und ließ sich den Speer geben, und etwas sehr Sonderbares geschah. Im gleichen Moment, in dem sich ihre Hand um den Speerschaft schloss, veränderte sich der Ausdruck auf ihrem Gesicht vollkommen. Als sie sich wieder zu Samiha herumdrehte, las sie eine Mischung aus kaum noch zurückgehaltenem Zorn und mindestens genauso tiefer Trauer in ihren Augen.

Dann verschwand der sonderbare Blick, zusammen mit mindestens drei von ihren Fingern, und sie kippte mit einem schrillen Schmerzensschrei nach hinten. Nur eine Sekunde später ließ einer der Steppenreiter Sams Arm los und fiel zu Boden, die Hand des anderen schüttelte Sam mit einer raschen Bewegung nicht nur ab, sondern rammte ihm auch noch das Knie in den Leib, und erst in diesem Moment fiel ihr auf, dass noch immer Ascheflocken vom Himmel regneten und dass es auch gar keine Ascheflocken waren, denn sie hatten Flügel und Krallen und winzige, wütend schnappende Krokodilschnäbel. Sam registrierte eine flatternde Bewegung aus den Augenwinkeln, zog instinktiv den Kopf ein und büßte auf diese Weise nur eine Haarsträhne ein, statt eines guten Teils ihrer Kopfhaut, als der Wyvern kaum eine Handbreit über ihr hinwegwegschoss und seinen Unmut über den entgangenen Fang mit einem misstönenden Schrei kundtat. Wenigstens für eine Sekunde. Dann hatte sie mit einer raschen Bewegung den von Fritzie fallen gelassenen Speer aufgerafft und das geflügelte Ungeheuer säuberlich in zwei Hälften geteilt.

Aber es war ein billiger Sieg und würde ihr auch nicht viel nützen. Der Himmel über dem Hof war schon wieder voller Wyvern, und diesmal hatten es die geflügelten Bestien nicht nur auf sie abgesehen, sondern griffen offenbar wahllos alles an, was sich bewegte. Überall schrien Pferde in reiner Panik auf, als sich winzige, aber nadelspitze Krallen in ihr Fell und ihre Mähnen gruben, doch Sam sah auch Gestalten in hellem Leder, die plötzlich nicht mehr nur noch gegen den heulenden Sturm kämpften, sondern sich schreiend duckten und auf geflügelte Phantome einschlugen, die sich in ihre Haare oder auch in ihre Gesichter zu krallen versuchten. Auch Sam wurde angegriffen, doch der Speer in ihren Händen bewegte sich fast wie von selbst und fegte zwei weitere Wyvern vom Himmel, und dann hatte sie wenigstens für einen kurzen Moment Luft.

Sie nutzte sie, um neben der verletzten Elfenkriegerin niederzuknien und sie auf den Rücken zu drehen. In ihrer Gestalt als Fritzie weinte sie vor Schmerz und Angst und versuchte sogar nach ihr zu schlagen, als Elfenkriegerin ertrug sie die Pein tapfer, aber mit fest zusammengepressten Lippen und noch bleicherem Gesicht. So oder so hatte sich Sam in ihrem ersten Schrecken aber getäuscht, wie sie nun erleichtert zur Kenntnis nahm: Ihre Finger waren nicht abgerissen, sahen aber trotzdem übel aus und mussten höllisch wehtun, gleich in welcher Gestalt.

Sam streckte die Hand aus und zerrte den Burschen, den sie vor ein paar Sekunden erst niedergeschlagen hatte, einfach am Kragen zu sich herum.

»Bringt sie weg«, sagte sie, ganz bewusst derselben Wortwahl folgend wie die Elfe gerade. »Aber behandelt sie gut. Du weißt, wer sie ist.«

»Ihr habt keine Ahnung, was Ihr … tut, Prinzessin«, brachte die Elfe mühsam und zwischen zusammenengebissenen Zähnen heraus. »Das Einhorn muss …«

Ein ganzes Dutzend Wyvern stürzte sich kreischend und flügelschlagend auf sie herab und löste sich in dampfenden Matsch auf, als die Luft plötzlich voller stiebendem weißem Staub war. Nur einen Moment später langte Angie keuchend neben ihr an und maß sie mit einer Mischung aus Triumph und Sorge, wie sie von allen Menschen auf der Welt vermutlich nur sie allein zustande brachte.

»Ist alles in Ordnung?«, fragte sie.

»Abgesehen davon, dass das die bescheuerteste Frage des Jahres ist?« Sam nickte. »Ja.«

Angie setzte zu einer – vermutlich noch pampigeren – Antwort an, registrierte dann eine Bewegung irgendwo über sich und sprang mit einer blitzartigen Bewegung auf die Füße. Etwas Helles erschien in ihrer Hand, während sie eine weit ausholende Armbewegung machte. »Kommt ruhig, ihr dämlichen Viecher!«, schrie sie herausfordernd. »Ihr werdet schon sehen, wer hier …«

Der Rest ihrer Worte ging in einem erstaunten Quietschen und dann einem halb erstickten Keuchen unter, und auch Sam konnte gerade noch im letzten Moment die Augenlider zusammenpressen und die Luft anhalten, als der Sturm ihre neuerliche Salzladung packte und mit doppelter Wucht wieder auf sie herunterschleuderte. Vielleicht hätte sie doch vorher die Windrichtung überprüfen sollen, aus der die Wyvern angriffen.

Immerhin hielt die für sie tödliche weiße Wolke die Wyvern davon ab, sich sofort wieder auf sie zu stürzen. Sam schlug mehr oder weniger blind mit dem Speer um sich und traf zwar nichts, verschaffte sich auf diese Weise aber wenigstens mehr Luft und sprang auf die Füße, um zu Star zu eilen.

Sie erlebte eine Überraschung.

Der Sturm tobte weiter mit ungebrochener Wut und riss Mensch und Tier von den Füßen, schien den Wyvern jedoch nichts anhaben zu können, während die kleinen Ungeheuer umgekehrt auf alles losgingen, was sich nicht bewegte. Auf alles, was sich bewegte, übrigens auch.

Nur nicht auf Star.

Der Hengst trat und biss weiter aus Leibeskräften um sich, denn er wehrte sich immer noch gegen ein gutes halbes Dutzend Steppenreiter, die sich zwar ihrerseits der wütenden Attacken zahlloser Wyvern erwehren mussten, ihn aber trotzdem zu bändigen versuchten. Aber er selbst blieb vollkommen unbehelligt. So wenig, wie der Sturm die Wyvern beeinträchtigte, griffen die fliegenden Bestien den Hengst an. Sam hatte sogar ganz im Gegenteil mehr und mehr das Gefühl, dass die Wyvern den Hengst … *verteidigten?*

Geduckt und mit dem Speer um sich schlagend, den sie mittlerweile wie ein Schwert benutzte, und mit einem Geschick, das sie selbst vielleicht am meisten erstaunte, rannte sie auf den Hengst zu, wobei sie sich immer wütenderer und zahlreicherer Attacken der Wyvern erwehren musste, die jetzt in ganzen Schwärmen vom Himmel stürzten. Die Panik ringsum wurde größer. Pferde bäumten sich auf, traten und bissen nach den winzigen Quälgeistern, die auf sie einschlugen und -hackten, und auch etliche Steppenreiter versuchten nur noch, sich in Sicherheit zu bringen. Andere hatten ihre Schwerter gezogen und schlugen nach den angreifenden Fabelwesen. Den einen oder anderen Angreifer erwischte es sogar, aber ihre Zahl war einfach zu groß, als dass dieser Unterschied zum Tragen gekommen wäre.

Irgendwie brachte Angie das Kunststück fertig, Sam nicht nur einzuholen, sondern auch ein gutes Stück an ihr vorbeizustürmen, bevor sie eine weitere Ladung Salz nach den Wyvern schleuderte, diesmal mit dem Wind, sodass der Sturm die weiße Wolke direkt auf ein halbes Dutzend Wyvern blies, die sich unverzüglich aufzulösen begannen, einige davon noch im Flug, sodass Sam zu allem Überfluss mit stinkender Pampe besudelt wurde, die wie Pech klebte und sich auch durch den strömenden Regen nicht abwaschen ließ. Das Einzige, was darüber hinaus passierte, war, dass die Wyvern die Richtung ihres Anflugs änderten und nun *mit* dem Wind angriffen.

Dann geschah das, was geschehen musste: Sam sah, wie Angie unter einer ganzen Wolke niederstürzender Wyvern verschwand, wollte ihr zu Hilfe eilen und wurde im nächsten Augenblick selbst von den Beinen gerissen, halb vom Sturm, halb von mehr als einem Dutzend Wyvern, das aus allen möglichen und auch ein paar unmöglichen Richtungen zugleich auf sie herabstieß.

Noch im Stürzen hackte sie gleich drei der kleinen Biester mit ihrem Speer in Stücke, was die anderen aber nicht daran hinderte, sich mit umso größerer Begeisterung auf sie zu stürzen. Wahrscheinlich balgten sie sich mittlerweile schon darum, wer sich zuerst einen Appetithappen aus ihr herausbeißen durfte.

Sam schlug, hackte und trat nach Kräften um sich, aber es war sinnlos. Es wurden immer noch mehr und mehr Wyvern. Sie wurde ununterbrochen gezwickt, gekratzt und gebissen und konnte kaum noch etwas sehen. Irgendwo neben sich hörte sie Angie kreischen. Dann zischte es, und alles wurde weiß. Gleißendes Licht hüllte sie ein, so intensiv und grell, dass es auf der Haut prickelte, ohne die geringste Mühe durch ihre geschlossenen Lider drang und ihr die Tränen in die Augen trieb. Sie konnte spüren, wie sich jedes einzelne Haar auf ihrem Körper aufrichtete, wie das Fell einer Katze, die gegen den Strich gebürstet wurde.

Die Wyvern erwischte es schlimmer. Sam richtete sich hoch und zog gleich darauf schon wieder erschrocken den Kopf zwischen die Schultern, als ihr ein toter Wyvern ins Gesicht klatschte.

Er war nicht der einzige. Überall rings um sie herum regnete es tote Wyvern, die mitten im Flug vom Blitz getroffen worden waren, und sie hatte diese verblüffende Erkenntnis noch nicht einmal ganz verarbeitet, da züngelte schon ein zweiter, tausendfach verästelter Blitz kaum eine Handbreit über ihr durch die Luft und tötete weitere Wyvern.

Nicht einmal dies vermochte ihre Zahl nennenswert zu verringern angesichts der ungeheuren Menge, in der sie über dem Hof kreisten, doch zumindest Angie und Sam waren für den Moment außer Gefahr, denn die Blitze, die sich auf so sonderbare Weise weigerten, den Gesetzen der Natur und Logik zu folgen, konzentrierten sich ganz auf den Bereich unmittelbar über ihnen. Sam schätzte, dass es schon mindestens hundert der kleinen Biester erwischt hatte, und irgendwann begriffen sogar sie, wie ungesund es war, sich weiter auf die beiden vermeintlich wehrlosen Gestalten stürzen zu wollen, und ließen von ihnen ab.

Sam kam erst jetzt auf den Gedanken, sich nach der Ursache der unheimlichen Blitze umzusehen, und das Gefühl vorsichtiger Erleichterung, das für einen Moment von ihr Besitz ergriffen hatte, wich einem kalten Entsetzen, als sie die drei in schwarzes Eisen gepanzerten Gestalten erblickte, die wie aus dem Nichts hinter ihnen aufgetaucht waren. Jeder Einzelne von ihnen saß auf einem schwarzen Einhorn, das in dasselbe harte Eisen wie sein Reiter gehüllt und ein gutes Stück größer war als Star. Einer der Reiter hatte den Arm gehoben, wie um nach dem Himmel zu greifen, und Blitz auf Blitz zuckte aus den Wolken, schlug in seinen eisernen Handschuh ein und züngelte von dort aus, in hunderten gleißend gezackten Linien aus purem Licht aufgesplittert, über den Hof, um einen Wyvern nach dem anderen vom Himmel zu fegen.

So viel dazu, dachte sie benommen, dass sie sich immer noch weigerte, an Magie zu glauben.

Hätte diese Magie jetzt auch noch auf ihrer Seite gestanden, dann hätte sie vielleicht sogar Grund gehabt, vorsichtig aufzuatmen.

Aber es gab nun keinen Zweifel mehr: Es waren die drei Schwarzen Reiter, die sie zum ersten Mal am See des Einhorns gesehen hatte, und dass sie nun wusste, was sich hinter den schwarzen Visieren ihrer Helme verbarg, machte es eher noch schlimmer.

Sam hob den Blick in den Himmel und stellte ohne die mindeste Überraschung fest, dass der Mond aufgegangen war.

Es war zu früh, er war zu groß und hätte hinter den kochenden schwarzen Wolken gar nicht sichtbar sein dürfen, aber er war da, eine riesige silberne Scheibe, deren mildem

Licht es gegen jede Logik irgendwie gelang, inmitten des Blitzlichtgewitters Bestand zu haben und einen Hauch von Frieden über die Szenerie zu legen, so aberwitzig ihr der Gedanke auch selbst vorkam.

Allerdings hielt dieser Eindruck vielleicht eine halbe Sekunde oder noch kürzer, dann riss der erste Steppenreiter sein Schwert aus dem Gürtel und warf sich einem Schwarzen Reiter todesmutig entgegen.

Der gepanzerte Riese machte sich nicht einmal die Mühe, seine eigene Waffe zu ziehen, sondern stieß ihn einfach mit dem Fuß zu Boden, doch dies war nur der Anfang. Bis auf drei ließen sämtliche Steppenreiter von Star ab, und auch aus allen anderen Richtungen stürmten weitere Bewaffnete herbei, unter ihnen zu Sams nicht geringer Überraschung auch die schwarzhaarige Elfenkriegerin, die nun ebenfalls ein meterlanges Schwert gezogen hatte. Ihre verletzte Hand schien sie dabei nicht im Mindesten zu behindern.

Der Kampf wuchs binnen Sekunden zu einer regelrechten Schlacht aus, die Sam bizarrer und … sonderbarer vorkam, je länger sie ihr zusah. Von der Höhe ihrer riesigen Einhörner aus schien es den Reitern im ersten Moment keine Mühe zu bereiten, die Schwerter der Angreifer beiseitezuschlagen und zupackende Hände abzuwehren, aber die Übermacht war einfach zu groß. Einer nach dem anderen wurden sie aus den Sätteln gezerrt und zu Boden gerungen, und dazu kam noch etwas, das Sam im ersten Moment beinahe unglaublich erschien … und auch nicht wirklich Sinn machte. Die Steppenreiter, deren Zahl mittlerweile auf ein gutes Dutzend angewachsen sein musste, schwangen ihre gewaltigen Schwerter mit aller Kraft und ließen die Klingen auf die eisernen Rüstungen ihrer Gegner niedersausen, dass die Funken flogen, doch die drei Elfenkrieger setzten ihre Waffen ganz anders ein, fast schon zögerlich. Wo sie die

Schwerter der Steppenreiter abwehren mussten, schwangen sie ihre eigenen Klingen mit aller Kraft und schlugen ihren Gegnern die Waffen oft genug aus den Händen. Wo sie sie jedoch direkt gegen ihre Gegner schwangen, setzten sie sie fast schon behutsam ein. Niemals traf eine der tödlichen Schneiden direkt einen der Steppenreiter. Wenn die schwarzen Klingen in die in nichts anderes als Leder gehüllten Körper und Gliedmaßen trafen, dann mit der flachen Seite, sodass sie ihnen Schmerz und sicher auch die eine oder andere schwere Prellung zufügten, aber keine Verletzung, und sie schon gar nicht töteten.

Am Ausgang dieses mehr als ungleichen Kampfes bestand kein Zweifel. Die drei Schwarzen Reiter wehrten sich mit verbissenem Mut und schickten mehr als einen Steppenreiter für länger als nur einen Augenblick zu Boden, doch letzten Endes riss die heranstürmende Übermacht sie einfach von den Beinen, und der Kampf war vorbei, noch ehe er richtig begonnen hatte.

Oder wäre es gewesen, wäre nicht plötzlich eine vierte ganz in schwarzes Eisen gehüllte Gestalt aufgetaucht und wie ein Wirbelwind unter die Steppenreiter gefahren wäre. Auch er führte seine Klinge so, dass er keinen seiner Gegner ernsthaft verletzte, aber er schwang sie mit beiden Händen und nicht nur blitzschnell, sondern mit solcher Kraft, dass keiner der Getroffenen so rasch wieder aufstehen würde. Zwei, drei Steppenreiter sanken schon nach seinem ersten ungestümen Rundumschlag bewusstlos oder mühsam nach Luft japsend zu Boden, und um das Chaos perfekt zu machen, mischten nun auch die Wyvern wieder kräftig mit, jetzt, wo der Elfenkrieger den Blitzen nicht mehr seinen Willen aufzwang.

Sam gehörte mit zu den Ersten, die das zu spüren bekamen. Gleich drei der geflügelten Ungeheuer stürzten sich auf sie und mindestens zwei weitere auf Angie. Sam sprang auf, fegte zwei Wyvern mit ihrem Speer aus der Luft und duckte sich unter dem dritten Angreifer weg, bevor sie Angie beisprang. Erst dann fand sie Zeit, auch nur einen Blick zum Schauplatz des Kampfes hinzuwerfen und zu sehen, dass es den Steppenreitern nicht viel besser erging als Angie und ihr: Einige wenige Wyvern waren zwar dämlich genug, sich Klauen und Zähne an den eisernen Rüstungen der Krieger abzubrechen, die meisten aber hatten rasch herausgefunden, dass es sehr viel leichter war, sich einen Appetithappen aus der Lederkleidung der Steppenreiter herauszubeißen oder auch schon mal aus der Haut darunter. Trotzdem ging der verbissene Kampf zwischen den Steppenreitern und den Elfenkriegern mit unveränderter Härte weiter, und auch Gewitter und Sturm ließen nicht um einen Deut nach.

Sam musste die Hälfte ihrer Kraft aufwenden, um sich auf den Beinen zu halten, während sie weiter auf Star zustolperte, und die andere, um sich die Wyvern vom Leib zu halten, die sich immer wieder auf Angie und sie stürzten.

Endlich bei Star angekommen, sah sie sich nur noch zwei Steppenreitern gegenüber, die mehr schlecht als recht versuchten den Hengst zu bändigen. Dem ersten drosch sie heimtückisch den Stiel ihres Speers in die Kniekehlen, woraufhin er mit einem überraschten Laut zu Boden ging und sich dann hastig zur Seite rollte, um Stars stampfenden Hufen zu entgehen, die tatsächlich Funken aus dem nassen Kopfsteinpflaster neben ihm schlugen.

Bei dem anderen handelte es sich um niemand anderen als den Prinzen der Steppenreiter selbst, und als er zu ihr herumwirbelte und sich ohne das mindeste Zögern (wenn auch mit leeren Händen) auf sie stürzte, kam es zu genau der Katastrophe, die Sam insgeheim die ganze Zeit über befürchtet hatte.

Sie schlug mit ihrem Speer zu, um ihm das stumpfe Ende in den Leib zu rammen, damit er erst einmal das Luftholen neu lernte und sie in dieser Zeit in Ruhe ließ, aber sie beging einen schrecklichen Fehler. In ihrer Hast hatte sie nicht gemerkt, dass sie den Speer herumgedreht hatte, und als es ihr auffiel, war es zu spät. Sam versuchte noch, die Bewegung zurückzuhalten, doch sie hatte einfach zu viel Kraft in den Stoß gelegt. Die schreckliche Spitze bohrte sich mindestens drei oder vier Zentimeter tief in den Leib ihres Gegenübers, und als wäre das allein noch nicht schlimm genug, ging der Prinz der Steppenreiter genau in einem jener seltenen Augenblicke vor ihr in die Knie, in denen kein Blitz über den Himmel flackerte, und so war es Tom, den sie im fahlen Licht des zu großen Vollmonds zusammenbrechen sah, die Augen ungläubig aufgerissen und beide Hände gegen den Leib gepresst. Dunkelrotes Blut quoll zwischen seinen Fingern hervor.

»*Tom!*«

Sam schleuderte den Speer weg, war mit einem Satz bei ihm und fing ihn auf, bevor er endgültig zu Boden stürzen konnte. Sein Gewicht riss sie mit sich auf die Knie und im neu erstarkenden Flackern der Blitze war es der junge Prinz von Caivallon, den sie behutsam zu Boden gleiten ließ, nicht mehr Tom.

Aber das war eine Täuschung, ein grausamer Streich, den ihr ihre eigenen Sinne und üble Magie spielten. Unter dieser Maske war und blieb er Tom, der Junge, den sie nicht nur kannte, sondern der ihr auch zum allerersten Mal im Leben etwas bedeutete.

Und den sie vielleicht umgebracht hatte.

»Tom!«, stammelte sie. »Großer Gott, Tom! Was … was ist mit dir? So sag doch etwas!«

Der Prinz versuchte es tatsächlich, brachte aber nur

ein schmerzhaftes Wimmern zustande, das sich wie eine Dolchklinge in Sams Herz grub. Sie brauchte fast all ihre Kraft, um seine Hände wegzuschieben und sich die Wunde in seinem Leib anzusehen.

Sie wirkte fast harmlos, ein kaum drei oder vier Zentimeter langer Schnitt, den man gut für eine bloße Schramme hätte halten können, hätte er nicht so heftig geblutet. Aber sie wusste, dass er das nicht war. Was, wenn sie ihn umgebracht hatte?

Großer Gott, was, wenn sie Tom umgebracht hatte?!

Angie fiel neben ihr auf die Knie, gestikulierte wild mit beiden Armen und schrie irgendetwas, das sie weder verstand noch hören wollte. Sam schlug ihre Hand beiseite, als sie nach ihrem Bruder greifen wollte, und dann war plötzlich eine andere, viel stärkere Hand da, die sich um ihren Oberarm schloss und sie mit unwiderstehlicher Kraft auf die Beine zog. Schwarzes Eisen schimmerte vor ihr, wo ein Gesicht sein sollte.

»Silberhorn!«, fuhr sie der Schwarze Ritter an. »Bringt ihn weg! Schnell! Er ist fast hier!«

Sam wollte auch nicht wissen, was das bedeutete. Wütend schüttelte sie die Hand des Ritters ab, nur um praktisch im gleichen Sekundenbruchteil schon wieder und mit noch größerer Kraft gepackt zu werden, sodass der Griff der in Eisen gehüllten Hand jetzt wirklich wehtat, aber das bemerkte sie kaum. Eine zweite kantige Gestalt fiel neben ihr auf die Knie und beugte sich über den verwundeten Steppenreiter, dann waren auch die beiden anderen Elfenkrieger heran und bildeten mit gezückten Schwertern einen lebenden Schutzwall rings um Star und sie. Das Einzige, wogegen sie sich im Moment verteidigen mussten, waren allenfalls die Wyvern, die ihren blitzenden Schwertern gleich reihenweise zum Opfer fielen.

Aber auch das würde nur eine kurze Atempause bleiben.

Wer von den Steppenreiter noch die Kraft hatte, auf eigenen Beinen zu stehen (und nicht damit beschäftigt war, die keifenden Wyvern abzuwehren), der sammelte sich in einiger Entfernung wieder zum Angriff, und Sam erblickte in diesem Augenblick mindestens ein Dutzend weiterer Gestalten, die aus dem Hauptgebäude herangestürmt kam und sich mit jedem Schritt und jedem Blitz, der über den Himmel flackerte, in die Krieger Caivallons verwandelte.

»Schnell, Prinzessin!«, drängte der Schwarze Ritter. »Wir können sie aufhalten, aber nicht lange!«

Sam versuchte sich loszureißen und wieder zu Tom her umzudrehen, aber dieses Mal scheiterte sie. »Wir kümmern uns um ihn, keine Sorge«, fuhr der Ritter fort. »Er ist verletzt, aber er wird leben! Kümmert Euch um Silberhorn! *Rasch!*«

Das letzte Wort hatte er fast geschrien, und praktisch gleichzeitig drückte er ihr den Speer in die Hand.

Sam ließ ihn fallen, als hätte sie rot glühendes Eisen berührt. »Nein! Ich rühre das Ding nie wieder an!«

Zu ihrer maßlosen Überraschung war es Angie, die sich nach dem Speer bückte und ihn ihr mit einer auffordernden Geste hinhielt. »Das ist die einzige Waffe, die ihn töten kann«, sagte sie beinahe zornig. »Und jetzt nimm ihn und verschwinde, solange du es noch kannst! Oder willst du, dass all das hier umsonst gewesen ist? Er ist gleich da, verdammt noch mal!«

Sam griff nun zwar – zögernd – nach dem Speer, an dessen Spitze noch Toms Blut glänzte, sah Angie und den Schwarzen Ritter jedoch nur weiter völlig verständnislos an. »Wovon zum Teufel –?«

Das *sprecht ihr eigentlich?* ging nicht nur in einem besonders heftigen Donnerschlag unter, sondern blieb ihr auch im

Halse stecken. Zugleich mit dem berstenden Donnerschlag zerriss ein gleißender Blitz den Himmel, dessen blauweißes Licht nicht nur alle Farben auslöschte, sondern ihr auch jedes noch so winzige Detail der schrecklichen Szenerie zeigte: Die Scheune war nahezu vollkommen zerstört. Der sintflutartige Regen hatte die Brände gelöscht, aber der Sturm war auch nach wie vor mit großer Begeisterung dabei, das zerstörte Dach weiter zu zerlegen. Da es auf der Rückseite des Gebäudes lag, konnte sie das Scheunentor nicht sehen, aber über dem ausgefransten Dachfirst wirbelten immer noch Trümmer, und als ihr Blick der glitzernden Kometenspur zum Boden folgte, tat er es gerade im richtigen Moment, um einen zweieinhalb Meter großen Koloss mit struppigem Fell und rot glühenden Augen hinter der Ecke des Gebäudes auftauchen zu sehen.

»Lauft!«, schrie der Schwarze Ritter. »Rettet Silberhorn! Wir halten ihn auf!«

Sam wusste, dass er das nicht konnte. Nichts und niemand auf beiden Welten war stark genug, das Ungeheuer zu töten oder auch nur wirklich aufzuhalten, aber sie glaubte noch einmal das zu hören, was Angie gerade gesagt hatte: *Willst du, dass das alles hier umsonst gewesen ist?*

Mit einer einzigen Bewegung schwang sie sich auf den Rücken des weißen Einhorns und sprengte los.

Einer der beiden Einhornreiter, der sich mit gezücktem Schwert vor ihr aufgebaut hatte, konnte sich gerade noch mit einem beherzten Sprung in Sicherheit bringen, als Star wie ein von der Sehne geschnellter Pfeil losschoss, und auf der anderen Seite des Hofes stieß der Troll ein markerschütterndes Brüllen aus und setzte mit geradezu unvorstellbarem Tempo zur Verfolgung an. Für einen kurzen, aber durch und durch schrecklichen Moment war Samiha nicht sicher, ob sie es überhaupt schaffen würde, als sich das Ungeheuer weit nach vorne beugte und plötzlich wie ein Gorilla auf Fingerknöcheln und Füßen rannte und dabei unglaublicherweise sogar noch schneller wurde. Außerdem war er dem Ende des Hofes ein gutes Stück näher als sie und raste in spitzem Winkel heran, sodass sie sein wütendes Knurren zu hören glaubte, als Star an ihm vorbeigaloppierte, vermutlich nur eingebildet um Haaresbreite, aber dennoch sehr viel näher, als ihr lieb war.

Doch dann waren sie vorbei, und unter Stars Hufen war plötzlich kein hallendes Kopfsteinpflaster mehr, sondern Gras und nasses Erdreich, und Sam duckte sich noch tiefer über Stars Hals, klammerte sich mit den Oberschenkeln fest und krallte die Finger in seine Mähne. Star schoss zehnmal schneller dahin, als sie es ihm jemals zugetraut hätte, und da war ein Teil in ihr, der den Hengst mit der größten Selbstverständlichkeit beherrschte und lenkte, aber auch ein anderer, der mindestens genauso große Angst hatte – und übrigens nicht die leiseste Ahnung, wohin die wilde Jagd ging. Immerhin ließen die Wyvern sie jetzt in Ruhe, aber damit hörten die guten Nachrichten auch schon beinahe auf. Ein rascher Blick über die Schulter zurück zeigte ihr, dass der Troll zwar freundlicherweise nicht nur das Gleichgewicht verloren, sondern auch noch eine alberne Vollbremsung mit dem Gesicht hingelegt hatte, sich davon aber nicht sonderlich beeindruckt zeigte, sondern schon wieder auf Knöcheln und Füßen war und im Affengalopp hinter ihr herjagte. Es war aber ganz und gar nicht komisch, allein, weil das Ungeheuer nicht sehr viel langsamer war als ein galoppierendes Pferd.

Und das war selbstverständlich noch längst nicht alles. Mindestens ein halbes Dutzend Steppenreiter hatte sich auf die Rücken der erstbesten Pferde geschwungen, deren sie habhaft werden konnten, und weitere versuchten mit geradezu erschreckendem Geschick, die panisch umherirrenden Tiere einzufangen. Samiha zweifelte keine Sekunde daran, dass es ihnen gelingen würde und dass sie so wenig Schwierigkeiten damit hatten, die Tiere ohne Zaumzeug und Sattel zu reiten wie sie Star.

Und es gehörte auch nicht besonders viel Fantasie dazu, zu erraten, was sie mit den Pferden vorhatten …

Star machte einen unerwarteten Satz, und Sam hatte für einen Moment Mühe, sich weiter auf seinem Rücken zu halten und dabei den Speer nicht fallen zu lassen. Sie hatten schon mehr als den halben Weg zur Koppel zurückgelegt, und das hölzerne Gatter flog nur so auf sie zu … und unter ihr hinweg, als Star das anderthalb Meter hohe Gatter ohne die geringste Mühe übersprang. Samiha biss die Zähne in der Erwartung zusammen, auf der anderen Seite in hohem Bogen von seinem Rücken geschleudert zu werden, und war selbst vielleicht am meisten von der Leichtigkeit überrascht, mit der sie den Aufprall nicht nur abfederte, sondern Star auch zu einem noch schnelleren Galopp anspornte.

Nur einen Moment später hörte sie ein dumpfes Splittern, und ein rascher Blick über die Schulter zurück überzeugte sie davon, dass ihr Optimismus vielleicht doch ein bisschen verfrüht gewesen war. Der Troll war nicht nennenswert langsamer geworden und das Problem mit dem Gatter löste er auf seine ganz persönliche Weise, indem er einfach hindurchrannte, selbstverständlich ohne auch nur eine Spur langsamer zu wenden. Samiha bezweifelte mittlerweile ernsthaft, dass das überhaupt jemals der Fall sein würde und wenn sie bis nach China vor ihm floh.

Aber so weit würde sie wohl kaum kommen. Sie hatte die Wiese bereits halb hinter sich und vor ihr lagen ein weiteres Gatter, dann noch einmal ein kleines Stück Wiese und dahinter der Waldrand. Selbst wenn sie nicht vom Unterholz von Stars Rücken gefegt oder von einem tief hängenden Ast aufgespießt wurde, würde ihr Stars größere Schnelligkeit dort drinnen nichts mehr nutzen.

Mit der es darüber hinaus vielleicht gar nicht so weit her war, wie sie sich bisher eingebildet hatte. Der Hengst wurde bereits langsamer und seine weit ausgreifenden Sätze verloren zusehends an Geschmeidigkeit. Star war alt, und seine Bewegung bestand vermutlich seit zehn Jahren daraus, zweimal die Woche eine halbe Stunde lang auf der Koppel im Kreis herumgeführt zu werden.

Sam sah noch einmal hinter sich und gewahrte genau das, was sie erwartet hatte: Mindestens ein Dutzend Steppenreiter hatte die Verfolgung ebenfalls aufgenommen und jagte in Windeseile heran, und auch die drei in Eisen gepanzerten Spitzohren rannten bereits wieder zu ihren Einhörnern.

Sams Hand schloss sich fester um den Speer und sie glaubte noch einmal Angies Worte zu hören: *Das ist die einzige Waffe, die ihn töten kann.* Sam war nicht sicher, ob sie tatsächlich den Troll damit gemeint hatte, aber einen Moment lang erwog sie ganz ernsthaft, Star anzuhalten und es hier und jetzt mit ihrem unheimlichen Verfolger aufzunehmen. Wozu vor einem Verfolger davonlaufen, dem man doch nicht entkommen konnte? Hätte es die Steppenreiter und die drei schwarzen Elfenkrieger nicht gegeben, hätte sie es vielleicht sogar getan.

Stattdessen versuchte sie, Star noch einmal zu größerer Schnelligkeit anzuspornen, setzte mit einem weiteren Sprung über den nächsten Zaun hinweg und beugte sich so tief über seinen Hals, wie sie nur konnte, als sie den Waldrand – einer massiven schwarzen Mauer gleich – auf sich zufliegen sah.

Der Aufprall war nicht nur weniger schlimm, als sie erwartet hatte, es gab keinen. Statt in einen Stacheldrahtverhau aus Geäst und spitzen Dornen zu krachen, taten sich die Schatten plötzlich vor ihr auf, und sie fand sich auf denselbem schmalen Waldweg wieder, auf dem sie zusammen mit dem Prinzen der Steppenreiter zum verzauberten See geritten war. Er kam ihr dunkler vor, abweisender und gefährlicher, und deutlicher denn je spürte sie, dass in diesem Wald nicht nur Einhörner und Elfen lebten, sondern auch Dinge hausten, die Menschen besser nie zu Gesicht bekamen.

Fast wie als Reaktion auf diesen Gedanken erscholl hinter ihr ein zorniges Brüllen, begleitet vom Splittern zerbrechender Äste, und Samiha musste sich nicht eigens herumdrehen, um zu wissen, dass hinter ihr ein rot glühendes Augenpaar in der Nacht aufgetaucht war. Und dass es näher kam.

Aber auch Star schien die Gefahr zu spüren, und es war, als gewinne er neue Kraft daraus. Seine Schritte wurden nicht nur geschmeidiger, sondern auch schneller, und dann brach sich ein einzelner Lichtstrahl auf einem gedrehten meterlangen Horn, das direkt aus Stars Stirn wuchs. Sam – nein, indem sie wieder in die Welt der Elfen und Wunder eingetreten war, war sie auch wieder zu Samiha geworden, der Kriegerprinzessin und Hüterin über Silberhorns Schicksal – Samiha jubilierte innerlich, vergaß aber auch keine Sekunde, wie lang der Weg noch war, der vor ihr lag, und dass ihr Verfolger nicht unwesentlich langsamer war als sie. Ihre linke Hand umschloss weiter fest den Speer, die andere löste sich für einen Moment aus Silberhorns Mähne und glitt zu ihrer Hüfte, und dieses Mal fühlte sie die beruhigende Schwere des Schwertgriffs. Tief in sich ahnte sie, dass ihr die Waffe nichts nutzen würde, aber das Gefühl, sie zu haben, beruhigte sie trotzdem.

Allmählich wuchs ihr Vorsprung doch, und Samiha schöpfte noch einmal neue Hoffnung, als sie spürte, dass der heilige See nun nicht mehr weit war.

Das Unglück geschah, als sie ihn fast erreicht hatten. Irgendetwas schimmerte hell hinter der nächsten Wegbiegung und Samiha spornte Silberhorn noch einmal zu größerer Schnelligkeit an, und unmittelbar vor ihr brach der Waldrand auf und ein in schwarzes Eisen gehüllter Ritter trat auf den Weg heraus. Silberhorn prallte erschrocken zurück und zur Seite, warf mit einem schrillen Wiehern den Kopf in den Nacken und schaffte es immerhin, weder den Schwarzen Ritter noch sein Pferd mit seinem gefährlichen Horn aufzuspießen, jedoch nicht mehr, einen Zusammenprall zu verhindern. Beide Tiere strauchelten. Star gelang es irgendwie, nicht zu stürzen, aber Samiha rutschte ungeschickt von seinem Rücken und ihr übereifriger Verbündeter hatte noch weniger Glück: Anders als sie ritt er kein mächtiges Einhorn, sondern ein normales Pferd, das mit einem schrillen Wiehern ins Gebüsch stürzte, und der unglückselige Reiter flog in hohem Bogen von seinem Rücken und verschwand in der Dunkelheit.

Samiha blieb keine Zeit, nach ihm zu sehen. Silberhorn schnaubte noch einmal – eindeutig erschrocken – und war dann einfach verschwunden, und hinter ihr erscholl ein Laut, als würde ein ganzer Baum einfach gepackt und in der Mitte durchgebrochen.

Samiha fuhr auf dem Absatz herum und stürmte los.

Der See lag gleich hinter der nächsten Wegbiegung. Sie wusste nicht einmal, ob sie dort in Sicherheit war, doch wenn ihr dieser heilige Ort keinen Schutz bot, dann war sowieso alles aus.

Hinter ihr brüllte der Troll. Samiha griff aus Leibeskräften aus, rannte so schnell wie noch nie zuvor im Leben und schaffte das schier Unmögliche, nämlich weder gefressen noch in Stücke gerissen zu werden, bevor sie die Biegung erreichte. Der Troll brüllte noch einmal und noch lauter, und sie glaubte Geräusche wie von einem Kampf zu hören, verschwendete aber keine Zeit für einen entsprechenden Blick, sondern rannte nur noch schneller und sah endlich das silbrige Schimmern des Sees vor sich.

Silberhorn war nicht da und auch das funkelnde Tanzen der Waldfeen und Elfen war erloschen.

Etwas an diesem Ort war anders als das letzte Mal, als sie hier gewesen war. Er war stiller. Dunkler. So kalt, als wäre alles Leben aus ihm gewichen oder alle Magie.

Samiha stolperte trotzdem weiter, bis sie das Ufer des kleinen Sees erreicht hatte, und auch dann noch zwei, drei Schritte weit ins Wasser hinein. Ihre Füße, die jetzt wieder in silbernen Schnürsandalen steckten, versanken fast bis an die Knöchel in weichem Schlamm, und das Wasser war so kalt, dass sie beinahe mit den Zähnen zu klappern begann.

Und auch dieses Wasser war tot, bar jeden Lebens und auch bar jeder Magie. Eine durch und durch unheimliche Stille umgab sie. Selbst der Silberschein des Mondes war mit einem Mal so kalt wie Stahl.

Hinter ihr brach etwas Massiges und ungemein Schweres durch das Unterholz, und Samiha fuhr in einer einzigen fließenden Bewegung herum, zog mit der linken Hand den Speer in die Höhe und mit der rechten das Schwert aus dem Gürtel. Der Spitze des Speeres wich der Troll ohne besondere Mühe aus und das Schwert riss er ihr mit noch weniger Mühe aus der Hand, brach es in der Mitte durch und warf die beiden Hälften achtlos rechts und links von ihr ins Wasser.

Samiha stocherte mit dem Speer nach ihm und gewann dadurch Zeit, wenigstens ihre Füße aus dem Morast zu ziehen und wieder ans Ufer zu waten, dann schlug der Troll den Speer mit einer fast beiläufig wirkenden Bewegung zur Seite, packte sie mit der anderen Pfote und schleuderte sie quer über die Lichtung.

Der einzige Grund, aus dem ihr der Aufprall nicht jeden einzelnen Knochen im Leib zerbrach, war der mit eisenharten Dornen gespickte Busch, in dem sie landete.

Natürlich trieb ihr der Aufprall jedes bisschen Luft aus den Lungen und auch ihre guten alten Freunde waren wieder da, die grellroten Funken aus reinem Schmerz, die für einen Moment vor ihren Augen tanzten, aber sie war trotzdem geistesgegenwärtig genug, sich herumzuwerfen und davonzurollen – ziemlich genau in dem Moment, in dem sich eisenharte Klauen genau dort in den Boden gruben, wo sie gerade noch gelegen hatte.

Samiha zog die Knie an, streckte die Beine dann mit einem Ruck wieder aus und stieß dem Troll mit aller Gewalt die Füße in den Leib.

Sie traf und hatte das Gefühl, gegen einen Tyrannosaurus getreten zu haben – oder von ihm getreten worden zu sein, je nachdem –, und der Troll packte sie, riss sie in die Höhe und schleuderte sie auf die andere Seite der Lichtung.

Diesmal gab es keinen Busch, der ihren Aufprall dämpfte.

Samiha wartete darauf, dass sich die roten Schlieren vor ihren Augen auflösten und das Gefühl in ihre Gliedmaßen zurückkehrte, und wenn sie überhaupt einen klaren Gedanken fassen konnte, dann wunderte sie sich allenfalls ein wenig, diesen Gedanken überhaupt noch denken zu können.

Vielleicht lag es daran, dass der Troll im Moment anderweitig beschäftigt war.

Ihr geheimnisvoller Helfer war wieder da und er zögerte auch jetzt nicht, sich auf das Ungeheuer zu stürzen. Der Troll brüllte vor Wut und Schmerz, als die Klinge des Schwarzen Ritters tief in sein Fell biss, und diesmal war der Hieb wuchtig genug, um den Koloss taumeln zu lassen.

Mühsam rappelte sich Samiha auf, humpelte zu ihrem Speer und war noch immer so benommen, dass sie dreimal zugreifen musste, um ihn aufzuheben. Am anderen Ufer des Sees kämpften der Troll und der Schwarze Ritter noch immer miteinander, doch sie vermochte die beiden riesigen schwarzen Gestalten kaum zu unterscheiden, so schnell und verbissen, wie sie aufeinander einschlugen, der eine knurrend und geifernd, der andere mit stummer Entschlossenheit. Das Ungetüm war verletzt und die gewaltige Klinge seines Gegenübers fügte ihm immer noch weitere Wunden zu, doch Samiha wusste mit unerschütterlicher Gewissheit, dass er am Ende gewinnen würde, ganz einfach weil er ein Geschöpf finsterster Magie war, dem kein lebendes Wesen und keine von Menschenhand geschaffene Waffe etwas anzuhaben vermochten. Der Schwarze Ritter konnte ihm Schmerz zufügen und ihn vielleicht ein wenig verlangsamen, aber das war auch alles.

Hätte sie weglaufen wollen, dann hätte die kleine Gnadenfrist, die er ihr verschaffte, indem er sein eigenes Leben in die Waagschale warf, vielleicht sogar gereicht.

Aber sie war nicht hergekommen, um davonzulaufen.

Samiha gönnte sich noch zwei oder drei Sekunden, um mit geschlossenen Augen dazustehen und Kraft zu schöpfen, dann drehte sie sich vollends herum und ergriff den Speer fest mit beiden Händen.

Sie tat es gerade rechtzeitig, um zu sehen, wie der Troll unter einem gewaltigen Schwerthieb wankte, seinem Gegner zugleich aber auch einen so gewichtigen Schlag versetzte, dass der zwei Schritte weit zur Seite taumelte und dann in die Knie brach. Der Troll setzte ihm nach, stieß ihn vollends zu Boden und wandte sich dann mit einem drohenden Grollen zu Samiha um. Seine Augen leuchteten wie winzige glühende Kohlen, und seine gewaltigen Klauen öffneten und schlossen sich unentwegt, als würden sie etwas Unsichtbares packen und zerquetschen.

Samiha machte einen einzelnen Schritt auf ihn zu, sagte sich dann, dass sie die Mühe genauso gut ihm überlassen konnte, und blieb wieder stehen.

»Also gut, komm schon, du blödes Vieh«, flüsterte sie.

Der Troll ließ sich das nicht zweimal sagen.

So wütend, dass die Lichtung unter seinen Schritten zu erzittern schien, stürmte er heran, und Samiha stemmte beide Füße und das stumpfe Ende ihrer Waffe in den Boden, kippte den Speer schräg nach vorn und erwartete seinen Anprall.

Er kam auch, aber ganz anders, als sie erwartet hatte.

Der Troll *raste* heran, spießte sich gehorsam an der zwanzig Zentimeter langen Klinge auf und rannte einfach weiter. Der Speer durchbohrte ihn zur Gänze und brach mit einem trockenen Knacken ab und Samiha wurde einfach zur Seite und von den Beinen geschleudert, während das Ungeheuer brüllend an ihr vorbeitaumelte und dann mit einem gewaltigen Platschen im Wasser landete.

Sam starrte verdattert auf den abgebrochenen Schaft in ihren Händen und kämpfte sich unsicher hoch, und fünf Meter neben ihr bäumte sich der Troll mit einem ungeheuren Brüllen und einem noch gewaltigeren Aufspritzen von schwarzem Wasser auf und schrie seinen Schmerz und seine Wut in die Nacht hinaus. Die Speerspitze ragte wie eine eiserne Zunge zwischen seinen Schulterblättern heraus und sein schwarzes Blut vermischte sich mit dem Toms und dem eingetrockneten Blut des Einhorns auf der Klinge.

Aber er starb nicht.

Brüllend und wie von Sinnen vor Wut um sich schlagend, fuhr das Ungeheuer herum. Sein Blick suchte Samihas, und was sie in seinen Augen las, das schnürte ihr schier die Kehle zu. Der Troll würde sie töten, hier und jetzt, und danach würde er sich auf die Suche nach Silberhorn machen und auch ihn töten. Der Zauber der vermeintlich magischen Waffe wirkte nicht. Sie hatte versagt. Statt das Einhorn zu beschützen, hatte sie seinen Mörder hierhergebracht.

Vielleicht war ihr einziger Trost, dass sie selbst es nicht mehr mit ansehen musste, denn der Troll stürmte bereits mit Riesenschritten heran und streckte die Hände aus, um sie zu packen und in Stücke zu reißen.

Ein gewaltiger weißer Schemen brach aus dem Wald, sprang mit einem Satz zwischen den Troll und sie und rammte das Ungeheuer einfach zu Boden.

Der Troll landete zum zweiten Mal und mit einem noch gewaltigeren Platschen im Wasser, und auch das Einhorn strauchelte, fand sein Gleichgewicht aber sofort wieder.

Es war nicht Star, sondern der wirkliche Silberhorn. All die Narben und alten Verletzungen waren verschwunden. Sein Fell glänzte wie kostbare Seide, unter der das geschmeidige Spiel seiner kräftigen Muskeln zu beobachten war, und das Horn, das mitten aus seiner Stirn wuchs, schimmerte im fahlen Licht des Mondes nun wirklich wie Silber. Schnaubend wich er rückwärtsgehend zwei oder drei Schritte vom Seeufer zurück, blieb wieder stehen und senkte drohend das Haupt. Sein Vorderhuf scharrte im Boden, und sein langer Schweif begann nervös zu peitschen wie der einer angriffslustigen Katze.

Nichts von alledem schien den Troll zu beeindrucken. Brüllend und in einer Mischung aus Schmerz und schierer Raserei in die leere Luft schlagend und beißend, raste er heran, und Silberhorn bäumte sich wiehernd auf und schlug mit den Vorderläufen aus.

Das Geräusch, mit dem seine eisenharten Hufe die Brust des Ungeheuers zertrümmerten, klang wie das Zerbersten eines Schiffsrumpfs auf hartem Fels. Das Ungeheuer wurde zurückgeschleudert und rang nun sichtbar um sein Gleichgewicht, doch seine rasiermesserscharfen Klauen hatten ihr Ziel ebenfalls getroffen.

Samiha verspürte einen Stich eisigen Entsetzens, als sie die vier tiefen blutigen Schnitte in Silberhorns Hals und Brust sah.

Noch etwas … Seltsames geschah. Der Troll fand mit rudernden Armen sein Gleichgewicht wieder und schüttelte ein paarmal den Kopf, um die Benommenheit loszuwerden. Seine Atemzüge klangen rasselnd und mühsam, und Blut lief über seine hässlich aufgeplatzten Lippen. Silberhorns Hufe hatten ihn schwer verletzt, doch auch von seinen Klauen tropfte das Blut des Einhorns. Das Verwirrendste aber war das, was sie in den Augen des Ungeheuers las. Da waren unsäglicher Schmerz und noch viel größere Wut, aber auch Schrecken und eine tiefe Verwirrung, die mit jedem Moment weiter zunahm. Er machte einen stampfenden Schritt, und Silberhorn senkte abermals den Kopf und scharrte drohend mit dem Vorderhuf. Eine einzelne, unendlich erscheinende Sekunde lang standen die beiden ungleichen Gegner vollkommen reglos da und starrten sich an, dann stürmten sie beide im gleichen Sekundenbruchteil los.

Es war wie das Aufeinanderprallen zweier Naturgewalten, unter denen die ganze Welt erbebte. Der Wald schien vor Schmerzen aufzustöhnen, als sich Silberhorns Horn direkt ins Herz des Trolls bohrte.

Doch auch die tödlichen Klauen des Trolls fanden abermals ihr Ziel. Samiha glaubte den Schmerz des gewaltigen Einhorns wie ihren eigenen zu fühlen, als die grässlichen Fänge und Krallen des Ungeheuers seine Haut aufrissen und sich tief in sein Fleisch gruben.

Die Zeit selbst schien den Atem anzuhalten. Für die Dauer eines Herzschlages und dennoch für eine nicht enden wollende Ewigkeit standen Silberhorn und der Troll einfach da, in einer tödlichen Umarmung vereint, dann sanken die Arme des Ungetüms herab. Er stolperte einen Schritt zurück, brach ganz langsam in die Knie und kippte dann nach vorne.

Auch Silberhorn strauchelte. Seine Flanken zitterten, als hätte er Krämpfe, und Blut lief in Strömen über sein weißes Fell. Er machte einen halben mühsamen Schritt, drohte in den Vorderläufen einzuknicken und fand sein Gleichgewicht dann noch einmal wieder. Für eine halbe Sekunde, dann verließen ihn endgültig die Kräfte und er brach über dem toten Troll zusammen. Die Speerspitze, die zwischen den Schulterblättern des Trolls herausragte, bohrte sich tief in seine Brust, und Samiha konnte *spüren*, wie sie sein Herz berührte.

»Nein«, flüsterte Samiha. Sie konnte nicht mehr atmen. Jedes bisschen Wärme, alles Leben schien aus ihrem Körper zu weichen, und selbst ihre Gedanken froren für einen Moment einfach ein. Sie sollte Entsetzen empfinden oder wenigstens Schrecken, aber das konnte sie nicht.

»Silberhorn, nein«, flehte sie. »Bitte!«

Vielleicht reichte ihre Kraft nicht einmal mehr, die Worte wirklich auszusprechen, sondern nur noch, sie zu denken, doch das Einhorn reagierte darauf, indem es mit einem mühsamen Schnauben den Kopf hob und sie aus seinen großen, sanftmütigen Augen ansah.

Samiha streifte die betäubende Leere, die von ihren Gedanken Besitz ergriffen hatte, weit genug ab, um zu ihm zu gehen und sich neben Silberhorn auf die Knie sinken zu lassen. Zitternd streckte sie die Hand aus, aber sie wagte es nicht, das sterbende Einhorn zu berühren.

»Es … es tut mir so leid«, flüsterte sie. »Ich habe versagt. Bitte verzeih mir.«

Versagt, flüsterte die Stimme des Einhorns in ihren Gedanken. *Ihr habt nicht versagt, Prinzessin. Eure Aufgabe ist erfüllt.*

»Aber du stirbst!«, antwortete sie mit bebender, halb erstickter Stimme.

Weine nicht, kleine Prinzessin, flüsterte das Einhorn. *Der Tod ist für mich nicht dasselbe wie für euch. Ich bin jetzt frei. Endlich.*

»Frei? Aber du …«

Alles ist so gekommen, wie es kommen sollte, unterbrach sie Silberhorn. Selbst das lautlose Flüstern in ihren Gedanken wurde nun schwächer. *Und es ist gut so. Jetzt bin ich frei.*

Und damit starb er.

Etwas Warmes und sehr Weiches stupste ihr sanft gegen die Wange und es war sehr still, das war das Erste, was ihr auffiel, als sie irgendwann wieder aus dem Tal der Tränen emporstieg. Schmerz und Furcht waren so vollkommen verschwunden, als hätte es sie nie gegeben, und geblieben war nur eine Mischung aus Trauer und einer sachten Verwirrung und vielleicht so etwas wie Verzweiflung, die gerade erst im Erwachen begriffen war, von der sie aber jetzt schon spürte, wie gewaltig und allumfassend sie werden würde.

Ihre Augen waren so voller Tränen, dass sie im ersten Moment kaum etwas sehen konnte. Dennoch stellte sie fest, dass sie nicht mehr am Ufer des magischen Sees im Feenwald war und auch wieder ihre normale Kleidung trug, die ihr zwar nass und hoffnungslos verdreckt und mit Brandlöchern verunziert am Leib klebten, aber keine Blutflecken zeigten oder gar die Spuren mörderischer Krallen. Hatte sie sich das alles nur eingebildet?

Einen Moment lang versuchte sie sich genau das mit schon fast verzweifelter Kraft einzureden, aber es funktionierte nicht, und selbst wenn, hätte es ihr keinen wirklichen Trost gespendet. Es war ihre Aufgabe gewesen, Silberhorn zu beschützen, vielleicht die gewaltigste und wichtigste Aufgabe, die jemals einem Menschen auf dieser Seite der Träume übertragen worden war, und sie hatte versagt, so einfach war das.

Erneut wurde sie angestupst, und diesmal hob sie den Kopf, wischte sich mit dem Handrücken die Tränen aus den Augen und streichelte flüchtig Stars Nüstern, bevor er sie vor lauter Zuneigung noch umwarf. Langsam stand sie auf, machte einen Schritt zur Tür und blieb dann wieder stehen.

Ihr fiel noch einmal die Stille auf, die ihr plötzlich fast unnatürlich tief vorkam. Das Gewitter war vorbei, und durch das schmale Fenster und die nur angelehnte Tür drang helles Sonnenlicht herein. Aber es war kein Laut zu hören. Und das war seltsam.

Sams Herz begann zu klopfen, als sie ihren Weg fortsetzte, und als sie die Hand auf die Türklinke legte, brauchte sie fast all ihren Mut, um die Tür tatsächlich zu öffnen. Sie hatte beinahe Angst vor dem, was sie vielleicht auf der anderen Seite erblicken würde.

Der Anblick war schlimm, aber zugleich auch nicht annähernd so erschreckend, wie sie erwartet hatte. Über ihr spannte sich ein wolkenloser Himmel, von dem eine schon fast unnatürlich helle Sonne herabschien. Vollkommene Windstille herrschte, aber der Sturm hatte den Hof auch vollkommen leer gefegt und das nasse Kopfsteinpflaster glänzte wie frisch poliert. Nirgendwo war auch nur ein einziger Mensch oder ein Tier zu sehen, was wohl auch den Grund für die unnatürliche Stille darstellte. Das wuchtige Internatsgebäude sah mitgenommen aus – die meisten Fenster waren zerborsten und im Dach gähnten ein halbes Dutzend großer und unzählige kleinere Löcher –, aber nicht einmal annähernd so schlimm, wie sie gedacht hätte. Und vielleicht gab es ja für diese unheimliche Stille eine ganz normale Erklärung. Vielleicht war der Sturm ja erst seit wenigen Augenblicken vorbei und sämtliche Schüler und Lehrer waren noch im Keller und warteten ab, ob der vermeintliche Frieden auch hielt.

Sam wollte die Tür gerade weiter aufmachen und den Stall verlassen, um wenigstens diesem Rätsel auf den Grund zu gehen, als sie ein Rascheln hinter sich hörte und dann einen gedämpften Laut, der ganz gut ein Stöhnen sein konnte. Alarmiert und mit noch heftiger klopfendem Herzen fuhr sie herum und versuchte das Halbdunkel hinter sich mit

Blicken zu durchdringen. Im ersten Moment sah sie nur Schatten, dann gewahrte sie eine angedeutete Bewegung und schließlich erkannte sie die zerrupfte Gestalt, die sich unsicher am anderen Ende des Stalls aufzusetzen versuchte.

Mit einem einzigen Satz war sie neben ihm, um ihm aufzuhelfen, aber Sven schlug ihren Arm nur wütend zur Seite und arbeitete sich aus eigener Kraft in die Höhe. Er sah mindestens so mitgenommen aus, wie sie sich fühlte. Auch seine Kleider waren nass und vollkommnen verdreckt, und er hatte einen dunklen Fleck an der Schläfe, der zu einer gewaltigen Beule auswachsen würde, noch bevor die Sonne das nächste Mal aufging.

»Ist alles in Ordnung mit dir?«, fragte sie.

»Ja«, fauchte Sven und betastete mit spitzen Fingern und Grimassen schneidend seine Schläfe. »Und selbst wenn nicht, wüsste ich nicht, was dich das anginge!«

»He, ich wollte doch nur ...«

»Mir egal, was du wolltest«, fiel ihr Sven ins Wort. »Verdammt, wie komm ich hierher und was ist überhaupt passiert?« Er sah an sich hinab und sein Gesicht verfinsterte sich noch mehr. »Ach du Scheiße! Hast du eigentlich eine Ahnung, was die Klamotten gekostet haben?«

»Nein, aber ...«

»Ach, verdammt, lass mich bloß in Ruhe! Was zum Geier ist hier überhaupt *passiert*?« Es war keine Frage, auf die er eine Antwort erwartete – jedenfalls nicht von ihr –, denn er stieß sie einfach grob aus dem Weg und stapfte wütend zur Tür. Sein Fuß stieß gegen etwas, das mit einem hellen Scheppern davonschlitterte, aber das schien er gar nicht zu bemerken. Ohne auch nur noch einmal zu ihr zurückzublicken, stürmte er aus dem Stall und war nach zwei weiteren Schritten aus ihrem Blickfeld verschwunden.

»Als Schwarzer Ritter hat er mir fast besser gefallen«,

seufzte Sam, während sie sich nach dem bückte, was Sven gerade unabsichtlich davongeschossen hatte. Es war die Speerspitze, nun wieder ohne den improvisierten Schaft und auch nur mit den alten, ihr vertrauten Flecken eingetrockneten Blutes besudelt.

Ihr dürft es ihm nicht übel nehmen, Prinzessin. Er weiß nicht, was auf der anderen Seite geschehen ist.

Sam hatte schon gespürt, dass sie nicht mehr allein war, als sie sich nach der Speerspitze bückte, und so war sie auch kein bisschen überrascht, die drei in schwarzes Eisen gehüllten Schemen zu sehen, die wie aus dem Nichts hinter ihr aufgetaucht waren. Nicht einmal erschrocken.

»Seid ihr gekommen, um euren Triumph zu genießen?«, fragte sie bitter.

Die drei Silhouetten schienen zu flackern, als verlören sie allmählich auch noch die Illusion von Substanz, aus der sie bestanden. Die Mauer zwischen der Welt der Träume und dem, was sie bisher für Realität gehalten hatte, war wieder massiver geworden. Bald würde sie gar nicht mehr fähig sein, sie wahrzunehmen.

Wir sind hier, um Euch zu danken, Prinzessin. Und uns zu verabschieden.

»Mir zu danken.« Sams Hand schloss sich so fest um die Speerspitze, dass sie sich beinahe daran verletzte. »Weil ich so dämlich war, auf euch hereinzufallen?«

Der mittlere der drei Schatten trat auf sie zu und nahm seinen Helm ab, sodass sie die spitzen Ohren und das markante Gesicht erkennen konnte, das sie schon von dem riesigen Ölgemälde über Focks' Schreibtisch kannte.

Es besteht kein Grund zur Trauer, Prinzessin, sagte Fox McMarsden oder Meister Themistokles oder welchen von vielleicht tausend anderen Namen er im Moment auch führen mochte. *Ihr habt getan, was Eure Aufgabe war.*

»Meine Aufgabe?«, ächzte Sam. »Ich habe seinen Mörder zu ihm gebracht!«

Der Troll war sein Beschützer, Prinzessin, antwortete Fox.

»Sein … Beschützer? Aber dann … ich meine, warum hat Silberhorn …?«

Der spitzohrige Schemen hob die Hand, um sie zu unterbrechen, und sie sah, dass er jetzt immer schneller zu verblassen begann, ebenso wie die beiden anderen Schemen. Nur noch wenige Augenblicke und er würde vollkommen verschwunden sein, und sie wusste auch, dass sie sich niemals wiedersehen würden.

Es war seine Aufgabe, Silberhorn zu beschützen, Prinzessin. Wir haben ihn so stark gemacht, damit er diese Aufgabe erfüllen kann. Kein noch so starker Feind, keine von Mensch oder Magie erschaffene Waffe und kein Zauber vermochten ihn zu verletzen. Das Einzige, was ihn töten konnte, war Silberhorns Horn.

»Und das Einzige, was Silberhorn töten konnte, war dieser Speer.« Sam war so verwirrt, dass ihr fast schwindelte. »Dann hat er sich geopfert, um mich zu retten?«

Selbst wenn das die Wahrheit war, machte es ihren Schmerz nicht kleiner. Ganz im Gegenteil.

Vielleicht war es unser zweitgrößter Fehler, den Troll zu erschaffen, antwortete Fox, ohne ihre Frage damit wirklich zu beantworten. *Er ist uns zu gut gelungen. Nicht einmal wir selbst waren stark genug, um ihn zu besiegen, doch als uns das klar wurde, war es zu spät.*

»Euer zweitgrößter Fehler«, wiederholte Sam tonlos. »Und was war dann euer größter Fehler?«

Silberhorn.

Selbst jetzt vergingen noch einmal endlose Sekunden, bis Sam wirklich begriff.

»*Ihr* habt Silberhorn erschaffen?«, flüsterte sie. »Ihr … ihr seid nicht seine Feinde?«

Das waren wir nie, Prinzessin, flüsterte die Stimme des Zauberers in ihren Gedanken. *So wenig wie die Reiter aus Caivallon Eure Feinde sind. Es war nur ihre Aufgabe, Silberhorn zu beschützen.*

»Aber … warum habt ihr das getan?«, murmelte Sam verstört.

Großes Wissen und vermeintliche Weisheit schützen nicht davor, etwas Dummes zu tun, Prinzessin. Und wir waren sehr dumm. Dumm und überheblich. Die Waldfee hat Euch gesagt, warum wir das Einhorn erschufen.

»Ja, aber … was war daran falsch? Ihr habt eurer ganzen Welt den Frieden gebracht!«

Und ihren Menschen damit die Freiheit genommen, Prinzessin.

»Die Freiheit, sich gegenseitig umzubringen?«

Obwohl sie das Gesicht ihres Gegenübers mittlerweile nicht einmal mehr wirklich erkennen konnte, spürte sie sein verzeihendes Lächeln. *Irgendwann werdet Ihr verstehen, dass wir gar nicht so verschieden sind, wie Ihr vielleicht glaubt, Prinzessin,* antwortete die lautlose Stimme hinter ihrer Stirn. *Wir dachten, die Menschen zu ihrem Glück zwingen zu können, und das war vielleicht unser größter Irrtum. Wenn es ein Recht gibt, das sich der Mensch niemals nehmen lässt, dann ist es das, sich frei zu entscheiden. Und sei es dazu, Fehler zu machen.*

Wie bekannt ihr das doch vorkam. Der uralte Magier beschrieb nichts anderes als ihr eigenes Leben, das sie schließlich an diesen Ort gebracht hatte. Und sie musste sein Gesicht nun wirklich nicht mehr erkennen, um das spöttische Funkeln in seinen Augen zu sehen. Fox hatte recht: Sie waren sich ähnlicher, als sie geglaubt hatte.

Silberhorns Tod, Prinzessin, fuhr die lautlose Stimme in ihren Gedanken fort, und nun war sie kaum mehr als ein Flüstern, das immer mehr und mehr verblasste, *war der ein-*

zige Weg, den Zauber zu brechen. Die Völker unserer Welt sind nun frei, ihren eigenen Weg zu gehen. Einige werden vielleicht daran scheitern. Manche werden untergehen. Doch die meisten werden lernen, die Verantwortung für ihr eigenes Schicksal zu übernehmen und es zu meistern. Unser Fehler ist wiedergutgemacht. Ihr habt Eure Aufgabe erfüllt.

Wir danken Euch, Prinzessin.

Sam wollte etwas sagen, vielleicht eine weitere der tausend unbeantworteten Fragen stellen, die ihr auf der Zunge lagen, doch in diesem Moment hörte sie ein Geräusch, und als sie sich herumdrehte, sah sie Gestalten aus der offen stehenden Tür des Hauptgebäudes kommen, zuallererst zwei oder drei Lehrer, die sich vorsichtig davon überzeugten, dass auch wirklich alles in Ordnung und die Gefahr vorüber war, dann aber auch Schülerinnen und Schüler in immer größer werdender Zahl. Stimmen drangen an ihr Ohr. Sie sah Sven wieder auftauchen und mit schneller werdenden Schritten seiner dunkelhaarigen Freundin entgegenlaufen, deren Verwirrung sie selbst über die große Entfernung hinweg deutlich erkennen konnte, und dann zu ihrer unendlichen Erleichterung auch Angie und Tom. Beide bewegten sich vorsichtig, aber auch offenbar unverletzt – so wie niemand hier wirklich zu Schaden gekommen war, denn auch das war ein Teil von Meister Themistokles' Zauber gewesen: So erbittert und hart der Kampf zwischen den Reitern aus Caivallon und ihren vermeintlichen Gegnern auch gewesen sein mochte, so wenig war irgendjemand hier wirklich in Gefahr geraten, denn für sie war er wenig mehr als ein Traum gewesen.

Selbst für Star.

Der weiße Hengst schnaubte, wie um sie auf irgendetwas aufmerksam zu machen, und als Samiha sich wieder umdrehte, waren die drei schattenhaften Gestalten verschwunden. Aber für einen Moment, eine unendlich kurze Zeit nur, glaubte sie noch einmal das Geräusch des Windes zu hören, der in den Baumwipfeln spielte und durch das Gras der endlosen Steppen strich, das Zirpen von Grillen und das leise, spöttische Kichern der Waldfeen, und sie spürte etwas wie die Berührung einer warmen, unendlich starken Hand tief in ihrer Seele.

Ein Traum?

O nein. Diese Welt existierte. Alle ihre Freunde waren dort – auf eine bestimmte Weise auch Silberhorn –, und sie waren nun frei, ihr Leben so zu führen, wie sie es wollten. Und auch hier, das wusste sie, würde sich etwas ändern. Die Lehrer von *Unicorn Heights* sahen schweren Zeiten entgegen, dachte sie spöttisch, während sie Stars Zügel ergriff und ihn langsam aus dem Stall hinausführte. Sie würden es mit ihren Schülern vielleicht nicht mehr ganz so leicht haben wie bisher.

Star schnaubte noch einmal, wie um ihr recht zu geben, und als Samiha zu ihm hochsah, da war es ihr, als schimmere ein einzelner Sonnenstrahl auf ein mächtiges Horn, das mitten aus seiner Stirn wuchs.

Jemand rief ihren Namen, und Tom und Angie begannen gleichzeitig zu rennen, und auch das Horn war verschwunden, als sich der Vorhang zwischen den Welten endgültig schloss.

Aber das war noch lange nicht das

ENDE

dachte Sam, während sie Stars Zaumzeug fester ergriff und sich auf den Weg über den Hof machte, um ihren Freunden entgegenzugehen. Im Gegenteil.

Toms und ihre Geschichte fing gerade erst an.